乾隆
追求完美的盛世皇帝

立清 / 编著

江西美术出版社
全国百佳出版单位

图书在版编目(CIP)数据

乾隆:追求完美的盛世皇帝/立清编著. -- 南昌:江西美术出版社,2020.1(2022.3重印)

ISBN 978-7-5480-6860-0

I.①乾… II.①立… III.①传记文学—中国—当代 IV.①I25

中国版本图书馆 CIP 数据核字(2019)第 022765 号

出 品 人:周建森
企　　划:北京江美长风文化传播有限公司
责任编辑:楚天顺　朱鲁巍　策划编辑:朱鲁巍
责任印制:谭　勋　　　　　封面设计:韩立强

乾隆:追求完美的盛世皇帝
QIANLONG: ZHUIQIU WANMEI DE SHENGSHI HUANGDI

编　著:立　清

出　　版:江西美术出版社
地　　址:江西省南昌市子安路 66 号
网　　址:www.jxfinearts.com
电子信箱:jxms163@163.com
电　　话:010-82093785　0791-86566274
发　　行:010-58815874
邮　　编:330025
经　　销:全国新华书店
印　　刷:北京市松源印刷有限公司
版　　次:2020 年 1 月第 1 版
印　　次:2022 年 3 月第 2 次印刷
开　　本:889mm×1194mm　1/32
印　　张:23.5
ISBN 978-7-5480-6860-0
定　　价:48.00 元

本书由江西美术出版社出版。未经出版者书面许可,不得以任何方式抄袭、复制或节录本书的任何部分。
版权所有,侵权必究
本书法律顾问:江西豫章律师事务所　晏辉律师

前言

> 堪称乃祖好皇孙,
> 坐定龙廷六十春。
> 天子风流想已惯,
> 傅恒宠罢宠和珅。
>
> ——富察·鹤年先生作《清帝十二咏之六·高宗乾隆皇帝》

爱新觉罗·弘历,生于清康熙五十年(1711年)八月十三日,是康熙大帝的爱孙,雍正皇帝的四皇子。1736年继位,年号"乾隆",故称"乾隆皇帝"。他从二十五岁登基,共称帝六十年,内禅帝位于十五子颙琰(嘉庆帝)之后,又当了三年多名副其实的太上皇,这在中国历史上可算是绝无仅有的了。

乾隆统治中国的这段时间,实施了一系列重大举措,文治武功几可与其祖父康熙大帝并驾齐驱,因而史家有"康乾盛世"之谓。

与清代其他许多位皇帝相比,乾隆应该称得上是有作为的"明君",民间也因此流传下来不少关于他的故事,尽管这些传说与史实不尽相符,但毕竟在一定程度上说明老百姓对这一位皇帝的"认可"。诸位面前这部小说,也正是将正史与野史、史实与传说巧妙地融合在一起,从而同时具有了史料性和可读性,读起来既无史学专论的枯燥乏味,又不似稗官野史一味地胡编乱造。清史上比较著名的事件,如乾隆六下江南,如他与回部香妃的缠绵恋情,如他与刘墉刘罗锅的君臣斗智,如他与小舅子之妻的宫闱秘史,如他命纪晓岚纪大烟袋编纂《四库全书》,如他宠信第一大贪官和珅,等等,在本书中均有细致入微的生动描写。

乾隆自诩为"十全老人",但他毕竟是人不是神,对于他的弱点,乃至他晚年的一些重大失误,作者也从历史唯物主义的角度,运用小说家的独特手法,进行了深刻的剖析和具体的叙述。以史为鉴,不偏不倚。

乾隆于嘉庆四年(1799年)正月驾崩,被谥为"法天隆运至诚先觉体元立极敷文奋武钦明孝慈神圣纯皇帝",庙号"高宗",葬在清东陵之裕陵。

目录

第一章　赦罪王新皇翻旧案　听狂语舞伎揭密谋

　　幽幽灯光映着檀木大床，床上被子包裹着头发凌乱的头颅，身子整个在被窝里埋着，脸冲着墙。乾隆知他是十四叔允䄉，想起小时候被他抱着骑在马背上，那时的允䄉，雄姿英发，虎背熊腰，可是如今呢？.. 2

第二章　窥天命弘升信妖道　为己心乾隆戏御亲

　　傅恒自从带来弘晳要谋反的消息后便受到了乾隆的极度赏识。不过，他的蓝翎侍卫身份并未随之改变。其实，说起为什么一个小小的六品侍卫会受到皇上的赏识还有一段原委呢。....22

第三章　大富户买官员吊孝　新皇帝赐宠臣自裁

　　乾隆不免一阵伤心，他在心里默默念道：鄂善啊！你为什么非将朕逼上绝路呢？你若是一般人，我或许还能放过你，但是你却是我的重用之臣啊！说句心里话，我不想处置你，是你逼我这样的啊！..38

第四章　鄂尔泰偏挟嫌报复　刘统勋敢秉公直言

看完刘统勋弹劾张廷玉和讷亲的奏折,乾隆气得从龙椅上站了起来:"什么叫作'以免旷废之事发生'?是在说朕御下无能、大权旁落吗?来人!将刘统勋……"想了想,又改口道:"将此折谕示群臣!" ………………………………………… 55

第五章　大金川又见干戈起　张总督难奏凯歌还

"张广泗厉害?"大金川土司莎罗奔一阵狂笑,"那是没有碰到我这样的对手!他真厉害的话,就不会这样兵分七路了!他们总数虽有三万,但我的人也有三万多,足够一个对一个地打死他们了!" ………………………………………… 71

第六章　登泰山君臣联诗句　泊德州夫妻诀离别

乾隆看着皇后永远沉睡的面容,锥心刺骨的酸楚涌上心头。在群臣面前,他不能哭,要维护君王的威严。在太后面前,他不敢哭,怕引得老人家痛哭伤身。如今独对皇后,他终于大哭号啕…… ………………………………………… 91

第七章　悼亡妻乾隆大迁怒　代败将傅恒小用兵

乾隆威风凛凛地坐在御座上,过不多大会儿,讷亲披枷戴锁来到乾清宫,这儿他曾经是多么熟悉啊!只是以前是皇上股肱大臣,而今却是阶下囚。这一次面君,大概是他此生最后一次了吧? ………………………………………… 106

第八章　西直门设筵迎爱帅　养心殿颁旨儆老臣

张廷玉见乾隆走出养心殿，立即跪上前去道："臣张廷玉谢皇上允臣配享太庙。"乾隆冷冷地等张廷玉叩完九个头，这才不冷不热地说道："那你为何迟至今日早上才来谢恩？难道你视此隆恩如粪土吗？"..................................123

第九章　借玉体喜诞龙凤子　补金瓯怒遣虎狼兵

唯有傅恒知道，因为他曾经参议过这件事，皇上曾问过他，所以他知道皇上此举无非是想戏弄一下张廷玉。同时他也明白，张廷玉可能要遇到麻烦了。..................................144

第十章　感传言冒雪勘身世　忧灾患微服问海塘

乾隆半晌才道："朕知你此刻甚是悲伤，但此事关系重大，朕不能不问个明白。"乾隆略犹豫了一下，复道："近日宫里有人传言，说当年你入先皇府时，所抱为一……男婴，但出府时却变成一女婴！"..................................158

第十一章　告御状客舍惊圣驾　奉王命子夜审刁民

徐州城这般热闹，人人丰衣足食，从哪冒出这么个叫花子般模样的人？乾隆不由得眉头紧锁，冷冰冰问道："你是何人？为何擅自闯入我客房？""小民夏邑张钦要告御状！"一言出唇，四座皆惊！..................................177

3

第十二章　安侍卫飞马宣巡抚　观员外铁拳打官亲

安泰见堂堂朝廷封疆大吏竟这般无耻，不由得怒从心生，大步闯到席前，震天般吼道："御前二品带刀侍卫安泰前来宣谕！闲杂人等速回避，着河南巡抚图勒炳阿跪接！"吓得那帮女伶慌忙四散逃走……………………………………………194

第十三章　举逆檄罪臣反荣赏　发宏论小吏竟高升

"军机处就一个人勤劳王事，你还将他撑了，你真是越来越聪明了！"乾隆没好气地瞧瞧傅恒，说道："传旨，六名军机章京俱皆降二级留用，罚俸半年，书吏王昶忠于职事，谈吐不俗，着即日补军机大臣缺！"……………………213

第十四章　和亲王预演身后事　乾隆帝安排阵前谋

廊下的哀乐顿时奏起，抑扬顿挫直冲云霄。高云忙跪在弘昼脚下哭道："王爷，您怎么就这么走了，这可让奴才怎生是好呀。"尸床上的弘昼忽然"哼"地笑一声，一下子坐了起来，把个高云吓得脸煞白……………………………………232

第十五章　蒋中堂羞见贪墨弟　兆大帅痛责乱纪兵

蒋洲和杨文龙这时方知大事不妙，吓得面如土色，一动不动。刘统勋眼见他们均已瘫软了，冷冷吩咐道："来呀，挽着两位大人接旨。"二人战战兢兢跪下，刘统勋才展开诏书宣读："奉天承运皇帝诏曰……"………………………………248

第十六章　四千骑敢临敌腹地　一出戏能动人心弦

　　校场上，披挂整齐的兆惠亢声说道："大丈夫立身于世，建功立业在此一时，愿众将士追随本帅，荡平逆酋！不灭逆酋，犹如此箭！"说着，将雕翎箭一折两段。四千名甲士齐声高喊："不灭逆贼，誓不还朝！"……………………………………266

第十七章　刘统勋避嫌辞主考　乾隆帝设限捕疑凶

　　乾隆对刘统勋道："这个案子朕本想让顺天府办，现在交与你，那狗官脸有麻子，瘦高个，限五日内审清此案。另外，云南布政使钱度一事，也须着能吏详勘严审，若情况属实，革去顶戴花翎，立即押解京城！"………………………286

第十八章　破难案不妨闯寿宴　惩贪官何惜用酷刑

　　"他们不遵王教，不狠狠整治一下是不行的。这些个封豕、长蛇、城狐、社鼠在下头'替朕'激民变，民变起来，朕可就成了真正的孤家寡人了！"乾隆扫了众人一眼，下狠心说道："这样的狗官，就得腰斩！"………………………………304

第十九章　抡人才皇帝巡贡院　献战俘将军护轻车

　　乾隆话音落地，众人都禁不住掩口偷笑，便连一向严肃深沉的来保亦是面带笑色。于敏中平日里最是以才赋自恃，哪曾出过这等丑事？当下脸涨得通红，嗫嚅一阵，方支支吾吾道："皇上，臣……臣这几日……"……………………………318

5

第二十章 无卿不消前敌烽火 凭谁能断后宫是非

"朕没有这么说,朕也没有这么想。"乾隆久久地端详着她,良久,方淡淡一笑地说道:"你把刀放下吧,朕不动你便是了。朕可以告诉你,凭那把刀还杀不了朕,你信吗?"香妃冷哼一声,说道:"我信。但我可以杀了我自己!" 340

第二十一章 顾大义发配罗锅子 恋国色纠缠香郁妃

刘统勋额上汗流如雨,磕头道:"回皇上,臣子刘墉系案犯之一,臣理当回避。"乾隆细碎的白牙咬得咯咯作响,从牙缝中吐出一句话:"杀!统统杀掉!朕不相信这官官相护的恶习就真的整治不好!" 358

第二十二章 遭非议不禁吐心语 逢知己未免动情思

香妃深情地望着乾隆,说道:"你是皇上,是这泱泱华夏的君主,你不该这么多情的……""不要说了,朕这话听得太多了。"乾隆松开了她的手,长吁了一口气道:"朕也要做个普普通通的人!" 368

第二十三章 美香妃忍丧三尺剑 病傅恒自请万丈缨

门打开一条缝儿,乾隆已箭一般冲了进来,他忘记了向钮祜禄氏行礼问安,径直奔楼上而去。他呆住了,碧血一汪中香妃侧身僵卧,手中还握着那把剑。他疑在梦境,便揉了揉眼。不是梦,她竟去了! 384

第二十四章　剖国舅治贪下猛药　流才臣倡廉动真章

"传旨，翰林院侍读学士纪晓岚瞻顾亲情，擅自通信与卢见曾，着……"乾隆顿了一下，接着说道："着革去顶戴，发往乌鲁木齐充军！纪晓岚啊纪晓岚，你做下这等事，朕便想宽了你，奈何尚有法理！"……………………………401

第二十五章　乾隆帝一怒废皇后　渥巴锡万里归故国

黄龙旗飘扬在龙船上，乾隆静静地站在船栏边，俯首凝视着水中的倒影，久久一动不动。忽地，水中的倒影模糊了。一艘民船慢慢划来，昨日的皇后那拉氏跪在船头，一头青丝早已无影无踪……………………………………………………419

第二十六章　登蹩楼骇然遇怨女　辞隅园哀哉别老臣

"哈哈……你就是弘历？爱新觉罗·弘历？"那女子仰脸笑了两声，眼中噙着泪花道："是你，是你害苦了我！"说着话，那女子扑了过来，乾隆想躲但没有躲，任她抱着自己的肩头使劲地摇着。……………………………………………436

第二十七章　忠勇公将终犹抱憾　乾隆爷临吊自感伤

一行人到得朝阳门傅府，明黄软轿方一着地，乾隆已哈腰走了出来，四望时，却见白汪汪的灵幡在晨风中抖动，照壁前业已停着数十乘绿呢官轿，里头正在接待吊丧客人，唢呐笙簧吹得惨厉，隐隐传出阵阵哭声。…………………454

第二十八章 鲁将军恃勇遭暗算 黠酋长用计握胜筹

海兰察止住哭声,从袖中取出奏折双手呈上,哑着嗓子说道:"我军四月初七夜遭敌偷袭惨败,左将军温福战死,现军队撤出大金川,处于休整。"乾隆一屁股跌坐在椅子上,两眼直愣愣地盯着海兰察…… 471

第二十九章 问国仪惊看和侍卫 乱宫规怒斩高宦官

乾隆气得将奏折撕了个粉碎,这还不解气,又跺着脚破口大骂:"这帮无用的饭桶,竟然出了如此大乱!"回头指着跪着的高云说道:"国家大事,就是被尔等之人毁坏的,来人,给我拖出去碎剐了!" 488

第三十章 封功臣紫光阁画像 教皇储上书房延师

福康安押了战俘下去,乾隆朗声宣谕:"朕自攻打金川以来,夙夜难寐,思虑甚极,赖诸大臣文治武功,得以今日平定大小金川,为彰表臣子之忠勇,朕特命吏部选出前、后功臣共一百人,画像紫光阁!" 511

第三十一章 刘罗锅借机免田赋 纪烟袋信口释谑言

乾隆本来是高高兴兴来的,却不料还未开口,便听见纪晓岚当众称自己为"老头子",不由得火冒三丈,厉声说道:"纪昀,你好大胆子,竟敢冒犯于朕,朕问你,这'老头子'怎讲,若说不出,哼哼……" 527

第三十二章　阅弱兵江南罢巡抚　任罪臣塞北察总督

　　这帮亲兵几年来只知道养尊处优，何曾训练过？如今一上场子，个个直打哆嗦，有一个亲兵不知怎么搞的，竟然把弓掉在了地上！观礼台上众大臣不禁大哗，乾隆怫然而起，怒喝道："王亶望，这是怎么回事？"……………………544

第三十三章　和大人敛财真有道　班活佛升天岂无期

　　乾隆转念一想，不采用这种方法，又怎么能多弄到钱呢？便微微颔首说道："亏你想得出来，你将之定个什么名目？""议罪银。"和珅笑道："罪重、位高、禄多、缺肥的，多多地罚，反正他们要命就不能要钱！"……………………566

第三十四章　王县令借银充国库　窦学政仗义闹督衙

　　和珅、刘墉、国泰面面相觑，只听永琰咳了两声，忽然大喊一声："来人，给我将王令保拿下。"满座大惊，王令保更是扑通一声跪在地上，连声叫冤。"你叫什么冤，银库里的银子都哪里去了？快从实招来！"……………………586

第三十五章　恋天伦惜嫁小公主　申纲纪痛罚福康安

　　老乾隆见所有人均主张对福康安改罚俸银，也顺口道："各位爱卿既然均为福康安求情，那朕就从你们所请吧！免革福康安红宝石顶戴、四爪团龙补褂、黄带紫缰，改罚福康安总督养廉银三年，公俸十年，着带职留任！"……………………608

9

第三十六章 犯龙颜老迈臣遭罪 捋虎须弹丸国兴兵

阿桂语气平和地问道:"皇上向来御下宽厚,今对尹壮图为何如此严惩?""因为他冒犯了朕,冒犯了朕的股肱。"老乾隆以一种蛮不讲理的口吻说道:"阿桂,如若你冒犯了朕,朕同样会对你如此处置!"..................628

第三十七章 卫疆域送王师西去 议条约遣洋使东来

过了几日,沿海各省总督巡抚都接到了大清乾隆皇帝的上谕。英国使臣马戛尔尼在每地港口停泊时,必须派总兵以上大员率大队官兵列营排队,以表示热烈欢迎。"旗帜务必鲜明,甲仗务必精粹"。..................649

第三十八章 最可恼贪官遍大地 实难堪烽烟满九天

伍拉纳、浦霖被押往刑场时,还幻想着和珅会救他们,当鬼头刀在眼前闪过时,最后一丝希望和怨恨一起,被鲜血淹没了。这一个案子令朝野震惊,对于乾隆来说,则是他最后一次作为皇帝诛杀大臣。..................672

第三十九章 军机处瞒忧不瞒喜 太上皇让位难让权

"和珅!身为军机大臣领班,白莲教占据汉阳,这样的大事,你为何不报朕知晓?你的眼里还有我这个太上皇吗?""奴才是怕万岁爷过于劳累,才这样做的。万岁爷要怪罪奴才,就让奴才死在您面前吧!"..................700

第四十章　乾隆帝崩前嘱大计　嘉庆皇丧中缢权臣

　　和珅毛骨悚然，不自觉地摸了摸脖颈，只觉得那弯指痕样的红痣更深，更清楚。乾隆临死前就那样直呆呆地望着他，他还记得那句吞吞吐吐却又令他魂飞魄散的话："婉嫔，你也随我一起去吧，我们永远在一起……"……………………………715

第一章
赦罪王新皇翻旧案
听狂语舞伎揭密谋

幽幽灯光映着檀木大床，床上被子包裹着头发凌乱的头颅，身子整个在被窝里埋着，脸冲着墙。乾隆知他是十四叔允禵，想起小时候被他抱着骑在马背上，那时的允禵，雄姿英发，虎背熊腰，可是如今呢？

雍正十三年八月二十四日晨，皇上暴卒于圆明园寝宫，消息没有被宫廷封锁。当日京城便传得沸沸扬扬，各种猜测都有，不一而足，不过有一点是真的，皇上死了，而且不是正常死亡。除了弘历之外，没有人晓得皇上的真正死因，张廷玉等重臣于清晨接到皇上驾崩之信，以为听错了，求证之后方惊惊颤颤地奔了圆明园，皇上尸体已然收拾完毕，栩栩如生地躺在龙床之上，血当然已被擦干，皇上确实是驾崩了，寝宫外又飘舞起了白幡，宫禁内哭声响彻天地，张廷玉、方范、马齐、允禄等人知信后，到来时皇上业已晏驾，好在传位遗诏就在"正大光明"匾后，取出之后，诸皇子皇孙停了哭声，听张廷玉一字一句读完。那立储内容却是：

"皇四子弘历秉性仁慈，居心孝友，圣祖皇考于诸孙中最为钟爱，抚养宫中，恩逾常然，即立其为皇太子，如朕遭大事，即着其继朕登基，即皇帝位。"

众人早有准备，一齐转了头，早有几个小太监七手八脚将弘历扶到椅子上坐定，众大臣龙子龙孙跪满一地，三拜九叩，高呼万岁，弘历就在灵前受了大礼，继了帝位，成了乾隆皇帝。

乾隆上台后公布的第一道诏令即是为其八叔、九叔的后人平反。

"允禩、允禟咎由自取，得罪已死，但其子孙仍为天胄支派，若俱摒弃宗室之外，与庶民无异。当初办理此事诸王大臣再三因请，实非我皇考本意。着诸王满汉文武大臣，翰詹科道各抒己见，确议是奏。"

这份诏令没少耗乾隆脑筋，允禩、允禟系皇阿玛一手整死，铁案如山，设若一举推翻，彻底为之恢复名誉，岂不是以大巴掌揍皇考的嘴巴。若是轻描淡写一两句话，不切实题，又何谓平反，又怎振雍正一朝之严刚之气，故而乾隆深思熟虑之下，用瞒天过海的手法将责任加之于王公大臣头上，事出有因，查无实据，这样乾隆既免了不孝、忤逆之责，又给皇考找了个优点——虚心纳谏，用心可谓良苦矣。

一举既成，平反之势如排山倒海，喷涌而出，两天之后，由宗人府负责清查的宗主觉罗因罪革退案"真相大白"，诸满汉王公大臣又无形无声地戴了顶帮凶的帽子，觉罗家族分别被赐红带、紫带，被载入玉牒，一大批皇子皇孙由猪狗不如摇身又成为天潢遗胄，一个月后，被雍正强行改名为"阿其那"（狗东西）和"塞思黑"（猪猡）的允禩、允禟之子孙重见天日，恢复名号，收入玉牒，此后，接二连三、一大批被禁高墙的宗室王公也翻了案，获得自由，新德、新福、云乔顺、鄂齐、扬德、华玢等人，均被释放回家，还有，乾隆那个冤死的三哥也被恢复皇子身份，收入玉牒。随着宗主王公的获释，全国上下一些无辜蒙冤、罪轻罚重的官吏士子，也从囹圄之下解放出来，因贻误军机而被判死刑的骁将傅尔丹，以明觉之罪处斩监候的总督蔡挺，以及诽谤程朱、发配军台的谢济世，均被赦免。一时皇帝的朱笔之下，每日都要响起一连串震动天地的惊雷，宽大政治和乾隆元年的春风一样，非但将新皇的"宽仁"送到了王府宅邸，也飞入了寻常百姓之家。

在其中，最倒霉，也是唯一倒霉的只有一个，就是以出卖亲生父亲而得郡王封号的十四贝勒允禵之长子——泰郡王弘春，他被稀里糊涂革去了郡王名号，圈禁在家。

这天，乾隆与侍卫张五哥默默地向十四贝勒允禵家走去。允禵于雍正元年即被吩咐去守陵，三年甫满，后受允禩牵连，禁锢在家，迄今已历近十年，未曾出门半步。乾隆小时候见过大伯允禔，温文尔雅，囚禁几年之后，发了疯，整天呼天抢地地大叫，孤魂野鬼一般，夜间如柔鸟啼血，惨不忍睹。十年幽囚之后，人能变成什么样呢？

唉！乾隆一声长叹，虽说惩治了不孝之子弘春，先给十四叔卖了个乖，然而，前景依然难以预料，谁知道十四叔会不会突然发了疯虎脾气，弄得他下不来台。也正是因为此节，乾隆决计只带了侍卫张五哥，以免朝臣在侧，生了事端不好收场。

十四贝勒府还是原来的模式，暮色下一片巍峨挺立，院墙足有丈五高，接层的痕迹极明显，是十四贝勒遭禁锢之后重新又砌上了一截以示警戒，其实，以此墙防十四贝勒明显是差了点劲儿。门是五楹倒厦门，足见十四贝勒当日在老康熙心中之地位，不过此时那个门楣被一弧形高墙堵得只剩了一个尖儿。门口原有岗哨日夜在高墙外巡逻，只是乾隆继位后不几天颁布"政尚宽大"诏后，就由内廷侍卫秉承皇命将墙外的岗哨撤了，半遮半掩地给了允禵些自由权。不过眼下门口却没有闲杂人，冷冷清清的像一所废弃已久的荒宅，高墙外杂草丛生，只有岗哨日常走动之地有一条踩出的明路，夕阳荒草，颓败门庭，总体给人萧索凄凉的破落之感。

乾隆心里叹着气踱过那道弧形高墙，见大门紧闭，暮色中剥落的漆块处呈灰白的死鱼眼色，旁边仪门处开了个四尺宽的小门，狗洞般大小，由栅栏护着，一到夜晚，栅栏门一关，再由内务府、宗人府派人协同一把，严实得仿佛铁桶，插翅的飞鸟也难以自由出入，此刻门前木呆呆地站了两个笔帖式打扮的人，张五哥尚未说话，那两位反应倒甚是敏捷，厉声说道："什么人？站住！"

说着话就把腰间单刀"唰啦啦"扯将出来，作势欲上，张五哥也不惊慌，沉声斥道：

"大胆奴才，还不下跪迎接，皇上来了！"

那两位也未见有啥神情变化，"扑通"两声趴到了地上，猛地叩头，砸得照壁前青砖直响。

乾隆也不生气，轻声说道："起来吧！"便径直走入了栅栏，栅栏是用手指粗细的铁棍焊制，牢固异常。

乾隆进了门，游目四顾一番，忽然想起，回头问那两个战战兢兢跟在身后点头哈腰的笔帖式："十四爷没睡吧！"

两人连连躬身回道：

"回皇上话，十四爷每天都四更天以后入睡，这几日身子骨儿不好，只怕这会儿还在炕上养神呢！"

"你们在前头带路！"乾隆说着便往里走。

两个笔帖式连声叫"是"，转身从门房里挑了两个气死风灯笼出来，弯着腰往前走。天已然全暗了，灯光能照亮眼前的方寸之地，还是朦朦胧胧的，过了朱漆剥落的二门，院里更黑得难走，像一步踏进了幽冥地府，满院子都是青蒿、野草稞子，长得足有半人高，几个人便从杂草掩映的一条凸凹不平的小路上走过去，草丛中不时有簌簌的抖动声从草根处传来，远处在黯淡的西瓜灯下站着几个佝偻着腰的老太监，不时一声声咳着，屋里一盏清油灯放着冷森森的光又从窗纸上泻出来，乾隆见此颓境，心下凄然，加快脚步进了屋子，轻叫了一声："十四叔！"

青幽幽的灯光下，映着张檀木大床，床上凌乱的被服包裹着一颗头发同样凌乱的头颅，身子整个在被窝里埋着，脸冲着墙，乾隆看不清楚，却知他就定是十四叔允禵，想起小时候被十四叔抱着骑在马背上，那时的允禵，雄姿英发，虎背熊腰，可是如今呢？

张五哥往前跨了一步，鼻尖差点碰到了允禵的头发，似乎是一个哆嗦，张五哥猛然又退了一步，捂住鼻子叫道："十四爷，皇上看你来了！"一语说完，突然悟出了什么，立刻把手又从鼻子上放了下去，脸上神色却极尴尬，乾隆也已闻到一股腥臊恶臭之味,却凝立着不动。

允禵在床上动了一下,侧身向外,喉间一阵咕哝,方才翻身坐起,半晌,幽幽灯影中,允禵的眸子动了一下,冷冷说道:

"皇上,你是来赐鹤顶红的吧!"

乾隆一颗心如被猫噬犬撕,近前一步,躬身施了半礼,声音哽咽着说道:

"十四叔,您误会得深了,十四叔明日就要出这牢笼,怕请安来迟不恭,特地来看十四叔!您身子骨儿可还康健?"

"一时半会儿还死不了,多劳皇上关心,可惜呀!"允禵嘴里像含了冰块,声音颤抖得如同风里的秋叶,却又带着沁入骨髓的冷意,"哀莫大于心死,皇上也见了,反正到了这一步,放不放都无所谓,不过呢!放了我对你父亲便是背叛,却可以给你换个好名儿;不放呢?你倒不失为一孝子!"

乾隆心中酸楚,等允禵说完,又趋前说道:

"十四叔,您不记得了,侄儿小时候和十四叔学骑马,在避暑山庄那块大草地上,咱们……"

"别说了!"允禵身子猛地抖了一下,目中莹莹,似有泪光:"说这个无用!如今新君既来,允禵仍是老话,要杀就杀,我允禵皱一下眉头,都不是好汉子!"

乾隆凝视着这个倔强傲慢的十四叔,长叹道:

"十四叔,您与皇阿玛之事,责不在我,况且早已过去,如今朕前来,绝无笼络叔叔之意,也不诽议皇阿玛是非,只是……唉,只是十四叔与十叔之事,皇阿玛宾天之前哀哀提及,说是当时受奸人挑拨,又在气头上,处置重了,还有大伯、八叔他们,都要我遵从遗命,代他完成心愿的……"

允禵本来对这个侄子就无太多恶感,十多年郁积之情早已呼之欲出,此刻见乾隆涕泪交流,也是真情自然流露,不带半点矫揉造作,心中的感情顿如决堤洪水涌将出来,竟自床上翻身滚落地上,辗转跌撞,号啕大哭:

6

"老天爷,你咋不公平啊!你咋这么狠心安排康熙爷的龙种啊!老天爷,你低头看看,老大幽死,老二幽死,老八幽死,老九也幽死,统统都是,统统都是暗无天日地死在活棺材里呀!"

乾隆热泪长流,俯身将允䄉挽起,扶他坐在椅子上,允䄉瘦削的身体兀自因激动而瑟瑟发抖。乾隆镇定心神,柔声叫道:

"皇叔,一切都过去了,皇叔当年雄风,朕至今仍记忆犹新,皇叔暂且先休养身体,这些天多到外边走走,去看看十叔,你们俩好好聊聊天。"

允䄉摇头苦笑:

"人都这样了,还谈什么雄风,一天能有两个时辰出去走走,我已很知足。老十前两天见过了,一改飞扬洒脱之气,满口华严,必是……"

乾隆知他想说允䄉是失了心性,忙将话题岔开,强笑道:

"皇叔,您以前在西边打过胜仗,这些天西边又有事了,朕想请皇叔先将用兵利弊写个条陈,以后还要皇叔重振雄风,效命西疆呢!"

允䄉眼中热泪横流,喃喃自语地不知说些什么,乾隆又谆谆告嘱了几句,方告辞出来,心情沉重地在草径中觅路走了一段,猛然站住,回头对张五哥沉声说道:

"你闻见十四爷屋里那股味儿了,真不知当差的是干什么吃的,你回去后向内务府打个招呼,再拨几个得力人手过来,好好侍候十四爷,对了,十爷那边也如例!"

出了十四贝勒府,乾隆站了很久,又回头瞅了一眼连轮廓都几乎分不清的宫殿门楣,长叹一声,大踏步走了……

乾隆三年是一个好年头,由于乾隆年轻有为、锐意改革,一时呈现出百废俱兴的好势头。准噶尔使臣乖乖地进京谒见了乾隆皇帝,要求谈判请准划界事宜,少了乾隆发展内政一后顾之忧、心腹之患。由于内廷西洋传教士的面请,教禁得到缓和,乾隆帝收回成命,只禁旗人信教,余皆不问,一时东西贸易竟呈蒸蒸日上之势。张广泗平了苗疆之乱,官兵撤回,又少一大项劳民伤财、吃力不讨好的开支。浙西防海潮之大石塘开筑,进展喜人,海石塘预计长八千余丈,倘使筑成,则浙西黎民可安居乐业,潮患不足为虑……

四下里捷报频传,都是令乾隆眉开眼笑的好事,乾隆此时真可以称得上是春风得意马蹄疾了。放眼天下,纵览古今,自认为登基伊始即可有此成就者,舍他而无第二人矣!心里一高兴,乾隆便大大地风雅了一番,一连串采取了许多举措鼓舞士子读书人舞文弄墨,吟风弄月,命令内阁学士方苞选批八股文,颁行天下,以为士子之范本,又亲自主持选编《钦定四书文》,还亲试了一百七十六员博学鸿词科之士,择其优者留于宫中以为词臣,并且还因势利导举行了一次讲演筵,筵间乾隆大出风头。

这样一来,乾隆便成了"文武全才",发兵打仗屡战屡胜,大振国威,诗词歌赋又有一手,众皆称服。乾隆毕竟是年轻人心盛,凡有所学必欲以为表露,如今占尽鳌头,谁都净讲他的好话,说他不飘飘然是假,借此时机,乾隆又不失时机地宽赦伍景祺、查嗣庭两案连坐之亲属,恢复了三伯允祉的诚郡王号。以允禵、允祯自释放以来,"守分家居,未尝生事",而大张旗鼓地对二位吹捧,并且授予二位辅国公官衔,这样一来,"宽仁、圣明,文武双全"的诸名称谓便一起落到了年轻的乾隆头上。

所有的事情都在意料之外地让二十八岁的乾隆皇帝惊喜莫名,唯一有些让他沮丧的是元年七月密立的皇储永琏于次年十月病卒,年方九岁,乾隆尽管美谥之为"端慧皇太子",心中也难免要戚然许久。

丧子痛定,乾隆又颁布了法令,命令革除广东与外洋贸易正税之外的百分之十附加税以引进外来产品,丰富庶民物质文化生活,并谕令停征各关米税,以促进米谷流通,缓解灾区庶民生活之苦。

此刻乾隆坐在龙椅上，得意洋洋地看着俯首在下的诸臣，心中真是说不出的高兴，他认为自己非常冷静，没有半分被胜利冲昏头脑的迹象，他明白好的开端仅仅是好的开端，他必须得更加增进统治经验，以至能被誉为"千古一帝"，方不负皇阿玛之愿望，亦不枉他乾隆为帝一场，此刻他已然服够二十七月之孝，尽了人子之礼，而且已焚香默祷上苍，愿在位六十年后，便传位嗣子。

乾隆也太有点狮子大开口，在位六十年又将置皇太子于何地？不过阴差阳错，以后历史的发展真走到了他所预料的那一步，他真的当了六十年皇帝，此是后话，暂且不提。

乾隆心里清楚，这一派大好形势至少有一半是虚的。正因为皇阿玛在位之日严苛法纪，他一上台便改弦更张，才令国家为之一新，然而，很多根深蒂固的东西还在顽固地蔓延滋生，这些东西只能以挟万钧雷霆之势刻意扫荡，方能涤除干净，免除后患，眼下却是不行。祷愿在位六十年也含此意，他要在他在位期间使所有的一切都走上欣欣向荣，繁华昌盛，那不是短时期内就能完成的。

紫禁城的秋天萧索而且凄凉，大清国的国家机器还在日复一日、月复一月地运行着，谁也不知道此时此刻有一个巨大的阴谋正悄悄降临，一枚小小石子的投入便能引起轩然大波、滔天巨浪……

这是一座非常漂亮的府宅，它吸引了众多过往行人的目光，尤其是府前那两尊威武的石狮和目不斜视的护卫更是让人仰慕，这便是庄亲王允禄的府第。

府第里，正摆着一桌酒席。从桌上丰盛的菜肴可以看出庄亲王府的富庶。但偌大一张饭桌，却只有三个人在吃。理亲王弘晳坐在上首，庄亲王的世子弘普坐在下首相陪，宁和坐在侧首。宁和本是宗室闲散人员，后来依附于庄邸。在乾隆刚上台时，由于庄亲王允禄的突出功绩,皇帝特地赐给允禄额外世袭公爵,允禄考虑到宁和至今还尚无一官半职,于是奏请将公爵封给宁和。要不是允禄极力奏请,宁和可能现在还只能是一闲杂人员,所以,宁和对庄亲王允禄是感激不尽的。在这三个人当中,弘晳当是排行老大,弘普次之,宁和再次之。

"大哥,你现在贵为亲王,怎么还是整天愁眉苦脸的啊?"

"亲王算个屁啊!成天只是跟着上上朝也不处理具体政务,我要它何用?哪像十六叔整天为政务忙得焦头烂额。兄弟,你有所不知,我为这事儿简直灰心到了极点。"弘晳对着坐在下首的弘普说。弘晳说完这句话就端起酒碗喝了一碗,他们已经喝得不少了,摆在一旁的两个空酒罐便是最好的明证。

"是啊!大哥你本该是国家栋梁才对。"宁和在一旁附和道。

"别瞎说!再说我们大哥也不愿当那种人,大哥本该是……才对!"弘普将其中的话省略了,不过大家都明白那是什么意思,弘晳应该是皇上才对。

"咳!过去的时光令人难忘啊!那时候,父王宠我,圣祖爷爷宠我,我的生活也过得无忧无虑,我本来期望着那一天的到来,可不承想半途杀出个程咬金来,打乱了我的全部生活,搅醒了我的梦,我从此开始了黑暗的生活……"

"世宗伯伯对你不是也很好吗?让你在府中自设会计司、掌仪司,我们十六王府可比不上二王府的福气哟!"宁和不失时机地加一句。

"哼!他那是邀买人心!"弘普针锋相对。

弘晳只是微微笑了一下,他端起酒杯,满脸戚色地对弘普说道:

"兄弟,往事暂且不提,我们还有很多话要慢慢说呢,先将这杯酒给干了!"说着就带头喝完了手中的那一盅酒。

"哼!弘历不让我们做事也好,免得我们世代让他耍,不过,他的日子也别想好过。我要让他瞧瞧我弘晳的厉害。"弘晳喝完酒又坐下来忿忿地说。

幸亏不是外人，要是当别人的面直呼皇上的名字，这可是大不敬啊，抓住是要杀头的。不过，这兄弟仨中，均已习惯了直呼皇帝的名字。

"弘历好狠，他也不想一想，他之所以能有今天，还不完全是我们大家的力量啊？现在他倒好，有了水吃就忘了挖井人了，他翅膀硬了，飞得起来了，想要摆脱皇室乾纲独断了。当初他弘历当皇上的时候，十六叔替他出了多少力啊？可现在你们看看，十六叔落到什么地位了，整天提心吊胆。我很多次碰到他老人家，他都愁眉苦脸。这弘历也太不是人了。"

一番长篇大论，激起了弘普和宁和的义愤。对于他们父亲的事，他们是知道得最清楚的，是啊，这几年父王很少露出笑脸来啊！弘晳看了看情绪被他感染的兄弟，心里不免自鸣得意：看来，我要实现我的计划倒决不是不行。

"要是我当上皇帝，十六叔决不会是这种模样，弟兄们也不致于坐在这儿空发议论了。"弘晳审时度势地加了一句。

"大哥，我们希望有那么一天。"弘普和宁和同时站起来说。

"你们在商量些什么啊！难道就不担心隔墙有耳。"弘晳、弘普、宁和赶紧回头望，但并不见人影，过了好大一会儿，弘升才从门缝里挤进来，这真是先声夺人。

"我道是谁啊？原来是你，快来坐。"弘普招呼着，宁和又赶紧拿了一个酒盅放在弘升面前。

"都统大人，今儿个怎有如此闲心来这儿走一遭。"弘晳半开玩笑半认真地说。

"找王爷你呀，听说你到十六叔这儿来了，既然二伯的孩子都能来这儿，我为什么不能来。"弘升说完就爽朗地笑起来，这兄弟几个中，就数弘升还豪爽点，所以老爱开玩笑。

"我们刚才说的你都听见了？"弘晳半笑着问弘升。

"一字不漏。"

"你是皇上的宠臣，快去向皇上告密吧！"弘晳以玩笑的口吻说。这弘升本是五王爷允祺之子，只是由于其父在争夺王位中受到株连，弘升也难逃一劫，最后与其父同罪遭圈禁。乾隆上台后，虑其为人还比较忠厚，这才赦其罪，令统火器营。火器营本是禁军所属，所以其都统一职便也是禁军要职。在人们看来，颇有被皇上倚为心腹之意。所以一上来，弘晳就戏弄着弘升说。

"要是我他妈的想要升官发财，我就不进屋了。刚才我站在门外偷听，你们谁人注意到？要是我不进来而是折身回去报告给皇上，到你们获罪那一日还不知道是谁所告。他妈的我弘升不做那种事，别把我看得太低了。"弘升故作生气状地对弘晳吼道。

"贤弟息怒，我刚才只是开一个玩笑，你可千万别当真。只是此事事关重大，你又是皇上身边的亲信，所以我才用话激你。来，贤弟，大哥这一盅陪你干了。"

弘升毫不谦让，豪爽地一仰脖子喝了下去：

"各位兄弟，你们将我想得太简单了。你们以为弘历给我一个都统职务就能收买我，你们以为我的命真就那么贱。实不瞒各位说，我对弘历那种颐指气使的态度烦透了。我时时都在盼望着弘历下台。"

"好兄弟，就为这句话，我们大家干一杯，为弘历的早一天下台干一杯。"弘晳提议道。

于是四只杯子被举了起来，停在半空又碰在了一起，碰溅出来的酒洒在桌上还散发着余香。在昏暗的灯光下看得出四个人为这杯酒喝得都很高兴。

既然大家一个心思要将新皇帝拉下马，接下来四位便坐下来商量具体的步骤和办法。

"大哥，你府上不是有一位侍卫嘛，听说武功超群。来无踪，去无影，何不派他去将弘历给干掉。"弘普对着弘晳首先提议。

"不行，宫中侍卫太多，一个人根本不可能完成这件事。我看如果能有御前侍卫帮忙就好了。"宁和故作深沉地在一旁说道。

但是找御前侍卫那是何等之困难。清朝有规定，御前侍卫不得与王公大臣交往，因而这四位中除了弘升其他任何人没有能认识一个御前侍卫的，但弘升又认为这条路不能走，因而等于这条路堵死了。四个人坐在一起想啊想啊，酒渐渐地少了，但办法还是没有想出来，总算弘晳不愧为前皇太子的嫡子，他最后巴掌一拍说道："有办法了。"

弘升、弘普、宁和赶紧凑过脑袋来问个究竟："什么办法？"

"这就看贤弟的表现了。"弘晳笑着对弘升说。

"只要是好办法，我粉身碎骨也不怕。"

"那好！我们四个人当中，只有你握有一定兵权，我看没有别的办法，只得利用你手中的火器营去干掉弘历了。"

"好办法！"弘普和宁和同时欢呼。

"好是好，只是我看我也未必能调动火器营，虽说我是都统，但军队调动权却并不全由我掌握。而且，在宫廷内部，除了御前侍卫外，还有乾清门侍卫，就这些人也足够我对付了。不过，没有别的办法，也只有试一试了。"弘升面有难色地说。

"贤弟，成者为王，败者为寇，此乃古之公理。任何事情都要冒险，我们要想升官发财，关键就在于你了。"

弘升终于举起了酒杯："量小非君子，我们干！"

弘晳得到了弘升的承诺，心里相当高兴，那天晚上他们兄弟几个直喝到大醉才散席。火器营的支持，无疑较各位王公大臣的口头允诺强得多。虽说一个火器营实力并不是很强，但弘晳要用它来干掉弘历，他要让弘历跪在他的面前求饶，他要当着百官的面剜出弘历的心，他还要发泄积郁在他心中多年的怨恨。他已经压抑得太厉害了，自从他爷爷将他禁锢起来以后他就在梦想着这一天。现在四叔雍正死了，弘历上台了，但不承想八叔生前的百依百顺换来的只是弘历的白眼和不时的警告，他已经受够了，他在心里不止一次地发过誓，他有一天也要让弘历尝尝这个滋味。弘晳自己也清楚，他与弘历之间的矛盾已是深得不可填平，总有那么一天弘历会除掉他，与其让弘历除掉还不如拼死一搏。现在机会终于来了，弘晳在心里冷笑道：弘历啊！弘历！你不会想到你会被你身边的人给干掉吧！哈哈！哈……

紫禁城，养心殿，年轻的皇上正在召见傅恒。傅恒是皇后的弟弟，现任蓝翎侍卫，虽说职位不高，却颇得信任，这次便是奉了特旨去调查弘晳一案的。乾隆听完傅恒的禀报，脸已经拉得老长。他恨弘晳这种人，恨弘晳辜负他的一片好意。

蓦然间，他想起了弘晳以前的种种不是：狂妄自大，傲慢无礼，对他极端冷漠。想到这些，乾隆就恨得咬牙切齿。别以为自己曾是东宫太子的嫡子就目中无人，别仗着自己的身份来反对我。我弘历这么几年的风风雨雨都过来了，还怕再多一个你来反对我不成？乾隆在心里恨恨地骂道：

"弘晳，别敬酒不吃吃罚酒，小心你的狗头。"

"傅恒，给我找讷亲来。"

"是！皇上，奴才这就去。"

在一帮老臣中，乾隆比较喜欢的就是讷亲了，他办事果断，勤于政事。这对于一个刚上台不久的皇帝来说是非常需要的，而且，讷亲不像鄂尔泰和张廷玉那样朋比为奸，挟制成党。所以乾隆有意将讷亲培养成自己的心腹大臣。任何一个社会，尤其是中国历代王朝的君主，如果没有自己的股肱和心腹大臣，他绝难行使至高无上的权力。乾隆也不例外，在他亲政初期，围在他身边的大臣大多是先朝留下来的老臣，这些人办事圆滑，办事经常相互推诿，没有效率，这对于雄才大略的乾隆帝来说可是最不喜欢的。因而讷亲的果断、办事有效率、对皇朝忠心耿耿自是乾隆器重他的原因。

"爱卿，朕找你来，是要给你商量一件事。"

"皇上，奴才承蒙皇上厚爱，皇上有什么事只管交代奴才。"

"嗯。"乾隆哼了一声，"近来弘晳、弘升等人行踪诡秘，爱卿可得小心着点。"

这句话一箭双雕、一石二鸟。既警告了讷亲不要与这些人往来，又表达了希望讷亲能留心一下他们的事情之意。其实，早在几个月前乾隆帝就经常得到消息说弘晳、允禄叔侄常在一起密谈，但乾隆当时并不在意。因为，就他来说，允禄也就是他的十六叔，他是很敬重的。不过，随着后来密报次数的越来越多，乾隆也开始重视，而且他注意到允禄开始变得小心谨慎，处处瞻前顾后。为此，乾隆曾不止一次地训斥过允禄。今天，乾隆将讷亲找来也无非是想让他的心腹之臣引起重视，他还未下定决心要惩治弘晳等人，不过，可以证实的是他对弘晳的不满越来越深。

讷亲步出养心殿还心有余悸，万岁爷不该是怀疑我吧？在前朝留下的顾命大臣中，鄂尔泰早已年近暮年了，再说鄂尔泰的忠心是万岁爷多次赞赏过的，因而皇上对鄂尔泰很是放心。张廷玉办事谨慎，不敢稍有逾越，虽也是大臣了，但仅凭这一点万岁爷就可以不顾虑。唯有我，正当壮年，在满族里又是唯一在朝任要职的大臣，虽然平时与弘晳等人往来不多，但对于这个王爷我还是有所联系的，难道万岁爷就以这个怀疑我有反对他的意思，要真是这样，我以后可得谨慎点，讷亲在心里自忖道，不可再与弘晳等人多往来以免招祸。

这一夜，北京城里的理亲王府又是灯火通明，酒香四处飘荡，这是理亲王在宴请他的兄弟：弘升、弘普、宁和，还有怡亲王府的弘昌和弘晈，还有十四王爷府的弘春、弘明兄弟。理亲王府是京城里最漂亮、最宏伟的王府，它本是故太子允礽的住宅，只是后来允礽被废才不如以前繁荣，而且曾经一度衰败，只是后来弘晳重新被封王之后，这座王府才又恢复了元气，不过要与允礽当太子时的景象比已是小巫见大巫了，但在现存的王府里，它还是热闹的王府之一。

弘昌和弘晈的父亲是雍正时的重臣允祥。允祥因在帮助雍正夺取皇位中出过大力,所以雍正上台后出于感激对允祥曾委以重任,直到允祥于雍正八年去世。雍正去世后,乾隆上台看弘昌、弘晈兄弟还算勤恳,就着弘晈袭了王爵、令弘昌袭了贝勒。这两人本该好好感谢乾隆,但他们全不吃这一套,他们还嫌不够,他们不甘心当清闲的王爷,他们要掌权。真所谓臭味相投,他们这才与弘晳兄弟相互欣赏、相互谋合。

弘春对乾隆更是不满。雍正时,他以告发自己的亲生父亲允禵而被雍正所赏识,雍正封他为泰郡王。但乾隆一上台,他的命运立即发生了天大的变化。首先自己的王爵被乾隆给解除了,乾隆又解除了其父的圈禁并被授以公爵。所以弘春对乾隆非常不满,仿佛将乾隆看作自己的死敌。弘晳也正是看准了这一点,才有意拉他加入自己的集团。

弘晳首先站起来敬酒:

"各位兄弟,今天我将大家找来,是有要事相商,来,咱先将这一盅酒干掉再说。"

一杯酒下肚,话自然就多了。几个人凑在一起又是笑,又是叫,完全跟绿林莽汉差不了多少。他们平时所受的教育早已置之脑后,他们已顾不得什么礼仪尊卑了,他们只是一群狂妄的无知之徒,他们只是一群善于做梦的野鸡。他们梦想着有一天能飞上天,但他们超常的体重和短小的翅膀却怎么也托不起他们。

几杯酒下肚,兄弟几个已畅所欲言了,为助酒兴,弘晳又叫出戏班来唱戏跳舞。在音乐声中,兄弟几个陶醉了,他们觉得自己仿佛正置身皇廷。再几盅酒下肚,兄弟几个已略呈醉态。

"我说弘春,你还想不想你当郡王的那个时候啊!那时候的你多神气,现在弘历一上台倒好,你现在连郡王也当不成了。"弘晳以一种半讥讽的口吻说,"我说哇!老弟,还是这样好。"说着弘晳指了指戏班和伴舞的婢女,"自己是个郡王,什么都可以享受。"

"哎!别提了,我何尝不想那个时代。但我现在有什么办法呢?我现在只有看着老哥你享受了喔。"弘春喝了一杯酒叹着气说。

"老弟,你想不想跟着我干,只要你跟着我,一旦成功,我绝对封还你郡王爵位,怎么样?"弘晳眯缝着醉眼对弘春说。

弘春一听要给他还爵,精神为之一振,他瞪直了双眼道:"你说的这是真的吗?"

"当然。"弘晳故作轻松地对弘春说。

"只要用得着兄弟的地方你尽管说。"弘春精神为之一振地说,"不过,具体你打算怎么办呢?"

弘晳叫过坐在一旁的弘升来:"弘升,你给弘春说一说。"

弘晳又叫过弘昌和弘晈兄弟也过来听一下。

当他们听了弘升准备率火器营将乾隆给干掉的消息后,大家立即鼓起掌来,叫好声连续不断。

"各位兄弟,且不要高兴,我还要给大家一个好消息。小四,你去把雷大爷叫来。"

站在弘升身边的小四领命而去。

"弘升,你葫芦里卖的是什么药,这雷大爷又是谁啊?"弘晳探身相问,其他人也竖起了耳朵想听下文。

"别急嘛!大家先喝酒,等会儿自然就知道了。"说着弘升笑吟吟地举起了酒盅。

不多久,一个威武的侍卫打扮的人跟在小四后面走了进来。弘升一见,赶紧走上前去迎接。

"兄弟们,我介绍一下,这位是乾清门侍卫雷震,隶籍正白旗。"

"幸会,幸会!"弘晳从心底里感谢弘升为他找了这么一个好帮手,所以赶紧热情地上前执住雷震的手。

弘升介绍了弘晳:"这是理亲王弘晳。"

雷震躬身道:"恕奴才有眼不识泰山。"

接着弘升又介绍了在座的弘春、弘普、弘昌、弘晈、宁和等人,大家一一见过礼后,这才又入席继续饮酒。

"雷兄，为了咱们大家的前途，先干了这一杯。"弘晳执盅对着雷震说道，同时示意大家将杯子端起来。

"王爷，你这样可折煞奴才了。奴才蒙王爷如此厚恩，我当效死马前，只要王爷你一声令下，奴才绝无二言。"

"好，我就欣赏这样的人才。事成之后，我决不会亏待你的，来，咱们大家干了这一杯。"

紧接着，每个人又同雷震喝了一盅。这样轮下来，七八盅酒下肚，雷震早已微醉，他睁着微红的双眼说道：

"王爷，你请放心，宫里的事就由我与都统大人解决。我已跟都统大人商量好了，皇上什么时候去哪儿，带了多少人我会及时通知都统大人的。"

弘晳故作动情地对雷震说道：

"雷兄，这事全靠你了，我们大家可等着你的佳音哟！"

"王爷知遇之恩，我当涌泉相报。王爷，你就放心吧！一有机会，我就通知都统大人，然后……"

几个叛臣逆子围在一块商议，却不想隔壁有耳。就在伴舞的那几个舞女中，有一个叫菊兰的姑娘，她原来是鄂尔泰府上的人，只是有一次弘晳到鄂尔泰府上作客看上了菊兰，鄂尔泰作为人情送给弘晳的。虽然，菊兰人在理亲王府，心却在鄂相府，因为她的心上人在那边。从弘晳他们一喝酒开始，菊兰就在留心地听，她听清了弘晳说的"我们一定要将弘历给干掉，将来有朝一日我当上皇上，一定要给你们封王加爵"。当她初一听到这句话时，心里咯噔一下，她感觉得到她的心在往下沉，她的身体在颤抖。不过，这一切很快过去了，她迅速地平静了自己的情绪，并满脸堆笑地继续跳着舞，仿佛没事一般。

宴席散后，菊兰回到屋里，怎么也平静不下来。她虽为下人，但她明白法度，她知道反对帝王是什么大罪。她还不想死，至少不想因为弘晳而死，至少要死也得跟着她的心上人死。她要活命，为自己活，也为心上人活。更主要的是，她不止一次地听过她的心上人夸奖当今皇上英明、豁达，她不愿这样的好皇帝被人干掉，她要去报告皇上。但她又转念一想，这样不行，如果我去别人肯定不相信我，哦，对了，我还是先去找我的小珠去吧！先跟他商量商量。菊兰这么一想，一扭头离开了理亲王府，冲进了无尽的黑夜。

鄂府一片宁静祥和，府里的人早已安歇。菊兰跑到鄂府门前，早已气喘吁吁，菊兰本是鄂府人，所以门前的护卫也都认识他。

"菊姑娘，你半夜跑来干什么啊？这都什么时辰了，是不是又想珠哥哥了？"

"谁跟你们说笑，人家来这儿是有急事嘛！"

"嗯！不行，非得说清楚才能进。"一个护卫半开玩笑地说。

"李大哥，皇上有问题我可得找你啊！"菊兰认真地说。

那个护卫吓得脸色惨白，皇上真的有了什么安危，他可担当不起，赶紧放菊兰进去。

鄂相府对于菊兰来说轻车熟路，她很快来到了她的心上人鄂尔泰的随身护卫珠云房前，并急急地敲起门来："珠哥哥，快开门！"

"小菊！"珠云迅速地打开房门，将菊兰让进屋内，"你怎么这个时候跑到这儿来？"

"弘晳等人想谋害皇上！"

"是真的？"珠云一脸茫然地问。

"是真的。"菊兰使劲地点了点头，接着，菊兰讲出了都有什么人参加密谋。珠云一听完，脸色马上沉重下来。这是一起严重的谋反案，必须得马上报告给老爷。

鄂尔泰听完珠云的讲述，心里也不免一震。他意识到了问题的严重性，他在房间里来回踱着步，思考着该如何处理这件事，是这时候就去上报皇上呢？还是等着明儿上朝去报？最后，他决定立即上报皇上。

"珠云，令人备轿到养心殿。"

"是！老爷！"珠云从刚才鄂尔泰白发掩盖下的眼神中已猜到了这一招，所以他很快地出去安排妥了这件事。哦，对了，得跟菊兰打一声招呼，但是时间又来不及了，不行还是让她在屋里等着吧！

"老爷，轿备好了。"珠云整装进屋报道。

"好！立即启程，珠云，你随我去一趟。"

"是！"

第二章
窥天命弘升信妖道
为己心乾隆戏御亲

傅恒自从带来弘晳要谋反的消息后便受到了乾隆的极度赏识。不过，他的蓝翎侍卫身份并未随之改变。其实，说起为什么一个小小的六品侍卫会受到皇上的赏识还有一段原委呢。

鄂尔泰带着十多个人，打着火把，迤逦向养心殿行去。珠云骑着高头大马在一旁陪着，在火把的交相辉映下显得尤其神气。

鄂尔泰坐在轿里，两眼紧闭。如果这事儿报上去，皇上又将怎么处理这些皇子皇兄呢？他想起了雍正处理其亲兄弟的情形，这是他全部知道的。已经有那么一次了，他不想当今皇上再继续走先皇的老路。但是，对于这些叛臣逆子不这样处理又怎么处理呢？待会儿皇上问起来我又该怎么回答呢？鄂尔泰为此事伤透了脑筋。

鄂尔泰一行走到半路，遇上了步军统领鄂善带着一队士兵在巡逻。老远鄂善就看见了那边的火把，等到火把近了，他大声问道："谁深更半夜在城里乱走？"

珠云一听前面有人问话，赶紧打马跑到前边对着鄂善施礼道：

"提督大人，我们大人有要事见皇上。"

"鄂中堂这时候去见皇上？"

鄂尔泰从轿里探出头来对鄂善说道：

"鄂善，你在巡夜啊？正好，你陪我一起到皇上那儿去吧！说不准有事要你去办呢。"

"是！鄂中堂！"鄂善随即领着那队兵卒尾随在鄂尔泰轿后。

很快地，鄂尔泰一行到了紫禁城。鄂尔泰下了轿，留珠云和其他人在外面，只和鄂善两人步行进去。

"鄂善，弘晳想谋反。"鄂尔泰边走边跟鄂善说。

"真有这事吗？怪不得讷中堂前日给我说皇上警告他不要与弘晳等人往来。"鄂善讷讷地说。

"哦！皇上早已知晓，怎么皇上也不提及，只是说给讷中堂。"鄂尔泰似乎有些不高兴。虽说鄂尔泰与讷亲同为辅臣，又同是军机，但他看得出近来皇上越来越宠信讷亲，他担心皇上嫌他老了。主嫌臣老，这可是做大臣最忌讳的事，一旦皇上有这个意思，那么这个大臣也甭想再有好日子过，除非自己主动提出归仕。鄂尔泰几朝老臣，自然明白坐冷板凳的苦日子，康熙朝他受过冷遇，他明白其中苦衷，他不愿意自己再坐冷板凳，自然看见别人受到皇上宠信就不舒服。

"鄂中堂，你说皇上会怎么处理这件事？"

"我就是一直在思考这个问题，你说皇上可能会怎么处理呢？"

"奴才叩见皇上。"鄂善和鄂尔泰进门就给乾隆请安。

"免礼。"乾隆平和地说，"爱卿夜半上殿有什么事啊？"

"禀告皇上，奴才从理亲王府得到消息说弘晳与弘升相商想用弘升统领的火器营谋害皇上。"

乾隆一听，从御座上站了起来，一巴掌拍在御案上，震得御案上的奏折直往下掉："真是岂有此理！朕平日待他二人也不薄，不想二人却恩将仇报欲加害于朕。鄂尔泰，朕待他二人薄了吗？"

"不薄。"鄂尔泰应道。

"朕念及弘晳是二伯嫡子，对他以往不对之处虽屡加训斥，但并不想严惩。可惜的是，他却屡教不改，令朕非常失望。去岁三月二十日他当着群臣的面怠慢朕，朕未曾挂怀，今岁初又当着群臣的面与朕相顶，朕尚未惩治他一下，今日他反倒要朕的命！朕登基以来，本想以宽大为怀，推行朕心中的仁政，革除先祖严猛所遗下的弊病，可偏有许多人不领情。朕赐予先祖革退的宗室以红带、紫带，令载入玉牒，本想借此免去先祖时的手足相残之祸，但不想落花有意，流水无情，宗室觉罗全不理解。"乾隆说到这儿停了下来，又重新回到御座旁。

鄂尔泰上前拾起掉在地上的奏折，重新放在御案上，说道：

"皇上的仁政，天下共识，不知为多少人所推崇。弘晳等人自取灭亡，那是他们咎由自取，皇上也不必过于伤心。现在最要紧的是如何解决这个问题，如何处置弘晳、弘升这些叛臣逆子。"

"鄂善，你说说该怎么办呢？"鄂善也是前朝老臣，但深得乾隆赏识和喜爱，所以让他任九门提督之要职。这鄂善一听皇上发问，和跪在一旁的鄂尔泰相互望了一眼，这才慢慢地说道：

"奴才以为不妨依前朝例，对这些叛臣逆子加以圈禁。"

"嗯！"乾隆没有加以评说，他又从御座上站了起来，走过御案，来到鄂尔泰和鄂善跟前说道：

"二位爱卿乃先祖托孤重臣，朕登基以来，二位爱卿忠心耿耿，令朕十分宽慰。看到二位爱卿的一片忠心，想起弘升、弘晳的忤逆行为，朕就非常痛心。"

鄂尔泰毕竟是朝中老臣，又久居要职，对于揣摩皇上心思自是有一套。他猜皇上可能还想征求一下其他几位军机的意见，于是便小心翼翼地说道：

"皇上，将张中堂和讷中堂也叫来吧？"

乾隆点了点头，"传讷亲和张廷玉上养心殿。"不大工夫，讷亲和张廷玉就来到养心殿叩见皇上。

"免礼平身。鄂尔泰，你给他们两个说一说吧！"乾隆对着讷亲和张廷玉挥了挥手，示意他们和鄂尔泰、鄂善站在一块儿去。

鄂尔泰奉旨后简单地向讷亲和张廷玉叙述了一下情况。

乾隆在殿上听着鄂尔泰的复述，不禁感叹道：

"朕愧对列祖列宗啊！朕本不欲非难弘晳、弘升等人，但他们却阳奉阴违，非但不将朕放在眼里，而且还处心积虑谋害我。苍天悠悠，皇祖在上，朕不是不念手足之情，而是被逼得实在没有办法。"依乾隆本性，他是仁慈的，他自己曾经历过父亲时各叔父为争夺皇位展开的斗争，所以他不愿再在自己身上发生类似的悲剧。而且，他也最恨辜负他厚望的人，所以，他对弘晳等人所为既恨又痛。

"皇上，依臣看不妨先逮弘升，交刑部审讯，如若罪名成立，再行逮捕其他谋反人员。"张廷玉才思敏捷，他一听完鄂尔泰的叙述后很快想出了这条解决办法。

"嗯！这条计策不错。"乾隆从心底里赞成张廷玉的这条办法，这样牵涉面既小，同时又可起到顺藤摸瓜的作用，到底是不愧在朝里干了几十年。"鄂善，你带人立即去将弘升捉拿解送宗人府审讯。"

弘升做梦也想不到，他们的计谋还未得实施就已被别人泄了密，而且在他被抓之前他都还不知道是谁告的密。从弘晳家里回来，他还在做着军机大臣的美梦，想不到这会儿就有差役来抓他。

弘升被抓的消息很快在京城里传遍了，人们争相转告，尤其是茶馆酒肆，这事更是人们谈论的话题。他们拭目以待要看看皇上怎么处置他自己的皇兄皇弟。

宗人府不敢徇私，连夜审讯。弘升扛不过严刑和酷打，被迫交代了他与弘晳等人在一起密谋的全部事情。宗人府连夜记档上奏皇上。

弘升被捕的消息传到了弘晳耳中，他不由一阵恐慌。他搜肠刮肚地想是谁告的密，雷震？但他那天晚上一直喝到那个时候啊，而且其本人跟弘升又是关系极好，不可能是他告的密。其他几个同族兄弟，也不可能啊。这些人平时与他都有往来，而且，而且这些人他是了解的，他们决不会告密。那么又是谁呢？想不出来。再说，他现在即使能查出是谁告的密，他又能怎样呢！此事已经传到皇帝耳中去了，即使查出来也于事无补啊。更何况，弘升已被逮住下狱了。

这一天按例上朝，弘晳也是忐忑不安。他非常怕乾隆突然将他喊出来，然后当着众臣的面宣布他的罪行。但乾隆并未这样，他表现得很平静,并未为难弘晳。弘晳当时悬着的心总算落了下来。不过,放下了一时的心,却不能放下一世的心,弘晳还是提心吊胆。

乾隆看了宗人府呈上来的奏折,基本证实了鄂尔泰所言,他当即批了一段朱批并叫以谕旨的形式发布:

"弘升所从事之人,朕若宣示于众,则牵连者甚多,而其人何以克当。"

这段谕旨第二天京城的百官均看到了,他们明白弘升后面当还有后台,但这个后台是谁呢?他们在猜,弘晳?允禄?还是……

就在百官瞎猜的这段时间里,乾隆也在考虑,在彷徨,因为他发觉,在此事的背后,受牵连的还有庄亲王允禄。

"十六叔哇十六叔!朕待你也不薄,可你为什么纵容你的儿子与弘晳往来,而且自己也模棱两可。"乾隆想起了自己儿时与允禄在一起相处的一点一滴。当时,弘历因受圣祖宠爱被养育宫中,一切生活就由允禄生母密嫔照顾,平时,他与允禄一起受教于圣祖爷爷。但圣祖不来的时候,则由允禄传授弘历学问和骑射、火炮,因此,弘历和允禄的关系非同寻常。现在允禄也参与这事,乾隆自然是有些难为情,到底逮不逮允禄呢?不逮,未免有人说朝政过宽,要是逮了,又有些于心不忍。

"高云,你说说我该不该逮啊?"乾隆对着服侍在他身边的太监高云说道。

"回万岁爷,奴才不敢说。"清朝例制,太监不得参政。乾隆刚上台时,也曾有过这种规定,所以高云才不敢说。

乾隆此话既然已经出口,也不好再改悔。所以他接着说道:

"朕叫你说,你就说说看。"

"是。"高云叩了叩头,"万岁爷,依奴才之见,还是逮的好。十六皇叔虽是万岁爷宠幸之人,但谋害天子本是大逆罪。若万岁爷就此放过,未免会给人以万岁爷不遵律例的借口。"

说得有道理，公是公，私是私嘛，不能因私废公。允禄一定要逮，只是逮住以后可以处罚轻一点嘛。乾隆一旦打定主意，就着人去传鄂善逮捕弘升供出的所有人员。

允禄一干人相继下狱，京城里又炸了锅。因为这事儿与弘升被捕下狱就只差几天工夫，在这一帮人中，乾清宫侍卫雷震也在其间。

乾清宫侍卫也参与这宗皇室争权案是乾隆最气愤不过的。乾清宫侍卫与御前侍卫本是由上三旗选出的，按理应该对皇帝绝对忠心，但不承想弘升居然捅到了这个点子上来，这不证实他乾隆看人没眼吗？所以乾隆非常伤心，也非常失望，他下旨将雷震立即处斩。

军机处这几日也显得特别忙，因为鄂尔泰、张廷玉、讷亲等人也不曾想到十六王爷也参与了这件事。皇上有旨，叫军机处也拟一份处理意见出来送交皇上过目，这到底该怎么拟呢？几位军机大臣展开了讨论。

"允禄只是放纵子女，其罪不是太深，因此，据我看来处罚也不应过重。"鄂尔泰首先发言，一则他是军机处中年岁最大的，另一方面他又是首席军机大臣。

"但大清律例，谋害皇上乃是大不敬，虽然允禄罪行不大，但其罪已构成大不敬了。我认为其罪不宜太轻。"张廷玉本来平时对鄂尔泰就有些不满，因而两人经常闹些摩擦，抬抬杠。

"允禄一世老臣，没有功劳，也有苦劳。虽然他今日涉嫌谋反，但也不能不顾及他为大清江山立下的功劳哇！"鄂尔泰针锋相对。

"鄂中堂，你别为允禄庇护。大清律例，你是清楚的，大不敬当受杀头之罪。鄂中堂，大清律例我们能破吗？"张廷玉反诘道。

"先祖在时，杀过人吗？我有些不明白，特向张中堂讨教。"鄂尔泰反唇相讥。

讷亲一见二人再说下去恐怕就得吵开了，因而他赶紧站出来道：

"二位中堂所言的都有理，鄂中堂所言不宜处罚过重可以考虑，但若处得过轻又似乎有些不合适。据我之见呢，可仿先祖旧例，革去允禄王爵加以圈禁，不让他在朝中任职，不知二位中堂以为如何？"

鄂尔泰和张廷玉也觉刚才火气有些太甚，这会儿听讷亲这样一说，二人赶紧就此借着台阶下台，"讷中堂说得是。"两人附和道。

"既然这样，我想就拟将允禄革去王爵，免去其理藩院尚书、议政大臣职，革去亲王双俸，你们看怎么样？"鄂尔泰望着讷亲道。

讷亲望了望一旁的张廷玉说道：

"既然革去他的一切职务，那连内务府大臣职也去掉吧！张中堂你说呢？"

"就依二位中堂的意见吧！"张廷玉见事已至此，也没有别的办法，只得顺着二人的意思去办。

于是一份拟将允禄革去王爵加以圈禁的折子送到了乾隆眼前，乾隆看了放下，放下又拿起来看。虽说这个处理办法不失为一条好办法，但乾隆总觉得这样处理未免有些过重，不过一时之间他又想不出更好的办法来。先看看宗人府的折子再说吧，乾隆心想。但是令乾隆极不高兴的是，宗人府审了几天了到现在还没有拿出一个处理意见来。

"传宗人府加紧审理，令他们快一点拿出办法来。"

宗人府见皇上催办，哪敢再迟缓，赶紧审，赶紧提出处理意见。对允禄的处理意见基本上与军机处相同。其余的，弘晳革去王爵，弘升革去王爵，二人俱着永远圈禁。弘昌革去贝勒，弘普革去贝子，宁和革去公爵，弘晈革去王爵。

乾隆看了看宗人府的奏折，对其他人的处理意见他是赞同的，但是对允禄和弘晈的处理他还需斟酌、考虑。可他自己也实在是想不出比这稍微轻些的处理办法，有也只有在军机处和宗人府所上呈办法上做文章，"哦！对了，我为什么不问一问老佛爷呢？"

"允禄在先祖时还是比较忠心的，而且，皇上登基之初，他也有拥立之功、辅佐之劳，这一点你不是不清楚的。"

"儿子也是这样认为的，只是朝臣均说大清律例大不敬当诛。"

"唉，皇上，你怎么一世聪明，一时糊涂啊！你怎么就这么不能变通呢？你现在是皇上，是天子，你想怎么办就怎么办，只要你自己认为是正确的，你又何必去顾忌那么多呢？再说，你想轻处允禄，可以下一谕旨开脱允禄罪名嘛，这样不是群臣就没有说话的余地了吗？"

"老佛爷说得是，儿子回去就拟旨，轻罚允禄。"

"只是弘晳这小子千万不能放过，我以前也听说过他对你不忠、不顺的事，这一次，你可不能再睁一只眼、闭一只眼了。"

乾隆从慈宁宫出来，心里明朗了许多。是啊！天子的权力就是大，自己想做什么就做什么，今天，要减轻十六叔的罪名不就一道谕旨吗？要解决他弘晳，不也只是一道谕旨吗？弘晳，你小子别跟我斗，你也不看看你是不是那一块材料，乾隆在心里暗道。想到弘晳就要倒霉，乾隆不禁一阵欢喜。但马上他又陷入了愤怒，因为他听到了一个消息。

一个叫福宁的宗室上告说弘晳利用道士灵虚子搞大逆不道行为。乾隆一听这个消息，当时肺都快要气炸了，他是最恨道士的。因为他怀疑他皇阿玛可能就是因为吃了道士炼制的丹药而久病难愈的，这也是为什么他登基之初就大开杀戒，杀死了那两个留在宫中的道士，但想不到弘晳现在利用道士来谋害他，所以乾隆心里相当憋闷，在心底里暗暗发誓，他一定要将灵虚子绳之以法。

灵虚子本是一个江湖道士，一生四处漂泊。一日，他正流浪北京街头，正在那儿为人卜卦，恰巧弘晳打那儿经过。平日，弘晳对相面算卦这一套就很是有兴趣，便停下来看个究竟。灵虚子一见弘晳那模样,白皙面孔,发亮的印堂,一副贵人之相。再看身后随从,灵虚子立即明白这是王爷,因为他从弘晳身后随从所穿的王府护卫服装上看出来了。

"大人,卜个卦?"灵虚子热情地对弘晳说。

"道士,你算算我是谁?"弘晳一脸傲慢,想看看道士的本事。

"如果我算得不错的话,你当是住在理亲王府的王爷。"灵虚子自己嘟囔一阵后睁开眼说。他为什么知道呢?因为他听见弘晳背后有人说我们二王爷,他一推,正好是理亲王府,所以便毫不迟疑地说出。

"嗯!那你算一算我有什么前途?"

灵虚子故作神秘地说道:

"王爷,我看你有大鹏之志,大丈夫当拥有天下,锦绣河山任意驰骋,三千后妃当随意挑选。王爷,我只能点到这儿,你回去好好想想吧!"

弘晳何等聪明之人,他立即明白了其中之意,他哈哈大笑一声,拉着灵虚子的手就说道:

"走,到我府上去喝一盅。"

流浪江湖惯了的人哪讲什么礼节,灵虚子一听收起东西就跟着弘晳进了理亲王府。从此,弘晳有事没事便陪着灵虚子饮酒作乐,并赏了两个婢女给灵虚子享受,灵虚子俨然成了理亲王府的贵宾。

灵虚子到了理亲王府后,弘晳对他越来越信任。他往往自称是全真教长春真人丘处机的第十八代弟子。丘处机谁都知道,是宋末元初的著名道士,据说曾给成吉思汗当过讲官。弘晳对丘处机本是极为推崇的,所以一听灵虚子是丘处机第十八代弟子,心里便升起无限钦佩和敬意来。

有一次,弘晳便问灵虚子:"你既是丘真人第十八代弟子,当能未卜先知?"

灵虚子一听弘晳提到丘处机,马上肃然起敬。他神色一正道:

"祖师爷教导他的弟子要辅佐明君、安定天下。他老人家对他的嫡传弟子极是关照,只要他弟子按他所要求的去做,他老人家便会附身显灵。王爷,既然你是祖师爷所要求的那种人才,那么现在你有什么问题你就问吧!祖师爷会显灵的。"

"哈!哈哈!那好,我问你,准噶尔能否进京?"

"王爷,贫道实不敢欺。准噶尔虽势力强盛,但进京却有些困难。刚才祖师对我说,准噶尔只能打到陕西来。"灵虚子闭目道。

弘晳多少有些失望,因为他希望准噶尔能打进京城来,帮助他夺取皇位。但灵虚子却说准噶尔顶多只能打到西安,你说他怎么不失望。打到西安不和打到新疆一样吗?对他弘晳一点好处没有。

"那天下太平吗?太平的话,能太平多久?不太平,又是什么时候天下大乱?"

"天下不太平。"灵虚子慢吞吞地说,"因为天下本归王爷所有,但现在却落在别人手里,这便是天下不能太平的缘故,依贫道看来,天下不久将要大乱,先是西北准噶尔起事,次是台湾与江南反清复明起事,再是蒙古部闹事。"

"那我能取得天下吗?"弘晳急切地问。

"王爷福运,天下不久就要归到你手。"

"那弘历寿算怎么样?"

灵虚子掐了掐手指:"弘历顶多还有一年阳寿。"

"假若天下太平,我也有升腾的希望吗?"

"王爷虽然有,但得等到王爷将近花甲之岁方能升腾。王爷若想得天下,只得依天下大乱时趁机于宫中起事干掉弘历。"

弘晳听完灵虚子的先知,心里踏实了许多,照灵虚子说来,他只要安心等到天下大乱时他便拥有了天下,而且这一天的到来已经不远了。正因为这一天的到来不久了,所以弘晳才想着要培植自己的势力,这才拉拢各位皇兄,但不想天下不但没有大乱,自己反倒身陷囹圄。

弘晳一被捕，灵虚子的日子也就不好过了。他这个所谓丘处机的第十八代弟子本想趁机溜走，但不承想理亲王府被禁卫军封了起来，根本就甭想逃脱出去。说实在的，灵虚子自从进了理亲王府后便知道有这一天，只是他没想到这一天会来得这么快。就在灵虚子惶惶不可终日之时，他的厄运终于到来了，禁卫军将他逮进了刑部。

乾隆对灵虚子一案极为重视，所以他命平郡王福彭和讷亲一起会审灵虚子。福彭在雍正朝任过边疆重臣，乾隆继位后，念在昔日同窗好友的分上立即将福彭调到朝廷任职，先是协办总理事务，但随着乾隆二年总理事务处的被裁撤，福彭的命运也发生了变化，他并未能入军机处，只是受命管理正黄旗旗务。这次乾隆命他担任这个案子的审讯人，可能是想起了年轻有为的同窗好友吧。

灵虚子毕竟不是丘处机的第十八代弟子，他很快露出了马脚。原来他只是一个混迹江湖的普通道士，他什么也不会，只会拍马屁，揣摩人的心思。不过，他帮助弘晳谋夺皇位，用道语诅咒皇上，业已构成死罪。所以讷亲与福彭上折请将灵虚子处斩。乾隆看了以后，批了一段朱批：交刑部立即执行。

灵虚子一案，加深了乾隆对弘晳的仇恨，他真想一刀斩了弘晳。但他不能，他不能给人以皇帝残杀手足的形象，他现在正推行仁政，他知道他这样处理又会给他的仁政带来什么样的影响。算了，就依宗人府意见，让他永远圈禁就行了。

一道谕旨很快传到了百官眼前。谕旨是这样写的：

> 允禄虽参与推翻朕一案，但朕念其于大清有功，又有朕登基初的拥立之劳，从轻发落。允禄免革亲王，仍管内务府事，其亲王双俸、议政王大臣、理藩院尚书职俱着革退。弘晳用道士迷惑人心，本其罪当诛，但朕念

及手足之情，仅免去其亲王着永远圈禁。其余胁从人员，亦受皇恩，但不思图报。朕念及各位年龄尚小，是弘晳所诱，着从轻发落。弘升革去王爵，着永远圈禁，弘昌革去贝勒，弘普革去贝子，宁和革去公爵。弘晈因先皇恩赐世袭王爵，免予革除。在朝百官，当以此事为勉，断不可紧步其后，辜负皇恩。朕本不忍处理尔等，但大清律例朕不敢违，朕只得挥泪含痛依律例处罚。百官大臣，当以此等为鉴，尽心辅佐朕成千秋大业。

钦此

这道谕旨，百官王公看了以后立即为皇上的仁慈所感动，他们纷纷上疏表示自己的忠心。其实，这也正是乾隆所希望的结果。这样既处罚了叛臣逆子，又为他博得了仁政的美名。

一封八百里加急奏折递到了御桌上，乾隆拆开一看，吃了一惊，原来山东临清一带黄河又决堤了，章丘等六十个州、县、卫遭受水灾。

"张衡臣，你看看这个折子。"乾隆说着把折子递给了跪在前排的张廷玉。

张廷玉接过折子一看也吃了一惊。他看完后，随手递给了跪在他身后的另一军机大臣海望。

"张衡臣，你说该怎么办啊！"

"回皇上，臣以为皇上一方面拟派大臣到山东赈灾，另一方面下户部议免去今年受灾州县的钱粮。"

"好，就这么办。我看就不必要下户部议处了，你立即去给我起一谕旨免去受灾州县钱粮。"

"是，臣立即去办。"

张廷玉素以文学著称，在雍正朝不知有多少法规由他手中而出，而他自己之所以有今天，也正是由于他的文笔。他的才思敏捷，所以让张廷玉拟一个减免钱粮的谕旨，这对于他来说简直是家常便饭，很快他拟好了减免钱粮之稿送交乾隆。

> 山东章丘、临清等六十州县遭此水灾，朕夙夜忧叹。朕登基以来，抚恤民生，本望上苍保佑，却不想苍天之意，不可违，还是要降此灾与朕。朕痛黎民生活之难艰……遇此变际朕当求祭于上苍。至于灾区黎民，地方官员当加以赈济，附近各省应予以协作，为解黎民之燃眉，特蠲免今年受灾州县额征钱粮十三万九十七百余两。俟黄河治理之后，地方官员当极力帮助黎民恢复家业、重新播禾。
>
> 　　　　　　　　　　　　　钦此

乾隆看了之后很是满意，只是拿起笔来在重新播禾后面加了一句："今年各州遭灾，明年各州当征七分钱粮。"加完后，乾隆这才令人以谕旨形式晓谕受灾各州、县官员以及附近安徽、直隶官员，要他们通力合作治理黄河以绝后患。

谕旨是下去了，但派谁去赈灾呢？傅恒，乾隆脑海里忽然闪出这个名字，对，就派傅恒去。

"传傅恒见驾。"

傅恒自从带来弘晳要谋反的消息后便受到了乾隆的极度赏识。不过，他的蓝翎侍卫身份并未随之改变。其实，说起为什么一个小小的六品侍卫会受到皇上的赏识还有一段原委呢。

有一次，乾隆下朝后没事就往钟粹宫走去，当他到皇后富察氏屋里时，见皇后正和一个年轻女子在谈话。那女子的美貌立即吸引了乾隆：一张瓜子脸，樱桃小嘴再配上小巧玲珑的鼻子绝对是巧夺天工，还有那双眼睛，水汪汪的，仿佛里面全装的是柔情蜜意。当乾隆走进屋时，那个女子对着乾隆笑了笑，一笑两个酒窝立即呈现在乾隆面前，看起来更加漂亮。乾隆简直是看呆了，他可从来没看见过这么漂亮的女子,虽说有三千后宫供他挑选,但中他意的却寥寥无几,而像此女子这么漂亮的,更是没有。

"臣妾叩见皇上。"皇后一见乾隆进来马上给他请安,但乾隆好像没听见似的,他还是痴呆呆地望着那个女子。皇后再请了一次安,乾隆才意识到自己的失态,马上笑吟吟地看着皇后。其实皇后早已看见乾隆的失态,她心里不禁一阵妒意,但她自己并不是那种狭隘的人,她知道作为皇后,妒忌是第一大不恭,所以她对乾隆的风流往往是闭一只眼、睁一只眼。她要求不高,只要皇上能尊她爱她就行了。

"这是我弟妹漪秀。漪秀,快来见过皇上。"

名叫漪秀的女子不是别人,正是皇后的弟媳、傅恒的妻子。其实,漪秀从看到乾隆的第一眼开始便有些心动了。乾隆那两道剑眉,英俊的面孔、高耸的鼻子令她不能忘怀,她早就想等着她的姐姐给她介绍。这时听皇后一说,马上前来跪安:

"奴才漪秀见过皇上。"

"快起来,快起来。"

"漪秀,过来陪着皇上说说话,我去给你们倒茶。"皇后说着就要走出门外。

"皇后,还是让宫女去吧!"乾隆拉着皇后的手。

"不,还是我自己去。"皇后说着带走了屋内的两个丫鬟,将乾隆和漪秀两个单独留在屋里。

乾隆和漪秀的这段隐情,傅恒却始终蒙在鼓里。也正是由于乾隆指染漪秀,于是便想重用傅恒,一方面是想填补心中的不平衡,另一方面也是出于对皇后的感激。更主要的是,他发觉傅恒是满人绝对可以大用,张廷玉和鄂尔泰毕竟老了,讷亲虽然可引以为心腹,但未免势单。

"皇上,召见奴才有什么事?"

"傅恒,你听说山东黄河决堤一事了吗?"

"回皇上,奴才不知道。"

"嗯！朕想派你为钦差前往山东赈济，你愿去吗？"

"皇上，你叫奴才什么时候启程奴才就什么时候启程。"傅恒一边磕头谢恩一边说道。

"那好吧！明天你启程，朕让徐本陪你去。傅恒，自从大清入关以来，黄河大堤就不知决过多少次了。以前每次决堤，先祖总是费尽苦心赈济灾民，真是一片苦心普天共知。朕这次派你去，只是望你不负朕的使命，要如先祖那样，好好地赈济黎民，不要让黎民说朕不厚待他们，也不要黎民说朕不如先祖。圣祖时爱民如子，朕登基之初曾许过愿要以圣祖为榜样，朕不想圣祖在天之灵说朕有辱他的脸面。好啦，你下去准备准备吧！只是朕今天一片苦心，你可要好好领会。"乾隆说完朝着傅恒挥了挥手。

傅恒的山东之行完成得很好，以致他一回到京城，立即受到了乾隆的召见。乾隆对他的不俗表现大加赞扬，并赏赐给他御酒一瓶、绸缎二匹、御用茶叶两盒以示嘉奖。

第三章

大富户买官员吊孝
新皇帝赐宠臣自裁

乾隆不免一阵伤心,他在心里默默念道:鄂善啊!你为什么非将朕逼上绝路呢?你若是一般人,我或许还能放过你,但是你却是我的重用之臣啊!说句心里话,我不想处置你,是你逼我这样的啊!

乾隆刚为山东决堤放下心来,陕西道御史仲永檀的一份密折又使他陷入了愤怒。仲永檀的奏折里面提到:步军统领鄂善接受京城富民俞君弼贿银一千两。俞君弼丧葬出金请九卿吊丧。礼部侍郎吴家骐因参加俞氏葬礼受吊丧谢仪银五百两,又吞分送给九卿炭金两千两。詹事陈浩在俞家陪吊,奔走数日。同时,仲永檀在密折里谈到前往俞家吊丧的不只九卿,大学士张廷玉差人送帖,徐本、赵国麟俱亲往彼处。

乾隆一看完这份奏折,气得扔在御桌下面,吓得鄂尔泰、张廷玉、讷亲相互对视,他们不明白什么事惹得皇上这么不高兴。

"这简直太不成话,再这样下去成何体统。朕实行仁教,可偏有人不理会朕的苦心。他们眼中可有朕否?心中可有朕否?哼!张衡臣,你看看这个折子都说的什么。"

乾隆之所以让张廷玉看,是因为其中所弹劾的几人均与张廷玉要好,而且其中也有张廷玉自己在内。张廷玉颤颤地从御桌下拾起奏折,一看吓了一跳,自己的名字也赫然在内,他一下就慌了神,原来皇上说自己不将他当回事,说他心中没有皇上,这条罪名要真是落在他头上,他张廷玉即使有九个脑袋也担当不起。

"皇上,臣未曾差人送帖,这实在是冤枉。"张廷玉一看完,立即磕头道。

"朕也相信你没有参与其间。"乾隆先稳住张廷玉,不过他不能让张廷玉就此轻松,"但是,俗话说得好,无风不起浪,朕这次一定要好好查一查。鄂尔泰、讷亲你们也看看吧!"

鄂尔泰和讷亲见张廷玉直向皇上磕头,猜想这件事可能不轻,当他们看完奏折后,他们的想法得到了证实,这个案子不仅牵涉到九卿,而且连皇上信任的鄂善也受到了牵连。

鄂尔泰一看完奏折,心里不禁一阵暗喜:这下张廷玉等人要倒霉了。奏折中所弹劾的诸如徐本、赵国麟、吴家骐、陈浩等平时均与张廷玉友善,而与鄂尔泰则素有嫌隙。徐本与赵国麟均是大学士,也是乾隆颇为倚重的老臣,而这二人和张廷玉互通声气,在鄂尔泰看来是有些不能容忍,所以他时时在想着能将这二人给干下去。

"鄂尔泰,你认为这事该怎么办?"

"回皇上,奴才以为当交刑部调查。此次所弹劾之人皆为朝中重臣。因而奴才以为此事不得有丝毫马虎,当细查后再由圣上裁决。"

"讷亲呢?"

"奴才以为鄂中堂说得很是。奏折中所涉及之人皆为朝中重臣,卷入此案的人又多,因而奴才也以为一切当慎重。"

"好吧!着刑部侍郎杨嗣璟调查。"

但乾隆下了朝后,老觉得这样办显得不妥。因为杨嗣璟毕竟资历太浅,职位又低,只怕不能细查此事。这事儿绝对不能由杨嗣璟负责,我得派另外的人处理这事儿。但是派谁呢?乾隆却拿不定主意。

如果派鄂尔泰,势必会造成偏颇。乾隆心里也明白,折中所弹劾之人历来与鄂尔泰不和。要是只让鄂尔泰独承此事,鄂尔泰必将利用他手中的权力加重这些人的罪行,至少,到时候我想庇护也有些困难。如果派讷亲去,虽说讷亲不会有所偏向,但他夹在鄂尔泰和张廷玉之间日子也不会好过。如果派张廷玉去,此事更不能思议。那到底派谁去？而且更重要的是，乾隆不相信鄂善也会参与这件事，因为鄂善前段时间刚弹劾过内阁学士许王猷参加俞氏的葬礼。他怀疑仲永檀在诬陷鄂善等人，他必须派一个能明事理的人来处理这件案子，但这样的人实在难找。哦，这样行不行？一个人不行，可以派一个办案组哇！

乾隆想到这儿，很为自己的这个想法而高兴，剩下来的就只是挑选人员了。到底选几个呢？乾隆又陷入了沉思。最后乾隆初步决定选七个，但这七个办案成员又由谁来组成呢？乾隆首先想到的是张廷玉、鄂尔泰，这两个人无论如何也得入选这个办案组，还有讷亲，也得入选办案组，还有四个挑谁呢？这件事事关重大，没有王爷参加也不行。让允禄去，不行，他刚受过处分不久，还是让弘晈去吧！弘晈虽然前年因为弘皙一案受到牵连，但是他却受到乾隆的恩待免革王爵，这其中就能看出乾隆对弘晈的恩宠。还得派另外一个去，派谁呢？和亲王弘昼不错，虽说弘昼不讨乾隆喜欢，但弘昼也并不惹乾隆讨厌，而且作为乾隆亲兄弟的弘昼与乾隆小时候的感情也不错，所以乾隆决定让弘昼也参加这个办案组。还剩下两个，还是派徐本和来保去吧！乾隆心想。来保是内务府大臣，很得乾隆欢心。就这样，七个人的办案小组初步决定下来。

第二天，乾隆宣布了这个决定，将杨嗣璟搁在了一边，只是让他办一些具体的、事务性的事。就这样，由弘晈、弘昼、张廷玉、鄂尔泰、讷亲、徐本、来保组成的七人会审小组开始了对此案的审理。

事情原来是这样的。俞君弼原曾是工部凿匠，后来由于其为人机能，不多久便钻营成京城里的一大富豪。也许是他做的坏事太多，命中注定无子，虽然他不知去过多少庙，许过多少愿，烧过多少纸，但还是无济于事，他膝下还是无子，甚至连一个女儿也没有。

眼看俞君弼老两口已年过半百，可膝下尚虚，这下老两口可慌了,守着这么多财产怎么办?总不可能让这些财产随着他们老两口入土吧!还是得找一个继承人啊!于是,俞君弼老两口就从别人那儿过继了一个孙子,准备让他将来继承他们的财产。俞君弼过继了孙子后,便悉心调教他的小孙子,他的小孙子也很惹他欢心,为人也聪明,颇有其爷之风范。但是好景不长,等到其孙长到九岁的时候,俞君弼一次伤风感寒而卧床不起,虽经名医百般调治,但毕竟是老年人了,最后俞君弼竟然一命呜呼,撒手归天。俞君弼死之前,特立下遗嘱让其孙继承财产。

俞君弼还曾经收了一个义女,此女早已成婚,其夫许秉义却并非善徒。他贪财好利,时时都在打着他老丈人的主意。当他得知俞君弼收了一个义孙时,心里老大不高兴,他觉得本来该属于他的财产受到了剥夺,因此从此以后,他便望着俞君弼早死。因为如果俞君弼死得早,他就可以利用其孙年少之便趁机夺了俞家的财产。结果终如他所愿,俞君弼死得还算早,作为女婿,自然俞君弼的葬礼就由他主持了。

由于俞君弼之孙俞长庚还小,许秉义因此认为他夺取财产的时机到了。但俞君弼的遗嘱中明明写着财产由其孙俞长庚继承,怎么办呢?许秉义想起了与他同宗的内阁学士许王猷,他决定贿赂许王猷让他遍邀九卿参加俞君弼的葬礼,并答应凡到者均谢以重金。许王猷在许秉义重金的诱惑下,又加之同宗的分上便答应了下来。

但是,此事很快为步军统领鄂善得知,他便上了一折具告此事。乾隆一听自是十分气愤,下令将许秉义逮捕入狱,严加审讯,同时下令将许王猷革职查办。后来刑部审出许秉义确实想独吞俞君弼的财产,乾隆恨许秉义目无国法,下令将其处斩。同时,乾隆还特地下旨,诫谕群臣不要到俞君弼家吊丧。

但是,乾隆一道谕旨并未能阻止九卿大臣前往参加吊丧。因为就在许秉义被杀以后,其妻继续许以重金贿赂众大臣前往。俗话说得好,"重赏之下,必有勇夫"。九卿众臣虽然遭到了乾隆申斥，但他们一想到仅仅去参加一下葬礼便能得银五百两，这实在是太诱人了，于是很多人铤而走险，尤其是礼部侍郎吴家骐。他吸取了许王猷的教训，先给许秉义妻说好，要银子一千两暂用，至于他自己的酬金则另算，并答应一定给她请来九卿重臣。许秉义妻虽不知吴家骐葫芦里卖的是什么药，但还是答应了吴家骐的条件，先给了吴家骐一千两银子。

这一千两银子吴家骐想用来贿赂鄂善，并想鼓动鄂善也前往参加。但是，一件事情很快使他改变了主意，俞君弼的嗣孙俞长庚在其祖母的支持下也开始贿赂吴家骐，并且答应比其姑多拿二百两银子，吴家骐在这种重金的支持和诱惑下，转向替俞长庚卖力。

原来俞长庚一见许秉义被杀，但其姑还在为财产一事继续活动，俞长庚就与其祖母俞君弼的老伴商量与其让财产白白由其姑夺去，不如舍一部分保其大部。最后两婆孙一商量，决定拿比俞长庚姑给九卿重臣的钱更多的钱给参加葬礼的九卿重臣，他们首先瞄准的目标便是许秉义妻极力拉拢的礼部侍郎吴家骐。吴家骐经不住更丰盛的诱惑，他最后答应改替俞长庚请在京的九卿重臣，但是有一条，俞长庚必须得立即给他银子一千二百两，他等着要急用。而俞长庚也为着财产着想，当即给了吴家骐银子一千二百两。

吴家骐带着俞长庚给的一千二百两银子来到了鄂善家，他要实现他原本想为许秉义妻实现的目的。

"鄂大人，我今天特为俞君弼一事来与你相商。"吴家骐一来便开门见山地说明来意。

"哦！吴大人，你如果是为这事儿来找我，你还是先回去吧！"鄂善态度非常坚决地说。

"哎，鄂大人，你怎么就这么死脑筋。上回你要是不奏又有谁知道呢？这回只要你不奏，保管没有谁知道。而且，俞长庚特托我给你送银一千两，希望你能参加俞君弼的葬礼，要是不能参加呢,也不要上报皇上。鄂大人,你我也是多年好友了,你想想,我们平时俸银才多少,而现在只要你保证不上奏,一千两银子就到手了。说实在的,鄂大人,这么好的机会不抓住,我实在替你可惜。再说,也只有对你我才敢开心扉说话,要是换上别人,我绝对不会劝他拿这一千两银子。"

一番感人肺腑的话打动了鄂善的心,确实,一千两银子相当于他半年俸银了,实在诱人。但他想起了乾隆的谕旨,他不能违背圣命。

"吴大人,承蒙你的好意,但我实在不能接受那一千两银子。我也实在不能保证我到时不去上报,因为我不想辜负皇上的厚恩。吴大人,你是知道的,皇上对我确实相当器重。而且,皇上的为人你也是知道的,他最恨的就是别人辜负他的厚意。"

"鄂大人,也不是我说你。我不是给你说过了,俞长庚不要求你一定要亲自去参加俞君弼的葬礼,只要你到时睁一眼闭一眼,不上奏皇上就行了。这样即使有一天皇上知道了,也绝对不会怪罪到你头上的。而且,我还准备去张相府呢。"

"哦!你还准备去张相府,此话当真?"

"当然,是真的。"吴家骐笑道。

"你以为张中堂一定会去吗?"

"我相信到时候张中堂至少会派人送帖去的。"

"哦!"鄂善陷入了沉思,张中堂要去可使他有些心动了。虽然鄂善与张廷玉关系不是很好,但是至少有一点使他感到安全,那就是张廷玉职位比他高,要是将来皇上怪罪下来,倒霉的也不是他自己。想到这些,鄂善答应接受俞长庚的贿银一千两,条件是不亲自参加葬礼。

吴家骐感到非常高兴,他从鄂府直接去到张廷玉府上。张廷玉比鄂善爽快得多,答应到时候派人送帖子去凭吊,不过,他同时也要求吴家骐等帖子到了俞家后要立即烧毁,吴家骐满口答应。接下来的事更是顺利,他到徐本、大学士赵国麟家里后,打出张廷玉的牌子来，二位大学士均很爽快地答应到时亲自去参加俞君弼的葬礼。拉上几位大学士、步军统领后，吴家骐又拉了一些九卿重臣，詹事陈浩自然在其内。

由于有九卿重臣的参加，俞君弼的葬礼举行得十分隆重，俞长庚也才赢得了那本来属于他但又几经周折才到手的财产，为此，他付出了其财产的十分之一。

虽然俞长庚此事做得很是隐秘，但还是没有不透风的墙，当时在京城的仲永檀很快得到了消息，这也是为什么这事发生以后不久乾隆就知道了的原因。

张廷玉和徐本虽然均受命审理此案，但他们心里却并不平静，毕竟这是一起不光彩的事。自己审理自己的案子未免会招来闲话，这是张廷玉和徐本所顾虑的。不过，他们也理解乾隆想替他们开脱的一片苦心。张廷玉久居朝中，也知皇上对他和鄂尔泰的恩怨有所警惕和重视，这次自己和徐本被弹劾，而弹劾者又正是鄂尔泰的得意门生仲永檀，其中恩怨，乾隆自是看得出来，这真是难得乾隆一片苦心。

就在七人办案组审理鄂善之时，仲永檀又上了一折，折中写道：

"向来密奏留中事件，外间旋即知之。此必有串通左右，暗为宣泄者。则是权要有耳目，朝廷将不复有耳目矣。"这明显是影射张廷玉。因为自从康熙朝发明奏折这种形式以来，便规定奏折要严格保密，除皇帝和参奏者本人知道外，其他人一概不能得知，若有人将奏折内容泄露出来，当以律例论处。自康熙朝到雍正朝，因为泄密奏折而获罪者不知几人，所以朝臣对泄密一事也是看得相当重。

仲永檀在折子中举出了御史吴士功弹劾尚书史贻直一事被泄露的例子。吴士功是张廷玉的门生，很得张廷玉的赏识，张廷玉不知在乾隆面前夸过多少次吴士功的才气。吴士功弹劾史贻直一折还是上月的事，但就在吴士功上折后不久，朝中很快便传遍了史贻直被弹劾的消息，当时乾隆并未在意，现在仲永檀重新提起倒引起了乾隆的重视。

乾隆注意到，史贻直与鄂尔泰关系相当好。就凭这一点，乾隆就必须慎重处理此事。仲永檀乃鄂尔泰得意门生，吴士功又是张廷玉得意门生，而吴士功弹劾的史贻直又和鄂尔泰相当交好，现在仲永檀又弹劾吴士功，很显然，这是围绕着张廷玉和鄂尔泰两人展开的。从实质上讲，这是张廷玉和鄂尔泰的一次较量，鄂党想压倒张党。

乾隆最痛恨的就是拉帮结派，而由于张廷玉和鄂尔泰各久居要职，门生故吏自是特别多，在利益的争夺中，很自然地便形成了鄂尔泰和张廷玉对立的两个集团。乾隆以前不知申斥过张廷玉和鄂尔泰多少次，要他们注意自己的行为，同时对于百官也不知申斥过多少次要他们别依附张廷玉和鄂尔泰，但利益的驱使使得他们将乾隆的话抛之脑后，鄂党和张党对立的局面并未稍有改观，乾隆也只得周旋于两党之间，尽量平衡两党的关系以免造成一党压倒另一党的局势。

这一次显然是有党争之嫌，首先仲永檀所弹之人大多与张廷玉交好，而仲永檀后来所弹吴士功泄密一案又是想为史贻直挽回面子。乾隆是何等精明之人，他早已看出这一点，这也是他为什么要派张廷玉和徐本参加七人办案小组的原因，并非是如张廷玉所想是想开脱他们，乾隆决定在审了鄂善之后再了结此案。

鄂善敌不过七人办案小组的详细审理，终于承认了他曾收俞长庚贿银一千两。

乾隆失望了，他原本以为仲永檀是在诬陷鄂善，但不想事实果真如此。鄂善第一次还上奏揭发了许王猷，接着第二次便卷入了自己曾经上疏弹劾的俞氏案中，乾隆为鄂善而感到愤怒。这纯粹是在欺君玩法。

乾隆自己本是极为重视用人的天子，他在任用每一个大臣时总是从多方面考察，这也是他自己引以为自豪的事。乾隆从小受儒家思想影响极深，他对君臣关系看得极重，君信任臣，臣也要效忠君，这是乾隆对大臣的基本要求。但是，想不到鄂善这样不效忠他。以前，他重用鄂善，是见他确实有才能、有忠心，但想不到鄂善一当要职后，便摈弃了他原来留在乾隆眼中的形象，这纯粹是在欺君。

乾隆最不能忍受的便是为人所欺骗，他从小便在心中发誓，他要像他的圣祖爷爷一样当一个英明的皇上。他佩服他的圣祖爷爷当政不几年便清除了当时的权臣鳌拜，他佩服圣祖爷爷在世时将天下治理得一片太平，而他更佩服的是他圣祖爷爷的精明。由于他从小就得圣祖爷爷宠爱，所以他对其爷爷的精明体察得入木三分。他当政后，一方面以其爷爷为榜样要求自己，另一方面也以圣祖爷爷时的君臣关系来要求自己与大臣的关系。

而这一次，乾隆感觉受到了莫大的侮辱，仿佛有人在他脸上扇了两巴掌。鄂善不但蒙骗自己，而且还公然不将自己的话当作一回事儿。

这万万不能忍受，乾隆在心里说。鄂善沐浴着我的厚恩，却不能抵制金钱的诱惑，这样的大臣我留着有什么用呢？难道我能希望他帮着我治理天下？难道我能容忍这样的大臣做我的心腹大臣吗？要是我所任用的大臣都如鄂善的话，我还能保住祖宗辛辛苦苦用鲜血换来的江山吗？我还能赶上圣祖爷爷吗？我还能让江山从我手里传到下一代吗？

明朝是怎样灭亡的，乾隆心里是相当清楚的，其中重要的一点便是当时的大臣全都只逐名利，却不想着国计民生。我决不能容忍我的大臣也像魏忠贤那样只知贪污受贿，我决不能容忍我自己像前明崇祯皇帝那样当一个亡国的君主，我绝对不能。

我登基以来，虽然改掉了皇阿玛严猛政治留下的许多弊病，但慢慢地也滋生出许多不良现象来，目无君主便是其中之一，这鄂善便是典型的例子，要是鄂善不加以处置，只恐怕以后会再发生这样的事，这是我绝对不能容忍的。我一定要惩治鄂善。

下定了决心要惩治鄂善，乾隆又不免一阵伤心，要对自己宠信的大臣下手，毕竟不是乾隆所想干的。他在心里默默地念道：鄂善啊！鄂善，你为什么就非得将我逼上绝路呢？要是你不曾是我重用之臣，我也许还能放过你，但是你却是我重用之臣。鄂善啊！鄂善，你就别怪我心狠了，说句心里话，我实在是不想处置你，实在是你逼我这样的啊！

乾隆流着眼泪下了一道谕旨：赐鄂善自尽。当时有许多大臣为鄂善求情，其中包括鄂尔泰。但乾隆却一点也听不进去，他对鄂尔泰说了这样一段令人回味的话。"鄂善一人事小，朕用人颜面所失则大。似鄂善这种人，若再不明彰国法，则人心风俗将何所抵制？"

鄂善自尽了，在他临死前，他写了一道奏折向乾隆表示谢恩，"奴才无颜见皇上圣面，奴才也自知罪不可容，但奴才实在是感谢皇上对我的看重之恩。"当乾隆看到鄂善临终前上的这一折子，心中又有些后悔，但事已至此也没有挽回余地了，他只得下令好好厚葬鄂善，也算是他对自己曾经倚为心腹大臣的鄂善的一种补偿吧！

仲永檀因其所劾鄂善收贿银一案属实，乾隆决定升迁仲永檀，将他由陕西道监察御史升为左副都御史，仲永檀于是一下由地方官员升迁为三品大员。

"仲永檀，今后你要勤于政事，恪于职守，不要辜负朕意。另外，朕望你莫太趋附鄂尔泰，那样日久必受其害。"

这也算是乾隆对仲永檀的警告吧！不过，仲永檀也从中听出了皇上对其恩师鄂尔泰的一些不满来，不过，乾隆的这些话并未能使仲永檀惊醒，他还是热衷于追随鄂尔泰。

鄂善被处置，乾隆心里很是悲戚，因为这毕竟是他头一次这么重地处置自己的重臣。他为此事而食不甘味，为此事忧心忡忡，为此事愧疚，他决定出去走一走，解一解心中那股因失去鄂善的

47

郁闷。"对,何不前往承德去行木兰秋狝呢!"

但很快朝中便有人上疏反对,反对者是监察御史丛洞。他在给乾隆的奏疏中这样写道:

"皇上心念武备,巡幸承德,行围木兰,实在是安不忘危。臣只恐如此侍从们会以狩猎为乐,而在朝中的大臣,也会因为皇上外出远行,而渐生安逸懒惰的思想,臣认为这些都是小事,更主要的是现在朝政经纲刚刚整肃,营务废弛的状况在皇上的严申下也有所改变,因而臣以为皇上应暂停行围,以颐养天和。"

对于丛洞的这份奏疏,乾隆看了很是不高兴。他当即令张廷玉拟一份谕旨,以重申自己要去木兰行围的决心。

张廷玉历经三朝,知道行围的重要性,所以他略一思索,便就地代拟了一份谕旨,乾隆一看龙颜大悦,对张廷玉的才思极为赞赏。

"古代春蒐夏苗秋狝冬狩,都是借田猎行武事。我朝武备,超越前代。当皇祖时,屡次出师,所向无敌,迅即灭掉明朝,都得力于平时训练娴熟,所以一到战时,人人均能同仇敌忾,个个思勇奋进。如若平时将狩猎一事搁置不提,满洲兵弁、八旗兵丁必将安于享乐,不思武备,则骑射就会渐渐生疏。皇祖每年木兰秋狝,对于军伍最是有益,而经纲整饬,政事悉举与在京城并无两样。至于巡幸几处,对蒙古各藩部加之恩意,赐以皇恩,寓之以怀远之略,则于国家安危最是有益。"

一道谕旨将乾隆此行的目的说得一清二楚,自此,朝中百官没有谁再奏请不要出围者,他们只是尽力做好木兰行围前的一切准备工作。

历来行围,蒙古王公都要随侍在侧,所以蒙古额驸谁也不甘落后。为什么每次行围必得有蒙古王公参加呢?其中自有一段原因。

太祖努尔哈赤刚起兵时,势力微薄,经常受到明军的围剿。后来蒙古王公因也不愿附顺明朝,便加强了与清太祖的联系,而且每有战事,蒙古必派骑兵相助。由于蒙古骑兵的支持,太祖的势力一天天强盛起来,每次战事,太祖必与蒙古王公通力合作,因而后来太祖取得天下后,出于对蒙古王公们的感谢,特要求其后代要厚待蒙古,因而蒙古子弟也有入御前侍卫者,也有入八旗者,而且康熙一朝每次行围,蒙古王公大臣必定要随侍在侧,自此成为定制,每年行围时,不但蒙古王公要陪皇帝行围,而且还要派兵丁随围。

现在乾隆决定恢复已停止很久的行围一事,蒙古王公们自是不甘落后,他们一得到消息,就由额驸策凌上疏表示情愿随围。

乾隆早知策凌会上疏请求随围,因而他心中早就在盘算到底让多少蒙古骑兵随行。要是派得太多,势必不能起到训练满洲八旗兵弁的目的;派得太少,势必又会引来蒙古王公的不满。

"傅恒,你看看朕到底该答应他们多少人随侍。"

傅恒很是理解乾隆的心思:

"回皇上,奴才以为不宜多派,派一千五百名就够了。"

傅恒所说的这个数字与乾隆心中所想的大致差不多,他从心里暗暗佩服傅恒的聪明。"那好,就依你所说,诏令喀喇沁出派一千名,翁牛特二百名,科尔沁一百名,敖汉五十名。自此以后,这就成为蒙古骑弁随行的定制。"

康熙时期,每次到木兰行围,随行的八旗兵弁、侍卫、官员、拜唐阿、禁军一般是四千名或者五千名,这些随行人员到了热河以后,总要留那么十之一二在木兰附近设哨,其余的则全部随皇帝行围。随从人员中应当骑马的人,在京城各给一匹,到博罗河屯时,其余的应给马匹照例全数发给。而这次情况却有所不同,皇帝要陪皇太后一起同行,因而这就难倒了领内务侍卫大臣和兵部侍郎,他们不知该如何定随行人员的数量,最后他们初步决定派七千人随同行围,并将这个数目上报了乾隆。

乾隆一看,觉得这个数字似乎有些大,虽然这次是奉皇太后行围,但也不必多出两三千余名来,多添一千名就够了。最后,乾隆决定让六千人随同行围。

"朕此次奉皇太后行围,派八旗兵弁、御前侍卫、乾清门侍卫、朝中百官、禁军共约六千名随行。朕根据皇祖旧例,照数应给马五匹者,在京给三匹,应得三四匹的在京给两匹,应得二匹的在京给一匹。到博罗河屯,再行更换疲惫马匹,余下的照数供给。各部院衙门随同前往的章京、笔帖式等俱不给马。依此推算,总计需马一万匹,给养着工部准备,同时备驼七八百头以作备用。"

马和骆驼的问题解决了,但随行人员的赏赐怎么办呢?乾隆找来了管理行营事务的和亲王弘昼商量。

"弘昼,你看到底依旧例该怎么赏赐随朕出行之人员?"

"回皇上,奴才以为当依圣祖皇帝旧例随行侍卫及朝中大臣赏银三十两,护军各赏银十五两不等。至于匠役等则可赏给他们钱粮。"

"行,就依皇祖旧例办吧!"

"是,皇上,奴才这就去令户部办。"

"且慢,朕还有话交代。朕想皇祖行围本是要八旗兵弁不忘骑射本色,因而朕想此次行围必得有比箭一环。朝中章京、护军久不习箭必致生疏,朕也想借此机会看一看护军平时训练情况。"

"皇上圣明,圣祖时也曾有比箭一环,只是未成定制,有时候行围举行,有时候不举行。"弘昼在一旁奏道。

"哦!那好,可传朕谕令,以后阅射步箭成为行围之定制。侍卫、章京中五箭者赏银十两,中四箭者赏银七两,中三箭者赏银五两,一箭不中者罚俸银三个月。护军校、护军中五箭者赏银九两,中四箭者赏银六两,中三箭者赏银三两,一箭不中者罚俸银半年。"

对于乾隆这种安排,弘昼很是钦佩,他佩服他这位皇帝哥哥的英明果敢,能在顷刻间就将此事安排得如此周到,这使弘昼自叹不如,也从心底里服气自己不是哥哥的对手。

行围前的一切准备工作在紧张有序地进行。转眼间,时间已到了六月,天气渐渐地热了起来,气温也渐渐地高了起来,宫中要随行之人员的心情也似乎兴奋起来。

"皇太后,什么时候启程?"乾隆兴奋地望着皇太后问。

"皇帝,你现在是万民之主,这事就由你自己决定吧!"

"皇太后,儿子是奉您行围,当然一切事情就得依皇太后!"

"你皇祖在时,每次行围均是在七月份去的。"

"那就依皇太后说吧!咱们七月二十五日走,行不行?"乾隆和悦地对皇太后说。

"行!当然行!"皇太后也笑着对乾隆说道。

乾隆带着高云离开了慈宁宫,来到了一个小园子里面。这儿杂草丛生,窗户上布满灰尘,一看便知显然是很久没有人住了。据说这个地方以前曾是雍正宠妃住的地方,后来雍正死了,这个宠妃也死了,从此以后这个地方就空了下来。

乾隆忽然想起漪秀每次来宫中没有地方住,只得挤在皇后那边,不如让她来这儿住。

"高云。"

"奴才在。"

"你派人将这个地方好好整理一番,朕要征用。"

"嗻!奴才马上命人清理。"

但如若傅恒在京,也不能明目张胆地将漪秀召进宫中来住啊!那就先将傅恒调出京城,让他沿途查看行宫、整理御道。这样,只要傅恒一走,我不就可以天天和我心爱的漪秀在一起了吗?乾隆想到这儿,立即下了一道谕旨:着派傅恒为钦差,前往各处行宫查看,勘测沿途御道是否平坦,以便朕将来奉皇太后巡幸时免却麻烦。

作为钦差,傅恒自是不能带着家眷前往,他只得舍下他的宝贝漪秀,带着一行人前往以完成乾隆交给他的勘测御道之要务。傅恒只想到乾隆正在重用他,却并没有想到皇上正在打他的心爱的漪秀的主意。

七月二十五日，乾隆正式率领扈从人员出行，开始了他登基以来的第一次巡幸避暑山庄和木兰猎围之行。

这一日，车驾终于来到木兰围场。木兰围场是满语，木兰即是满语中捕鹿的意思，围场即是捕鹿的地方。木兰围场南至燕山山脉，北接坝上草原，周围一千三百余里，东西三百余里，南北四百余里，范围相当广泛。具体地说，木兰围场东到喀喇沁旗界，西到察哈尔旗界，南到承德旗界，北到巴林及克什克腾旗界，东南到喀喇沁旗界，西南到察哈尔正蓝、镶白二旗界，东北到翁牛特旗界，西北到察哈尔正蓝旗界。

伊逊河流经崖口，但它的支流却大多在围场内部，所以围场内河流纵横，清泉萦绕。仿若江南之景，因此此地动物种类繁多，飞鸟、野禽更是遍地均是，猛兽如虎、豹、狼、熊等也不缺乏，但更多的却是鹿。由于围场内山峦众多，又有些各自成群，因而围场被山脉分成许多小片，即小围场，因此，康熙当年又依此将围场划分为几十个小围场，那小围场就如同一个小平原，周围为山脉所围绕，里面水草丰美，林木成片，很适合于小型行围。

张三营其实已在围场内，那是为便于皇帝行围而在围场内建立的。以前康熙每次行围，到围场后，先在此地歇息一晚，第二天才接着行围，乾隆到此地后也不例外，他也在张三营住了一个晚上，养精蓄锐，准备明日的行围。

第二天早上，乾隆五更起床。用膳罢，出得营来，策凌等蒙古王公早已在此守候，讷亲等人也正守候在外。乾隆会齐诸位大臣，奉着皇太后，骑上自己的高头大马就围猎去了。

早在入围前，御行营护军统领早率领兵弁前往行围地，立行营。在行营四周，御前侍卫、乾清门侍卫依次安设帐篷。以供乾隆到来时驻幸。

乾隆奉着皇太后，带着蒙古王公大臣、汉大臣和随行的护军营兵弁、蒙古骑弁共几千人前往早已准备好的行营。由于奉着皇太后，队伍动作未免慢了一些，到行营的时候，已是中午，歇息罢，乾隆决定下午开始行围。

由于选来的蒙古兵弁大多是用来合围的，所以管围大臣先行率领蒙古布围官兵，以蒙古王公大臣领之，而蒙古王公台吉等人为副，围着事先选好的达颜德尔吉围场散开，将围场四面围定。等到布围完毕，乾隆这才领着讷亲，奉着皇太后带着随行侍卫、虎枪营兵弁向围场中行去。

第四章

鄂尔泰偏挟嫌报复
刘统勋敢秉公直言

看完刘统勋弹劾张廷玉和讷亲的奏折，乾隆气得从龙椅上站了起来："什么叫作'以免旷废之事发生'？是在说朕御下无能、大权旁落吗？来人！将刘统勋……"想了想，又改口道："将此折谕示群臣！"

围猎很是成功，乾隆挟着毙一虎、伤三虎的激动回到帐篷，刚要提笔赋诗以纪念时，讷亲就急急地走了进来："皇上，这是鄂中堂由京城递来的，请皇上过目。"

乾隆一听是鄂尔泰的奏章，顺手从讷亲手中接过奏章来，展开一看，原来上面写着：

"古北口提督黄廷桂滥举匪人，经刑部和兵部共审，按例议处，降二级调用。"

"啪！"本章被乾隆甩在了地上，他简直气愤到极点，前两日他还在古北口检阅了古北口兵弁，对黄廷桂大加赏赐，而今天就有人议处黄廷桂，而且本章上写得极为不明了。匪人，到底是什么匪人？黄廷桂又如何举了匪人？这一切，本章上都未写明了，而且，这样大的事件，刚接受乾隆赏赐的人就这样轻松、迅速地被处理，这对乾隆来说不是一个绝大的轻蔑吗？

乾隆意识到，这是鄂尔泰又在以公报私。黄廷桂以前为四川总督时，鄂尔泰不知说过黄廷桂多少坏话。后来，黄廷桂被降调为古北口提督，鄂尔泰还说他不能担当此任，极力反对，总是利用他朝中重臣的地位排挤黄廷桂、打击黄廷桂。以前乾隆在朝中的时候，鄂尔泰还不敢明目张胆，而此次却居然这样大胆，完全无视乾隆的存在。

别的暂且不说，乾隆心里最气愤的有三点：一是鄂尔泰这种欺蒙君王的做法；二是这样的案子就花这么四五天时间就审完了，显然其中有诈，是害怕他回到朝中后无法动作，鄂尔泰想借此机会打击黄廷桂的阴谋破产；三是鄂尔泰身为朝中重臣，却利用自己对他的重用，滥施淫威，公报私仇，简直有辱辅臣名声。

而且，乾隆这时也在猜测刑部和兵部官员可能早被鄂尔泰串通了，要不依照以前旧例，任何一桩案子不经他自己提醒或者催促是不会这么快的。这种以权谋私、以势压人的事乾隆是无论如何也不能容忍的。

乾隆越想越气，最后竟拍案道：

"如此办理已负朕诚待大臣之意，况黄廷桂不过因朕出口行围，路经古北口，防备守御事务需要人料理，是以将和尔敦请调，并非荐举升迁也，亦非保举和尔敦久留此耶。而以此就断黄廷桂滥举匪人之罪名，孰能相信。况且办理此事的大臣素与黄廷桂有不睦之处。挟嫌报复，这种居心不良的事，竟然出现在朕信任的头等大臣身上，他们将朕当成什么了？如这等办事，简直羞侮朕面，无视朕于眼中，将大学士鄂尔泰等人严行申饬。"

到底是怎么回事呢？原来就在乾隆出了古北口后，古北口守备和尔敦因行贿部院官员一事被捕，交到兵部。鄂尔泰和张廷玉等人正在刑部，鄂尔泰一听此消息，心里非常高兴，马上找来刑部侍郎杨嗣璟。

"杨嗣璟，此案得好好审讯，我怀疑和尔敦还行贿过黄廷桂。"

有了鄂尔泰的交代，杨嗣璟自是不遗余力地去办，连夜提审和尔敦。但无论如何，和尔敦只承认他行贿过部院，并未曾向黄廷桂行贿，无奈，杨嗣璟只得将此结果回报鄂尔泰。

鄂尔泰当时是主管兵部的大学士，于是下令兵部又对和尔敦进行严审，但结果并没有进展，和尔敦并不改口。这就令鄂尔泰非常失望，因为他平素对黄廷桂就不满，总是想找一机会整治整治黄廷桂，而这一次好不容易盼来了机会，他岂能轻易放过。

鄂尔泰说动了刑部侍郎杨嗣璟写了一个本子：

"古北口守备和尔敦行贿部员，已属贪赃枉法、钻营之罪。皇上圣明，多次申饬，对此事要严肃处理，以正国法。臣查和尔敦被提为守备，乃提督黄廷桂于皇上面前所请。臣以为黄廷桂同时当以滥举匪人罪受罚。"

本子很快送到鄂尔泰手中，他找来张廷玉、弘昼等人，说道：

"张中堂和几位王爷你们看看吧！看该如何处理。"

张廷玉知道鄂尔泰这是借机整治、排挤黄廷桂。于是二人当场争执起来，闹得很不愉快。

但是弘昼和允祹两位王爷却站在了鄂尔泰一边，张廷玉最终只好保持沉默，鄂尔泰要求将黄廷桂降两级调用的意见很快得到同意，并被写为奏章送交远在关外塞上行围的乾隆。

但是，鄂尔泰却并没想到乾隆会如此明察秋毫，乾隆在行围之余还会如此细致地看奏章。而且，鄂尔泰也没想到乾隆会如此地申斥他。就仅仅因为一个小小提督而被乾隆申斥，这是鄂尔泰没有料到的。

不过，乾隆的申斥使鄂尔泰清醒了许多。他明白了，乾隆现在已对他表示忌恨、警戒了。自从弘晳、弘升以及允禄被处置以后，鄂尔泰就有种兔死狐悲的感觉，但他一直没当回事，还把乾隆当小孩子看待。这一次申斥，使鄂尔泰清醒了许多，他现在才第一次如此清醒地意识到乾隆已再不是当政初的乾隆了，乾隆已经长大了，要处理这批老臣了。

鄂尔泰端起桌上的酒盅，慢慢地喝了一口，又放下，对坐在他身边的长子鄂容安说道：

"皇上现在已经大了，你以后可得小心着点。我这次被皇上申斥，也让我早一点明白了许多。容安哪！以后做事，大事不可糊涂，小事不可不糊涂，若小事不糊涂，则大事必至糊涂矣。"

听着老爹的肺腑之言，鄂容安有些悲伤。自己的父亲曾是一个叱咤风云的人物，是前朝重臣，可如今就仅仅因为皇上的一句申斥就变得如此委顿、小心谨慎了。真是"君叫臣死，臣不得不死"啊！皇上就是可以翻手为云，覆手为雨啊！而大臣就只是皇帝的一个奴仆。

乾隆因为借机申斥了鄂尔泰，心下不免大为畅快。他对身边的讷亲说道：

"鄂尔泰总想趁朕年轻无办政事之经验，将朕压制倒，以便他独揽大权，威震君主。但他却未曾想到朕并不是汉献帝，他也不是曹操曹孟德。哈哈！朕只笑鄂尔泰已是三朝老臣却也这般迷糊。"

"皇上圣明，谁敢跟皇上斗，那自然是以卵击石。"

"哼！鄂尔泰还没有那个胆子。朕只是气他有些时候将朕视作小儿，根本不将朕当作皇上。朕以前每次均饶恕他，但他却完全不领朕之情意，也不收敛收敛，还是一如既往，朕实在是不能忍受了。要是朕这次再忍耐，势必会助鄂尔泰之气势，让他以为朕是无能之辈，也让天下人以为朕不能善制臣下。"乾隆语气有些不平地说。

"皇上圣明，皇上圣明。"讷亲在一旁听着心里也不禁打颤，因为这些话乾隆也是在警告他讷亲，不要因为你是我重用之臣就可胡作非为。实在不行，朕还是可以像对鄂尔泰那样处罚你讷亲。

乾隆在张三营行宫休息一夜后，便起驾赶往避暑山庄。避暑山庄基本上还是康熙时模样。一堵高大的红墙将宫殿紧紧地圈起来，墙正中有五间大门。大门正中有一块铜匾，上写着"避暑山庄"四个镏金大字，这四个大字正是乾隆的爷爷康熙所题，其中避字的"辛"还多写了一横，不过天下谁也不敢挑这个毛病就是了。正门两侧列有一对铜狮。铜狮很是威严，隐隐有一股王者之气，正适合放在这个地方。避暑山庄前面是一块开阔的平地。

在这块平地上，乾隆下了车，扶着皇太后进了山庄正门，皇太后由皇后陪着进了东面的松鹤斋，乾隆自己则来到澹泊敬诚殿。

澹泊敬诚殿是用巨大的条石做台基，台基以上则全由楠木构成,因而也称作楠木殿。殿的地面用花岗石墁砌而成。在大殿前边院内,有古松二十四棵。当乾隆经过此殿的时候,他觉得这儿的一切都是那么熟悉,他沿着康熙当年坐过的地方转了一圈,这才继续往后走。

穿过澹泊殿,乾隆来到了四知书屋。过了四知书屋,一排房屋出现在乾隆眼前。乾隆知道这儿是万岁照房,他的住房就在这儿。万岁照房一共有十九间,在照房的北面有门殿三楹,在这后面,有一个不大的院子,这就是乾隆在山庄的寝院,院中的烟波致爽殿便是乾隆的寝宫。

乾隆由高云陪着来到烟波致爽殿,殿内已打扫干净,器物也摆得井然有序。在殿左边,有一张床,铺着锦缎,床边有一张御桌,上面放着笔、墨、纸、砚等。乾隆坐在床上,深深地吸了一口气,闭目沉思一会儿,然后习惯地提了提御笔。高云赶紧过来给乾隆磨墨,边磨边看了看乾隆。只见乾隆闭着眼,脸色穆重。高云一见这种神色,便知皇上又在想皇祖了。因而他顺着乾隆所想道:

"皇上,圣祖当年在时,皇上一定到这儿玩过吧?"

不想乾隆没有吭声,他睁了睁眼,见墨已给磨好,便对高云轻声说道:

"你先下去吧!让朕独自坐一会儿。"

高云本想拍一拍乾隆马屁,却不想这一下却没拍着。他只得小声答应一声便离开了乾隆寝宫。乾隆待高云走后,起来慢慢踱到窗口,望着窗外微波荡漾的湖水,吸了吸外面吹进来的清新的空气。忽然,他又快步走回到御桌旁,提起御笔刷刷刷写下了两首诗。一首写的是他进庄门时的感受:

"巡狩宁稽除授官,门前次第引来看。随村简职仍余暇,以已先人与众观。弓燥手柔秋正好,候空鹄揭月轮团。髫龄回忆原兹地,屡中亲承仁祖欢。"

另一首说的是那一年他随爷爷在避暑山庄时,正值山庄下雨的情景：

"隔岁驻山庄，山容镇似常。风来花作态，雨过草生香。小鸟窥帘卷，清琴倚壁张。含饴叨厚泽，触景哪能忘。"

乾隆写完，又朗声吟了一遍。刚刚吟完，只听殿外有人喝彩道：

"万岁爷诗才真令李杜汗颜！"

乾隆听出是汪由敦的声音，佯怒道：

"要进就进来，鬼鬼祟祟做什么？"不大工夫，汪由敦手里拿着一本诗集就进来了。

"皇上，臣汪由敦叩见皇上。"

"起来吧！你手中是什么书？"

汪由敦随即将拿在手上的诗集递上去说道：

"皇上，臣近日翻得一本《南邦黎献集》，诗写得很是不错，所以臣特拿来给皇上过目。"

"哦！"乾隆接过诗集来翻了翻，看了其中几首，不禁大声叫绝，"好，这些诗均是好诗。这本诗集是谁出的？"

"江南名士沈德潜。"

"是不是三年中了进士，后被选庶吉士，现在正在馆中学习的那个沈德潜？"

"皇上怎么知道？"汪由敦很惊奇地问。

"朕也仅仅是依稀所记。"乾隆平淡地说，"这本诗集不错，就让朕今夜看看。"

送走汪由敦后，乾隆回到床边，命高云挑起灯。自己就坐在床上，就着灯光看了起来。乾隆越看越是高兴，最后竟然读出声来。直到天明，乾隆才将这本诗集读完，一读完，乾隆站起身来活动了活动身子骨，长叹一声道：

"好诗！好诗！这沈德潜不愧为江南名士。"

第二天，乾隆陪着皇太后又到其他地方转了转，但是乾隆现在才发觉这避暑山庄太小了,根本用不着两天就能里里外外转个遍。

"皇太后,您觉不觉得皇祖修此山庄时修得太小了。"

"嗯!我也觉得修得太小了!"

"好,这次我们回去以后,我令人再将这山庄修得大一点,明年我们再到这儿来时,肯定会觉得比现在大一些的。"

乾隆在山庄住了五天,天气渐渐凉了下来,已不如上个月那样炎热了。再说离开京城也有一个多月了,乾隆心里总是有些放心不下,遂决定起驾返京。

乾隆回到宫中,一切政事照办。这日,乾隆正在宫中,有太监上来报道:

"辅国公允祯病重。"

允祯是乾隆的十叔,乾隆登基后与十四叔允禵一起封为辅国公。但他的身体并不好,乾隆有时考虑到他的身体,便命他有时不要上朝,但这样并未能使允祯的身体渐渐好起来,反而一天天衰弱下去。乾隆出巡木兰和避暑山庄前特地要他注意保重身体,但不想自己这次一回来,十叔的身体就这样差劲,快要顶不住了。

"高云,差人送允祯两斤人参,让他熬着喝一喝补补身子。"

但是允祯已经享受不到皇上的这种厚意的赏赐了,人参送到的那一刻,他刚刚咽下了最后一口气。

乾隆很快得到了消息,不由得一阵伤心。自己又少了一位叔父,他令高云持着他的谕旨到允祯府去。谕旨上这样写道:

"允祯历来勤于政事,办事谨慎,此乃朕深以为自豪,但不想却这么快地离朕而去,朕特赏允祯银一千两以作安置之用,其长子袭公爵,允祯载入玉牒。"

允祯夫人谢过圣恩,挚友刘统勋和十四王爷允禵又帮着料理后事。由于有二位能臣的料理,又有乾隆的赏银,允祯的葬礼办得很是隆重,朝中许多官员也去参加了。

几日的操劳和悲痛，使得刘统勋从允裪府里回来的时候已显得瘦多了。他回到已有几日没回的家，就往椅子上一躺。

刘统勋躺在椅子上，陷入了沉思。他在思考允裪死前对自己说过的一些话，当时允裪说得不错，张廷玉和讷亲各有独揽大权之意，而自己有些时候又未免过于耿直，只怕这样自己也会落得孙嘉淦的命运被外调出京。但耿直的心却又没法使他变得圆滑，这一点看来允裪说得很明白。自己顶多能勤于政务，却不能变得八面玲珑，而且允裪也说得对，自己不能忘却自己的禀性，不要为官运亨通而去依附任何人，那样只会引来更大的忌恨和皇上的仇视，那可是他自己宁死也不愿看到的。

允裪死了，我该不该将他的遗志上报皇上呢？他自己不让我这样做，我该怎么办呢？如若不报，将来皇上有朝一日知道了，必将说我无视允裪的死，说我不能传达一个大臣临死前的遗愿。但倘若我上报，又势必有违允裪的话。

刘统勋左思右想，想不出很好的主意来。后来，一件事使他想到了办法。这件事是发生在讷亲府的，他是从他的一个奴仆那儿听说的。

这天，刘统勋正在屋中闷坐，心情非常苦闷，便起身走出屋子，来到院子里面。他听见扫地的两个人正在嘀咕什么，仿佛是提到讷相爷。这一下引起了刘统勋的注意，他来到两个下人身边，那两个下人一见到刘统勋过来立即挥动手中的扫帚，干起活来，并给刘统勋施礼。刘统勋没说什么，只是微微摆了摆手，问道：

"你们两个在谈什么哇？"

"老爷，小人没谈什么。"左边的那个人赶紧道，因为他怕刘统勋责怪他。

"我刚才听见你们说什么讷相爷长，讷相爷短，是不是又在背后骂人家。"刘统勋神色一正道，他知道这些人不给他点颜色看他们是不会说出来的。

"没有，没有哇！老爷，我们刚才只是在谈论发生在讷相爷府里的事。"左边的那个人赶紧申辩道。

刘统勋微微笑了一下道：

"什么事啊？你们都知道了，而我却还不知道。"

"老爷，是小人的同乡给我说的，他在讷相府里当侍从。小人今天上街去买东西时碰上的，这件事也是他给我说的，但就是不知道这事儿是不是真的，所以小人也不敢跟老爷说。"

"说吧！没事儿。"刘统勋鼓励着那个下人。

"讷相爷今天命人将山东来的一个知府痛打了一顿。"

"为什么打他呢？"刘统勋有些不明白地问。

"听小人的同乡说，是因为那个知府非要见讷相爷，并说有东西要送给他。但讷相爷却不想见他，而那个知府非要见他，于是讷相爷一怒之下令人将那个知府给痛打了一顿。而且说……"那个下人看了看刘统勋没有继续说。

"说什么啦？你快说哇！"刘统勋直想将那个下人给提起来。

"老爷，我听同乡说讷相爷说过他看不起这点礼物，除非将天下的一半送给他。"那个下人颤颤地说。

"讷中堂真说过这样的话？"刘统勋语气急促地问。

"反正我同乡是这样说的。而且讷相爷还说不要以为我是鄂中堂和张中堂，我现在是皇上的股肱之臣，岂能被你这个小小知府坏了我的清正名声，而且，讷中堂还说准备在家门口喂两只鹰，专啄那些不识相的人的眼。"

讷亲是权臣，刘统勋早已意识到。但他以前认为是皇上在培植自己的心腹大臣，以抵制来自张廷玉和鄂尔泰两位老臣的威胁。可他现在却不这么认为了，讷亲权力太大了，鄂尔泰自从上次因黄廷桂一案后，已有所收敛，自己想做一个太平宰相，再也不敢以老臣自居了，而张廷玉因为鄂尔泰受到申斥，自己也有所意识，不敢有恃无恐了，而唯有讷亲，因为是皇上的宠幸之臣，又自命清高，渐渐地想谋取重权，而且，以此看来，皇上也正渐渐地倾向于他，想等鄂尔泰死之后就让讷亲总理军机大臣事务。

这一切是那么明显，刘统勋作为枢台主宰，他能坐视不管、闭目不看吗？他不能，因为他不能放弃自己的禀性。他觉得他应该上一折子弹劾讷亲和张廷玉。

"老爷，外面辅国公十四王爷来访。"

"快请进来。"刘统勋令人将允禵迎请进来。

"延清哪，十王爷一去，我可也差不多喽！"允禵脸色一沉道：

"我从允祯家里回去以后，一直便想着来看看你，今天终于算有时间来看你了。"

"十四王爷，那天我们未能深谈，实在是迫于无奈，过后我也想着到尊府上去看你，但不想近日身体不适，所以也未能去成，却不想今日你倒来了。真是想到一块儿去了。"刘统勋笑着说。

"延清，你说十王爷是不是比我们两个现在都舒服呢？"

"十四王爷，你怎么会这么说呢？"刘统勋惊愕地问。

"延清，自从十王爷过去以后，我便一直在想着这样一个问题。只是我一直找不着人说，所以今天特地来跟你谈谈。"

"王爷，其实我这段时间以来也在想这些。"

"延清，不瞒你说，虽说当今圣上对我很好，但先朝的经历以及庄亲王的事给我很深的震动，我有时候总担心皇上会性情一变，旧话重提，又将我打入冷宫啊！而现在十王爷一去，他便可以摆脱这一切烦恼和担忧，到另一个世界去快快乐乐、舒舒服服地享清福了。他现在是彻底解脱了。"

"王爷，我在十王爷刚走的那段时间也是这样想的，只是近段时间我才有所改变。尤其是今日下午我听人说了讷相爷府发生的事之后这种想法就被彻底摒弃了。"

"你也知道了这个消息，"允禵不信任地问刘统勋，"我正想将此事告诉给你。"

"我是听我府里的下人说的。"刘统勋轻轻说，"我以前也以为十王爷现在该轻松了，但我现在却在想要是我们人人均这样，岂不是对皇上的不忠。而皇上又岂不是孤家寡人了。既然皇上信任我们，我们也应该效忠皇上才对。王爷，你说是不是这样。"刘统勋望着允禵眼中含着冷静。"而且，王爷，想一想你当年是如何的意气风发，而今却仅仅因为先皇的打击，就将你弄成这样了。你不觉得你这样很是对不住原来的你吗？你不觉得有负皇上对你的恩赐吗？皇上当政之初，将你从圈禁中解脱出来，并让你干辅国公，难道不是皇上对你的信任吗？"

"延清，你这样一说，令我茅塞顿开，豁然开朗。"允禵也兴奋地说，"但我以前每每想起那段辛酸往事，我就万念俱灰。是的，我以前雄心勃勃，想不负圣祖之意，但也就是那次打击以后，我才渐渐地心灰意冷，以至于有时以为皇上这样对我完全是出于愧疚，完全是虚情假意，想为自己谋得一个仁义君主的美名。不过，今天听你一说，我才真正明白了。"

"王爷，这也是我的一派胡言。"刘统勋谦虚地一笑说。

"延清，不要自谦，我以前与你虽有所接触，但并未到如此肝胆相照的地步。延清，我会感激你的。"允禵露出因兴奋而激动的神色。

"王爷，你这样我可承受不了。我只是说出我自己的感受而已，能给王爷一些启发那是我的万幸。"

"哎！都不说了，从今以后，我也得学你样，好好帮助皇上治理天下，以尽一个王爷应尽之职分。"

刘统勋望着允禵笑了笑，也没说什么。允禵也望着刘统勋笑了笑，算是感激。刘统勋接着对允禵说道：

"我看皇上很是圣明，大有圣祖遗风，而且皇上也不知多少次说过自己希望能像皇祖那样安天下于任内，遗皇恩于四方。皇上以壮年登基，而仅仅六个春秋，能将天下治得如此太平，实在是国家之福音。"

"但我看皇上任用讷亲，实在是有些失策。"允禵道。

"讷相爷生性高傲，又自命廉洁，其实并不得朝臣心服，有时甚至给人以一种刚愎自用的印象。而且今日发生之事,就更能说明他由于皇上的宠信而目空一切。"

"是啊!讷中堂虽办事练达,年富力强,但他的此项不足也必然会影响他办理朝政的。而且,皇上对他经常姑息,也不加以申斥,只怕长此以往讷中堂会更加飞扬跋扈。"允禧叹了口气说。

"我觉得我应该给皇上说说,让皇上引起警觉才对。"刘统勋幽幽地说。

两人又谈了很久,刘统勋这才送允禧走。允禧走后,刘统勋回来就着烛光,便开始写他明儿上朝要呈给皇上的奏折:

"大学士张廷玉历事三朝,遭逢极盛,然脱节当谨慎为是,责备当多才对。臣私下里听别人谈论,动辄就说张姓占缙绅中的一半,张氏由科举入仕者,有张廷璐等十九人,姚氏与张氏世代婚姻,入仕者也有十人。张、姚二姓本是桐城大姓,他们为官有的是通过科举入仕,有的是因皇上恩赏世袭而得,这样日积月累,朝廷中张、姚二姓的官员将会大增。如今臣作为言官,不敢私自谈论张、姚二族官员,只是望皇上能稍微控制他们入仕之途径,使他们能引起警戒。臣请从今开始三年内,如果没有皇上特旨,暂不录用张、姚二姓官员。尚书公讷亲年未强仕,综理户、吏两部,总理皇上宿卫事务,又入值军机,又加之经常替皇上传命,又不时蒙皇上召对,属官奔走相投,唯恐落后,而同僚也争着避开其锋芒。部中议事,或百般相驳,或过目不留,出一言而势在必行,定一事而限定时日,并非怀谦集益之道。臣请皇上加以训示,让讷亲知过必改。他所掌管的事务,臣以为皇上可量行裁减,以免旷废之事发生。"

刘统勋写完奏折,自己又重新看了看,这才将折子叠起来,放在桌上,以便明儿早上上朝时带上。

第二天上朝时,乾隆看到了刘统勋递上来的疏,乾隆展开一看,方知是弹劾张廷玉和讷亲的。里面言辞之激烈,话锋所指,乾隆看后只觉得有些恼怒,尤其是最后一句"以免旷废之事发生",更是令乾隆不能容忍,这不明摆着是指责我无能,以致大权旁落吗?显然,此折是针对我的,是说我驾驭群臣不当。

但乾隆又转念一想,刘统勋是左都御史,而且向以爽直著称朝野。他所说的并不是全没道理。张廷玉与姚氏一家在京任官者多达几十人,这不能不令人担忧,而且,乾隆自己本身对张廷玉也是看法不佳。他有些不喜欢张廷玉那种过于谦和,事事唯唯诺诺的办事作风。至于说讷亲,他很欣赏讷亲的那种勤于政事、办事练达的作风,而且他现在正倚讷亲为心腹,他离不开讷亲。张廷玉嘛!虽说乾隆有些讨厌他,但还离不开他。所以乾隆决定将此事压下去,暂不处理,不过也不能因此伤了言官的心,他决定将此折谕示群臣,尤其是让张廷玉和讷亲看一看。

"张廷玉、讷亲,你们二人看看这份折子。这是刘统勋今日刚呈上来的。"乾隆说着递给站在前面的张廷玉和讷亲。

乾隆看着张廷玉、讷亲脸上掠过的惊疑,心内不由一阵高兴,但他却并不在脸上露出来。他神色严肃地说道:

"朕思张廷玉、讷亲若果擅作威福,刘统勋必然不敢为此奏,如今既然有此奏,则二臣并未有兆头抵制僚案,这是国家的荣幸。大臣权力大,责任重,难免会遭到别人指责。闻过则喜,这是古人所崇尚的,如果有芥蒂存于胸,这不是大臣的风度。如今大学士张廷玉亲族甚众,因而能入仕者亦很多。如今既然有人察议,对张廷玉亦有好处。至于说讷亲为尚书,固然不可遇事模棱两可,但处理政务或许有时候不妥当,朕时常加以教诲,诫令毋自满足。如今既然见到了此奏,益当自勉。至于说职掌太多,如有可减的,朕自然会加以裁定的。"

一席话说得张廷玉和讷亲心下大安,他们立即给乾隆磕头,"谢皇上如此教诲和信任,奴才自不敢稍违皇上圣意。"

乾隆欣慰地笑了笑说道:

"如此则朕最是放心不过。鄂尔泰,将此折宣于朝臣观看。"

鄂尔泰拿起刘统勋的折子,当众宣读起来。宣读完毕,朝臣

又想起刚才对此事的处理,不禁均为乾隆的这种兼顾双方的措施暗地里叫绝,他们一齐叩头道:

"皇上圣明,皇上圣明。"

乾隆看看下面黑压压的群臣,笑了笑,不乏得意地道:

"朕既然用张廷玉、讷亲二位大臣,朕就信任他们。历来君臣相信,此乃圣人所推崇。假若君臣相恶,朕何以服天下,治天下。朕假若成为孤家寡人,君臣不睦,朕又以何颜面见列祖列宗。不过,刘统勋所奏,张廷玉、讷亲也当引以为戒。"

"是,皇上!"张廷玉和讷亲同时谢恩。

"朕已说过,若心存芥蒂,此非古大臣遗风。刘统勋此次相奏,张廷玉、讷亲二人不得暗存私愤,挟私报复,此乃朕最恨之事。如若大臣均相互忌恨、伺机报复,则以后言官将不敢再复言也。"

"是,皇上,奴才等人决不敢。"讷亲在一旁磕头道。

乾隆回到宫中后,想起刘统勋今日的上疏,不禁也为刘统勋的这种率直所折服。他当时在朝殿上的气愤与恼怒已全部抛到九霄云外去了。留下的只有叹服:当今朝中敢弹朕当今重用的两位大臣,恐怕也只有刘统勋一人。其他言官,不是依附鄂尔泰,就是依附张廷玉,要不就是谁也不得罪。而唯有刘统勋,既不依附鄂尔泰,也不依附张廷玉,更不依附讷亲。确实是朕的一个忠臣啊!乾隆这时又为自己的处理办法庆幸起来:要是当时我一怒之下,以刘统勋影射了朕而将刘统勋加以处罚,那样岂不既断了言路,又失却一个好大臣,而且还会助长张廷玉和讷亲的气焰。想起这些,乾隆真为自己的英明而兴奋。

乾隆忽然间又有些想念孙嘉淦。自己登基之初也是因为孙嘉淦上疏相劾,自己一怒之下将孙嘉淦调离,将他外放做地方官,以至于一段时间吓得言官不敢稍言朝政。而今又出一个刘统勋,幸亏自己没像当年处罚孙嘉淦那样处罚刘统勋,要不恐怕又得有相当长一段时间内吓得言官不敢稍言朝政。

乾隆又细想起讷亲来。他是比较喜欢讷亲的，他喜欢讷亲果断的办事作风，但他并不是对讷亲什么都喜欢。论处理政务之熟练，他不如鄂尔泰；论草拟谕旨之言辞，他不如张廷玉。乾隆为什么用他呢？无非也是想利用他牵制鄂尔泰和张廷玉，使他们二位老臣明白自己并不是什么事都得靠他们，离了他们我照样可以让讷亲干。虽然，鄂尔泰和张廷玉并未对他构成严重威胁，不似赵高对秦二世那样什么事都干预，但毕竟对于乾隆来说，二位老臣有自恃功高之嫌，而这一切对于乾隆来说已经足够忍受了。

自己当政以来，屡屡对张廷玉和鄂尔泰进行申斥，这才使他们稍稍改变了些，变得小心了些。不过，在张廷玉和鄂尔泰心中，他们是先朝旧臣的思想并未彻底摒弃，他们有功于社稷国家，自己是国家功臣的观念也并未得到改变。思想决定行为，他们有时的行动就是在向自己炫耀他们是功臣，他们是老臣。虽然有些时候自己不能忍受，但从他们的地位、身份考虑，也时稍加纵容，但这可不是自己心里所愿。

乾隆想起了自己从小所受的教育和爷爷的教诲，爷爷喜欢朝纲独断，使自己也变得喜欢独揽朝政，爷爷最恨别人分天子之权，自己也学习到了爷爷的这个优点。皇阿玛虽然也喜欢朝纲独断，但自己总有些不喜欢皇阿玛，因为皇阿玛有时显得过于残忍无情，完全无视君臣、兄弟之情分。

由于从小受祖父影响，乾隆又不禁想起爷爷驾驭群臣的手段。虽然自己那时候年龄还小，但由于深得爷爷宠爱，从小便在宫中和爷爷朝夕相处，爷爷的喜怒哀乐自己均清楚，爷爷对大臣的赞赏和不喜欢自己也经常听说。爷爷对群臣既重用又诫谕的方法自己现在也使用谙熟。

第五章

大金川又见干戈起
张总督难奏凯歌还

"张广泗厉害？"大金川土司莎罗奔一阵狂笑,"那是没有碰到我这样的对手！他真厉害的话,就不会这样兵分七路了！他们总数虽有三万,但我的人也有三万多,足够一个对一个地打死他们了！"

这一年某月,川陕总督庆复上了一道奏折,说大金川土司莎罗奔欲吞并小金川,大有反朝廷之意,乾隆立即派人宣讷亲、张廷玉、汪由敦等枢臣养心殿见驾。

原来,在四川西部金沙江的上游有两个地方,即大金川与小金川。大金川土司是莎罗奔,此人武艺高强、狂妄自大,乾隆十一年川陕总督对其征讨时就用去八个月时间,而且损伤逾万。自此,莎罗奔对大清就极端藐视,以为不过如此。莎罗奔有一侄女阿扣,他将阿扣嫁给小金川土司泽旺。泽旺为人懦弱,又为阿扣所迷,所以掌印管地权均听从阿扣。泽旺弟弟良尔吉一表人才,被阿扣相中,良尔吉也迷恋其嫂嫂貌美,早有心拥为己有,于是两人便经常私通。后来莎罗奔便干脆将泽旺劫持到大金川,将印信交予良尔吉,命其掌管小金川。小金川人不服,于是便到庆复处告状,庆复亲自出面查办,下谕和息,莎罗奔才将泽旺放回。庆复上报的正是这么一回事儿。庆复在奏折后面说道:"莎罗奔野心极大,在吞并小金川之前,如今已吞并了四五个小土司,而且经常派兵攻打其他小土司,将整个西南一带搞得鸡犬不宁,请皇上裁决。"

"讷亲、张廷玉你们看对于莎罗奔是不是应该严惩。"

"回皇上,奴才以为此事当谨慎为要。去年刚用兵瞻对,士卒疲劳，而且如今士气低落，实不宜于此时进剿莎罗奔。奴才以为当以番治番，扶植一个土司起来对付莎罗奔。"

乾隆对讷亲的话不置可否，因为他觉得讷亲这是在长他人威风，灭自己志气，但他也不得不承认现在前线士卒因去岁的征讨弄得疲惫不堪，而且人人心中均害怕与番司打仗，因为这些人太剽悍，太不怕死了。这是事实，不容乾隆不承认。

"回皇上，臣以为如此等之土司，如不剿灭，他势必会再攻城略地，将川西一带搞得乌烟瘴气，而且弱小之土司虽迫于莎罗奔之势力一时投奔其下，但他们心里必会以为天朝不顾他们死活，或者是天朝害怕莎罗奔。所以，为川西土司能得以宁静，也为体现天朝神威，臣认为当剿灭莎罗奔。"

"张中堂，不知你以何去剿？"讷亲不冷不热地问道。

"讷中堂，用天朝神兵，八旗兵弁，什么不行。"张廷玉故作轻松地说。

汪由敦见张廷玉和讷亲在一旁口角。自己毫无办法，他要是支持老师的观点，未免有朋党之嫌，但是支持讷亲的主张，势必会让老师下不了台。所以汪由敦感到为难，而且更重要的是，皇上在这儿，他们两个有什么分歧皇上自会裁决，用不着他来帮腔。

"那张中堂亲往前线领兵好了，我相信只要是张中堂愿意到前线，莎罗奔必将于一日内被剿除。"讷亲反唇相讥道。

"如果皇上派臣去，臣决不推脱。"张廷玉毫不退让。

乾隆看不过去了，忙将两人喝住：

"朕叫你们来，不是想让你们在朕前表现你们的伶牙俐齿，朕是叫你们来讨论军国大事的。而你们两个自己看看，哪儿像在商讨军国大事，你们这纯粹是妇人之嘴、小人之怀。要是国家大事吵嘴就能吵出方略来，那你们天天到朕面前来拌嘴好了。朕用你们，是要你们为朕出谋划策，治理天下，难道你们就是如此帮助朕来治理天下吗？哼！"

讷亲和张廷玉一见乾隆发怒了，赶紧叩首道：

"皇上说得是，奴才刚才太过任性，请皇上示罚。"

"够了！你们两个入值军机多年，难道连商量都不会吗？"

"会！"张廷玉赶紧答道。

"既然会，还与讷亲相争。"

"臣有罪！"这分明是在袒护讷亲，但张廷玉又没有办法，心中有着不平也只能存于心中。但嘴上还必须得应着乾隆的话，汪由敦在一旁为其老师鸣不平，但是他不敢在乾隆发怒时插言。

"哼！"乾隆看了张廷玉一眼，又对着讷亲说，"你说的很对，朕决定先暂且宽释莎罗奔，看其表现如何再做决定。你回去拟旨吧！"

"是，皇上。"讷亲很为今天如此风光而高兴，因为皇上当众庇护他，这难道不是他的荣幸吗？难道不说明皇上还是很欣赏自己吗？

乾隆望了望跪在地上的张廷玉和汪由敦以及讷亲，决定陈述一下自己的主张，他缓声道：

"大金川土司莎罗奔，侵占革布什咱土司地方，彼此仇杀，又诱夺伊侄小金川土司泽旺印信。南蛮好动难以驯服，这是他们的天性。如此小小攻杀，事情纯出偶然，即当令其自行消释，不必兴师问罪，只要他们不犯朝廷，不到别的地方四处侵扰，于进藏道路无碍。他们自己内部的斗争，可以置之不问。如果其仇杀日深，势渐涨大，可以宣谕训诲，令其息愤宁人，各安生业，亦可相机行事，声威足够慑服其心了，使他们俯首帖耳，这才是最好的办法。苗蛮顽劣无知，得到他们的人不可用为大臣，得到他们的土地不足以守御，蜂屯蚁聚，无足深较。倘若果真有抗拒侵秋，不得不宣布皇威以全国体时，也应该相度机宜，一切谨慎为要，不得轻举妄动。瞻对之役，朕因虑及不全，轻易发动，虽终得胜利，但于国体亦无多大荣耀。足见抚驭远夷，全在机宜合要。边吏喜于生事，营弁不知远谋，往往过于张皇而不知所措，因小酿大。但就是不知千钧之弩，不为鼷鼠发机。朕想边吏目前最紧要之事务便是修缮守御，厚蓄声威，令其畏惮奉法，恩抚威怀，各得其道，先事预管，不致于轻举妄动。"

这一席话，听得张廷玉和汪由敦心悦诚服。但是他们心里也明白，去年那一场瞻对之役已将皇上给打怕了。

乾隆要求庆复相机行事的谕令一下，庆复就知道皇上欲用以番治番的政策。庆复又下檄谕给四川巡抚纪山，要他派兵多在大金川一带驻扎，以为相机之势，同时看如若莎罗奔太过骄横，则可乘机弹压。

再说莎罗奔年逾半百，但其体格强壮，而且野心勃勃，总是梦想着做金川的无冕之王。他处心积虑地想吞并小金川，却不料为庆复所破坏，自己畏于官军势力不得不释放泽旺，不过他心里对庆复却是怨恨极了。而且，乾隆十一年发动的瞻对之役，令他看透了清军的实力，无非就是倚强凌弱，欺软怕硬，他将他的民众调教得一个个剽悍如虎，他不怕清军，而且他心里相当清楚，金川这个地方地势复杂，气候亦相当复杂，清兵绝对不能适应这儿的环境。只要战争稍微拖得长一点，清兵必然溃退无疑。所以，莎罗奔从各方面衡量以后觉得自己并不畏惧官兵，他决计跟官兵干一仗，先吓吓他们的胆。

为引诱官军出击，莎罗奔决定攻打革布什咱、明正二土司，因为这两个土司平日里与官府关系最为密切，经常给官府透露有关他的消息，所以他很早就对这两个土司不满。现在既然想找一个出气的，莎罗奔首当其冲选择了革布什咱、明正这两个土司。他自己亲自率领了六百人前往攻掠革布什咱、明正两个土司，另派自己的侄子郎卡率兵一千人在官兵如若来救必经过的一个山隘处埋伏，以便乘机杀出歼灭官兵。

果然不出莎罗奔所料，四川巡抚纪山派副将张兴率兵前往弹压。张兴令千总向朝选率六百人在前先行，自己随后赶来。不想向朝选急于前往弹压立功，不曾防备，刚走到郎卡设伏的那个隘口时便遭到了郎卡的伏击。向朝选猝不及防，当即为郎卡的伏箭射杀，六百名官兵见没了主帅，各自为战，自相残杀，幸亏张兴及时赶来，要不这六百名官兵将会一个不漏地给郎卡杀掉。

纪山接到这个消息，甚为震惊，他当即具疏上报乾隆，乾隆接到这个奏疏后，很是吃惊，而且纪山在奏疏中称如今莎罗奔在大金川一带搞得人心惶惶，局势甚为混乱。这样的奏折令乾隆的自尊心大伤。

第二天上早朝的时候，乾隆向殿下群臣出示了纪山所写的那份折子，并要群臣谈一谈自己的想法。"各位爱卿，纪山的折子你们也看了，这个问题该如何处理，各位爱卿说一说自己的意见与想法。"

"皇上，奴才以为是宜抚不宜剿。"讷亲还是他的老观点。

由于张廷玉没有来，所以军机大臣汪由敦接过来说道：

"臣以为该是用皇威以维国体的时候了。"意思很明白，主剿。

其余群臣、亲王有主剿者，也有主抚者。亲王主剿者以弘昼为首，主剿的还有户部尚书傅恒，乾隆从五台山回来，便升傅恒做了户部尚书，添了湖南巡抚、原大学士蒋适锡之子蒋溥在军机处行走，还有辅国公允禵等。但主抚的支持讷亲主张的亦不少，他们大都以如今国库空虚，前线士卒疲劳为借口。

"皇上，奴才以为莎罗奔一日不灭，金川一日不宁，金川地势险要，扼进藏之要道，此地不可一日不平，奴才请皇上深思。"傅恒的意思也很明确，只有金川平定了，方能保得西藏安定。

"皇上，奴才认为傅恒说得很对，不为金川为西藏也应该平定莎罗奔。"弘昼附和道。其他亲王、贝勒也均附和弘昼之主张。

讷亲在一旁可是很难受，二十天前，皇上接受了自己的主张对大金川采取抚的政策，而现在皇上又想改变这个政策，这不是令他难堪吗？所以他决定誓死力争，无论如何也要争取皇上不对大金川大动干戈。他针对弘昼的为保西藏就必得征莎罗奔这个观点道：

"和亲王，莎罗奔现在只是对土司内兼并掠地，并不想与官府相抗,其杀死千总向朝选也并不是要与朝廷为对,而只是……"

"别只是什么了,讷中堂,我提醒你一句,如果莎罗奔不想与我朝相抗,他为什么要派人在中途设伏呢?"弘昼很是不耐烦地问。

"和亲王,你也别忘了,现在前线士卒困乏,而且瞻对刚打过,国库也缓不过来。"讷亲不紧不慢地说。

弘昼一听讷亲这种口气便受不了了,他愤怒地指着讷亲鼻子说道:

"讷亲,你是不是受了莎罗奔贿赂?"

"我没有。"讷亲不甘示弱地说,他不敢反唇相讥弘昼,但他尽量将语气放得阴阳怪气起来以向弘昼说明他并不怕他。

"讷中堂,你别抵赖了。"弘昼指尖差点指到讷亲鼻子上,并且愤怒地举起手来想打讷亲:

"讷中堂,你要是没有受过莎罗奔贿赂,怎会一直替他说话?"

乾隆厉声喝住弘昼道:

"弘昼,你放下手来!"

弘昼一听皇上说话了,而且有些微怒,吓得赶紧缩回手,并装出一副俯首帖耳的样子来,仿佛是向乾隆认错。

"讷亲是朕重用的第一大臣,他说话自是为朕考虑、为国家社稷考虑,虽然其言语有些时候有失偏颇,但其忠心是可嘉的。而你虽也有自己的主张,但那仅仅是考虑问题的角度不一样,讷亲考虑前线士卒,你考虑国家龙威,这都是好事儿,但哪有你这样在殿堂里随便侮辱朕重用的第一大臣的,你眼中还有无朕?"

"启禀皇上,奴才实在是无意间所为。"弘昼赶紧磕头道,"没想到惹皇上这么生气,奴才有罪,请皇上处罚奴才吧!"

"哼!"乾隆显然余怒未消,"你还知道自己有罪,还知道请朕示罚,难道你就独独不知于殿堂上指斥朕重用之大臣是无视朕吗?"

这可是大不敬之罪，是要杀头的。弘昼一听赶紧磕了几个头，在一旁的允禄、允禧、允祹以及汪由敦、傅恒都跪下来给弘昼求情，讷亲也赶紧假惺惺地跪下来替弘昼求情，其实，乾隆也仅仅是想煞一煞这位御弟的威风与傲气，所以现在见群臣相求，也就顺水推舟地说道：

"既然群臣相求，就免你一条死罪，罚俸两年，以示薄惩。哼！"

"谢皇上。"弘昼颤颤惊惊地说道，显然是心有余悸，被刚才乾隆的架势吓坏了。

堂上群臣一见讷亲和弘昼闹了一番，皇上又发了怒，大家均搞不清皇上是什么意思。所以全都缄口不言。唯有傅恒深知皇上本意，因为他以前知道皇上主抚，是从不失国体着眼，现在莎罗奔派兵杀千总，已有失国体，而皇上又向来是孤芳自赏，最是见不得有人与朝廷公然作对，所以这次皇上召集群臣商议是希望群臣主剿。因此，傅恒等乾隆怒气稍微平了些后说道：

"皇上，奴才以为原先主抚可以，但现在却万万不能。莎罗奔袭杀官兵，正是想探一探官府对其的态度，如若官府任其所为，对其睁一只眼闭一只眼，莎罗奔必会暗吞附近地方，不仅仅是金川内部各土司遭殃，连附近的黎民也难逃一劫。而且，令奴才尤为担心的是，莎罗奔势力一旦大起来后，与西藏珠尔默特那木扎勒相互勾结，势必成为心腹之患，此其一；其二，莎罗奔肆杀官兵，已构成谋反朝廷罪，这是关系国家大体之问题，请皇上深思。"

傅恒的话正说到乾隆心坎上，他满意地看了傅恒一眼："朕意已决，为维护国家之大体，亦为将来西藏着想，征讨金川！讷亲，去给朕好好拟一作战方案，朕决定派兵进剿大金川，争取半年时间平定。"乾隆说到这儿，仿佛想起了什么，"另给朕拟一谕旨，调庆复回朝，命张广泗署川陕总督，可不必到京城谢恩，直接由贵州到任。"

"是！皇上。"讷亲答应下来。

乾隆见大策已定，别的六部九卿又无事可奏，便宣布散朝，各自回自己衙门办事。讷亲虽有皇上为其宽心，但心里总是不好受，有些闷闷不乐，他一路不吭声地回到军机处，另外两个军机大臣班第与高斌均已回来，蒋溥也在，所以军机处较平日一下多了几个人。班第是到外地巡视兵哨去了，而高斌则是前往江南查巡河道去了，值国家用兵大事，所以他们二人均匆匆赶回。

讷亲回军机处后不久，张廷玉也来了，他较之去年已不知老了多少倍，背明显地驼了，脸上皱纹更是一道又一道。他气喘吁吁地来到军机处，汪由敦、班第立即迎上去扶其坐定。张廷玉进去一见班第和高斌回来了，便和他们寒暄了两句，问了问外出情况，这才放心地坐下来。

讷亲见大家都来了，便说道：

"如今已是三月，用兵再迟不能超过四月，半年时间刚好到十月，我听纪山奏过，金川一带到十月就大雪封顶，军需供给将会相当困难，所以我认为早一点进行早一点结束，不知诸位意下如何？"讷亲说完看看班第、高斌、张廷玉、蒋溥四人，然后目光移到汪由敦身上说道：

"师茗，皇上令我拟一份谕旨，张广泗任川陕总督，将庆复召回。因今日在座诸位均得商量进攻路线一事，所以这个谕旨你就交由阿桂去拟吧！"

阿桂，是乾隆元年举人，父亲正是当今刑部尚书阿克敦，因其办理政务谨慎，又得其父荫袭，所以很快得以升任军机章京，以前因大多谕旨均由汪由敦给承担了，所以很多军机章京根本没多少事儿，不过阿桂与其他军机章京不同，他很是机灵，见其他章京无所事事时，自己便总是想着法子找事做，比如整理文宗之类的事情，因而讷亲对这个年轻的后生很有好印象，愿意将此事交由他处理。

汪由敦正求之不得，于是很欣然地出来叫阿桂草拟谕旨。阿桂也求之不得，他略一思索，便顺手写道：

"大学士庆复在外多年，纶扉重地，应召取回京办理阁名，昨发四川瞻对之役，甫经告竣，今又有大金川首领，肆横不法，已命庆复相机征剿。今思彼地番众，恃强生事，屡屡不能安辑，必须治理得宜，始可永远安贴。朕思贵州总督张广泗善办蛮务，着其补川陕总督缺，庆复回京，张广泗就不必来京，直接由贵州前往川省，办理征金川蛮夷之事宜。"

而讷亲、张廷玉、汪由敦、班第、高斌、蒋溥也未商量出一个子丑寅卯来，因为他们并不清楚前方情形。所以又让汪由敦拟了一个廷寄，叫庆复这次回京时详细将金川地形，最好是用图纸的形式给带回来。

不多久，大概也就半个月时间。庆复返回京城，受到乾隆嘉奖。庆复刚回来不久，张广泗的奏折也到了，他在折中报道他刚到金川，小金川土司泽旺同良尔吉便来降了，乾隆下谕嘉奖并命其继续逼近大金川，并部署兵力以便随时进攻。

讷亲、张廷玉、班第等通过仔细观看庆复带回来的图纸，并仔细听了庆复对大金川的叙述，决定将进攻兵弁分为川西、川南两路，西路内又分为四路：总兵宋宗璋统兵四千五百名由丹霸进攻勒乌围官寨，参将郎建业、永柱带兵三千五百名由曾头沟进攻勒乌围，副将马良柱带兵三千五百名由僧裕宗进攻噶拉依，参将买国良、游击高得禄带兵三千名由丹霸进攻噶拉依。南路内再分三路：命总兵许庆虎带兵二千七百名由革布什咱取正地后与西路宋宗璋、郎建业会合夹攻勒乌围，副将张兴、游击陈礼带三千二百名由巴底前进，与马良柱、买国良会合夹攻噶拉依，游击罗于朝带兵二千名由绰斯甲布攻取河西各处官寨，西南总共七路兵，合计汉、土官兵三万余名，定于六月二十八日各路同时进攻。

这份廷寄送到张广泗处，张广泗立即召集众将商量，因良尔吉降服后为张广泗委以重任统率蛮兵，所以这样的军事机密良尔吉也参与了。对于这份军机处拟定的进攻路线，张广泗很是满意，他当即自鸣得意地说道：

"我朝三万兵丁，七面出击，莎罗奔必为所惧，如此则半年内可望饮得胜酒，在座诸君，当奋勇杀敌。昔岳飞将军鼓励将士道：'直捣黄龙府与诸君痛饮耳。'我亦鼓励在座各位，直捣勒乌围，擒得莎罗奔首级，与诸君痛饮耳。"张广泗说到这儿仰起脖子喝下了这一盅酒。

众将见军机处所拟路线，确实相当有气势，所以个个心里也比较高兴，跟着张广泗就痛痛快快地饮酒，期望着一个月后就拿莎罗奔的首级。良尔吉趁着出来小便，找到他的姘妇、也是他的嫂嫂阿扣和仆人王秋，说道："官府欲七路进攻大金川。"

说着良尔吉告诉他们这七路都由谁统领，分别从哪个方向进攻，以及进攻时期。

良尔吉说完后看着阿扣道：

"阿扣，这是你叔叔能否得以安全的关键，你一定要想办法通知他早做准备，不要到时候首尾不顾、东西不顾。"

"嗯！良尔吉，放心吧！我这就和王秋到勒乌围去告诉叔叔。"阿扣拉着良尔吉的手说，良尔吉趁机摸了阿扣脸上一把，又顺势摸了阿扣胸前一把，直摸得阿扣浪笑不止。良尔吉怕出来太久引起众将怀疑，于是急急匆匆返回帐内。

阿扣待良尔吉走后，立即回屋换上一套民服，带着王秋，两人一前一后，阿扣提着小篮子，悄悄溜出了张广泗驻军地，来到勒乌围。阿扣是莎罗奔侄女，谁不识，所以阿扣一路通行来到了莎罗奔住处。

勒乌围四周是悬崖，只有一条羊肠小道可通，地势相当险峻。当年，也正是这点为官府所看中，在那儿修了官寨。寨内人员一个个虎背熊腰，满脸横肉，一身杀气，而且个个佩着砍刀，裹着围巾，天热时全都袒露着长满胸毛的上身，看来确实是相当剽悍、凶狠。

"叔叔。"阿扣一进勒乌围就对正在喝酒的莎罗奔亲热喊道。

"哦！阿扣哇！快坐下来喝点酒暖暖身子，外面挺冷吧！"莎罗奔边招呼着边命人递给阿扣酒。金川天气，如今虽然已是四月份，但天气时好时坏，有些时候还飘些雪花，今天就下着些小雪。阿扣一边抖着身上的雪花，一边接过莎罗奔递过来的酒，喝上两口暖暖身子。

"阿扣，你今天到叔叔这儿来有什么消息告诉叔叔啊？"莎罗奔一脸络腮胡子，浓眉大目，睁大牛眼看着阿扣问。

阿扣喝完酒，身子已经暖和起来，这才对莎罗奔讲了良尔吉给她讲的一切话，一字不漏。莎罗奔一听，并未显得紧张，他只是开怀大笑，然后喝令他的部将继续喝酒，仿佛是根本没将这事儿看作一件生命攸关的大事，这一下倒把阿扣给弄懵了。

"叔叔，你为什么笑哇！"阿扣瞪大眼睛惊奇地问。

莎罗奔拿起酒杯又饮了两口："我笑官兵如此愚笨，我这些石堡均是一夫当关，万夫莫开，要是官兵如此攻击，只恐两年、三年也未必能攻到我勒乌围来。"莎罗奔说完又望着部将们哈哈大笑起来，部将们一听主帅这么讲，也跟着哈哈大笑起来。

笑完一阵后，莎罗奔接着又说道：

"我现在才明白为什么一个小小瞻对就用时八个月、死伤几千名的原因，原来官军就是笨，你们见过他们那些兵帅吗？一个个肥头大耳、像只肥猪似的，哪像咱们的兵弁那样精干、凶狠。哈哈，阿扣，让他们来吧！让他们来送死吧！让张广泗也一齐来送死！"莎罗奔说完大笑起来，他手下的大将们也跟着狂笑。

"叔叔，我听良尔吉说，张广泗很厉害的哟，打仗很有一套，而且这种进攻方法是由皇上亲自制定的。"阿扣见叔叔他们如此掉以轻心，于是提醒道。

"张广泗厉害？"莎罗奔望着众将们又是一阵狂笑，"那是没有碰到我这样的对手，他今天碰着我，自然就是死路一条，哈哈！"笑完道：

81

"他如果真是厉害的话,就不会如此兵分七路进攻了,虽说他们总数有三万多名,但我的境内连同民人也有三万多人,足够一个对一个地打死他们了!"

"叔叔,良尔吉交代我说,你一定提前做好准备,否则到时会东西不顾的。"阿扣还是那么认真地说。

这次莎罗奔没有笑,而是很认真地看着阿扣道:

"阿扣,你觉得这些官兵厉害吗?能打仗吗?"

阿扣见叔叔如此问,也就老实作答,她自从做了泽旺的妻子后,几年的掌印经验告诉她这些官兵真的是饭桶,她笑了笑说道:

"叔叔,其实这些官兵很令我瞧不起,他们一个个身体单薄,而且从他们的谈话中,我听出对咱们金川军士还很是害怕,所以我认为这些兵弁一打仗,必不能舍死。一不能舍死,则他们的攻击力必会逊色不少。"阿扣喝了一口酒道:

"我刚才为什么一个劲劝你,是希望你小心为上,虽然这些兵丁打仗并不厉害,但是我们也必须得防备着,你说呢,叔叔。"

"你说得很对,我们应该小心为上。"莎罗奔半笑半不笑地说,然后望了望门外的雪道:

"官兵将领中,我唯一害怕的只是岳将军,最服的也只是他,如果他老将能到这儿来,我可能会小心些,但是对于张广泗来说,我一个指头足够斗败他了。"

阿扣见叔叔对张广泗如此蔑视,自己觉得也没说的,反正该说的均已经说了,该交代的也已交代了,她最后走的时候只是给她叔叔说道:

"叔叔,你记准了,六月二十八日官兵从七路进攻。"

接下来的一个月,莎罗奔命番人在张广泗几路军要进攻的地方各加了些石碉,每个石碉多准备滚石,以便随时打击前来进攻的官兵,给官兵进入寨内多设障碍。莎罗奔非常清楚官兵士气低落,为鼓励自己的番兵打败官兵,于是经常令人在寨内竖起官兵靶子,然后令番兵向前砍杀。莎罗奔经常给寨内的番兵说道:

"张广泗发誓要让金川片甲不留，所以，我们只能打赢，不能打输，否则你们和我一样均会死无葬身之地，而且不光你们，还有你们的父亲、母亲、妻子、儿子全都会死无葬身之地，所以我们一定要同仇敌忾将张广泗给干掉。干掉了咱们吃他的狗肉，哈哈！"

就在莎罗奔誓死抵抗之时，在京城的乾隆也是信心十足地对军机大臣讷亲、汪由敦、张廷玉、班第、蒋溥等人说道：

"上次对瞻对一战，若非袁士弼一意招抚以致于乱党争相效仿，如今岂能重蹈覆辙。如果此次对金川不能尽行剿灭，势必又会增长乱党志气。如果一旦全行剿灭，则既可以铲除凶恶，以靖边陲，而且可以震慑诸蛮部，使他们向朝廷臣服。朕想着似金川这样的番民，虽然向不归化，而且他们归化后也反复无常，这些都是由于办理不善所致。如果仅仅说得其人不可令其为臣，得其地又不能加以守御，而任由他们像禽兽虺蛇一样在宇宙间自由地繁殖？这样做行吗？比如对瞻对和大金川之事，这并不是朕好大喜功，实在是这些番民声势日涨，故朕不得不劳师动众前往加以剿灭。如果这次进兵，既不能攻占险要之地势，又不能临事严肃相处，仅仅是直率了事。官兵刚撤走后，然后大金川番民又闹事，这样反复无常，必将使官兵损失严重，花费又很多。如果又仅仅是番民前来进攻官兵才挡一会儿，而番民走了又不前往追赶，如此十至而十应，那何不以十应之答，用之一举。毁灭焚剿，芟除荡涤之为愈也。"

很明显，皇上是主张将金川给斩尽杀绝。讷亲在下面听着，虽觉得乾隆这一招未免有些狠毒，但他也想不出更好的办法来对付这些变化无常的番兵，他顺着乾隆的意思说道：

"皇上圣明，如此一来则番民永无起事之日，边陲也得以一举而定，于国家于社稷真是莫大的幸运。"

下面张廷玉、汪由敦、班第、蒋溥本均是历来主战的，主张对番民一切剿个干干净净,因为高斌又前往江南任河运事去了,所以他并不在场,不过他也是支持进剿的。不过,张廷玉似乎对皇上任命张广泗为前方统帅有些不满,因为他怕张广泗会因征金川而战功卓著,皇上必将提张广泗到朝来任重臣,那样对他又是个威胁,至少他心里会很不舒服,不过他也知道皇上对张广泗是很信任的,如果现在自己站出来陈奏说张广泗不宜为前方主帅,皇上必定会以为我又在存门户之见对张广泗加以诬陷,想到这些,张廷玉决定不说,不过他在心里默默地祝张广泗倒霉。只要他看到张广泗倒霉,他就高兴。

六月份张广泗果然对莎罗奔展开了进攻。但事情并非像他想象的那样顺利,首先官兵贪生怕死,虽经他严加训斥有所好转,但还是不敢死攻。其次,莎罗奔抵抗相当顽强,尤其是各路进攻方向,如要拿下一个石堡,平均要死伤几个人。张广泗曾亲往前线观看,他发现番兵石碉内有石弹,也就是用一种木制架子将石头给弹出来去打官兵,他们居高临下,官兵很是吃亏,只有挨打的份儿。张广泗虽令大炮轰击,但也无济于事。张广泗对这种情况很是头痛,他只得传令各地官兵加紧进攻。

四川巡抚纪山痛恨张广泗在查邪教一案时弄得他狼狈不堪,所以他督运粮草、后勤供应也不是很积极。

张广泗面对如此困境,只得如实上奏:

"臣自从入番境来,所经由各地,所见尺寸皆山,陡峻无比。隘口处所则设有碉楼,垒石如小城,中峙一最高者状如浮图,或高八九丈,或高十余丈,甚至有高十五六丈者,四周均有小孔,可供瞭望,也可以施放枪炮。尤其险要的地方,其石碉尤其坚固,番蛮谓之战碉,这在番境内都这样。而金川地势更加险峻,碉楼亦更加多。对于攻碉的办法,臣曾用过地道、地雷或挖墙孔,以便施放火炮,或者断其水道,以便使其坐困。这些方法,本来都极易防范,可以用一次而不能多次使用,而且上次进攻瞻对,已经全部为番夷所熟悉,莎罗奔亦早已准备,或在碉楼外边挖壕沟，或在碉内积水，或者将石碉加上护墙，金川地势本来十分险峻，现防护又这么周密，自是更难攻击，目前营中只有子母、劈山等炮，但这些炮仅可用以御敌，而不足以攻碉。臣受皇恩甚重，前线军情臣不敢稍稍隐瞒，今全部达知皇上，以便我皇了然于胸中。"

乾隆对于张广泗这份奏折极为伤心，因为他想起用张广泗攻下大金川以建奇功的想法又要破灭了，自己在大金川可能又要栽跟斗了。在未开战以前，他对张广泗充满信心，而张广泗本人对军情也充满信心，不想仅仅一个月，张广泗就向自己叫苦了，全无当初之雄心壮志，乾隆自是非常失望，而且更重要的是，如若不能攻下大金川，他的武功将何以体现？天朝神威将何以体现？

当乾隆接着张广泗折子时，奉旨去山西办案的讷亲刚好回来复命，乾隆不等讷亲说出山西一案的办理结果来便对讷亲说道：

"讷亲你看看，这就是张广泗给朕上的折子。"

讷亲一见皇上那副苦闷的样子，便知前线可能不顺利，他拿起折子一看，果如他所料。这个局面他早已料到，可是真的一旦发生，他又显得有些手足无措，不知该如何说，他只是叩首道：

"皇上，奴才以为此事不妨暂缓一段时间，先让莎罗奔放松警惕，然后伺机进攻。"

乾隆一听，觉得这也不失为一个办法，但显然是不合他意。他在心里暗暗对讷亲有些不满，以前主抚的是他，现在开战了，还想主抚，这难道不是有些蔑视天朝之师吗？他有些不悦地说道：

"这虽然可行，但事已至此，断无放弃之道理，莎罗奔虽然剽悍，大金川虽然险要，但怎抵得朕八旗兵弁。朕认为只要加紧对大金川之进攻，扑灭金川蛮夷，割取莎罗奔首级便是指日可待。讷亲，传朕谕旨，谕令张广泗加紧进攻，争取于冬前攻下大金川。"

"是，皇上。"对于乾隆这种一意孤行之做法，讷亲虽有不满，但皇上谕令，他也只得听。而且他觉得皇上打金川一事似乎是不胜不罢休。自己作为首揆，对于皇上的这个意思，自己不能不理解，他告诫自己以后也得尽量支持皇上于金川用兵。

乾隆由于张广泗在金川一带用兵不顺利，自己也不顺起来，他决定奉皇太后巡幸木兰，一方面是散散心，另一方面也有几年未到木兰去了，蒙古骑兵、八旗兵弁也得有几年没有操练了，就在乾隆做好一切准备，准备奉皇太后巡幸去时，河南巡抚一份奏折又使他陷入了烦恼。

原来，河南中牟县因有黄河流经，此地山林成片，所以土匪也是很多，当地民风也是不正，舍命不怕死者大有人在，他们一旦有什么不顺心意的事，便群起反抗。有的干脆入林当土匪，有的便杀人放火与官府作对。中牟县民原来因为称官府赋额太重，前往衙门要求减免赋额，中牟知县是不敢应允，于是前来闹事之民众便围攻衙门，将知县进行百般侮辱，后巡抚派兵前往弹压才将此事给压下来，但其中有一部分人则跑到了山林中当土匪去了，滋事首领因为首当其冲，被官兵活捉，后虽有不怕死者前往营救，但终不得将为首者救走。

"这些刁民太不像话，先是莎罗奔无视王法，继是安色、万泉民众无视王法，再是中牟民众侮辱朝廷命官，如此民众视官府何为？又视朕何为？此事断不可轻恕，一定要严惩不贷，以行王法。讷亲，此事就交由你去处理。"乾隆怒气冲冲地说。

乾隆奉着皇太后出木兰巡幸去了，讷亲不敢稍忘乾隆临走前的话。他命阿桂独自前往中牟查清民众反官府一事。这正是阿桂巴不得的事情，他辞别讷亲，独自打马来到中牟县衙门，知县立即热情迎接，阿桂为建功心切，也顾不得知县的热情招待，就开始调查此案。其实此案很简单，阿桂用不多长时间就调查了个清清楚楚，将为首者下令绑赴京城以便秋后斩决，而对于滋事的一般民众亦为警谕。

讷亲在京处理政务，不敢擅权太多，他只是檄谕四川巡抚纪山一定要好好配合张广泗尽量将大金川给拿下来，以便解却皇上心头的大石头，同时檄谕张广泗当尽心全攻，而且考虑多用别的办法，不要一味只知死攻。其实，讷亲并不懂兵法，他只是蜻蜓点水似的说一说而已。

而在前方的督军张广泗并不以讷亲之说为是，他认为这是讷亲不懂军事瞎放屁，所以他对讷亲的这种颐指气使很不满。当他接到讷亲的廷寄后，只是冷冷地笑了笑。其时，已逾八月，大金川一带气候开始逐渐变冷，前方条件开始变得艰难起来，而张广泗想于大雪来临之前结束大金川之战，提取莎罗奔首级，必得力克石碉，这也正是他所为难的原因，客观的事实是张广泗想要攻下勒乌围已遇到很多麻烦。首先，兵卒刚攻碉时，均还能舍死向前，以后攻到一半时，由于死伤太多，平均每百人中就有一二十个，这种情况令兵卒们很是胆怯，是以攻碉也不如以前那样舍死、积极，而且现在天气转冷，很多兵弁又不适应这儿的天气情况，一个个变得畏畏缩缩，这令张广泗很担忧，而莎罗奔的番兵却倒是越战越勇，他们那种不怕死的奋不顾身的精神很令官兵心惊。

其实，莎罗奔现在已没有以前那种狂傲、不可一世的傲气。张广泗死伤重大，莎罗奔也并不好受，由于他下令番兵死守每个石碉，所以番兵死伤也是相当严重，更何况一些番兵投降后也反过来攻打自己，还有附近各部落派来助官府的番兵也很是厉害，他们比官兵更难缠，所以莎罗奔也有些吃不消了，他决定派他的侄儿郎卡到张广泗营前请求受降，张广泗不敢擅自答应，只得具折上奏乾隆。

乾隆收到张广泗的折子正是在回京路上，他打开折子一看：

"臣张广泗启禀皇上万岁，昨日莎罗奔派头人前来军营拟以投降，臣不敢擅自裁决，是以请皇上定裁。但臣以为，如此时断不可许莎罗奔投降，以头人所言，臣推测莎罗奔如今已是穷途末路，无计可施，所以是绝好之机会，倘若允其投降，其实力恢复后必将更行叛乱，是以不如一剿而定，以永定边陲，但臣想着如若继续进攻大金川，必得增添兵弁、大炮，臣请皇上调贵州、川、陕以及湖广兵弁和云南兵弁归臣指挥调度,如果真的如此,臣敢断言于年前定能将莎罗奔首级献于皇上。"

乾隆看完张广泗的奏疏,心内不觉又喜又悲,喜的是张广泗终有战果,已将莎罗奔逼得走投无路,心思归降,悲的是现已给张广泗三万名兵弁,张广泗还嫌不够,难道这张广泗就真的那么笨?大金川也就真的那么难攻?乾隆平心静气地想一想是允莎罗奔降呢,还是不允其降。不过,他觉得于此时允许莎罗奔似乎有些太过便宜莎罗奔,但若不允其降又得给张广泗增添兵弁,这也就意味着还得增加军需,权衡一下,他拿不定主意,只得问随侍在侧的户部尚书傅恒以及兵部尚书班第。

"皇上,此时断不可撤兵,如若此时撤兵,莎罗奔必以为皇上宽厚仁慈,而后屡屡起事,所以奴才想此时最好是乘胜追击。"傅恒道。

"奴才也以为对莎罗奔决不能仁慈。"班第亦附和道。

乾隆对傅恒和班第的话很是中意,从他发动战争的那一天起,他便想着要绝莎罗奔而后快。如今莎罗奔既然投降,显然是想借此机会缓缓劲,以便日后再图举事,这是乾隆绝对不能容忍的。对于他来说,他要干一件事绝对要干到底,不能中途而废。所以,他下定决心,要将金川战争继续下去。而恰在这时,纪山上的折子又影响了他的决心。

纪山在前线督运粮草,如今金川一带已在下雪,粮草供应很是困难。"臣纪山启奏皇上,如今金川堂攻等处,已连降大雪,不但粮运相当困难,而且我兵也应该筹划万全,或者通盘筹算,酌情考虑留一些官兵防守,以体养士卒,待来春冰雪融化再行进攻。"

"哼?这纪山作为督运粮草之总管,不但不思极力进取,反而劝朕极早收兵,这不明明是走袁士弼老路吗?朕用兵金川,如今已成骑虎难下之势,纪山反而劝朕及早收兵,这是何居心,难道是蔑视朕无力进攻金川不成。哼!"乾隆看到纪山的这份折子显然很气愤和不满。"班第，传朕谕令，令纪山紧督粮草，保证前方粮草充足，不得有误，也不得再有招抚之心。"

纪山本是想让皇上趁此机会收缩收缩，但不想皇上仍是一意孤行，他没有办法，只得听从皇上谕旨，极力将粮草一事办得妥当，以免皇上生气。再说乾隆一方面谕令纪山好好督运粮草，另一方面又下旨同意张广泗继续进攻大金川的计划，同时同意调取兵丁、增加炮箭以增强前方兵力。一场新的更大更猛的战争又迫在眉睫。

莎罗奔从良尔吉那儿知道消息说皇上不准自己投降，于是也下定决心决一死战，而且他还派人到张广泗营中那些已经投降的金川藏人中去活动，极力怂恿他们于阵前反戈倒击。这些藏人一听说莎罗奔允给他们土地，给他们官职，给他们银两，他们便心动了，决定在张广泗军相当困难之际于阵前倒戈一击，帮助莎罗奔摆脱困境。莎罗奔得到金川藏人的如此承诺，自是心下大安，他一方面令各处关卡严加把守，另一方面也积极做好反击张广泗官兵的各种准备工作。

金川一带作战仍是相当困难，张广泗虽百般督促，但前线战事仍无起色，张广泗没有办法。只得如实上奏给乾隆，乾隆看了很是郁闷，而今已将近年边了，战争还继续这样耗下去，胜利还远未达到，乾隆未免对张广泗渐渐地不满起来，他在给张广泗的谕旨中道：

"朕谕张广泗统率进剿，进入蛮荒，一切经营控制，可谓殚心竭虑，而如今将临年关，前方战争仍无消息，这未免是张广泗急于告捷，竭力督率，在营将士，因其督责过严，未免人怀怨望。"

正如同乾隆所言，前方将士因不满张广泗的严行督责，心中对张广泗的怨恨越来越大。他们恨张广泗全然不顾他们的死活。他们恨张广泗只知自己建功立业，而全不顾及兵卒已是疲惫不堪。渐渐地，前线兵弁对于攻取石碉渐生胆怯，攻击石碉也不如以前那样卖力，张广泗自己也是进退两难，没有办法。

第六章

登泰山君臣联诗句
泊德州夫妻诀离别

乾隆看着皇后永远沉睡的面容，锥心刺骨的酸楚涌上心头。在群臣面前，他不能哭，要维护君王的威严。在太后面前，他不敢哭，怕引得老人家痛哭伤身。如今独对皇后，他终于大哭号啕……

这日乾隆正在养心殿阅折，讷亲进来奏道：

"皇上，张广泗前方来奏，官军刚吃了败仗。"

乾隆听了一惊，立即从讷亲手中接过奏疏展开一看，不禁恼羞成怒，原来上面张广泗如实奏报了前方情况："九月初四日已降服的金川，复行背叛，带领金川番民千余人抢占我军营后山梁，截了我粮草供应，臣虽极力督促兵弁欲重新夺回后山梁，但怎奈此地地势险要，臣不得重新夺回此地，十一月底，莎罗奔又派人来夜围攻张兴营盘，在山梁上安设木架，以机发而下击。十二月初，金川蛮兵齐发机关，官兵相率逃奔，自相践踏，坠崖死者甚众。张兴军营绝粮多日，士卒困惫，以向金川蛮兵买路求生。莎罗奔设计把官兵分为三拨，到入山沟底，待官兵将武器交出后，蛮兵上前屠杀，除三百多名官兵已先行逃过河去，所剩六百余人，无一幸免。"

乾隆看到张广泗的这份奏疏，已给气得脸色发紫了，他拍着桌子厉声喝道：

"真丢朕的脸，前线出现如此败仗，不归由张广泗指挥无能，还能归由什么呢？哼！朕让张广泗统率几万兵卒攻取小小的金川之地，可不想却屡战屡败，实在是有辱圣命。"

"皇上，奴才这儿还有一份张广泗的奏疏。"讷亲在一旁道。

"嗯！给朕看看。"乾隆说着就从讷亲手中接过奏折，他清楚可能又是败迹，但没想到败得那么惨：

"守卫碉卡的八十余名兵卒私下与蛮兵讲和，随后开碉与蛮兵渡河而去。蛮兵四五百人攻占官军营垒，将领阵亡。马良柱军营乏粮已久，官兵只得煮革甲而食，蛮兵再攻，惶遽掖退，以致官兵自相残杀，辎重全部遗弃。"

乾隆现在已经不再骂张广泗无能了，也许是气得太厉害，他看完张广泗奏疏，一言未发地放在了御案上，过了好大一会儿才问讷亲道：

"讷亲，前线情况如此，你以为朕当如何？"

"皇上，奴才以为当派人前往军营了解情况，查清到底是张广泗的无能，还是莎罗奔太厉害，还是别的什么原因。"

乾隆点了点头道：

"那派谁去呢？"

"奴才以为最好派班第前往。"

班第是兵部尚书，又是军机大臣，其身份自是相当合适。乾隆决定派班第到张广泗军营去，调查实际情况。

"班第，如今前方相当吃紧。"班第明白乾隆所说的前方的意思，无非就是指张广泗军营这段时间来一直吃败仗而已，果然，其实也不是果然，因为班第已了解一点这些消息，只是不是了解得很全，所以他知皇上必将这件事儿说出来。"张广泗在金川屡屡败北，军营粮草练兵供应甚是不利，朕想让你到军前去了解军情，同时代替纪山督运粮草。纪山此次甚失朕望，本望他与张广泗好好合作，尽量早一日拿下金川，却不想他们竟然借此机会相互报复，以致于粮道为蛮兵所截，这里有张广泗指挥不当的原因，亦有纪山督运不得力之原因。班第，朕此次派你前往，不为别的，只是想让你到前线将具体情况奏报给朕，以便朕重新部署兵力。"

"是，皇上，金川兵事有关国家大体，奴才不敢稍存大意，到得军营，奴才定当仔细向皇上禀明前方情况。"

"嗯！好，你明日就启程吧！"

班第到得金川以后，日督粮草，很是勤勉，官兵的粮食问题得以解决，但他越来越了解张广泗并不是皇上所夸的那么神勇，因而他上了一疏上奏乾隆：

"奴才自年初到得金川以来，便日查前方军事失利之原因。奴才经过仔细查访，奴才以为这全是将帅不得力之故。大金川地，纵不过二三百里，横不过数百里，番民也不足万人。而现在前方军营，所集汉土官兵，及新调陕、甘、云、贵入川兵丁，已至五万，乃闻将弁怯懦，兵心涣散，吐蕃因此观望。奴才以为皇上临此情况，不如另派将帅前来以代张广泗。"

乾隆接到班第奏折后，没有通知讷亲，而是叫来了傅恒，因为傅恒以前力主对大金川用兵，他自是知道该如何去打，该如何遣将。所以他将傅恒找来便道：

"傅恒，朕派班第前往军营查访，终得知乃张广泗指挥不得力所致，班第建议朕另派将领，你以为如何？"

"皇上，奴才以为还是让张广泗领军于前，但可派班第为经略，以此共商进兵事宜，不知皇上意下如何？"傅恒反应果是敏捷。

"好！"乾隆想了想说，"就依你说，朕即委班第为经略。"

在乾隆任命班第为经略的同时，又紧锣密鼓地准备东巡泰山，拜谒孔林。准备工作由讷亲一手操办，很令乾隆满意。最后他奏准皇太后，决定于二月初四日东巡齐鲁。

二月十四日天还没有亮，前来送行的王公大臣已于朔风中穿着彩服恭送皇上了。站在队首的是讷亲，他与张廷玉等在京办事，乾隆只带了傅恒、沈德潜、汪由敦等人前往，其他的王公基本上均留守京城办事，唯有允禄、允祹与弘昼等随皇太后出行。

经过十多天的颠簸，皇后三十七岁生辰那天车队到了河源屯，此地距曲阜只有两日路程了，于是乾隆决定就此住宿，为皇后庆祝生辰。而皇后经这十几天连续不断的颠簸，原本虚弱的身子十分受不住，也巴不得在此地停留。

乾隆为皇后的生辰搞得很热闹，大宴群臣，整个河源一派喜庆气氛。但皇后自己却提不起精神来，因为她太疲劳了，当她领着随行后妃、公主以及随行尚书命妇等到皇太后处请安，回来又受公主命妇们的祝贺后，已是疲惫不堪了。她等到所有人走后，自己颓然倒在了床上，显得有气无力，头晕目眩，这时候，漪秀进来了。

"娘娘，你累了吗？"漪秀柔声问道。

"妹妹。"皇后抬头一看是漪秀，想坐起来，却觉得浑身乏力，只得令身边丫鬟给漪秀倒水。

漪秀坐在那儿逗皇后高兴，说了很多开心的事，皇后确实也比较高兴，漪秀这才说道：

"娘娘，皇上明知你身体还这么虚，为什么整日行路行得这么紧张啊！"仿佛是为皇后打抱不平。

"妹妹，你是知道的，皇上也是一大摊事要去做哇！他不能因为我而误了正事。"皇后一语双关，既点出了漪秀与皇上的那段隐情，又点出了皇上对自己是关心的，只是我自己不情愿而已。

漪秀听皇后一说这话，脸不由得唰地一红。她仿佛感觉到了自己脸在发烧，她也仿佛感觉到了自己的脸一阵一阵转红。皇后看这一切看得很清楚，她本来无这个意思，只是让漪秀误会了，她赶紧拉住漪秀的手，和风细雨地说道：

"妹妹，我并不是那个意思，不要胡思乱想，你和皇上的一切，我是相当清楚的，我并不想插手管这件事儿，只是望你以后要好好款待弟弟才是。"

"娘娘，我觉得我对不起春和，但有时候就那么怪，尤其是春和不在身边的时候，我总会想起皇上。娘娘，你怪我吧？"

"妹妹，你多心了，我说过我并不想管这些事儿，只是希望你不要因为皇上而对不住春和，这就行了。"

乾隆喝得大醉来到皇后行帐，一见漪秀在此，先是吃了一惊，继而很有礼貌地当着皇后的面喊了一声漪秀。漪秀见皇上如此客气，紧张心情也放松了下来，她拉着乾隆的手说道：

"皇上，奴才求你了，你以后走得慢一点行不行，要不皇后的身体会受不住的。"

乾隆的酒劲被漪秀这么一摇一晃，倒是醒了许多。他快步来到床前，柔声道：

"皇后，你今天累了是不是？我以后就如漪秀所说，走慢一点，要不你的身体真会受不了的。"

乾隆说话果然算数，以后几天都行得很慢。到得曲阜，所有一切活动也尽量不让皇后参加，乾隆独自带着群臣前往孔庙拜谒，行三跪九叩礼，接着又到孔林去拜谒。

朝圣结束，车队又继续东行，一直到泰安行宫才得以安宿。这其间风餐露宿，相当艰苦。皇后的身体虽无大恙，但已是疲惫不堪了。到得泰安行宫后，只歇息了一个晚上，第二天乾隆和皇后就要陪着皇太后登泰山去。第二天因为要到碧霞宫去，所以皇后特别高兴，她陪着乾隆在皇太后凤辇旁并肩徐徐而行，由于高兴，消逝已久的红晕也出现在了皇后脸上。乾隆看着皇后今天出奇兴奋的样子，自己心里也是很愉快。

皇太后率着乾隆和皇后首先到玉皇庙行礼。然后依次到朝阳祠、碧霞宫、东岳宫、青帝宫、玉皇顶等各处名胜拈香拜佛，乾隆和皇后到得碧霞宫，似乎均有一种特殊的感情，二人坐在碧霞宫里，向天仙玉女碧霞元君表示虔诚的心。在乾隆向碧霞元君许愿祈保皇后一身健康时，左眼跳了一下，同时身体也打了一下颤，但他并没在意，以为是寒风所致。皇后在碧霞元君像前，则是个虔诚的女教徒。她低着头，默默颔首，虔诚地向碧霞元君许着愿。

当天晚上乾隆一行住宿泰山之巅，望着满天星斗，乾隆不禁浮想联翩，他将随侍在侧的沈德潜以及刘纶叫来，沈德潜经常受皇恩，而刘纶则是因在乾隆前往木兰秋狝时赋哨鹿、木兰秋狝二赋很得乾隆器重，是以将其提为内阁学士，令其随侍左右。乾隆将刘纶、沈德潜叫到身边道：

"朕今夜心情尤佳，你们两位陪朕联句，以前均是沈德潜与汪由敦与朕联，今晚就由你们两个来。"乾隆一边说一边牵着皇后的手，搂着皇后的腰，让她靠近自己，以免太冷。因泰山顶上还似隆冬，所以天气显得奇冷，而皇后穿得略薄一点。"朕就以夜宿岱顶为题，赋诗一首，你们二人各和一句，朕说一句。"

"是。"沈德潜和刘纶笑道。

"攀跻凌岳顶，仆级亦已劳。"乾隆首先道。

"行宫恰数宇，旧筑山之坳。"沈德潜接着。

"迥与天为邻，潆然云作巢。"刘纶再接着。

乾隆听了这句，笑了笑道：

"依栏俯岱松，凭窗眄齐郊。"

"于焉此休息，意外得所遭。"沈德潜接着说，一副得意神色。

"恭诵对月诗，徘徊惜清宵。"刘纶一不留神，收了句，正要请罪，乾隆哈哈笑道：

"再吟一首也就是了。傍晚云雾收，近霄星斗朗。"

"天籁下笙竽，松花入幄幌。"沈德潜摇头晃脑地说。

"神心相妙达，今古一俯仰。"

"哈哈！"乾隆听刘纶吟完，不禁大笑，这配合太好了。简直可以说是天衣无缝。他笑道："你们两个大学士功底不错，这最后两联，就由朕自己来吟，你们看怎么样？"

乾隆说到这儿清了清嗓子道：

"始遇有宿缘，初地惬真赏。清梦不可得，求仙果痴想。"

"皇上诗才真是清妙无比！"刘纶和沈德潜恭维道。

乾隆听到两位词臣对自己的夸奖和恭维，心里的忧伤不由得烟消云散，刚才在碧霞宫里的不快也全没有了，他紧紧搂着皇后，直搂得皇后差点喘不过气来，不过，这也帮助皇后抵御了夜晚的寒气。

这一夜，乾隆拥着皇后，睡得很舒服，第二天因为还得到十八盘奉皇太后到日观峰观日出。所以睡到下半夜，两人就来到十八盘山。在那儿，皇后冻得牙齿格格作响，乾隆没有办法，只得将自己的衣服脱了一些下来给皇后穿，皇后这才稍微好了些。皇太后由于有先见之明，穿得比较厚，所以并不怕冷。乾隆奉着皇太后、皇后，带着群臣来到日观峰。一行人就在那儿静静等待，待太阳从海平面上升起。这种景色太美了，在晨曦中乾隆看着为霞光照得脸色发晕的皇后，一阵怜惜之情油然而起。而且在晨光中，他仿佛看见皇后正朝着太阳飞去，很慢很慢，仿佛一只大鸟，然后渐渐远去，以致于皇后消失，乾隆赶紧将皇后抓住，深怕她真的飞走了。

皇后并不明白乾隆的意思，不过她感觉到自己有一种轻飘飘的感觉，她仿佛在飞。她又感觉到自己脑子里一片空白，什么都不知道了，仿佛是进入了瞑空世界。她又感觉到在万道金光中，碧霞元君正在出现，而且正在向她招手，那姿势是那样的真实，真如碧霞宫里的塑像那样，她想向碧霞元君走去，幸得有乾隆拉住，她并没有走动。

"皇上，碧霞元君正在召唤我。我要前去见她。"

"皇后，你醒醒，碧霞元君在哪儿啊？"

"皇上，就在那万道金光中，碧霞元君是那样的美丽，她正在轻轻呼唤我的名字。"皇后喃喃地说。

乾隆往那万道金光中望了望，然而并没有什么啊？这一定是皇后的幻觉，乾隆在心中对自己这样说，这也一定是由于皇后身体太弱的缘故，他紧紧拉住，后来干脆紧紧搂住皇后，让她面对着自己。皇后这才清醒过来，她娇嗔地对皇上说道：

"皇上，这是什么地方，当着这么多大臣和皇太后的面呢！"

"皇后，你刚才在说梦话，所以我不得不这样将你叫醒。"乾隆见皇后醒过来，神色很是严肃地说。

"是吗？皇上。"皇后对自己的这种行径表示很惊奇，她诧异地盯着皇上，仿佛觉得皇上是个稀奇动物似的。

"是的，你说什么碧霞元君在万道金光中召唤你去啊什么的。"

"哦！"皇后点了点头，没有说什么，过了一会儿，忽然间像想起什么似的，"我刚才是觉得我想往前走，而且前方有碧霞元君在召唤我，但我却走不动，原来是你拉着我。"

"皇后，我也见你想飞向太阳，所以将你抓住的。"

"要是你不抓住我，我可能飞去了。"皇后娇笑着说。

当皇后和乾隆等人下得泰山时，整个泰山忽然变冷起来，一阵阵钻心的寒冷侵入皇后体内，而且紧接着下了雪，这忽然的天气变化使皇后不能适应，她很快就病倒了，而且病得相当严重。

乾隆一见皇后病倒，立即令御医集体诊断皇后病情，御医一致认为皇后是由于劳累加上寒冷所致，请求皇上让皇后在济南休养几日以便恢复。乾隆当即应允，只要对皇后身体有好处，他宁愿如此。不过，皇后病重的消息不能外扬，乾隆只是让亲臣知道，如傅恒、汪由敦、刘纶等以及山东巡抚阿里衮。

乾隆在济南这几日并不好过，为隐瞒皇后病情，他只得白日里在群臣面前佯装笑脸，而自己内心却忧心忡忡，一是对皇后病情的担忧，另一个也是对金川战事的担忧。班第已来疏，说他年纪太轻，威望不高，不足以压服张广泗，请皇上另派人为经略。乾隆早就考虑着派讷亲任经略，到四川经督府务，但如此不能回京，如何敢派讷亲前往，京城里总得有自己亲信留守吧！

乾隆在济南逗留了四日，但皇后的病情并不见有多大好转，只是没有继续恶化下去而已。在这四天之内，乾隆将自己的行程安排得满满的，阅兵、游船、游览，但是这些他均无兴致，他只是为不让臣子瞎猜测而已。四天一过，济南这个地方皇上该游的也游了，该玩的也玩了。山东巡抚没有办法，阿里衮只得请皇上再次光临趵突泉。这事情弄得乾隆也很拿不定主意。

皇后对这一切了解得一清二楚，她对愁眉不展的皇上说道：

"皇上，以前你不是说咱们从德州乘船而回吗？既然如此，我们就从这儿到德州乘船走吧！"

"皇后，你身体能行吗？"乾隆关切地问，因为正是由于皇后他才停留济南的，要是皇后身体还是不行，他断然不能启程回京。

"皇上，你放心吧！我经过这两日将养，身体已经好了起来，从济南到德州这段陆路我是能够忍受的，只要到了水路，我就可以轻松了。"皇后微笑着又说道：

"皇上还有很多政务要办，我不愿皇上仅仅因为我而误了天下大事，我也不想在这儿留了。"

就在乾隆为皇后疾病忧心忡忡时，前方军营更是令人悲伤，这段时间金川地带经常天降大雪，天气寒冷，官兵不适应。莎罗奔抓住这个机会，经常派兵冲击清营。清军手不能持兵器，又穿装笨重，一见金川兵弁前来进攻，便只得慌忙撤退。莎罗奔大为快悦，开始有些蔑视张广泗官兵，不，原来就蔑视，只是现在更加蔑视，他现在不单蔑视张广泗，甚至于蔑视官兵，蔑视皇上。

莎罗奔经常支使蛮兵在前面叫喊：

"张广泗，你这个蠢蛋，皇上不是说你很厉害吗？怎么在这个地方玩了七八个月了，还只是损兵折将呢？张广泗，你真是一个大笨蛋，哈哈！"

有些蛮兵还不安于仅骂张广泗，他们还骂乾隆：

"张广泗，你们那个混账皇上让你来打我们，简直是癞蛤蟆吃天鹅肉——痴心妄想，你不想一想你张广泗是什么人，就凭你那点本事能攻下我们的石碉才怪呢！"

对于金川兵的叫骂，起先张广泗还令人进攻敢骂的石碉，但每次均是以惨败而告终。张广泗见这样并不是办法，只得令兵弁们对骂。兵弁们本来就已对张广泗开始不满了，如今有人帮他们出气，正巴不得呢，谁还肯为张广泗卖力气？有气无力地喊两声装装样子就是了。

班第对这一切情况非常了解，知道前方兵弁对张广泗已是恨透了。他再次上折请乾隆换前方将领，以便灭掉莎罗奔的嚣张气焰。班第的这个折子送到乾隆手里时,正值乾隆陪着皇后到得德州,乾隆决定等奉着皇太后、皇后安全到京后便立即让讷亲代为经略。乾隆陪着皇后到得德州时,他看得出皇后非常疲劳,于是命皇后和皇太后先上备在德州的御舟,自己先接见山东到此来迎驾、接驾的官员。

乾隆正在接见群臣,高云悄悄跑来道:

"皇后病重,皇上快到舟上去。"乾隆一听如五雷轰顶,直觉告诉他,皇后可能要出事了。

乾隆急匆匆来到皇后身边。这时皇后已开始昏迷,漪秀以及官员命妇随侍右侧。

"皇后,你醒醒!"乾隆摇着皇后喊道。

"皇上。"皇后睁开双眸露出了欣慰的笑。也许这是她一生中最后一次笑了,因为过不了多久她就要回到她来的时候的那个世界了。

乾隆望了望漪秀,然后命她将其他的所有人均赶走,只剩下她自己在舱内就行。此时岸上群臣已从群妇口中听到了消息,看出了端倪。他们一齐来到青雀舫弯,跪在岸边遥遥为皇后祝福,祝她能早日康复,能渡过这一难关,他们在岸边焦急地等待。

青雀舫内,乾隆搂着皇后,皇后已慢慢开始昏迷了,在昏迷前她对乾隆说道:

"皇上,我们夫妻同舟二十余载,也心满意足了,只是我不能再陪你了,你一个人要好好保重。我去了之后,你看在我的面子上和我妹妹的面子上,一定要好好照顾我的弟弟。"

乾隆明白皇后指的是要他好好照顾傅恒,他紧紧握住皇后的双手,哀声说道:

"皇后,放心吧!我会照顾傅恒的,我会对得起你们富察家的。"乾隆想流眼泪,但他看见皇后这个样子,只得强忍住泪水。天已经暗了下来,岸上群臣还不敢走,还依然跪在凛冽的寒风中,四周的侍卫也在心里默默祝福皇后能够好转,因为他们虽然未亲受过皇后恩德，但皇后的美德有口皆碑，这一点谁人不清楚。

天渐渐地亮了，乾隆慢慢地走出青雀舫，来到皇太后御舟上，轻轻跟皇太后说道：

"太后，皇后她，她……"乾隆再也说不下去了，只是一个劲地流眼泪，不多时便哭成了泪人。

乾隆和皇太后来到皇后御舟时，和孝公主正趴在皇后身上号啕大哭。和孝公主是皇后次女，去年已出嫁蒙古一王公，今年是随皇帝一同前来巡幸的。皇太后和乾隆看着和孝公主这副模样，两人再也忍不住辛酸痛苦的眼泪，同时流出了眼泪，但是谁也没有发出声来，因为他们两个是这个天下的主宰，他们不能太过悲伤。皇太后望着皇后的尸体喃喃道：

"上天哪！你为什么这么不长眼，这么好一个人你也忍心从我们身边将她夺走。"皇太后想起平日里皇后对自己的孝忠，想起皇后平日的音容笑貌，皇太后不禁痛心疾首，她恨上天夺走了这样一个好儿媳。

乾隆看着皇太后那副痛心的样子，他心里清楚，皇太后越是这样心里就越是痛苦。他想起了什么似的，轻轻走出御舟，来到岸上。群臣还在那儿跪立，乾隆来到群臣面前，将允禄、和亲王弘昼以及随行的军机大臣汪由敦、蒋溥给找来道："皇后已经去了，你们几个连夜给朕起一份皇后逝于德州的谕旨。一个时辰后交给朕看一看。"

"是，皇上。"几位不敢稍有懈怠，立即来到一船舷边草拟谕旨。再说乾隆看着他们几个走后，望着跪在前边泪已成行的傅恒道：

"傅恒，你陪朕一同护皇后遗体回京，朕有话要给你交代。"

"是，皇上。"傅恒以头磕地道。

哎！乾隆叹了口气，望了望有些明亮的天空："你的姐姐太没福气了，朕刚想着跟她过一段快乐日子，却不想……"乾隆说到这儿就再也说不下去了。

101

"皇上，你不要说了。奴才全明白了。"傅恒流着眼泪道。

一个时辰很快过去，允禄、弘昼、蒋溥、汪由敦就将拟好的谕旨交了上来。乾隆看了看较满意。他不用问，便知这里面大部分是出自汪由敦之手。乾隆命汪由敦立即将此上谕通令全国，然后又交代了让允禄和弘昼护送皇太后御舟后行回京，他带着傅恒、汪由敦、蒋溥以及他的文学侍臣先行。交代完毕，乾隆才回到青雀舫上。

回到青雀舫，乾隆走到皇后身边，坐下来。这才开始慢慢地想起皇后来。他一看到已经永远沉睡过去的皇后的脸，一阵锥心刺骨的酸楚就涌上了心头。乾隆想起失去高贵妃后自己很是痛苦，是皇后安慰自己重新恢复了勇气。后来，自己觉得皇后比以前更是可爱，于是更加舍不得她，她生小永琮时自己提心吊胆，害怕她们母子不能平安。那时候自己是如何害怕就此失去皇后。后来永琮死了，还是去年的时候，皇后病了，自己日夜相陪，那也是害怕失去皇后。如今可好，自己虽然百般担心，最终还是失去了皇后，永远失去了皇后。乾隆想起这些，才第一次哭出声来，他摸着皇后苍白的脸说道：

"皇后，你慢慢去吧！你在地下等我吧！我会来再和你相聚。"

乾隆想起自己和皇后结婚二十二年来天下哪儿不平了，皇后与自己一样忧叹，天下哪儿出乱子了，也有皇后陪着自己担忧天下。可是如今，如今上哪儿去找一个与自己同忧天下的可心人儿呢？自己有了苦恼谁又来安慰自己呢？

乾隆又是一阵锥心刺骨的痛。乾隆想起自己与皇后这二十年来恩恩爱爱的夫妻生活，再看看躺在床上永远不能说话的皇后，心里已是抑制不住的悲伤了。乾隆就是在这种极端痛苦中熬过了从德州到天津这一段路程的，到得天津，乾隆忽然想起应该召见召见傅恒才对。

"傅恒，朕也清楚你现在心里相当忧伤。"傅恒没想到皇上会这样说，他只得一个劲地磕头，不说话以便让乾隆明白事实确实如此。

"傅恒，皇后在临终前交代朕一定要好好照顾你。"乾隆说着望了望躺在床上的皇后遗容。"朕已经答应皇后，朕今天找你来，是要你自己好自为之，不要让朕伤心，朕就会用你的。"

"是，皇上，奴才对皇上的这种知遇之恩已是感激涕零，奴才不敢再求皇上恩赏，但求皇上自己保重身体才是，这才是给奴才的最大的赏赐。"傅恒跪奏道：

"奴才知道皇后娘娘是舍不得皇上的，皇上也舍不得娘娘，但天意难违，实在不是凡人所能改变的，皇上，娘娘既然去了，你也得注意身体，要不皇后娘娘在九泉之下也会怪你因为她而将身体搞垮了，误了国事的。皇上，奴才不求别的赏赐，但求你这一点了。"傅恒说完，又伏身响亮地磕了两个头。

怎么这和皇后在高贵妃死之时安慰自己的话一模一样，怎么傅恒在皇后死之后也会一如皇后安慰我一样？乾隆感到有些奇怪，难道这是皇后附灵于傅恒，乾隆又觉得这是不可能的，唯一值得相信的是傅恒与其姐姐一样有许多值得乾隆偏爱的美德。乾隆望了望皇后道：

"皇后，你们富察氏一家确实是很优秀，朕一定会好好奖励你们富察氏的。"

傅恒在下一听，自己刚才那一席话说到乾隆心坎上去了。他还想再说点别的，但他忽然间看到姐姐那苍白的脸就再也说不下去了，只是泣不成声地叩首道：

"奴才傅恒谢皇上。"

乾隆护着皇后尸体回到了京城，京城早已得知消息。整个京城一派死气沉沉。从紫禁城出到东华门、朝阳门，一路均是宫中后妃和命妇，她们是自愿集结于此的，她们要看皇后最后一眼，她们是那么喜欢皇后，以致于她们根本不相信皇后会这么快离开她们远去。尤其是宫中妃嫔，没有一个不佩服皇后的，所以她们哭得尤为伤心。一行人跪在两旁，等候着皇后的梓宫。

皇后的梓宫到来了，两旁是皇子和皇后的姻亲在一旁痛哭流涕，其中有傅恒、漪秀，还有傅清的妻子，他们围在皇后梓宫旁，哭得泪流成河，跪在路两旁的宫女、后妃以及朝廷命妇，早看不过眼，痛心地大哭起来，皇后的梓宫并没有因为她们的哭声而暂停。而是缓缓由东华门，入巷震门，至长春宫，安奉于后殿。这时乾隆身着白绸孝服，看着皇子们在灵前祭酒三爵。

随后几日，乾隆就在极为痛苦中度过。他命允禧为总理葬仪王大臣，会议皇后死了大行丧仪的具体问题。最后允禧等人根据旧的律例议定：皇帝辍朝九日，仍循以日易月制，服缟二十七日；妃嫔、皇子、公主服白布孝服，皇子截发辫，皇子福晋剪发；亲王以下，凡有顶戴的满汉文武大臣一律百日后才准剃头；停止嫁娶作乐二十七天；京中所有军民，男去冠缨，女去耳环。至于外省是否与京师相同，恭办皇家大丧仪的王公大臣则颇感为难。允禧没有办法，只得前来问询乾隆。

"朕交由你们办此事，你们不好好办来问我干吗。"乾隆满脸不高兴，他觉得允禧不能办事儿了，自己交由的皇后大行丧仪其他各省照不照样他都不明白，还来问我。

"皇上，奴才依本朝会典，知圣祖时各皇后丧仪均只是在京城里举仪，其他各省一律免掉，皇世宗时一依圣祖旧例，是以奴才不明白当依何例行皇后大仪。"

"这我不管。"乾隆一听也是那么回事儿，只可惜他这时候听不进去，他很粗鲁地打断了允禧的话。

允禧明白皇上心意，只得回来与众人商量各省礼仪一律照准京城，这当然得到乾隆首肯。乾隆等到礼仪完了以后，谕令加封皇后为"孝贤皇后"，以了却皇后于三年前在高贵妃死时自己许下的心愿。

第七章

悼亡妻乾隆大迁怒
代败将傅恒小用兵

乾隆威风凛凛地坐在御座上，过不多大会儿，讷亲披枷戴锁来到乾清宫，这儿他曾经是多么熟悉啊！只是以前是皇上股肱大臣，而今却是阶下囚。这一次面君，大概是他此生最后一次了吧？

皇后的丧仪办得差不多了，乾隆这才静下心来处理国政，他决定派讷亲为经略前往金川，同时带领岳钟麒与傅尔丹两员老将前往。乾隆对讷亲前往金川寄予厚望，希望他能迅速帮助自己脱离困境，因而他在讷亲临走前，对讷亲大加赞赏和赏赐。

讷亲派往军前，朝中唯一的亲信便是傅恒了，乾隆记得自己的诺言，于是便将刑部尚书阿克敦之协办大学士的职务解而授给傅恒，同时令他兼管户部，明显是对二十多岁的傅恒寄予厚望。

派出讷亲后，乾隆又收到驻藏大臣副都统傅清的奏报。称藏王珠尔默特那木扎勒借口有准噶尔贼人进藏，向驻藏大臣蒙拜呈请到喀喇乌苏练兵，蒙拜已然同意。乾隆一听，知道珠尔默特那木扎勒果然不怀好意。他谕令傅清一切小心为要，有何事随时奏报。他在心里盘算着，珠尔默特那木扎勒可能会在近两年内起事，看来只有等金川战争后才能对其进行处罚。所以他只谕令傅清加强警备，同时谴责蒙拜不明所以，不察珠尔默特那木扎勒虚实，堕其术中而不知，要蒙拜也要加强警戒以随时注意珠尔默特那木扎勒的动静。

讷亲走了，傅清也上报了西藏形势。乾隆心里总算轻松了些，他又在心中想起他的皇后来，想起皇后死后自己如此对皇后行大礼，已是相当不错了，也表达了自己对皇后的千般思念，却不想这时偏有人来触乾隆霉头，居然有人不尽心办好他爱妻的丧仪，乾隆决定对此事加以严惩。

事情的发生是这样的。就在四月十八日，乾隆在阅看奏章文书时，发现翰林院交出的皇后册文中，满语误将"皇妣"译成"先太后"，顿时乾隆勃然大怒。他正想传旨查询，却不想诸大臣皆已散朝。乾隆于此更是气愤，他在心里暗骂大臣们无礼到了这种地步，竟然目中无视君主。乾隆气愤地让高云去将阿克敦叫来。

阿克敦一进来便给乾隆叩了三个响头，但乾隆之气并不是这三个响头就能消下，他太气愤了，气这些大臣办事如此不得力，气这些大臣目中无君主。

"阿克敦，是不是朕前些日子革了你的协办大学士衔，你就怀恨在心？"乾隆怒气冲天地说。

"奴才不敢，奴才绝对不敢。"阿克敦叩首道。

乾隆哼了一声道：

"阿克敦，朕念你以前尚勤于政事，朕也不杀你，但朕亦不能放过你，朕革你职，将你拿刑部审讯。"

刑部各官见皇上为此事大动肝火，一时不知该如何处置。但他们明白此时皇帝决意对阿克敦进行重处，为迎合乾隆的这个意思，他们决定对阿克敦加重处分，拟斩监候，并将此事上报乾隆，却不想乾隆对这个处罚仍不满意。他认为这是刑部因循朋党之习，顾及阿克敦之面才对阿克敦处如此刑罚的，他又下令将刑部全体堂官交由吏部处罚。

吏部官员因有刑部"因循旧习故为放纵"之前鉴，不敢有丝毫含糊，真得依律例一律严惩。将署理满尚书盛安、汉尚书汪由敦、侍郎勒尔森、钱陈群、兆惠、魏定国均革职留任，而阿克敦仍处斩监候以待秋后处决。乾隆对于这次处罚，显得很是满意，没有追究吏部因循旧习之罪。

朝中大臣一见皇上以前很是心慈，而忽然一夜之间仅仅因为皇后死去就如此大发雷霆，朝中官员一个个均小心谨慎为是。但是，他们心里也明白，一场暴风雨就要来临，皇上会借为皇后行丧仪这一事大做文章，以借此表达他对皇后的死的悲伤，也想借此机会大整吏治，果然不到一个月，又有一批官员被处罚。

先是光禄寺官员在皇后初祭时，因备办的供品饽饽和桌张很不洁净，乾隆以为此事是对皇后的不敬重，于是下令将光禄寺卿增寿保、沈起元，少卿德示弼、窦启瑶，署丞终仓交由刑部审讯。结果，刑部各官员因有前例，不敢稍有徇私，将增寿保、沈起元、德示弼、窦启瑶俱降一级调用，终仓等降二级调用。

接着是工部被全堂问罪，原因是办理册谥皇后的册宝，不敬谨小心，制作甚属简陋。最后经刑部议处将侍郎索柱降三级调用，涂逢震降四级调用，其余满汉尚书、侍郎均革职留任。可是事情并没有到此结束。因册谥皇后时，王公大臣行礼之处多有不妥，又轮到了礼部受惩。乾隆责备礼部官员办事糊涂，遗漏舛错之处甚多，命刑部查议。结果，尚书海望、王安国降两级调用，其他各官员均受到惩罚。而就在各部官员均受到惩处时，宗人府也没逃脱厄运。宗人府也因临奠致祭，王公宗室官员不能齐集或托病未到，几次受到乾隆申斥，说他们办事不得力，最后镶蓝旗汉军伯李坦革去伯爵。

乾隆的怒火就如同火山一样，来得那么忽然，那么仓促，以致于很多人在不明不白中就成了乾隆处罚的对象。这不但在京中，而且在地方上也有一大批官员受到了处罚。

本来清朝旧制，如果皇后大丧，各地方官员若不能来，可给皇上具一奏疏以表示自己的哀伤。可偏有人不这样，典型的是两江总督尹继善、闽浙总督喀尔吉善、湖广总督塞楞额、海运总督蕴著，以及浙江巡抚顾琮、江西巡抚开泰、河南巡抚硕色、安徽巡抚纳竣等五十三名满族大员。乾隆得知这些人在皇后死时并没有上折表示自己心中的哀伤，他认为这是对皇后的不敬，也是对自己的不敬，于是下令将这五十三名大员全部敕降二级调用，有军功的销去军功。

乾隆的这种处罚，使得人人自危，他们想起了雍正时的黑暗和刑杀，个个提心吊胆，担心皇上哪一天会降罪到自己头上。果然，乾隆似乎也如他们所想，接着又因剃发一事将周学健给斩杀了，并赐令湖广总督塞楞额自尽，将这场因皇后死去掀起的震怒推向了高潮。

周学健本是河道总督，但他违制剃发，而且带动他的属员也剃发。乾隆知道此事后，大感愤怒。他本来对周学健是极为器重的，要不他不会让汉人去当河道总督这个肥差的。却不想周学健如此不给他争气，他决计将周学健加以严惩，以警戒其他群臣。他下令将周学健拿交刑部议处。

而令乾隆感到愤怒的是，周学健违制剃头这一事朝廷内外风闻已久，而满汉官员竟无人上奏，乾隆认为这是朋党的表现，而他自己向来对朋党深恶痛绝，他觉得他的大臣正在结成朋党意欲蒙骗他。他感到非常伤心，于是在谕令军机大臣时说道：

"周学健违制剃头，尔等风闻已久，而尔等竟无一人相报，朋党徇私由此可见。要不是安宁奏闻，周学健违制剃头定不能得以追查，朕自登基以来，不知多少次警告尔等不得因私相徇。但尔等却不知朕意仍一如往日，朕实在是痛心疾首。周学健一案不以处决，群臣必思朕是可欺之人，可蒙之人。将周学健立即处以斩决。"

周学健死了，但与周学健有关的官员也都受到了牵连，先是两江总督尹继善。乾隆怪其不能就地举劾，而且乾隆从其下属中了解到曾有官员让他弹劾周学健，而他仍然一直观望。乾隆认为这是因循朋党之旧习，决不能容忍。他对尹继善予以严厉申斥。接着又申斥了大学士高斌，高斌虽任军机大臣，却一直兼任河道总督，周学健案发时，他正与刘统勋在山东赈灾。山东距离淮安很近，高斌曾经知晓周学健剃头，但隐而未报。因为他怕被此事牵连。周学健任河道总督是他推荐的，而且，他也经常在乾隆面前夸赞周学健的才能，所以高斌害怕乾隆因为这些而大肆申斥，甚而以因循朋党之习将其革职解任。与其这样，不如暂隐不报，能瞒过去自然是万事大吉，不能瞒过去也无非这个下场，所以高斌决定冒这个险。但是，他这个险冒错了，江苏巡抚安宁将此事给抖出来了，高斌的命运自是不能如他所想象的万事大吉了。

乾隆在得知周学健违制剃发后，谕令高斌将周学健锁拿至京，并令他抄周学健家产，却不想周学健的财产甚丰，高斌于是自作主张没有将周学健家产全抄，只抄了部分，留一部分给周学健妻子，让她用这些拿去过活。这一切小手脚没能逃过乾隆锐利的眼睛，但他看在高贵妃的面上，只是对高斌严加申饬，但这个申饬并不轻，乾隆用了死罪一词。高斌作为皇上岳父居然也受到如此申斥，这吓得一大批违制剃头的官员纷纷陈清错误，向皇上请罪。

首先是湖广总督塞楞额，他是在皇后死后不久剃发的，显然已违皇上百日内不得剃头之谕令。其部属湖南巡抚杨锡绂，湖北巡抚彭树葵见其剃头没有受罚，便也跟着剃了头。但是，当他们得知周学健仅因剃头而被问罪后，立即惶恐起来，他们纷纷给塞楞额书札商量对策。最后，塞楞额自己上京请罪，以期赢得皇上好感，能免去死罪。

但他想得太简单了，乾隆接到塞楞额奏折后，非常气愤，对军机大臣汪由敦等人说道：

"塞楞额作为满人，又是朕重任之大员，却这么不通礼制，让朕以何面目立足。塞楞额丧心病狂，其虽然自省罪状，想从轻处理，但这也不过稍迟数日而死而已。朕念其有功于社稷，湖广任上政绩颇丰，也不予以斩决，令其自尽吧！"

当谕令塞楞额自尽的消息传到塞楞额耳中时，他简直不敢相信这是事实。但谕令中写得明明白白，他自知自己完了，但他至死不明白为什么皇上会因此将他赐死，他以前历来是受皇上重视的。他也明白了乾隆对他赐自尽，确实是顾全他脸面了，而且他也明白了皇上对皇后那一番忠贞不渝的爱。但是他这时候明白已经晚了，他只有死路一条了。塞楞额被赐死，杨锡绂、彭树葵也被革职。

乾隆因为地方官员、朝中官员不能谨办皇后丧仪，大开杀戒，以刑立威，弄得天下一片紧张。而金川战争的失败，则加剧了乾隆本已十分恶劣的心情，他又要大开杀戒了，而且将因皇后之死引起大臣被杀的事件推向高潮。

乾隆已派讷亲为经略前往张广泗军营调度军务，讷亲本是朝中第一要臣，又是皇上的亲信，所以难免刚愎自用，骄纵成性。他到得成都后，便启程前往张广泗驻扎的小金川美诸时，岳钟麒与傅尔丹已到军前，讷亲到了美诸军营后，张广泗率军中诸将全来迎接。但讷亲恃才孤傲，对张广泗等人不冷不热，而且一脸铁青，张广泗对此很是难以忍受。他也知道讷亲是朝中第一臣，本想极力巴结他，却不想遭此白眼。他清楚讷亲在他清理大乘教时曾给他说过很多好话，却想不到见到他时如此冷傲，他怎么也不能接受。既然讷亲是领经略印来，张广泗就拱手交出了兵权，全由讷亲一人指挥前线官兵。

讷亲素来刚愎自用惯了，对此也不以为然，大大咧咧地接过张广泗军权。他在美诸军营歇息了一夜，第二天就亲到前线观察勒乌围。其实，他自己并不懂军务，但又不想让张广泗笑话。他还是不懂装懂，对张广泗吹嘘道：

"张广泗，我看甚是好攻，只要分一万兵马由此处三面夹攻，必于两日内可得勒乌围。"

时张广泗、岳钟麒、傅尔丹均在身边，还有阿桂以军机章京身份随侍左侧。岳钟麒、傅尔丹对此很不以为是，但他们鉴于讷亲是军机大臣，又是经略身份，便也不曾公开表示意见。而张广泗为逢迎讷亲，便极力称讷亲这一举简直是绝世神明。讷亲听完张广泗的肉麻吹捧，心里相当舒坦，而岳钟麒、傅尔丹在一旁却很是不屑，阿桂随行左侧，也对讷亲的英明举措表示赞叹，讷亲心里自然非常愉快，他高兴地看了阿桂两眼并命第二日就进攻勒乌围。

良尔吉随行左侧，已对讷亲的布置了如指掌，所以他回去后便通报了阿扣，让阿扣将此消息传给莎罗奔。莎罗奔得到此消息后，知道官军明日只攻勒乌围，于是从其他地方抽调了蛮兵前来加强勒乌围的防守。第二日，在讷亲的亲自督领下，官兵分三路进攻，但均未得手，最终以惨败而告终。参将买国良身亡，总兵任举遇伏身亡，副将唐开中身负重伤。这无疑是对讷亲的沉重打击。

讷亲这次军事行动失败以后，便再也不敢言军事，只是主张以碉攻碉，以卡逼卡的战术，他在给乾隆的上疏中写道：

"督臣闻报，即日亲往调度，务期必破，今腊岭驻有重兵，唯卡撒有驻兵三千，除护粮分防外，余兵不敢攻剿。如果加调新兵，又缓不及事。不如就趁此酌离，有应牵制、弹压土司之处，量留攻守，余兵悉抽并卡撒。现与督臣会商办理。另外，蛮贼因险倨碉。所以能以少防多。如者我亦令筑碉与之对峙，兼示以筑室反耕之意，贼兵自会摇动。且守碉无须多人，更可将余出的汉土官兵分布攻击，此亦因险用险之策。"

乾隆接到讷亲的奏报后当即予以否定，他在群臣早朝时将讷亲的奏折拿了出来谕示群臣并对讷亲的战略进行了批判。他说道：

"讷亲所云建碉之策，不唯有所难行，亦且深为可虑，将谓得尺守尺，得寸守寸，以此为自固之果，独不思碉楼非可易成，即便能成，而我终究以攻取为事，若再行前进，其将又建一碉丢向后，屡进不已，策将安出？且调集大兵，本以制胜，今不用以克敌，而用以建碉，非朕所愿。"乾隆的这番话被军机处以明发上谕发出给前线的讷亲。

讷亲第一次冒进失败，只得将兵权交由张广泗指挥。张广泗对讷亲也很是鄙视，觉得他也不过尔尔。讷亲也不前往军前督阵，只是以经略身份坐镇军中。但是，战争的无起色，却又使讷亲相当担心，他清楚皇上对自己此次前来金川寄予厚望，但自己却在这儿屡屡败北，毫无战绩。他担心皇上会对自己失去信心，从而出现他最担心的结果：傅恒上来将自己给干下去。而且随着战局的越来越不利，他的这种担心就越来越成为可能，越来越困扰在他心中，以致于他又开始担心哪一天皇上会忽降谕旨命撤其大学士、经略职务。

讷亲在焦头烂额中一天一天地过着日子，而更令他不安的是，随行前来的班第、岳钟麒、傅尔丹对于军事却不发一言。讷亲虽心中愤懑，却也没有办法。这一天，讷亲正在营中焦躁不安，忽然进来一个道士，说有办法帮助讷亲攻败大金川。讷亲立即热情招待。

"道长，你能给我想什么办法？"讷亲焦急地问。

那个道士不慌不忙地吃着东西，喝着御茶说不忙，讷亲实在问得急了，他才道：

"讷亲大人，我此来就是来助你成功的。我会五雷法术，只要你和张大人说好什么时候进攻，我便什么时候作法。到那时，天空会惊雷四起，蛮兵的石碉会被雷全部击碎，然后官兵就可乘势进攻，不知讷大人以为本人这一招如何。我在这儿已停留很久，见讷中堂老不能取胜，我本想暗中相助，但讷大人必会不见得相信，是以我亲自来到军前为中堂作法，以便讷大人成就功名，免却危及官位的担忧。"

这一席话，简直是令讷亲佩服极了，他当即更加热情地款待那个道士，并决定于第二天进攻勒乌围，由道士在阵前作法相助。

班第、傅尔丹、岳钟麒对讷亲的这种决策感到很是不可理解，但这是讷亲下的命令，他们也不便反对，任由讷亲派出军队去进攻勒乌围的金川蛮兵。

这一天晚上，讷亲陪着那个道士谈了很久很久，那个道士还替他算了算命，认为其将大难不死，必有后福，而且说他官运亨通，他将再走运四十年。讷亲一听，简直是高兴极了，要真是再走运四十年，也就是自己还将任四十年首揆，那真是太不可思议了，自己到时将会成为整个大清第一个持首揆最久的人。想起这些，讷亲就想大笑，他在心里对傅恒说道：

"傅恒，别想将我从首揆上敲下，我还有四十年鸿运，等到那个时候，你早已经死了，哈哈！"讷亲这天晚上心情也特别好，心里特别高兴，这是他到美诺来第二次心情这么好。这第一次就是他受到张广泗热情招待的那一次，尔后便再也没有了，直到今天。这天晚上，讷亲做了个梦，梦见自己正在乾清宫前参拜皇上，而那时自己已是满头银发的人了。

第二天，讷亲踌躇满志，满怀信心地准备扭转战局，他命道士在军中作法，兵卒在前线向石碉进攻。但是到得议定好的时候，雷声并没有听到，石碉也并没有被雷摧掉，讷亲才想起可能受骗了，命人到营中查看，只见一个士卒正盘腿坐在那儿，而那个道士早已穿着兵卒服装溜走了。讷亲听到这个消息，直气得咬牙切齿，但是军已布于前，没有办法，他也只得命兵卒奋力向前。再说前线兵卒并没听到雷声响起，早知讷亲受骗，士气一下低落许多，因而前往进攻很快就失败了，而且东路进攻的三千名兵卒被金川蛮兵八千人赶得四处逃窜，自相残杀，死伤无数，而且还丢了两尊炮位。这对讷亲无疑是个更大的打击。

这以后，讷亲才真正不言军事，他只是希望能早一点回到京城向乾隆面陈军情，而且，他渐渐对战争失去信心，建议乾隆除留一部分人据守外，其他的暂回原地，等一两年后再图进攻。

乾隆对讷亲的表现相当失望，决定让讷亲和张广泗、傅尔丹来京述职。而恰在此时，张广泗、讷亲的一份奏折改变了他的决定。

就在讷亲和张广泗要离开军营前，因士卒知两个主帅将要离营，所以疏于戒备。而这种情况刚好为良尔吉所查出，他令阿扣和王秋将消息传给莎罗奔。莎罗奔认为有机可乘，于是便命人带兵前来进攻，杀死汉土官兵多人，并抢走炮位。张广泗和讷亲对此事不敢相瞒，只得如实奏报。却不想乾隆对此事甚为看重。

这天乾隆拿出张广泗的奏折对傅恒道：

"朕命讷亲前往督军,本意令其立得奇功,替朕扭转战局,不想到得前线,无视军令、放纵兵卒,以致于为番兵所侵。而且,讷亲、张广泗二人不但不能善待本部人员,还重用奸细良尔吉、王秋,这缘何不败?讷亲、张广泗有何举动,让莎罗奔悉数知道,这如何能攻下金川,兵卒如何不死?这些均是朕始料未及啊!军前纪律不严明,本乃主帅之事,朕本欲令张广泗及讷亲前来京城述职,无意法办他们。但此等军令出自朕重用之大臣手中,朕不得不为朕用人不当而后悔。朕决定将他们二人交刑部议处,倘若此次朕不重治他们,他们将视朕如何之也。"

"皇上英明。"傅恒在一旁叩首道。

"傅恒,朕决定任你为经略,顶替讷亲督办军务,同时授你保和殿大学士,等到张广泗与讷亲回京后即刻带傅尔丹前往。"

傅恒一夜之间成为朝中权贵,实际上他已经顶替了讷亲。乾隆在任命了傅恒后,又接到讷亲的侍卫富成的密折:

"奴才富成密奏皇上,讷中堂于军前一直观望,初曾前往督战,又误信邪术,损兵折将。而且还说番蛮之事,如此难办切不可轻举妄动,但此言,我如何敢上纸笔入奏。讷中堂如此观望,由此可见一斑。奴才虽为讷中堂侍卫,但亦恨其刚愎自用,不纳众言,是以禀告皇上,望皇上明鉴。"

乾隆看完奏折后,简直是伤心得要死,失去皇后的痛苦还未完全消失,虽然这段时间以来漪秀一直住在宫中百般劝慰,但这种伤痛还是不能抹去,现在又添加自己重用的第一要臣对自己横加指责的事。很明显,讷亲说这句话是有指责他草率发动金川一战的意思。乾隆不能容忍,心中的愤懑涌上心头,平日里群臣对讷亲的不满之辞又全部集中到他脑中。乾隆想啊想,最后决定处死讷亲以正军法,因为他发觉讷亲不如傅恒谦虚,他决定用傅恒顶替讷亲。他下谕旨令富成将讷亲押往京城,将张广泗交由刑部议罪。

乾隆为帮助傅恒成功,特从陕甘、云南、湖北、湖南、西安、四川以及京师、东北增派三万五千名满汉官兵，真是兵精粮足。乾隆除谕令在金川军营铸造重千余斤的铜炮之外，还命增派之京师和东北兵卒从京师运走很有威力的冲天炮、九节炮和威远炮等。

乾隆心里相当清楚，前方士气低落便是由于张广泗治军赏少罚多，众人并不感兴趣于立军功。所以一到阵前大家均畏畏缩缩，不思进取。针对此情况，乾隆谕令从户部和各省拨取四百万两白银到军前，而且谕令傅恒在走时还带十万两内务府银前往军前赏赐兵卒。对于乾隆的这一系列举措，朝中大臣均明显地感觉到傅恒是乾隆继讷亲之后的第二个亲自培养出来的军机首揆。

乾隆这天正陪着漪秀在宫中游玩，忽然想起傅恒出兵已是二十多天了。乾隆忽然萌发出撤兵的想法来，他匆匆来到养心殿，面谕军机大臣汪由敦道：

"此番军兴供济，实为浩繁。视从前西、北两路军营，费用较多数倍。彼时兴师远出，十有余年，所费不出六千万。今用兵仅二载耳，却以来岁春间奏凯言之，亦非千万不能。但由斯以观，经费实亦难乎为继！在金川小尹，朕本非利其土地、人民，亦非喜开边衅。第以逆酋跳梁不遥，容之不问，无以慑服诸番，宁谧疆围。前此讷亲等指事失利，以致劳师糜饷。若不改弦更张，则人事尚为未尽。今满汉官兵，精锐毕集，兵力足矣。经略大学士傅恒，体国公勤，忠勇奋发，将略优矣，征当秣粟、士饱马腾，物力充矣。以此摧锋前进，自蒙上天孚佑，可一举而迅奏朕功，诚为国家大庆，然此就人事言之耳。倘不分之一，有出意料之外，或逆酋自恃天骄，如尉佗之处南粤，未遽扫穴犁庭。一过春期，经略大学士乃朕股肱左右之臣，岂可久劳于外。我君臣如此办理，人事已尽。亦海内所共知。朕意此时自应亟力进剿，倘至明年三四月间，尚不能刻期奏绩，不若明下诏旨，息事宁人，转意体养，亦未始非两阶于羽之遗意。着将此旨密谕经略大学士知之。"

乾隆念完，长舒了一口气道：

"汪由敦，将此谕旨即刻发往金川前方交由傅恒知之。"

"是,皇上。"汪由敦答毕,马上又说道:

"臣禀告皇上,讷亲和张广泗已被押到京城。昨日方到,请皇上钧裁。"

"哦!"乾隆感到意外,他来回踱了两步,最后下定决心道:

"张广泗朕要亲自审讯,讷亲,朕也要亲自审讯。"

乾隆威风凛凛地在御座上一坐,就专等着刑部人员将讷亲和张广泗给带上殿来。过不多大会儿,讷亲来到乾清宫,这儿他曾经是多么熟悉啊?只是以前是皇上股肱大臣,而今却是阶下囚。讷亲上得堂来,先对乾隆行了两个礼,凄楚地喊了声:"皇上!"

乾隆看了看已经消瘦的讷亲,心中也不免一阵伤心,他望着讷亲这段时间以来由于劳累而早生出的白发,禁不住想流泪。但是他极力控制,又想起讷亲在军前的败绩,乾隆的伤心立即隐去,代之以愤怒,他剑眉倒竖,指着讷亲道:

"你还有脸回来见朕。朕本望你能助朕前往金川扭转战局,但你却不能领会朕之心意,不能于军前建奇功,反而屡屡败北,伤卒失地,大损天朝威风,你太令朕失望了。你作为朕御极以来的第一重臣,如此伤朕之心,你还有什么话说吗?"乾隆语气显然越说越软。

"皇上,奴才自知有辱圣命,早打定主意只求一死,愿皇上早日降罪于奴才吧!奴才心中对皇上的愧疚也就能早日逝去,免得折磨奴才身心。"讷亲叩首道。

"好!"乾隆冷哼了一声:

"你败于金川军前,那朕就用你祖父遏必隆之佩刀将你斩首金川军前吧!"

乾隆望了望刑部尚书汪由敦,又道:

"汪由敦,立即拟一刑处谕旨,交由傅恒军前,将讷亲送至军前交由傅恒执行!"

讷亲被押了下去,接着张广泗被押了上来。张广泗一上来仍是武将风度,他望着乾隆拜了两拜,然后朗声道:

"臣张广泗叩见皇上。"

"张广泗,你可知罪?"乾隆看了看还是一脸傲气的张广泗道。

"皇上,臣实不知有何罪可当。"张广泗态度很硬地说。

"张广泗,朕以前对你倍加称赞,本指望你能于军前立奇功,不意你重用内奸良尔吉,以致于在军前屡战屡败,损失兵卒众多,而且还庇护贵州军将领,是不是有这回事?"

"实在是皇上冤枉为臣。臣自领兵以来,不敢稍有懈怠,自是极力提兵猛进,但怎奈金川地势险要,蛮人又作战神勇,是以臣屡屡败北,但臣并不以为就是由于臣重用内奸所致。"

乾隆被张广泗这些话激怒了,他厉声对张广泗道:

"张广泗,你是真的没有这回事儿?"

张广泗一听乾隆发怒了,知道厄运难逃。但他明白此时决不能承认,否则乾隆会说他毫无立场,他会死得更快,他决定再顶乾隆:

"皇上,那实在是冤枉微臣。"

乾隆再也受不住了,他气急败坏地说道:

"将张广泗拉下去受刑,朕看他不承认。"

张广泗被侍卫们拖出去受刑去了,一会儿工夫后,张广泗浑身是血,皮开肉绽地被侍卫们带了上来。

乾隆看了看疼痛难忍的张广泗道:

"张广泗,你还不承认?"

"臣实在是冤枉。"张广泗有气无力地说。

"那为什么你不能取得金川战争的成功?"

"刚才臣已奏明皇上了。"张广泗睁一只眼闭一只眼地说。

"哼!这简直太不成话了,拉出去给我斩了。"乾隆气愤地说。

张廷玉在一旁高兴坏了。他见到张广泗要倒他就高兴,因为他隐然觉得这也算是对鄂尔泰的一种幸灾乐祸吧!生前我虽然没看到你出丑,你死了之后我总看到你的得意部将处斩了。张廷玉在心里不由暗笑。

乾隆早猜出张廷玉的心思，他望了张廷玉一眼道：

"张广泗，昔鄂尔泰在时，屡夸你颇习战功，朕是以重用你。又命你镇苗民起义，果然得力，但缘何到得金川就穷途末路了呢？朕想这恐怕也是你的末日到来了，所以你的一切才显得那么无力。朕本不欲将你斩决，但你却目无君主，死不认罪，朕也只有将你处斩了。对此，你还有什么话说？"

"臣张广泗死而无怨。"张广泗还是很硬气地说。

张广泗被立斩于午门，乾隆心里有一种无可奈何的感觉，而对于讷亲被送到军前候斩，乾隆则毫无怜悯之心。讷亲这次确实令他太失面子了。他不杀讷亲以挽回面子，他去杀谁呢？所以对于讷亲，乾隆现在唯一有的只是痛心而已。痛恨自己不能明察重臣，以致于有此大败。痛讷亲不明白朕的圣意。还痛什么呢？乾隆自己心里也不清楚。

过了几天，傅恒从军前来了一份折子，详谈自己对张广泗、讷亲之所以战败的意见以及自己准备直捣刘耳崖攻下勒乌围的作战主张。

乾隆收到这个折子后，立即将其谕以在朝的王公大臣、军机大臣和各部官员道：

"经略大学士傅恒请直接捣入勒乌围，绕过坚险之石碉，不知众卿意下如何？"

"皇上，奴才以为此策大为不妥，果如傅恒所奏，蛮兵倚险而战，而又能人心固齐。要是傅恒不能直接取胜，必至于粮饷断绝，后援不继。这一点奴才请皇上深思。"允禄奏道。他是很欢喜傅恒的，他怕傅恒有什么闪失，遭到愤怒的皇上的处罚，而如讷亲一样被正法军前。

"前张广泗用此策，而自取灭亡。这次傅恒又欲捣敌巢，奴才认为这未免也太过冒险，只恐一不小心，又会如张广泗一样惨败而归。"允禟在一旁奏道。他也一样，十分欣赏傅恒的那种谦和脾性,所以他也怕傅恒军前有什么闪失。

"皇上,奴才以为此策大谬,此策本在快捷,而一是傅恒军前迟误,只怕又难逃一败;二是此策奴才以为无十成把握不能得胜。"弘昼在一旁奏道。

朝中大臣没有几个人赞同傅恒方案,是以乾隆亦以为此策不可用,尤其是张广泗前车之鉴便是最好的例子。所以乾隆决定不让傅恒用此险策,谕嘱傅恒另筹善策,以保证能一举成功。

再说傅恒在军前,由于一改张广泗以前的以卡逼卡、以碉逼碉的下策,又多得岳钟麒鼎力相助,出现了可喜的变化。首先是不断有金川土人投降,接着莎罗奔又于阵前大呼投降,傅恒为立此奇功,坚决不让莎罗奔投降,只有他愿意到军前请罪傅恒才肯受降,这明摆着是想借此机会将莎罗奔拿获,所以莎罗奔坚决不答应,他并不上当。但是如果不亲到军前,自己寨内实在已打得人员稀少,一个个黄皮精瘦的了,兵卒们一个个精疲力竭,显得毫无战斗力了,莎罗奔最后设计,决定让岳钟麒替自己说降。

乾隆并不了解前方已出现如此变化,于正月初一日便明发谕旨令傅恒班师回朝,接着又接二连三地发谕旨要傅恒回来参加孝贤皇后的小祥之礼,接着又发皇太后懿旨,以傅恒应尽孝道为由让傅恒班师回朝。

傅恒面对谕旨,心中感到百般无奈,只得找来岳钟麒、傅尔丹等人,商量道:

"岳将军,你看皇上让我们班师回朝,不知你以为当班不当班?"傅恒望着一身戎装、十分精神的岳钟麒道。

"傅大人,卑职以为此时正值扬威之际,怎就因一道谕旨而前功尽弃呢?傅大人你是清楚的,如今金川各土司经过这一两年的作战,已是十分疲劳,如若我们再围打他两三个月,其势必变。而且莎罗奔现在经常在阵前呼降。所以卑职认为此时撤兵实在并非明智之举。"岳钟麒情绪激昂地说。"傅将军呢?"傅恒又望着傅尔丹问。

"卑职认为岳将军说得很对，俗话说机不可失，失不再来，如今正是我军扬威立名之际，岂可轻易撤走。而且卑职认为如若此次不能荡平金川，则以后金川一带势必会烽火连起，黎民不得有安宁之日，这一点请傅大人深思。"傅尔丹显得稍稍稳重地说。

"好，二位将军，你们的话我全明白了，我这就上折请求皇上延期让我军返朝，岳将军、傅将军，我估计到得五月，我们就能解决这些棘手事务吧？"傅恒抬起头问身前的两位大将，以便具疏奏请何日启程返朝。岳钟麒和傅尔丹点了点头。

"奴才傅恒启禀皇上，奴才自到军前，便暗中发誓不殄灭贼寇，便不班师回朝。而今正值我军扬威立名之际，奴才不知皇上何以连降班师之谕旨。奴才体味皇上一片苦心，但奴才实在不忍金川逆匪做贼习恶，而官军莫可奈何。奴才以为，莎罗奔不灭，则金川一地日后当无宁日，所以奴才以为当进军到底，直到将莎罗奔首级献于皇上面前。是以奴才暂请皇上许奴才以三个月延期，等到五月初再行班师。届时无论奴才攻下金川与否，一概班师，不知皇上以为若何？"这是傅恒上的一份请求延期返朝的奏折，他同时还递上了另一份反映当前情况的奏折以安乾隆圣心，"奴才傅恒启奏皇上，时下金川一带虽大雪封山，天气寒冷。但是那儿的逆民却难耐饥饿，纷纷于军前请降。而且莎罗奔屡于阵前请降。奴才想着此次金川兵事莎罗奔乃是罪魁祸首，所以欲让莎罗奔自己亲缚自己到军前请降，以便乘机捉拿之解送京师，不知皇上圣意如何？"

第八章
西直门设筵迎爱帅
养心殿颁旨儆老臣

张廷玉见乾隆走出养心殿，立即跪上前去道："臣张廷玉谢皇上允臣配享太庙。"乾隆冷冷地等张廷玉叩完九个头，这才不冷不热地说道："那你为何迟至今日早上才来谢恩？难道你视此隆恩如粪土吗？"

傅恒的两份奏折放在乾隆面前。乾隆马上意识到，此时是班师回朝的体面时机，只要让傅恒于军前接纳莎罗奔投降便能使傅恒功成名就，而这正是他所期望的，所以他立即下旨准予傅恒接纳莎罗奔投降。

在乾隆谕旨到得傅恒军前时，傅恒也已想通了，前因莎罗奔不得傅恒松口，不敢贸然前往军前，只得托人经岳钟麒说愿意请降，并让他代为在傅恒面前周旋。岳钟麒深知莎罗奔脾性，因为莎罗奔曾是他的部将，所以他力劝傅恒于此时准莎罗奔投降，于傅恒自己和国家社稷均有利，傅恒挡不住岳钟麒的劝说，又加之有乾隆谕旨，傅恒更是乐于从命，他命岳钟麒前往勒乌围受降。

岳钟麒欣然前往，他带了十多个随从乘着马就往勒乌围行去。这时正是二月天气，大金川一带铺了雪，雪在阳光下发出惨淡的白光。岳钟麒望着银装素裹之大金川一带，心情大为欢悦，他乘着兴一路狂奔，不多久便到了勒乌围。

莎罗奔早带有人员于碉前跪迎岳钟麒的到来，岳钟麒老远就看见了跪在雪地中的莎罗奔。他看着莎罗奔，故意慢慢地骑马过去，走到莎罗奔跟前，朗声问道：

"你们大家认识我吗？"

莎罗奔抬头一望，正是他心中极为佩服的岳钟麒。跟在莎罗奔后面其他蛮将下人多识得岳钟麒，他们一齐惊呼道：

"真是岳将军啊！"

"哈！哈！"岳钟麒在马上笑了两声。

莎罗奔一见岳钟麒已心下大安，他跪着叩首道：

"莎罗奔据险抗击官兵，实在是在下愚昧无知，望岳将军原谅在下的鲁莽无礼，接受在下的真心降服。"

"哈！哈！"岳钟麒又是两声大笑，说道：

"莎罗奔，你起来吧！朝廷已原谅你的不是，你我两个已有多年未见，以前你是我的部将，如今你我为仇敌，今日又得以和解，想着这么多年没喝上你们的金川土酒了，去陪我饮两杯去。"

"是，岳将军。"莎罗奔一听这话受宠若惊，至少岳钟麒还顾着以往情面，莎罗奔当即欢喜地站起来，一如以前那样服侍岳钟麒下得马来，在前引路，引得岳钟麒进入帐中。其他番兵番将也应声而入，以一睹他们很久未见但一直驻在心中的岳大将军的颜面。

莎罗奔热情地将岳钟麒让到上首位置，岳钟麒毫不迟疑地坐了上去，莎罗奔在下首相陪。莎罗奔又命人找来蛮女蛮男，于帐前跳舞助兴。岳钟麒见莎罗奔如此热情地招待自己，心里高兴极了，他开怀畅饮，营帐中时不时传来爽朗的笑声，但莎罗奔一直心存疑惧，害怕岳钟麒会将自己捆绑至军前，所以在酒席上难免露出丝丝不安来。

"莎罗奔，今日战争已近结束，还为何心神不宁哪？"岳钟麒边饮酒边问道。

"岳将军，在下没有什么不安的啊？如若你不信，我可以对天发誓。"莎罗奔一本正经地说。

"嗯！我不信。好，我也不问了，你的不安我悉数了解。但是等会儿你自然会心下大安的，现在我们只喝酒，这金川土酒很多年没有喝了。今天喝起来真是香，来，咱们大家一起干了这一杯，为了金川以后的和平与平静。"

岳钟麒边说边端起了酒杯，然后豪爽地一饮而尽，众将也跟着一饮而尽。

酒饮到酣处，岳钟麒已是不胜酒力，先自醉了。莎罗奔一见岳钟麒饮醉了，只得命人撤去酒席，以便岳钟麒安睡。岳钟麒虽酒醉但心里明白，在睡前他嘱托随行兵卒将他的甲胄兵械悉数解下来，赤着上身就钻到被窝里睡去了。

岳钟麒解衣睡觉，别人觉得没有什么。但莎罗奔却是心下大安。因为他先前担心的就是岳钟麒不是真来受降的，而是来攻其勒乌围的，现在岳钟麒又饮醉了，又解甲而寝，他莎罗奔自是十分高兴，他对随行在侧的侄子郎卡道：

"似岳将军这样的人才是我心服的人。皇上我可以臣服，傅将军我也可以臣服，但唯有岳将军，我是心悦诚服。以后只要岳将军在，我决不会再行滋事的。"

岳钟麒于帐中安安稳稳地睡了一觉，直到第二天早上莎罗奔前来叫他，岳钟麒才醒过来。岳钟麒穿好衣服，出得帐前，已有一大批金川人不畏寒冷跪在帐前雪地上，他们一见岳钟麒出来，便欢呼道：

"岳将军，我们心中的战神。"

这喊声直入云霄，看着这些蛮人脸上的兴奋，岳钟麒很是激动。昨日他到来时，因为这些蛮人还心有顾虑，后来听莎罗奔一说疑云顿消，所以今日一早所有的金川人均想到勒乌围来看看莎罗奔极为推崇的岳将军。他们一见到岳钟麒，发觉其果有大将风范，是以一个个欢呼如雷，以倾诉他们心中的仰慕与崇敬。

"我岳钟麒奉皇上谕令拯救你们，你们是皇上的黎民，皇上仁慈宽厚，不忍加害于你们，所以命我前来受降，自此以后，你们不会再受官军相扰。你们可以安安心心地进行农业耕种，可以静下心来吃你们的青稞面，喝你们的土产酒，不必再为官军的进逼而担忧了。"

"哦！皇上万岁！"

蛮民们的情绪又激昂起来，他们有的呼着岳钟麒的名字，有的呼着皇上万岁，整个人群一阵激动。

岳钟麒看着人群稍安静下来，这才大声道：

"但你们也得安分守己，不得再掠别人土地，抢别人财产，再生事端，以不辜负皇上对你们的厚恩。"

"放心吧！岳将军，我们会听皇上的话的。"人群中一片欢呼，莎罗奔也于人群前抢着回答，还向北方遥遥地叩了三个响头。

岳钟麒见一切已经办妥，于是对莎罗奔道：

"今日我先回营，将一切情况汇报给傅将军听，你明日一早自到军前来投降，届时，傅将军会宣布赦免你们罪状的皇上谕旨。"

"是，岳将军，明日我和众人一齐前往。岳将军你就放心吧！"

岳钟麒心中自是十分相信莎罗奔的话。所以他很满足地离开了勒乌围，回到美诸军营向傅恒禀告。

傅恒听完岳钟麒的禀告，也不由心下大悦。他想起自己出兵之日皇上殷切期盼的神情，想起讷亲、张广泗因兵败金川而被皇上斩杀的事，再想起皇上为金川一事处心积虑的样子，傅恒就不由一阵激动。明天这一切均会成为过去了，只要莎罗奔一投降，扬了我天朝大国之威风，也为西南边陲的安宁而宽心了。

莎罗奔果不食言，第二天一早就领着众蛮将，敲着大鼓，唱着欢歌，边走边焚香地来到傅恒军营前投降。傅恒看着这个与朝廷打了两年仗的金川头目那苍迈刚毅的脸大声道：

"莎罗奔，你背负朝廷，肆杀官兵。我本欲将你锁拿京师问罪，但皇上念你愚昧无知，所以特示以德威，赦你不死。"

"谢皇上！"整个金川人群一齐跪倒道。

"莎罗奔，望你日后遵守自己的诺言，不要再让朝廷为你担心。你与各番均为皇上黎民，决不能容忍你倚强凌弱，四处侵扰，这一点你一定要记住。"傅恒于坛前严肃地说。

"是，傅将军，在下再也不敢了。"莎罗奔叩首道。

莎罗奔为表示对皇恩的感激，主动拿出金佛一尊、白银万两献给傅恒。傅恒只收了那一尊金佛，说是供于御殿以便让皇上记住莎罗奔的臣服。而对于万两白银，却是坚辞不受，他嘱托莎罗奔自己拿回去救济金川贫民。莎罗奔对傅恒的这种宽厚很是欣喜，他激动地给傅恒连叩了七八个头，并信誓旦旦地说道：

"傅将军，在下莎罗奔再不敢有违傅将军檄令。"

金川战事完了，傅恒的使命也完成了，他决定班师回朝。同时令人飞报乾隆前方战事已平，莎罗奔已降，接着傅恒才启程回京。

乾隆接到飞马探报时，正在早朝。他一听高兴得简直合不拢嘴，他当着群臣的面将奏报给念出来，这可是第一次，以前均是由军机大臣念的。乾隆念时心里相当高兴，傅恒一战平金川，兵不血刃，解决了他心中的隐患，他能不高兴吗？

乾隆念完，群臣立即祝贺乾隆。乾隆龙颜大悦，兴奋地从御座上站起来道：

"朕果然没有用错傅恒。他刚到金川，约束军纪重新布置，便很快慑服了莎罗奔，使得莎罗奔心悦诚服地前来投降。这真是朕的荣幸。朕刚失去讷亲，即有傅恒补上，真是朕的荣幸啊！"

"皇上，傅恒立此大功，这也是皇上用人英明所致。"汪由敦等军机大臣附和道。

"嗯。"乾隆笑着点了点头，朗声道：

"准备犒赏三军，朕要亲到卢沟桥迎接傅恒。一切赏品均由户部尽快备齐。"

天哪！大臣们一听全懵了，皇上跑这么远去迎接傅恒，由此可见傅恒在皇上心目中的地位以及皇上对金川战事结束的高兴程度。但是作为一个君王跑这么远是不是有些不合礼仪，即使再高兴，最多到午门设宴款待就行了，也用不着跑这么远哪！但是群臣见皇上这么高兴，又不想扫了皇上的兴致。他们心里相当清楚，皇上自从去岁二月皇后死后就从没这么高兴过,他们实在不忍心扫了皇上兴致,但是到卢沟桥他们想着又未免太过分了。最后,还是允禄站出来劝皇上不要到这么远去迎接。

"皇上,傅恒虽战功卓著,但以前旧例,皇上宴迎重臣也仅在午门外设宴。奴才未听说过要到卢沟桥宴迎的,因而,奴才请皇上不要如此劳顿,就在午门外设宴迎接傅恒吧!"允禄站出来奏道。

乾隆一听允禄这样说,才想起自己所将要做的确实有些不合礼制。但是在午门外宴迎又显不出自己对傅恒的器重,乾隆想了想,说道:

"傅恒立此大功,是朕登基以来第一功臣。他替朕了却多年心愿,自不应以一般重臣相待。是以在午门外宴迎之旧规略显不太合适。但如允禄所言,在卢沟桥又未免太远。那朕就在西直门外宴迎吧!"

群臣听得乾隆这一席话,知皇上这一番决定已经是迫不得已了,要是再让皇上近一点接傅恒,皇上一听会发怒的,所以群臣不再规劝皇上,只得奉命办理一切宴赏时一应物品。

傅恒一路走走停停。他再也用不着如三个月前到军前那样昼夜兼程了。他现在有时间欣赏沿途风景,有时间整理整理这两三个月来对漪秀的思念。他去的时候盼望着得胜而归,如今天遂人愿,他果真是负誉而行了。从金川到京城路程本是很遥远,但傅恒现在心情很高兴,所以他没走多久就到了京西卢沟桥,受到皇上派来的大学士来保的隆重欢迎。傅恒从来保嘴中得知皇上对自己很是引以为荣,已经在西直门外设宴款待。

傅恒领着军马到得西直门,乾隆已经是望眼欲穿了,傅恒在马上很远就看见了乾隆,于是翻下马来,一路紧走,到得乾隆面前跪下道:

"奴才傅恒叩见皇上。"

乾隆笑着将傅恒扶起："来，你辛苦了，朕赏你这一盅酒。"

傅恒谢过恩，喝了这一盅酒，乾隆又依次对紧随在后的岳钟麒、傅尔丹等众将赏了酒这才入席坐定。未开宴之前，乾隆望着这一批风尘仆仆的战将，决定将宴后赏赐提前到宴前，他吩咐将已准备好的赐品拿出来赏给众将。

"傅恒于金川战事中军功卓著，朕晋你一等忠勇公，赐四团龙补褂，宝石帽顶，着于朝贺典礼之处时常服用。赐豹尾枪二杆，亲军二名，准允建祠，春秋致祭。同时提傅恒为军机领班，以顶替讷亲。"

"谢皇上恩赏。"傅恒跪下谢恩道。

"岳钟麒于此战中亦表现卓著，赏复原来的三等公爵，授予兵部尚书职，以资奖励。"

"谢皇上厚恩。"岳钟麒赶紧谢恩道。

其他各将均有赏赐。赏赐完毕，乾隆这才开宴犒赏三军和众将。众将心中为皇上如此厚待他们而感激涕零，纷纷向皇上表忠心，乾隆只是笑一笑。他更关注的则是傅恒。他将傅恒拉到跟前说道：

"傅恒，自从皇后死后，朕便处于忧伤之中。幸得有你机勇，使朕从悲伤中解脱出来。如今皇后虽然去了，但她却给朕留下一个如此忠勇有才的弟弟，朕想这也是上苍不绝我的情了。傅恒，宴会之后去拜拜皇后的梓宫吧！"

傅恒第二天就偕同漪秀去拜谒皇后娘娘梓宫。他给自己的亲姐姐说了很多很多话，许了很多很多愿，只可惜是，他的亲姐姐已经不能听他说了，他只有独自对着姐姐的梓宫说话。漪秀在这位自己心目中的娘娘、姐姐梓宫旁许下了一个心愿：愿皇后保佑她和皇上的孩子能一世平安，享尽荣华富贵。

原来，漪秀已经有孩子了。是在傅恒出征后怀上的。所以她怀疑这是皇上的种子。漪秀腹中的孩子得有三个多月了。但傅恒却还不知道，因为漪秀还没有给他说。

傅恒和漪秀拜完梓宫，走在回府的路上。漪秀这才对傅恒说道：

"春和，告诉你一个喜事，你愿意听吗？"

"什么喜事？"傅恒回首望着面带幸福笑容的漪秀道，他感到很惊奇漪秀这时候告诉他喜事。

"你猜猜！"漪秀娇羞地说，那脸因为红晕美得如一朵花似的。

傅恒一见漪秀如此娇羞，于是便指着漪秀的肚子道：

"秀，是不是又要给我添一个儿子了？"

"你怎么猜得这么准？"漪秀看着傅恒那张年轻俊秀的脸。

"你只有这个时候才会这么娇羞。"傅恒握着漪秀的手说，"秀，你还记得起以前你每次怀上孩子后告诉我时你的娇羞神情吗？"

漪秀道："春和，如果是个男的，咱们就给他起名为福康安吧！健健康康一生平安，你看怎么样？"

"好，这是个好名字，你怎么想出来的？"傅恒拉着漪秀的手道，从语气可以听出他为漪秀能想出如此好名字而兴奋。

"这个名字我想了很久才想出来的。"漪秀很是腼腆地说。其实这名字是乾隆给想出来的，只是傅恒不清楚而已，还以为是漪秀聪明想出来的呢！

乾隆自从金川得胜后心情大为高兴，于是便大赦以前的有罪人员。当首受赦的便是阿桂，他本是军机章京随讷亲同往军前，后因讷亲、张广泗久战无功，岳钟麒又告阿桂勾结张广泗，于是乾隆于一怒之下令将阿桂逮捕入狱。但鉴于阿桂是阿克敦唯一的儿子，是以这个大赦时首先大赦阿桂，令其复军机章京。乾隆还赦了其他一大批官员。

乾隆的高兴，傅恒的得以重用，小小年纪便任军机，任大学士,使张廷玉感到极为耻辱也极为伤心。耻辱的是傅恒以二十七八的年龄便领着军机,伤心的是皇上根本不重用自己。张廷玉现在已是八十五岁的人了,早年长子张若霭的死他曾想到回乡,后被汪由敦与傅恒所劝。而如今傅恒业已是军机首揆了,自己还是军机处一老臣,首揆远远与自己无缘,张廷玉想起这些,决定向乾隆请求予以致仕。

"皇上,臣张廷玉向皇上请予致仕。臣今年八十有余,侍候朝中已半百之期,五十年有余,但时至今日,臣自感不能如以前那样效力朝中了,是为臣觉得有些怠慢皇上。但那实在是臣体力不及以往之故。如今臣更感不如二年前,走起路来气喘吁吁,而且脑子也越来越糊涂,以往若不是皇上宽恕臣这一点,只恐臣已当九死。臣自幼离开老家,几十年不得回籍省亲。今臣老了,希望皇上能体谅臣一片苦心和难处,允臣致仕回家。"张廷玉在上朝时叩首道。

乾隆很是精明,他已听出其中味道,无非是想远离京城以全晚节,死了之后顺顺当当地配享太庙。乾隆才不想给张廷玉这个方便呢!他柔声安慰道:

"张廷玉,你现虽已老迈,但朕并未嫌弃,实在是你自己感觉而已。你是三朝老臣,朕多有倚重,若你一走,朕有些事情找谁商量去。而且你自小便在京中居住,京城中有了你的老老少少,你为何偏在这个时候想致仕呢?倘若京中没有你的子孙,朕或许容你致仕。但你在京中子孙绕膝,又久离家中,父母俱灰,家乡不复有你的亲人,致仕何往?而且你致仕后的生活朕也放心不下。朕怕你致仕后生活节俭,不如京中方便,早早离开朕。是以朕瞻前顾后,非是不容你致仕,而实际上是为你着想而已。"

乾隆这一席话,说得冠冕堂皇。张廷玉无以为驳,只得答应下来,暂时不再提出致仕之请。乾隆见张廷玉为自己说服,心里既是兴奋又是满心不高兴。因为在这之前他已经不知几次规劝张廷玉了,而每次张廷玉均答应下来,但每次隔不了多久又要前来请求准予致仕。乾隆看了看张廷玉，挥笔写了一首诗，送给满脸不悦的张廷玉。"张廷玉，朕有一首诗相赠，你自己看看吧！"

"谢皇上。"张廷玉接过来一看，原来上面写着：

> 职日天职位天位，
> 君臣同是任劳人。
> 达哉元老勤宜久，
> 允矣予心体响频。
> 潞国十朝事堪例，
> 汾阳廿四老非伦。
> 应兹百尔应知劝，
> 莫羡东门祖道轮。

张廷玉一看完，已知皇上的意思了，一方面是告诫自己不要倚老卖老，另一方面也是告诫自己要知劝，不要老是打着致仕的主意。

乾隆为张廷玉不知好歹而烦的同时，驻藏大臣傅清的有关藏王珠尔默特那木扎勒欲抗朝廷的奏折递到了乾隆手中，早在金川之战时，珠尔默特那木扎勒的有关行径便为傅清上奏了。而今，只是他的行径更加大胆，野心越来越大，居然大有封锁西藏与京城通信和联络准噶尔上层以握西藏的形势。乾隆接到这个折子后当即命人找来军机首揆傅恒。

"傅恒，你曾到金川前线，对于西藏情况有所了解，你认为珠尔默特那木扎勒有无想割据西藏的目的？"

"皇上，据奴才所知，珠尔默特那木扎勒与其兄素来不和，他为将其兄除去，暗地里招兵买马，却打着防备准噶尔入侵的旗号。奴才以为这实际上是珠尔默特那木扎勒准备将其兄干掉，然后再割据西藏。"

"傅恒，你真的就以为那么严重吗？"乾隆对傅恒的这些危言耸听的话表示不相信。

"皇上,奴才不敢妄说,但为何珠尔默特那木扎勒于纪山进藏任驻藏大臣时他迟迟不来见纪山,这显然是慢怠朝廷命官,这是其一;珠尔默特那木扎勒如何于前藏后藏各险要处布置兵力,这显然是想等起事后以拒官兵入藏,这是其二。有此两点,奴才才下如此断言的。"

"嗯?"乾隆闭目想了想,"珠尔默特那木扎勒欲杀其兄,朕倒不引以为怪,因为他们二人素来就不和,珠尔默特那木扎勒想杀掉其兄这很正常。只是奇怪的是缘何珠尔默特那木扎勒会布兵于各处关隘驻扎,这就显得有些不正常了。"

"皇上,奴才以为不妨静待形势发展,如若实有反叛之心,即命四川总督策楞与提督岳钟麒提兵入藏平乱,如果没有则更好。不过为加强对珠尔默特那木扎勒的监督,奴才以为当另派人代替纪山,纪山黯弱无能,不适宜当此要职。请皇上三思。"

提起纪山,乾隆就有气。原来纪山刚入藏时,乾隆令其入藏后加紧对珠尔默特那木扎勒的监督,却不想他一进去后便和珠尔默特那木扎勒称兄道弟,经常在一起饮酒作乐,而且还将朝廷对西藏的关注悉数告诉珠尔默特那木扎勒,使得珠尔默特那木扎勒对朝廷的有关措施和办法了解得一清二楚。乾隆早就对他不满,现在听傅恒一说,更觉得西藏那种紧张的局势需要一个强有力的驻藏大臣去扭转。但是,派谁去那偏远的拉萨呢?

傅恒看出乾隆的犹豫:"皇上,我看侍郎拉布敦就适合。"

"那好,就派拉布敦代替纪山驻藏大臣一职。"乾隆笑着说,他经傅恒一说,也觉得拉布敦是最佳人选。拉布敦自小有神力,能开弓三张,所以很得乾隆器重,临此危难之际,乾隆决计让拉布敦前往解决西藏问题。

等到西藏形势探讨完毕以后,已是掌灯时分,傅恒想辞走,却不想乾隆又道:

"傅恒,你觉得这张廷玉配不配享太庙?"

傅恒一听，便明白是在向自己征求意见。证明皇上对张廷玉配享太庙已表示怀疑，傅恒清楚自己现在说的每一句话的分量。他略略理了理自己的思绪道："皇上，奴才于此不敢妄加评论。"

"没有什么的，你我君臣，有什么话，你尽管说吧！"乾隆一下变得和颜悦色起来，显然是已将傅恒视为心腹。

"皇上，"傅恒见事已如此，也没有别的办法，只得如实托出自己的想法，"奴才以为凭张廷玉的功绩来看，看不出什么大的功绩，他仅仅是先帝的文学重臣而已。若以此，则张廷玉绝对不配享太庙。但是细想，张廷玉曾参与先朝的各种机密，帮助先帝日理万机，不辞劳苦地处理政务，实不愧为先帝的股肱重臣，从这些看来，让张廷玉配享太庙并不为过。当然，张廷玉和鄂尔泰并不一样，鄂尔泰以军功卓著形于世，而张廷玉仅仅会缮写谕旨而著于世，文治武功由此可见一斑。鄂尔泰于武功突出，而论及文治，恐怕鄂尔泰又低张廷玉一大截了。所以奴才以为鄂尔泰、张廷玉当分而视之，不能相提并论，不知皇上以为如何？"

乾隆听完点了点头道：

"鄂尔泰办事老练、敏捷，颇得朕欣赏，而张廷玉博学，缮写谕旨也令朕很满意，他们是各有千秋，真是不能相提并论，看来先帝早对此有所认识，所以令看似不能放在一起的两个重臣同时配享太庙也是有先帝的考虑的。鄂尔泰已配享太庙了，看来朕亦得让张廷玉配享太庙才能遂先帝遗愿。"

只是，张廷玉太不知趣了，他虽然明白乾隆对自己接连不断地请求致仕表示不满，但他还是止不住再向乾隆提出这个请求。由于这段时间以来张廷玉对自己能否配享太庙担心过多身体难免消瘦了些，这也许对于年轻人来说不算什么，但对于张廷玉这样的老年人来说那就大不一样了。张廷玉看起来瘦了许多许多，脸也变得小了些，胡子和眉毛也变得更长更白，由于身体差，走起路来也晃荡得更厉害。乾隆看到张廷玉殿前这副风烛残年的老朽模样，也禁不住怜悯起张廷玉来，恻隐之心使他答应了张廷玉致仕的请求。

张廷玉对此大为感激，跪下来给乾隆磕了九个头。张廷玉原以为皇上不会同意自己原官致仕的，所以没准备着得到乾隆信物。现见乾隆如此爽快地答应他，他又觉得这其中有诈，是不是史贻直又在皇上面前说他的坏话了，以致于皇上对自己已无信任可言。想到这些，张廷玉决定再向乾隆要一信物，如此他才能放心地致仕回家。

"皇上，既然你准予臣致仕回籍，皇上不妨再赐臣一券以为凭证吧！"张廷玉边磕头边摘帽子道。

乾隆对于张廷玉的这个无理要求，感到很是不满，他的脸上立即布满了乌云。"张廷玉，你知不知道，你这是无视朕，是不信任朕，父皇既然准予你配享太庙，你为何还要如此要挟朕，非得朕给予你一凭证。即使朕给了你凭证，假若你有大罪，朕同样可以免你配享太庙之请。假如朕没有给你凭证，即使有人想诋毁你，朕要让你配享太庙，难道还有人敢阻止朕不成？你这种对朕视若无物，向朕要信物，这不是说朕是一个言而无信的君王吗！哼！"

面对乾隆的愤怒，张廷玉才明白皇上是真发怒了，他赶紧磕头道：

"皇上息怒，皇上息怒，臣绝对不是那个意思。"

乾隆余怒未消：

"讷亲朕能用他，亦能杀他，难道就你张廷玉朕独独不能吗？"

这种以死相威胁的警言，吓得张廷玉心惊胆战，他只是在下面一个劲地磕头，汪由敦在一边看不过去，跟着跪下来道：

"皇上，张中堂并没有指责皇上的意思，望皇上明察。"

"你们师生两个朋比为奸，欲欺蒙朕是不是？汪由敦，张廷玉荐你为大学士朕能接受，但朕难道就不能罢你大学士衔吗？"乾隆又转而对汪由敦发起脾气来，很明显，这也是对张廷玉的一种警告。

乾隆将张廷玉和汪由敦好好数落了一番,傅恒在一旁一听张廷玉请求皇上赐券的话便知皇上将会大怒,果然不出他所料,乾隆将张廷玉和汪由敦狠狠地数落了一番。

等到乾隆气消得差不多了,傅恒这才跪下求情道:

"皇上息怒,张中堂请券之举纯系他老糊涂所致,望皇上看在他曾有功于社稷的份上,原谅他的老迈和无礼。"

乾隆听傅恒这么一说,才渐渐地消了气。他狠狠地瞪了张廷玉一眼道:

"张廷玉,你先下去吧!朕还有要事要与傅恒商量。汪由敦,你陪着张廷玉走走!"

"是,皇上。"张廷玉和汪由敦同声道。

等到张廷玉和汪由敦走之后,乾隆这才对傅恒道:

"你看这叫朕如何容忍。张廷玉简直太不像话了,朕刚允准他致仕,他便想得寸进尺,又向朕要准予其配享太庙的纸券,这哪儿像臣下对天子所为,分明是在要挟朕,是对朕不信任。"乾隆因为气愤,声音有些发颤。

然而更令乾隆气愤的事情还在后头。一天,乾隆命傅恒将一柄玉如意赐予张廷玉,理应由张廷玉亲自上殿谢恩,却不料第二天早上他迎来的不是张廷玉,而是张廷玉的儿子张若澄。

"为何张廷玉自己不来?"乾隆显然是有些不高兴了。

"启禀皇上,臣见今日天寒路滑,又兼臣父年老,臣怕他出现闪失,所以由臣代奏。"

"嗯!"乾隆一听早已龙颜大怒,但他不想在张若澄面前发作,他"哼"了一声令张若澄先行下去。等到张若澄退出了养心殿,乾隆愤怒的火山才爆发出来。"这张廷玉倚老卖老竟至于此,朕赏他配享太庙,他不亲来谢恩,却仅仅上折表恩,又令自己的儿子前来代谢,这样简直出于情理之外。朕对张廷玉皇恩不薄,可是他却如此不懂朕意,受恩不谢,这显然是对朕的极端无礼。朕若不明颁谕旨加以申斥,则显得朕未免太过宽厚而无威严,傅恒，立即给朕起一谕旨，朕要明旨申斥张廷玉。"乾隆有些暴跳如雷地说。

汪由敦在一旁一看大事不好，因为明发谕旨对张廷玉进行申斥，则张廷玉将会身败名裂，所以他赶紧摘去帽子叩首道：

"皇上，臣请皇上息怒，不要将此事公之于众。若皇上明发谕旨，则张廷玉罪将无可恕。"汪由敦边说边给乾隆磕头。

而正在盛怒之中的乾隆早已失去理智，他看也没看汪由敦一眼便道：

"张廷玉此罪不可饶，任何人求情也不顶用，即便皇太后在这儿说情朕也会对张廷玉明发谕旨进行申斥。汪由敦，你自己起来，不要为张廷玉求情了，是不管用的。对于张廷玉，朕已极度失望。先是朕屡屡劝他不要致仕，他却一意孤行，始终坚定致仕，朕心里相当不悦，但顾及其年岁已大，勉强同意其致仕。接着他又向朕索要凭证，朕就想要对其申斥的，不是傅恒在一旁相劝，朕早就申斥他了。这次朕准予其配享太庙，他却毫不知趣。如若此次朕不明发谕旨申斥，只恐再过几日张廷玉要骂朕了。哼！"

汪由敦见皇上真的发了大怒，没有办法，只得爬起来将帽子戴上，站在一旁听皇上发泄他对张廷玉的不满。

"张廷玉倚老卖老，眼中全无朕的存在，似他这样的大臣，朕留着有什么用呢？朕实在是为先皇任用张廷玉而感到羞耻。也为先皇令张廷玉配享太庙感到不解。张廷玉没有别的本事，就会缮写谕旨，令先皇欢心，才有今日。不过，张廷玉在朕眼中，不过一个抄写员而已。对于这样的小抄写员，朕为什么不能明发谕旨进行申斥呢？傅恒，你拟一份谕旨，明日早上发出去。"

"是，皇上。"傅恒很是见机，他也不替张廷玉说好话了，因为他看明了形势，如果此时替张廷玉说好话说不准皇上会牵涉于自己，所以他一直站在一旁缄口不言。

汪由敦见没有别的办法，也只得任由乾隆数落。最后好不容易乾隆数落完了，这才转而陈述政事，他平息了一下自己的怒气道：

"傅恒，拉布敦昨日来奏说珠尔默特那木扎勒如今已日趋明显地准备据有西藏，而且珠尔默特那木扎勒已扬言要杀死所有在藏的大清人员。朕想着拉布敦、傅清二人孤悬藏外，对他们十分担心，而且拉布敦、傅清二人密奏他们是不是可不奉谕旨而自行行动。朕想着此事事关重大，一时不敢稍决，你们二人替朕出出主意。"

"皇上，奴才以为当如他们所奏。他们二人身处险境，若事事必得谕旨，只恐二人不但性命难保，而且西藏局势会更加复杂。所以为国事起见，奴才请皇上不如给予他们这个权力使他们得以相机行事。"傅恒在一旁道。

"傅中堂说得很对，臣也以为不妨令傅清与拉布敦二人相机行事，以利西藏局势。"汪由敦现在还在想着乾隆刚才的话，所以显得心不在焉，只是随声对傅恒的话进行附和。

乾隆听了傅恒和汪由敦的话觉得有一定道理，便令汪由敦拟谕旨同意傅清、拉布敦所奏。

好不容易汪由敦挨到军机处办事完毕。出得军机处，汪由敦正想走，却被傅恒拉着道：

"师茗，你准备上哪儿去啊？"

"傅中堂，你说我还能去哪儿？只能去那倒霉的老师那儿去。"汪由敦与傅恒关系相当好，所以并不隐瞒。

"师茗，这可是要影响到你的前程的哟！"傅恒规劝道。因为军机处有规定，留中之折不得预先报出去。所以只要汪由敦前去给张廷玉说，便违反了军机处这一条规定。

"傅中堂，你说我还有什么办法呢？"汪由敦惨然地笑了笑：

"老师将我提拔至今，又荐我为大学士，我实在是忘不了老师此恩哪！我丢官革职无所谓，只要老师能保全脸面，不至于身败名裂就行了。"

傅恒对这种师生情谊缺乏了解，但他能理解汪由敦此时的心情。他拉了拉汪由敦的手道:"师茗,你自己好自为之吧!"

张廷玉正在家中孤居暖脚,汪由敦顶着雪花进来了。张廷玉一见汪由敦顶此大雪前来,便隐隐感到不对:"师茗,皇上发怒了?"

"哎!"汪由敦从头上摘下帽子道:

"老师,祸事闹大了。"

"哦?"张廷玉明白汪由敦所说的祸事是什么意思,但是他却不明白闹大了闹到何种程度,又大到何种程度,所以他只是看着汪由敦听汪由敦说下文。

"皇上对你不亲自前去谢恩大为恼怒,准备于明日明发谕旨对你进行申斥。我虽再三求情,可是皇上仍不肯稍息雷霆。"

张廷玉这下也意识到了事情的严重性。自己辛辛苦苦,三朝小心谨慎培养起来的面子和威信只恐怕会因皇上的一道谕旨而顷刻间烟消云散,自己配享太庙的美梦也可能会因此成为泡影。张廷玉这下慌了,他后悔今天他太过大意,他后悔今日不应派自己的儿子代为谢恩。但后悔已经没什么用了,重要的是能尽量阻止皇上不发这道谕旨。张廷玉想了半天,最后觉得只有明儿个一早上朝谢恩,接受乾隆口头训斥,而不要明发谕旨进行申斥。

"师茗,我明儿一早前去谢恩,只恐怕会影响你的前程了。"张廷玉声音有些不平静地说。

"没有老师的提拔,我哪有今天!"汪由敦很诚恳地说。

乾隆一见张廷玉前来谢恩,便明白了一定是昨日汪由敦泄密所致。想到这点,乾隆的怒火就不由往上冒。

张廷玉见乾隆走出养心殿来,立即跪上前去谢恩道:"臣张廷玉谢皇上配享之恩。"张廷玉边说边磕头,一共磕了九个头方止。

乾隆冷冷地等张廷玉叩完头后,这才不冷不热地说道:

"那你为什么昨日不来谢恩,而非得今日早上前来谢恩?"

"臣昨日因身体有所不适,所以未能前来,让臣子张若澄前来，张若澄回来说及皇上很是不悦，臣也自思所做不对，所以今日抱病前来叩谢皇上。"张廷玉边说边将声音装得颤颤的。

"哼！张廷玉，你老实给朕说，是不是汪由敦给你通报后你才来谢恩的？"乾隆满脸恼怒地问。

"回皇上，汪由敦并未曾来臣舍下，臣实在不知。"张廷玉还想抵赖。

"哼！张廷玉，你什么都不要说了，朕全都明白。你即使衰病不堪，也应该匍匐申谢，其陈情则能奏请面见，而你谢恩竟不至朝廷，视配享太庙的大恩是你应该所得，张廷玉，你说是不是？"

"臣不敢！"张廷玉一听乾隆愤怒的责问，赶紧否认道。

"哼，如若不是，那你为何又请朕给你一纸券以为凭证，这不明摆着是不相信朕吗？你作为朕的臣子，不对朕表示效忠，却对朕百般防范，你这是为臣之道吗？"乾隆真想指着张廷玉的脑袋说。张廷玉听着乾隆的这一席话，不知该说什么好，只是一个劲地磕头。

"你急急想致仕回家，是不是对朕不满你才这样做的？"

"不是！"张廷玉矢口否认。

"哼！还说不是，先帝对你倍加宠信，以为你是能员大吏，准你配享太庙，而且还对你大大赏赐。但是到朕登基以后，你没受到朕的重用，你举荐的人也得不到朕大用，你想起先帝在时的恩宠，再想起朕对你的薄恩和不以重用，是不是就觉得朕不是明君了，觉得朕不能赏识你这个能臣了，你于是就想全身而退，只求能平安地享配太庙。张廷玉，你说你是不是这样想的？"

"回皇上，臣并没有此意。只是臣实在太过老迈，已是不胜政务，所以这才向皇上陈请致仕回家。"张廷玉小声申辩道。

"哼！既是如此，那你为何又推荐汪由敦为大学士接替你的职位。朕素知汪由敦是你的得意门生，朕想着汪由敦办事勤勉是允其接替你的职位，但不想原来是你安插于军机处的耳目，以便你人虽不在朝中，而自有人为你在朝中谋利。今日早上你前来谢恩，一定是军机处泄密所致，要不留中之折你决不会得知的。只可惜你想错了，你以为大学士是什么官，你推荐谁朕就用谁，这样你又将朕视为什么了，而容许你结党营私。"乾隆还是怒气冲冲地说。

"皇上，臣绝无此意。"张廷玉现在已没有什么话可说了，只是几句简单的申辩之辞。

"哼！绝无此意，这是废话！"乾隆咬牙切齿地说，"我大清乾纲独断。朕登基十四年以来，事无大小哪一件不是出自朕手中。即使选一县令没有不经过朕详加考察的，更何况大学士一职呢？岂容你作为安插私人耳目之用，你这样是太小看朕了。"

乾隆这一席话，已将张廷玉安上不信、不尊、欺君蒙主、结党营私的罪名了。张廷玉听着乾隆这一席话，只是一个劲地叩头，等到乾隆说完，他再也不敢吭一声，只是叩头。

乾隆看其在自己盛怒下已完全被慑服的张廷玉道：

"张廷玉，你自己可知罪否？"

"臣知罪。"

"哼！你知不知道朕若以此罪名怪罪下来。只恐你非但不能配享太庙，而且将会被满门抄斩。"

这耸人听闻的话吓得张廷玉瞠目结舌，他又只得一个劲地磕头，直磕得前额青肿。他相信乾隆所说的这一切话。张廷玉是三朝老臣，自然明白这几种罪该当何罪，他在心里默默地算了算，要是真的皇上怪罪下来，只恐自己还会比皇上说的更惨。

乾隆望着磕头如捣蒜的张廷玉，看着额头上因使劲磕头生出的青肿，他的怒气得以渐渐平息。他声音变为柔和地说道：

"张廷玉，朕念你是三朝老臣，虽仅会缮写谕旨，但亦有功于社稷，是以朕不怪罪你，但你以后得好自为之，不要再惹怒朕。"

"是，皇上！"张廷玉对乾隆的这种恩赐简直是感激涕零，他不仅觉得皇上将他，也将他的整个家族拉出了火坑，他从心底里感激皇上对他的眷顾。

其实，这仅仅是乾隆的一种策略而已，早在张廷玉出现在养心殿之前时，他便想到了这个办法。他清楚张廷玉现在已骄横成性，不杀一杀他的气焰，只恐自己真的很难驾驭。所以他一上来，便极力夸大张廷玉的罪名，将张廷玉给唬弄住，然后等张廷玉心惊胆战之时，自己又免予追究，张廷玉必会对自己感恩不尽。这一招果然灵验，乾隆看着张廷玉垂头丧气、无精打采的样子便又道：

"张廷玉，等到明年春天天气暖和了，再奏请回家吧！到时朕派侍卫护送你回籍。"

"谢皇上！"张廷玉叩首道。

乾隆明白张廷玉最关心的是自己死后能否配享太庙。所以乾隆又接着道：

"朕还是一如往日，准予你死后配享太庙，先帝时的遗旨朕绝对会遵守的。"

这是在向张廷玉保证准其配享太庙，张廷玉自是明白人，他再给乾隆行了几个大礼以示感恩。

第九章
借玉体喜诞龙凤子
补金瓯怒遣虎狼兵

唯有傅恒知道，因为他曾经参议过这件事，皇上曾问过他，所以他知道皇上此举无非是想戏弄一下张廷玉。同时他也明白，张廷玉可能要遇到麻烦了。

乾隆等张廷玉走后，又将傅恒和汪由敦以及其他军机处成员召来，吩咐道：

"汪由敦身为军机大臣，不顾旧制，擅自将留中之奏透露给张廷玉。是为违反律例，下交刑部议处。"

刑部尚书是刘统勋，他刚从外省回来便被乾隆委以重任。刘统勋秉公办理，不徇私情，议处将汪由敦革去大学士衔、尚书衔，降调三级任用。乾隆对刘统勋的这个处理意见并不满意，他觉得未免处之太重，于是便下谕旨免去汪由敦大学士衔、尚书衔，令其仍在尚书任上赎罪。

乾隆对于张廷玉的警告和对汪由敦的处理使得张廷玉大伤颜面。他明白乾隆对自己已是越来越不满了。经历此次以后，张廷玉变得越来越小心，他怕再让乾隆抓着把柄而将自己给整下去，到那时只恐怕自己想配享太庙的愿望将会破灭。

就在张廷玉为配享太庙将乾隆折腾得焦头烂额之时，西藏又传来噩耗：傅清与拉布敦为国捐躯。当乾隆听到这个消息时，涕泪长流，他在心中为他的两位爱卿而哭，为他的两位得力大臣而哭，后悔不该将拉布敦派往西藏。但现在哭和后悔又有什么用呢，回答只能是于事无补。

原来，自从乾隆准予拉布敦和傅清可便宜行事后，二人便一直寻找机会。那时藏王珠尔默特那木扎勒反意已非常明显，已计划着要将驻藏的一百名官兵和驻藏大臣衙门官员悉数处决。傅清和拉布敦一想：与其让珠尔默特那木扎勒杀死，不如先下手为强将珠尔默特那木扎勒杀死，自己虽也难逃一死，但对于国家社稷平定叛乱有功。

二人打定主意，于是召正在后藏办事的珠尔默特那木扎勒前来听谕旨。珠尔默特那木扎勒因为胜券现已在自己手中把握，所以对拉布敦、傅清二位驻藏大臣未免心存大意。于是乎只带了罗布藏扎什及十多个随从前来驻藏大臣衙门听旨。拉布敦当先站着，傅清于一边站着，身上挎着战刀。对于珠尔默特那木扎勒来说这是很一般的，再加之他对傅清心存轻视，所以并未对傅清加以防备。

"珠尔默特那木扎勒听旨。"拉布敦一声断喝，面色沉毅。

珠尔默特那木扎勒及其随从一听，马上下跪叩首恭恭敬敬地准备听旨。傅清抓住这个千载难逢的机会，以迅雷不及掩耳之势将刀抽出，当机立断地砍向了珠尔默特那木扎勒。珠尔默特那木扎勒当时心里正盘算着自己将来的辉煌日子，却不想辉煌的前程一下没有了，因为他已经让傅清给剁下首级。

珠尔默特那木扎勒的随从一个个也是身首异地。唯有罗布藏扎什机灵，这家伙一见大事不好，顺势一溜，溜到门口，然后再抽出刀来砍伤了门口的兵弁，逃了出去。

罗布藏扎什跑了，傅清和拉布敦心里沉甸甸的，却仍然相视笑了笑，相互为对方鼓气：等会儿多杀几个逆贼也算对得起自己和皇上。然后两人将衙门里所有的人包括文臣、武将以及商民悉数召集起来，发给他们枪械，总共得有两百人，令他们加强警备，准备为朝廷捐躯。

傅清见衙门内人员势单力薄，于是又派人到班第达处求救。班第达那儿根本没有人，于是又向七世达赖求救，等到达赖知道消息领僧众前来驻藏大臣衙门时，衙门早已被罗布藏扎什领人给团团围住了，僧众根本进不去。他们只能眼睁睁地看着傅清在楼

145

上奋力拼搏力尽自刎而死,也只有眼睁睁地看着拉布敦力杀二十多人后为乱军所杀,也只有眼睁睁地看着驻藏大臣衙门被叛乱分子烧毁,库银被罗布藏扎什抢走。

这一切来得太快了,回去后达赖很快做出善后反应,令班第达代理藏王,晓谕各地藏民不得杀汉人,而且还派人追捕罗布藏扎什等叛乱分子。罗布藏扎什惶惶然如丧家之犬,很快为达赖所捉,西藏叛乱平定。乾隆得到消息时,叛乱已被平息,他忍痛立刻做了部署:令策楞、岳钟麒率兵入藏,总兵董芳统兵接应;宣布兴师入藏。对傅清、拉布敦等其他捐躯兵弁,加恩优恤。

真是祸不单行、福无双至。西藏叛乱刚刚平定,新疆又有加急奏报,准噶尔可能又要进军。乾隆召来傅恒、汪由敦及其他大臣相商,决定命边疆大吏加紧盯梢,密切注视,同时做好迎战的准备。

一波未平,一波又起,洪泽湖又决堤了,乾隆命江南河道总督高斌前往,整修河堤,以保证洪泽湖一带民众的生命安全。

乾隆这段时间以来已经是够累的了。但是祸事还是一桩接着一桩,不顺心的事情太多了。十四年的春节一过,长子永璜又在忧郁中死去了。乾隆命将永璜好好安葬,原定辍朝三日,后改为辍朝五日,也算是乾隆对永璜的一种补偿和安慰吧!

正当乾隆从丧失皇子的悲痛中摆脱出来时,张廷玉又急急地向乾隆上书请求告退。乾隆一听这个就来气,为什么呢?因为张廷玉是永璜的老师,永璜还没过初祭,就奏请南还?这未免太无师生之情义了。乾隆将张廷玉找来,将其狠狠数落了一番,他将张廷玉说成狼心狗肺的无情无义的东西,弄得张廷玉很是难堪,简直是无地自容,好在他老脸还比较厚,对于乾隆的这一番数落也只是当时气了气而已,过后就烟消云散了,他还是准备南还。

乾隆越想越不是滋味,越想越对张廷玉不满,他决定好好戏弄一下张廷玉,但总得找到借口才行。天遂人愿,此时恰好蒙古额驸超勇亲王策凌病故。策凌能征惯战,为大清开疆辟土,守护边疆立过汗马功劳，而且他死之前又留下遗嘱：死了之后希望皇上能允其附葬公主园寝。

当策凌死后，其遗言又传到乾隆耳朵里，他便觉得让张廷玉下不了台的机会来了。他当机立断地让侍卫德山和策凌子成兖扎布护送其遗体进京，到得京城后，又赏银万两办理丧事照亲王典礼进行。事完以后，又下令让策凌配享太庙。

蒙古亲王以前从来不配享太庙，而这次皇上却破天荒地让策凌配享太庙，立即引来了群臣的议论，他们猜不透皇上为何如此慷慨地让策凌配享太庙，他们也猜不透皇上葫芦里卖的是什么药。

唯有傅恒知道，因为他曾经参议过这件事，皇上曾问过他，所以他知道皇上此举无非是想戏弄一下张廷玉。同时他也明白，张廷玉可能要遇到麻烦了。

果真，乾隆等策凌丧事办完后，就亲自拟写了一份上谕：

"策凌逝去，朕念其替国家开疆辟土，防卫边陲，有功于社稷，又对朝廷忠心耿耿，是以开蒙古亲王配享太庙之先河，特允其配享太庙。先帝曾留下遗言，让鄂尔泰配享太庙，鄂尔泰平定苗疆，经略边陲，功劳不小，是以朕也让其配享太庙。而先帝留下遗诏让张廷玉配享太庙，朕却是百思不得其解。张廷玉长期供事宫中，未见其有惊俗骇世之武功，又无令人叫绝之文治，只是会缮写谕旨，很得先帝欣赏而已，但在朕的眼中，张廷玉不过是刀笔小吏而已。他又无其他功绩，于经国赞襄毫无建树，因而朕以为张廷玉配享太庙实在过分。历朝历代能配享太庙者，无惊人之武功，便有惊人之文治。明朝的刘基，原是天子的佐臣，有帷幄之功，但当其配享太庙时尚不免有微议。如今张廷玉扪心自问，他自己较刘基如何？朕不忍分说，现谨将本朝配享太庙之大臣要吏之名字给予张廷玉，让张廷玉自行斟酌，看其能否与配享诸臣比肩并列，至于其应配享，还是不应配享，自行具折回奏。"

这一道上谕，将张廷玉配享太庙的问题闹得满城风雨。鄂党官员纷纷耻笑张廷玉偷鸡不成反蚀把米，耻笑张廷玉弄巧成拙。

尤其是史贻直，简直高兴疯了。他想起自己与张廷玉同年进宫，但他却比自己运气好，因会缮写谕旨而为皇上所赏识，最后做了军机大臣兼大学士，而自己却并没那个官运，好不容易等到新皇帝继位，自己也仅仅是个大学士而已，并未能入值中枢。所以他对张廷玉既嫉妒又不满，他就巴望着张廷玉倒霉，张廷玉倒霉他就高兴。

"中藻，来，为张廷玉的倒霉咱们干了这一杯酒。"史贻直神采飞扬地对前来他家报信的内阁学士胡中藻道。

胡中藻是鄂尔泰的得意门生，很是目空一切。这人相当重门户党争之见，对张廷玉怀有刻骨铭心之仇恨，所以他也如史贻直一样，看到张廷玉倒霉他就高兴，他欣然拿起酒盅，一饮而尽。

而张廷玉家里却是死气沉沉，张廷玉阴着个老脸，仿佛是谁欠他八百石粮不还似的。侧首有汪由敦和其子张若澄相陪。

"老师，你看此事怎么办？"汪由敦语气中透出关切和无奈。

"师茗，皇上这分明是逼我写不能配享的理由，以便皇上以此为借口将先皇留下来的遗旨给改掉。"张廷玉说着嘘叹了一口气，"我张廷玉入朝几十年，虽说不上为大清立过汗马功劳，但业绩也是有目共睹的，只是可悲皇上如此绝情，将我说得一无是处，只是个刀笔小吏而已，这实在是令我太伤心了。"

"老师，事已至此，还是考虑一条退路吧！"汪由敦看着张廷玉流泪，自己也禁不住一阵悲伤，所以他的声音听起来有些打颤。

张廷玉幽幽长叹一声道：

"你们两个出去吧，我要写请罪折。"

张廷玉掩上房门凝思细想，最后淌着老泪，眯着双眼，颤颤地提起毛笔写道：

"臣老迈神错，不自度量，于太庙配享大典，妄行陈奏，皇上详加训斥，如梦初醒，惶惧难安。复蒙示配享诸臣名单，臣捧诵再三，惭惊无地，念臣既无开疆汗马之力，又无经国赞襄之益，年衰识瞀，惩咎自滋，伏乞罢臣配享，并治臣罪。"

乾隆接到张廷玉的奏疏，心中只是默默冷笑：张廷玉你想跟我斗，只能是以卵击石，自取灭亡！朕要想玩弄玩弄你，那还不是小事一桩，举手抬足的功夫。哼！其实朕也并不想戏弄你，只是你自己太不知趣而已，朕才不得不出此下策！乾隆当即将张廷玉的请罪折谕示群臣。

"张廷玉终有自知之明，知自己无力配享太庙，又自知昏庸无能，是以请朕改掉先皇时留下的配享太庙的遗旨。朕想着张廷玉一片心意，朕虽谨遵先帝遗旨，但此情况，朕只得改掉先帝遗旨，罢免张廷玉身后配享。"

乾隆一席话说完，脸上略略露出得意的微笑，他觉得他在和张廷玉的较量中自己轻松地就击败了他，而且他还有一个强烈的感觉，自己正玩弄张廷玉这个三朝老臣于股掌之中。"张廷玉虽罢享太庙，但朕念其年老体衰，仍准其以大学士衔致仕回家，就在今春。"

"谢皇上！"张廷玉知道皇上今日会宣布对自己的处理，所以他今天特意赶了过来，等到乾隆宣布完毕，他就立即跪下来谢恩。这真是，让皇上踢了还得谢恩，哎！谁让他自己是臣子而不是天子呢！

史贻直在一旁是喜形于色，让乾隆看了个清清楚楚、明明白白。他恨史贻直不识时务，恨史贻直到现在仍持门户之见。但他不便发作，不过他在心里盘算，他总会找着时间将史贻直也给好好整治整治，让他明白自己的威望是不可争辩的，是不容置疑的。

张廷玉灰溜溜地下了殿堂，回到家中。刚才他已经在殿上拜谒皇上了。乾隆似乎还有一点情义，赏给他一些玉如意、诗片之类的东西，同时还是一如前言，派侍卫护送张廷玉回家，张廷玉回到自己家里，略略收拾了收拾，便启程南行，在走出京城前，又流着眼泪对着紫禁城拜了两拜。他哪里料到，这两拜竟成了他与大清王朝的诀别。

过了没多久，张廷玉死去的消息被报到乾隆桌上。乾隆又想起张廷玉的好处来,于是又决定让张廷玉配享太庙。这样,张廷玉直到死后,才为自己挽回了一点面子。

乾隆处理完张廷玉这件事儿后,漪秀生孩子了。这是乾隆早就盼望着的事儿。

福康安小鼻子小眼睛,机灵透顶,一看就像乾隆小时候。但傅恒却觉得非常像自己,他做梦也不会想到福康安是皇上的龙种。

"傅恒,听说你又添了一个小子。"乾隆笑呵呵地问。

"托皇上洪福!奴才是又添了一个小子。"傅恒想不到皇上会关心自己这个问题,所以赶紧笑着答道。

"叫什么名字来着?"

"回皇上,奴才内人给想了一个福康安,不知皇上以为如何?"

福康安?这不正是自己给起的命字吗?其实乾隆早应该猜到,只是他想证实一下而已,所以他才故意有此一问。

"好名字!好名字!冲着这个名字,朕也要赏他一个红顶子,望他真如他的名字一样,一生健康平安。"

"奴才代犬子谢皇上!"傅恒对于乾隆的赏赐,有些受宠若惊。

"不用啦!朕希望他如你一样成为国家济世之才。"

其实乾隆现在心里很不是滋味。他说不出子丑寅卯来,反正就是心里不舒服。福康安是龙种,自己却不敢承认。福康安本应由自己好好调教,但自己却不能。福康安将来本应是天子,至少是亲王,而自己将来却只能封他为公。所有这些遗憾萦绕着乾隆,但他自己却毫无办法,哎,谁让他自己造出这个孽来呢?

"秀,皇上今天居然非同一般地赏我们的小康安一个红顶子。"

漪秀明白了,皇上早就亲自向她说过要赏福康安红顶子,现在不过是兑现诺言而已。但她不能明说,她只是说道:

"春和,皇上对你真好。要不是对你好,他怎么会赏我们的小康安红顶子呢？"

"嗯！我也是这样想的。皇上对我们富察氏这么好，我真是粉身碎骨也不能报答啊！"傅恒自己居然长叹起来。他又想起了死去已经两三年的姐姐，他感谢他的姐姐，要不然他们家族不会到现在这种显赫的地位的。他又为他姐姐伤心，因为她毕竟走得太早了。

乾隆在宫中也为福康安的出世而高兴，他兴奋地来到储秀宫。"皇贵妃，朕今天封你为皇后，你愿意吗？"

富察皇后死后，乾隆封那拉氏为皇贵妃，暂行皇后事，摄六宫事务，一两年了乾隆天天处于丧失皇后的忧伤之中，顾不上给那拉氏加封，所以此事一直拖到现在。今天皇上终于说出这句话来了。

那拉氏由于早就希望得到这句话，所以对这件事相当敏感。乾隆还没有说完，她已经扑通一下跪在地上了：

"奴才谢皇上封赏。"

"哈！哈！"乾隆大笑起来，"今天难得我这么高兴，所以想着来给你封皇后以便了却你心中的凤愿。"

"谢皇上厚恩。"那拉氏脸都笑开了花，这一天终于等来了。这可是她苦等多少年才等来的！

那拉氏想皇上可能没有用午膳，于是笑笑问：

"皇上，用过午膳了吗？如果没有用，与奴才一起用吧！"

"好，不光在这里用膳，晚上朕还要跟皇后借宿呢！"

那天晚上，乾隆果然在储秀宫住了一夜。由于疲劳，第二天早上来到乾清宫时未免迟了点，傅恒等一班朝臣早等得急了。等乾隆坐正御座，朝臣拜谒完毕，傅恒就急急步出列来。

"启禀皇上，黄河决堤已水淹几十个州县，数万难民逃亡。"

乾隆最是标榜爱民，他一听傅恒说几万难民逃亡，心中便来气。他觉得这是地方官吏治河不严、修堤不力所致。

"傅恒,哪一段决堤了?"乾隆厉声问,显然是非常恼怒。

"回皇上,是江南铜山。"

江南铜山,这不是江南河道总督高斌和副总督张师载的事儿吗?堤岸这么轻松就给冲塌了,这其中一定有隐情。肯定是高斌、张师载二人贪污河工钱,偷工减料,未能将堤岸修好所致。

"几万黎民无家可归,朕伤心至极。高斌、张师载受朕厚恩,本当竭力靖治黄河,保证黎民安全,却不尽心尽职以致于有今日之惨祸!策楞、刘统勋你二人即刻前往铜山安抚灾民,同时追查此事根由,一个月后向朕禀报!"

刘统勋和策楞到得铜山,一边赈济灾民,一边调查此案。调查结果令他们吃惊。铜山河堤根本没有修成,及至河讯来时,堤坝才修到一半,这怎么能不发生水灾。更令他们不解的是,即便修成的那一半河堤也是经水一冲马上就塌了,一看便知是偷工减料太过严重所致。刘统勋、策楞二人不敢怠慢,立即将此消息上达乾隆。

乾隆将折子啪地一下扔在了御桌上。"汪由敦!"

"臣在!"汪由敦虽现已降为侍郎,但仍入值军机,乾隆对他还是加以重用。

"立即替朕拟一谕旨,将李焞、张宾绑赴河坝工地斩首,将高斌、张师载一同押赴刑场。等到他们二人看完李焞、张宾二人行刑后,再行宣旨开释。"

"是,皇上。"

傅恒看着汪由敦拟谕旨去了,这才对乾隆道:

"皇上为何将他二人也一同绑赴刑场?"

"傅恒,你有所不知,这高斌与张师载虽均能治河,但二人年岁均已大了,他们倚老卖老,很多事情不愿身体力行,因而常被下属蒙蔽。如若此次不对二人加以警告,只恐二人以后会更不像话。朕此次让他们二人到刑场一试也是取此意之故。"

"皇上还是体谅一下两位老臣吧!"

"傅恒，心慈手软成何大事。以前张廷玉罪不可恕，是你规劝朕顾及老臣情面。这次朕要惩处惩处高斌与张师载，你又来劝朕顾及老臣情面。可是你要清楚，不是朕不给他们二位老臣情面，实在是他们二位罪当如此。傅恒，朕意已定，你不要再说了。"

"是，皇上。"傅恒一见也没有别的办法，只得认了。他本来还想劝皇上看在故去的慧贤皇贵妃面上饶过高斌这一次的，但他怕皇上心烦，也只好作罢。

处斩李焞、张宾的谕旨下达后，乾隆又收到了边疆重臣奏报，准噶尔汗达瓦齐准备大举入侵。

康熙曾与准噶尔汗噶尔丹作过几次战。虽然准噶尔人作战勇猛，又有英明的噶尔丹指挥，但噶尔丹终究是噶尔丹，康熙大帝毕竟是康熙大帝。噶尔丹虽也英明，但较康熙大帝来说显然是差了一大截。几次较量均以噶尔丹败北而告终，噶尔丹最后在贫困交加中死去，而准噶尔内部也发生了分裂，准噶尔被迫与清廷和好，清政府也就收兵。到得雍正之时，清廷与准噶尔战端重开，最后于雍正十一年准噶尔又被迫议和，清廷再一次成为胜利者，准噶尔每年给清廷一定钱粮和赋税。

如今乾隆收到的这份奏报，讲的是准噶尔内部汗王汗达瓦齐与宠臣阿睦尔撒纳之间为汗位展开的争夺战，阿睦尔撒纳战不过达瓦齐，于是便内附清廷。但达瓦齐对阿睦尔撒纳恨之入骨，必欲除之而后快，所以准备领兵入侵伊犁将阿睦尔撒纳击杀之。

乾隆收到这个折子，立即召来群臣。"各位爱卿，准噶尔达瓦齐准备大举入侵，为的是诛灭叛将阿睦尔撒纳。朕想着我大清堂堂天朝大国，怎忍如此逆贼随便进入。是以召各位爱卿共同商量商量，是不是应该对达瓦齐用兵。"

堂上一片反对声，尤以一个中年大臣反对尤甚：

"皇上，臣以为对准噶尔用兵当谨慎为要。我朝于新疆既无兵，又无粮，而且准噶尔达瓦齐对我天朝也是不赖。如若皇上欲用兵达瓦齐，非但劳我兵弁，而且亦费我粮草，使达瓦齐对我朝怨恨在心，臣以为不妨将阿睦尔撒纳交给达瓦齐。"说话这人叫于敏中，字叔子，江苏金坛人，乾隆二年状元，授翰林院修撰，现任内阁大学士兼兵部侍郎。

"于敏中，我堂堂天朝大国岂惧区区准噶尔。皇祖在世时，亲征准噶尔降服噶尔丹，成就千秋大业。如今准噶尔内部纷乱，达瓦齐大失人心，正是我朝平定边陲的大好时机。准噶尔黎民不断内附，使得朕疲于安置。如若此次能一举平定准噶尔，非但能继承皇祖遗志，而且一劳永逸，各位爱卿为何以为不可？"

傅恒明白乾隆非常希望出兵准噶尔，所以开口道：

"皇上，奴才以为准噶尔虽为偏远，但其向有反叛之意，此次不如利用阿睦尔撒纳歼灭达瓦齐。这样一来，非但准噶尔全部将内附朝廷，而且新疆伊犁一带也可得安宁。虽然我朝前线无兵，又无粮草，但我朝兵弁同仇敌忾，奋勇向前，奴才以为不足月余就能平定准噶尔，如此则兵弁无须多带粮草，等得平定后，又可就地取食以济军粮。而且，正如皇上所言，此次用兵可以一劳永逸。"

乾隆面有喜色地说道：

"傅恒所言极是，就依你所奏，出兵准噶尔。由刘统勋筹集一些粮饷，阿睦尔撒纳为先锋出征达瓦齐。"

"奴才以为准噶尔地域辽阔，皇上当派两支队伍同时前进。"傅恒奏道。

"朕也以为是，但将领何以筹派？"

"奴才以为可命班第为定北将军，阿睦尔撒纳为定北副将军，亲王固伦额驸色布腾巴勒珠尔、亲王额琳沁、郡王讷默库、班珠尔、郡王青滚扎布、尚书达尔党阿、将军阿兰泰、内大臣玛木特、护军统领马勒登等为参赞大臣。俱由北路进兵。"

乾隆接过话茬道：

"北路依你所奏。朕看西路就以永常为定西将军，萨喇尔为定西副将军，亲王额琳沁为尔齐、车凌，郡王车凌与巴付、贝勒车凌孟克、色布腾，贝子扎拉丰阿、总督鄂容安为参赞大臣，俱由西路进兵。近日达瓦齐虽有志入境，但兵马困乏，正是用兵之大好时机，可派班第、永常即刻出兵，以扬天朝神威。"

在乾隆部署进军准噶尔的同时，铜山堤坝高斌、张师载二人正看着李焞、张宾遭受杀头之祸。高斌见那一道血柱骤然升起，想着自己待会儿也会这样，早吓得晕了过去。等他醒来时，发觉自己已被松了绑，策楞正站在眼前宣读开释恩诏。高斌、张师载二人感激不已，当即遥望北方叩了三个头，才颤颤巍巍地相互搀扶离开堤坝。

乾隆得刘统勋回报，心内不由一阵冷笑。他笑自己制伏高斌这一招高明、笑自己驾驭群臣之得心应手。但是进兵准噶尔却让他提心吊胆，从出兵起他就在盼着前方送来捷音。而就在心神不宁之时，偏有胡中藻逆诗一案来搅扰他。他决定借此机会打击打击史贻直与鄂党人物。

胡中藻本是内阁学士，又是鄂尔泰门生，他非但与史贻直交好，而且亦与鄂尔泰之侄鄂昌交好，鄂昌是甘肃巡抚，也是边疆重臣。乾隆为什么要借机打击史贻直和鄂昌呢？是因为在胡中藻诗钞中有"谗舌恨张箕""青蝇投吴肯容辞"句，乾隆认为这是胡中藻在指责他大权旁落，为张廷玉所左右，他最是受不了这类话。所以他当即命人将胡中藻下刑部议处，后又根据胡中藻交代，鄂昌曾见过这诗但并未揭发，于是乾隆又下令逮捕鄂昌，而鄂昌被捕又供出他与史贻直关系非同一般，曾替史贻直子史奕昂谋过布政使职。乾隆早就想整治史贻直，于是借此机会大耍淫威，将胡中藻斩决，令鄂昌自尽，革去史奕昂布政使职，令史贻直以大学士衔致仕回家。

乾隆处理了胡中藻案，赶走了史贻直，这样先朝老臣基本上已全被赶出了京城，这对于乾隆不能不说是一大幸事，因为新臣善于控制和驾驭，这也是他要史贻直致仕回家的原因之一。

处理了胡中藻案，前方也传来了捷报，两路进军顺利，达瓦齐兵败如山倒。过后不久，又传来消息达瓦齐已被活捉。乾隆相当高兴，命将达瓦齐押解至京，同时准备犒赏归来将士，以纪念这不世之功绩。

班第、永常相继返回京城，傅恒作为军机首揆，因其参与其中，也受到乾隆赏识。在庆功宴上。乾隆因心花怒放，不免多贪了几杯，他为这千古功业而高兴，为自己独排众议用兵准噶尔致有今日之胜利而高兴，也为自己在这一方面没有逊于皇祖太多而高兴，他还为……

乾隆贪杯有些微醉，由高云扶着跌跌撞撞往养心殿而来。走着走着，乾隆忽然听到有宫女的说话声。这么晚她们在说什么呢？乾隆虽然多喝了几杯，但脑袋还比较清醒。他分明听见：

"皇上真是了不起！"另一个声音答道：

"应该说是陈阁老了不起。"第一个声音又问：

"为什么呀！"另一个声音接着说道：

"皇上是陈阁老的儿子啊！这一点你不知道？"乾隆接着又听见另一个宫女的叹息声：

"哦！"

"我真是陈阁老的儿子吗？"乾隆在心里问，"怎么我一直不清楚，我一定要到海宁去查个清楚，一定要去，而且就是现在，就是现在。"乾隆在心里暗道。

第十章

**感传言冒雪勘身世
忧灾患微服问海塘**

乾隆半晌才道："朕知你此刻甚是悲伤，但此事关系重大，朕不能不问个明白。"乾隆略犹豫了一下，复道："近日宫里有人传言，说当年你入先皇府时，所抱为一……男婴，但出府时却变成一女婴！"

孟冬日短，天又阴，虽是申时，却已麻苍苍的，朔风呼啸中雪渐渐大起来，已经在坚冻的大地上盖了厚厚一层。风雪迷漫中，四团白影缓缓移来，马蹄踩雪发出的单调的"咯吱"声和着那朔风呼啸声，仿佛要划破那麻苍苍的天际，久久地回响。

"这鸟天气，下下下，就没个完！爷，天色不早了，路滑，前边好像是座山神庙，您看是不是打尖吧？"打前的御前二品带刀护卫安泰转脸，嘴里喷着白气道。

高云边搓着脸，边挪动着半是僵硬的屁股开口道：

"爷，天黑路滑，前边没准有没有店，奴才想咱就在这歇一宿吧。"说着话，高云瞥了眼身侧的小宫女祁玉，忙又说道：

"再说这丫头年纪小，也吃不消。您瞧，她浑身都哆嗦呢。"

乾隆的斗篷上早已积满了雪，宁静的面孔上两瞳仁越发黑得深不见底。听得高云言语，转脸瞅了瞅身后的祁玉，祁玉已忍不住开了口：

"高大哥，自己吃不消了就直说嘛，怎的拿玉儿做挡箭牌？"

安泰瞧着二人只顾着斗嘴，忙道：

"小丫头，还说不冷，不冷咋身子哆嗦？"说着忙挤眉弄眼地向祁玉暗示。

"好了！"乾隆漠然的目光仰视着昏暗的天穹，长长吁了一口

气,说道:

"是朕有些受不住了!安泰,你去瞧瞧,先给打声招呼!"

"嗻!"安泰忙答应一声,转身而去。

乾隆下马,活动了一下腿脚,搓着冻红的双手,冷冷道:

"玉儿,以后记着点,再不可拿话揶揄人!你若犯过失,朕亦不轻饶!"

"玉儿晓得。玉儿方才真的是好意,决没有……"话未说完,泪珠儿却早已涌了出来,满脸委屈的样子。

"好了,是朕委屈你了。"瞧瞧祁玉,乾隆不觉莞然一笑,"高云,听见没?"

"听着了,听着了!奴才怎会计较这事。爷您就放心吧。再说,奴才也没这个胆子呀!"话虽如此说,心里却依旧老大的不自在。

就在这时,安泰已迎风奔了过来:

"爷,除了几堆灰烬,一个人影也没有。"

"好,这倒省却许多麻烦。走!"

这是一座早已废弃的庙宇,大门上的匾额斜吊着,在北风吹打下"咯吱咯吱"作着响,隐隐约约可辨出上面"山神庙"三个字。空落落的大院覆盖了尺余深的雪,依着山势,正殿两边庑廊齐整排着两溜厢屋。

进得正殿,忽听"嗡"的一声,众人不由一惊,抬眼看时,却原来是一大群在殿中避雪的鸟。猝不及防间,高云吓得一屁股坐在了地上,倒是安泰、祁玉手快眼疾,一人擒了一个,看时却是两只山鸡,不由得心中一喜,乐哈哈说道:

"爷好口福,刚进殿便有野味送上来。"

"嗯!"乾隆跺着脚上的雪,吩咐道,"高云,将殿里收拾一下;安泰,你去找些烧的东西,生些火!"说罢,解了斗篷递给祁玉,向着神龛中被烟熏得乌黑的山神像打了一躬,口中便喃喃念叨了起来。

大殿上的火噼啪作响,铁架子上吊锅里煮的山鸡不时散发出令人垂涎欲滴的浓香。乾隆满腹心事,怅怅地望着外头漆黑的夜,听着大雪落地的沙沙声,呼啸的北风裹着雪片子袭过来,冻得发木的脸被打得生疼也一动不动:明天,明天会……

"爷,肉煮好了,您……"高云惴惴不安上前道。

"肉!肉!肉!除了吃你还会什么?"

一句话把大殿里的空气压得紧紧的,人人都透不过气来。殿中寂无人声,连外头大雪沙沙落下的声音都听得见。高云木然呆立,活像寺庙里泥塑的佛像般一动不动。

"爷,奴才们知您心里不快,本不敢搅您清静,只……只是这风大,奴才担心爷身子骨吃不消。爷您坐火旁,奴才们待在外边,您看可好?"皇上有什么闪失,谁吃罪得起?安泰前思后想,终于还是大着胆子上得前来。良久,方听乾隆叹息一声,说道:

"好,依着你们。"说着话,乾隆已踱至火堆旁。三人见状,忙抬脚向殿外走。

"天冷,都待这儿!"乾隆心情似乎有了些好转,"玉儿,冷清清的,讲个笑话吧。"

"爷,玉儿除了会唱小曲,别的……"

未等她话音落地,只听外边传来阵阵沙沙的脚步声,众人兀自一惊,却听外边已传来阵阵话语:

"大哥,殿里好像有动静!"

"听见了!他奶奶个球,几天没回来就有人敢占老子的窝,走,瞧瞧去!"

众人抬眼看时,却见一群蓬头垢面的家伙已走了进来,个个提刀带棍。为首一人黄病脸,倒扫帚眉,尖嘴猴腮的一脸猥琐相,穿着件长长的黑狐皮长袍直罩到脚面。

"在下等赶路错过了时辰,在此歇息一宿,明日即走。"安泰上前,拱手道,"请各位行个方便。"

"也不打听打听胡成胡大爷是谁,就想住这儿?爷们今高兴,留下银两快快滚蛋！不然让尔等白刀子进红刀子出！"说到这，那胡成贼眼一亮，阴笑道：

"这雏儿也留下，让爷们今晚好好快活快活。"

"狗东西，也不拿镜子照照你那德性！不给你点颜色瞧瞧，你不晓得马王爷三只眼！"说着话，安泰已抽出了腰中的软鞭。

"死到临头还逞威风？今日就让你知道知道胡大爷的厉害！兄弟们，给我上！"

刹那间，大殿内斗得个不可开交。不想却在这时，外边又是一阵沙沙的脚步声，听声音足有二三十人，乾隆不由得心头一紧。

"大胆刁民，竟敢在此作乱！来人，统统与我拿下！"话音刚落地，便见一个官员，穿着仙鹤补服，外披紫貂皮袍，珊瑚顶后拖着根翠森森的孔雀花翎一晃一晃走了进来。乾隆见状，方心下大安。

"杨廷璋！"

"大……"一个"胆"字未出口，杨廷璋已木雕泥塑般愣在当地，突然一时清醒过来，忙俯伏在地，叩头呼道：

"臣浙江巡抚杨廷璋叩见皇上，吾皇万岁！万岁！万万岁！"

"将这帮打家劫舍、为非作歹的狗东西捆起来，扔到外边！"

"嘛！"

瞧着一帮盗贼早已烂泥般瘫在地上，乾隆不禁哑然一笑，说道：

"你来的倒是时候，起来回话吧！"

"臣不敢。"不知是冻的还是怕的，杨廷璋脸色又青又白，浑身直抖，说道：

"臣不知圣驾在此，多有冒犯，还请皇上……"

"不知者不罪，起来吧！"乾隆笑笑，忽想起了什么，说道：

"杨廷璋，你怎知朕在此地？莫不是爱必达那奴才向你走漏的消息？"

"臣不知皇上在此，爱大人亦未向臣提及此事。臣只是路经此地,听着里边声响不对,故而……"

乾隆听罢,皱皱眉道:

"是吗?这么冷的天你不待在衙门里,跑出来作甚?"

"回皇上,今冬天气寒冷,不想海潮依如往日,一日两至。臣恐海塘不坚,故而前来察巡。"

"海塘乃越中第一保障,不可稍有疏忽!说说情况究竟怎样?"

杨廷璋沉思片刻,方说道:

"有几处已被潮水冲溃。不过臣已派员用巨石长桩密排深砌,料无大碍。"

"海宁、仁和二县地处钱塘江入海处,全恃海塘保护当地百姓生命田庐,丝毫不得马虎懈怠!"说到这,乾隆忽然两眼闪着阴森森的光,直勾勾盯着杨廷璋,"记得十五年朕南巡之时,户部尚书舒赫德曾上奏称钱塘江南北两岸之塘工毫无受阻之处,抑且塘之内外桑麻遍野。这是怎么回事?嗯!"

望着乾隆阴森森的目光,杨廷璋早已两脚一软,复又跪倒在地,说道:

"回皇上,臣决不敢欺瞒,现下情形却是如此。舒大人所奏想必是因为……"

"快说!"乾隆催促道。

"臣……"

"嗯?"

"回皇上,天晴时,海塘上可勉强行走,若一遇春雨,南方道路泥泞,土性胶黏,行走甚难。臣想舒大人可能是唯恐……唯恐圣驾有所闪失,故而……"杨廷璋小心答道。

未及杨廷璋话音落地,乾隆已是龙颜大怒,喝道:

"大胆奴才,竟敢如此作为!朕是人,百姓也是人,岂可因朕一人而置百姓生命于水火之中?没有百姓,朕要这江山做什么?嗯!你说!"

"皇上息怒,皇上息怒。这只是为臣一时的猜测,也许舒大人……"杨廷璋俯伏在地,磕头如捣蒜。

乾隆伫立窗前,凝望着外头风雪弥漫的苍穹,许久,方叹息道:

"朕知此事非你之过,起来吧!你方才奏称有几处为潮水冲溃,那么其他地方可否坚固?"

"这……"杨廷璋犹豫了一下,说道:

"臣不敢欺瞒皇上,其他几处随时都有冲溃的可能。不过臣已将沿岸百姓妥为安置。"

什么?随时都有冲溃的可能?乾隆闻听不由一惊,微怒道:

"这可是长久之计?今日潮涨退几里,明日潮涨再退几里,要退到何时方称是个头?白钟山呢?他这个江南河道总督是做什么吃的!"

"回皇上,去岁豫皖江浙等地普遍降灾,白大人综理整个江南河道,实有难处。另外,就海塘修筑一事臣等意见亦是不一。"

"说明白些!"

"兴修海塘有柴塘、石塘几种方法,具体采用何法得当,臣等各持己见。因所关甚大,不敢贸然行事,还请皇上恕罪。"

"何谓柴塘?何谓石塘?"

"柴塘乃捆埽牛铺底,一层柴一层土,间层加镶,顶上再培厚土,每丈塘工约用柴草一万多斤;石塘用大条石头顺间砌,参差压缝,每层还加砌铁锭,御灾捍患可以一劳永逸。"

"如此简单的道理难道你等还不明白?"乾隆沉思片刻,说道:

"御灾捍患要的就是一劳永逸!既知晓石塘之利处,何故争论不休?"

"回皇上,臣亦主张修筑石塘。"杨廷璋不安地瞅瞅乾隆,小心答道:

"不过白大人坚决主张修筑柴塘,认为修石塘劳民伤财之举,

163

根本不可行。"

"混账!"乾隆怒喝一声,忽转口问道:

"前面可是海宁?"

杨廷璋闻听一愣,忙道:

"正是!"

"那好!你传旨白钟山,令他……令他后日来海宁见朕!"

"臣遵旨!"杨廷璋答道:

"不过,还请皇上示下,是在衙门里召见还是……"

"朕此次微服出京,为的就是不惊扰民众,岂可在衙门里召见?"说到这里,乾隆却作了难,"至于在何处……"

高云见状,忙上前打千儿说道:

"爷,太子太傅、大学士陈世倌陈大人不正是海宁人氏吗?爷何不……"

"对呀!"乾隆听罢,仿佛从梦中惊醒一般,笑道:

"亏得你这奴才提起,不然朕还真想不出个合适的地方!杨廷璋,就让白钟山去陈府见驾,你也同来。记着,不可走漏了消息!"

"臣遵旨!皇上,此地甚不安全,若有闪失,臣可罪孽深矣。恳请皇上移驾……"

"不必了!"

"那……臣将这些奴才留下吧。"杨廷璋面露难色道。

"统统带走,这儿安泰一人足矣!将那帮狗东西也押走,详加审问,若系盗匪,秋后处斩。如此刁民,不杀不足以平民愤!"

杨廷璋知道多说无用,反惹不快,忙磕头道:

"臣遵旨!"说完便起身出殿,消失在茫茫风雪之中。

"时辰不早了,歇息吧!"瞧着远去的杨廷璋,乾隆面如止水,好久方说道:

"安泰,多留点神!"

"奴才晓得,爷放心安歇吧!"安泰昂首挺胸,宛若张弓待发的利箭,闷声道。

此时天已漆黑,沙沙的雪粒子撒落下来,打得殿旁的松柏簌簌发抖,一切又都回到了先时那般景象。

凄风、冷雪,古老的海宁城万籁俱静,忙碌了一天的人们早已进入了梦乡。太子太傅、大学士陈世倌的府邸就坐落在海宁城北的盐官镇。虽已子夜时分,陈府后院内却依旧亮着光。屋内,暖气融融,陈世倌正在就着摇曳不定的烛火,聚精会神地看着《治河要略》,但见他时而摇首,时而点头,时而会心一笑,时而眉头紧锁,丝毫不为外物所动。陈夫人侧坐炕头,瞥瞥丈夫,想说却又打住,复两眼呆呆、无望地投向墙上挂着的那幅诗词——乾隆二十二年陈世倌回籍时乾隆皇亲笔所书御制诗:

夙夜勤劳言行醇,
多年黄阁赞丝纶。
陈情无那逾孔纬,
食禄应教列郑均。
自是江湖忧未释,
原非桑梓隐而沦。
老成归告能无惜,
皇祖朝臣有几人?

默默注视着那张犹似墨汁淋漓的宣纸,陈夫人禁不住泪珠儿滚落了下来。良久,方喃喃道:

"老成归告能无惜……老成归告能无惜!"

"你唠叨什么呢?"陈世倌似有所动,目光却始终未离书本。

"老爷,"陈夫人复看看丈夫,叹声道:

"打用过晚饭,你就在这看。年岁不饶人,你就不能歇会儿吗?"

"你懂什么?食君之禄自当忠君之事!我虽离京回籍,食的还是朝廷的俸禄，怎能不替皇上分忧？更何况这关系着万千桑梓的生命！"

"皇上……皇上，你时常还见得着，可我呢？"说着话，陈夫人已是潸然泪下。

"你今儿这是怎么了……"陈世倌揉了揉发涩的眼泡儿，坐直身子，瞧瞧妻子，复看看墙上的诗词，似乎明白了什么，忙上前拉着妻子的手，安慰道：

"好了，时候不早了，早点歇息吧！"

"我睡不着！"陈夫人禁不住扑到丈夫怀中，悲泣道：

"我心里实在闷得慌，我好想见……见他，昨晚我还做梦来着……"

"别说了！"陈世倌爱怜地抚摸着妻子的头，满脸无奈的样子，说道：

"没事想这些作甚？四十多年不照样过来了吗？再说了，你想又有什么用，还不是自寻烦恼？好了……"

"你当然不想了，你一年还可见着他几次面，可我呢？"陈夫人推开丈夫，微怒道：

"打从出生到现在，我就只见过那一面，而且是在襁褓之中。他是我身上掉下的肉，我能不想吗？你说……你说呀！"

陈世倌跟跄退后几步，稳住身子，亦是满脸凄楚神色，语音中略带点嘶哑道：

"你以为我真的不想吗？我是能见着他，可你又知道我见着他是什么心情吗？我苦……我苦呀！我为什么坚持离开京城，是真的老的不中用了？不是！你懂吗？我是怕……怕再见着他，那种心情你是不会明白的。"

"老爷，我明白，我明白你心里苦！我只是心里堵得慌，所以……"

"别说了，我晓得。只要他过得好，我们就是再苦也认了！天意如此，非人力所能挽回呀！"说着话，陈世倌踱至窗前，推开窗户,望着外头漆黑的夜,任凭风雪吹打,兀自一动不动……

次日风小了,雪片兀自丢絮扯棉般漫天旋舞。虽说一早便离了山神庙,可抵达海宁时,已是正午时分。因为天下着雪,街道上几乎没有行人,许多店馆亦已上板歇店。

"爷,陈大人府邸到了。奴才通报一声?"安泰打千儿道。

乾隆迎着凛冽的西北风,怅怅望着黑漆大门上的"陈府"二字,一语不发,只点了点头。

"吱呀"一声,黑漆大门开了,一个长随打扮的人手里拎把扫帚出来。安泰见状忙上前道:

"这位老弟,烦通禀陈大人一声,有朋友来访。"

那长随横着眉下死眼盯了四个人一阵子方答道:

"对不起各位爷,我家老爷近日身体不适,概不见客,请回吧!"

安泰不由大怒,挥拳喝道:

"你去不去?"

"大胆,怎可如此行事?"乾隆止住安泰,炯然直视那长随,说道:

"去,告诉你家老爷,就说京城来人了!"

乾隆神情凄楚,却更显冷峻傲岸,长随被他的神气慑得有点胆怯,又听说是京城来的,忙应了声急步进门而去。不大工夫,陈世倌已急步赶了出来。乍一相见,不由得愣在当地,一动不动。

"怎的?几个月不见,莫非连我贾明也认不出来了?"乾隆见状,抢先开了口。

"这……"陈世倌忽明白了什么,忙拱手道:

"这不是贾爷吗,你瞧我,真是老昏头了,快,快屋请。"说着忙侧身退至一边。

进得大厅,屏退了丫鬟侍人,陈世倌忙俯伏在地,磕头道:

"臣太子太傅、大学士陈士倌叩见皇上,吾皇万岁!万岁!万万岁!"

167

细细打量，乾隆不由内心一阵酸楚的感觉：皓首白发，精神看去还好，只是越发瘦得皮包骨头，蓝粗布棉袍洗得发白，寒俭得乡里三家村老学究似的。忙道：

"快快起来回话！"

"臣不敢。不知皇上驾到，有失远迎，还望皇上……"陈世倌话未说完，却听门外传来一阵声音：

"老爷，这么冷的天，是谁来了？"

话音落地，陈夫人已手拄拐杖走了进来，见此情景，不由一愣，细观乾隆，似曾相识！顿时明白了过来，忙跪地道：

"贱妇陈李氏不知圣驾在此，多有冒犯，还请皇上恕罪。"

"都快快起来、快快起来！玉儿，赐座！"乾隆见状，忙吩咐道：

"夫人身子骨可好？"

"谢皇上，贱妇一切都好……一切都好！"说着话，陈夫人已两眼直视着乾隆，再也不肯离去。

"那就好、那就好！世倌，你呢？方才听门上说你身子不适，不知究竟怎样？"

"回皇上，臣身子一向甚好，只因近日潮水泛涨，臣心甚忧，故而闭门谢客，以期思得良法。"

"此事朕已知晓。昨日朕已下旨召白钟山和杨廷璋明日来此议议此事，你不可过于忧劳，'皇祖朝臣有几人？'朕还有许多事要依靠你等。"乾隆微笑道，"离京之时，朕曾赐你银子五千两，怎的还如此寒酸？莫不是又都花在了百姓身上了？"

"食君之禄忠君之事。臣岂敢忘记？况臣家世受皇恩，自当……"说到这里，陈世倌忽觉不妥，忙打住了，头亦不由自主地低了下去。

乾隆闻听，忙道：

"是吗？与朕细细说说。"

陈世倌额头殷殷渗出些许冷汗，犹豫片刻，小心道：

"回皇上，臣祖遴，太宗朝平定江南之时，归依太宗，屡受皇恩，位至极品；臣父诜，康熙二十八年考选科道，历任贵州巡抚、湖广巡抚、礼部尚书等职，深受圣祖、世宗皇帝垂爱；臣虽才浅德薄……"

乾隆止住他，笑道：

"你才浅德薄，朕却委以重用，你这岂不是说朕无知人之明吗？"

一句话直把个陈世倌吓得心中一紧，忙跪地道：

"臣……臣决无此意，还请皇上恕臣莽言之处。"

"你……"乾隆忍不住笑出声来，手指陈世倌道：

"快起来吧！怎的几月不见，你也和那帮奴才一样了？这一向尽遇到些不顺心的事，故而与你说句笑话，散散心。"

"不知皇上南下为的何事？"

"去岁水灾不断，朕心实在放不下，故而出来看看，免得这帮奴才们隐情不报抑或夸大事态。"

"皇上心系万民，实乃苍生之福！"

"行了、行了！别像那般不中用的奴才一样，尽拿好听的话哄朕。府内可有安静之处，朕有些乏了。"

"有、有！臣这便带皇上去。"

出大厅，折而西行，些许工夫，便来到一处房前，匾额上龙飞凤舞书着"隅园"二字。

"世倌，没看出你写得这手好字哪。"乾隆看罢，笑了笑道。

"这……"陈世倌搓了搓手心，尴尬道：

"这只是臣一时心动，胡乱所书，皇上见笑了。外边冷，皇上还是赶紧进屋吧，万一龙体不适，臣可其罪大矣。"

屋内窗明几净，正中一幅三尺见方的"福"字条幅，字迹刚劲有力、锋骨毕露，乃康熙帝御笔亲书；两个青铜火炉不知何时已升着，熊熊火苗上下跳跃。置身其中，便觉浑身温馨如置春风之中，乾隆看罢，会心地点了点头。

169

"皇上先歇着，臣这便去备膳。"说完，陈世倌便欲跪安。

"不用了，你待会儿，修筑海塘之事朕还想听听你的见识。"说到这，只见乾隆已吩咐道：

"高云、安泰！"

"奴才在！"高云、安泰闻得召唤，忙从屋外快步进来。

"高云，你到后边瞧着；安泰，你站前边！朕要与陈世倌议议海塘之事，未经朕宣召，任何人不得进入此园五丈之内，违者以图谋弑君论处，格杀勿论！"

"嗻！"

瞧着高云、安泰出去，乾隆收敛了先时的笑容，漆黑的瞳仁盯了陈世倌多时，方开口道：

"此间就朕与你二人，实话与你说罢，朕此次微服出京，为的是有一事相询，你不可欺瞒朕！"

陈世倌听着，只觉得一股寒意直浸肌肤，心都紧缩成一团，脸色苍白的可怕，好半天方从惊怔中回过神来，忙颤道：

"不知皇上有何事垂询？只要臣知晓，断不敢……欺瞒皇上。"

"那好。朕问你，当年朕诞生之时，你在何处？"

一句话问得陈世倌目瞪口呆，略微迟疑一下，多少有点不知所措地搓了一下手心，低声道：

"臣当时在京城。"

"京城何处？"

"臣当时在臣府中。府邸在……在今雍和宫旁。"

"那么说和先皇府邸相邻了！"乾隆内心一颤，冷冰冰道。

"正是。臣府邸乃先皇登基前所赐。"

乾隆微睨了陈世倌一眼，复问道：

"朕出生那晚你可去过先皇府邸？又为的何事？"

"臣去过。当时臣闻得皇上诞生，故而前往道贺。"

乾隆起身踱了两步，忽倏然止步，目光变得咄咄逼人：

"你进府之时可是抱一婴儿？"

宛若电击了一般,陈世倌不由得浑身一颤,喃喃道:

"臣当时未曾抱……抱一婴儿。"

"朕说过,此间就朕与你二人,有话直说,朕不怪罪于你,你还要朕再说一遍与你吗?"乾隆两眼闪着绿幽幽的光,直勾勾盯着陈世倌,一动不动。

"回皇上,臣当时确……确抱一婴儿。"

"那你为何要骗朕?嗯!"

"此事容易引起误会,故而臣未敢直言。臣决非有心欺瞒皇上,还望皇上谅解臣的苦衷。"

"那婴儿是男是女?"

"这……这……"陈世倌犹豫一下,不知该如何答对是好。

"怎的不说了?快说!"

陈世倌皱皱眉头,咬咬牙,终于吐出了两个字:

"是女。"

"那婴儿现在何处?"

一连串问题直问得陈世倌冷汗直流,他怎么也未想到,乾隆此次微服出京竟是为了这事!当下狠狠心道:

"回皇上,那婴儿尚在襁褓中便已死去!"说完,陈世倌清瘦的面庞竟禁不住挂上了两行泪水。

乾隆全身一震,仿佛一道极亮的光从脑海中划过,旋即便陷入深深的思索之中。良久,方开口道:

"是怎么死的?"

"臣当晚吃酒过多,回家后便沉沉睡去。"陈世倌浑身颤抖着,"臣妻亦因身虚早睡。第二日起来时,便见孩子已……已死去多时,许是受了风寒吧。"

乾隆站起身踱至窗前,望着窗外粉妆玉琢般的冰雪世界,半晌才道:

"朕知你此刻甚是悲伤,但此事关系重大,朕不能不问个明白。"乾隆略犹豫了一下,复道:

171

"实话与你说吧,近日宫里有人传言,说当年你入先皇府时,所抱为一……男婴,但出府时却变成一女婴!"

仿佛一下子抽干了陈世倌的血,他的脸变得香灰一样又青又暗,惊恐得睁大了眼,翕动着嘴唇,一时竟回不出话来!当日离开雍亲王府回邸,他便告诫妻子,此事上不可告天地父母,下不可告子孙后代,让它埋在心里,烂在肚里,带到棺材里——整整四十多年中,只要一想起来,就是一阵心悸,就是一阵悲痛!多年平静无事,原以为已经过去,谁料今日乾隆皇帝居然亲口问及!难道心上这愈合多年的伤痕又要破裂?难道……他微睨一眼乾隆,像被电击了一下,浑身剧烈地颤抖起来……"扑通"一声便跪了下去。

"起来,不要怕!"乾隆忧郁地说道,"不管怎样,朕都不会怪罪于你。此事关系朕之命运,朕不能睁一只眼闭一只眼,不能不问清楚。这个道理你应该知晓。"

陈世倌慌乱地爬起身,好半天才回过神来,颤声说道:

"臣晓得……臣晓得。臣当夜所抱确系女婴,是臣妻当日所生!"

"既去道贺,缘何抱一婴儿?"乾隆目中波光闪烁着问道。

"臣当时亦知此事甚失礼节,但先皇旨意,臣亦不敢违背。"

"真是如此?"乾隆目光炯炯,直视陈世倌。

"臣所言句句是实,决不敢欺瞒皇上。"陈世倌此时方松了一口气,忙道:

"皇上圣明,岂可轻信此等谣言?但求皇上以国事为重,万勿自虑。"

"既如此,朕便放心了。"乾隆微微一笑,神情中略带茫然之色,说道:

"今日之事,就朕知你知,切不可向外人提及,知道吗?"

"皇上放心,臣以全家老小性命担保,决不敢复提今日之事!"

"行了，也不至于如此严重！"望着窗外灰蒙蒙的天穹，良久，乾隆长吁一口气，微笑道：

"朔风、飞雪，何等之雅！明日你与夫人一道陪朕出去走走。"

"臣谢过皇上。"陈世倌亦是满脸笑容，只不知是会心一笑抑或是强作笑状，"皇上，晚膳您看……"

"随便些，不要过于排场。一个人怪冷清的，过会儿你与夫人都过来，与朕一起进膳吧。"

"皇上安歇，臣这便去准备。"

说着，就见陈世倌胸脯起伏着，深深呼吸一口清冽的寒气，便抬脚走向漫天飞雪之中。

用过晚膳，复热闹一阵，不知不觉竟已是酉时，众人忙叩安告退。顿时偌大的屋子里只剩下了乾隆一个人，他默默坐着，想入睡，心却静不下来，那可怕的一幕涌上来又压下去，压下去又泛起……

第二日一早，风雪打住，消隐了多日的太阳似乎耐不住寂寞，一大早便露出了头，光线虽弱，却使人备感温馨。用过早膳，乾隆便坐在椅子上，悠然剔着牙缝，静候白钟山、杨廷璋到来。

"皇上，白钟山、杨廷璋求见。"陈世倌轻步进来，低声道。

乾隆微睁双眼，瞧瞧房角的大自鸣钟，会心地点了点头。旋即便见二人进得屋来，一甩袖子，叩头呼道：

"臣江南河道总督白钟山叩见皇上！""臣浙江巡抚杨廷璋叩见皇上！"

"都坐着回话吧！"乾隆眼角微带血丝，笑道：

"钟山，知道朕召你为的何事吗？"

白钟山四十多岁，颀长的身材，清瘦的像一阵风就能吹倒，白净的瓜子脸上黑豆似的嵌着两只小眼睛，因奉着旨意，未穿官服，头上戴顶亮纱嵌玉瓜皮帽，身上天青纻长袍洗得纤尘不染熨得平平展展，看上去十分精明利落。听得乾隆垂问，忙道：

"臣已知晓。臣总理江南河道，却未能尽职尽责，实是羞愧万分,还请皇上……"

"好了,这也不能全怨你。谁让现下治河能臣太少了!以后多留些心,发现人才即刻上奏。前日朕见着廷璋,问及海塘情形,你也说说,到底怎样?记着,别拿好话慰朕!"

"回皇上,情形实不容乐观。"白钟山干咳一声道:

"先皇时所修百余里海塘,今除大学士朱轼所修五百丈方算稳固外,其他坍卸之处水落石出,甚是可忧。"

"海塘工程,为杭、嘉、苏、湖、松、常、镇七郡生民之保障。不想情形竟是如此!"乾隆长叹一声,良久方说道:

"听廷璋说,就如何修筑海塘,你等意见不一,这是为何?"

"回皇上,修筑海塘,有土塘、柴塘、石塘几法,钱塘潮水甚是汹涌,土塘之法根本不可行;石塘虽甚坚固,但现亦不可行,故而臣以为当以柴塘为修筑之法。不过杨大人认为此法不宜,故而……"

"御灾卫民要的是一劳永逸,石塘坚固,为何你说此乃劳民伤财之举,不可行呢?"乾隆瞧瞧白钟山,不解地问。

"皇上,石塘之法虽是坚固,但一来多费帑金,二来并不可行。钱塘潮水汹涌,而沿岸均是浮沙活土,石料建筑甚是困难,一桩甫下,始多扦格,卒复动摇,石工断难下手。故臣以为当以柴塘为宜。"

"多费帑金不足惜,只要能御灾卫民,一劳永逸。"乾隆起身踱了几步,说道:

"只是你后面所说情形倒不能不考虑!"

"皇上,"杨廷璋亦一身便装,天青风毛底绸布袍,足蹬双梁四层底布鞋。这时忍不住起身开了口:

"白大人所言不虚,臣亦带人试过。不过,只要移内数十丈,便可施工。"

乾隆沉思片刻,将目光投向了陈世倌:

"世倌,你闭门谢客,苦思冥想,想出什么好法子来了?说出来朕听听。"

"皇上,杨大人所言臣以为不可行。移内数十丈,虽可施工,但钱塘沿岸田庐聚落,若移换石工,则必毁坏许多土地村庄,此实乃欲为民而先殃民,其病甚于医疮剜肉!"陈世倌正襟危坐,答道,"依臣之见,白大人所言较为可行。先修筑柴塘以治标,待以后接涨沙坚,再改筑石塘,方为上策。如此既没有毁弃已成的田庐,又不鲁莽从事难成之工役,不知皇上意下如何?"

"到底姜还是老的辣!"乾隆苦思良久,抬眼看看陈世倌,不无赞扬道:

"钟山、廷璋,你们看,此法可行否?"

"臣无异议!"白钟山、杨廷璋几乎异口同声道。

"那好,就如此办理:岁修以固塘根,或多用竹篓加镶,或改用木柜排砌。等以后条件成熟,再改修石塘。你二人回去后即刻动工,不可稍有疏怠!"

"臣遵旨!"

"爷……爷……"就在这时,高云连滚带爬奔了进来。乾隆见状,不由得大怒:

"大胆奴才,还懂不懂规矩?"

"奴才知罪……奴才知罪,只是观……音保观大人……在外求见!"高云跪在地上,上气不接下气,断断续续道。

乾隆闻听不由得心中一紧,面上一阵青一阵白,但旋即便恢复了平静,徐徐道,"何事见朕?"

"奴才不知!"

"去,宣他进来!"

第十一章

告御状客舍惊圣驾
奉王命子夜审刁民

徐州城这般热闹，人人丰衣足食，从哪冒出这么个叫花子般模样的人？乾隆不由得眉头紧锁，冷冰冰问道："你是何人？为何擅自闯入我客房？""小民夏邑张钦要告御状！"一言出唇，四座皆惊！

不大工夫，门外一个官员进来，跪地高声报道：
"臣步军统领衙门员外郎观音保叩见皇上，吾皇万岁！万岁！万万岁！"
乾隆铁青着脸，冷冷问道：
"你怎知朕在此处？"
观音保五短身材，虎目燕颔，双目精光闪烁，紫棠脸颊上一道长长的刀疤闪着黯红的光，一身精悍之气！听得乾隆问话，不由一愣，旋即忙道：
"臣去杨大人府邸，闻得皇上在此。"
乾隆冷眼瞅瞅杨廷璋，端起桌上的西湖龙井，抿了一口，复问道：
"说吧！什么事急着见朕？"
"回皇上，南疆八百里快马传报，回部和卓布拉尼敦、霍集占起兵叛乱！"观音保小心答道。
仿佛一声霹雳划空而过，满屋子的人个个面色苍白，犹如庙中泥胎般一动不动。乾隆蓦地一个惊颤，脸色变得苍白如纸，翕动了一下嘴唇，竟一个字也说不出来，恍恍惚惚迷迷离离好似梦中一般！只听院外一阵声响，像是什么在树上扑楞了一阵翅膀，接着便是鸱鸟凄厉的大叫声，叫得人浑身直起鸡皮疙瘩。良久，

177

只听乾隆仿佛不相信自己的耳朵似的,复开口喃喃道:

"你方才说什么来着?"

"回部和卓布拉尼敦、霍集占起兵叛乱!"观音保略微提高了声音。

"这帮狗东西,就不让朕安歇一阵!"乾隆这才回过神来,两眼幽幽闪着光,说道:

"阿敏道呢?他手上几千兵马,是做什么吃的?"

"回皇上,副都统阿敏道误信叛匪诈言,已被霍集占杀害!"

"废物!"乾隆怒喝一句,手中的茶杯重重摔在了地上。深邃的目光闪烁着,直盯盯望着观音保:

"朕不止一次告诫尔等,那些狗东西狡诈阴险,为何还要轻信诈言!难道连朕的话都信不过?"

"臣不敢……臣不敢。"观音保浑身颤抖,鸡啄米般连连叩头道。

偌大的屋子静得连一根针落地也听得见。良久,只见陈世倌顿首叩头,小心道:

"皇上息怒,身子骨要紧。以我天朝雄兵,何虑此等宵小?况就目下情形而言,逆酋尚不至于有何大的举动。"

"此话怎讲?"乾隆咬牙直视陈世倌,冷冷道。

"回皇上的话,此刻适值冬季,大雪封路,行军甚是不易,此其一;其二,前岁我朝平定阿睦尔撒纳之乱,民心依附,今逆酋违天意起兵作乱,民心丧矣!只要皇上选派良将、调遣精兵,则平定逆酋叛乱指日可待!"陈世倌款款说道。

观音保的心这会儿也平静了下来,抬头望着乾隆道:

"皇上,臣来时太后已严谕陕甘督抚加强戒备,并亦谕令山西、河南、四川八旗、绿营官兵向西安靠拢,只等皇上回京委派良将。"

乾隆脚步橐橐踱了几步,粗重地喘了一口气,说道:

"白钟山、杨廷璋,你二人回去后即刻筹划海塘事宜,若有难决之事，可与陈世倌会商处置。不得疏怠！高云，即刻备马回京！"

清代的"回部"系指今日居住在天山南部的维吾尔族。天山南部，塔克拉玛干大沙漠周围分布着片片绿洲，当地居民引高山雪水灌溉。早在汉武帝时期，为反击匈奴，即派张骞出使西域，清代所称的回部，即汉代的西域地区。

清朝初年，元太祖成吉思汗第十九世孙阿布都拉依因为叶尔羌汗，故以其兄弟分掌吐鲁番、阿克苏、喀喇沙尔、乌什、库车等城，只是此时元裔势衰，故政柄由回部和卓所掌握。噶尔丹兴起后，兼并各部，并将其酋长阿布都实特囚禁于伊犁。康熙三十五年（1696年）昭莫多战役，清军彻底击败噶尔丹叛乱势力，噶尔丹本人亦在逃亡途中得病而死。阿布都实特乘机逃离伊犁，投奔清廷，受到康熙帝玄烨的优遇，派军护送其经哈密返回叶尔羌故地。至其子玛罕木特时，因不服从准噶尔部，又被噶尔丹策零将玛罕木特及其二子布拉尼敦（博拉尼都）和霍集占拘禁于伊犁，使所率部众数千人种地交赋税。乾隆二十年（1755年）清军平定达瓦齐叛乱，进驻伊犁时，玛罕木特已染病身亡，其子布拉尼敦和霍集占被放出。乾隆因二人系回部首领，为稳定边疆形势，故诏令二人仍回天山南麓统率当地民众。

阿睦尔撒纳发动叛乱之时，布拉尼敦和霍集占乘机率领在伊犁一带种地的部民数千人逃回叶尔羌和喀什噶尔。乾隆以为兄弟二人此举是为逃避战乱，因此谕令积极进行招抚。乾隆二十一年（1756年），定边右副将军兆惠已听到消息，知布拉尼敦和霍集占兄弟有叛乱迹象，故当即上奏朝廷，派副都统阿敏道率领索伦兵一百、厄鲁特兵三千前去招抚。

布拉尼敦生性怯懦，闻知朝廷派兵前来招抚，顿觉不妙，忙召集所部意欲归附，并劝说其弟：

"我家三世为准夷所拘系，如今蒙天朝释归，得统所部，此等大恩安可忘记？况如今天朝重兵前来招抚，依兄之见，不如现今依附之。"

"兄言差矣！我回部久困于准夷，所受之苦难历历在目，今若依附清廷，岂不是方离狼窝，复入虎穴？"霍集占因曾帮助阿睦尔撒纳起兵作乱，心有余悸，闻听布拉尼敦之言，反劝道："更何况若听清廷谕旨，则你我兄弟二人中必有一人将入北京以为人质，如此与禁锢何异？不如自长一方！"

"天朝拥兵百万，若与之抗拒，无异于以卵击石！"

"清廷初定准噶尔，军力衰竭，根本无力南下！即便派兵前来，我地方险远，彼必疲惫不堪，粮运难继，又能奈我何？更何况准噶尔现下已灭，远近并无强邻，收罗各城兵众，足以自立！若放过这一良机，则你我兄弟将永久受制于人！"

布拉尼敦经不住霍集占蛊惑，称雄自立之心顿起，遂打消了归附的念头。当阿敏道率索伦和厄鲁特兵行至库车时，霍集占关闭城门，并欺骗道：

"我们关闭城门，是怕大人你带来的厄鲁特兵骚扰，若大人将厄鲁特兵撤回，则必开门归附天朝！"阿敏道邀功心切，当即便下令随行的三千厄鲁特兵撤回，仅带百名索伦兵入城。霍集占乘机将阿敏道及其所带士兵拘系，不久又杀害了阿敏道，自称"巴图尔汗"，公开举起叛清旗帜。

南疆狼烟突起，直把个乾隆皇帝搅得心神不宁，匆匆离开海宁陈府，便打马直奔京城。这一日，一行五人抵得徐州。徐州地处苏北，历来为兵家必争之战略要地。去年黄淮泛涨，徐州因隔着远未受其害，谁料想却遇上了百年不遇的旱灾。火辣辣的太阳终日悬在空中，直晒得地裂河枯，几个月里硬是一丁点雨未下，求朝廷拨粮赈灾的折子雪片般直飞京城，可僧多粥少，加之战事方息，朝廷哪又拨得出巨额的钱粮？不承想今日之徐州城却另是一番景象，下马沿街徐行，但见连绵数十里彩灯高照，画坊高结，芦棚通衢连巷,灯市星罗棋布,大街上万头攒动,人来人往,什么打十番鼓的、走百戏打把式的、女红男绿走百病的,扮作各式各样故事角色街头演戏的、卖艺的卖小吃的,将个徐州城装点得一片火树银花。简直可与号称"人间天堂"的苏杭相媲美!如此盛世景象,直看得乾隆皇帝龙心大悦,但旋即便眉头紧锁了起来。

"哟!几位爷来了,快、快!店里请!本店可是远近无人不知、无人不晓的百年老店,保准让各位爷吃得开心、歇得舒畅!"

众人瞧时,原来是一个二十多岁的堂倌,面皮白净,国字脸上一双眼睛椒豆般大小,又黑又亮,穿件簇新的蓝布棉袍,腰间系一条玄色带子,显得精干利落,毫不拖泥带水。

"这……"乾隆未发话,安泰哪敢做主?一时竟不知如何回答是好,扭头瞧瞧乾隆,只见乾隆正微笑着点头,遂道:

"上房五间,明一早便走,快点准备!"

"各位爷尽管放心就是,房子早已收拾妥当。来,里边请!"

进得屋来,只见当街三间门面数十张八仙桌旁,早已坐满了客人。众人随着堂倌逶迤上了楼上雅座,点了菜,又要了四样佐餐。把酒临风,听着外头震耳聒噪的锣鼓乐器声,看着那令人目乱神迷的龙灯狮舞,真好不惬意!

"来啦!"随着一声吆喝,那个堂倌条盘上托五大碗热气腾腾的刀削面走了进来,轻轻放在众人面前。乾隆看那面时,果然削得好,一色儿形似柳叶,薄如蝉翼白中透亮,拌着满碗黄澄澄的牛肉丁,直引得人垂涎欲滴。

"堂倌,这面咱们可没点呀!怎的?莫不是掌柜的想请客不成?"观音保冷冰冰道,灯光下紫棠脸颊上那道长长的刀疤闪着黯红的光,直让人心惊肉跳。

那堂倌蓦地一惊,但旋即赔着笑脸道:

"瞧爷说的,小店虽是百年店老,名声在外,可也不能见客便送碗上等的刀削面呀。小的是瞧着各位爷远道而来,想必甚是饥饿,故而自个做主端了上来。各位爷尝尝,觉得还算可口,赏几个小钱；如若真的不好，那……那就作罢。"

"不必了，端下去吧！"观音保似乎有点不耐烦。

"慢着！"乾隆瞧着堂倌满脸苦相，莞然一笑道："既然好心端上来了，尝尝也无妨。"说着话，乾隆已举箸慢慢挑了几根削面送入口中，酸辣二味入口，心里顿觉清爽，复笑道：

"嗯，不错！咦，这个拿着！"说着随手扔过去十两纹银。

那堂倌接过一看，十足的京锭，成色可达八九分，忙打千儿笑道：

"小的谢爷们赏脸，只是这银子……"

"多的赏你！"乾隆摆摆手，说道：

"小二，你自作主张端上这面，就不怕我们不要？那样你吃得消吗？"

"小的怎敢莽撞？小的是瞧着爷您面善，心眼好，方敢如此。"那堂倌回着话，脸上却不自觉泛起朵朵红晕。

"亏得你这般精伶！"乾隆抿了口酒，转了个话题道：

"小二，这离佳节尚有段日子，怎的这徐州城这般热闹？"

堂倌促狭地眨了眨眼，笑道：

"知府吴大人下令全城同庆三日！爷您不知道。自知府衙门告示贴出，人们如同囚鸟出笼、开锁猴儿般不知怎么兴头才好呢！"

"不是都说去岁这徐州一带干旱无雨，地裂河枯，粮食颗粒不收吗？怎的还有心情乐？又同庆个甚么？"乾隆放下竹箸，脸上殷殷有些不快。

"爷说的是事实，不过现下好多了。前阵子布政使颜大人拨来二十万两白银，吴大人又设法筹了些，目前徐州城上上下下家家有粮吃，户户有衣穿，能不高兴吗？听说过阵子官府还要给百姓发种子呢！"那堂倌也不顾乾隆脸色阴晴，滔滔不绝地说道。

这个颜希深，办事还真雷厉风行！乾隆听罢，不由得笑着点了点头：

"小二，你们吴大人为官如何？"

"那还用说呀！我们吴大人可真是一心为民的真父母官，徐州城老老少少没人不说他好！"说到这，那堂倌忽收敛了笑容，用狐疑的目光上下打量乾隆。

"怎的？莫不成看我像打家劫舍的强盗？"乾隆瞧瞧那堂倌，哈哈笑道：

"我与你们吴大人是同乡，原想去拜访他，不料他政务繁忙，故而未去骚扰。"

听罢，那堂倌忙打千儿赔笑道：

"小的怎敢那样去想？只是瞧着爷您仪表不俗，疑是京里来的大老爷。小的多有冒犯，爷您可千万别记在心上。"说到这，那堂倌似想起什么似的，猛一拍脑门，复道：

"瞧小的这记性。爷您明一早不要走吗，何不趁此机会去云龙山消遣消遣，权作消食罢！那份热闹天下少有，光戏台子就搭起六座！"

"是吗？那好，就瞧瞧去！"说着话，乾隆已起身向屋外踱去。观音保、安泰等四人见状，亦忙趋步上前随了出去。

一行走马观花，不大一会儿光景便到了云龙山畔。这云龙山本就是徐州出了名的风景胜地，如今可更算得上是锦上添花。山上山下上百缸海灯燃着鸡蛋粗的灯捻，熊熊火苗，直照得四周通明，宛若白昼一般。一队队高跷有扮八仙的，有扮观音、唐僧、孙悟空、猪八戒、沙和尚的，也有演唱西厢记、牡丹亭之类故事的。六台大戏，东西各三，对着唱，锣鼓点子打得如同急雨敲棚一般响。戏台子下什么卖瓜子的，卖麻糖、酥油茶的，卖酒食小吃的，一摊摊，一簇簇，应有尽有。摆卦卜爻、测字算命、说评书的先生亮着嗓门，可着劲儿高声喊叫……

"爷，好热闹呀！您瞧见没有？这里还有洋货店，那么大的自鸣钟都摆上了柜台了！"祁玉从小进宫，哪见过如此热闹景象？禁不住蹦蹦跳跳笑着对乾隆说道。

183

乾隆瞧着祁玉又小孩子一般，不由得扑哧一笑，说道：

"是呀，好阵子没看到过这样的排场，这样的热闹了。仗没打完，太平盛境就已如此，只要不打仗，一定会更热闹的！你们说呢？"

"爷说得甚是，将来一定会更加热闹的！"万头攒动，人来人往，万一圣驾有个闪失，那可如何是好？安泰闻听，忙打千儿道：

"爷，这太拥挤了，您看是不是……"

"不嘛，不嘛！爷，玉儿还没看够，就再待会儿吧。"祁玉正玩得高兴，一听要打道回店，急道。

"爷，"观音保这会儿亦醒悟过来，不待乾隆开口，已打千儿道：

"时辰不早了，明一早还要赶路，依奴才之见，还是回去吧。"正说着，那洋货店里的自鸣钟沙沙地一阵响，"当当"连撞九声。

乾隆抬头看看天，复瞧瞧祁玉，笑道：

"好吧，回店歇息。玉儿，明一早还要赶路，不可太晚了，回去吧！"

"噷！"祁玉噘嘟着小嘴道。

当下一行人复踅回店里。店内依旧灯火通明，吃茶喝酒嗑瓜子聊天好不热闹。众人随着堂倌来到后院上房，果然窗明几净，火盆内火苗上下跳跃，直熏得遍室煦暖。乾隆点了点头，接过高云递上的茶杯，用碗盖小心地拨弄着茶叶，说道：

"玉儿，怎的还绷着脸？"

祁玉原来心里老大的不高兴，闻听乾隆此言，忙跪地答道：

"爷，玉儿知道方才错了，求爷宽恕，玉儿以后再也不这样了。"

"起来吧！"乾隆忍不住哈哈笑了两声，说道：

"以后不可过于贪玩，要知道有许多正事等着办呢。好了，笑一……"

一个"笑"字未出口，忽地房门"呼"的一声开了，众人不由得一惊,观音保、安泰见状忙抽出兵刃,一左一右护住了乾隆。但见进来一人,约莫有三十出头,头上戴一顶青麻帽,身上穿的那个棉袍子泥土斑斑,看他面色,像生姜一样黄中带紫,众人这才松了口气。那人许是被观音保、安泰那凶神恶煞般的样子吓住了,跪在地上一动不动。

徐州城这般热闹,人人丰衣足食,从哪冒出这么个叫花子般模样的人?想到这里,乾隆不由得眉头紧锁,两眼直勾勾盯着那人,冷冰冰问道:

"你是何人?为何擅自闯入我客房?嗯!"

"小民夏邑人张钦叩见皇上!"那张钦这会儿方自清醒过来,忙伏地低声答道。

语音虽不高,却使得众人皆浑身一个机灵!安泰忙道:

"好大的胆子,竟敢闯入我家老爷客房!要不看你这般模样,我一鞭子抽死你,还不快滚!"

"小民张钦惊扰圣驾,罪该万死!"张钦这会儿倒镇静下来,"但小民有要事须见皇上,此乃关系小民全县数十万百姓生死之大事!"

"说,什么事?"乾隆指指门外,安泰忙急步出屋。

"小民要告状!"

乾隆听罢不觉一愣,催问道:

"状告何人?"

"小民告本县县令孙默!"

"大胆刁民!"乾隆微怒,两眼绿幽幽闪着光,"孙默这名字也是你可直呼的?"

不待张钦开口,观音保已打千儿道:

"爷息怒。如此刁民尚且识得爷的身份,难保……依奴才之见,爷是否移驾府衙,以防不测!"

"好吧!"乾隆沉思片刻,说道:

"高云,你去结账!观音保,押着这刁民,去府衙!"

"嘘!"

徐州府衙坐落在城北运河岸边,离衙一箭之地便是码头,平日这里就是最热闹的去处,今夜里更是人来人往,川流不息。府衙耳房里,三四个衙役正围着火炉吃茶打扇摆龙门阵。

"哎,这位爷!敢问尊姓、台甫、来此有何贵干?"一个衙役瞧着乾隆一行直入府衙,忙疾趋而来,打千儿笑道。

"你家老爷可在?"安泰冷冰冰问道。

"在、在!"那衙役瞧着众人来头不小,忙道:

"我家老爷现在后院书房。爷们稍候,小的这便进去通报。"

"不必了!"乾隆脸若冰霜,冷冷道。神情显得冷峻傲岸,话音落地便已抬脚向里走去。

知府吴略刚巡城回来,正躺在逍遥椅上闭目养神,忽听外面传来一阵急促的脚步声,心中不由泛起一丝不快,矍然开目大声道:

"何人在外走动?"

"是朕!"随着话音,乾隆已脚步橐橐踅了进来。

"朕"字一入耳,把个吴略惊得魂飞魄散,懵懂了好一阵方清醒过来,忙一轱辘爬起身,"咕咚"一声跪倒在地,叩首道:

"臣徐州知府吴略不知皇上驾到,多有冒犯,还请皇上恕罪。"

"你这徐州府可真够热闹的!"乾隆面若止水,幽然说道。他口气冷冰冰的,很难说是赞扬还是揶揄,倒把吴略噎了个怔,跪在地上一句话也说不出来。

乾隆微睨了一眼吴略,复打量屋内陈设,不觉一怔:屋顶连承尘都没有,草檐苫苫已经破朽,中间一张八仙桌,几张条凳一张逍遥椅,靠墙角放着一架书。桌上放着笔墨纸砚并一套茶具。众人见吴略如此寒俭,都不禁肃然起敬。

"起来回话吧!"乾隆不无感慨道,"你在徐州几年了?"

"臣去岁方调此处。"

"一年时间竟将徐州府治理得这般景象,不容易哪!看来做个知府,还亏了你呢!"乾隆微笑着点了点头。

吴略摸不准乾隆来意,内心正十五个吊桶打水——七上八下,听得乾隆夸奖,忙小心答道:

"为臣子者自当尽心朝事。皇上如此夸奖,微臣实不敢当。"

"为臣子者自当尽心朝事?不尽然呀!"说着就听乾隆冷冷道:

"将那刁民带上来!"

话音落地,观音保已凶神恶煞般将那张钦押了上来。吴略见状心中不由一紧,却听乾隆开口道:

"说,你为的何事要告县令孙默?"

"回皇上,夏邑去岁遭洪水灾害,百姓缺衣少食,苦不堪言。皇上屡降旨各省,陈奏灾情,然县令孙大人为一己之荣,隐匿灾情。现下严冬之际,全县几万百姓食不饱、穿不暖,每日冻死街头者达几十人之多。恳求皇上救小民全县几万苍生于水火之中!"

乾隆双眼直视张钦,说道:

"巡抚图勒炳阿呢?他做何处置?"

"巡抚衙门门卫森严,小民们根本无法近前。"

"皇上,"观音保上前道:

"臣记得图大人曾奏陈河南受灾不重,俱有六七分收成。想此刁民所言,纯系妄语。"

"是吗?"乾隆盯着张钦,阴森森道。

"小民以全家老小性命作保,所言句句属实,不敢欺瞒皇上!"

屋内静得一根针落地都听得见。乾隆坐在椅子上,两眼直勾勾望着屋外漆黑的夜晚。良久,只听他用不容置疑的口吻道:

"安泰,六百里加紧宣河南巡抚图勒炳阿来见朕!观音保,你即刻前往夏邑,访察民情,顺便将那孙默也带来见朕!"

"嗻!"

"观音保,你可有话要说?"见观音保迟迟不动,乾隆不悦道。

"回皇上，依臣之见，西北事紧，皇上是否将此事缓缓，等……等回京后再做处置。"观音保犹豫片刻，复鼓起胆子道。

乾隆用碗盖小心地拨弄着茶叶，冷冷道：

"西北事紧，此事就不急吗？西北用兵，靠的是什么？是钱！是粮！钱粮从何来？是从天上掉下来的？"说着，他呛了一口气，猛烈地咳嗽两声，突然"呼"地一击书案，已是涨红了脸，勃然作色道：

"如此大事，能缓吗？更何况夏邑数万生灵尚在水火之中，这些你难道都不晓得吗？"

"皇上息怒……皇上息怒，臣这便去……臣这便去。"观音保说着，忙起身急步出屋而去。

瞧着观音保、安泰出屋，乾隆仿佛发泄胸中的闷气似的，长长叹了一口气，随即亦起身缓缓迈着方步出了屋子。

是时已是子夜时分，高云、祁玉守在门口侍候，见乾隆踱出来，大冷的天，只穿了件蓝色绸面大毛羊皮袍，外头套一件青色绸面中毛羊皮褂，忙上前打千儿道：

"爷，今儿个晚上天冷得很，风嗖嗖的，房檐底的溜冰都不滴水，奴才给爷加件大氅可好？"

"不用。"乾隆简捷地答应了一声，掏出怀表看看，仰着脸望着灰沉沉似云似雾漫遮起来的月亮，他伸个懒腰，一边走一边说道：

"朕想走几步，吴略跟着就成，你们两个跪安吧！"

高云、祁玉忙答应一声退了下去，乾隆头也不回，迈着方步稳稳走着，良久，方漫不经心地望着天空说道：

"吴略，朕记得你是乾隆十四年考中的进士，是吗？"

"回皇上，臣正是十四年中的进士。"因是头一次独觐天颜，吴略心里紧张极了，双手紧攥，捏得满把的汗，"当年皇上曾以《左传》里头的'小惠未遍，民弗从也'为题，让微臣作答。"

"噢,朕想起来了。答的不错,做得更不错!上任一年便将徐州府治理的这般光景,朕没有看错你!"

"臣自当尽心竭力,以报圣恩!"

乾隆边走边道:

"吴略,你对此事有何看法?说来朕听听!"

吴略沉思片刻,开口道:

"皇上处置甚当。自古道得民心者得天下,失民心者失天下。战事紧,只要选良将、遣精兵、定良策当还得挽救,然民心失,要想挽回却难如登天。不过,臣以为皇上不必动怒,图大人岂敢违抗圣旨,隐匿灾情?"

"此事朕自有主张。朕是问你对那张钦告御状有何看法!"

"这……"吴略闻听,顿时犹豫起来,不知该如何作答是好。

"说,说错了朕不怪罪于你!"乾隆抬头望天,冷冷道。

"回皇上,"吴略定神,开口道,"天下亲民之官莫如州县。州县官吏责任最繁,审理命案,催征租粮,公开政令,劝农赈贫,无所不包。了解民情,笼络民心更离不开他们。如张钦所言属实,臣以为当严办孙默,如此方能赢民心。不过,张钦此种做法,臣不敢苟同。"

"说下去!"

"州县官吏溺职疏于政事,有监察御史督察。小民张钦拦驾告状其情可谅,但其风万不可倡!我朝上千州县,若民皆如张钦一般,则必使得州县官吏畏首畏脚、办事不力,如此下去,则……"

"是啊!州县官吏乃民之父母,哪有做子民告自己父母的呢?"乾隆点了点头,说道:

"譬如祖虽甚爱其孙,必不可使其恃恩而抗其父!"

吴略复道:

"皇上,以臣看来,此事还有可疑之处。"

"什么?"乾隆不解地问。

"皇上,小民告状,见了臣等即面有恐色。然臣观这张钦,见

189

了皇上竟面如止水,言辞流利,臣疑其必受人挑唆。"

"吴略,"乾隆沉思片刻,铁青着脸道,"你速去提审那张钦,若果系有人挑唆,立刻宣来见朕!"

"臣遵旨!皇上,臣已令人收拾好房舍,皇上……"

"不必了!朕今晚便在你那书房歇一宿。传令吧!"

子夜升堂,这可是徐州府建衙以来破天荒头一遭。一帮衙役皂隶方钻入被窝,忽闻鼓声传来,忙穿裤拎衣直奔大堂,却见知府吴略早已头戴花翎顶戴,正襟危坐堂上。

"威武!"

一阵震天的吼声过后,但听堂上惊堂木一响,知府吴略已开了口:

"堂下何人?"

"小民夏邑人张钦。"

"本府奉旨审理此案,汝必须据实详陈,不得隐瞒!知道吗?"

"小民知道,小民决不敢欺瞒大人。"

"本府问你,你受何人挑唆拦驾告状?"吴略脸若冰霜,两眼直勾勾盯着张钦,一动不动。

"回大人话,小民并未受人挑唆!"

"大胆!"吴略猛地一拍惊堂木,喝道:

"本府念你可怜,不想用刑于你,还不如实招来!"

"小人并未受人挑唆,大人让小的说什么呢?小的总不能瞎编乱说欺骗大人呀!"张钦面如止水道。

"好个伶牙俐齿!"吴略阴森森笑道,"哼!本府问你,你一小小百姓,何以识得圣颜?"

"小民曾见过皇上!"

"是吗?"

"上次圣驾南巡,小民得以一睹皇上龙颜。"张钦忙磕头道。

"何处见的圣驾?"

"夏邑。"

"夏邑？"吴略两眼绿幽幽闪着光，直瞧得张钦浑身直起鸡皮疙瘩，"圣驾南巡沿运河而下，又怎去过夏邑？哼！"

"这……"张钦张口结舌道。

未等张钦说下去，吴略已声色俱厉道：

"圣驾至此，连本府亦未知晓，你又何以知晓？快招！"

张钦哑口无言，额头上已禁不住冷汗直流。

"本府念你可怜，不想用刑于你，不想你竟如此刁蛮，来呀！"

"在！"四个衙役答应一声，齐步上前。

"夹棍伺候！"

那张钦瘦得一阵风便可吹倒，哪吃得住如此重刑，不大工夫便已瘫在地上，人事不省，身上的破棉袍亦已是血迹斑斑。吴略见状，微微努了努嘴，两个衙役忙拎了桶冷水泼将过去。

"张钦，你招还是不招？"

"回大人的话，小人实未受人挑唆。"张钦浑身瑟缩着，道。

吴略瞧瞧张钦，冷笑两声道：

"好样的！本府倒要看看是你这嘴硬，还是本府的手段硬！来……"

"慢，小的招……小的全都招。"张钦一听还要用刑，浑身颤抖道。

"说！"吴略笑着点了点头，"是何人挑唆你拦驾告状？"

"是……是小民县里生员段昌绪让小民告状。不过，小民所说灾情句句属实，绝没有半点虚假，还请大人明察。"

"灾情是真是假，明日自有分晓！"吴略微睨了张钦一眼，冷冷道：

"本府现在是问你何人挑唆你告的御状！"

"小民知晓……小民知晓！"

"本府现下是代皇上察问你，欺君该当何罪你可知晓？"

张钦闻听，宛若电击一般，语不成声道：

"小民知……知晓，欺君当灭……灭九族。"

"知道便好！说，还有何人？"吴略双目炯炯，"段昌绪小小生员，何以知晓圣驾在此？又何以识得圣颜？"

"这……"张钦犹豫了一下。

"快说，若段昌绪明日与你所说不符，你可就……"

"小民说！小民说！"张钦此时早已吓得面如死灰，想到要诛九族，忙答道：

"还有布政使彭家屏彭大人。"

"所言属实？"

"小民不敢欺瞒大人！小民来此路费即此二人提供。求大人饶了小的，小的上有八十老母，下有……"

"带下去，好生款待！"吴略摆摆手，止住张钦，大声道：

"来人！"

"在！"两个衙役忙急步上前。

"速宣布政使彭家屏、生员段昌绪来徐州觐见皇上！"

"嗻！"

"退堂！"话音落地，吴略已满面春风直奔书房而去。

第十二章

安侍卫飞马宣巡抚
观员外铁拳打官亲

安泰见堂堂朝廷封疆大吏竟这般无耻，不由得怒从心生，大步闯到席前，震天般吼道："御前二品带刀侍卫安泰前来宣谕！闲杂人等速回避，着河南巡抚图勒炳阿跪接！"吓得那帮女伶慌忙四散逃走……

花开两朵，各表一枝。却说安泰奉旨宣召河南巡抚图勒炳阿，一路打马狂奔，抵得开封城时，已是五更时分，开封城万籁俱静。安泰来到坐落小东关内的巡抚衙门，在府衙照壁前蹬着下马石下来，不由一愣，但见巡抚衙门口一溜八盏大红灯笼，十六盆烟火盒子、起花烟火放出五颜六色的光，笙箫音响和欢歌笑语时不时逾墙传来。

"大人万福金安！敢问在哪个衙门恭禧？"一个司阍堂官疾趋而出，直到安泰面前，打千儿赔笑道。

安泰傲然抬着头，烛光照在他那冷峻的面孔上，像一尊石像一般漠然不动声色。良久，方听他冷冷道：

"御前二品带刀侍卫安泰有要事见你家老爷！"

"滚单呢？"

"噢，滚单？"安泰自嘲地一笑，看看这位一脸公事公办神气的年轻司阍堂官，说道：

"本侍卫还不知有这玩意！"

这个年轻司阍堂官大约刚进巡抚衙门，人事不熟，听说是京官，知道没多大的油水可榨，板着脸听完，点点头说道：

"既如此，大人您还是改日再来吧。今我们老爷五十大寿，这会子正宴着客。吩咐下来，无论何人一概不见！"

"啪!"那司阍堂官话音方落地,右颊上早着了安泰一记耳光。安泰铁青着脸,怒道:

"大胆奴才,长着眼睛是作甚吃的?皇帝谕旨到了他也敢不接?"

那司阍堂官冷不防挨了一记耳光,愣怔在当地。半晌方回过神来,忙叩头说道:

"大人稍候片刻,小的这就去禀报图中丞。"

"不用了。"安泰脸若冰霜,冷冷道:

"我自己进去便是了!"说罢抬脚便向里走去。那司阍堂官还想说什么,看了看安泰那如结了冰般冷的脸,嗫嚅了一下往后退去。

安泰脚步橐橐,雪亮的马刺在石板道上发出叽叮叽叮的金属撞击声,趱过月洞门,但见绣阁参差,文窗窈窕,回廊曲折,一路珠箔湘帘、窗钩斜卷,几十个插红戴绿的丫头手捧托盘来往穿梭,绰约俱是妙龄绝色。不知怎的,安泰嘴角闪过一丝难以觉察的微笑。

巡抚衙门西花厅前一片空场上,几十个清客相公,一大群师爷,众星捧月般将图勒炳阿簇拥在中间席上。又宽又长的填漆花桌子中间摆着红白鸭子炖杂烩火锅,骨嘟嘟沸着腾起热气,鲜香四溢,四周攒着四砂锅热菜:清炖鲤鱼、烧狍肉、燕窝鸡糕酒炖鸭和代把肘子,绕桌边摆放着羊耳西点、红烧猪蹄、野鸡爪并饽饽点心及一应干鲜水果……真可谓琳琅满目色味诱人。两厢丝竹齐鸣,管弦高奏,十六个女伶一色葱绿水泄长裙,舒长袖,移莲步,随乐而舞。

安泰混在家人里看时,但见图勒炳阿斜坐中间太师椅上,一条油光水滑的大辫子甩在椅后,冠玉一样白皙的面孔上一双不大的三角眼精光闪烁,下唇微微翘起,嘴角微微上倾,显示着阴险、刻薄。穿一件天青呢珍珠毛长袍,上罩黑缎珊瑚套扣巴图鲁背心,翘足而坐,双手随乐打着节拍。安泰不禁皱了皱眉头,见眼前这个图勒炳阿,他实在想不出平日坐衙办差是个什么风范!正思索间,却见一个管家模样的人急步凑到图勒炳阿耳旁低语了几句。

"什么?"图勒炳阿听罢,坐直了身子,擦擦油光光的嘴,格格笑道:

"又来了个雏儿,快说说,模样如何?"

"老爷,那可真真是个人间尤物!"那管家模样的人一脸谀笑,打千儿道:

"您看现下要不要……"

"不要。这阵子我也困了,你明晚将她带过来。"说着,就听图勒炳阿又是一阵淫笑。

安泰万没想到堂堂朝廷封疆大吏,竟会这般的无耻至极,不由得怒从心生,大步闯到席前,震天般吼道:

"御前二品带刀侍卫安泰前来宣谕!闲杂人等速回避,着河南巡抚图勒炳阿跪接!"

一帮女伶冷不丁被他这一嗓子吓了一跳,慌忙闪了开去。图勒炳阿亦如电击了一般,忙站起身来,却见安泰已铁塔一般直立眼前,神情冷峻得犹如结了冰,忙拱手赔笑道:

"钦差大人到此,本官竟一点也不知道,有罪有罪。请大人稍候片刻,本官这便去更衣——设香案!"

安泰微微点了点头,也整了整衣装,走到香案上首南面而立,早见图勒炳阿朝珠袍服疾趋而出,伏地叩头说道:

"臣河南巡抚图勒炳阿恭请圣安!"此时的图勒炳阿额头上已渗出细细的汗珠!

"圣躬安!"瞧着图勒炳阿这般神色,安泰忍不住微微一笑,旋即收敛了笑容,朗声宣道,"圣旨下,宣河南巡抚图勒炳阿速赴徐州见驾,钦此!"

"臣领旨!"

皇上怎的到了徐州?又为何此时刻宣我见驾?图勒炳阿听罢,心中犹如揣了个小兔般呼呼直跳,抬眼瞧瞧安泰,忙起身道:

"这帮该死的奴才,安大人来了也不事先通知一声,还望安大人多多包涵。"

"区区小事,何足挂齿?图大人也太客气了些!"安泰咳了一声,似笑非笑道,"中丞还是快些上路为好,皇上这几日心情不甚好!"

"即刻动身,即刻动身!"图勒炳阿连声应着,但脚下却寸许未动,"安大人,圣驾何以在徐州,怎的本官一点消息也未听着?"

"圣驾此次乃微服巡幸,图大人自然不晓得!"安泰两眼直勾勾望着天穹,徐徐说道。

看着安泰那副爱搭不理的样子,图勒炳阿心中直恨得个咬牙切齿,但脸上却依旧堆着笑容:

"安大人一路奔波,本官心里实在过意不去,这点小意思不成敬意,还望安大人笑纳。"说着话就见图勒炳阿从怀中掏出张银票递了过去。

安泰微睨了一眼:地道北京通顺钱庄银票白银一万两!上下打量图勒炳阿,目中火光一闪随即又变得深不可测,格格一笑道:

"中丞这是何意?莫不成是瞧着在下这侍卫做的时日太久了些?"

图勒炳阿仿佛猛然醒悟般,用手拍拍发亮的脑门,说道:

"噢!多亏安大人提醒。既如此,那安大人以后若有事用得上本官,尽管直言,本官定全力相助。"说着,图勒炳阿转了话题:

"安大人,不知皇上此次宣召为的何事?"

"图大人,在下只是奉旨宣召,实不知为的何事,还望图大人海涵。"安泰瞧瞧图勒炳阿,似笑非笑道:

"不过,自中丞简命驻开封,寝食弗遑,纯以济民尽臣职,政绩卓著,在下想皇上此次宣召图大人,决不是坏事。"

听着安泰的话,图勒炳阿面上不由泛起朵朵红晕,说道:

"安大人如此说,本官可真是惭愧万分。今日本官五十大寿,臣本想平平淡淡过去就是了，可……"

"图大人放心便是！"安泰微微一笑道：

"该说什么不该说什么，在下自有分寸。"

图勒炳阿瞧着问不出个子丑寅卯，心想是福不是祸，是祸躲不过，索性吩咐备马，飞也似直奔徐州而来。

夏邑，地处豫苏交界处，虽说只是个民不过五万的小县，但因着交通便利，自亦是热闹繁华不同凡响。连冬起九，算是进入岁终，年年此时媳妇归宁的皆赶回婆家，迎喜神、包饺子、做节饭，砧板剁得通街山响一般，但今冬的夏邑城却另是一番景象——萧瑟、凄凉！

此刻已是辰牌时分，鳞次栉比的店肆房舍依旧关着，街上亦极少行人。城东边"欢喜酒家"里，店老板李通和两个伙计兀自坐在门面里，围着火炉垂头丧气聊着天。"掌柜的，您听说没有？"一个伙计揉搓着通红的耳朵，口中说道：

"昨个王家老店关门了。"

"知道。"李通满脸阴郁，从牙缝中蹦出两个字。"你明儿个也不用来了。"

"什么？掌柜的，您……"那伙计张大着嘴，似乎不敢相信自己的耳朵，惊诧道。

"咱也要关门了，这几个月入不敷出，也没办法。"李通叹了口气，说道：

"等过阵情形好些，再说吧！"

"掌柜的，我……"不等伙计话音落地，却听脚步橐橐，进来一个四十多岁的中年汉子，五短身材，虎目燕颔，紫棠脸上一道长长的刀疤闪着黯红的光，天青纻绸夹袍外罩件套扣背心，显得精干利落毫不拖泥带水。却正是步军统领衙门员外郎观音保！

李通见他进来，忙呵呵笑着起身，打着嚯上前打千儿道：

"哎哟！这位爷，来来来……快坐……快坐，不知要点什么？"

"拣好的上！"观音保四周打量了一番，冷冰冰道。不大工夫，李通径自端上了饭菜。细瞧时，一碗肉丝面条，一壶热黄酒，两碟子下酒菜：五香花生米，小葱拌豆腐，还有几个芝麻饼子。观音保皱皱眉头，说道：

"掌柜的，这便是最好的了？"

"爷见谅，实在没有更好的东西了。"李通满脸赔笑道：

"不过，店里现下还有些赊店老酒，就是……就是贵了些，您看……"

"打二斤来！你肚子里那点牛黄狗宝掏尽了也就那么一堆——八成是看我兜里又有银子赚了罢？"观音保笑着扔过去一锭银子。

李通接过看时，正宗的台州九八纹银子，顿时笑得鼻子眼都挤到一处，一个千儿打下去，说道：

"爷大福大贵，何必计较我们这些撅屁股朝天的人呢？今年这年成不好，也没甚好孝敬爷的。快，给爷再添碗面条——肉丝多放些！"

观音保就着壶嘴咕咚咕咚灌了几口酒，笑道：

"掌柜的，坐着，陪我喝几杯！"

"这是爷的抬爱。"李通瞧着观音保脸上那道刀疤，心中发怵，忙道，"小人没这么大造化，别折了小人的草料。"观音保头摇得拨浪鼓似的，一手拉过李通坐下，问道：

"往日从这过，生意蛮好嘛，今儿怎么这么清淡？十家店铺倒有九家关着，就开着的一家也没客人。"

"原来是挺好的。"李通说着，不由得长叹了一口气，"可逢着天灾，收成寥寥，家家缺衣少食，哪还有银子上这来？"

"真是如此？不是都说河南受灾不重，俱有六七成收获吗？"

"什么？受灾不重？六七成收获？爷您可真会说笑，有一成收获就已经算是不错的了！"

观音保复问道：

"那县太爷呢,皇上不降旨赈灾济民吗?"

"这个小的不大清楚。"李通犹豫了一下,说道:

"只……只知道衙门里的大车每天一趟往城外的乱坟岗运死尸。"

"真的?"

"那还有假!爷要是早来个把时辰,便会看到。如今这夏邑城里要说热闹的去处,也有!"

"何处?"观音保催问道。

李通摇了摇头,从牙缝里蹦出四个字:

"城北人市!"

"人市"二字入耳,观音保顿时呆住了:嘴停止嚼动,握着筷子的手停在空中一动不动。半晌工夫方回过神来,忙胡乱扒拉几口面条,便急步出了酒店,直奔城北人市而去。

来到人市,抬眼望去,但见沿街两行错三落五到处是玉米秆搭起的窝铺。无数的难民个个面黄肌瘦、衣衫褴褛,有的在太阳底下捉着虱子,有的用三块石头架起锅煮野菜树皮……此情此景,直看得观音保双眉紧蹙,脚步似灌了铅般沉重。早有个人贩子瞧着他是主儿,扯着个十三四岁的女孩走上前,一边说一边用手比画:

"这位老爷,一看就知道您是积德行善的菩萨心肠!要买个丫头使唤吗?您看看这女娃子,别看黄瘦,那是饿的!您瞧她这一头发,黑油油没一根杂色,嘿!您再看她的牙——"说着话,那人贩子已用劲扳开那小女孩的嘴:

"糯米细牙咬金断玉!爷您买回去,养她一年半载,保准出落得花一般艳——二十两怎么样?不成?山不转水转,水不转路转,人生何处不相逢?得,我就狠心赔个血本,十两!十两怎么样?再不能少了。"

瞧着这人间惨景,观音保的心犹如刀绞一般。低头看了看这小女孩,黄瘦的脸庞上一双大眼睛忽闪着,撇着冻得发紫的小嘴,被人贩子捏搓得要哭又不敢，不由得心头一沉，正欲开口说话，却听前头闹嚷嚷的，不时传来一阵撕心裂肺的哭喊声，惨厉得叫人心里起栗。

"你这杀千刀的！堂堂七尺个大男人，老婆儿子都养活不了！就知道卖儿卖女……啊嗬……我这小丫头卖到那种地方，还有她的活命吗？……"

观音保闻听，忙扔下十两银子，拉起那小女孩紧赶几步上得前来。却见一个三十多岁的壮汉子一手将一个十一二岁的女孩子挟在腰间，一手撕扯着抱着自己腿的女人。

"求求你……求求你！你把小红给我留下吧，送到那种地方她会痛苦一辈子的！"那女人两手紧紧抱着丈夫的脚，苦苦哀求道。

那男人回身抡圆巴掌"啪"地打了女人个满脸花，跺腿怒喝：

"贱人！叫你撺！夫为妻纲，我说怎样便是怎样，反了你不成？"

"不，不要卖孩子，不要卖孩子！"那女人摇着丈夫的腿，哽咽道：

"我求求你，就依我这一次，以后啥事我都依着你……都依着你！"

看着生离死别的凄惨景象，观音保的心好像从老高老高的地方一下子跌落下来，沉到了极点，忍不住开口道：

"把孩子放下！"语气犹如结了冰般的冷冰冰的。

那女人一转眼瞧着观音保，忙丢了孩子跪爬过来，磕头如捣蒜般哭道：

"爷您行善积德，就放过我这闺女吧……欠您的银子，我们半年内一定还清。您就行行好……行行好吧！我……我这给您磕头了。"观音保见状，忙挽起那女人，眼中的泪水直打转儿。

"你磕错头了，买主在这儿呢！"观音保猛回头，只见一肉墩墩的家伙正站在自己身后，白白胖胖一张小圆脸，五官倒还齐整，只右颊上一颗铜钱大小的黑痣上长着猪鬃似的一绺长毛，让人怎么瞧怎么不舒服！旁边还有三四个街混儿打扮的人挤眉弄眼嗑着瓜子。

"不如我给您打两年长工，顶了那五两银的债，您看成吗？"

那孙二爷嚅着牙花子，微睨了观音保一眼，微微一怔，旋即阴笑两声道：

"我那地方要你作甚？说实在的，这么小不丁点的丫头到我那，现今也派不上用场。既然你屋里的如此依依不舍，我呢倒还有个好法子，就不知你……"

"二爷您快说，快说！"那男人仿佛看到了一线希望，忙道。

"哈哈哈……"那孙二爷手捻着那绺猪鬃似的长毛，淫笑几声，说道：

"你屋里的模样长得还不错！"几个街混儿一阵哄笑，七嘴八舌道：

"喂，祥子，还不拿堂客换了你闺女？"

"嫂子，还哭个甚，笑一笑呀。跟着二爷保你吃香的喝辣的，荣华富贵享受不尽！"

"可不是嘛！"孙二爷格格一笑，复对那祥子说道：

"祥子，拿你屋里的抵债吧。别担心，二爷我一向最讲信义，说一个月就一个月，还你的时候身上少了什么，我再贴你十两银子，如何？"

"二爷，此事不……可，您就高抬贵手再宽限些日子吧，我死活拼命，三个月内必定还您，成吗？"祥子满脸通红，虽心里气得慌，却不得不低三下四。

孙二爷两眼色迷迷地盯着那女人，满脸淫笑道：

"既如此，这丫头我先带走，你再好好想想，想好了来换人。来啊，拉上这丫头——走！"他横了观音保一眼，吸了吸鼻子别转了脸。几个街混儿吆喝一声，将袖挽臂地扑上来，凶神恶煞般将那女孩子拖起便走。那女人已全然无力再追，仰天嘶声大哭：

"老天爷！您就发发慈悲，救救我的儿呀……老天爷……"那哭声,直听得人潸然泪下。

"别号了!老天爷便是孙二爷,孙二爷便是老天爷!"孙二爷瞅瞅那女人,哼地冷笑两声说道:

"想要闺女你来换,多会儿想通多会儿来!"说着转身便欲离开。

"把人放下!"观音保终于忍无可忍,大声喝道:

"他欠你五两银子,是吗?我替他还,人留下!"几个街混儿闻声转头,但见观音保黑亮的瞳仁深不见底,直盯得人浑身起鸡皮疙瘩,脸上那道长长的刀疤在阳光照射下,殷红吓人,更使他们气馁。孙二爷转过脸,下死眼地盯了观音保好一阵子,方说道:

"臭东西,敢跟二爷这般说话!告诉你,他欠的是人债,不是钱债。人,已经是我的人,想要留下,没门儿!"

"就算是你的,我也要买下!"观音保铁青着脸,冷冷道。

孙二爷微微抖了一下,旋即干笑两声,道:"好,二爷我今天成全你,纹银二百两,一文也不能少,拿来!"

观音保的脸由铁青忽然变得血红,牙关紧咬着,脚步橐橐踱到那孙二爷面前,气沉丹田怒喝道:

"好你个杀才,夏邑三尺王法之地,想不到有你这样的恶霸,抢买民女为娼,当众调戏妇女,你活够了吗?"

"王法?在这夏邑城,二爷我的话便是王法!"那孙二爷刁声一笑,说道:

"你到底买不买?二爷还有事,没工夫与你扯淡!"

"五两银子!"观音保下死眼盯着他,面若冰霜道。

"五两?你说话不嫌牙疼!小的们,走!"说着,孙二爷转身便欲离去。

"站住!"观音保急步上前,挡住那孙二爷的去路,"今日卖,由不得你;不卖,恐怕也由不得你!"

孙二爷盯着这个半路杀出来的程咬金,"嘿"地一笑,说道:

"瞧着你是外地人,二爷我本不想为难于你,没想你竟给脸不

203

要脸。告诉你,夏邑城里,还没有我做不成的事!小的们,将这厮一并带走!"

几个街混儿应一声,转身便扑向观音保。观音保见状,冷笑两声,眼见两个街混儿扑了上来,一个"推窗见月"双掌一分,两个街混儿刚刚接掌,便觉得如扑虚空,急忙收势时,又被观音保顺手一送,二人"呀"的一声直仰跌出一丈多远。接着便见观音保双拳呼呼作响,时而"黑虎掏心",时而"隔山打牛",时而"海底捞月",直将几个街混儿打得鼻青脸肿、鬼哭狼嚎,齐跪地上,捣蒜似的磕头告饶。

那孙二爷正要开溜,却已被观音保反拧胳膊擒了过来,仍是一脸不服气的神色,棱着眼骂道:

"哪来的野种,还不快放了你家二爷!要不然……只怕上绳容易松绑难,你颈上那颗头颅便坐不稳了!"

"狗东西,还敢嘴硬,任你是何来头,爷们今儿管定这事了!"观音保怒喝一声,反手便狠狠抽了那孙二爷个耳光。

那孙二爷虽已是眼冒金星,脸火辣辣地疼,口中兀自不停地骂着:

"好,好!打得好!咱走着瞧……你这狗娘养的东西,二爷我操你十八辈……"观音保见他口中出荤,不由得勃然大怒,哪里容得他再骂,左右开弓,噼里啪啦打得不分个儿,孙二爷口中泛着血沫,呜呜噜噜不知骂些什么。不大工夫,已是昏厥了过去。

"何人在此造事?还不快快闪开!"就在这时,只听身后传来一声高喝。观音保转脸看时,却见一人四十上下,四方脸小眼睛,面皮倒也白净。一条大辫子又粗又长,梳得一丝不乱。头顶素金顶子闪闪发光,在马上迤逦前来。观音保心下揣摩:这位莫非就是那孙默?

"本官夏邑县令孙默,"观音保正自揣摩,马上的孙默已自报了家门,"不知阁下缘何在此生事?"孙默上下打量了观音保一番,许是为他的气势所慑,小心问道。

"步军统领衙门员外郎观音保奉旨访察民情，惩恶扶弱，也算是'生事'不成？"观音保微睨了孙默一眼，冷冷道。

"下官孙默参见大人。"孙默闻听，心中一紧，忙一骨碌翻身下马，打千儿赔笑道：

"不知大人到此，有失远迎，还望大人海涵。"

观音保双目炯炯直视孙默，良久方微微一笑，说道：

"这奴才强买民女，本官瞧不过眼便插了一手，想必孙大人不会在意吧！"

"大人这是哪里的话，似这等恶人，人人皆可得而惩……"孙默说着瞅了眼地上的孙二爷，顿时如庙中泥胎般怔在了当地。

"孙大人这是怎的了？"

"这……这……"孙默满脸通红，犹豫片刻，方干笑两声道，"实不瞒大人，这奴才是……是舍弟孙乾。"

听得孙默言语，观音保顿生厌恶，两眼绿幽幽闪着光直勾勾望着孙默，冷笑道：

"是吗？难怪他有这么大的胆子！"

"大人海涵，都是下官平日疏于管教，还望大人万勿见怪……万勿见怪。"说着话，孙默额头上已渗出密密的冷汗。

"本官此次奉旨访察民情，顺便宣你见驾！怪与不怪，等见了圣上自有分晓。你瞧瞧这厮，若还有口气，待会儿随本官一起面见圣上！"

"大人……"孙默闻听，浑身电击了一般，颤抖不已。

"闭嘴！有话见了圣上再说不迟。"观音保面若冰霜，摆手止住孙默，复转身向那祥子说道：

"亏你堂堂七尺男子汉，不及你婆娘了！卖女去那种污秽的地方，可是你做父亲的勾当？嗯！"

"大人……大人说的是……小人也是穷极了，没奈何的……"那祥子一把鼻涕一把泪，结结巴巴连磕头带说，"大人的大恩大德，我一家子做牛做马也报答不完……其实，卖我闺女，我心里也跟刀绞似的,大人您就饶过我吧,以后我再也不了……"

"唔。"观音保听他说得结结巴巴语无伦次,转脸问王氏道,"既知这厮非善人,为何还要借他的银子?"

王氏低着头,掩着方才被撕破的前襟,脸泛红晕道:

"回爷的话,全城的银号都被衙门封了,没有办法,方才借了这孙……这厮的。"

"既遇灾害,县令孙默可曾采取措施赈灾济民?"

"这……"王氏瞥了眼孙默,不知该如何是好。

"不要怕,大胆说,自有皇上为你等做主!"

"没有!"王氏摇摇头,鼓足勇气道:

"孙大人未曾放粮赈灾!相反,里甲长整日敲锣催征岁赋,人心都搅碎了。唉……"

"这二十两银子你拿去,买些吃的分与这些灾民。放心,皇上马上便会采取措施的。"观音保仰脸望天,眼中含着泪水,手颤抖着递过去两锭银子。

"谢青天大老爷!谢青天大老爷!"满街大人孩子像仰望神明一样凝注着观音保,喃喃祈祷:

"老爷积善行德,天必定照应您长命百岁,代代公侯……"

二人一路打马狂奔回到徐州府衙,来到后院书房前,只见巡抚图勒炳阿、布政使彭家屏、生员段昌绪并安泰、吴略、张钦等早已候在那里。观音保见状忙疾步进屋复旨。半晌工夫,只见高云踱着方步出来,高声喊道:

"皇上驾到!"

众人整整衣衫,黑压压跪倒在地,叩头山呼:

"吾皇万岁!万岁!万万岁!"乾隆穿件玫瑰紫黄色缎猞猁皮袍,腰间束一条檀香马尾卧龙带,脚步橐橐踱了出来,脸如结了冰般冷峻。

乾隆坐了太师椅,接过祁玉递过的茶呷了一口,下死眼盯着图勒炳阿，心里的火一拱一拱往上蹿。良久，方见他脸色青白，咬着细碎的白牙，阴冷地一笑，喝道：

"图勒炳阿！"

"臣在！"图勒炳阿浑身颤抖着道。

"不做亏心事，不怕鬼敲门！你抖什么？"乾隆双目炯炯，"前朝名臣方望溪衡量天下官员政绩优劣的三字真诀，你可记得？"

方苞方望溪，文名震天下的桐城派文坛座首领袖、著作等身的硕儒，康熙晚年以布衣人上书房为"青衫宰相"，参赞机枢要务，雍正年间复入上书房参与军国机枢重务，连康、雍对其亦"称先生而不名"，此等人物，谁人不知，谁人不晓！

"臣记得。"图勒炳阿小心答道，"为公、忠、能三字。"

"唔。"乾隆神情惝恍，似乎听了又似乎没有留心，细白的牙关紧咬着，凝望着漆黑的夜幕，不知怎的，他的手有些发抖，"难得你还记得这三个字。朕瞧着你比先时消瘦了许多，想必是这三字所致吧！"

图勒炳阿品味琢磨着乾隆的话，似虚又实，似实，又无可捉摸，恬淡得像泉里刚打上来的水一样，沉思良久，方答道：

"臣身受皇恩，委以重任，自当时时尽心政事，为皇上分忧。"

"好，说得好！你曾奏称河南受灾不重，田皆有六七成收获，可是实情？"乾隆冷笑两声，下死眼盯着图勒炳阿阴狠地问道。

"臣不敢欺瞒皇上。"

"放屁！"乾隆收敛了笑容，眼睛中放出铁灰色的暗光，"既田皆有六七成收获，何以有民拦驾告御状？何以有民忍痛将自己的女儿卖到窑子？又何以夏邑县每日饿死、冻死的饥民达几十人之多？睁开你的狗眼看看，这女孩才十一岁，才十一岁！"他说着说着越来越激动，端着杯子的手捏得紧紧的微微发抖，脸色亦变得异常惨白。他一住口，众人立刻感到一种寒彻骨髓的压力袭来，人人的心立时冻缩成一团，一时间四周寂静得一根针落地都听得见。

图勒炳阿听着,只觉得一股寒意直浸肌肤,浑身电击般颤一下,动了一下嘴唇,却什么也没有说出来。

"说!"乾隆阴森森道,声音虽不甚高,语气却很重。

图勒炳阿好容易才恢复了一点神智,颤声答道:

"奴才斗胆亦不敢欺……欺瞒皇上。府、州、县属官皆如此说,故而奴才……"

"他们怎么说你便怎样上奏?"乾隆声色俱厉地训斥道,"你长着脑子是做什么的!朕说你该杀你有何异议?"说罢目光灼灼,逼视着图勒炳阿不语。

图勒炳阿早已被吓得魂不附体,浑身木头似的不知疼痒,哪里还回得出话?此刻,又听乾隆断喝一声:

"孙默!"

"臣……在。"孙默心里"轰"的一声,头胀得老大。"欺君灭门"四个字闪电般掠过脑海,顿时心乱如麻。

"图勒炳阿所说可是属实?"乾隆脸色异常难看,眼中满是凶狠的光,咬牙问道。

孙默紧张得满头沁出密密的细汗,语不成声道:

"属……实。"

"很好!"乾隆脸色铁青,冷哼一声,问道:

"你此举又为的什么?如实上奏,户部拨款赈灾,你不有油水可捞吗?"

"皇上明察,"孙默心头"咚咚"直跳,颤声道:

"臣如此做,决无他心。臣只是想……想以臣之力赈灾济民,为皇上……分忧。"

"是吗?难得你为朕着想!"乾隆阴笑两声,忽断喝道,"朕看你是为了你的功名罢!"

"臣……知罪,求皇上重重惩治。"说着话,孙默只觉得背上又湿又凉,已是汗透内衣。

乾隆铁青着脸,"吴略!即刻派人传旨吏部,河南巡抚图勒炳阿疏于政务,着摘去顶戴花翎,发往乌里雅苏台效力!夏邑县令孙默贪图功名,为一己之荣置苍生于水火之中,着削职为民,永世不得录用!"

"皇上,如此似……"吴略犹豫片刻,大着胆子道。

"主忧臣辱,主辱臣死,这是纲常所在,天之所终地之所义。似此等玩视民瘼、草菅人命之徒,岂但犯法,且犯情犯理,犯法犹可恕,犯情犯理,他就难逃朕之惩罚!"乾隆啜了口茶,依旧冷冰冰道,"不必多言,速去传朕旨意!"

"臣遵旨。"吴略答应一声,忙起身而去。

乾隆微睨了图勒炳阿一眼,似笑非笑道:

"身为朝廷命官、封疆大吏,自当为君分忧,时刻以吏治民生为念,不存为己观望之心。你安坐衙署,偏听属下妄言,使得苍生忍饥挨饿、缺衣少穿,置朕于不义之地!朕如此处置,你可还有何话要说?"

"奴才蒙皇上委以重任,却有负皇恩,皇上如此处置奴才,实属圣明,奴才无话……可说。"

"没有话说就罢了。"乾隆冷冷说道,"你二人退下吧!"

图勒炳阿面如白纸,踉踉跄跄出得知府衙门,只觉心中积郁得发胀,吐不出放不下,棉花团子似的塞得难受,连驿馆也不想回,就和孙默在茫茫人海灿灿灯流中听天由命地晃着、挤着……好半日才回过神来,挨到一家酒肆,临窗一屁股坐了,没好气地大声道:

"人都死了吗?拿酒来!来五斤!"

工夫不大,酒菜上来:一大壶大烧缸,四大碟子小菜收拾得清洁,还有几个芝麻烧饼。孙默犹豫片刻,站起身端起酒杯,尴尬笑谓图勒炳阿:

"宦海沉浮平常事,挂冠可作伴梅人。来,我为大人压惊。"

"还大什么人?"图勒炳阿的眼睛正眼也不瞧孙默一眼,幽幽

209

望着窗外繁华的街衢,半晌才粗重地喘了一口气,说道:

"若不是你这东西,何至于有今日?"

"这……大人息怒,小的这样做,也全是为了大人的功名着想呀,只是……唉!千不是万不是,只求大人多多包涵。"

"如今呢?"图勒炳阿哼了一声,冷冰冰道。

"大人想开些,此去乌里雅苏台,时日必不会长的。以大人您的学识政见,皇上能长弃不用?"孙默小心安慰道。

"你懂什么?那鬼地方是人待的吗?夏天热的如蒸笼,冬天冷的似冰窖,只怕到那,此命便休矣!来来来,喝酒,喝醉了便甚烦恼也没了。"图勒炳阿左一杯右一杯,不大工夫便咕咚咕咚灌了一肚子。

"大人,事已至此,还是想开些吧。酒大伤身,还是少喝些好。"孙默见他喝多了,眼饧口滞满腹怨言,唯恐再惹出个事端,忙起身上前小心安慰道。

"举杯浇愁愁更愁!可我又能怎样,堂堂二品大员、封疆大吏,如今却栽在一个小民手里,我心不甘……我心不甘呀!"图勒炳阿双手抓着孙默,连推带摇,苦笑道。

一语惊天殊!孙默听罢,似从梦中惊醒一般,亦顿觉太过窝囊:我孙默苦熬数十载,方有今日之前程,难道就这么轻而易举毁掉了?想着,只见他眼珠滴溜溜转了两转,已开口道:

"大人,此事想来确是窝囊!功名利禄一日间便烟消云散,那可是咱二十余载一点一滴熬出来的。"孙默说着语气一转,"不过,此事依小的看来,却并不简单!"

"此话怎……讲?"图勒炳阿醉眼蒙眬,结结巴巴地问道。

"小的敢断定那张钦必是受人指使方敢如此作为!"

什么?听罢孙默的话,图勒炳阿顿时酒醒了许多,上下瞅瞅孙默,不无怀疑地问道:"你是说那张钦是受人指使?"

"正是!"孙默将辫子向椅后一撩,稳稳地坐了下来,端起酒杯"咕咚咕咚"地饮了,抹了一把嘴,奸笑道:

"大人可曾想过,那张钦一介草民,如何识得圣颜?如何知晓圣驾在此?若无人指使,他何以告得御状?"

"有道理!依你之见,是何人指使呢?"

"生员段昌绪!大人想想,他一个小小生员,何以能有幸一睹圣颜?另外,布政使彭家屏也有嫌疑,他与段昌绪可是师生关系!"

听孙默这一说,图勒炳阿顿时气得浑身乱颤,扶着椅背站起身来,冷笑两声,咬牙恶狠狠道:

"你既不仁,便休怪我不义!我再不济,也轮不到你来作践!地角天涯峰回路转,终有一日,我图勒炳阿定还以颜色!"说着话,手中的酒杯已"咣"的一声摔在了地上。

孙默见图勒炳阿入了圈套,心花怒放却又不动声色道:

"不过对大人而言却是不同,大人若想……那便犹如踩死只蚂蚁一般。"

"快说!"

"小的曾去过段昌绪家,在其书房中发现有《潞河纪闻》一书,另有吴逆三桂伪檄一纸,其上浓圈密点,颇多赞赏之语。大人只须寥寥数语,哪还有此人性命?"

图勒炳阿听着不禁一怔,浑身电击般颤了一下,私匿禁书,横议政事,决非儿戏,弄不好便要人头落地,甚者牵连亲朋好友!图勒炳阿左思右想,半晌方说道:

"此举似不大妥当。彭段二人与我并无多大仇怨,如此作为似乎太过狠毒了些。"

"大人还犹豫什么?万一此事让他人抢了先,那你我可只有喝西北风的份了!"

图勒炳阿双眼直视孙默,仿佛要看穿他的心一般,良久方横下心说了句:

"好,这便去面见圣上!"说罢,也不顾孙默,转身便脚步橐橐复奔知府衙门而来。

第十三章

举逆檄罪臣反荣赏
发宏论小吏竟高升

"军机处就一个人勤劳王事,你还将他撵了,你真是越来越聪明了!"乾隆没好气地瞧瞧傅恒,说道:"传旨,六名军机章京俱皆降二级留用,罚俸半年,书吏王昶忠于职事,谈吐不俗,着即日补军机大臣缺!"

暴风雨过后,徐州府衙后院书房内外死一般沉寂。乾隆脚似灌了铅般沉重,踱回屋内,颓然躺卧太师椅,两眼呆呆凝视着火盆烘旺的火焰,一动不动,仿佛在思索着什么,又似什么也未想。屋外不时电闪雷鸣,竟听而不闻,视而不见。

吴略轻步进屋:"皇上,时辰不早了,还是早点歇息吧。"

"朕如何歇得下呀!"乾隆抬起头,面色阴郁,紧蹙眉头叹息道,"朕方才处置那图勒炳阿与孙默,可是重了些?"

"这……"吴略瞅瞅乾隆,心下犹豫当不当说。

"心里怎的想便怎的说。朕不怪罪于你便是了。"

"皇上,恕臣斗胆,臣以为对巡抚图大人处置似嫌太重了些。"吴略沉吟片刻,抬头道:

"图大人自赴任以来,做事认真,一心为朝廷分忧,国家官吏似此者不多。今偶有闪失,即如此重处,只恐官场震动,人心自危,如此一来,恐……"

"照你的意思,只要办图勒炳阿一个'辜恩溺职'的轻罪即可,是吗?"乾隆回身取茶呷了一口,心神似稳定了些。

"是!"吴略见乾隆神色庄重,不敢再站着回话,跪下叩头道。

"朕以为不可取!"乾隆忽笑两声,盯着窗外漆黑的夜幕阴狠地说道,"朕知图勒炳阿这人颇有些能耐,但万万不料他竟如此妄为!你以为是那孙默匿灾不报吗?借他个胆子他亦不敢!朕不深究,已是给足了他颜面!"说着,他叹了一口气,咳嗽两声,复咬牙道:

"这样的混账东西,难道可以轻纵?轻纵了他,别的督抚对朕旨意照此不理,朕又该如何处置。"

吴略还是头一次见乾隆如此龙颜大怒,不自禁打了个寒颤,但旋即便镇定下来,叩首侃侃道:

"万岁以德是辅,虽高居九重,仍心系黎民苍生,实乃朝廷之福,苍生之福,臣亦佩服钦敬五体投地!但此举臣仍觉不妥,一来图大人入主开封以来,政绩颇佳,民望亦甚是不错,今偶有失察之处,便即严办,有失皇恩浩荡;二来现今西北事紧,若要举兵进剿,粮饷是头等大事。河南中原要地,江南粮食北运亦必经此地,可谓西北之大后方,图大人久任巡抚之职,万事熟稔,今若另委大员,只恐人事生疏,有误战事。皇上整顿吏治之心臣知晓,但此事并非易举,须文火慢慢炖,火到猪头烂。不知皇上以为如何?"

乾隆默默点点头,起身踱了几步,轻咳一声道:

"所言甚是。只现下那夏邑城民怨沸腾,若皆轻处,何以向其交代?民心不可失哪!"

"皇上所虑甚是。自古得民心者得天下,失民心者失天下,对夏邑苍生务必得有所交代。"吴略沉吟片刻,说道:

"唐朝名相张九龄曾有言'县得良宰,万户息肩;州有贤牧,千里解带'。若想五谷丰登,万民乐业,非得有真心为苍生办事的循吏才行。今夏邑县令孙默匿灾于前,复纵容其弟作恶于后,似此等奸猾狡诈,贪图功名之徒,皇上尽可严惩以泄民愤。"

吴略一番话另辟蹊径,说得有理有据。乾隆听罢,犹如醍醐灌顶,满心满目一片清亮,微微笑道:

"好,就依你之见。"

"皇上圣明。"吴略亦是面带笑容,"未得旨意,彭大人等仍在外候着,皇上您看要不要……"

"宣进来!"

布政使彭家屏早已跪得筋软骨酥,眼冒金星,闻听召见,忙颤抖着起身,踉跄进屋叩首请安。乾隆乜眼瞅时,但见彭家屏六十上下,四方白净脸,平平的两道一字眉像是用毛笔画出来的,只眉头几道深深的皱纹,给人以苍老的感觉。头顶黑缎瓜皮帽上结着红绒顶子,一身半旧的天青纻长袍洗得干干净净,熨得平平整整。

"彭家屏,"乾隆上下打量了一番,开口淡淡问道,"可知朕此时召你前来为的何事?"

彭家屏是前任江苏布政使,去岁以病乞休,卸任回籍,原想学那陶渊明,过世外桃源般生活以了此生,不料所见所闻泣心惊目,遂禁不住动了"俗"念,闻听乾隆发问,忙定神答道:

"臣知晓。"

"夏邑县令孙默玩视民瘼,甚是可恶,你能为民为朕着想,精神可嘉。"说着,就听乾隆语气一转,说道:

"不过,你不该指使小民拦驾告状!"说罢,乾隆直勾勾望着彭家屏,一动不动。

"回皇上,臣乃当地缙绅,为避嫌邀誉乡里,故而……"

"唔。"乾隆支吾了声,复道:

"有些事该避就必须避,有些事不该避就不要避!此等关系民生社稷之大事,你避的什么?做了几十年官儿,难道连这点道理都不懂?再说了,你想着避嫌邀誉乡里,可曾为朕想过?偌大的江山,若民皆养成此风,朕这皇位坐得稳吗?"

彭家屏干咽了一口唾沫,深深伏下头去,说道:

"臣知过了!"

"知过便好。以后有事照直陈奏,切不可如此。"

"嗻!"

"起来回话吧！"乾隆说着已转脸向着吴略道：

"那张钦你与他二十两纹银，让其回家好生务农；观音保所买那小女孩，甚是可怜，朕看就留你这，做个丫头吧。另外……"话说到这，乾隆忽打住了，众人顺眼望时，原来高云从外趑了进来。乾隆冷冷道："谁让你进来的？懂不懂规矩？"

"爷息怒，"高云闻听忙跪倒在地，说道：

"奴才怎敢忘了规矩？只是那……那图勒炳阿图大人在外求见，说有要事面陈。"

"何事？"乾隆诧异地问道。

"奴才亦不晓得。"

"去，宣他进来！"

正在这时，却听屋角大自鸣钟沙沙一阵响，接连撞了十下，已是亥正时辰。众人心下狐疑，兀自揣摩着，只见图勒炳阿并那孙默已进得屋来，忙定神凝听。

"你有何事要面陈朕？"乾隆微睨了眼图勒炳阿，冷冷道。

"回皇上，"许是心虚，图勒炳阿额头已布满密密的细汗，"夏邑生员段昌绪家藏禁书并吴三桂伪檄一纸，其上浓圈密点，颇多赞赏之语，因事关重大，故臣特来禀奏。"

"唔？"乾隆似乎不相信自己的耳朵，站起身，已是沉下了脸：

"朕没听清，你再奏一遍！"

所有的人都把目光射向图勒炳阿，彭家屏、段昌绪亦是大吃一惊，脸色苍白，但听图勒炳阿略一顿，已重复说道：

"夏邑生员段昌绪家藏禁书并吴三桂伪檄一纸！"

"他家藏禁书你何以知晓？莫不是因他告了尔等便心存恨意？"

"皇上明察……皇上明察，臣所言句句属实。"图勒炳阿连连顿首，颤声道：

"臣有负皇恩，当受以责罚，怎敢心……存恨意。"

"皇上,图大人所言确是实情。此乃小民前阵子去段昌绪家时亲眼所见!"孙默见状,亦忙叩头顿首道。

"是吗?既已晓得此事,为何不早早上达朕听?"

"臣……臣是想……"孙默张口结舌,不知该如何答对是好,额头上亦已是冷汗直流。

"想什么?你肚里那点花花肠子朕岂不晓得?"乾隆脸颊上肌肉抽搐了一下,端起热茶在手中,呷一口,狞笑道:

"不想一个小小的夏邑县,居然还是个藏龙卧虎之地!段昌绪,抬起头看着朕!"

段昌绪三十上下,两腮稍削,鼻稍下钩,皮肤白皙,微带红润,眼睛黑而明亮,炯炯有神,俨然一位英俊潇洒的翩翩佳公子。因是头一次得觐天颜,心里紧张极了,两手紧攥,捏得满把的汗。这会儿听得孙默所言,只觉一股寒意直浸肌肤,心都紧缩成一团,脸色苍白得可怕,颤抖着抬起头,但见乾隆面带狞笑,眼睛猫一样放着绿幽幽的光,像是要穿透自己的心一般,忙鸡啄米般连连磕头,却一句话也说不出来。

"你可还有话说?"乾隆死盯着段昌绪,语气结了冰般冷冷道。

"回皇上,"段昌绪语不成声,像秋风中的树叶瑟瑟发抖,"草民无……话可说。"

"伪檄从何而来?"

"先祖当年抄留。"

"书呢?"

"书……书是……"

"是臣所予。"话音落地,众人不由得人人色变个个战栗,转脸瞧时,正是那布政使彭家屏。

"是吗?"乾隆听罢微微一震,收敛了笑容,说道:

"受恩数十载之大吏却敢于抄录存留朝廷禁书,其罪岂容诛乎?"

清初文狱迭起，实际上是统治阶级对下层人民反抗的预防性措施。当时，大规模的武装斗争虽尚未展开，但零星的反抗却此起彼伏，统治者日益感受到来自下层反抗的威胁，故而加强思想统治，以防不测，以儆效尤，使社会慑服。乾隆登基以来，风平浪静，不想前有胡中藻谤毁朝廷，如今却又冒出个彭家屏，一心想做治平天子的乾隆岂能不惊？

"臣私藏禁书，罪该万死，但求……"彭家屏面如止水道。

"既知为禁书，又何以敢私藏？"未等他话说完，乾隆已怒斥道，"你眼中可还有朕？"

"臣知罪，但决不敢目无圣上。臣只因该书论辟精审，文辞优美，故而存以观之。"

"可还送予他人？"

"除臣弟子段昌绪，再未敢传阅。"

四周死一般沉寂，连针落地都听得见。乾隆两眼直视窗外，心里的火一拱一拱的，良久，只听他长叹一声，说道：

"你身为朝廷大吏，知法犯法，朕如不惩治，奈何还有天理国法！有功赏之，有过罚之，是谓赏罚分明。你为官数十载，与朝廷颇有建树，朕便不予深究了。你二人即刻回家焚书，然后自行了断吧。退下！"

"臣，谢恩，领旨。"彭家屏答应一声，便与那段昌绪脚步踉跄出屋而去。众人虽想开口求情，却口似着胶般，无从说起，正没做理会处，只听乾隆复开口道：

"吴略！"

"臣在！"

"派人追回前旨，另传朕旨意：朕此前降旨治图勒炳阿之罪，原因讳灾。今经办出逆檄一事，是缉邪之功大，讳灾之事小，且以如此梗不知化之人，指使控诉欲去其县令，而即为之沿其司牧者以罪，是不益长刁风乎！图勒炳阿不必革职，着仍留河南巡抚之任。图勒炳阿因有前此罢斥之旨，遂心存成见，有不能释然灾民者，则是自取暴戾，亦不能逃朕之洞鉴也。至于这孙默……"

"臣有负圣恩，但求皇上责罚。"孙默迫不及待道，脸上的喜悦之情却溢于言表。

"放心吧，朕决不会亏待你的！"乾隆瞥了眼孙默，冷笑两声，开口说道：

"夏邑县令孙默匿灾于前，复邀言于后，似此等贪图功名利禄、阴险狡诈之徒，多留一日则民多受其一日之害，着由巡抚图勒炳阿押往夏邑，枭首示众，以泄民愤！所余缺额，另行委差。"

孙默本想着能官复原职，不料偷鸡不成反蚀把米，连小命也赔了进去，顿时面如白纸，两脚一软瘫在地上，磕头如捣蒜般连连哀求道：

"皇上饶命……皇上饶命……"

"拖下去！"

"嗻！"安泰答应一声，上前便将孙默拖死猪般拖了出去。

"图大人……你不能见死不救呀……"鬼哭狼嚎般的哀恳哭泣声直听得众人身上一阵阵发森。乾隆抿了口茶，接着说道：

"图勒炳阿！"

"臣在！"图勒炳阿拭了拭额头上的冷汗，颤声应道。

"今日宽免了你，并非你没罪！朕在藩邸为数十年王位，多次办差屡屡出京体察民情，不是那种不辨稻梁、不明人情的昏君，没有什么事能瞒过朕的耳目。你若依旧不谙大理，不念君恩，不循纲常，记住，你难逃朕之洞鉴，难逃国家法度！"

"嗻！"

"送你两个字，与朕好生记着！"

所有的人都把头低伏了一下。书房中静极了，连屋外微风的瑟瑟声都听得见。

"天良！"乾隆咬牙，冷笑着从齿缝里迸出两个字：

"天是'天理'，良是'良知'。不逆人情即循天理，循道不谬即有良知。遵着这两个字，荣华富贵也由得你，封妻荫子也由得你——因为你既公且忠又明,该取的荣贵是天赐你的,朕也乐得给你。你不讲这二字,坐牢杀头也由得你,抄家流放也由得你——这是你咎由自取,朕也乐得送你!"

养心殿地处皇宫乾清宫西,西六宫南,始建于明永乐年间,康熙时是皇帝的书斋,雍正年间重修,这里便成了皇帝的寝宫和处理政务的地方。回到养心殿,用过晚膳,乾隆正自用青盐水漱着口,忽听外边传来一阵急促的脚步声,小太监来报:

"回皇上,左都御史吴拜吴大人有要事面奏圣上。"

"宣他进来!"

吴拜面颊清癯,额头上布满深深的皱纹,五十上下却已两鬓斑白,显得老态龙钟,进得屋来,跪地叩首道:

"臣左都御史吴拜叩见皇上。吾皇万岁!万……"

"行了,行了!"乾隆不耐烦地摆摆手,说道:

"朕方回宫,你就不能让朕歇会儿?"

"臣罪该万死,只因事关重大,臣不能不立奏皇上。"

"有事上道折子不就成了?"乾隆啜了口奶子道。

"事关大学士蒋溥,故臣须面陈皇上。"

乾隆闻听不由一怔,放下杯子,坐直了身子正色道:

"起来坐着回话!究竟是什么事?"

"回皇上,山东巡抚蒋洲任职山西布政使时,侵帑库银二万余两,为防事泄,现勒令全省属员代其弥补亏空。"

"胡说!大学士蒋溥居官清廉,治家严谨,其弟蒋洲岂会做出此等贪赃枉法之事!"乾隆两眼深幽幽闪着光,怒道:

"御史可风闻言事,但不可说风便是雨,任意妄言污蔑朝廷大员!"说罢,"啪"的一声,手重重地拍在桌上,盘儿、杯儿、壶儿登时蹿起老高。

御史风闻言事,历朝皆有此制。康熙末年,诸皇子为争夺皇位,斗得你死我活,许多御史亦卷了进去,使得朝局混乱不堪,康熙帝大怒，下旨取消御史风闻言事特权。乾隆登基，立志效法圣祖康熙，创一世太平景象，以名垂青史，遂接受孙嘉淦建议，恢复了此制，但严令御史须依据实奏，不可妄言乱政。大学士蒋溥居官二十余载，清廉勤政，治家严谨，名声远播，乾隆怎肯相信吴拜所言？

养心殿内外死一般宁寂，唯殿外铁马在朔风中叮咚作响。吴拜面色沉静，默默瞧了乾隆一眼，起身复跪地侃侃说道：

"皇上息怒，臣决不敢妄言污蔑朝廷命官，现有山东部分官员书信在此，请皇上明鉴。"说罢，吴拜从袖中取出一叠书信呈了上去。

"这……这……"乾隆手微微抖了一下，接过书信看了看，顿时目瞪口呆，精神恍惚语不成句道。

"皇上，"吴拜怔了片刻，接着说道：

"皇上登基以来，以宽为政，不想竟有此等朝廷大员知法犯法，依臣之见，此风断不可蔓延，当速派人审理此案，从重处罚，以儆效尤。"

"嗯，传旨下去，山东巡抚蒋洲着押往山西，由山西巡抚塔永宁严审此案。"乾隆两眼自然望着窗外，沉吟良久，方道。

"皇上，"吴拜皱着眉头道：

"塔克齐与蒋中堂交好，让他审理此案，似有些不妥。"

"不必多言，朕知道怎么做，朕还要给太后请安，你跪安吧！"

因惦着朝事，次日四更天乾隆便醒转了过来，瞧瞧那拉氏睡得正甜，便径自着了衣服，轻步走出储秀宫。

"万岁爷，时辰还早呢，您还是……"高云打着呵欠轻步上前，将一袭绿锦团绣龙狐皮大氅轻轻披在乾隆身上，低声道。

"不必了，回养心殿！"

"嘛！"高云瞧着乾隆脸色阴郁，忙小心答道：

"万岁爷稍候，奴才这便吩咐他们备轿。"说着，转身便欲走。

"不用了，走走也好。"说罢，乾隆已抬脚离去，高云见状，忙并着安泰、三格等一帮侍卫太监急步跟了上去。

绕着承乾宫，从月华门出来，在三大殿的前后徘徊了一会子，乾隆的心绪似乎好转了些。此时军机处还未升班，因见军机处章京房门开着，乾隆好奇地走到窗前，只见里边生着盆炭火，一个书吏模样的人正在窗前整理文书，用糨糊仔细贴着一张张小签。炭火旁边小桌上还放着一壶酒、一碟子五香花生米、一碟子小葱拌豆腐。

军机处始设于雍正七年，乃雍正皇帝胤禛为加强皇权借西北战起而设，初只负责处理军事文书，时间不长权力扩大，成为协助皇帝处理朝政的核心机构。乾隆见状，不由得皱了皱眉头，六名四品军机章京昼夜当值承旨，怎的却只有一个书吏？想着已抬脚迈了进去。

"天都快亮了，你还在忙啊？"乾隆踱到那人身后，笑着问道。

"啊？"那人不提防这么早便有人进来，不由吓了一跳，回头看看乾隆，却不认得，开口道：

"大人面生得很，敢是进京述职的罢，您来的也太早了些。您请坐，我把这几个签儿贴好便陪您。哟，对了，那边温得有酒，您先喝一口暖暖身子。"

乾隆瞧着他不认识自己，不觉哑然一笑，瞧着时辰尚早，遂脱了身上大氅挂在墙上，坐在炭火边烤了烤手，自斟了一杯饮了。顿觉热线般一股暖流直冲丹田，五脏六腑说不出的舒坦，不觉赞道：

"好酒！"

"寻常大烧缸，一两银子便能买几大缸，有什么好？"那人头也不抬地继续整理着文书，笑道：

"对了，那还有两碟小菜，大人若不嫌贱，只管就着吃。"

"你叫什么名字？新来的吧？"乾隆见没有筷子，便用手拈捏了一粒花生米放进嘴里，焦香崩脆，顿觉胃口大开，又饮了一杯，问道。

那人这会儿已整好文书，洗了洗手笑盈盈走上前，一屁股便在乾隆对面坐了下来，说道：

"我叫王昶，本在山东巡抚蒋洲手下当差。后因直言相谏被免了差使。来到京城，亏得尚书刘统勋刘大人推荐，当个书办。"说着端起酒壶给乾隆斟了一杯，接着说道：

"来来，你来！这么冷的天，几位章京大人早溜号了，谁不愿钻进热被窝呢？"

"你呢？这不你还在这待着吗？"

"您瞧瞧这摊子，没人守着成吗？如今西北战事又起，要有个什么事，没有人盯着怎成？您说是吗？"说着王昶撮起粒花生米丢进嘴里，嚼得咯嘣嘣直响：

"您喝，喝嘛！可惜这地方不能猜拳行酒令。"

"好，喝！喝！"乾隆学着他的样子，挟了几粒花生米丢进嘴里，复抄起酒杯"嗞"的一声饮了，说道：

"哎，你为何给免了差？"

"唉，说来话长。"王昶自饮一杯，哈着酒气道：

"蒋大人到任不久，不知怎的下令属官捐钱弥补亏空，说补空吧银子却不入库。在下自不量力，斗胆进言相劝，谁想惹恼了他，便被发落了出来。"

"哟，原来是这样。"乾隆不由手一抖，杯中的酒都洒了出来，忙掩饰道：

"蒋溥蒋中堂居官清廉、公正，没想他弟弟却做出这等事来，想着真让人痛心。"

"现在还不能下定论，太早了些。"王昶见酒凉了，便将酒壶放在炭火上，拨了拨火，说道：

"昨个皇上一回来便下旨严审此事，想来是非曲直不久便会大白于天下。"

"没看出你还挺大度的，他如此待你，你却丝毫不计较。"乾隆微睨了眼王昶，微微一笑道：

"哟，对了，方才你说西北战事又起，到底是怎么回事？"

"是回酋布拉尼敦、霍集占兄弟不自量力，想拥兵自立。鸡蛋碰石头，不足为虑！来，吃着。"说着自个已撮了块豆腐干丢进了嘴里。

"不足为虑？"乾隆上上下下仔仔细细瞅了王昶多时，"我倒想听听你纸上谈兵，不知可否赐教？"

"此事说来简单，大人不要见笑便是了。"王昶笑着开口道：

"布拉尼敦兄弟之所以敢犯上作乱，野心是一方面，但部众的拥护却不能忽视。依在下之见，当务之急应是挽回民众，孤立这兄弟二人，此一来，他们必定不攻自乱！这是一。"

"哦，还有二？"乾隆点点头道。

"不但有二还有三！"王昶自斟自饮，颇有点得意洋洋，"这二嘛，便是抓住时机及时进兵，眼下已打春，逆酋过冬粮草皆将告尽，当趁此良机派兵进剿，若延几日，逆酋草丰粮足，进剿则大费周折！"

乾隆听了大为赞赏，一探身子道：

"敢问这三？"

"好家伙，你这一问真叫煞有介事！亏得你穿着这身衣裳，不然我就疑你是皇上了。"王昶笑道：

"这三嘛，叫关门打狗！剿平逆酋之乱只是迟早之事，却不能不提防其逃窜，否则后患无穷！南为高原，不足忧虑，只须在四川一带设兵堵截即可，关键是在北方，罗刹红毛窥我疆土久矣，如那逆酋与其结盟则麻烦大矣！当选一良将，统精兵封住沿界各隙。如此，可高枕无忧矣！"

乾隆听着王昶的这几条真经，犹如雷轰电闪般振聋发聩，心中的愁云顿时去了大半。想不到这个身材不及中人的矮汉子，小小的书吏竟对军事如此熟稔!

"在下胡说一通,惹大人见笑了。"王昶见壶中酒已不多,起身笑道:

"我续些酒,咱们再喝。"

乾隆瞧瞧天色,亦起身笑道:

"你所言甚是不俗,何必谦虚呢。我也有酒了,不敢再饮了,改日再奉陪吧!"说着披了大氅便向门口走去。瞧着大氅的绣龙图样,王昶顿时目瞪口呆,拎着酒壶愣在那一动不动,宛若庙中泥塑佛像一般。

"今日是纸上谈兵,说不定异日真要请君入瓮呢!"走到门口,乾隆复转身,瞧着王昶那般神色,笑道。

出了军机处,一股朔风迎面扑来,直袭得乾隆打了个激灵,倒噎了一口凉气,酒已是醒了。

"万岁爷,"守在外头的高云原想乾隆进去一会儿就出来的,在外头冷得搓手跺脚,心里一直骂王昶"不长眼",瞧着乾隆出来,忙迎上去打千儿道:

"方才史中堂、蒋中堂已经进来,奴才说主子在这里有事,叫他们在养心殿候着,已有一刻时辰了呢。"

"知道!啰嗦个甚,这会儿工夫你便受不住了?"乾隆横眼瞅了下高云,裹了裹大氅加快了步子。上养心殿台阶时,见大学士史贻直、蒋溥正自跪在檐下等候,忙上前笑道:

"快起来,进里头暖和暖和吧。"

养心殿内香烟袅袅,硕大的熏笼和鎏金珐琅鼎中炭火熊熊,把大殿烤得暖融融的。众人一进来,立时觉得身上寒气一驱尽净。太监高云正领着几个小太监忙碌,见他们进来,忙叩首行礼,乾隆只略一点头,说道:

"近日西边可有折子呈来?"

"回万岁爷,没有。"高云小心答道。

"都退下吧。"乾隆一摆手拾级升阶,径上了"中正仁和"匾

额下金紫交翠的龙凤须弥座,端起茶碗,用碗盖拨着浮茶呷了一口,开口说道:

"高云,奉茶与两位中堂。"

"臣……"史贻直、蒋溥闻听,便欲跪地谢恩。

"不必多礼,坐着回话便是了。奉调之八旗、绿营官兵是否都已到达?"乾隆指指旁边的雕花瓷墩,问道。

"回皇上,奉旨所调之八旗、绿营官兵十万余大抵都已抵陕,只四川兵因道路崎岖,今尚……尚未到达。"史贻直就身坐下,直挺着腰小心奏道。

"既如此,你拟旨:四川八旗、绿营官兵不必赴陕,接旨后速返原防地驻扎,以防逆酋布拉尼敦、霍集占兄弟逃窜,不得有误!"乾隆放下茶碗,双目炯炯道。

"嗻!"话刚落地,史贻直忽地一阵剧咳,清瘦的脸庞顿时泛起丝丝潮红。

"怎的?身子骨不适?"

"老毛病了,不妨事。前阵子太后曾让太医给臣瞧过了,如今已好多了。"史贻直一手揉搓着胸口,道。

"不可掉以轻心,朕还离不得你们这帮老臣。"乾隆瞅着史贻直,怜惜道:

"李时珍《本草纲目》曾言:'鹿乃仙兽,纯阳多寿,能通肾脉生精补髓。一名斑龙。'歌曰:'尾闾不禁沧海竭,九转灵丹都慢说,唯有斑龙体内精,可补丹田脐下穴。'朕记得御苑中尚有几只,待会儿让人弄些鹿血与你。"

史贻直在胡中藻事件中,"不据实陈奏以图掩饰",加之早年依附权臣鄂尔泰,行为不检,被勒令以大学士原品致仕回籍。是年春,乾隆因其"两年以来,家居安静,业已改悔,着补授大学士,入阁办事"。一覆一起,直把个史贻直惊得心神不定,每日里谨小慎微,唯恐再出个一差半错,不得全终。如今受这般礼遇,不由得扑通一声跪倒在地,呜咽一声,说道:

"臣史贻直谢皇上隆恩……谢皇上隆恩。"

"你事先皇和朕,勤慎有加,这算得什么?"乾隆鼻子亦是一酸,腮边肌肉抽搐了两下,说道:

"今日你不听朝议事,回去好生歇着。"

"臣还……"史贻直语不成声道。

"朕知道你要说什么,回家好生养着,侍奉朕的日子还长着呢,也不在这会儿工夫。"说着,乾隆对高云吩咐道:

"高云,你扶史中堂出去,顺便取些鹿血送他府上。"

望着史贻直在高云搀扶下颤抖着出了养心殿,乾隆一语未发,良久,方转脸说道:

"蒋溥!"

"臣在!"蒋洲勒令属官弥补亏空一案,蒋溥已有耳闻,昨日听得乾隆一回宫便下旨严查此案,心中不由惴惴不安,坐在雕花瓷礅上兀自思索着,忽听乾隆发话,忙定神应了一声。

"你精神恍惚,莫不是……"乾隆复抿了口茶,微笑道。

蒋溥额头上渗出密密的细汗,起身跪地答道:

"皇上,臣蒙皇上隆恩,虽百死亦不得以报其一二,不想疏于教导,致使弟蒋洲贪赃枉法,臣实是罪该万死,求皇上……"

"好了,起来吧!蒋洲勒令属官弥补亏空一事朕已令塔永宁审理,是非曲直不久就会水落石出,他虽是你兄弟,只要你没有掺和进去,就不必担心,朕岂是那不明是非的昏君?"乾隆笑了两声,说道:

"徼弦年事已高,你应当多替朕分忧,不要为了这些琐事分神。"

"臣定竭力办事,不负圣望。"蒋溥起身答道。

"方才那事你拟好旨发出去。"乾隆起身踱了两步,"布拉尼敦、霍集占兄弟起兵作乱,依你之见当如何处置妥当?"

蒋溥定定神,说道:

"皇上隆恩,不纠二人以往之过错,仍令其主回部事务,不想这兄弟二人不思报恩,反生自立之心,依臣之见,当趁其作乱未久之际,兴我天兵以剿灭之,只是……"

正在这时,高云走了过来,向着乾隆打千儿道:

"万岁爷,各王爷大人都已进宫,现在殿外候旨,您看是……"

"宣进来!"乾隆淡淡说了声,复转身坐回宝座上。

工夫不大,果亲王弘瞻、大学士兼军机大臣来保领着刘统勋、汪由敦等人急步奔了进来,这时,殿角的大自鸣钟"当当"连响了五下。

"吾皇万岁!万岁!万万岁!"众人齐跪地,山呼道。

"时辰都掐得挺准的,起来回话吧!"

"嗻!"

乾隆环视了众人一眼,眉头皱了起来,冷冷问道:

"傅恒呢?"

"臣等不知。"

"高云,你可曾传旨于这奴才?"

"回万岁爷,奴才昨个确……确已传旨。"高云禁不住抖了下,望着脸色阴沉的乾隆,小心道。

"混账东西,越发没了规矩!"说着,手已重重地拍在案上。

偌大的养心殿死一般寂静,针落地都听得见。众人被这突如其来的变故吓呆了,木偶似的垂手站着,一个个面无人色。正没做理会处,却听外边又是一阵急促的脚步声,众人偷眼望时,正是保和殿大学士、太子太保、一等忠勇将军、军机处领班大臣傅恒。

"臣……军机处领班大臣傅……恒叩见皇上,吾皇万岁……万……岁……万万岁。"傅恒身着四团龙补服,外罩黄马褂,双眼花翎红宝石帽顶上六颗东珠晃悠着奔了进来,跪地气喘吁吁道。

"时辰还早呢,急什么,瞧你气喘吁吁的。"乾隆下死眼地盯着傅恒,心里的火一拱一拱往上蹿,冷笑两声道:

"让人看看，还以为朕不爱惜臣子呢！"

"相公身肥，故而喘吁。"不知何人低声打趣道。

声音虽小，却已被乾隆听了去：

"岂止是身肥，心亦肥了！"

一语落地，直惊得众人目瞪口呆！傅恒，孝贤纯皇后富察氏的弟弟，没有科甲头衔，以侍卫登上仕途，短短七八年工夫，便成为朝廷中第一"宣力大臣"，可谓春风得意马蹄疾，何曾受过如此重责？"心肥"二字可不是闹着玩的呀，众人不由得都把目光投向了傅恒。

傅恒面色白净，清秀的面孔上，配了两个黑宝石的瞳仁，顾盼生辉，潇洒飘逸的姿态恰如临风玉树，端的是潘安再世。这会儿却早已是面如纸白，"心肥"意味着什么他何尝不清楚？弘升、弘晳、弘昌的影子不由得浮现在眼前，霎时间额头上冷汗直流，磕头如捣蒜般道：

"皇上，臣决……决不敢心存二意，臣只……只是去了趟军……机房，故而晚了些。还望皇上明察。"

"哼，你还没忘了你是做什么吃的！"乾隆冷笑两声，忽两眼闪着绿幽幽的光，阴森森道：

"亏你有脸与朕说！军机处是做什么的？是摆设？当值的军机章京都走得精光，这当的是什么差？你说！"

"方才奴才去看了，都是奴才办事不严，求皇上……重处！"傅恒噤若寒蝉，语气像朔风中的树叶一样瑟瑟发抖。

"皇上。"大学士兼军机大臣来保犹豫片刻，大着胆子上前躬身道：

"军机处不成体统，臣亦难辞其咎，求皇上一并责罚。"

"皇上……"众人瞧着有人出头，忙一齐上前道。

"罢了，罢了！"乾隆摆摆手，复问道：

"你可做了处置？"

"回皇上。"看着乾隆面色似有些好转，傅恒心神方定了些，

"六名军机章京臣已召回,听候皇上发落。书吏王昶饮酒自娱,臣已将他撵了出去。"

"别的人不喝酒也不办差,就一个人勤劳王事,你还将他撵了,你真是越来越聪明了!"乾隆没好气地瞧瞧傅恒,说道:

"汪由敦!"

"臣在!"

"你写票拟,六名军机章京俱皆降二级留用,罚俸半年,书吏王昶忠于职事,谈吐不俗,着即日补军机大臣缺!"

"臣……遵旨!"汪由敦犹豫片刻,方嚅嚅应了声。

"怎的,尔等可有异议?"

谁也没有言声,但不言声也是一种态度,乾隆似乎也感到了这种沉默中的压力。一个小小书吏一夜间便成为掌管朝廷军政的军机处大臣,这样破格的提拔毕竟太过分了些!在座大臣没有一个赞同的,却又不敢出头抗争,只好默默伫立。一时间养心殿寂静得一根针落地都听得见,唯闻殿角的大自鸣钟沙沙作响。

"都没有话说了吗?"耐不住这死一般的沉寂,乾隆终于开口又问了句。

"臣有话说!"

第十四章

和亲王预演身后事
乾隆帝安排阵前谋

廊下的哀乐顿时奏起,抑扬顿挫直冲云霄。高云忙跪在弘昼脚下哭号道:"王爷,您怎么就这么走了,这可让奴才怎生是好呀。"尸床上的弘昼忽然"哼"地笑一声,一下子坐了起来,把个高云吓得脸煞白……

乾隆定眼望时,却原来是刑部尚书刘统勋,只见他昂然顿首道:

"皇上,这王昶虽是臣荐于史中堂的,但臣仍然以为他不宜晋升过速!"

"为什么?"乾隆用阴郁的眼神盯了刘统勋半晌,冷冷问道。

来保也鼓起勇气说道:

"臣以为皇上不宜开官员速进之门。"

"什么?速进?"乾隆听罢,立刻反唇相讥,说道:

"人人不图速进,四平八稳熬资格做官,可以治国平天下吗?"

来保抓住乾隆话中空隙,立刻顶上一句:

"圣祖朝大臣明珠、高士奇,都是一言奉君合意,骤居高位,乱政害国,前车之鉴不远,还请万岁明鉴!"

"你又何以敢断定王昶便会像这二人一般呢?"乾隆紧盯着来保,似笑非笑地说道,语气却越来越严厉:

"话说回来,你这样说话,复置你自己于何地?"

来保被这话噎得一怔,他自己的履历确也可算得"速进"。刘统勋见状,知道王昶已为乾隆所赏识,便从容说道:

"皇上爱才惜才之心,臣等十分钦佩,只此举确是不妥,骤升高位，众人群起而效，善后何其之难！皇上果想让其为朝廷效力，尽可一步一步速提。况王昶多年在外当差，并不曾历练过，骤然将军政要务压在肩头，他承当得承当不得还很难说。"

"刘大人所言甚是，还请皇上慎量。"来保、汪由敦也都请道。

"朕想好了，王昶授军机章京，索性成全了你等！"乾隆沉吟片刻，点头笑道：

"傅恒，你也起来回话吧，以后记着点。"

"嗻！"傅恒这方如释重负，忙起身退至一边。

"弘瞻、弘昼呢？你哥俩平素要好，不会不知道吧？"乾隆接过奶子呷了口，瞧着一直默不作声的果亲王弘瞻道。

"回皇上，五哥身子不适，让臣弟……"

"不适？恐怕是心里有鬼吧！高云你再去传旨，让这奴才立时进宫见朕，不得有误！"乾隆满脸阴笑，"西北战事又起，朕决意立刻派兵进剿，你们议议，看还有什么要说的？"

"皇上决断甚是，逆酋屡受皇恩，却心存歹意，自当发兵进剿，以儆效尤。"来保闻听，干咳两声道：

"只是此时天未放暖，进兵甚是困难，粮草给养运输亦颇费周折，依臣之见，似应缓数月进兵为好。"

"臣亦以为稍缓进剿妥当些。"蒋溥微微点了点头，说道。

乾隆心中不由泛起一股失望感，正待开口说话，却听见刘统勋已然开了口：

"皇上，臣以为正当趁此时机进剿逆酋。"

"嗯，说说你的道理。"乾隆会心地点点头，说道。

"臣之所以如此认为，其一，逆酋乃游牧部落，现下道路封冻，草未生粮未长，逆酋皆聚于固定之地，若延缓几月，则草已丰粮已收，我兵进剿，逆酋虽不敌，却可忽东忽西，如此则徒劳我师。"刘统勋兴致勃勃侃侃说道：

"其二，天冻地寒，于我军进兵是不利，却是最好的时机。因为在逆酋看来，我军根本不可能此时派兵，如能及时进兵，则有

233

出其不意、攻其不备之效,定能事半功倍。"

"刘大人此言差矣!"果亲王弘瞻似乎不甘寂寞,摇了摇头,开口说道:

"逆酋既敢起兵作乱,又怎会不加戒备?我军去岁征剿阿睦尔撒纳,甚是疲惫,以此疲惫之师远征千里,试问怎能取胜?"

"闭上你的嘴!待会儿自有你说话的时候!"乾隆使劲地盯着弘瞻,语气结了冰一般冷峻。"由敦,你怎么想?"

"回皇上,臣赞同刘大人的意见。"汪由敦定神答道:

"我军征剿阿睦尔撒纳,虽甚是疲惫,但今已休整将近一年,谈何疲惫之师?只是此兄弟二人中那霍集占生性狡诈,却不能低估,另外,有一事臣以为不能忽视……"

"快,快说!"

"去年虽平定阿睦尔撒纳之乱,但天山北路仍不稳定,臣意似应派一大将,发兵天山北路。两路同时进军,以防回酋与其勾结。"

"嗯,不错!你等可晓得,这些话那王昶早已告诉了朕。"乾隆瞧瞧众人,哈哈大笑道,"傅恒,你也是带过兵的,你说说看。"

"回皇上,刘、汪二位大人所言甚是,关门打狗,剿平逆酋指日可待!"傅恒连连说道,"只是逆酋生性狡诈,剽悍难制,臣以为委派将领须慎之又慎。"

乾隆点了点头,沉吟片刻道:

"雅尔哈善、兆惠可在京?"

"雅尔哈善现在西安,兆惠前阵子进京述职,尚未回职所。"

"传兆惠进宫!"

"嗻!"

"来保,你拟旨。"乾隆抿了口奶子,转脸对来保道:

"布拉尼敦、霍集占兄弟,在噶尔丹策凌时,被拘于阿巴噶斯、哈丹鄂拓,我兵初定伊犁,释其囚絷,令为部民头目,方欲加恩袭爵,授以土田,乃乘厄鲁特变乱,率伊犁部众,逃往叶尔羌、喀什噶尔。朕以其或惧厄鲁特骚扰，暂避以图休息，尚未加兵，策遣使招抚，不料意敢戕害使臣，僭称巴图尔汗，情尤可恶，若不擒获正法，则部众终不得安生，用是特发大兵，声罪致讨。尔等皆无罪之人，朕何忍与叛逆之徒，一体诛戮。此次兴师，特为霍集占一人，尔等若将霍集占缚献，自必安居如旧，永受殊恩，如执迷不悟，听从逆酋指使，大兵所至，即不分善恶，悉行剿除，悔之何及，尚其熟思利害，毋自贻误。"

"廷寄还是明发？"

"明发！"

"另，传旨下去，委任参赞大臣雅尔哈善为靖逆将军，专管征讨霍集占，以都统哈宁阿为参赞大臣，副都统顺德讷、爱隆阿为领队大臣，即日进兵，不得有误！"

"嗻！"

此时已是卯正时牌，红日已自东方天际微微露出了笑脸，鱼鳞状的铁锈色云片布满天空，将太阳泼洒下来的光彩分离得影影绰绰，虚无缥缈，沉浮莫测。乾隆半倚在龙椅上，微合着眼，任柔和的阳光沐浴着全身，他的心情似乎舒畅了许多。良久，方睁开眼，说道：

"李元亮！"

"臣在！"户部尚书李元亮闻听，忙上前躬身应了声。

"豁免河南夏邑、永城两年赋税钱粮，另拨银一百五十万两赈济灾民，他省受灾情形，补写个详细的折子呈上来，该免的便免，该恤的便恤，不要为朕省那点钱粮。"

"臣遵旨！"

蒋溥犹豫片刻，躬身道：

"皇上，豁免之事是否可暂缓些时日，此时要进兵剿乱，所需钱粮甚多。"

"不行。民之所与，即天之所与，是以人君祈天永命，莫先于爱民。得民心，则为贤而与之，失民心，则为否而夺之，可不慎乎？可不惧乎？"乾隆缓缓起身，在油亮晶莹的金砖地上漫步，时而踱至群臣中间，时而绕座徘徊，振振有声说道：

"平日里颂的都是太平盛世，可实际情况又怎样呢？老百姓过得太苦了……以苏杭之地，说是'天堂'，然朕实地查看被水州县，岂止十室九空而已！灾民遍地，露宿荒郊严霜之下，时有冻饿之殍抛之荒野。人市间黄口幼儿草标插卖，子啼母泣之声上闻于天，饥民如此之惨苦，朕岂能不及时另加恩泽？若不如此，朕可就成了真的孤家寡人了！"

"皇上爱民之心臣甚是感动。"蒋溥以大学士身份职掌户部，户部情形如何他岂不知晓？瞧着尚书李元亮一声不吭，只能硬着头皮，面露难色道：

"只是去岁用兵、恤灾用银甚多，库银现存已不甚丰，若顾着恤灾，臣恐战事用银……"

"库里还有多少存银？"乾隆听罢，心里亦是一惊。

蒋溥脱口而出：

"库内现存银二千七百八十五万两！"

乾隆浑身一颤，烦躁地踱来踱去，久久一语不发。

刘统勋沉吟片刻，躬身道：

"皇上，战事用银一分一厘亦不能少。"

"恤灾之事亦不能拖，依臣之见，夏邑、永城赈灾之银先拨给，他省情形不同，可严令各省督抚细审实奏，然后依情再作论处。"

"好，就依你的法子办，将来若银子真不够使，缩减宫中开支，再从内库里拨！各地督抚贪图功名，玩视民瘼之风甚盛，甚是可恶。汪由敦，你可须慎慎考察，不得有半点闪失！"

吏部尚书汪由敦闻听，额头不由得渗出些许冷汗，应道：

"臣遵旨！"

"朕说，你拟旨，待会儿便明发下去！"

"嗻！"

乾隆款款道来：

"朕生长深宫，瞻依皇考慈颜，惟知承欢膝下，懋学书斋。即如日用饮食之需，悉由恩赐，丰赡饶裕，不烦问所从来，此固皇考昊天罔极之恩，难于名言。而为君之难，亦惟身履其地者，然后知圣人之言为至当也。今朕缵承大统，身为人主，尝思饮馔被服，皆出于海内脂膏，宫室器用，皆取自闾阎拮据，尚安忍少有靡费侈用之心，以伤民力而耗民财乎！又安忍已垂裳而听天下之民之有寒不得衣；已玉食而听天下之民有饥不得食者乎！"

乾隆喘口气，接着说道：

"朕日夜兢兢，时思本固邦宁之至虑，以皇考之实心为心，以皇考之实政为政，凡供膳品味之类，无所加增。衣服器用之属，无所滥费，宫室苑囿之区，无所改营，爰赖中外诸臣，共体朕心，以成朕志，于民生日用所由阜成，民生乐利所由丰裕之处，在在求其实际，事事谋其久远，勿以虚文而泽不下逮，勿以小利而计不图全，勿休无益以害有益，勿薄民生以厚己生。果能恒产有资，将见恒心自启，我皇考圣训，所谓三代之治必可复，尧舜之道必可行者，庶能继述万一。朕必务收实效，岂肯徒托空言。中外诸臣务时刻以吏治民生为念，不存为己观望之心，则朕之百姓，庶乎稍有裨益耳。"

一段长篇大论，直听得众人汗颜万分。乾隆似乎也有些累了，复坐回宝座，良久，方说道：

"统勋、弘瞻留下，你等跪安吧！"

"皇上，不知……"望着众人远去，刘统勋上前躬身道。

"坐着回话吧！"乾隆随手指了指雕花瓷墩，说道：

"昨日左都御史吴拜说起蒋洲命属官弥补亏空一事，你可晓得？"

"臣已听说。"

"此事你怎么看？"

"这……"刘统勋面露难色，犹豫着不知如何开口是好。

乾隆两眼直视刘统勋,说道:

"顾忌什么,心里怎么想便怎么说,朕自有主张。"

"回皇上,臣以为当委一钦差专审此案方妥。"

"朕已传旨巡抚塔永宁审理此案,怎的,你以为不妥?"

"皇上,塔永宁塔中丞与蒋中堂私交甚好,蒋中堂为官清廉,远近皆知,但臣以为还是避嫌为好。"

"嗯,你说的也有道理。"乾隆笑着点了点头,说道:

"朕也想到了这点,所以把你留了下来。"

"皇上莫非要派臣……"

"正是,怎的,不愿意?"乾隆笑道。

"不是,臣只是有些出乎所料而已。"刘统勋定神正色道:

"臣一定秉公处置,不负皇上所托。"

"细细审,不要有半点疏漏!督抚朝廷大员,却不思公忠报国,为一己之私利而置朝廷法度、仁义道德于不顾,甚是可恶!朕想杀鸡儆猴,明白吗?"忽地,乾隆两眼绿幽幽的闪着光,直看得人心里寒森森的。

"臣明白!"

"山西邪教匪众虽灭,但亦不甚平静,朕让御前侍卫三格随你去。明儿一早起程,速速办理,时日不可拖得太久!"

"臣,谢恩,领旨!"

刘统勋叩头跪安退步而出,偌大养心殿只剩下了乾隆和果亲王弘曕……

和亲王弘昼府邸地处安定门内大街,是京城所有王府规模最宏大的宅邸。从康熙十二年开始,修建了十多年才建起来,七十年来随着主人几起几落,王府几次修葺又几次破落,如今虽是陈旧了些,但结构规制还依旧保留着先时最鼎盛年代的模样。

高云打马出宫,急匆匆直奔王府,抵得门前,却不由得怔住了:

"这是怎么回事？昨日还歌天酒地，今日却怎的挂上了白灯笼？这一夜之间难道……"

"哟，高公公，您老怎么有空到这来？"一个司阍堂官瞧见高云，忙快步上前，打千儿赔笑道。

"咱家奉旨宣和亲王进宫见驾，速去通报。"高云满脸狐疑道。

那司阍堂官看看高云，笑道：

"用不着通报，高公公随在下进去便是了，请！"

高云跟在那司阍堂官的后面来到内殿。

内殿内一片缟素。却见尸床横陈，和亲王弘昼双目紧闭，躺在尸床上。烛光闪闪，素幡飘摇，床前鼎彝盘盂，罗列着各种祭品，大群姬妾子女、太监苏拉白衫白裤，环跪于前，有板有眼痛哭流涕。

此情此景，直把高云惊得目瞪口呆，正自懵懂着，却听引路的司阍堂官亢声通传：

"养心殿总管太监高云高公公前来吊唁，奏乐！"

廊下的哀乐顿时奏起，抑扬顿挫直冲云霄。听着那泣人的哀乐，高云不由得不信了。忙净手焚香，急步上前，跪在弘昼脚下哭号道：

"王爷，您怎么就这么走了，这可让奴才怎生是好呀。"

司阍堂官长呼：

"孝子叩谢！"

弘昼长子永玢一身素服，膝行而前，叩谢道：

"高公公节哀。"

"奴才不能不伤痛啊！昨日见着王爷还好好的，可谁想今日却得崩啦，造化弄人……造化弄人呀！"

尸床上的弘昼忽"哼"的一声笑出来，直把个高云吓得脸煞白，禁不住连连后退，口中喃喃道：

"王爷，您……您没死……"

"你这狗奴才，用词不当，应该用薨逝，懂吗？"瞧着高云那

般神色,弘昼忍不住哈哈一阵大笑,索性盘腿坐在尸床上,侃侃而谈:

"圣人制古礼,等级分明:天子之丧,是为崩殂;诸侯曰薨;士大夫曰卒;平民曰殁;罪人曰毙……历来多少人为这掉了脑袋,怎的如何不慎,莫不是不想要小命。"

高云目光发直,呆望着弘昼,半晌说不出一句话来。

弘昼哈哈一笑,跳下尸床,说道:

"来,高公公,挺有意思的,你也躺上去,让他们奏乐,享受享受这滋味。"说着,弘昼抬脚向前便欲拉高云。

"别,别!王爷,奴才没得罪过您呀,您饶……饶了奴才吧。"高云吓得哆哆嗦嗦,额头上冷汗直流,趔趄着退至门边,差点儿被门槛绊个仰面朝天。

"瞧你这熊样,我是人,不是鬼!阎王爷说我阳寿未尽,不收我!"弘昼大步上前,扶住高云哈哈大笑道:

"你摸摸,死人的手热乎?"

跪满一地的姬妾子女、太监苏拉们此时也忍不住笑出了声。

高云这才明白是怎么一回事了,长长地吁出一口气,掏出手绢抹去额头的冷汗,总算定住了神。

"还愣着作甚?哪,这个赏给你,"弘昼说着随手从祭器上取了个橘子扔了过去,自己也拿了个苹果开心地嚼着,"没瞧出来,你这奴才对我还有些感情。"

有个屁感情!高云唯唯诺诺地笑笑,心有余悸道:

"王爷生性旷达,奴才晓得。只这么个做法,奴才想都没想过。"

"人生不满百,左右不过是这么一回事儿!演习演习玩儿,自得其乐嘛!"弘昼不以为然,笑道:

"说吧,什么事?"

方才被吓得半死,却忘了自己的差使,这会儿听弘昼问起,高云才醒过来,忙打千儿道:

"昨传旨王爷今上朝见驾，王爷没去，故而皇上遣奴才再来传个旨。"

"四哥天资聪慧，有何处用得着我这笨才？"

"王爷聪颖多才，谁人不知，谁人不晓？王爷，皇上还等着奴才回旨呢，您老还是赶紧进宫吧。"

弘昼笑道：

"说说吧，高公公，皇上召本王究竟为的何事？"

"这……这奴才真的不晓得。"高云支吾着道，"皇上只吩咐奴才传旨。不过……不过奴才看皇上脸色不大好，想是……想是王爷这段日子有甚闪失吧。"

"他奶奶的，你还跟王爷我卖关子？"弘昼听罢，心头一惊，脸上却依旧保持平静道，"快说，到底是什么事！"

"奴才……奴才真不晓得，王爷您……您就……"

"屁话，你整日不离皇上左右，能说不晓得？"弘昼收敛了笑容，阴森森道：

"你这奴才，可别敬酒不吃吃罚酒！"

"王爷，不是奴才不给您老面子，皇上您也晓得，万一让他知道了，奴才这脑瓜子可就长不牢了呀。"

"你下头已经割了，难道还怕把上头也割了？"永玠这会儿也插了话，"王爷问你几句话，你便装糊涂，皇上杀得了你，莫忘了王爷也杀得了你！"

"闭嘴！怎可对高爷如此说话？"弘昼喝住儿子，复对高云道：

"你说，这也没外人，不会走漏风声的。放心，本王爷不会亏待了你的。永玠，吩咐下去，给高爷备份薄礼，整日就那么点俸银，也挺不容易的。"

高云哪里吃得住他父子这夹枪棒，由不得满面赔笑，说道：

"说来也没什么大事。皇上这次微服出京，发现了王爷……王爷买的那所宅子，因而想问个清楚。"

仿佛电击雷掣了般,弘昼呆呆站在当地,一语不发,死一般的沉寂,直压得高云喘不过气来,忙上前打千儿道:

"王爷,事已如此,还是想想过会儿如何答对是好,再想别的都无济于事了。时辰也不早了,王爷还是随奴才赶紧进宫吧,再迟了奴才可没法交差呀。"

"哟,对,对!"弘昼这方缓过神来,"来人,备轿!"

养心殿里,"中正仁和"匾高悬于殿堂之上,那四个斗大的巨字,闪射出金色的光辉,照耀着大殿的每一个角落。乾隆高坐在宝座上,面色阴郁,阴森森地直视跪在地上的果亲王弘瞻。

"弘昼,你进来!"

弘昼忙颤巍巍踱了进来,耷拉着脑袋,跪地山呼:

"臣弟弘昼叩见皇上,吾皇万岁!万岁!万万岁!"

"万岁?万万岁?"乾隆下死眼地盯着弘昼,心里的火一拱一拱地往上蹿,"有你们这么好的兄弟,朕万岁得了吗?"

"臣弟……"弘昼趴在地上,不敢多说。

"你怎样?你可是看着这宝座诱人,也想坐上来享受享受?"乾隆狞笑两声,两眼绿幽幽闪着光,冷冷说道:

"来吧,朕这便让你坐,来呀!"说罢已站起身,踱下了宝座。

"臣弟不敢,臣弟不敢……"弘昼磕头如捣蒜般颤声道。

"不敢?你有什么不敢的!"乾隆语气结了冰般冷峻,"连朕的旨意你都敢违抗,还敢说不敢?"

弘昼偷眼望着他那愤愤然的脚步与傲然的身影,无所适从。养心殿陷入了死水一般闷人的寂静,空气仿佛凝固了似的,直压得人透不过气来。殿角的大自鸣钟兀自沙沙作响,时间又过了很久,很久……

弘昼感觉到了那灼灼的目光,好像是两条火舌燎舔着脸,灼热的双颊上沁出了密密一层细汗。不过,这汗出来后,很快又变成了冷冰的汗珠儿。终于，他抬起了头，忧心忡忡地望一眼乾隆，壮着胆子，打破了这令人窒息的沉默。

"臣弟斗胆亦不敢违抗圣旨，臣弟只是……只是昨日吃酒过多，故而……故而误了时辰。求皇上……"

"吃酒吃酒，就不怕把你喝死！亏你两个还是爱新觉罗氏子孙，一个纵仆胡作非为，一个整日吃酒作乐，你们对得起父皇、对得起太祖太宗吗？"乾隆越说越激动，脸色通红，快步踱来踱去，"你说，张各庄那所宅子是怎么一回事？"

"那是下人所为，臣弟亦不甚知晓。"弘昼嚅嚅道。

"你倒推了个干净！没有你指使，下人们敢吗？"

"臣弟……臣弟……"

"你怎样？园子朕已封了，宅地田粮一并用于赈济灾民！你可还有话说？"

"臣弟无话可说，皇上处置的极是。臣弟一时愚鲁，求皇上饶臣弟这一回吧！"说着，弘昼痛哭流涕，号啕大哭了起来。

"皇上，"却在这时，高云走了进来，打千儿说道：

"傅中堂、兆军门在外候旨见驾。"

"传进来！"乾隆两眼依旧盯着弘昼，"你二人回去好好想想看朕是不是错怪了你们！以后好生做事，若再敢背着朕生事，可莫怪朕不顾骨肉之情！退下！"

"嗻！"弘昼、弘瞻转身急匆匆出殿，却正好与进来的傅恒、兆惠撞了个满怀，如此狼狈相，直把乾隆瞧得忍不住笑出了声。

兆惠跪地高声报道：

"臣定边将军兆惠叩见皇上。"

"起来，起来坐着回话。"乾隆虚扶了一下，复回上宝座，"傅恒已将事情说与你了吧。"

"臣已知道。"

"先朝名将济济，巴海善于周旋，有耐力能持久，赵良栋善穿插，能奔袭；图海善对垒能攻坚；费扬古善战阵，能苦战；周

243

培公机变多智远虑深谋,可谓全才。"乾隆如数家珍,忽地叹了口气,说道:

"只可惜本朝能统兵打仗之人寥寥。傅恒经过战阵,于行军布阵还算稔熟,但是朝里离不了他。再有就你和阿桂几人,此次统兵,务须慎重,以期全功而还,张我朝威。"

"皇上放心,臣必不负圣望!"兆惠声音敲钟一般响亮,"只是现下冰天雪地,草原都盖着雪,粮草供给……"

"你放心。先帝爷在时,多次言及,西北打仗,打的是粮是钱,朕怎能忘了?粮草叫甘陕二省督抚督办,马不一定要吃草原上的草才肥,叫甘陕还有山西,运谷草到军中,违期依军法处置!"乾隆充满着信心,双目炯炯道:

"兆惠,你手头实有多少兵?朕有些信不及兵部说的数目,如今哪个大营都吃空额,朕也顾不上理会这事。但朕用兵决心已定,打仗的事朕虽不甚知晓,却知来不得半点虚假。"

"回皇上话,"兆惠微一躬身,朗声答道:

"奴才节制的兵马实有六万二千七百五十人,与兵部实报数额相符。奴才决不敢吃空额,请皇上明鉴。"

"朕信得过你。"乾隆微微点了点头,开口说道:

"布拉尼敦、霍集占兄弟号称拥有十万铁骑,虽说夸大了些,却有几十万部众附和,这些人骑术劈刺都很精,剽悍难制,所以尔等切不可轻敌。"

"是,主子圣训,奴才当悉心凛遵。"

"朕已令雅尔哈善克日进兵,直逼边疆。你先将天山北路阿睦尔撒纳余孽荡清,免得这两个东西与外纠合,然后统军斜插过去,会合雅尔哈善两路夹击,勿使其逃窜了去。"

"奴才晓得。不过……"兆惠犹豫一下,不知当不当说。

"不过什么?尽管说来!"

"回皇上,奴才以为……以为委雅尔哈善为主帅,有些不妥。此人文人出身,根本不谙兵法,如出了差错,恐……"

雅尔哈善原是文人出身，从翻译举人任中书内阁，升通政使，后历任龙安、松江、苏州三府知府，署江苏巡抚、浙江巡抚、户部侍郎、兵部侍郎、办事大臣、参赞大臣等。虽肚里有些学问，但对于行军布阵知之甚少，去岁平定阿睦尔撒纳之乱，他为巴里坤办事大臣，为邀功请赏，把投归清廷的和硕特汗沙克都尔曼济及其属下四千余人，当作叛逆者全部杀害。当时兆惠便密陈乾隆，不想雅尔哈善先入为主，取得了乾隆的信任，非但未被革职，反升了参赞大臣兼兵部尚书。

"怎的，还记着那事？"乾隆笑了笑道。

"臣说的句句属实，断不敢以私废公，公报私怨，还望皇上明察。"

"好了，用人不疑，疑人不用。行军打仗非同儿戏，怎可动辄更易主帅？动了军心可不是小事。再说让逆酋知道了，岂不笑话，堂堂天朝竟派不出个主将，一日三更，颜面何存？你说是吗？"

"这……"

"皇上所言甚是。"傅恒瞧瞧兆惠，说道：

"可一旦有个闪失也……依臣之见，不如行文雅尔哈善，大军抵达后不可轻举妄进，待荡平北路后，与兆惠会商进剿事宜，若有难决之事，急奏朝廷。"

"好，就这样办。另外，要给兆惠增兵。"乾隆离了宝座，背着手踱步良久，方说道：

"你发文，青海驻营兵马一律归兆惠节制。"

"嗻！"傅恒忙躬身答道。

"还有，"乾隆低头想了想，慢吞吞又道：

"驻守榆林的三万人马，移防甘肃、青海交界之张掖、敦煌一带，随时听候兆惠调遣使用。这样，兆惠实有兵力将近十万人，也差不多够他用的了。"

乾隆说一句，傅恒躬身答应一声，又道：

"各省兵马节制历来要用兵部勘合。国家用兵之时，外将应该

245

有专阃之权,是否降旨兵部,暂停对青海兵员调动,以免军令不一,相互掣肘?"

"唔,"乾隆点了点头,"就依着你的意见,下去办吧。"

"嗻!"

待傅恒躬身退出,乾隆方转脸笑道:

"这样处置还算妥当吧?还有什么难处,一并说来朕听。"

"奴才再没甚难处。皇上放心,奴才必在西方立功给主子瞧!"兆惠仰着脸听完,起身大声应道。

"光有好心不成哪!"乾隆摆摆手,说道:

"康熙五十七年西部用兵,我们吃了大亏,六万山东弟子无一生还。前事不忘后事之师,万万不可疏忽大意,骄纵轻敌。"

"嗻!"兆惠跪倒在地,干净利索地叩了三个响头,大声答应一声,转身出了养心殿。

清风在吹,青烟在荡。乾隆皇帝站在丹陛上长长地呼出一口气,深深地吸入一口气,顿觉得神清气爽,了却了那许多的烦闷与苦恼。他的思绪已随着清风飘到了那白雪皑皑的天山脚下……

第十五章

蒋中堂羞见贪墨弟
兆大帅痛责乱纪兵

蒋洲和杨文龙这时方知大事不妙，吓得面如土色，一动不动。刘统勋眼见他们均已瘫软了，冷冷吩咐道："来呀，搀着两位大人接旨。"二人战战兢兢跪下，刘统勋才展开诏书宣读："奉天承运皇帝诏曰……"

刘统勋奉旨审理蒋洲侵帑一案，回到京城时，已是正月十五。不敢耽搁，径至养心殿来见乾隆。只见养心殿外太监们个个屏息敛声躬身小心站立，似乎出了什么大事似的，他站在滴水檐下定了定神，听听里头毫无动静，轻咳一声道：

"臣刑部尚书刘统勋恭见万岁。"

"进来吧！"乾隆在殿中答道。

刘统勋进了殿便觉得气氛和往日不同。乾隆没着袍服，只穿了件湖绸袍子，腰间系一条明黄金丝卧龙带，盘膝端坐在东暖阁大炕上，脸色阴沉，两眼绿幽幽闪着愤恨的光。下边养心殿总管太监高云直挺挺跪着一语不发，额头上渗出密密的细汗，保和殿大学士、首席军机大臣傅恒和大学士来保坐在旁边，也是一言不发。见刘统勋要跪着行大礼，乾隆吩咐道：

"不要行礼了，你说说，案子究竟怎样？"

刘统勋定定神，满脸正色道：

"蒋洲侵帑一事臣已查明，确系实事，他本人亦供认不讳。只是……"

"只是什么？说，不必顾忌！"

"只是此案牵连颇大，"刘统勋咬了咬下唇，说道，"冀宁道杨文龙、太原知府七赏明令州县官员按规定数目上交弥补亏空的银两，且从中为回扣；按察使施穆尔图、前巡抚明德多次收受蒋洲贿赠，并多方包庇。如何处置，臣不敢擅作主张，请皇上示下。"

"好，太好了！前朝出了个诺敏，如今又出了个蒋洲！"乾隆的声音不疾不徐，只略带着点嘶哑，"朕御极以来不贪钟鼓之乐，不爱锦衣玉食，不恋女色，精白诚心以对天下。总想内外臣工能善体朕心，悉心政务以成朕志！不想却皆以为朕施仁政，是懦弱可欺，背着朕贪赃枉法，恃强凌弱，可恶！可恶！今且告汝等，朕立意创大清极盛之世，效圣祖为一代令主，顺朕此心者，朕自不会亏了汝，逆朕此心者，则三尺之冰正为汝设！"

这一番言语说得铮铮有力，落地有音，直听得众人心里麻一般乱，哪还敢坐着？忙起身跪倒在地，叩首道：

"臣等有负圣恩，实是汗颜，求皇上……"

"都起来，朕不是说你们。"乾隆这时方平静下来，"傅恒，你说说，这事当如何处置？"

傅恒忙躬身道：

"蒋洲世受皇恩，不思报恩，却侵帑库银，甚是可恶，巡抚明德、按察使……"

"好了好了，说这些没用的话作甚！说说该怎么处置！"

"依刘大人所言，可知该省风气，视库帑为可任意侵用已非一日，故而当从严办理，以敲山震虎。不过，"傅恒说着偷眼瞅瞅乾隆，方接道，"臣以为此事不可拿人太多，现下西北战起，山西军、粮重地，许多事还要靠他们去办。此外，这样也容易引起其余各省官员惶恐，牵动大局就不好了。"

"什么引起官员惊恐，他们若身正，又惊恐什么？"乾隆脸上泛起一丝不快，"来保、统勋，你们怎么说？"

"万岁所言极是。但……傅大人前边所言甚是恰切，不能不慎重考虑。"来保躬身道。

瞧着乾隆望自己，刘统勋忙答道：

"臣以为两位中堂所言有道理。大军刚动，若后方不稳可……

依臣之见，恨归恨，不能严办。官越大越办，州县就不必难为他们了。"

"嗯，就依着你们。"乾隆沉吟片刻，点点头说道，"傅恒，着将原山西布政使蒋洲、冀宁道杨文龙即刻处斩；巡抚明德、按察使施穆尔图革去顶戴花翎，押京交刑部严议。"

"皇上，"来保犹豫了片刻，开口说道：

"依臣之见，是否可将'处斩'二字改为'赐尽'？一来新春之际，甚不吉祥，二来蒋大人……"

"好，就这么办。统勋，陕西军事重地，不可一日无人主事，你回去处理这事，便去陕西，不必再进宫复旨了。"乾隆点了点头，"时候也不早了，你们就与朕一起用膳吧。"

"臣，谢恩、领旨！"

蒋洲和杨文龙被解至京城，关在刑部大牢里。他们离开山西，觉得心里安静了许多，因为巡抚塔永宁铁面无私，官员们谁肯冒着得罪他的风险照料他们？在山西，一天三顿，荞麦面糊糊，棒子面窝窝头每顿一个，又不许家属亲友送饭，就这一条便禁受不了。这里却不错，刑部历来规矩，未定刑犯官的伙食每月二十两，还可以吃到细米白面，也断不了荤腥，比起太原不啻天壤之别。蒋洲又是大学士、军机大臣蒋溥之弟，因此一到北京，便有趋炎附势的官儿前来探监、看望，倒似中了状元、榜眼一般，好不热闹。想想春夏不施刑，拖到秋后，不定中间生出个新的枝节，遇到大赦，一道恩旨，万事皆吹！

蒋洲心里暗自高兴，送走来客，便取出二十两银子，十两请看狱卒，十两办一点席面自己吃酒消寒。他端起酒抿了口，瞅瞅杨文龙面露苦色，遂笑道：

"瞧你这样，来来来，吃酒！想那劳什子事干什么？"

杨文龙苦笑道："哪还有心思喝酒？也不知皇上会怎样处置？"

"再怎样处置也不会现在便杀头，离秋后还早着呢，不定会生出个什么新枝节，到时一道恩旨，屁事也没有！"

"大人您说这可能吗？"

"怎不可能，前朝秀才邬思道大闹考场，圣祖爷龙颜大怒，下旨处死，孝庄皇太后驾崩，大赦天下，还不照样没事人一样？这么点道理你都想不透？"

哪有那么好的机会？杨文龙心里惴惴不安：

"大人，这可能吗？机会难求啊！"

"屁话，西边正开仗，打个胜仗不就有了希望？再说……"

两个人正谈着，便听外头有人问：

"蒋洲关在哪间房？"

蒋洲和杨文龙转眼一看，是蒋溥！蒋洲惊得一颤，想站起来，只腿软得一点力气也没有，只傻呆呆愣着。杨文龙瞧着，忙起身上迎：

"中堂大人在上，小的给您请安了。"说着便欲跪下行礼。

"你这礼我可当不起！"蒋溥脚步踉跄上前坐了，瞅瞅蒋洲，一阵剧烈的咳嗽后，面露红晕说道：

"你做的好事！"

"大哥，我……"蒋洲仔细打量，这才发现兄长几时不见，已是苍老了许多，油光发亮的辫子白了许多，脸上亦已布满了皱纹。

"我平日是怎样告诫你的？你为什么要这样做，你对得起列祖列宗，对得起九泉下的父亲吗？"蒋溥说着，"啪"的一声，手重重地拍在桌上。

"大哥，我错了，我再也不敢了。求大哥……"

"不要说了！做下这等丑事，我的脸都让你丢尽了！我还有什么脸见皇上？"蒋溥此时亦禁不住老泪纵横，"这事……这事皇上自会公断的，决……决不会枉了你。"

"中堂，"杨文龙心里一紧，上前道：

"不知……不知朝廷到底是个什么打算？"

"这是照例的事，当然有个规矩。"蒋溥淡淡地说了句。这是一句不着边际的废话，但他不肯说，杨文龙也是干着急，正当这

时,刘统勋走了进来,杨文龙忙上前赔笑道:

"不知刘大人到来,在下失礼了。"

刘统勋却只上前向蒋溥一躬,说道:

"中堂大人,时辰到了。"

"知道了,"蒋溥拭了拭眼泪,说道:

"刘大人这番情谊,我没齿难忘。愚弟做下这等丑事,我实已无颜再见圣上,这份乞休折子,劳大人转呈皇上。"说着,颤抖着从怀中掏出张纸。

"中堂,您……这……"刘统勋不知该说什么是好。

"刘大人不必多言,我心意已定,皇上隆恩,我只有来生再报了。"蒋溥说着,眼泪禁不住复夺眶而出,"兄弟,你……你好生去吧!"说完,脚步踉跄走了出去。

蒋洲和杨文龙这时方知大事不妙,吓得面如土色,庙中泥胎般一动不动。刘统勋见外头人役已齐,眼见他们均已瘫软了,冷冷吩咐道:

"来呀,搀着两位大人接旨。"待二人战战兢兢被强按着跪下,刘统勋才展开诏书宣读:

"奉天承运皇帝诏曰……钦此!"

"臣……谢……谢恩,领……领旨。"两人半昏半迷地答道,那声音就像秋风中的树叶瑟瑟发抖。

刘统勋命人将他们扶起来,叹口气说道:

"自作自受,来!将蒋洲押往西厢房,好生侍候他升天!"

"嗻!"衙役们答应一声,上前便将蒋洲架了出去。

"杨文龙!"刘统勋看了看魂不附体的杨文龙,见他毫无反应,又近前一步道:

"杨文龙!"杨文龙喉结一动,不知咕哝了一句什么。

刘统勋冷笑两声,说道:

"怎的这个样子?当初你看到白花花的银子时,为什么就不想想自己的下场?来呀,端上来!"话音刚落,一个衙役端着个条盘走到了杨文龙面前。

一壶药酒！杨文龙见状，似乎才从噩梦中惊醒一般，他惨号一声，连连后退，宛若遇着恶鬼，嘴里喊道：

"不，不！我要面见皇上，我冤枉……我冤枉，是蒋洲……是他……"

"他自然难逃法网。"刘统勋不屑地一笑，"你还是快些了断了的好。要知道，挣扎时比死了还苦呢！"

"不，不，我不！"

"你不？你勒令属官弥补亏空，使得他们倾家荡产，妻离子散，他们说'不'，你又是如何作为？你打着蒋洲旗号侵吞库银，又可曾说过'不'字？"刘统勋面色冷峻，冷冷道：

"来呀，杨大人既不肯喝，你们便帮他一把！"

四个皂隶立刻过来，捏鼻子、揪耳朵，硬将毒酒灌了进去。刘统勋见他断气，长叹一声，便走出了刑部大牢。

乾隆正在养心殿中歇息，却听外边一阵急促的脚步声，转脸看时，却原来是军机章京王昶。

"臣……臣王昶叩……叩见皇上。"王昶进屋跪倒在地，气喘吁吁道。

瞧着王昶这般神色，乾隆心里兀自一紧，但脸上依旧保持着镇静，问道：

"你身为军机章京，何故如此惊慌？"

"回皇上，"王昶胸前袍服已被汗水渗湿了一大片，额头上亦是豆大的汗珠直往外冒，兀自没有喘过气来，"雅、兆二军门……八……八百里加紧。"

"快说，什么内容？"乾隆一听，催问。

王昶长吁了口气道：

"雅尔哈善军门奏报我军已得库车……"

"好，太好了。"乾隆听罢，起身兴奋地踱着步子，说道：

253

"即刻传朕旨意……"

"皇上，"王昶瞅了瞅乾隆，忐忑不安道：

"只是城中逆众皆已逃遁，我军所得实为一空城，只有三千老弱病残出城投降。雅尔哈善军门奏劾提督马德胜轻敌于前，失机于后，望皇上……"

"行了行了！"乾隆听罢，脸上的喜悦已是烟消云散，冷冰冰问道：

"兆惠呢？他怎样说？"

"兆军门奏劾雅尔哈善军门贪功冒进；终日唯知饮酒，以致使得逆酋布拉尼敦、霍集占逃遁。"

王昶顿了一下，缓口气接着说道："另提督马德胜托兆军门转呈折子，内容与兆军门所言大致相符。"

"混账！无能！"乾隆咬着细碎的白牙，良久才蹦出几个字。

库车之战，究竟详情如何？却说雅尔哈善接旨后，即日便统领各路兵马起程，年关时节抵达哈喇沙尔，随后结筏渡过海都河，休整一二日后继续西进。库车是进入回疆的要道。为防兆惠与己争功，抵得库车后，雅尔哈善便率领清军包围了库车城。守卫库车的是霍集占心腹阿布都克勒木阿奇木伯克，率一千精骑与城内部众协同防御。

开始，副都统顺德讷派遣散秩大臣伯克托克等持文书到城下晓谕逆众投降，不料城中突出二骑，将伯克托克擒入城内，署守备马英德、笔帖式官也一同被擒。于是，雅尔哈善下令攻城，无奈库车城厚，守城的阿布都克勒木阿奇木伯克又颇通兵法，清军四面围攻，城上枪石如雨，清军一无所获，总兵官阎相师反被打瞎左眼。第二天，清军竖云梯继续猛攻，敌众在城堞内施放鸟枪，贝勒额敏和卓被打伤右颧。

因库车城倚山而筑，地形险要，城墙又用沙土坚实密筑，清军大炮不能摧其城墙，大炮本身反都破裂。雅尔哈善决定使用诱敌出城之计，遂以哈密人三百名换衣帽旗帜，由阿克苏前来大路，扬尘为救援之势，还令卡伦兵飞报，并以满洲、索伦兵在险隘处设伏，令绿营兵打满洲、索伦兵旗帜前往迎战，只等城内敌众一出，就截断剿杀。计虽好计，无奈却瞒不过阿布都克勒木阿奇木伯克。城内敌众只是鼓吹号角，步兵登城呼喊，骑兵在西门林立，又施放烟火，可就是不出城。雅尔哈善竹篮打水一场空，复下令力攻，仍不见效。

大小和卓得知库车被围后，聚集各城兵马三千人驰援，清军在城南截击，杀死援军上千人。霍集占也被打伤后逃进库车城。

这时候，散秩大臣、奉命随军能战的原库车伯克鄂对向雅尔哈善进言：困兽犹斗，逆酋决不会束手待毙，霍集占一定会乘我军不备逃走。如果让其逃回巢穴，整兵再来，就不好办了。并进一步指出：逆酋如果逃窜，有两条路可走：一条是由城西鄂根河水浅处涉水而逃；另一条是由北山口通向戈壁，退往阿克苏。鄂对因此建议，在这两条路上各伏兵一千，待霍集占溃逃，两路夹击，便可将其擒拿。但是，雅尔哈善刚愎自用，对鄂对的意见不予理睬，既不设防，也不派兵巡逻，每日下棋饮酒作乐。一日晚，一索伦兵在城下牧马，忽闻城中驼鸣马嘶，好像正集结军队，立即跑回大营，向雅尔哈善报告。不想雅尔哈善一面饮酒，一面哈哈大笑，嘲笑老兵什么也不懂。结果，当天夜里，大小和卓布拉尼敦和霍集占率四百骑兵潜出西门，涉鄂根河逃走。大小和卓出城之际，有人报告西门领队大臣、副都统顺德讷，顺德讷竟以夜黑为借口，拒不派兵进剿，直到天亮时，方遣兵一百去追击，而大小和卓早已远遁。由于阿克苏城主颇拉特不纳，乌什也不让进。最后，大小和卓只好分开行动，大和卓布拉尼敦前往喀什噶尔，小和卓霍集占到了叶尔羌。

就在大小和卓败逃之时，定边将军兆惠已荡平天山北路阿睦尔撒纳余众，领兵南下。雅尔哈善久围库车，城坚难克，听得兆惠已南下，唯恐一场努力付之流水，顿时心下大急。

提督马德胜恰在此时献掘地道计。雅尔哈善闻听大喜，当即在所领绿营兵中选擅长挖地道的人,交马德胜统领,在城北一里处挖掘,待挖到城根时,将火药填满点放,企图轰毁城墙。

雅尔哈善急于求成,严令官兵克期完工。马德胜遂下令挑灯夜战,不料被城内敌众看见火光,机密泄露。阿布都克勒木阿奇木伯克下令横掘大沟截断,用木柴填塞,待清兵挖近之时,纵火焚烧,几百挖地道的官兵皆被烧死。阿布都克勒木阿奇木伯克乘乱率众突围而走,余下老弱三千余口出降。

雅尔哈善围攻库车数月方始攻下,不想却是座空城,一无所获不说,反要养活那三千多口出降的老弱病残,心里顿觉不安,忙上奏朝廷,将责任全都推到了提督马德胜身上。马德胜岂肯背这个黑锅?恰兆惠统兵抵达库车,忙一五一十全都抖落了出来。此等大事,兆惠岂敢隐瞒?当即派员密查,具折奏陈。

夕阳西沉,殷红的光给辉煌的紫禁城镀了一层玫瑰紫,五彩缤纷的晚霞一朵朵、一条条由西向东延伸,越来越淡……四周一片宁寂,养心殿内,乾隆烦躁地踱着步子,傅恒、来保等人垂手侧立两边,一声不语。良久,方听乾隆喃喃道:

"我师久围贼库车,歼其援者纷如麻。唯是将军无纪律,率致窜走彼么涯。军中之什已志恨,后闻地穴为贼遮。预料将得空城耳,彼贼腹心仍逃他。驿章忽至共披阅,一一如言曾不差。言则不差事则偾,用非其人愧若何!"

"皇上,"来保犹豫了片刻,上前躬身安慰道:

"库车乃进入回疆之要路,今为我军攻下,实乃一大喜事。"

傅恒亦上前答道:

"来中堂所言极是。皇上,我军占领库车,不仅打开了进入逆酋巢穴之大门,且歼敌数千,足以瓦解其军心,相信二酋待擒之日……"

"不要说了!照你们这么说,朕反而应当表彰那狗奴才不成?"乾隆满脸阴郁,不耐烦地摆摆手,说道:

"以如许兵力,围一弹丸之城,而贼首却出入自如,朕不知他是做什么吃的？数月以来，唯事坐守军营，劳师糜饷，直待贼人兔脱鼠窜，相率尽出，而后得一空城以报命。身为大帅，不能身先士卒，致一切措置迟误，尽以委之他人，但知高坐帐中，以邮符奏报自任，若此何必简用将军？今虽得库车，而城中所存，率系饥疲残废，还须为之养赡，即得城又有何用？你们说！你们说又有何用？"他说着说着越来越激动，攥着的手因气愤微微发抖，脸色也变得异常苍白。

大殿内又是死一般的宁寂，只听殿角的自鸣钟沙沙作响。乾隆仰脸望着窗外，谁也不清楚他脸上究竟是什么表情，只隐隐看见他腮边的肌肉急促地抽搐着。也不知过了多久，只听乾隆冷冷道：

"傅恒！"

"臣在！"傅恒额头上渗出密密的汗珠，急步上前，躬身应道。

"你拟旨。"乾隆用不容置疑的口吻道：

"八百里加急发定边将军兆惠：办事大臣雅尔哈善纵使逆酋遁出库车，不加追剿于先，复又以绿营兵刨挖地道，反为贼所觉，致焚死兵丁，且兵丁内竟有窃物私逃者，不知该将军统率全师，所司何事，而仅以参劾他人聊且塞责，竟若与己漠不相关，情理殊不可解。霍集占败阵遁入库车，数日后又乘夜突出，以自投罗网之贼，而听其自去自来，竟无一兵防范追逐，顺德讷驻兵要路，固无所逃罪，而该将军此时又安在耶？且我兵穴地攻城，本欲潜师取胜，又何至遂为贼觉，横开一沟，而我兵转无一知觉者，甚至兵丁行窃脱逃，毫无忌惮，可见军营调度乖方，全无纪律，已非一日。雅尔哈善坐视贼酋窜逸，屯兵城下，不异守株待兔，前后奏报，情词矛盾，唯图左支右吾，参马德胜以咎，并无一语引罪，殊不思身任元戎，指挥诸将者，谁之责咎？此而不置之于法，国宪安在？雅尔哈善、哈宁阿、顺德讷俱着革职，拿解来京，交刑部严议！"

乾隆徐步踱回须弥座端起参汤微微呷了一口，气色似乎方好转了些。军机章京王昶瞅瞅傅恒、来保，犹豫片刻，上前说道：

"皇上，臣以为当务之急当选派良将，以代雅尔哈善统兵进剿逆酋。"

"不必了。兆惠晓通兵法，由他综理便是了。"

"皇上，兆军门稔熟军法，然性情急躁，此乃兵家之大忌，臣意为保万无一失，还是再拣派良将为妥。"王昶仍坚持道。

乾隆想了想，说道：

"用人不疑，疑人不用。若再派人去，恐相互掣肘，反于事有害。春和，你说呢？"

"皇上所言甚是。"傅恒揣摩了一阵，说道：

"不过，王大人所言亦不能不考虑。依臣之见，拣派良将之策可行。为防相互掣肘，不妨将行军大权委于兆军门，如此可保万无一失，不知皇上意下如何？"

乾隆微微点头道：

"你们说说，派何人替那奴才妥当些？"

众人闻听都不知如何是好，荐人容易，可万一出点差错，这推荐人能有好？正没做理会处，却听乾隆已开了口：

"来保，你说。"

"臣……"来保心头一紧，沉思良久，方小心说道：

"臣以为纳穆扎尔、阿里衮、舒赫德几人可堪考虑。"

"春和，你说呢？"

"回皇上，"傅恒微微点了点头，上前躬身道：

"纳穆扎尔平剿阿睦尔撒纳叛乱时，亲自捕获参与叛乱的喀蒙古和托辉特部郡王青衮扎布；阿里衮将门之后，屡经战阵；舒赫德亦颇晓行军布阵之法，臣以为这几人皆可委用。"

"嗯，那好，就以纳穆扎尔为靖逆将军，替代雅尔哈善，阿里衮、舒赫德等协办军务。办理回部事宜，以定边将军兆惠是赖。"乾隆神色庄重，声音有些凝重接着说道：

"一军而两师,朕心实放不下。朕想派个钦差大臣前去督军,你等意下如何?"

众人闻听都是一惊,却没有一个人答话。乾隆瞅了瞅,眼睛停在了来保身上。来保沉默着思索良久,小心说道:

"皇上的意思微臣明白,想早点打好这一仗。但用兵的事不同于政务,一个闪失便无可挽回。皇上已委兆惠军门综理回部事宜,臣……臣以为不必派员督军,如此只恐适得其反。"

乾隆皱着眉没吱声,半晌,看着军机章京王昶道:

"你呢?有何见解,说与朕听听。"

王昶一步登天,参议这样大的军国重务还是头一次,思量了一阵,回答道:

"回皇上话,微臣以为来中堂奏的是。康熙五十六年我朝兵败,六万山东绿营旗兵无一生还,前车之鉴令人心畏,现下国库尚不充裕,又有无数灾民尚待赈济,这场仗只能胜不能败,朝廷也受不了这番折腾。皇上心思甚好,但一事而二心,最是兵家之大忌。至于派监军督战,微臣以为万万不可。前明土木堡之变、松山之败,皆因朝廷用人多疑,常派监军掣肘将帅,万望皇上明鉴。"

"施琅进兵台湾,圣祖爷不就曾派李光地监军吗?"

傅恒熟读战书,于这些事最是知晓,闻听上前道:

"回皇上,圣祖爷委施琅进兵台湾,虽曾派李光地监军,然有其名而无其实。李光地只是在后方筹粮饷支应军火。"

"好吧,既如此,就不派钦差大臣监军了。唉,朕真恨不得效法圣祖爷,御驾亲征!"乾隆长叹了口气,道。

"皇上万勿忧虑,身子骨要紧。"来保上前宽慰道:

"我兵一举荡平准噶尔,想那逆酋尚被其拘系为人质,又如何抵得住我朝天兵?皇上宽心便是,剿逆酋叛乱指日可待。"

"尽拣些好听的话慰朕。"乾隆微微笑了笑,说道:

"好了,这肚子也闹空城计了,你们都跪安吧。"

"嗻！"众人答应着跪地叩安，复轻步出了养心殿。

第二日一早，奉命颁旨的三格便领了大内几名侍卫离了京。一路快马狂奔，经直隶、河南、过陕西、甘肃，这一日总算进了新疆境内。此时中原桃红柳绿，河湖澄碧，春光宜人，正是一年中最好的时节。然茫茫大西北依旧一番冬景，哨风挟着黄沙吹打在脸上，隐隐作痛。这些满洲八旗贵胄子弟，虽练得一副好身板，可几时吃过这种苦头？

三格手搭凉棚极目远望，但见沙丘连亘的天际间隐约有几缕轻烟，便问道：

"前面什么所在？"

"轮台！"不知谁应了声。

三格沉思了一阵，说道：

"轮台离着库车不远了，咱在那歇歇脚，未牌时分赶至兆军门大营。"

"好好好！"众人早已按捺不住，连声答应着快步行去。

轮台驿丞张云接着滚单早已率着十几个小役在外候着，瞧着一行近前，忙上前打千儿说道：

"轮台驿丞张云给各位大人请安！"

"请什么安？"特通额张着大嘴道：

"快点备饭！"

三格吩咐道：

"弄些饭菜，马喂好，歇会儿我们便走。"

"哎哎哎。"张云应了声，忙吩咐十几个小役拉牲口，打火造饭。不大工夫，饭菜上来，除了鸡鸭鱼肉之外，居然还有青芹、韭黄等时鲜菜蔬。一帮人一路上吃腻了盐水煮羊肉、燕麦青稞，真有久旱逢甘露的架势，风卷残云般眨眼工夫便将两桌筵吃得狼藉一片。特通额吃得满头密密的汗珠，见三格似乎心事重重，只吃了几口便盘膝坐在了炕上，便笑道：

"头儿，这么好吃的菜，怎么不吃？是不是又在想……"

"得得得,你可别拿我打趣。"三格知道他要说腊梅,忙道,"我这会儿可没工夫想她,我是在想……想……"

"想什么?这有什么不好意思的?"讷穆金擦了擦油光光的嘴,笑道:

"说真的头儿,我要是你,我绝对不离京,守着新娘子多带劲。兄弟们,你们说是吗?"

"对对对。"众人一起起哄,三格抬了抬手,打住众人,说道:

"好了,别闹了。我是想兆军门治军严谨,兄弟们……"

特通额不等三格话说完,已道:

"怎的?他治军严谨还能把咱怎的?咱们是皇上差来的,都赐有黄马褂,不怕他!"

按清制,特赐黄马褂官员,可与任何品级的官员分庭抗礼。三格瞅瞅众人满不在乎的样子,唯恐惹出事端,忙道:

"众兄弟年纪多比我大,我本不该多说。但万岁爷既让我领头,有些话我就不能不说了。兆军门治军严谨,铁面无私,兄弟们去后都约束着点。将在外君命有所不受,若有个闪失,性命丢了是小事,万岁爷那可没法交代!"

吃饱喝足,一行人离了驿站,打马飞奔,抵得库车城外接官亭,恰是未正时牌。本想着兆惠便不亲自来接,也会派个参将偏将的,不料却竹篮打水一场空,连个人毛也没有。特通额直义公费英东玄孙,讷穆金多罗贝勒尔楚浑之后……一个个皆是有着背景的,平日在宫里何等威风,哪里受过这般冷落?

三格面色庄重,说道:

"弟兄们约束着点!兆军门军务繁忙,咱们自己找去又有什么?"说着,径自出了接官亭,奔城内而去。

库车城北依黑英山,南临木札提河,本南疆重镇,人口亦极稠密。但由于战乱蹂躏,城里居民逃亡的逃亡、他迁的他迁,此时实已是一座兵城。沿街每隔一箭之地都挺立着兵士,执丁持戈,铜铸铁打般纹丝不动。行辕门口气象更是森严,一面铁杆大纛旗

高矗门前,宝蓝缎面的纛旗上面绣着遒劲的鹅黄大字:

"钦命定边将军兆",在料峭西风中猎猎作响。宽阔的大将军行辕倒厦两边,一百名军校身着铠甲,伫立两边,个个虎背熊腰身强力壮。久闻兆军门治军有方,看来果不其然,三格兀自思索间,行辕旗牌官走过来施礼道:

"不知众位大人台甫?来此……"

"烦劳通禀兆军门,御前侍卫三格奉旨前来。"

"请稍候!"那旗牌官答应一句转身迈步进内,雪亮的马刺踩得石板地铮铮作响。

"各位兄弟,请看在我的面子上,万勿造次……"三格转身低声道。话未说完,便听炸雷般三声炮响,行辕正门已哗然打开。定边将军兆惠头戴珊瑚顶戴,身着四团九蟒五爪袍外套簇新黄马褂,腰悬宝剑,在一帮将领簇拥下走了出来。衙门外一帮军校瞅着,马蹄袖打得一片山响,黑压压单膝跪地行礼,偌大的行辕外静得一声咳痰不闻。

兆惠径自走到三格面前,甩了马蹄袖单膝跪下,亢声说道:

"臣定边将军兆惠恭请圣安!"

"圣躬安!"三格满脸正色应了句。旋即上前低声道:

"万岁爷密旨,请兆军门入内说话可好?"

"好!请!"兆惠答应着起身领着众人进了行辕,叫过方才那旗牌官,说道:

"田义,几位大人远来疲劳,你带他们在东官廊歇息,设酒摆宴,不可怠慢!"

兆惠的书房地处行辕西院。二人进来,屋内早已摆好香案,三格面南而立,正色道:

"定边将军兆惠接旨!"

"臣定边将军兆惠接旨。"兆惠跪地应了声,两手接过,打开一看,却见上面写道:前奏览悉,今令汝综理剿逆事宜,务必全功而还。时已仲春,倘等逆酋粮足草茂,恐又费周折,接旨后当立刻进兵,不得延误。另,香妃于回众中德望甚高,汝务将其生擒,交三格解京,否则唯汝是问!"

兆惠微微笑了笑,旋即皱起了眉头。良久,方似从梦中惊醒一般,起身笑道:

"本帅不知钦差大人到此,怠慢之处还望……"

"军门不可如此……不可如此。"三格听罢,忙道:

"在下并非钦差大臣,亦非前来监军。我们是奏请万岁爷前来投军门帐下,以期投身疆场,为朝廷效力的。"

"好,好,明日本帅便给你们分拨差使。本帅正愁帐下……"兆惠兀自说着,却见田义匆匆走进来,遂止住了话头。那田义瞅瞅三格,却没有说话。三格心里一紧:莫不是这帮家伙不安分?

"三格大人不是外人。有什么事就说吧。"

田义单膝跪地答道:

"回军门,东官廊的侍卫爷们吃醉了酒,与军门帐下亲兵打……打起来了。"

"混账!你是做什么的?"兆惠脸色顿时阴了下来,断喝道:

"你就看着他们生事?"

田义颤抖了一下:"卑职无力阻止,求军门责罚!"

兆惠、三格来到东官廊,却见满地一片狼藉。两张筵桌翻了个底朝天,杯盘碟碗都砸得稀烂。一边特通额、讷穆金一帮侍卫摩拳擦掌;一边兆惠帐下亲兵拔刀相向。

"放下兵刃!"兆惠面色铁青,怒喝一声:

"还懂不懂规矩?有本事战场上显,在这逞什么威风!"

一帮亲兵瞅着兆惠进来,心里都揣了个小兔一样惴惴不安。闻听忙扔了兵刃,唰地跪倒在地,打头的一个亲兵说道:

"禀军门,他们言语不恭,兄弟们劝,他们非但不听,还动手打人,兄弟们故而……"

"闭嘴!现在想起禀报了?迟了!"兆惠腮边肌肉抽搐了两下,冷冷道:

"来呀，拖下去重责五十军棍！"话音落地，上来一群亲兵便将这几个拖了下去。

兆惠转脸向着特通额等人，冷冰冰道：

"念你等初到本帅帐下，不知本帅规矩，今日暂且饶过，若再敢生事，莫怪本帅无情！"

"无情？无情又能怎样？"特通额瞅着兆惠的背影，一脸骄横气对讷穆金道。

讷穆金弹了弹黄马褂上的油污残羹，低声应道：

"有什么了不起的，想爷们在……"

"还不闭嘴！"三格脸色纸一般白，怒喝道。

"好，不错！没看出你们还这般有种！"兆惠忽地转过身，下死眼地盯了二人良久，冷笑两声，语气结了冰一般冷峻道：

"传令，升帐！"

第十六章
四千骑敢临敌腹地
一出戏能动人心弦

校场上，披挂整齐的兆惠亢声说道："大丈夫立身于世，建功立业在此一时，愿众将士追随本帅，荡平逆酋！不灭逆酋，犹如此箭！"说着，将雕翎箭一折两段。四千名甲士齐声高喊："不灭逆贼，誓不还朝！"

刹那间，号角震天响。中军帐，其实就是阿布都克勒木阿奇木伯克坐堂的衙门，正中一张硕大的帅案摆着文房四宝、笔架镇纸，墨玉印台足有一尺见方，上头明黄袱面搭着印盒——即是"定边将军关防"所存之处。这些也都平常，虎皮交椅后供着的错金嵌玉、龙盘凤绕的尚方宝剑却是格外的醒目，给人一种杀气凛凛的感觉。

众将官你瞅瞅我，我瞧瞧你，正没做奈何时，乍听闷雷般三声炮响，定边将军兆惠手按剑柄走了进来，漆黑浓眉下一对深不见底的瞳仁灼灼有光。众将官"呼"的一声全都单膝跪下，说道：

"卑职给元帅请安！"脚底的马刺碰得叮当一片响。

"起来！"兆惠径自坐了虎皮交椅，环视了一下左右，冷冰冰地说道：

"今日召你们来，通报两件事。皇上特谕，即日进兵，剿平逆酋。明日辰时中军帐议事，不得有误！"

"标下明白！"众将官齐应一声。

兆惠微微点了点头，又道：

"这二嘛，是为严明军纪！"说着，兆惠"啪"地拍案而起，腮边肌肉抽搐两下，断喝一声：

"高天喜！将东官廊那帮犯纪的大人们提来听候发落！"

高天喜扎地打了个千儿,躬身道:
"遵元帅命,请令!"
兆惠伸手从令箭架上抽出一枝虎头令箭"嗖"地掼了下去。高天喜双手捡起捧在怀中大步出了中军帐。

盏茶工夫,特通额、讷穆金等人便被十多个杀气腾腾的军校架着双臂扭了进来。见到帅营虎帐这般阵势,顿时没了先时的气派,一个个面色煞白。

"大胆东西,见了本帅还不跪下!"兆惠微扫了众人一眼,冷哼一声,喝道。

特通额揉着胳膊,说道:
"什么?跪下?军门没瞧着咱们可都穿着黄马褂?"
"瞧着了!不过,"兆惠冷笑两声,说道,"本帅就不能扒掉你等的黄马褂吗?"

说着手一挥,早有军校一拥而上,三下五除二便将众人的黄马褂扒了下来,顺势膝窝里猛踹一脚,已是踢跪在地上。

"你……你竟敢扒掉咱们御赐的黄马褂?"
特通额先是一惊,但旋即便镇定了下来,大声道:
"咱们奉了皇上特谕,千里迢迢来为国效力,你竟敢如此作为?"

"哼,黄马褂?你也不想想你那黄马褂是怎生来的?不是你一刀一枪凭真本事挣来的,是靠祖上的功业得来的!懂吗?"

兆惠死盯着特通额,又说道:
"你问问他们,谁没有黄马褂?高天喜,把上衣剥掉!"
高天喜答应一声,拽着衣襟"嗤啦——"一声将上衣撕开,打着赤膊挺身而立。只见那油黑发亮星的前胸上斑驳陆离,有刀划疤、箭疤、枪疤、火烧疤……足足二十多处,阳光照射下闪着黯红的光,像在诉说着主人不同凡响的经历。

特通额等人瞅着,不由激灵地打了个冷颤。
"瞧见了没有?黄马褂是凭这个得来的!不服气扒掉你们的上

衣让本帅瞧瞧，哼！"

兆惠面色铁青，冷冷说道：

"皇上差你们来，是让你们效力疆场，杀敌报国的，不是让你们来耀武扬威、颐指气使的！你们可知罪？"

特通额瞧着周围众将官满脸轻蔑的笑容，岂肯弱了势头？当下壮起胆子，扬脸道：

"你奏明万岁爷，该怎么就怎么！"

"我为专阃大将军，发落你们几个狗东西，何须惊动皇上？将在外便君命亦有所不受，这话还要我教你？"兆惠两眼绿幽幽闪着光，向着众将官道：

"喧哗东官廊，复忤宠傲上，咆哮中军帐，该当何罪？"

"斩！"众将官山呼道。

"好，那就按军规行事！"兆惠断喝一声道：

"来呀，拿酒来，为你们送行！"工夫不大，两个军士抬上一坛酒来，就着帅案斟了塞到跪在地上面色煞白的侍卫手中。

三格见状，心下大急，忙上前躬身说道：

"军门，请瞧着万岁爷的面子，您就放他们这一回吧。"

"军法无情，不必多言。"兆惠淡淡说道：

"赏不明罚不重，是兵家大忌。我若轻纵了他们，两厢这些人不服军令，我还怎么约束军队？大战在即，若误了军国大事，将来我有何脸面去见皇上？"说着，就听他吩咐道：

"拖下去，斩！"

军校们雷鸣般答应一声，扑上来老鹰捉小鸡般便将特通额等人缚住，双脚着地便欲拖将出去。特通额这会儿早已像斗败了的公鸡一般浑身颤抖，挣扎出来"扑通"一声跪倒在地，头磕得撞鼓般响，颤声说道：

"咱初来乍到，不懂军中规矩，冒犯了军门，如今……如今咱知错了。求军门饶咱一命，咱一定……一定一刀一枪死心塌地为军门效命疆场。"

"军门，"三格索性跪倒在地，说道：

"他们犯了军纪，罪当斩首。求军门念在国家正处用人之际，念在皇上拳拳仁心份上，饶其性命。容他们戴罪立功，将功折罪。三格愿以项上人头作保！"

"元帅，念其无知，便饶这一回。若有再犯，定斩不赦。"副都统爱隆阿上前单膝跪地，求道。

"元帅！"众将官瞅着，亦皆跪倒在地。

"既如此，放了他们。"

兆惠环视众人，冷冰冰向着特通额众人，又道：

"皇上差你们到此，是让你们一刀一枪挣功名，为朝廷建功立业的，不是叫你们来送死的！今日念在他们的份上，暂且饶尔等一命，若再敢恃宠骄纵，蔑视军规，定斩不赦！听清楚了吗？"

"嗻！"众侍卫先时的骄横之气早已一扫而空，纷纷跪倒在地，叩头道：

"谢军门不杀大恩，谢众兄弟救命之恩！"

"死罪虽免，活罪难饶！"兆惠扬着脸说道：

"当众各人责罚二十军棍，以儆效尤！"两厢军校"嗻"地答应一声，上来将众人就地按倒，噼噼啪啪便是一顿臭揍。

"嗯，还不错，没有呻吟的，像个侍卫的样子！"兆惠微点了点头，说道：

"以后你们几个就在帐下摆队听候使唤！"

"嗻！"众侍卫答应了声。

次日辰牌时分，黑沉沉的云彩忽掩了过来，紧跟着朔风乍起，霎时间四周一片灰蒙蒙阴沉沉的景象。兆惠走出书房，抬眼望天，额头不由得皱成了"三"字。沉思片刻，抬脚便奔中军帐而来。

中军帐内，四盆硕大的炭炉熊熊燃烧，众多军将钉子似一动不动，除着火苗的噼啦声，偌大帐内咳痰不闻。瞅着兆惠进来，众人一甩马蹄袖，忙欲跪地行礼。

"不必了！"兆惠摆摆手，说道：

"我军进抵库车,已历月余,然寸功未建,实有负皇上重托。本帅决意今日进兵,征讨叛逆!"

话音落地,上百名军官顿时面面相觑。看看兆惠,一副莫测高深的样子,谁也不敢开口。倒是副都统爱隆阿忍不住,开口说道:

"元帅三思,库车我兵只有五千,是否等大军抵达之日再作计议为妥。"

"大军现至何处?可有传报?"兆惠咬着嘴唇,沉思片刻问道。

"卯时接着传报,"田义趋步上前,打了个千儿道:

"我大军现行至焉耆,距库车尚有千余里路程。"

"怎的如此缓慢?"

"回元帅,大雪封道,行军甚难,我军每日行军仅四五十里。"

"传令加紧行程!二十天内必须赶至库车!"兆惠脸上微微掠过一丝不快,"纳穆扎尔大人可有消息?"

"纳军门尚未有滚单递来。"

帐内死一般宁静,针落地都听得见。兆惠两眼直勾勾凝望着跳动的火苗,久久没有言语。特通额瞅瞅众人,张着大嘴说道:

"元帅,别犹豫了,打吧。"

"打,谁不想打?"爱隆阿不屑地看了眼特通额,"逆酋号称十万之众,咱们几千兵马,如何打法?这不是用鸡蛋碰石头吗?"

"爱大人所言差矣。"总兵高天喜说道:

"逆遒虽号称十万,然实际兵力也就四五万人而已。前阵逆酋损兵折将,折了锐气,我军正可一鼓作气,直捣黄龙!"

前锋统领侍卫鄂实点点头,接着说道:

"高总兵所说甚是,逆酋新挫,锐气已杀,且回众并非皆支持其,当趁此时机,一鼓作气,荡平逆酋!末将愿统兵一千为前队,请元帅发令!"

"元帅,万万不可……"

"可!"

一时间,一百多军将分成两派,吵得开锅稀粥般热闹。

"闭嘴!"兆惠"啪"的一声拍案而起,两眼阴森森环视一周,冷冷道:

"这是中军帐,不是你们府邸!粮草官!"

"卑职在!"那粮草官圆胖脸小胡子,敦敦实实的身材,听得召唤,忙眨着一双忐忑不安的黑石眼上前打千儿应道。

"军中尚有多少粮草?"

"回元帅,"那粮草官定定神,说道:

"军中尚有五千石粮,一万担草料。"

"好!"兆惠听罢,微微点了点头,用不容置疑的口吻道:

"本帅已决意今日进兵,休得多言!众将听令!"

"在!"

"副都统爱隆阿听令!"

"末将在!"爱隆阿本想再说什么,瞅瞅兆惠那刚毅的眼神,只得打住,上前拱手应道。

"命你领兵一千,留守库车,巡查台站,接应纳穆扎尔军门!"

"嗻!"

"高天喜、鄂实、明瑞、三格、特通额听令!"

"末将在!"

"明瑞领兵五百为前队,逢山开路,遇水架桥;高天喜领鸟枪营为后队;鄂实、三格、特通额随本帅坐镇中军!"

"末将遵令!"

"回后速速点火造饭,午时各领所部兵马,于点将台会集!"

"嗻!"众将军炸雷般答应一声,纷纷转身回营而去。

瑟瑟寒风呼啸。城西广场上,四千名顶盔贯甲的军士,在广场东、西、南三面,排成三个方队,静候着主帅兆惠的到来。虽朔风挟着黄沙打在脸上,针刺一般疼,却如铜浇铁铸一般,一动不动。

午时正刻，随着一阵悠扬的钟鼓乐声，闷雷般三声炮响直冲云霄。定边将军兆惠在众将簇拥下迤逦前来。偌大的校场，立即变得一片肃静。兆惠穿一身簇新的九蟒五爪袍子，外罩一件黄马褂，目光阴沉沉、寒森森徐步步上点将台，看着朔风中钉子般伫立的军士，兆惠微微点了点头，朗声下令：

"请尚方宝剑！"

又是石破天惊般三声炮响，八名亲将抬着剑架，供在点将台正中，点燃案上的香烛。兆惠脚步橐橐上前，面北跪着行了三拜九叩大礼，起身亢声道：

"鄂实！"

"末将在！"鄂实上前躬身答道。

"宣本帅军令！"说着兆惠从袖中取出一方帖子。

"嗻！"鄂实答应一声上前接了，转身朗声念道：

"临敌畏缩者，贻误军机者——斩！"

"嗻！"

"不遵号令者，见危不救者——斩！"

"嗻！"

"……"

"……"

鄂实宣完军令，侧身静立一边。

兆惠"唰"地一步上前，亢声说道：

"将士们！逆酋布拉尼敦、霍集占不思报恩，起兵作乱，坏我华夏一统，扰我百姓生业，是可忍，孰不可忍！剿逆之战，主上宵旰焦劳，万众翘首期盼。如今兵精粮足，上天保佑全胜凯旋！大丈夫立身于世，建功立业在此一时，愿众将士追随本帅，荡平逆酋！不灭逆酋，犹如此箭！"说着，从箭囊中抽出一枝镶金的雕翎箭来，"啪"的一声，折为两段。

校场上，四千余名胄甲之士，全都是兆惠一手训练出来的精兵悍卒，听兆惠说出此话，齐声高喊：

"不灭逆贼，誓不还朝！"

看着下面这严整的军容、高昂的士气，听着那震耳欲聋的呐喊声，兆惠心里，充满了豪情，充满了自信。他轻轻地举起手来，向三军致意。台下，立时变得鸦雀无声。兆惠大喝一声：

"三军出发！"

立时，号炮震天，鼓乐高奏，兆惠疾步走下点将台，翻身上马，率领着他那四千精锐铁骑，迎着呼啸的西北风，浩浩荡荡地向着霍集占的巢穴叶尔羌进发了。

库车城损兵折将，布拉尼敦、霍集占兄弟率部众分别退守喀什噶尔、叶尔羌。兆惠因此一路上顺利，经阿克苏，该城首领颇拉特投降；至和阗，其城主霍集斯以前曾擒获达瓦齐献给清军，当兆惠领兵到来，霍集斯立刻开城投降，并招降了乌什城。驻扎乌什稍事休整，复领兵进发，这一日，大军抵达离叶尔羌仅有四十里路程的辉齐阿里克。

安顿了军队，兆惠满脸倦容回到中军帐，坐在虎皮交椅上便不想再起来。田义瞧着，忙端着碗热气腾腾的奶茶递上，却发现兆惠业已睡了过去。

"元帅……元帅……"

听着外边人声嘈杂，田义忙奔了出去，却原来是高天喜、三格等人，急步上前打千儿低声道：

"各位将军且慢。元帅刚睡着，请先回营候着可好？"

"这……"众人踌躇间，却听帐内已传来话语：

"进来吧！"

"都坐着吧。"兆惠一手揉着惺忪的双眼，一手指指两边的凳子，打着哈欠道：

"各营将士可有缺额？"

"回元帅，各营将士无一短缺。"鄂实拱手答道：

"爱隆阿将军快马传报，已抵乌什。另报纳穆扎尔军门亦已统大军南下。"

兆惠微微点了点头,吩咐道:

"田义,传令爱隆阿领兵前往堵住喀什噶尔城回兵来援之路,不得有误!"

"嗻!"

"你等回去好生歇息,"兆惠扫视众人一眼,说道:

"明日一早兵发叶尔羌,一举擒获逆酋,凯旋还朝!"

一举擒获?谈何容易!众人你瞅瞅我,我瞧瞧你,都不知该如何开口。倒是特通额满不在乎,开口便道:

"元帅,标下觉着不妥。"

"怎么个不妥法?你说说看。"兆惠一愣,旋即面带微笑道。

"元帅,我军四千将士虽无一缺额。但经过一千五百里的急速行军,亦已人困马乏,以疲惫之师去进剿,无异于强弩之末势不能穿……穿……"特通额忽忘了"鲁缟"二字,脸不由涨得通红。

"势不能穿鲁缟也!"三格笑着说了句,旋即正色道:

"元帅,特通额所言甚是。我军现下只剩下一千余匹马,很多将士没有马骑。另据探马报,叶尔羌城宽大坚固,周长十余里,乃库车城三倍,四面城门便有十二个,我军即便进抵,亦只能围其一面。"

兆惠沉思良久,莞然一笑道:

"你们可进步了许多,下次若有兵事,本帅定保举你二人!"

"元帅过奖,标下实不敢当。"三格、特通额忙起身拱手。

"好了,可曾探听得逆酋有兵马?"

"禀元帅,城内厄鲁特、布鲁特、伊犁逆酋有马者五千余名,步行人甚多。另逆酋霍集占闻听我大军前来。坚壁清野,将附近村庄部众粮草悉数运往城内。"高天喜摸了摸剃得发青的额头,答道。

三军未动,粮草先行。若没了粮草,这仗还怎么打?兆惠闻听一惊,忙问:

"我军中现有粮食还可支持多久?"

"回元帅,约可支持两个月左右。"粮草官答道。

听得这话,兆惠提到嗓子眼的心方放了下来,端起茶杯微微呷了一口,沉吟良久方说道:

"既如此,暂且驻扎此地。叶尔羌城四周必须昼夜派人监视,以防其脱逃!另外,快马告知纳穆扎尔军门,加快行军速度,不得延误,否则,我唯他是问!"

"嗻!"

"退……"兆惠话未说完,田义急匆匆从外奔了进来,跪地气喘吁吁道:

"禀元帅,快马传……传报……"

"报什么?快说!"兆惠忙催问。

田义喘了口气,定神道:

"快马传报一支人马正向我军驻扎之地行来,人数约有一二百。"

"离此多远?"

"约有二三里!"

"混账!二三里?探马是做什么吃的!重责四十军棍!"兆惠勃然大怒,脸上青一阵紫一阵不定,"高天喜、三格听令!"

"末将在!"

"速领本部人马前去查看!"

"嗻!"

待二人出帐,兆惠兀自满脸怒色,两眼绿幽幽闪着光。良久,方说道:

"特通额,以后探马分派之事由你负责,若再出现这种情况,定斩不赦!"

"嗻!"特通额起身应道。

盏茶工夫不到,便听外边一阵脚步声,隐约夹杂着说笑声,帐帘一掀,却是高天喜与三格。高天喜上前打了个千儿,笑道:

"元帅,标下已将来敌押到。不过,人家是投降来了。"

275

"真没意思。他奶奶的！"特通额一听又是投降来了，不干不净地骂了句。兆惠笑了笑说道：

"愁什么，仗有你打的，去，传进来！"

不一会儿，进来二人，一五十左右，一三十上下，身上的袍子尽是灰尘，隐隐还有点血斑，显是经过长途跋涉、历尽艰难方至此地。那老者上前向兆惠躬身道：

"额尔克和卓额色尹携侄图尔都给元帅请安。"

"免礼！坐着说话。你们从何处而来？"

"在下叔侄从叶尔羌来。"

"哟？太好了……太好了！"兆惠满脸笑容，"快说说，叶尔羌城内情形如何？"

额色尹略略弯了下身，说道：

"回元帅，叶尔羌所属二十七城村，计三万户，十万余口。军队骑兵五千，步兵一万五千。"

"粮草呢？"

"城中所有粮草可支半年使用。城南的英峨奇盘山有牧场。"

兆惠脸上不易察觉地掠过一丝冷笑，两眼直勾勾盯着额色尹叔侄。忽然，只听他断喝一声：

"说！霍集占那逆酋派你来做什么？"

"元帅，您您这是……"额色尹面色纸一般白，吞吞吐吐道。

兆惠冷笑两声，说道：

"你以为这般打扮，便能瞒过本帅的眼睛？逆酋兵力、粮草，此等机密之事你何以晓得？叶尔羌万余兵众，你等能轻易杀出？本帅的探马又是做什么吃的？嗯，还不从实招来！"

"元帅，"额色尹定定神，说道：

"实不相瞒，我乃霍集占堂叔，图尔都乃霍集占妻香妃胞兄。因……"

未等额色尹话说完，特通额早已按捺不住，起身上前道：

"元帅，逆酋亲戚，留他必有后患，依标下之见，当杀之以……"

"闭嘴！"兆惠听得额色尹言语，亦是一惊，但旋即便平静了下来，眼珠滴溜溜转了两转，说道：

"方才所言可是实情？"

"句句属实。"

"很好！你们叔侄一路奔波，下去好生歇息。"兆惠似信非信笑了笑，说道：

"三格，你领和卓叔侄下去，好生侍候，不得怠慢！"

"嗻！"

待额色尹叔侄出去，特通额复道：

"元帅，这额色尹叔侄所言信不得！标下之意还是杀掉他们妥当些，免得这叔侄俩泄了咱的底细。"

"杀？不能杀！留着还有用呢。高天喜，你派人昼夜给我盯着他们，不得有误！"兆惠狡黠地眨眨眼，说道。说罢便索纸笔，龙飞凤舞一番，钤印折好，封口交与田义，笑道：

"八百里加急飞奏皇上！"

乾隆乘着黄软轿，过乾清宫，穿深深的永巷来到梵宗楼。几个掌事的喇嘛正敲钟击磬做功课，见乾隆突然驾临，慌了手脚，忙停了法事迎驾，让座敬茶供点心。乾隆笑着摆摆手，说道：

"你们照做你们的功课，不必多礼。朕今日总是心神不定，想独自面佛静心，你们去雨花阁吧。"那些喇嘛只好听命，到雨花阁诵经打醮。

瞅着众人远去，乾隆蹑手蹑脚上了二楼，但见一米多高的大威德布畏金刚青铜像闪闪发光，牛铃般的大眼庄严地注视着炉内袅袅香烟。漪秀阒目坐在蒲团上，向威德像喃喃祈祷：

"佛祖在上，漪秀愿以自家性命佑我大清国泰民安，河清海晏，皇上洪福齐天，康儿……"

悠悠百合香并着那少妇特有的清馨扑入鼻中，一阵阵既清且淡、若有若无、沁人心脾。直搅得乾隆心驰意往，轻手轻脚地移到漪秀身后,猛地双手一抱。

漪秀兀自凝神祈祷,不由得吓了一跳,摆着头向后看,但乾隆的头紧紧贴在她后背上,任是怎样转动脖子也瞧不见头脸,不由大急,口中低声严厉地斥道:

"狗奴才,要作死吗?再不松手,我要喊了!"

"好大的胆子,敢骂朕!"乾隆松开手,嗔怒道。

漪秀听是乾隆,转身便跪倒地上,嚅动了一下嘴唇,刚要说话,泪水早已扑簌簌掉了下来。

乾隆见她这般神色,笑着安慰道:

"好了,别哭了。"说着,俯下身去,左手托起漪秀的下巴,把她那张妖媚动人的美人脸仰起来,右手细细擦拭那晶莹的泪珠。

漪秀轻轻推开乾隆的手,满脸潮红道:

"皇上,以后……以后你还是忘了我吧,我不值得你惦着,我……我是个坏女人……"

"不许这么说!"乾隆嗔怒了句,柔声道:

"告诉朕,为什么?是傅恒待你不好吗?"

"不不,他待我很好,真的很好!皇上您千万别乱猜,好不好?"漪秀听罢,心下大急,忙辩道。

乾隆轻轻挽住漪秀的手,说道:

"那为什么?朕看你心神不定,究竟有什么事不能告诉朕,你怕什么?朕难道给你做不了主?"

"闲话……闲话。"漪秀脸色苍白,喃喃道。

"什么闲话?"乾隆兀自一惊,催问道。

"康儿已有六岁了,为了他,皇上你……你就忘了我吧。"漪秀说着泪水复忍不住夺眶而出,"外边闲话说康儿和皇上长得甚像,说康儿是……是皇上的骨肉。"

"傅恒呢?他怎样说?"

漪秀掏出手帕,拭了拭泪水,哽咽道:

"他没说什么,还和从前一样,待我很好,只……只是……"

"不要说了。"乾隆松开漪秀的手,脚步橐橐踱了几步,忽地转过身,向着漪秀说道:

"你不用怕!朕明日便下旨召你入宫,谁敢说个不字,朕杀了他!"

漪秀听了乾隆这番话,心里真是受宠若惊,像猛然撞进了一只活蹦乱跳的兔子,心跳得快要蹦出胸口了。但旋即,那喜悦便散至了九霄云外:

"皇上有这片眷爱之心,奴婢就满足了。此事万万不可!"

"这有什么?"乾隆不以为然地说道:

"千万个先例都是人创立的,每个先例也都有破例的人,朕为什么就不能将你召入宫?"

漪秀泪水莹莹,扑上前抱住皇上双膝,似乎有千言万语要倾要诉,一时却说不出来。

"皇上,不可……不可,为了康儿……我求你……"

她只呼出这一句,喉头便被汹涌的激流堵住了。偌大个梵宗楼,顿时死一般宁静,只有那摧人心肺的哽咽声在空中久久地回响。

此时此刻,这种无声,胜似有声。

乾隆双手深情地抚弄着她那满头秀发,两眼久久注视着那金灿灿的大威德青铜像。良久,方仰天长叹一声,说道:

"苦了你了,都是朕的错,朕的错!你放心,朕一定让康儿又有福、又康健、又平安,一定……一定……"

"惇主子,"正在这时,外边守望的高云尖着嗓子喊道,"万岁爷在里头进香,叫跟从的人一律回避,您……"

"狗奴才,皇上这会儿正歇晌,我不知道?"外头惇妃脆生生的声音说道:

"快让开,傅恒家的若有个闪失,皇太后那儿我怎生交代?"

"惇主儿,您……"

"狗奴才,还不让开!"许是高云闪开了身,楼梯上传来阵阵

脚步声。潇秀不由得心下大急,额头上已渗出密密的细汗。她不知所措地瞅着乾隆,说道:

"皇上,这……这……"

"不要怕!有朕在这!"说着,乾隆踱到桌案前,双手合十躬身上香,又复一躬,转过身来,却见惇妃汪氏已站在一边。

乾隆两眼闪着绿幽幽的光,直视惇妃,良久,冷哼一声,说道:

"好大的胆子!既知道朕在进香拜佛,为何还敢闯进来,嗯?!"

"皇上,"惇妃平日里极受乾隆宠爱,哪见过他这样的眼神,慌乱得不知说什么好,半晌才吞吞吐吐道,"奴婢不知道……不知道您在这里,真的……奴婢真的是不知道……"

"不知道?高云是怎生告诉你的!"乾隆双目炯炯,厉声道:

"朕平日宠着你,你便不知道天高地厚了!朕把你升为妃,也可把你降为嫔、降为宫女,你知道吗?"

"奴婢知道,奴婢知道。"惇妃跪在地上,脸色纸一般白,浑身颤抖着,说道:

"奴婢……奴婢只是怕皇上有个闪失,没法向皇太后交差,故而……故而……"

乾隆沉思片刻,说道:

"以后朕的事,你们少管,出了差错,朕自会与皇太后说!也少在皇太后跟前嚼舌根,若让朕晓得,决不轻饶!听清楚了?"

"奴婢听清楚了……听清楚了。奴婢再也不敢了。"惇妃心里虽百般的不是滋味,但嘴上却不能不答道。

"你好生陪着傅恒家的,不得怠慢!她若有个差错,朕唯你是问!朕那里用不着你!"

乾隆回到养心殿,躺在炕上,胡思乱想辗转反侧,直到四更天方蒙眬睡去。不料这一睡却睡过了头。直到巳初时牌方乍然而醒,埋怨着高云没有叫起,忙用青盐擦了牙,胡乱用了两块点心,乘轿便急匆匆赶往四格格府。

四格格府离京城一箭之地，平日里甚是冷清。由于太后、皇上亲自来贺寿，今日却是车水马龙，冠盖如云，一乘乘明轿、暖轿、驮轿从门口排出足有二三里地，各家家仆有的在照壁前的棚下吃茶吃点心，有的说闲话摆龙门阵，有的在柔和的阳光下取暖、捉虱子，各色各等不一而足。瞧着三十六人抬的明黄软轿迤逦前来，忙黑压压跪倒在地。

下轿进府，但见穿堂里、过道上到处都是人们送进来的贺礼，什么寿面寿糕、面蒸的寿桃、如意、翡翠、宣德炉、檀香，甚或扇坠儿、冰片茶叶……各色各式五光十色。全府上下家人们跑马灯似的穿着单衣收拾着，兀自人人冒热汗。

乾隆微微笑了笑，也不惊扰众人，径自奔后院而去。但见母亲钮祜禄氏坐在正中，四格格洁明、二十四格格洁英在左首并肩打横儿陪着，右边皇后那拉氏陪坐，个个面带微笑，还有一把雕花蟠龙椅空着，显是留给自己的。戏台上倏尔魔怪乱舞，倏尔僧道施法，乌烟瘴气的，倒也十分热闹。

"皇上驾到！"高云扯着公鸭嗓子高喊了一声。

众人兀自聚精会神看戏，闻听忙纷纷跪下，戏子们在台上也就地跪了叩头。乾隆瞅了眼高云，抬脚向前，向着四格格洁明笑道：

"四姐大福大寿，朕这里给您贺寿来了。"说着，略略躬了躬身。

"皇上，别……别这样，你四姐我可生受不起。"

"谁让皇上来迟了，该！"钮祜禄氏笑了笑，说道：

"昨个不告诉你了吗？怎的还来这么迟，我还以为你不来了呢。"

"四姐的生日儿怎能不来？"乾隆向着钮祜禄氏打千儿请了安，径自坐了，笑道：

"昨个晚又呈进些折子，儿为了今日轻松些，熬了点夜，这些奴才们也忘了唤儿，故而来迟了些。怎的，莫不是四姐生气了？"

"瞧皇上说的，您能来我就乐不得了，还生的哪门气。"四格格洁明因着太后、皇上亲自来，忙了个透夜，虽化了妆抹了粉，仍掩不住眼圈的黑晕。

"四姐昨晚也没歇好吧，看你眼圈黑黑的，早知如此，朕昨个便不答应你，来个突然袭击。"乾隆说着吩咐众人起身落座。

"皇上不也一样？以后注意点身子骨，别累着了。"钮祜禄氏瞅瞅儿子，满脸倦色，心疼道，"有些小事让傅恒他们操持着就成了，不要事事都亲自过问。"

"嗻！儿遵命！"乾隆说着扮了个鬼脸，旋即转身吩咐高云："你吩咐下去，该怎么演，接着唱。"高云答应一声，转身传旨而去。

锣鼓声起，戏又开演。《灵符济世》《玉女献盆》《德门欢宴》《王祥卧鱼》一出出按点的唱。乾隆爱听戏，戏瘾特大；乾隆懂戏，几遍戏曲各个行当。并亲自命令编演流传后世的"历史大戏"：《劝善金科》《鼎峙春秋》《忠义璇图》《昭代萧韶》等。但今日他却始终提不起神，脑子里一会儿是漪秀，一会儿是香妃，一会儿又是惇妃、那拉氏，乱麻一般理不出个头绪。

"皇上，您……"四格格洁明瞅着乾隆面色阴郁，忽皱忽展，忍不住道。

"哟哟，好，太好了！"乾隆宛若从梦中惊醒一般，自知失态，忙掩饰道：

"这戏唱得不错，一曲……"话说一半，这方想起根本不知道唱的什么。

钮祜禄氏瞅着儿子愣住，忙道：

"一曲《长生殿》唱得婉转悠扬，催人泪下。"

"对，对！唱得婉转悠扬、催人泪下！亏得母亲想出这么好的词儿。"乾隆忙接口道：

"高云，去，每人赏十两银子！"

"嗻！"高云打千儿应了声。

《长生殿》乃康熙二十七年国子监生、著名剧作家洪昇所编写，剧本以唐明皇与杨玉环的"情缘"为主。想想漪秀，乾隆兀自又是一阵伤感，瞅瞅众人，都将目光投向自己，忙掩饰一笑，说道：

"朕兀自听戏听迷了。这出戏点的太好了，是谁点的？朕重重有赏。"说着，从袖中取出枝金如意。

"皇上。"坐在钮祜禄氏身边的二十四格格洁英突然起身离席，走到乾隆面前跪下，仰着脸也不磕头，说道：

"是我点的戏！臣妹不要皇上的赏赐，臣妹有事禀奏，求皇上哥哥为臣妹做主。"

她的回奏，台下立刻引起轰动。公主格格们窃窃私语，太监嬷嬷们无不面面相觑。钮祜禄氏也怔住了，随即笑道：

"好孩子，有什么事下来再奏皇上好吗？今儿个你四姐大喜的日子，你可别扫大家的兴。"

"是小妹妹嘛！朕与你做主便是了。"乾隆也笑道：

"这你先拿着，有话看完戏再说，成不成？"

"不！"二十四格格洁英面不改色，磕了个头说道。

"二十四格格，怎可小孩子一般，你……"洁明瞅着乾隆脸上微微掠过一丝不快，忙上前开口笑慰洁英道。

"四姐的寿诞小妹本不该生事，但此事小妹不得不说，我实在受不得了。"洁英似按捺不住胸中的怒火，胸脯起伏不定，转脸又向着乾隆，说道：

"小妹昨个本想说与皇上，但没抽出空，现在不说，过后皇太后回宫去了，皇上您也忙正事去了。我找谁去说？"

这个二十四格格洁英是乾隆最小的妹妹，平素里极是温柔腼腆，今儿这是怎么了，变得这样执拗？乾隆想了想，答道：

"你说，什么事这般着急？要是不打紧的事，朕可不轻饶你。"

"我说完话，皇上哥哥便是治我死罪，也无怨无悔。"洁英仰脸说道：

"哑女死了！"说罢，泪珠儿禁不住夺眶而出。

"哑女？就是那个侍候你的丫头吧。"乾隆听罢,哈哈笑了两声,说道：

"朕还以为什么大不了的事,明儿朕再给你送几个过去不就成了。好了,别……"

未等话说完,洁英已哽咽道：

"哑女打小侍奉我,她死得冤,我岂能不替她出这口气。"说着洁英拭了拭泪水,"昨儿她一早出去给我买胭脂,碰上个官老爷,动手动脚,哑女喊喊不出,逃没处逃,撞……撞墙而死。求皇上哥哥抓住这挨千刀的,给哑女报这个不平。"

"这奴才叫什么,可知道？"乾隆敛了先时的笑容,面色阴沉,问道。

"臣妹打听过了。"洁英定了定神,抑住心中的悲痛,说道：

"姓钱,是个七品县官。叫什么不晓得,听说脸上长着麻子,瘦高个。"

"够了,足够了。"乾隆冷哼了声,冷冰冰吩咐道：

"高云,传刘统勋进宫见朕！"

"嗻！"高云答应一声,忙转身急步而去。

钮祜禄氏瞅着,笑道：

"好了,英儿起来吧,有你皇上哥哥与你做主,还有什么放心不下的。来,接着唱！"

"母亲,儿有些困了,想……"乾隆本就心不在焉,经这一番折腾,哪还有兴致？瞅着钮祜禄氏道。

"那好,你先回宫去,留神些身子骨,别累着了,我再看会儿,晚上你不必过来问安了。"钮祜禄氏心知多说无益,遂道。

"母亲也注意些身子,别累着了。"乾隆起身打了个千儿,复向着洁英道：

"好生侍奉皇太后。朕十日内准有好消息与你！"说罢,脚步橐橐而去。

第十七章

刘统勋避嫌辞主考
乾隆帝设限捕疑凶

乾隆对刘统勋道:"这个案子朕本想让顺天府办,现在交与你,那狗官脸有麻子,瘦高个,限五日内审清此案。另外,云南布政使钱度一事,也须着能吏详勘严审,若情况属实,革去顶戴花翎,立即押解京城!"

钦点会试主考,本是件欢喜事,可刘统勋却似丢了魂一般,茶无味饭不香。一大早进宫递牌子,方知今日军机处休假一天,乾隆陪着太后钮祜禄氏去四格格洁明府贺寿了,只得又闷闷不乐打轿回府。瞅着红彤彤的日头渐近头顶,心里更是烦躁难耐,索性褪了袍褂,独自一人待在书房里自斟自饮。

"老爷,您这是怎的?"夫人墨玉瞅着刘统勋满脸抑郁,轻轻推门进来,上前轻声问道:

"是身子不舒服吗?"说着,伸手便去摸刘统勋的额头。

"行了,能摸出什么来?昨个进宫,皇上点我和窨涵为今年会试主考!"刘统勋推开夫人的手,复饮了杯酒。

墨玉瞅着刘统勋满脸的苦瓜相,忍不住扑哧一笑,说道:

"瞧您这样,这事别人求还求不来呢,可你倒好,却似成了包袱。皇上点你做主考,是信得过你,懂吗?"

"官场几十年,我还没你懂得多吗?"刘统勋微微笑了笑,夹了口菜细细嚼着,两眼目视窗外,长叹一声道:

"伴君如伴虎,哪朝哪代都是这个理!你莫非忘了眭朝栋是怎么死的?又是为什么死的?"

"不就是军机章京攀附朝中大员吗?"墨玉道。

"攀附朝中大员,就能被处以大辟(杀头)吗?言官风闻奏事，又有什么错？"刘统勋转眼瞅瞅墨玉，苦笑道："那是杀鸡给猴看，做给我瞧的！你懂吗？"

屋内死一般宁静，墨玉久久凝视着刘统勋一语不发。只有窗外杨树上的知了依旧不知疲倦地叫个不停。

清朝本不杀言官，却自眭朝栋发其端。眭朝栋，字树人，号晓章，江苏山阳人。乾隆二十三年（1758年）由刑部郎中考选陕西道御史，而此前，先已入值军机处，为军机章京。

次年夏，刘统勋与于敏中被钦命为是年会试总裁。一切本都风平浪静，谁想，在会试前却节外生枝。军机章京、陕西道御史眭朝栋上书言事，"请援先朝故事，别试回避卷"。

所谓回避卷，是指那些与考官有亲族关系的士子的卷子，按照科举规制，这些人是不能参加本科会试的。所以，眭朝栋可点本科同考官，又为应回避士子请求别试。乾隆览奏，疑心大起，怀疑眭朝栋自家有子弟应此会试。

乾隆向以明察秋毫自命，而这次却是神经过敏。当试官于入闱前，将各自应回避的亲族名单书呈上来之后，乾隆发现作为同考官的眭朝栋并无子弟与试，而总裁刘统勋、于敏中应回避的子弟甚多。于是，便将怀疑的目标扩大到刘统勋和于敏中。

其时，刘统勋、于敏中皆为朝中要员，备受乾隆信任，大小事务莫不与闻。因而，乾隆认为密谕刘、于二人主会试一事，因语泄走漏了风声，而眭朝栋则有泄密攀附之嫌。于是，将眭朝栋下刑部治罪，坐结交近侍例，处以大辟。

乾隆杀眭朝栋，表面看来，好像是惩治军机章京攀附朝中要员，实际上却是疑心刘统勋、于敏中二人授意眭朝栋作此建言。因而杀眭朝栋不过是乾隆用以杀鸡给猴看的伎俩。

刘统勋和于敏中皆久经仕途，岂能不明白乾隆此举之深意？虽未遭到申饬，却已声名受损，满朝飞扬。二人明知眭朝栋屈蒙冤狱，却因自己已经有语泄之嫌，哪还敢为之申辩？只能眼睁睁瞅着眭朝栋终为二人屈死。

"老爷为官清廉刚正,上苍可鉴,何必为这些小事烦恼?你年纪也大了,愁坏身子可怎办?"墨玉终于打破了那死一般的沉寂。

刘统勋摇了摇头,自失一笑,说道:

"清廉还可称之;刚正?我刚吗?我正吗?我刚正,又怎么会眼睁睁看着眭朝栋冤死,自己却闷葫芦一般,只字不语呢?"

"老爷,"墨玉忙安慰道:

"这事都过去几年了,还提它作甚。您要觉着这差使难办,奏呈皇上辞了不就成了?"

"父亲、娘,儿有事与你们说。"正在这时,屋外传来儿子刘墉的话音。

"是罗锅吗?进来吧!"墨玉闻听,转脸说道。

"娘。"刘墉身材矮小,前有鸡胸,后有罗锅,故人都称刘罗锅。进得屋来,躬身请了安,笑道:

"外人称儿罗锅,怎的您也这般称呼,儿这般长相,可是您老赐的呀。"

"罗锅怎的?娘看着就是舒服,谁家孩子想长还长不出来呢。"

"行了行了,亏你说得出口。"刘统勋亦忍不住破涕一笑,但旋即便收敛了笑容,向着刘墉问道:

"崇如,以后不可没大没小,你也不小了。说吧,有什么事?"

刘墉瞧着父亲脸色不对,忙敛了笑容,正色道:

"父亲,儿打算参加今科会试。"

"不行!"刘统勋听罢,沉吟片刻,牙缝里蹦出两个字。

"为什么不行?"刘墉诧异地望着父亲,说道:

"儿报了名。"

"混账!"刘统勋闻听,脸顿时阴沉了下来,喝道:

"这么大的事为什么不和父母说一声便自作主张?"

"父亲一早递牌子,娘未睡醒,儿……"

"胡闹,难道就不能等会儿?"未等刘墉话说完,刘统勋已开了口,"去,就说你今年不考了!"

"父亲……"

"去!"

"老爷,"墨玉瞅瞅儿子,瞧瞧丈夫,开口说道:

"罗锅也不小了,你不能不为孩子将来想呀。孩子苦读三年,不就为了这时候能出人头地,挣个功名吗?"

"你想再弄出个眭朝栋不成?我做了一次昧良心的事,你难道希望我再做一次呀?"刘统勋黑红脸膛上的肌肉抽搐了一下,道。

"这……"墨玉懵懂了一阵,忽地开口说道:

"老爷,您不正犯愁吗?何不借此上奏皇上,请另委主考呢?"

一语惊醒梦中人!刘统勋听罢,脸上不由得露出了笑容:

"好!妙!明日我便奏呈皇上,辞了这主考的差使。"

"老爷……老爷……"

刘统勋还未开口,管家于成已气喘吁吁奔了进来,打千儿说道:

"老爷,皇……皇上圣旨……"

"快,开中门,摆香案!"刘统勋吩咐声,忙换了袍服出门,却见高云已走了进来,急忙面北跪地,说道:

"臣刘统勋接旨。吾皇万岁!万岁!万万岁!"

"皇上口谕,"高云面南而立,挺胸收腹扯着公鸭嗓子道:

"宣刘统勋即刻进宫见驾,钦此!"

"臣遵旨!"刘统勋答应一声,起身道:

"公公先回,本官即刻进宫。"说罢,忙吩咐于成备轿。

此时正是午时,万里晴空上一轮炎炎骄阳在晴得湛蓝的天空中缓缓移动,炙腾腾烤着滚热的大地,一丝风也没有,刘统勋坐在轿子里心里犹如塞了一团烂棉絮、掀不清挑不完,堵得五脏六腑都是满满的。这等光景召见我为的何事?莫不是埔儿……

"冤枉啊……青天大老爷!"

惨厉的哭叫声带着颤声和呜咽，激得兀自沉思的刘统勋不由得打了个冷颤，接着便听于成开口喝道：

"不许拦轿！有冤枉顺天府去说，快让开！"

那女人似乎不肯离开，在于成的怒喝拉扯中号啕大哭：

"你让开，你让开！我要见刘大人……刘青天，你要与小民做主呀！"

"住轿。"刘统勋哈腰出轿，只见一个三十多岁的妇女蓬头垢面跪在轿前，连连磕着响头。

"本官刘统勋，你拦轿为的何事？"

那妇女见刘统勋出来，爬跪几步上前，哭道：

"民妇李张氏，丰台人氏。民妇女翠莲为……为一过境县令……逼死，求青天大老爷为民妇做主……"

刘统勋看看周遭围上来看热闹的人越来越多，皱眉问道：

"以民告官罪加一等，官司胜了也要流配千里，这你可晓得？"

"民妇晓得，"李张氏用衣袖揩干泪水，抽咽道：

"只求青天大老爷与民妇做主，严惩那恶官。民妇便是死也在所不惜。"

"你状告何人？"刘统勋柔声问道：

"起来回话便是了。"

"民妇只知叫钱沐，在哪做官民妇不知。"李张氏仿佛看到了一线希望，用白亮亮的目光瞅着刘统勋。

"你的案子我问了。"刘统勋沉吟片刻，说道：

"你放心回去，找个先生写张状子递到刑部衙门……你现在住在哪里？"

"民妇刚到城里，还……还没歇脚。"

"老爷，"于成犹豫了一阵，开口说道：

"这案子您……"

"不必多说，我自有主张！"刘统勋摆摆手，说道：

"你送她回府,好生款待,再找个先生给她写张状子,去吧!"

"嗻!"

在人们的纷纷议论声中,刘统勋从容升轿而去,直到东华门才下来。迤逦来到养心殿,却听里边乾隆正发着火:

"不是叫他即刻见朕的吗?是人没来,还是被挡在外头了?快去看看,还愣什么?"

"嗻!"高云语不成声应道:

"奴才这便……这便去。"

刘统勋闻听,急步入殿,磕头便道:

"臣刘统勋见驾来迟,求皇上恕罪。"

"是你耳朵聋,还是这奴才不会传话?"乾隆脸色阴沉,踱回须弥座,两眼直勾勾盯着刘统勋,斥道。

"回皇上,"刘统勋身子颤抖了一下,旋即便镇静了下来,答道:

"臣接旨便打轿上朝,不料有民妇李张氏拦轿喊冤,我朝制度:凡有百姓拦轿鸣冤者,一概停轿接状。臣因故见驾来迟。"

乾隆瞅瞅刘统勋,端起冰水呷了口,平心说道:

"起来吧,是朕错怪了你。朕才去四格格府,二十四格格告御状,称有个姓钱的狗县官光天化日之下为非作歹,逼死了她贴身丫鬟哑女,让朕与她做主。刚回来又接两份折子:一个是云南宜良知县朱一深的,控告布政使钱度贪婪,勒令属员购金买玉;一个是江西巡抚海明的,称布政使钱度家人王寿,送箱笼赴赣,内藏白银二万九千余两,已将其物截留,请旨做何处置。本想歇一天,谁想烦人的事一件接着一件。"

"皇上方才所说那县令是姓钱?"

乾隆目光霍地一跳,盯了刘统勋一眼没言声。

"皇上,臣之所以有此一问,"刘统勋心里一怔,忙开口说道:"乃是因为刚才那李张氏所告之人为钱沐,亦为一县令,且所

291

述实情与二十四格格所说甚为相似。"

"唔？唔！她可有状子递上？"乾隆沉思片刻，问道。

"回皇上，李张氏刚进京，还未及写状子。臣当时告其'民告官，罪加一等，官司即便胜了，也要流配千里'。但那李张氏称只要能为她做主，严惩恶徒，即使是处她死罪也心甘。依臣看，那李张氏所言想必属实。"说着，刘统勋眨眨眼，瞅瞅乾隆接着说道：

"皇上，臣……臣看那李张氏甚是可怜，故而接了此案。"

"接得好，接得好！"乾隆仰天长叹一声，不胜感慨道：

"这般狗奴才，越来越放肆，越来越不成体统了！你严，他有怨气不敢冲你，就在百姓身上出气，可劲儿地欺压敲诈；你宽，他就上头上脸，肆无忌惮贪墨枉法。朕……朕真的有些累了，不是累在骨子里，是累在心里，累在心里呀！"说着，泪水已在眼眶中滴溜溜打着转。

刘统勋见状，一时想不出拿何话安慰，只好垂头不语。正没做理会处，却听外面传来话语：

"臣刘纶恭见皇上！"

"进来吧！"乾隆定了定神，瞅着刘纶进来，笑着说道：

"眘涵呀，坐着回话吧，何时进的京？"

刘纶五十上下，面目清癯，白皙的面庞微透着黝红，躬身道：

"臣今晨回京，因皇上命臣为今科会试主考，特进来恭聆圣训。"

"朕本想着能轻松一天，看来是越发的不可能了。"乾隆笑着说了句，旋即敛色正容道：

"唐太宗曾讲过'舟所以比人君，水所以比黎庶，水能载舟，亦能覆舟'，此话论理精辟，寓意深刻！照眼下情形看，吏治又有些败坏了，长此下去，则失民心，动社稷……"

话未说完，仿佛就在头顶，一声令人胆寒的炸雷，震得大殿簌簌发抖，好像一把铁锤砸破了扣在苍茫大地上的锅。众人都是一愣，接着又是一声，音也不甚高，只是尾音更长，好像天也累极了，发出一声撼动人心的闷声叹息。

"天要下雨了！"乾隆低吟了句，起身踱至门口，但见黑沉沉乌压压墨染似的黑云峥嵘而起，缓慢但又毫不迟疑地向已偏西的太阳压去。隐隐的雷电，时而在云层间金蛇走空般划过，时而又像不甘心在云层后舞蹈，狂怒地将它耀眼的光从云缝中激射出来。旋即，豆大的雨点瓢泼般落下，凉风卷着雨粒袭进来，微微带着少许寒意。

"唔。"乾隆久久凝视着雨雾，直到高云将件酱色轻纱袍披在身上，方如同从梦境中惊醒一般，良久，低吟道：

"人不负天地，天地必不负人！大雨骤降，莫非……"

"皇上，"刘纶轻步上前，低声慰道：

"雾雨雷电，皆自然景观，皇上不必为此忧虑。"

刘统勋亦上前道：

"皇上，眘涵所言甚是，皇上不必为此等事……"

乾隆摆摆手道：

"你们说，有什么办法可根除吏治之弊呢？朕要创一世太平，没有一批贤相良官辅佐，那可真是难于上青天哪！"

"皇上，恕臣斗胆，根除吏治之弊没有办法。"刘统勋微微摇了摇头，说道：

"自祖龙以来，谁也没有根治这一条。唐时武则天女皇称制，恨贪官设立密告箱，允许百姓直奏朝廷，任用酷吏明察暗访，查出一批便杀一批，但贪官依旧是斩不尽、杀不绝，为什么？做官光宗耀祖，权大利重，银子、田宅、美女招手即来，其滋味无可代替。依臣之意，只有人主体察民情，以民意为天意，随时依势矫治时弊，庶几可以官清民安。"

"真的没有办法吗？"乾隆满脸阴郁，转脸向着刘纶道：

"眘涵，你说说。"

"回皇上，延清所言不假，臣亦以为无良法可行。"刘纶犹豫片刻，说道：

"就目下情形看，吏治是该好好整顿一下。依臣之见，可以派一些观风使，巡行各省，有案即查，无案则罢。观风使只有弹劾之权，没有处置之权。这样既不致于扰了大局，也能纠举各省弊端，随时予以矫正，不知皇上以为如何？"

"嗯，此法可行。"乾隆背手踱了几步，说道：

"延清，你以为呢？"

刘统勋沉思片刻，答道：

"眘涵所言设观风使一事臣以为可行。另外，臣……臣以为先帝爷的办法还是可行的。历朝历代遇有官员贪赃枉法之罪，皆治小不治大，臣之意不论大小官吏，只要有贪赃枉法、胡作非为者，不但要抓，而且一定要舍得下刀子，民不畏死官畏死，历朝历代皆如此。皇上以宽为政，这些官吏便是借着这个……"刘统勋猛地想到自己此言有大不敬之嫌，忙止口瞅着乾隆。

"说吧。"乾隆不以为然，笑了笑道：

"不要有什么顾虑。"

"臣意皇上以宽为政之策甚是，正因此方有现下天下一派祥和之气。"刘统勋牙齿咬着嘴唇，沉默半响，说道：

"但一些官吏却以为皇上心慈手软，故而虽屡屡告诫，却如过耳烟云，只有严惩一批，方可使天下官吏有所惊惧。另外，加强考课制度，朝廷吏部设岁考时时督查勉励，品学德识佳的奖拔，劣的就罢黜。"

"嗯，有道理！回头你拟出一份折子呈上来。朕的旨意就两条：吏治定要整饬，局面也不能乱！以宽为政并不是纵容官吏贪赃枉法！"稍停，说道：

"高云！"

"奴才在！"高云闻听，急步上前打千儿应道。

"传朕旨意：刘统勋、刘纶着授大学士衔入值军机处！"

"嗻！"

刘统勋、刘纶听罢，忙一甩马蹄袖，跪地道：

"臣才浅学疏，怎能当此重任？皇上隆恩臣实不敢……"

"罢了，你们这么说，不是怪朕知人不明吗？"乾隆笑着摆了摆手，旋即敛色道：

"会试的日子也近了，你们须好生办差。"

刘统勋、刘纶听罢，心里都不禁一紧，正胡思乱想间，却见乾隆踱了几步，又道：

"你们二人为官清廉刚正，朕晓得的。但俗话说得好：防患于未然！康熙三十三年南京科考，数百个举子扛着财神拥入贡院，这等事情断不可再出现，知道吗？"

"嗻！"刘统勋和刘纶头也不敢抬，伏在地上答应了声。

乾隆点了点头，径至殿角一个金漆大柜前，取出一串钥匙开了柜，取出一个封得严严实实的红漆匣子，脚步橐橐踱至二人面前，说道：

"抬起头来！"

"嗻！"

"这是多年会试试题，你们拿去，拆看不拆看随你们便。"

乾隆顿了顿，复又正色道：

"康熙四十二年以来，科场考题泄露之事屡有发生，影响甚坏。今年这试题乃朕亲书、亲封、亲手交与你们，若有这种事发生，朕唯你二人是问，到时可休怨朕不能容你们！听清楚了吗？"

"嗻……臣明白！"刘纶忙磕头道。

"延清，你呢？"乾隆两目炯炯，盯着刘统勋冷冰冰道：

"莫非没有听清朕的话不成？"

刘统勋身子颤抖了一下，忙道：

"皇上圣训，臣听得一清二楚。只是臣子刘墉已报名参加今科会试，臣依例当回避，请皇上圣裁。"

"既如此，为何不早告于朕？"眼睛直勾勾盯着刘统勋，仿佛要看透他的心一般，语气结了冰般冷峻道：

"臣决不敢欺瞒圣上。"刘统勋抬头望着乾隆，面不变色答道：

"此事臣亦是刚刚听犬子说起，还请皇上明鉴。"

乾隆脸色好转了些，"既这样，眘涵，就由你和于敏中主考，你将朕的话传于他，不得有误！"说着，将漆筒递了过去。

"嗻！"刘纶双手接过漆筒，磕头道。

"延清，"乾隆踱回须弥座，径自坐了，开口说道：

"这个案子朕本想让顺天府办，现在交与你，那狗官脸有麻子，瘦高个，限五日内审清此案。另外，云南布政使钱度一事，着刑部侍郎袁守桐赴滇，会同督抚严审，若情况属实，革去顶戴花翎，立即押解京城！"

"嗻！"刘统勋心里松了口气，道。

"当……当……当"殿角的金自鸣钟不紧不慢连响三下，已是未中时牌。乾隆道：

"朕还要去皇太后那边瞧瞧，你们跪安吧！"

"嗻！"二人磕头应声，起身出了养心殿。

打轿回府，刘统勋心情方好转了些，乾隆那一扬一斥，虽不是说他，却使得他浑身不自在。

"老爷，您回来了。"于成瞅着，打千儿问安道。

"嗯。"刘统勋微微点了点头，问道：

"那女子现在何处？"

"回老爷话，那民妇现在客厅和夫人聊天，奴才方叫了城西的'神笔刘'给她写了份状子，老爷您瞧成不成？"于成说着从袖中取出状子递了上去。

"不错，单看这字便知此人才学非浅，真可惜了他混在市井之中，靠此为生，你去问他，愿不愿意来府里做事，若愿意，就带他过来。"说着话，已进了客厅。

李张氏正和墨玉说话，听得脚步声，扭头一看，忙跪倒在地，说道：

"民妇李张氏给大人请安。"

"起来说话,起来说话。"刘统勋双手虚扶了一下,径自坐了,瞅瞅桌上的点心,方想起自己还未用午饭,伸手取了块便大口嚼了起来。

"老爷,慢点用,别噎住了。于成,还愣什么?快给老爷沏茶呀!"墨玉瞧着,忙道:

"老爷,那差事辞了?"

"嗯嗯,皇上恩准了,让于叔子和昚涵主持。"

刘统勋喝了口茶,又道:

"你让崇如好好温习功课。"

"老爷,"于成满脸笑容,上前打千儿道,"奴才听说皇上又给老爷升官了,不知……"

"是呀?老爷您怎么不早说呀?"墨玉一听,亦是满脸的笑容。

"大学士兼军机大臣,瞧把你高兴的。"刘统勋擦了擦嘴,不以为然道:"官越大越不好做,你不听人说……"

忽想起李张氏在场,刘统勋忙止住口,转了个话题,道:

"李张氏,状子所说可都是实情?"

"回大人话,民妇所言句句属实。若有半句假言,民妇愿遭天谴,求大人为民妇做主,民妇就这一个女儿……"

"不要哭了,我还有话问你。"刘统勋摆了摆手,说道:

"你所说那钱沐,是否确已到了京城?长相如何?"

"那狗官确已进京,民妇便是随着他来的。只……只因进城后人多,民妇没跟上,不知他去了哪。"李张氏牙齿咬得咯咯响,说道:

"他三十左右,瘦高个,面皮白净,对了,他脸上有小黑点。"

"看清楚了,没有错吗?"

"便将他烧成灰民妇也认得出。"

"嗯,"刘统勋微微点了点头,吩咐道:

297

"于成！"

"奴才在！"于成上前打千儿应道。

"你去衙门传话，所有衙役立刻出动，按李张氏所言，搜捕那钱沐，不得疏忽大意！另外，告诉袁大人，在衙门候着，我有话与他说。"刘统勋瞅瞅李张氏，说道：

"李张氏，你放心，此事本官自会与你做主。你待在这不方便，随于成一块去，先委屈几日。"

"谢大人……谢大人！"李张氏听罢，眼中满是感激的泪花，连连磕头谢恩。

"老爷，日头都落了，还去衙门呀？"墨玉瞧着二人远去，说道：

"你年纪大了，身子骨受得了吗？"

"受不了也得受。"刘统勋笑了笑，说道：

"皇上只给了我五天时间，茫茫北京城，人山人海，要抓住这姓钱的，谈何容易！你说不急能成吗？"说罢，出屋而去。

日起日落，转眼已是第四天，几天里，刘统勋起早贪黑，刑部的大小事皆交予四司堂官，自己百事不问，专查此案。累得身子散了架般，依旧是竹篮打水一场空。

"老爷，您用些饭吧。"于成瞅着刘统勋短短几日，却似换了个人般，怜惜慰道：

"还有两天时间，那狗官必能抓得住的。"

刘统勋脚似灌了铅般沉重，踱了几步，仰天长叹道：

"精诚不至，金石不开啊……看来我这孔孟之徒还真得去庙里进一炷香，乞个梦什么的了。"

"老爷……"

"别说了！"刘统勋打断于成的话头，黑红方脸膛上肌肉抽搐着，咬牙笑道：

"想不到我刘统勋竟会如此无能，连个小小的狗官也抓不住！走，到刘眘涵府里，喝酒去！"他仿佛下了什么决心，说完抬步就走。于成只好急步跟上,也没叫轿子,出刑部所在的绳匠胡同向北折再向西,便见刘纶府前那两株十分显眼的泡桐。几个家人正在树荫下吃茶聊天,瞅着刘统勋过来,忙起身迎上去,打千儿笑道:

"中堂好阵子没来了,身子骨可好?"

"好,好。"刘统勋满脸阴郁,说道:

"你家老爷在吗?"

那家人见刘统勋面色不对,忙敛了笑容,答道:

"我家老爷现在西花厅歇凉,这几日闭门谢客,不过中堂您例外。中堂请进。"

刘统勋拖着好似灌了铅的步子进内,穿过正堂房西侧的月洞门,果见刘纶坐在花厅前的逍遥椅上闭目养神。浓绿丛中各种花儿或呈绛红、或淡粉、或橙、或碧,色彩斑斓,宛若世外桃源一般。

"大梦谁先觉,平生我自知。"刘纶听到脚步声,伸了个懒腰,打着哈欠道:

"哎哟,什么风把延清兄吹来了,快坐快坐。怎的,这会子就不怕人说闲话了。"说罢吩咐家人摆酒。

刘统勋这方想起刘纶现在是主考官,刚坐下复又站起,说道:

"这几日忙得晕头转向的,倒把这事给忘了。好了,你也别忙了,我这就走。"说着抬脚便欲走。

"伪君子,既来之则安之,坐吧。"刘纶笑着将刘统勋按坐在石凳上,开口说道:

"我就估摸着你这几日要来的。"

"什么?"刘统勋一怔,望着刘纶,道:"你怎么知道我要来?"

"愁呀!你这几天就像热锅上的蚂蚁,难瞒过我!"刘纶哈哈笑道:"来,喝酒喝酒,有酒在手,万愁没有。"

刘统勋端杯嗅了嗅,沾唇呷了一口,点了点头,却一字不发。

"醇而不厚,芳香不烈,色而不淫,沁心醒脾,不错吧。"刘纶径自饮了杯,复夹了一箸菜嚼着,瞅着刘统勋笑道:

"吃呀,愣什么?还有两天时间,这点小事能难得住你?"

"眘涵,连你也取笑我?"刘统勋摇了摇头,满脸无奈道:

"这么大的京城,要找个人谈何容易?这几日客栈、酒肆、驿房,几乎没把京城翻个过儿,连个屁毛都没发现,两天时间,又能顶什么用?"

刘纶听罢,哈哈笑了两声,手指刘统勋,说道:

"京城翻个过儿?至于吗?你呀你呀,真是聪明一世,糊涂一时!"

"这话怎么说?"刘统勋望着刘纶,诧异地问道。

刘纶敛了敛笑容,说道:

"你也不想想,他一个朝廷命官,若非进京述职,怎可轻离职所?进京述职必须去哪,还用我说吗?"

"你是说……好好,真是听君一席话,胜读十年书,这趟没白来,没白来!"刘统勋胸中的郁闷被刘纶短短几句话扫得一干二净,满脸笑容起身道:

"于成,快回衙门唤人,随我去来中堂府抓那狗东西!"

"嗻!奴才这便去。"

"慢着!"刘纶瞅瞅刘统勋,笑道:

"延清兄,你怎的也这样莽撞?你带了人去,若那狗官不在,你如何收场?来中堂面子上过得去吗?"

"对对,哎,我这会儿真有点急晕头了。你说吧,怎么办方妥当些?"刘统勋这方醒来,摸了摸脑门子,笑道。

"来中堂夫人今日五十大寿,今可以祝寿为名,差于成去瞧瞧,打听打听,若人真在,你再动手也不迟,你说是吗?"刘纶呷口酒道。

刘统勋微微点了点头,说道:

"于成,你带几个人去送礼。眼睛睁大点,若那狗官在,派人盯着，别让他溜了；若不在，拿牌子去吏部查查，快去快回！"

"嗻！"于成说着一溜烟飞奔而去。

"眘涵，今日多亏了你，不然还不把我愁死。"刘统勋瞅着于成远去，心下大安，又道：

"改日我一定登门道谢！"

"你可别来，再来我可没东西款待了。要说还是你来得巧，不然我明日进了贡院，那你可就有好瞧的了。"刘纶笑着打趣道：

"对了，昨日我去了趟'祥云客栈'……"

刘统勋一怔，说道：

"那是举人们住的地方，你跑那作甚？不怕别人密奏皇上，告你私会举人……"

"罢了，"刘纶摆了摆手，笑道：

"皇上要选才德兼优之人，光看考卷成吗？你别说，我此去还真发现几个才德不俗之人。"

"你呀，还是这个性格，一点没变。"刘统勋摇了摇头，笑道：

"小心行得万里船，你还是谨慎些好。"

刘纶不以为然，说道：

"我看你呀，是一朝被蛇咬，十年怕井绳！只要上不负天地君上，下不负苍生父母，想那么多事作甚？还不把人累死呀。"

刘统勋瞅瞅刘纶，说道：

"你还是这般豁达，有时我真羡慕你。唉，老了，凌云壮志也消磨得差不多了。好了好了，不说这些丧气话了，喝酒喝酒，这么好的酒，不多喝点，下次来可就喝不上了。"

二人自斟自饮，不觉已近午时。瞅瞅日头，刘统勋心里不由又是一紧：这么长时间怎的还没动静，莫不是出了什么事？

兀自思索间，却听一阵急促的脚步声传来，刘统勋不由站起了身定眼看时，却正是于成。忙催问道：

"快说，那狗官可在来府？"

"回……回老爷话，"于成跑得满头大汗，也顾不得擦拭，忙打千儿气喘吁吁道：

"那钱沐在来中堂府，奴才……已经派人……派人盯着了，跑不了的。"

"好，好！"刘统勋闻听大喜，拍手道：

"天网恢恢，疏而不漏，走，去抓那狗官回衙！"说罢，拱手辞了刘纶，急匆匆而去。

第十八章

破难案不妨闯寿宴
惩贪官何惜用酷刑

"他们不遵王教,不狠狠整治一下是不行的。这些个封豕、长蛇、城狐、社鼠在下头'替朕'激民变,民变起来,朕可就成了真正的孤家寡人了!"乾隆扫了众人一眼,下狠心说道:"这样的狗官,就得腰斩!"

大学士兼军机大臣来保府地处繁华的东便门,平日里本就热闹非凡,由于来夫人今日五十大寿,景象更非一般,犹如开锅稀粥喧嚣冲天。门前人来人往犹如潮涌,御笔亲题"来府"二字阳光照耀下发出耀眼的光芒。院内桌挨桌,人挤人,有的正襟危坐,有的交头接耳,有的袖子捋得老高吆三喝五行着酒令,饶是日头当天,却依旧兴趣不减。穿堂、廊下到处堆的寿礼,什么琼、瑶、琪、琳、圭、璧……还有什么端砚、宣德炉、围棋、古琴、徽墨……应有尽有,琳琅满目。

大厅内,满桌都是垛得老高的水陆珍果,五十枚寿桃,大的如盆,高高地堆在正中,上头上了红,配着青枝绿叶,在诸多果品中格外艳丽醒目。两侧五六桌席面,足有二三十个官员,大到将军巡抚,小到知府县令,有文有武,品色很杂,正襟危坐候着主人来保夫妇的到来。"来中堂到!"随着一声高呼,来保携着夫人徐步而入。

"下官给中堂、夫人请安。祝夫人福如东海,寿比南山。"众人忙起身打千儿道。

"都起来,坐着吧。"来保清癯苍白的面孔闪过一丝笑容:

"就为我秉性严肃,怕扫了你们的兴,所以不大陪客。你们再这样多礼,我更坐不住了。"说罢便径坐了主席。一群官吏也都欠着身子就位。来保秉性严肃,内向深沉,众人就有一肚皮的寒暄奉迎，也都只得憋了回去。只一个挨一个依着官位大小轮流给他与夫人敬酒。不大工夫，已是脸透红晕。

"有我在这你们也都不自在。我身子骨也累了，我说几句话便走，你们兀自乐着便是。"来保夹了一口粉丝慢慢咽了，道。

"恭聆来相钧令。"众人闻听，忙放箸搁杯正色道。

来保干咳了两声，捋着山羊胡徐徐说道：

"先帝爷在时，最恶门生科举朋党营私，当今皇上以宽为政，讲究上下熙和，就其宗旨而言，也和先帝一样。你们都是我的门生，今日要你们来此，便是为了告诉你们，要时时记着自己是皇上的奴才。不要总想谁是哪一门哪一派。要把心思都用在正事上，踏实勤谨办差。明德！"

"门生在！"明德闻听，站起躬身道。

"坐着吧！"来保摆了摆手，说道：

"这些门生中，就你和钱度作为大些，一个做了巡抚，一个点了布政使。前次跌了跟头，要时常记在心上，皇上隆恩，轻恕了你，却并非说你罪由轻，若再做出这等事来，便是我也要奏呈皇上，重处于你！"

"学生谨遵老师教诲。"明德受贿一事，虽已众人皆知，但在这等场合被来保提起，脸上亦禁不住泛起红潮。"学生以后定尽心政事，决不负皇上、老师栽培。"

"嗯，记着便好。你们好生做事，我脸上也有光，也好在皇上面前为尔等说话！"来保着扫视了众人一眼，问道：

"钱度呢？他没有来是吗？"

"回中堂。"一个三十左右白净面庞上隐隐有些麻子的青年起身道，"家父因事缠身，不能亲赴京城，特遣卑职前来谢罪。"

"嗯。"来保摇着湘妃竹扇，靠在椅子上看了那青年一眼，"你叫什么名字，做甚差事？"

"卑职钱沐，平江县令。"那钱沐不知是热还是心里紧张，前襟被汗水湿得贴在身上，"此次进京，一来为述职祝寿，二来家父……"

未等他话说完，来保已打断了他，说道：

"不用说了。我知道是什么事。此事皇上亲自过问，我不知实情究得如何，不好说话。"来保双目炯炯，"若人家所奏属实，便是我也无能为力，你便这样告诉他便是！"

"嗻！"钱沐嗫嚅道。

"好了，说来说去一句话。好生办差。你们乐，我先告退了。"说着，起身与夫人便欲出去。恰在这时，一个家人急匆匆奔了进来：

"老爷，不好了，刘统勋刘中堂来了……"

"瞧你这德性！还不快请！"来保盯了那家人一眼，道。

"不是，刘中堂带着……"

"来中堂，这等喜事怎也不告诉我一声，怕我吃你饭不成？"未及那家人话落地，刘统勋已脚步橐橐，笑着走了进来。

"哪里哪里，刘中堂这是哪的话。"来保略一拱手，说道：

"来，坐着说话。"

刘统勋笑着坐了，说道：

"您还是叫我延清吧，这'中堂'二字我听着别扭。"说罢转脸向来夫人拱手问安。

来保摇着扇子，抿了口茶，说道：

"你呀，升了官心里还不高兴？你们还都愣着作甚，还不快见过刘中堂！"

"卑职给中堂大人请安。"众人忙离座打千儿道。

"罢了，都坐着。"

刘统勋摆了摆手，敛了笑容，又正色道：

"来中堂，我也不和您打马虎眼了，这次来有一事相求，还望中堂您多多成全。"

来保一怔，旋即便恢复了平静，笑道：

"延清，什么事照直说，只要我有能力，一定鼎力相助。"

"好，中堂爽快。"刘统勋起身离座，"得罪之处我这里先道歉了。"说着一个千儿已打了下去。

来保瞅着，忙起身离座："延清，你这搞的哪门子事？我怎承受得起呀，不要顾忌，什么事尽管说，我这性子你还不了解。"

"前几日我进宫见驾，路遇一民妇告状，称有一名钱沐之县令，逼死其女。"刘统勋侃侃说道：

"进宫见着皇上，皇上告知，有一姓钱县令胆大妄为，在京城逼死二十四格格贴身丫头哑女。责令我五日内抓获人犯，审清此案。"说着，刘统勋用眼瞅了瞅来保，却见来保脸色已阴沉了下来，两眼直勾勾盯着门首一个三十左右的人，顺眼望去，正如李张氏所言，心下不由一喜：

"方才听衙门里役卒说，这狗官在中堂府，不知……"

"在！"来保两眼绿幽幽闪着光，心里的怒火一拱一拱地往上蹿，冷冷道：

"钱沐，你有何话说！"

"中堂，卑职……"钱沐一肚子酒早随冷汗淌了出来，听得刘统勋所言，几乎吓晕了过去，瞅瞅来保，嗫嚅道。

来保心里顿时雪一般亮，阴森森盯着钱沐一语不发。刘统勋见状，说道：

"中堂休怒，为这狗东西生气值得吗？统勋此刻奉差在身，还望中堂……"

"延清，不要说了。"来保心里那点喜气早已散到了九霄云外，"是你亲自押走，还是我让人给你送过去？"

"这……"刘统勋脸露尴尬色，说道：

"中堂，延清为防这狗官溜走，带……带了几个衙役。"

来保微微笑了笑，说道：

"那你还愣什么？吩咐人带走这狗东西，别让这东西脏了我这地方。"

刘统勋向着钱沐嘿然一声冷笑，说道：

"钱沐，这里人多，大家正高兴着，你还是自己走吧。怎么样？"

307

钱沐扑通一声跪倒在地，向着来保连连磕着响头，说道：
"中堂，您……"
来保冷笑两声，怒喝一声：
"闭嘴！来呀！"
早已候在外边的于成等人，听着声音，以为刘统勋召唤，忙奔了进来。
"拿下！"来保冷冷道。
于成瞧着刘统勋微微点了点头，钱沐双脚一跳，哭求道：
"中堂，您救我呀！"
刘统勋哪里容他多说，说道：
"带走，即刻回衙升堂！"
此时大厅里二三十号人都惊得如庙中泥胎一般，噤口不能出一语，死寂得一根针落地都听得见。刘统勋复向来保打了个千儿，说道：
"中堂，延清因事关重大，不能不如此，还望中堂海涵。改日延清一定登门负荆请罪。"
"哪里哪里，"来保脸上挤出一丝笑容，"说这话岂不生分了？我只是为这狗东西生气，别无他意。"
刘统勋微笑道：
"中堂如此豁达，延清钦佩万分，职事在身，延清不打扰了，就此告辞！"说罢拱手跨步而出。

"升堂！"
随着三声炮响，平时锁钥封锢的刑部衙门正堂门吱呀打开，三班六房执事衙役一色衣帽齐整雁行出堂，各按方位站定，见刘统勋带着合署堂官司官迤逦进来，"噢……"地低吼一声，待刘统勋出堂，又是震耳欲聋三声堂鼓，刘统勋脸露喜色，脚步橐橐踱向"明镜高悬"匾额下的太师椅，径自坐了。一时间堂内一声咳嗽不闻。
刘统勋敛住笑容，"啪"地一拍惊堂木，断喝一声：
"带钱沐、李张氏上堂！"

"嗻！"几个衙役答应一声出去，顷刻间便带着二人进来。李张氏想着冤仇很快便可昭雪，脸上平静中带着丝喜悦，只那钱沐做贼心虚，面无血色委顿不堪，待二人跪地报了名号，便听刘统勋吩咐：

"念钱沐犯由！"

"嗻！"一个师爷装束的人躬身答应一声，从案上取过李张氏的状子，左右手倒换翻着朗读起来。字字句句透骨痛髓、含泪带血，直听得钱沐面如纸白，饶是大热天，兀自浑身颤抖不已。

刘统勋黑红面膛上毫无表情，一双刷子似的倒扫帚眉下一双眼睛直视钱沐，满脸刀刻似的皱纹一动不动。待念完状子，只见他脸颊微微抽动一下，从齿缝里蹦出一句话来：

"钱沐，你可知罪！"

因为静，这句话语音虽不高，听来却十分清晰硬挺，隐隐带着金石之音。钱沐怔了片刻，咬了咬下嘴唇，说道：

"此纯系这刁妇捏造，请大人明察。"

李张氏一听，直气得咬牙切齿，死盯着钱沐，说道：

"你……你胡说！你欲……欲奸未遂，逼死我女儿，还敢睁着眼说瞎话，我……我与你拼了！"

说着，李张氏便扑了上去。

"肃静！李张氏，莫忘了这是刑部大堂。是非曲直本官自会审个水落石出。"刘统勋一拍惊堂木，道。

钱沐瞧着，趁机道：

"大人，该刁妇诬告下官于前，今又欲殴打下官。请大人为下官做主！"

刘统勋冷笑两声，说道：

"钱沐，本官再问你一句。你可知罪？"

钱沐索性硬下一条心，说道：

"下官素闻大人明察秋毫，执法如山。但不知今日何以偏听这刁妇所言，欲加本官'莫须有'之罪名，下官虽为一小小县令，也还知办案须人证物证俱在！"

"好，说得好！人证物证？本官办案数十载，还不知道这些，不用你提醒！"

刘统勋两眼刀子般直视钱沐，又冷冷道：

"本官倒是想提醒你一句，若要人不知，除非己莫为。你现下招了，本官还可从轻发落！"

"下官不做亏心事，不怕鬼敲门，大人明察便是。"

"好，我定不会冤了你，定会让你心服口服！"

说完，刘统勋冷笑两声，转眼望着李张氏，开口问道：

"李张氏，钱沐所言你可听见？"

"回大人话，民妇听得一清二楚。物证民妇拿不出，但人证有，民妇合村乡亲皆可为证，请大人明鉴。"

"如此人证，谁能保不是你故意收买的？"一听没有物证，钱沐不由一喜，心想皇上给你五日，只要我抵过这一关，不就……心里想着嘴上便道。

李张氏闻听，直气得七窍生烟，颤抖着手指着钱沐道：

"你……你血口喷人……"

钱沐脸上泛起一丝得意的笑容，无赖地说道：

"你有何证据说下官是血口喷人？下官与你无冤无仇，你何以如此歹毒，诬告下官逼死你女！"

"即使她是诬告，那么本格格呢？难道我也诬告你不成？"话音落地，二十四格格洁英莲步轻移，走了进来。身后跟着两三个人，皆一身市民装束。

刘统勋见状，忙起身离座，上前打千儿说道：

"不知格格驾临，有失远迎，还请恕本官失迎……"

二十四格格洁英笑着摆了摆手，说道：

"刘大人多礼了。我现在可是以原告的身份出现，大人继续审讯，我倒要看看这狗东西还做何抵赖。"

刘统勋吩咐看座，转身踱回，兀自坐了，说道：

"钱沐，你还有何话要说？"

瞧着二十四格格身后二人，钱沐顿时如泄了气的皮球般，耷拉下了脑袋。良久，方支支吾吾道：

"大人明鉴，下官……"

"你怎样？"二十四格格眼光灼灼，盯着钱沐道：

"你不是要人证、物证吗？我现在给你带来了。"

说完，又转脸向刘统勋道：

"刘大人，这狗官胡作非为之时，此二人在场，可为人证；这是我从哑女手中所获一绺头发，可为物证！"说着，从袖中取出个手帕。一衙役忙上前接着呈了上去。

刘统勋打开手帕看了一眼，断喝一声：

"来呀！看看这狗官头发可否完整！"

"嚓！"两个衙役上前按住钱沐，解开发辫，果见头上指甲大一块地方没有了头发。"回大人话，头上确有一处没了头发！"

"钱沐，你知罪否？"刘统勋一拍惊堂木，怒喝道。

再看这时的钱沐，已是面白如纸，汗出如注，嘴唇哆嗦，双手发颤，失去了先时的气焰。良久一语不发。

"说！"

"下……下官知……知罪！"

刘统勋脸上不易察觉地掠过一丝笑容，说道：

"从实招来，李张氏之女可是被你逼迫致死。你也审过案子，当知道刑具是做什么的？"

"回大人。"钱沐沉默片刻，支支吾吾道：

"下官进京途经丰台，歇在这民妇家里，其女贪恋钱财，甘愿……甘愿以身……"

"你胡说，是你……"李张氏闻听脸涨得通红，牙齿咬得咯咯作响，说道。

未等她话落地，刘统勋已开了口：

"钱沐，你还敢狡辩！你若行得正，何以非礼于哑女？来呀，大刑伺候！"

"嗻！"几个衙役答应一声，如狼似虎般扑上去，便将钱沐按倒在地上。

钱沐霎时连连磕头道：

"下官知罪……是下官所为……"

刘统勋不屑地冷冷道：

"还算识时务，押入大牢，听候发落！"

"刘大人，案情既已大白，为何不将这厮斩首示众？"

刘统勋躬身道：

"格格，此案皇上亲自过问，本官需奏明圣上方可再做处理，还望格格体谅本官苦衷。"

洁英微微笑了笑，说道：

"既是皇上哥哥主意，我就放心了。刘大人，今日之事你可莫告诉皇上哥哥，我是偷着出来的。"说着，转身便欲离去。

刘统勋打着千儿道：

"格格放心，若非格格前来，本官说不准还要费多大周折呢。"说罢转身吩咐道：

"退堂！"

次日一早，匆匆用了点早点，刘统勋便急忙进宫复旨。由于平日里每天不知几遍要来请旨办事，所以不等通报便进了垂花门，因见高云在丹墀站着，便道：

"皇上还在批阅奏章吗？用过早膳没有？"

高云打千儿笑道：

"回中堂话。傅中堂刚进去，说兆军门已进抵叶尔羌城下，万岁爷今个欢喜，早膳过后留傅中堂在这说话，来中堂、梁大人也过来了，正在里头说话呢。"

刘统勋怔了一下，说道：

"我这不是什么急务，待会儿皇上见过人，你打发太监到军机处传我过来就是了。"说罢，转身便欲离去。

不料乾隆在东暖阁听见了他们说话，隔窗说道：

"高云，是延清来了吗？叫他进来吧。"

刘统勋只好答应着进来，果见乾隆盘膝坐在暖阁炕上，却只随常穿着酱色轻纱袍，外套件石青葛纱褂，一条金丝绣龙带束在腰间，也没有戴冠。傅恒、来保并着尚书梁诗正欠着身子坐在雕花瓷墩上。

刘统勋一边行礼，一边笑道：

"听说兆军门兵抵叶尔羌城下，皇上欢喜，臣也跟着高兴呢！"

"坐坐！朕看你是为案子了结了高兴，没错吧。"

说完，乾隆伸手摸了摸剃得黢青的头，又笑着说道：

"真有你的，居然跑到来保府里去抓人，你就不能等会儿？"

刘统勋面色微红，躬身道：

"皇上限臣五日时间，臣恐无法交差，故而情急之下，便带了人……"

"搅了人家的宴席，甚是不该。不过，事出有因，情有可谅。来保方才都与朕说了，还说你办的是呢。"

乾隆笑着说完，转脸向着梁诗正道：

"养仲，园子清理得如何了？"

梁诗正敛了笑容，说道：

"回皇上，工程进展还算顺利，估计来岁春季便可搬过去。"

"嗯，抓紧些。这天气一年比一年热，皇太后岁数大了，受不住。对了，你乞休的折子朕看过了，朕的批语就两个字：不准。"

乾隆挪了下身子，接着说道：

"国家要办的事多着呢，你曾是朕的老师，该替朕多想想，又何忍离朕而去呢？"

梁诗正龙龙钟钟站起身来，一躬说道：

"臣心也实是恋恩难舍，不过臣已是六十多岁的人了，在这个位置，办不了这个位置的事，不也是负了皇上重托？该退出来，腾位给年轻一点的，于皇上天下都是有益的。"

梁诗正犹豫了下，接着说道：

"臣子早年病故，臣父日下双目失明，臣心……"

"好，朕允了，你侍朕几十年，是该回去尽些孝道。不过，现在不能走，等园子事了后再返乡，可好？"乾隆沉默片刻，道。

"臣谢皇上隆恩！"说着便欲跪倒在地。

"不必了，这些事说来朕也该留意些的。"乾隆摆手止住，说道：

"你跪安吧，来岁朕亲自与你送行。"

梁诗正听罢，热泪盈眶，躬身打千儿谢恩，转身颤巍巍而出。

"唉，甚悉忠勤意，宁知孝治心，朕身边多有些这样的人多好。"乾隆叹了口气，向着刘统勋道：

"延清，案子审清了？可是那钱沐所为？"

"回皇上，"刘统勋干咳两声，说道：

"此案臣已查清，确系钱沐所为，该犯亦供认不讳。只做何处置还望皇上圣裁。另外，民妇李张氏以民告官，可是按例将其流配千里之外？"

大殿内死一般宁静，良久，方听乾隆叹口气说道：

"朕总想着民告官会开挟制把持之恶习，故而予以制止，现下看来是朕有些错了。李张氏赐银五十两，仍令其返回故里吧。以后再遇此事，若属实情，都这么办；若系妄言，流配充军。"

"嗻！"

"至于那钱沐嘛，"乾隆咬着细碎的白牙，阴冷地一笑，说道：

"朕意，定为腰斩，你们以为如何？"

话一出口，众人不由得目瞪口呆。依着大清律，腰斩是仅次于凌迟的惨刑。当年张廷玉之弟张廷璐科场泄题，被雍正帝处以腰斩，行刑之日雍正亲自微服观看，但见张廷璐受刑后上身兀自蠕动，心下大凛，便将此酷刑废止。众人没承想往日里慈颜悦目的乾隆竟会有此一语，顿皆默不作声。

"这些狗官不遵王教，不压一压，整治一下是不行的。这些个封豕、长蛇、城狐、社鼠在下头'替朕'激民变，民变起来，朕可就成了真正的孤家寡人了！防民之变，甚于防川呀！"乾隆扫了众人一眼，不无感慨地说道：

"朕以宽为政，便都上头上脸，不知好歹，朕这次要与他们瞧瞧，朕也有严的时候！待那钱度押解京城，父子二人一并押往西市受刑，京师各衙门并顺天府，凡五品以上官员，到时一概都去观看，一个也不能少！"众人听着乾隆咬牙切齿，说得杀气腾腾，又要传旨百官都去观刑，都觉得太不给官员面子了，却又都不知该如何开口是好。

"皇上，"傅恒揣摩了阵，大着胆子上前，叩了一个头道：

"奴才以为……"

未等他话说完，乾隆已摆手止住，说道：

"你不要说，你想说什么朕也知道。这法于先帝在时曾用过，收效还不错！杀官要百姓看只是瞧热闹，能管什么用？要叫官看，只有如此，他们才晓得风纪国法是怎么一回事。再做事办差，就懂得掂量掂量，想退步留后路。"

"皇上，"刘统勋起身离座，跪地叩头道：

"臣有一言，不知当讲不当讲？"

"只要不是这事，就说吧。"乾隆端起茶杯，微微抿了一口，说道。

"皇上，"刘统勋咬咬牙，大着胆子道：

"臣以为与那钱沐罪定得重了些，还请皇上三思。"

乾隆脸上微微掠过一丝不快，盯着刘统勋，半晌方说道：

"你说什么？定的重了？朕就是此意，不如此如何以惊众？"

"皇上心意臣晓得，臣对此亦无异议。"刘统勋面色平静如止水一般，说道：

"然那钱沐之罪并非万恶不赦，与谋逆犯上究是有别，定为腰斩，给后世子孙开了这个例，若……若有大逆不道之徒称兵造反，又该如何加刑？腰斩一刑先帝已废止，今若再用，于皇上圣名有损。臣此心可照日月，还望皇上洞鉴。"

315

乾隆沉思片刻，问道：

"那依你之见，定何罪方妥当些？"

"臣意定为斩立决妥些。"

"你们以为如何？"乾隆瞅瞅傅恒、来保，道。

来保因着钱度是自己门生，虽乾隆并未有怪罪之意，却已羞愧万分，这会儿还有何话可说？倒是傅恒开口解了围：

"皇上，延清久掌刑部，律例熟稔，臣以为所言甚是。"

"好吧，就照延清的意思办。袁守桐呢？还没有折子呈进来？"乾隆把玩着腰间的汉白玉坠子，道。

刘统勋干咳两声，躬身道：

"袁大人离京方四五天，如今只怕还未抵滇，皇上心急了些。过几日想必便会有折子呈进。"

"哟，是朕太急了些。"乾隆这方醒过来，"延清，这事就交给你，钱度押解进京后，立即行刑，不必再回朕了。"说罢便吩咐高云备膳。

众人瞧着便欲退出，乾隆却叫住了，笑道：

"今日也没什么事，你们就都留在这陪朕一起用膳。膳后去贡院看看。"片刻工夫，便见御膳房的苏拉太监捧着一盒一盒的御膳摆在填漆花膳桌上，什么锅烧鸭寒勒卷、肥鸡锅烧鸭子云片豆腐、攒丝锅烧鸡、肥鸡火熏炖白菜、清汤西尔占、三鲜丸子、鹿筋炖肉、清蒸鸭子、糊猪肉、喀尔沁咸攒肉，还有竹节卷小馒、孙泥额芬白糕、珐琅蔡花盒小菜、蜂糕并各色小宫点，满满一桌子布好。乾隆居中落座，笑着说道：

"你们就陪坐在旁边，不必拘礼，放量用，拘束就没意思了。"说着，举箸夹了口丸子细细嚼着。

四个有一君三臣不同身份，却是饱读四书五经孔孟之道的读书人，讲究"食不语"，因此一餐御膳虽是不错，却吃得甚是沉闷，三个人拿捏着陪乾隆略用了几口，见乾隆放箸，便起身谢恩，略稍片刻，众人便陪着乾隆奔顺天府贡院而来。

第十九章

抡人才皇帝巡贡院
献战俘将军护轻车

乾隆话音落地，众人都禁不住掩口偷笑，便连一向严肃深沉的来保亦是面带笑色。于敏中平日里最是以才赋自恃，哪曾出过这等丑事？当下脸涨得通红，嗫嚅一阵，方支支吾吾道："皇上，臣……臣这几日……"

顺天府贡院坐落在京城东南隅，四周高墙环绕，足有丈四，墙脊上遍栽密密的荆棘，故俗称之为"棘城"。

一行人来到贡院，四周一片宁静，只有知了在树上不知疲倦地唱着歌。守门的瞅着乾隆驾临，忙磕头请安，便欲进内通报，却被乾隆摆手打住。一行人走走看看，不知不觉已近龙门。刚要过去，便听有人大喝一声道：

"何人如此大胆，敢擅至禁地？外边候着！"

"是……我。"乾隆笑着，一边说一边往前走。

"凭你是谁，也不能过来！"那差役不耐烦地说着走过来，刚要呵斥，却已傻了眼，扑通一声跪倒在地，磕头道：

"奴才不知皇上驾到，还请皇上恕罪。"

乾隆微笑道：

"不知者不罪，起来吧。现在朕可以进去吗？"

"不……不行。"那差役瞅瞅乾隆，怯生生道：

"没有刘、于二主考许可，任何人不得入内。这……这是规矩，请皇上……"

"嗯？"乾隆故意敛了笑容，嗔怒道：

"大胆奴才，连朕你也敢拦阻不成？"

"奴才职责所关，求皇上体谅奴才苦衷。"那差役跪在当道，心虽紧张,却是不肯让道。"皇上若要进去,请……请稍候片刻,奴才这便去通禀两位主考大人!"

"好,很好!你去吧,朕在这候着便是了!"

刘纶、于敏中联袂到试区巡视了一遭,又到十八房试官房里看了看,回到坐落于最北区的至公堂,已是满头大汗。于敏中擦了擦脸,向着刘纶笑道:

"眘涵,看你那严肃样,放松些好不好?"

"哦。"刘纶进屋脸也未擦,便又坐在椅子上看起了卷子,听着于敏中言语,头也不抬说道:

"我就怕出个差错,各房荐上来的卷子,我都看了,基本上还算可以。就是这落卷,还得再细瞧瞧,三载苦读就为的这一刻,别屈了才,负了皇上重托。"

"我主试过几次了,就数这次差使办得踏实。"于敏中摇着湘妃竹扇,悠闲地踱着步,不以为然道:

"要一点不屈才恐怕谁也办不到。咱们要尽了心,不贿受私,上无愧于圣恩,下无惭于士人。"

刘纶听罢,微微笑了笑,望着于敏中道:

"一点不屈才也许真的不可能,但尽尽人力总没有坏处吧。你累了就歇着吧。"于敏中听了,脸上不易察觉地掠过一丝不快,正待答话。西考区监场书吏拿着豆腐干大一个小本子进来,打千儿道:

"天字十六号孝廉褚有量夹带一本《论语》,被卑职查出,请大人发落。"

"你是做什么吃的?"于敏中正没处发火,盯着那书吏吼道:

"这事由他房官处置!这也是我主考官该管的差使?"

刘纶瞅瞅于敏中,说道:

"你去告诉房官,逐出那个姓褚的举子,贴了他的卷文,发文顺天府,罚他停考三年。"说罢便欲低头审卷,却听竹帘一响,一

个差役走了进来,遂开口道:

"有什么事吗?"

"回大人,"那差役打了个千儿道:

"皇上驾临贡院,现在龙门外,请示……"

刘纶、于敏中听罢,忙着衣戴帽,吩咐道:

"快,放炮,开中门,迎接圣驾!对了,告诉各房试官知会考生,不得擅自走出考棚一步,否则逐出考场,取消录取资格!"

"嗻!"

二人行至龙门,便见乾隆正在与傅恒、来保、刘统勋三人低声说笑,连忙下跪叩头山呼:

"臣刘纶、于敏中叩见皇上……"

"行了行了,都起来吧。大热的天,哪这么多讲究。"乾隆笑着摆了摆手,说道:

"方才传话那差役,胆子不小,竟敢拦朕的驾,你们知会下去……"乾隆说着瞅了眼跪在地上的那个差役,不知是怕还是热,脸上豆大的汗珠直往下淌,忍不住扑哧一笑,"这奴才办差尚属认真,着赏银二十两,升二级留用。"

"奴才谢皇上不罪之恩。"那差役听着,心里喝了蜜一般,甜滋滋的,忙跪地道。

"下去好生做你的差事吧。"乾隆摇着湘妃素纸扇,指指甬道两边的三楹小厅向着刘纶问道:

"眘涵,这是什么地方?"

刘纶犹豫片刻,答道:

"回皇上,此二处为议察厅。"

"朕晓得,是做什么用的?"

"这……"刘纶登时作了难,不知该如何答对是好。这议察厅,名儿虽说听着不错,却是最叫孝廉们颜面扫尽的一个去处——所有应试举人都必须在这厅里宽衣解带,敞怀露腔地让贡院的衙役们检查一番,以防夹带进入考场。

"这什么？这是个让举子们丧尽颜面的地方，对吗？"乾隆微微笑了笑，说道：

"读书人，都讲究个颜面，这种陋规以后改改，朕看就不必那么大张旗鼓的了，你们看呢？"

"嘛！"刘纶、于敏中脸泛潮红，他们哪个没经过这一关？忙答道：

"皇上此意，实乃举子之大福，奴才们待会儿便传下去。"

"罢了。查出有夹带、传递舞弊这些事吗？"乾隆似乎很高兴，满脸笑容道。

"回皇上，此种事哪一科都免不了的。"于敏中见乾隆望自己，忙躬身答道：

"三千五百四十三名应试举子，至今为止，共查出夹带、传递、顶替的作弊者二十三人。另外三人中途患病，未到终场退出。作弊者奴才已依着定例，将其逐出考场，贴了卷子。"

"三人？是吗？"乾隆一边走一边顾盼，听得于敏中所言。似有些不相信，向着刘纶问道。

"是三人，奴才们决不敢欺瞒圣上。"刘纶瞅了眼于敏中，笑道：

"时值盛夏，为防止传瘟疫，奴才们双管齐下，奴才着人买了大包小包的甘草、芦根、绿豆、金银花，举人进场免费供应；叔子祭瘟神、烧纸钱，还特地请了白云观的道士在誊录所打醮。"

"嗯，这一科选在了夏天，无病无灾平安过来，你们办差还算尽心。不过，此后这些祭神祭鬼之事就免了吧，国家敕封禁地，又供着文宣王牌位，用得着这些个？"乾隆边走边看，到明远楼过厅前，停步问道：

"这楼是哪一年建的？"

"回皇上，此楼是前明万历二年建的。"刘纶瞅着于敏中抓耳挠腮，知道他答不上来，忙打千儿道：

"圣祖爷时曾大修一次，原是预备博学鸿儒科用的。后来，圣祖爷将殿试改在太和殿,这里便没有用。"

乾隆边听边点头微笑,叹道:

"这是朝廷的颜面之地,饭可以少吃,但颜面却不能不要。该省的银子一丝也不能费,该花的银子一点也不能省,你们瞧瞧那重檐斗拱,彩漆剥落,好看吗?"乾隆用扇子指着明远楼的重檐斗拱,对刘统勋说道:

"这事你下去办了,养仲年岁大了,以后工部的事你也多担着些。"

"嗻!"刘统勋躬身答道。

一行人簇拥着乾隆,边走边看,穿东西号舍、监试厅,经会经堂、燕喜堂,过弥封、受卷、供给、对读、誊录五所,来到最北区的至公堂。乾隆在铜盆里洗了手,擦把脸,径自坐了,笑道:

"还不错。都坐着回话,大热的天儿,放松些,眘涵、叔子,你们也把袍服退了,看热的那样,像对水鸭子。"一语落地,众人不由都笑出了声。

乾隆端起桌上的冰水,抿了口,复掏出香巾拭了拭黢青额头上的汗珠,说道:

"卷子现下看得怎么样了?"

"回皇上,"于敏中见状,忙答道:

"卷子奴才们都已看过,还都条清理顺,论辟恰当。只眘涵不放心,怕屈了人才,又要查看落卷,故而还须些时辰。"

"嗯,好!举子们也不容易,屈才是难免的,这朕晓得,但要多尽人力,尽量减少这种现象。"说着话,乾隆拿起桌上的卷子瞅了瞅,点的是一甲三名——探花。复仔细看了起来,忽地,眉头皱了皱,问道:

"叔子,这份卷子是你批的吧。"

于敏中小步上前,俯身一看,说道:

"回皇上,正是奴才所批,不知可有不是之处。"

"言辞不错,当得这探花。"乾隆微微点了点头,忽地话锋一

转,说道:

"不过,朕有一处不明,这'如仲翁之兀立墓道'之'仲翁'二字是什么东西?你可晓得?"

这能不知道吗?于敏中听罢,不加思索地便道:

"回皇上,这'仲翁'是指墓道两侧侍立的石像。"

"叔子谬矣!墓道石像当是'翁仲',何来'仲翁'?说到'翁仲',这里还有一个典故。相传秦始皇政统一六合之时,手下有一员大将,姓阮,名曰翁仲。此人身高一丈三尺,有万夫不当之勇。在秦始皇统一大业中屡建奇功,打了许多胜仗,后在一场恶战中不幸阵亡,秦始皇为了表彰他,下令石匠模仿他的身形面相,雕刻了一座石像,立于他阵亡的故战地上,以示纪念。后世之人,便将石雕人像通称之为'翁仲'。"

乾隆话音落地,众人都禁不住掩口偷笑,便连一向严肃深沉的来保亦是面带笑色。于敏中以文才受乾隆宠信,平日里最是以才赋自恃,哪曾出过这等"丑事"?当下脸涨得鸡屁股一般通红,嗫嚅一阵,方支支吾吾道:

"皇上,臣……臣这几日……"

"不必掩饰了。疏忽谁都有,这没什么。不过在这种场合却甚是不妥,这是为朝廷,为朕选人才,不是平日里饮酒作赋。这点你不及延清、昚涵。"乾隆敛了脸上的笑容,正色道。

"臣知错,求皇上处罚。"

"罢了,以后注意些便是了。"乾隆说罢,拿起笔就卷子上疾书。刘纶离得近,定睛看时,却是一首诗:

> 翁仲如何作仲翁,
> 只因窗下少夫功。
> 从今不许为林翰,
> 贬去江南做判通。

写罢递与于敏中。于敏中瞧着，满脸羞得通红，真恨不得地上有条缝钻进去。原来乾隆有意将错就错，将"功夫"写为"夫功"，将"翰林"写为"林翰"，"通判"官职名也写成了"判通"！

"好了，朕也该回宫了。这些卷子你们再仔细看看，明日一早领着中榜的举子进宫递牌子。"

"嗻！"

二人送乾隆离去，立刻回到至公堂，又将全部卷子仔细审了一遍，忙完时已是日沉西山。

刘纶踱出至公堂，看了看西边的红霞，笑道：

"走，今日我请客，悦朋楼松泛松泛，如何？"

于敏中满脸阴郁，边走边说道：

"你今日心里自然欢喜，我眼下心绪不好，恕不奉陪，改日再会吧。"说罢径自乘轿而去。

"叔子好走，改日再会。"刘纶自嘲一笑，道。旋即亦坐了轿，吩咐道：

"去刘中堂府。"

刘统勋送了乾隆回宫，复在军机处待了一会儿，便打道回府。用了些茶点，正想歇会儿，恰夫人墨玉领着儿子刘墉进来。

"哟，崇如回来了，"刘统勋瞅瞅儿子，问道：

"今日感觉如何？"

刘墉躬身请了安，说道：

"回父亲，时、策、论三场儿都感觉不错。"

"不错……不错……"刘统勋抬眼望着屋外檐下的藻井，若有所思道：

"我最担心的便是这'不错'……"

墨玉不解地瞅着丈夫，说道：

"老爷，您这是怎么了，罗锅考得好你不高兴？莫不是今日朝里有什么不快的事。"

"哟，没有，一切都挺好的。"刘统勋梦中惊醒一般，"你不要瞎猜了。"

"一定是说什么悄悄话呢？"

院里突然传来一阵笑声，刘统勋、墨玉都是一怔，一齐往窗外看去，却是刘纶来了，刘统勋忙站起身，亲自挑帘。刘纶脚蹬一双黑冲服呢千层底布鞋，把玩着一把檀木扇子飘飘逸逸地走来，见刘统勋挑着帘子等自己，笑道：

"这等大礼，我可当不起。"

"怎当不起？你帮我抓住了钱沐那狗，我还没道谢呢。"刘统勋说着，已陪着刘纶进了屋，"唉，什么风把你吹来了？"

"东南西北风！怎的，要撵我走不成？"刘纶哈哈笑着落了座，"延清兄，你就这样待客呀，饭没有，难道连茶也不让喝点？"

墨玉莲步轻移，蹲了个万福，笑道：

"瞧刘大人说的，您们先聊会，我这便吩咐厨子做饭，罗锅，快去，给刘大人泡壶大红袍茶上来。"

刘统勋淡淡一笑，旋即敛了脸上的笑容，正色道：

"眘涵，今日你有些话可说得不妥啊。"

"什么话？"刘纶诧异地望着刘统勋，说道：

"莫不是指我说于敏中祭瘟神、烧纸钱？"

"亏你还记得。"刘统勋点了点头，"于叔子是什么人？鸡肠狗肚！你今日在皇上面前这般说他，他心里能放得下？"

刘纶不以为然道：

"这又怎的？国家选才重地，装神弄鬼的成何体统？皇上今日若不来，我还打算参他一本呢！亏他还是个读书人，隐匿母丧以求功名，让人看着就觉得恶心！也不知皇上怎的就……"话说一半，忽觉失口，刘纶忙打住了。

"你呀，还是这么个性子。明枪易躲，暗箭难防，小心他在皇上面前给你穿小鞋！"刘统勋摇了摇头，说道：

325

《洪范》五福中,最要紧的一条便是'终考命'。圣祖皇帝在位时不说过'多一事不如少一事'嘛,你呀,以后还是慎重些,只要大处过得去就行了,小地方就别那么认真。"

刘纶哈哈笑了两声,说道:

"我说延清兄这样做事怎的大不如前,原来是为'终考命'三字所累,你呀你呀,身正不怕影子歪,想那么多事作甚?皇上英明,洞察秋毫,岂会轻信宵小言语?"

"也许是我错了,我只是想像张衡臣那般恭谨小心侍上,勤慎秉公处事,仁厚待下。"刘统勋叹了口气,道。

"你的想法没有错。张衡臣为相几十年,公务无论巨细、无论烦琐没有一件懈怠的。圣祖爷以仁为法,离不开他,先帝以严为法,也离不开他。当今圣上以宽为政,仍是离不开他。这些确值得时常记在心上。"刘纶抿了口茶,侃侃道:

"不过,张衡臣的胆气你可忽视了,年羹尧、隆科多当年何等荣宠,可张衡臣呢,凛然不犯,直言谏上,我看你呀,也应该学学他这点。"

刘统勋沉思半晌,自失一笑道:

"你说的不错,我是……"正说着,墨玉端着盘子走了进来,瞧时却是:凉拌粉丝、五香花生米、清香三丝、炝拌白菜,两个热的:葱头炒肉、宫爆肉丁。墨玉瞅瞅刘纶,不好意思道:

"大人别见笑,就这些了。"

"哪里,这已经够丰盛的了。再说还有酒,这我能不满足吗?"刘纶笑了笑,夹了粒花生津津有味地嚼着。

"好了,你歇着去吧。"刘统勋同墨玉说了声,起身斟了酒,说道:

"来,眘涵,为你这金玉良言干一杯。"说着,径自端起了酒杯。

刘纶哈哈笑了两声,拍着锃亮的脑门子笑道:

"你可别羞煞我了。酒,我喝,不过这话你可千万别再说了。

我听了倒胃口。"说罢,仰脖一饮而尽,复道:
"对了,你没问问你那罗锅儿考得如何?"
"说是感觉不错。"刘统勋摇了摇头,苦笑道。
"那你怎的还这般神色。"刘纶瞅瞅刘统勋说道:
"应该高兴才对呀!我要有这么个儿子,那可就甚也不想了。"
刘统勋抿了口酒,望着刘纶道:
"他考得不好,我高兴;他考得好,我这心里还真有些不安。"
"你……你,唉。"刘纶扑哧一笑,杯中的酒都溅了出来,"今天这犯的是哪门子邪?这等光宗耀祖之事,还哭丧着个脸作甚?"
"眭朝栋!"刘统勋沉吟良久,方开口道:
"我怕会再弄出个眭朝栋来。我平生只做过这一件负心事,已经够受的了!我不想再……再受这种良心谴责了。"
刘纶放下酒杯,起身踱了几步,转身瞅着刘统勋道:
"延清兄,你莫非是担心罗锅中榜,皇上疑我与于敏中徇私?"
刘统勋没有说话,只默默点了点头,刘纶笑了两声,上前道:
"做事全凭良心,我自问没有存私之心,相信皇上也不会这样以为。好了,连我这当事人都不放在心上,你又操的哪门子闲心,来来来,喝酒喝酒。"
两人饮酒聊天,不知不觉间已是戌牌时分,听得墙上的金自鸣钟"当……当……当……"连响十下,刘纶想想明日还要进宫递牌子,遂起身拱手告辞,径自回府。
次日凌晨五鼓,尚自寒星满天斗柄倒悬,刘纶、于敏中便引领着会试一二三甲进士,从午门右掖门进大内朝见。满宫里抚廊殿角悬挂着一盏盏玻璃宫灯,一地里临清砖路都镀着淡淡的银灰色。过金水桥、登太和门而入,便见远处巍峨的三大殿高矗星空之下,来到保和殿前,但见里边灯烛辉煌,众人忙面北伫立,微微带着寒意的晨风迎面吹来,兀自一动不动。
保和殿,故宫三大殿之一,地处中和殿之北,建于明永乐十八年，十九年四月被雷火焚毁，正统六年重建，原名"谨身殿"，嘉靖四十年时改称为"建极殿"，清顺治二年始称保和殿。大殿面阔九间，进深五间，黄琉璃瓦重檐歇山顶。殿内的陈设以显示荣华富贵的丹红色为主，明代册立皇后和皇太子时，皇帝都先到此殿穿衮冕（礼服），再到奉天殿受贺或颁诏。清初，皇帝常在这里举行宴会，如为公主下嫁纳彩赐额驸宴，每年正月赐蒙古新疆王公宴等。乾隆继位后，接见中榜举子也在这里进行。

须臾，便见高云从隆宗门走了过来，行至众人面前南向立定，朗声道：

"奉圣谕！"

"万岁！"

一帮进士闻听，马蹄袖打得一片山响，黑压压跪了，登时，偌大的空场上死一般宁静，针落地都听得见。高云干咳两声，说道：

"皇上有旨，着由第四名进士董东亭喝名胪传，觐见圣颜！"

"嗻！"董东亭闻听，忙爬起身，望着保和殿叩了个头，双手郑重接过高云递过来的名单，起身又是一躬，这才转身干咳两声，清了清嗓子喝名道：

"赵翼、王杰、纪昀……刘墉……"

唱名毕，众人躬身趋步鱼贯而入，低着头在高云指定的地方跪了，好半日才算妥当。不大工夫，便听外边传来一声高喝：

"皇上驾到！"顿时，殿内乐声大作。傅恒、来保、刘统勋等人众星捧月般簇拥着乾隆徐步而入。再看此时的乾隆，真可谓意气风发：石青缂丝面金龙褂套在黄缂丝绣金龙袍外，脚下蹬一双青缎毡里千层底布鞋，头上戴顶万丝生丝缨冠，束一条金镶碧嵌腰带，露出金丝缨络。黑黑的瞳仁在烛下灼然生光。

乾隆扫视了一眼新科进士，又回头看一眼跟在身后亦步亦趋的傅恒、来保、刘统勋，面带微笑径自上了设在殿中的须弥座。此时乐声打住，刘纶、于敏中对视一眼，上前跪地叩头道：

"臣刘纶、于敏中率会试一二三甲进士三百二十名叩见皇上，吾皇万岁！万岁！万万岁！"

"你二人平身。"乾隆呷了口奶茶，道。旋即将目光投向了众进士。司礼的是傅恒，见状忙上前一躬身，复转身高声道：

"各新进士人跪聆皇上圣谕！"

"臣恭聆圣训！"

"你们都是读书人，也用不着朕多说。"乾隆干咳两声，清了清嗓子，面露微笑道：

"昨夜朕看了你们的卷子，还都算可以。国家取士，三年一比，为的就是用你们这些人，治理民事，调理民情。朕御极以来，夙兴夜寐，宵衣旰食，立志效圣祖创一代太平盛世，朕以宽为政，亦是此意。尔等须好生体念朕恩，悉心职事。"他端起杯子，双手捧着，却不就喝，又款款说道：

"子曰'学而优则仕'，你们现在已是'学而优'了，朕知道你们为有今日苦读数载、数十载极是不易。但这个'仕'做得好，却更难！今后你们凭什么做官？朕告诉你们，只有一个字，只要你们常记着它，朕不会亏了你们！"

众人都把头低伏了一下。大殿内静得出奇，一声咳痰不闻。

"心！"乾隆脸上依旧带着笑容，"一颗忠君之心！朕不是朱元璋，动辄便杀大臣，但朕亦不是赵匡胤，心慈手软，一个大臣也不杀！你们好生做事，不负朕望，朕自不会亏了尔等，若敢恃恩骄纵，胡作非为，朕亦决不轻饶！听清楚了？"

"臣谨遵皇上教诲！"

虽是和颜悦色，却话里藏锋，直听得众人噤若寒蝉。接着，新科状元赵翼代诸进士上表谢恩、迎榜，前前后后足足折腾了半个多时辰，别说是一帮进士跪得腰酸脚疼，便是坐在须弥宝座上的乾隆亦有些吃受不过，好不容易仪礼结束，方长吁一口气，说道：

"很好，赵翼、纪昀、王杰，还有刘墉养心殿候旨，其他臣工跪安吧！"

"万岁！"

数百人山呼一声，齐刷刷叩下头去，恭送乾隆离座升舆。霎时间，丹陛大乐大起，那乐声端的是声彻九重，音动人心。众人心中都是说不出的舒畅，却只有刘统勋心绪不宁，犹如热锅上的蚂蚁一般。

旭日东升。"中正仁和"四个斗大巨字在阳光照耀下，闪射出金色的光辉，照耀着养心殿的每一个角落。乾隆身着天青纻薄纱袍，也没系带子，舒心地躺在炕上。

"万岁爷，"高云蹑手蹑脚上前，轻声说道：

"赵翼等人在殿外候旨，不知……"

"传进来。"乾隆说着伸手伸了个懒腰。不大工夫，赵翼打头，领着纪昀等进来，跪地请安。乾隆扫了众人一眼，端起奶茶微微抿了口，说道：

"知道朕为何宣你们进来？"

"臣等不知。"

"你们的文章朕看过了，做得很是不错。朕还想考考你们，看看你们才学究竟如何。"乾隆面带微笑，说道：

"刘墉，你先来。"

"不知皇上以何为题？"刘墉心知因自己乃刘统勋之子，加之其貌不扬，乾隆心有猜忌。闻听，仰脸挺胸道。

乾隆瞅瞅他，眼珠滴溜溜转了两转，心里已有了主意，遂道："朕看便以你自身为题，咏诗一首，如何？"

"皇上旨意，臣岂敢不遵。"刘墉答了句，未加思索，开口便道：

> 背驼负乾坤，
> 胸高满经纶。
> 一眼辨忠奸，

单腿跳龙门。
丹心扶社稷,
涂脑谢皇恩。
以貌取才者,
岂是贤德人。

"好!"未及乾隆开口,刘墉身边一人已禁不住道了声好。乾隆微扫了眼,说道:

"你便是纪昀吧?"

"回皇上,"纪昀这方知失礼,忙磕头答道:

"臣正是纪昀,字晓岚,河间府人。臣……臣一时失态,请皇上恕罪。"

"刘墉对答如流,堪称奇才,朕岂不辨?念你初次进宫,朕不怪你便是。"乾隆挪了下身子,说道:

"朕闻得你自言四岁至今,无一日离笔砚。想必才学不俗吧?"

纪昀闻听,忙道:

"臣狂言乱语,让皇上见笑了。"

"是真是假,立见分晓。"乾隆沉思片刻,开口说道:

"圣祖当年行千叟宴,其中年龄最大的一位是一百四十一岁,就以其高龄为题,朕出上联,你对下朕,可好?"

"臣谨遵圣命。"

"好!"乾隆笑了笑,说道:

"朕的上联是'花甲重逢,又增三七岁月',你来对下联。"一花甲为六十岁,重逢乃一百二十岁,再加三七岁月,三七二十一岁。加起来正好是一百四十一岁。众人听得此上联,心下都不由叫绝,纷纷将目光投向纪昀。

"纪晓岚,怎的?对不上来?"乾隆瞅瞅纪昀,笑道。

"臣已有下联。"纪昀摇头晃脑片刻,说道:

"古稀双庆，再添一度春秋。不知皇上以为如何？"古稀为七十岁，一双为一百四十岁，一度春秋为一年，加起来也正好是一百四十一岁。

乾隆听罢，不由得连声称好：

"好，对得好！"说罢转脸向着赵翼二人，正等发问，却见高云满脸喜色，急匆匆奔了进来，遂打住问道：

"有什么喜事？看把你高兴的。"

"回万岁爷，"高云笑着打了个千儿，说道：

"魏主子刚诞一龙子，皇太后让给爷传话。"

"好，太好了，今个真可谓双喜临门。走，瞧瞧去。"说着，已起身下了炕，"高云，传旨：赵翼、王杰着在军机处行走；纪昀、刘墉着授编修。"

"臣，谢恩，领旨！"

几个月后，乾隆接到兆惠的捷报，得知霍集占兵败，逃到巴达克山，被巴达克山汗素勒坦沙斩首献给了清军。回部之乱终归平靖。

兆惠更俘获了霍集占的妻子香妃、布拉尼敦的妻子和妃。和妃倒还罢了，单说那香妃，生于雍正十二年，新疆伊斯兰教始祖派噶木巴尔的后裔，世居叶尔羌，其族为和卓，至其父为回鄂第二十九世和卓。香妃原名"巴哈古丽"，维语的原意是春天的鲜花，她也就是天山下的一朵花。她天生丽质，瓜子脸、弯月眉，浑身上下水灵灵，仿佛一朵出水芙蓉。特别奇特的是她生来就浑身散发着一股沁人心脾的芳香，故而得名香妃。

兆惠出兵之前，便得着乾隆密旨，务必要生擒香妃，好生护送进京。如今香妃既得，不敢怠慢，遂亲自护送进京。又怕一路风霜减了香妃颜色，便准备下薄轮寝车，四周用锦帷遮蔽。一路小心伺候，生怕半点差池。眼看就要抵达京城，忙派人飞马递了滚单过来。

乾隆闻听此讯，不由得心花怒放，嘴里连声称道：
"好，好，太好了！"说着便索纸笔。纪晓岚忙不迭捧砚过来，和来保一边一个抚平了纸。乾隆饱蘸浓墨凝神落笔，写道：

可知化外有同心，
箪食壶浆献臻钦。
便尔先逃更何往，
前途遮获定成擒。
穷回归化即吉民，
安集劳徕命荩臣。
检校汉唐西域传，
可能到此事传真。
安集延将拔达山，
岂能自外八鸿间。
行看往遣来俘献，
兵气全销唱凯还。

写到此，乾隆皱眉深思片刻，摇了摇头，放下了笔。
"好，太好了，端的是媚中带骨堂皇华贵。"于敏中看罢，不无奉迎地拍手称赞。
"那是自然。叔子难道现在方晓得？皇上不曾赐你一副斋联吗？"刘纶鄙夷地笑了声，说道。
"你……这……"于敏中脸膛顿时涨得通红，张着嘴支支吾吾道。
"眘涵可真会说笑。"刘统勋见状，忙插口道：
"皇上，臣看此当系一组诗。皇上何不尽兴写完？"
"朕本想做《平定回部凯歌》十首，奈何至此才枯力竭，留待日后再写。"乾隆净了净手道：
"来保，你拟旨，兆惠加赏宗室公品级鞍辔；富德晋封侯爵，赏戴双眼花翎；明瑞、阿里衮赏戴花翎，舒赫德以下，均从优议叙。所有参战士卒赏给四月钱粮，叶尔羌等城兵赏二月钱粮。另外，再……"忽见刘纶面带难色，问道：

"眘涵，不妥吗？"

"臣……"刘纶咬着下嘴唇，沉思片刻，说道：

"皇上，所有参战士卒赏四月钱粮，一人按二十两计，约需二百万两，城兵赏二月钱粮，一人以十两计，亦需一百万两。山西、陕西、四川、京师、直隶各地从军将士家属，输粮运草的民夫，各地督责粮饷的府道，这些能不赏？如此下来，恐没有五六百万银子不行。"说到这里，他顿了一下，皱眉又道：

"达瓦齐、阿睦尔撒纳叛乱平定，国家尚未充实，接着复赈灾济民、筹划大军粮饷。眼下春荒将至，若……若大举劳军，臣恐……"

"户部存银实数多少？"乾隆未等他话说完，开口问道。

"两千八百万。"

"眘涵真能扫兴，前方将士浴血奋战，打这么大胜仗，花几个钱无论如何不过分。"于敏中瞅了眼刘纶，哼了声道：

"我煌煌天朝，若这般吝啬，岂不让将士寒心，百姓耻笑？"

"叔子，颜面要，但也不能伤着元气。"来保沉思片刻，说道：

"眼下西南滇境不宁、贵境不安，来年兴修河工，这些都要花银子的，你不管户部，不知其中的难处。眘涵此言，自有他的道理。"

"依中堂之意，劳军之事就算了不成？"于敏中脸露坏笑问道。

"叔子，来中堂可没这么说呀。"刘统勋说着，向着乾隆躬身道：

"皇上，来中堂之言甚有道理。依臣之见，所有参战士卒赏给两月钱粮，驻兵赏给一月钱粮，其他支出只要大面上过得去即可，不知皇上以为如何？"

"高高兴兴一件事，不想却议出这么多难题。好了，就这么办，再不能少了。赏这么些，从将军到把总、十人长、伍长，扣到兵那里，能剩多少？"乾隆想了想，笑着又说道：

"眘涵，你回去便依此办理，若还有难处，你再奏朕。内库府还有些银子，可将就着先用着。"

"嗻！"

乾隆踱了两步，说道：

"回部已荡平，大军休整十日，便令各回原地驻防，免得扰民生事。西边的事，让阿桂和明瑞管着。"说着停步沉思片刻，又道：

"来保，你传旨与阿桂：西陲大功告成，一应事宜，必期熟筹可久。今回酋荡平，向日之边陲，又成内地，文武员弁，均应依次移补，方与舆地官制，俱为合宜。其哈密、巴里坤以西，应需用道府同知若干员，一半如内地事简处裁汰移驻，一半酌量添设，驻兵屯田各营，应设将弁等，亦一体筹办，庶于国计边防，而得经久之道。"

"嗻！"

乾隆瞅了眼众人，方待再说什么，赵翼急步奔了进来，叩头道：

"臣赵翼叩见皇上，吾皇万岁！万岁！万万岁！"

乾隆瞅着赵翼，禁不住扑哧笑出了声，说道：

"起来吧。你就这般服色？"

赵翼面皮白净，圆胖脸上两道短短的弯月眉，三角眼中漆黑的瞳仁深不见底，炯炯发光，显得精干利落。许是急着进殿奏事，穿着件靛青葛纱袍，腰间也没系带子，头上一顶貂帽光秃秃，早已没了毛。听得乾隆发问，赵翼低头瞅瞅，忙复跪地道：

"臣急着奏事，一时疏忽，失礼之处，还请皇上恕罪。"

乾隆指指赵翼头顶的帽子，说道：

"朕没说你这个，朕是说你那帽子。你好歹也是个四品的章京，一月也几十两的俸银，就戴那么顶帽子？官不像官，叫花子不像叫花子的，寒碜死人！"

乾隆一语方落，众人已禁不住哄堂大笑。赵翼顿时脸涨得通红，恨不得地上有条缝儿钻进去。纪晓岚瞅着赵翼那窘态，亦忍不住笑出了声，旋即拱手道：

"皇上，赵章京家境贫寒，一月几十两银子俸禄，又要养一大家子人，又要应酬，可说是入不敷出。就这顶帽子，少说也有十多个年头了。"

"哟，看来朕对你们了解的真是太少了。你们为朕分忧，朕怎能看着你们个个叫花子一般。那样，朕这脸面还往哪放？"乾隆笑着道：

"待会儿下去到内务府领五十两银子，买顶新的！"

"臣谢皇上隆恩！"

"别谢了，要谢便谢你那顶帽子吧。"乾隆说着，端起案上的奶子，微微呷了一口，敛了笑问道：

"说吧，有什么事急着见朕？"

赵翼脸色方好转了些，闻听定神道：

"方才接兆军门滚单，因各位中堂大人都不在，臣故而……"

"快说！"乾隆一听兆惠递来滚单，心里犹如喝了蜜一般，两眼闪着光，望着赵翼连声催问：

"快说！他怎么说？"

"回皇上，兆军门称今日申牌时分可抵卢沟桥，请旨是连夜进城还是明日再进城。"

"连夜进城！"乾隆兴奋地踱了两步，忽地止住了，说道：

"不必了，他一路奔波，甚是劳顿，今夜便让他在卢沟桥歇息一宿，也不急在这一时半会儿。命他明日辰牌时分进城便是。"

"嘘！"

"皇上，"于敏中见状，上前躬身道：

"兆军门凯旋还朝，是否须得知会顺天府，结彩坊、铺黄土，明日……"

未等他说完，乾隆已摆了摆手，说道：

"不必了。兆惠此次进京只是述职，此事待富德等将领回来后再说吧，国库空虚，该省的还是要省的。"

也许真的是由于心虚，乾隆说着脸上兀自泛起朵朵红晕："叔子留下，朕还有话说，你们跪安吧。"

"嚓！"众人答应一声，叩头退步出了养心殿。

乾隆慢步踱至须弥座，高云忙上前搀着坐了。乾隆瞅瞅于敏中，良久，方开口说道：

"叔子，知朕留你为的何事？"

"臣不知。"看着乾隆那黑的深不见底的瞳仁，于敏中浑身直起鸡皮疙瘩，忙上前躬身应了声。

"不知？不知你身子抖什么？"乾隆似笑非笑道：

"叔子，你才识不错，这朕很赏识。不过，你为人处事却差了些，做人要'正'，要'直'。这些难道还要朕一再教你不成？说吧，你和眘涵、延清他们几个有什么生分的？"

"皇上，"于敏中怔了下，忙定神道：

"臣和眘涵他们处得很好，并没什么生分的。不知皇上……"

"你敢欺朕不成？"乾隆两眼直勾勾望着于敏中，说道：

"你以为朕看不出？国库不充足，劳军之事眘涵酌情理述，并没有什么错，你为何一再与他们辩争？你说的那些话可都是由衷之言？朕看未必吧！"

于敏中不由得面色苍白如窗户纸一般，"扑通"一声跪倒在地，喃喃道：

"臣……臣一时糊涂，求……求皇上……"

"起来吧，朕这会儿并未怪你。政见不合发生争执是常有的事。朕希望你们能像司马光、王安石那般，虽政见不合亦能友好相处。"乾隆抿了口奶子，淡淡道：

"不过，朕要告诉你，不要为了些鸡毛蒜皮的事闹别扭，更不能因此而将朝事做儿戏,否则,朕决不轻饶!知道吗?"

"臣谨遵圣训。"于敏中脚蹬着砖缝,躬身低头应道。

"眘涵、延清他们几个也有过闪失,但朕为什么不计较这些?便是因为他们为人'正'、为人'直'。朕希望在这点上你能像他们一样,如此方不负朕望。"乾隆说着转了个话题,"兆惠远道返京,傅恒现在身子不行,来保他们几个也都有差事,你便代朕去迎迎他。记住不要搞什么排场。你传话给他:该带什么人进宫便带什么人,别把些不相干的人都带进来!听清楚没有?"

第二十章
无卿不消前敌烽火
凭谁能断后宫是非

"朕没有这么说,朕也没有这么想。"乾隆久久地端详着她,良久,方淡淡一笑地说道:"你把刀放下吧,朕不动你便是了。朕可以告诉你,凭那把刀还杀不了朕,你信吗?"香妃冷哼一声,说道:"我信。但我可以杀了我自己!"

晨风瑟瑟,抖落了东方天际的残星,迎出了最初的一抹脂红,乾隆呆呆地坐在桌前,入定般一动不动。他高兴,平定回部叛乱大功告捷;他欢喜,那个体有异香的回部女子就要来到他的身边。然而,这一切,都被昨夜与那拉氏的那番争吵搅得无踪无影。此刻的他,心中只有着说不尽的烦恼。"贵为天子,尚不能庇护一妇人耶?不,我不是那窝囊透顶的唐明皇,我是乾隆!这里也不是那兵荒马乱的马嵬坡,这里是一片太平盛世!"

"万岁爷,"高云两手托着镶龙食盒,轻手轻脚地走了进来。知道乾隆心情不好,因而他将声音压得低低地道:

"该进膳了。"

"放一边,把参汤端过来便是了。"乾隆瞅了眼高云,挪了下身子,问道:

"地方收拾好没有?"

他的语气是那么平缓,倒把高云惊得心头一跳,忙双手捧着参汤呈上,打千儿道:

"回万岁爷,收拾好了。奴才连夜领着他们去收拾的,万岁爷……"

"知道了。"乾隆忽双眼直视高云,"你可曾走了风声?"

"没有,绝对没有,奴才敢以脑袋担保。万岁爷若发现走了风声,便将奴才这脑袋扭下来当夜壶。"

"好,说得好。"听了高云言语,乾隆差点没把嘴里的参汤喷出来,咕咚一声咽了,笑道:

"到时可莫向朕求饶。"

"万岁爷,"高云猛地一惊,忙道:

"奴才是说……是说昨夜保准没走了风声。以后会不会那……那奴才……"

"知道。平日把你们的嘴都给朕关严实点,别整天吃饱了没事做瞎嘀咕!"乾隆摆了摆手,说道:

"你先下去歇着,待会儿兆惠来了你带他进来。该怎生做你晓得,不用朕再说了吧?"

"嗻!"高云应了声,瞅瞅乾隆复道:

"万岁爷,方才刘中堂递牌子,奴才说万岁爷这会儿心情不好,让他等会儿。万岁爷您看这会儿宣不宣他进来?"

乾隆沉思片刻,说道:

"传他进来。兆惠若进来,让他等会儿,等这边事完了再带他进来见朕。"

"嗻!"

不一会儿,刘统勋进来了:"臣刘统勋给皇上请安!"

"延清啊,什么事?"

刘统勋定了定神,说道:

"回皇上,太医院将傅中堂的脉案送了过来……"

"到底怎样?快说!"

"经太医院会诊。"刘统勋抬眼看着乾隆,犹豫片刻,说道:

"傅中堂可能患的确是痨疾。"

"可能?"乾隆眉头皱了皱,不悦道:

"那么多人会诊,还弄不出个结果?朕看是白养了这批奴才,你传旨……"

"皇上,"金口玉言,话一说出想要收回便难了,刘统勋一听

"传旨"二字,不待乾隆话说完,忙开口道,"太医们也有他们的难处。若实写'痨疾'二字,皇上不悦,他们怎生是好?还请皇上三思。"

"嗯。"乾隆点了点头,"照你看来,春和十有八九便是得了痨疾?唉,你传朕旨意,让太医院派两个太医去春和府,悉心料理。另外,这事先别张扬出去,特别是他家人,等过段日子看情形再说。"乾隆沉思片刻,说道:

"来保沉稳有加,却少主见,你以后便和他一同处理朝事。刑部的事你还管着。"

"臣遵旨。"刘统勋起身应了声,复道:

"皇上,四川总督阿尔泰、提督岳钟麒刚呈进折子。"说着刘统勋从袖中取出折子递上。

"你念与朕听便是。"

"嗻!"刘统勋干咳两声,清了清嗓子,朗声道:

"臣四川总督阿尔泰、提督岳钟麒谨奏圣上:土司中与金最近之党坝,力弱兵单,难以抵御,其地处阳远,如沃日等土司,大率意存观望,不为策应,而其中绰斯甲布,又与金酋迹涉姻党,不无首鼠两端。看来土司等,性多狡猾,以蛮攻蛮之计,似难奏效,伊等并称,金酋倘知悔罪,归还党坝额堡,恳请网开一面,施恩宽宥。"

以番治番策略被乾隆采纳后,四川总督阿尔泰便乐得轻闲,坐山观虎斗,虽朝廷并未放弃疏导之策,他却将之置之高阁。绰斯甲布等九土司联军见清廷束手不管,当即举兵大举进攻金川土司。绰斯甲布一路、丹坝一路、小金川一路、革布什嗅一路分路夹攻,仅三个月时间,九土司联军获胜。

乾隆接到奏报,龙颜大悦,以为可除一心腹之患,当即下旨九土司:

"郎卡既得罪于众土司,尔等悉锐进攻,倘能剿灭番碉,也免尔等后患。"指出金川土司"既结怨邻境,岂甘为尔蚕食?必将联集各寨，奋力复仇，此亦尔所自取，我等断不肯曲为庇护。"

九土司闻听，当即发兵猛攻郎卡，郎卡迫于无奈，一方面差遣头人向清廷悔罪，另一方面遣送所掠党坝人口，撤毁战碉五座，以表示不愿再战之诚意。时四川总督阿尔泰赴川西北视察，自杂谷到金川康八达地方时，大金川土司头目郎卡率众跪迎叩拜，称："郎卡前蒙皇上天恩，赦过宥罪，本不敢多事，唯因党坝各土司，连年扰害，我谨依天朝大臣所谕。拆去战碉，退还所掠之人。不期党坝潜来我地，暗放夹坝，我无处禀诉，复来夺占额碉。今奉严谕，自当即行拆还……并恳谕令绰斯甲布与郎卡联姻，将两家边界清楚。"阿尔泰与提督计议，皆以此为平息金川地区土司争斗事态发展之最后时机，遂代其陈乾隆，"恳请网开一面，施恩宽宥。"

却说乾隆听罢阿尔泰、岳钟麒奏陈，沉思良久，瞅着刘统勋问道：

"延清，此事你看当做何处置？"

"回皇上，"刘统勋略一躬身，说道：

"臣以为阿、岳二人所奏甚是。岳提督久居川境，于彼处情形甚为了解，当不会……"

"说说你的见解，先不要管岳钟麒如何说法。"

"嚯！"刘统勋答应一声，说道：

"金川地区形势复杂，就目前而论，分为两大力量：九土司联军、大金川土司。臣窃以为两大力量孰胜孰负于我皆不利。无论何方取胜，其犯上之野心必涨，将导致局面的更加混乱、难以控制。依臣之见，不如允其所奏，形成二虎并驱之势，最为妥些。"

乾隆蹬了千层底黑冲服呢布鞋，起身踱了两步，说道：

"你此言只顾一时而不顾长远，只要疖子在，迟早要出脓，你可晓得？"

"臣知此为一时之计，然就我朝目下情形论，臣以为只能如此。"刘统勋黝红的脸膛抽搐了一下，起身道：

"回乱平定，须恢复；滇境不宁，须……"

"罢了。这些朕都晓得。"乾隆摆了摆手，说道：

"如今郎卡连败，正可借九土司联军灭之。若允其所请，以后作乱，岂不要大费周折？敌二不如敌一，这点你难道不懂？"

"臣……臣晓得。只郎卡在川西势力颇大，今虽连败，但其实力并未受多大损伤。若……若不趁机收之，臣恐事态越发展越难以控制。万一……"

殿角的金自鸣钟沙沙作响，连撞了八下。乾隆瞅了瞅，已是辰牌时分，说道：

"此等顽夷，能收之吗？即便收之，其又真心归顺吗？你把他们低估了！告诉阿尔泰、岳钟麒，允郎卡设誓呼恩，此不过蹈绿营虚涎惠习，以图掩耳目，于事仍无实济。若他二人亲赴川西，会见九土司，详悉开导，告诉九土司他们，只要齐心奋力，联络声援，就能制服郎卡！"

瞅着刘统勋出了养心殿，乾隆正了正衣袍，复盘膝坐在炕上，静候着兆惠的到来。盏茶工夫，只听外边一阵脚步声传来，乾隆端起桌上的参汤，干咳两声，说道：

"进来吧！"

兆惠在丹陛下答应一声，回头看了看香妃，抬脚进了养心殿。但见乾隆只穿一件白天马湖绸夹袍，腰间束一条黄绉周褡包，盘膝坐炕上正瞅着自己，忙"啪"地打下马蹄袖上前一步跪下，说道：

"臣兆惠给皇上请安！"那香妃一身黑色袍服，站在兆惠身后一动不动，只两眼直视乾隆。外间的宫女太监瞅着她如此无礼，个个吓得心里"扑扑"直跳，大气都不敢出。

"起来吧。"乾隆手虚抬了一下，用目光微觑了香妃一眼，但见她虽脸色苍白，满是疲倦之色，一双明湖一般的慧眼却熠熠生辉，挟着一股刺人心肺的寒意，一股摄人魂魄的美。他面对着这样一张脸，不由得呆了，像一位艺术家欣赏着一件完美精致的艺术品。

"皇上，"兆惠干咳了一声，说道：

"这便是香妃！"

"哦。"乾隆这方从梦境中醒来，脸上不由泛起一丝红晕，低头抿了口参汤，定了定神，方说道：

"一路上可还好？没出什么事吧？"

"臣接旨后将军务委与富军门，便起程返京，一路上还算稳当，这全是托皇上的福。"兆惠欠身坐了凳子，说道：

"另外，臣此行还带有布拉尼敦和妃及香妃夫人两位侍女，不知怎生安置？"

"哟，这……先交延清那里。"乾隆犹豫片刻，说道：

"饿了吧？那边放着朕的早膳，还温着，朕不想进，你进了吧。"

"臣……"

"不要那么多礼数，随便些。"乾隆说着起身下炕，踱向香妃，果然玉容未近，芳气先来，那种芳气既不是花香，也不是粉香，而是一种奇芬异馥，沁人心脾。乾隆深深吸了一口，顿觉浑身无比的舒畅，笑了笑，问道：

"你可就是香妃？"

"是，我便是霍集占妻香妃！"

香妃直挺挺地站着，毫不畏惧地盯着乾隆。高云瞅着，在旁断喝一声：

"你这是跟皇上说话？跪下！"

"我心中只有一个汗爷，我一生也只跪他一人！"香妃面若冰霜，冷冷道。

"大胆！你这……"

"闭嘴！不要难为她。"乾隆淡淡笑了笑，又问香妃：

"你叔叔额色尹和你哥哥图尔都到了京城，你晓得吗？"

"你……"香妃幼年父母双亡，亏得叔叔照顾她兄妹二人，方有今日，闻听不由一惊，两眼冒着愤怒的火花，盯着乾隆冷冷道：

"你们就凭这个想……"

"不,你错会朕的意思了。你叔兄二人是自愿投靠朕的。朕也没有难为他们,额色尹赐公爵,图尔都赐札萨克头等台吉。你说朕可曾亏待了他们?"乾隆围着香妃转了两圈,笑道。他是皇上,他主宰着天下苍生的命运,从来都是别人奉迎他,他也早已习惯了这一切。而今一个纤弱女子竟敢如此对他说话,他想发怒,他不知为什么,一看到她的脸,一看到她那双略带寒意的明眸,他便没了怒、没了火,是因为她天姿国色、体有异香,还是因为她敢以对抗他这个真龙天子,他说不清。

香妃听得乾隆言语,诧异地看了看乾隆,乾隆的目光虽带着一丝倦容,却满都是爱怜和温馨。她的脸色好转了些,但立刻便想到了霍集占,那个她深深爱着的,想到了他的死……她的脸上立刻又挂了一层凛不可犯的严霜。

"朕会骗你不成?"乾隆淡淡笑了笑,仿佛方看到香妃那身衣着,说道:

"怎么穿这身衣服?这帮奴才越来越不经心了。高云,你立刻去内务府……"

"不必了!"香妃不等他话说完,已冷冷开了口,"我不会换的。我是在为我的汗爷守丧!"

"朕本不想那样,兴兵动众,受苦的是苍生。奈何他……"乾隆话未说完便止住,望着香妃道:

"他待你很好,是吗?"

"是!"

"朕会待你比他更好。"

"谢你的好意。"香妃决绝地咬了一下嘴唇,说道:

"我是一个女人,我只懂得从一而终。我既跟了他,横竖都是他的人。你若真想待我好,请你赐我一死,要能叫我和我的汗爷在一处,九泉之下我也感你的大恩。"说着端端正正凝神看着乾隆,脸上没有半点怯色。满屋子的人哪见过有人这般与皇上说话,早惊得木立如偶，紧张得一片死寂，只有殿角的金自鸣钟依旧不为所动地沙沙作响。

乾隆也在凝望着香妃，但他的脸色却很难看，他嘴动了一下，想说什么，却又不知该如何开口是好，只有默默地伫立。兆惠见状，忙起身上前跪下，说道：

"皇上，夫人……香妃一路劳顿，身子甚是疲倦。皇上可否容她先略事歇息，等过会儿再说。"

"嗯，朕倒忘了这点。"乾隆怔了一下，说道：

"祁玉，你送香妃下去歇息，好生侍候！"

"嗻！"

望着香妃远去的背影，乾隆久久没有言语。盏茶工夫，方听他长叹一口气，喃喃道：

"想不到朕一个天朝皇帝，竟然不及那霍集占，一个逆酋！"

"万岁爷不必担心。国朝初年，不也有个如花似玉的女俘虏刘三季，一开始玩刀弄杖，寻死觅活的；后来呢，不也成了豫王爷的恩爱福晋？"高云满脸堆笑，打了个千儿道：

"女人哪，全这样儿。奴才担保，不出一个月，她准随了万岁爷。"

"高公公。"兆惠忍不住冷笑了声，说道：

"没看出连你也对女人有研究哪！"

"兆军门，咱家……"高云脸顿时红得鸡屁股一般，嗫嚅道。

"罢了。"乾隆踱回炕边，复盘膝坐了，说道：

"兆惠，说说叶尔羌、喀什噶尔的情形，现下叛乱是平定了，可还要管好，不然，又不知会闹出什么乱子。"

"嗻！"兆惠躬身应了声，说道：

"喀什噶尔城周围十余里，所辖大小十城七个村庄，一万六千余户，十万余口。奴才因急于返京，其他情形尚未知，富军门……"

"好，说说叶尔羌城。"

"叶尔羌所辖二十七城村，原人口较多，但因战乱，人口流失甚巨，目下计三万户，十万余口，臣已绘地图。贡赋事宜，臣等计议，依目下情形，交纳杂粮一千四百帕特玛，各项谋榷人等交纳一万二千腾格为宜，等以后恢复了，再逐年增加。"

"好，没想你竟连这也替朕估算好了。下去后写个折子，交给昚涵。"乾隆呷了口参汤。许是觉着凉了，又吐了出来，"你凯旋还朝，本该好好……"

"皇太后驾到！"

乾隆话未说完，外边已传声高呼。乾隆眉头皱了皱，蹬了鞋忙出去迎，还未出门，钮祜禄氏在那拉氏的搀扶下已颤巍巍走了进来。

"儿臣给母后请安！"

"奴才兆惠给皇太后请安！"

"都起来，坐着。"钮祜禄氏说着，径自坐了炕头。乾隆站起身，走至炕前侧身坐下，笑着说道：

"母亲有什么事？让奴才们唤儿一声便是了。怎的亲自来了。"

"哦，屋子里闷得慌，听说兆惠进宫了，我便过来瞧瞧。"钮祜禄氏说着转脸瞅了瞅兆惠，说道：

"昨个我还与皇上说，你回来后好好乐一乐，皇上的意思呢，等富德回来后再说，你心里怎么想？"

"回皇太后，"兆惠躬身答道：

"奴才一切听皇上的。领兵打仗本就是奴才分内的事，奴才怎敢……"

"嗯，你主子也有难处，你们做奴才的要多谅着些、多担着些才是。"钮祜禄氏说着转了个话题问道：

"方才那些奴才们议论，说你进宫还带着个人，可是？"

"奴才不敢。"兆惠心里不由一惊，进宫极是小心的了，怎会走了风声？偷眼看时，乾隆正两眼直勾勾盯着自己，忙起身跪地答道：

"奴才纵有天大的胆子，也不敢带那些闲杂人进宫的，皇太后明察。"

乾隆听罢，不由微微一笑，心想：

"这奴才，倒挺机灵的。闲杂人，说得好。"

"没有便是。"钮祜禄氏盯了兆惠一阵，慢吞吞开口道，"你主子年事高了，以后不管什么人，都不能往宫里带，知道吗？"

"奴才遵旨！"

"好了，你下去歇着吧。我和你主子还有几句话要说。"

"嗻！"兆惠长吁一口气，道了声起身出了养心殿。

"皇上，"钮祜禄氏瞅着兆惠去远了，转脸望着乾隆道：

"方才奴才们议论，许是瞅错了人。不过，你以后要多注意些身子骨，便是与皇后她们几个，也不要整夜里去，你经不起折腾了，知道吗？"

"儿臣遵旨。"乾隆脸不由涨得通红，忙低头应道。

"知道便好。"钮祜禄氏挪了下身子，"你昨个晚上可是与皇后吵嘴了？她眼红红的，我问她什么事，她说没事，问奴才们也都摇头晃脑的。"

乾隆偷眼望了下那拉氏，果真一双眼睛肿得桃儿一般，沉思片刻，说道：

"儿臣不敢欺瞒母后，儿昨夜是与她吵了几句。"

"为的什么？"

"这……"乾隆不知所措地揉了揉鼻子，不知该说什么。

"回皇太后，"那拉氏望了眼乾隆，开口道：

"是……是我不小心把皇上的坠子摔碎了，皇上责了几句……"说着，泪水已禁不住走珠儿般滚了下来。

"好了好了，别哭了。不就一个坠子吗？都这么大的人了，为这点小事怄气，不怕奴才们笑话？"钮祜禄氏拉着那拉氏的手，轻轻拍了两下，向着乾隆道：

"皇上，这便是你的不是了。她性子虽直，可心够好的，你又不是不晓得，还那般责怪她？"

"儿臣知错。"

"好,事过去了就都别想着了。你和皇后聊聊,我去园子转转。"两个宫女忙上前搀着钮祜禄氏出了养心殿。

屋内复静了下来,两个人都没有说话,你望着我,我瞅着你,空气也似凝固了一般。盏茶工夫,乾隆终于忍不住这死一般的宁寂,开口说道:

"昨夜朕是过了些,你就不要往心里去了。"

"贱妾不敢,"那拉氏望着乾隆,泪水顺着脸颊直往下淌,"皇上便是下旨处死贱妾,贱妾也不敢有丝毫怨意。"

"好了,别哭了。"乾隆沉默了阵,伸手轻轻抹了抹那拉氏脸颊上的泪水,笑道:

"朕怎会处死你呢?皇太后不都说你心肠好嘛,朕爱还来不及呢。"

"皇上真的爱贱妾?"

"朕会骗你不成。"

"皇上若真爱贱妾。"那拉氏仰脸吁了口气,说道:

"贱妾有言说出,皇上切莫责怪。"

"说吧,朕不怪你便是。"

那拉氏咬了咬嘴唇,说道:

"臣妾知道自己老了,宫里也没几个可皇上意的人。皇上要纳新人,臣妾自不敢多言。只求皇上以国事为重。这样,臣妾……臣妾将来去了,也有脸去见列祖列宗。"

乾隆收敛了脸上的笑容,久久凝视着那拉氏,仿佛不相识一般。良久,方开口说道:

"以你之意,朕忽略了国事不成?"

"臣妾没有此意。臣妾只是希望……"

"希望?朕知道该怎么做。"乾隆淡淡道:

"可是你让皇太后到朕这来的?"

"不是!"那拉氏望着乾隆那怀疑的目光,又有些控制不住自己,但她最终忍住了。

"好了，朕不怪你便是，你去吧，朕这还有许多事要做。"

"是！"

望着那拉氏的背影，乾隆似乎想说什么，但最终还是没有开口。他不明白，她从什么时候变成了这样；他也不明白，究竟自己做错了什么。

夕阳西沉，一缕残阳透过窗户射进来，将屋子照得金灿灿一片。乾隆仰躺在炕上，不知什么时候，他已进入了梦乡。阳光下，他的脸是那么恬淡、是那么祥和。梦，是美好的东西。在那里，你可以说你醒时不能说的话；在那里，你可以做你醒时不能做的事！然而可惜的是，当你醒来时，那一切都成了泡影。高云蹑手蹑脚进来，轻轻拉了被子盖在乾隆身上。

"谁？"乾隆仿佛受惊的小兔，忽地一下坐直了身子。

"奴才该死！奴才该死！"高云脸色窗户纸一般白，跪倒在地，连连磕着响头道：

"奴才瞧着万岁爷睡了，怕……"

"混账东西，就不能轻点！"乾隆冷冷说了句，瞅瞅窗外的天，问道：

"都安顿妥了？"

"嗯？"高云怔了一下，忙道：

"奴才晌午都安顿好了。"

"吃饭呢？"

"吃，不过没多少。"

"朕赐的点心呢？"

"她……她没吃。"高云瞅了眼乾隆，又道：

"奴才想她许是吃不惯宫里的东西，方才叫了个回民厨子努倪马特，专门为她做。"

"嗯，很好。"乾隆说着蹬了鞋便往外走，高云见他要出去，忙道：

"万岁爷歇着，奴才去唤她过来。"

351

"不用。"乾隆一边说,已出了养心殿。一股微风吹来,袭得他激灵一颤。高云忙取了件袍子与他披上。

"她穿什么衣服?还是那身?"

"嗯,奴才送过去的衣服,她连看也不看一眼。"

乾隆站住了脚,怅怅望着远处,似乎在捉什么,又似乎有点漫不经心,几个外省大臣刚从军机处出来,兀自说笑着,见乾隆站在不远处,以为他要去军机处,忙止嘴侧身跪了给他让道儿。乾隆却瞅也未瞅一眼,仿佛要驱尽心中郁气似的吁了一口气,抬脚径自向北而去。

香妃被安置在坤宁宫东边的偏殿里,这里平素不住人,本极是荒凉,然而经过一夜的整顿,却已是大异于昨昔。乾隆站在门口仔细审视了一番,满意地点了点头。

祁玉瞅着乾隆进来,便欲行礼,却被乾隆摆手止住。由于光线较暗,屋内已点起了红烛。香妃背朝外伏在八仙桌上用笔写着什么。乾隆见她专心致志地写着,似乎没发觉自己进来,摆手示意众人不要作声,自默默站在了香妃身后。

那一头浓密乌黑的秀发放着黝暗的光泽,那纤弱的腰肢随着胳膊的移动左右晃动,那阵阵的异香不时地扑鼻而来,那一切的一切都是那么完美无缺。乾隆浑身的血沸腾着,他的心头泛起一股热浪、一股妒火、一股欲念。

他的胸中如春雷滚过,一震再震。他终于禁不住伸出手,轻轻放在了她的肩头。香妃犹如电击了一般,猛地转过身,手已从袖中掏出了一柄柳叶短剑。

那是一柄锋刃尖利寒光闪闪的宝剑!

"你……"乾隆不由得面色苍白,连退了两步。

众人见状,都不由得一惊,高云大声喊道:

"来人!下她的剑!"

"谁敢靠前?"香妃冷笑两声,轻轻抬手将剑锋对准了自己的咽喉,脸上挂了一层霜般冷峻,说道:

"我就死给你们看！"

"都退下！"乾隆定了定神，冷喝道。

"皇上，她……"高云望着乾隆，烛光下额头上的冷汗闪闪光亮，喃喃道。

"都退下！"乾隆用不容置疑的口吻道：

"这里什么事也没有发生，知道吗？"

"嗻！"

屋内恢复了平静。香妃两只原来美丽迷人的眼睛里闪射出两道残星一般的寒光，落在乾隆的脸上：

"你以为这样便显得你英雄？这样便可以使我答应你？告诉你，做梦！"

"朕没有这么说，朕也没有这么想。"乾隆久久地端详着她，良久，方淡淡一笑地说道：

"你把刀放下吧，朕不动你便是了。朕可以告诉你，凭那把刀还杀不了朕，你信吗？"

"我信。"香妃冷哼一声，说道：

"但我可以杀了我自己！"

乾隆沉吟片刻，说道：

"不，你不能死，你是朕见过的最要强的女子，你这份胆魄，朕十分钦佩。朕不会让你死的。"

"你不会让我死？你拿什么不让我死？就是我那些兄弟姐妹们的生命吗？"香妃说着坐了下来，"堂堂天朝皇上，真龙天子，居然用这等办法要挟一个手无缚鸡之力的女子，你太威风了！你太了不起了！"

乾隆的脸禁不住涨红了：

"霍集占真的待你很好吗？他能给予你的，朕给你；他不能给予你的，朕也给你！难道朕不及他吗？"

"皇上，"香妃第一次用了"皇上"两个字，"在你的心中，霍集占是逆酋，是叛匪。但在我心中，他永远是我的汗爷、永远是我最爱的人！这便是感情。我的感情已全部给了他，你不要再费力了，一切都无济于事，我生是他的人，死是他的鬼！"

听着"皇上"二字，乾隆的心中似乎有了一线希望。良久，只听他喃喃开口道：

"不，不会的。朕不相信，朕不相信！"

"皇上，我虽生于边疆，却也闻得皇上圣名。"香妃望着发呆的乾隆，淡淡道：

"皇上切莫为了我坏了一世英名，不值得的！"

"不！朕一定要把你拉回朕的身边！"

"不可能的。"

乾隆没有再说什么，转身出了屋。夕阳早已没入了地平线下，远处几点寒星已悄悄地爬上了天际。乾隆仰脸望着天，久久地一动不动，他不相信，他赢不得她的心！

一双红烛，荧荧而燃。不知什么时候，烛泪无声地滑落下来，鲜红透亮，晶莹得像泪。香妃呆呆站在窗前，望着那渐渐消逝在黑夜中的背影。

"娘娘，"祁玉心里兀自揣了个小兔般怦怦直跳，"天凉了，您……"

"哟。"香妃转身踱回床前，望着祁玉问道："你叫什么名字？进宫几年了？"

"祁玉，六年了。"

香妃淡淡笑了笑，说道：

"你是不是心里怕，怕我会伤了你？"

"不是。"

"那你怎么身子发抖？冷吗？"

"不是。"祁玉瞅了眼香妃，脸上已没了先时那股凛然不可侵犯的杀气，方定神道：

"奴婢是怕娘娘方才伤着万岁爷。"祁玉将端着的参汤递了过去。

香妃接过碗，微微呷了一口，笑道：

"是怕我伤了他，你们都受连累？"

"才不是呢。"祁玉哼了声，"奴婢是万岁爷救回来的，万岁爷便是让奴婢死，奴婢也会心甘情愿的。万岁爷人好，心更好，娘娘却……"

"真的？"

"奴婢骗娘娘作甚？奴婢家遭了水灾，父母全被洪水冲走了，奴婢后来给人家唱小曲，那老爷想使坏，是万岁爷派人将那厮揍了一顿。后来万岁爷看我可怜，便将我带回宫里。"

"好了，我相信便是了。"香妃望着祁玉泪水流了出来，笑道："怎的便哭了？和秋菊一个样。"

"秋菊？她是谁？"

"我的贴身丫头，"香妃叹了口气，"如今也不知怎样了。"

"娘娘不必叹气，赶明奴婢给万岁爷说声，让她们都进来陪着娘娘。"

"不，不要！"香妃摇了摇头，"我迟早都要去的，她们跟着我，会拖累她们的。你……你向你家皇上说说，不要难为她们，她们都和你一样，是苦命人。"

"哎，奴婢赶明儿就去说。"祁玉沉思片刻，说道：

"娘娘，万岁爷可好了，你便……"

"不要说了。"香妃苦笑了声，"你还小，你不懂的。好了，你歇着去吧，这用不着你了。"

月亮升起来了，银辉洒遍了紫禁城，四下里一片泻金流银的辉煌世界。香妃熄了灯，坐在炕上。轻柔的月光隔窗沐浴着她的全身，久久地一动不动。

养心殿里鸦雀无声，仿佛连香与烛的默燃声也听得见。东暖阁炕上，乾隆散穿一件酱红绸面夹袍，腰间束着黄绉绸褡包，半斜着身子懒散地偎在大迎枕上。他看上去精神十分疲倦，眼圈暗里发黑,脸色苍白中带着灰青色。几个月了,他想尽一切办法逗她开心,逗她快乐,却都是竹篮打水一场空。她的心仿佛是金刚石般,任你再大的火也燃不化它。案上的奏折堆得小山一般,但他没心思看,他的脑子里只有她,那个可望而不可得的回部女子。

不知过了多长时间,他转了个身,侧脸望着窗外。茫茫天穹上几颗星星已露了笑脸,似乎也在望着他,在嘲笑他。不,我是真龙天子,我能得到我想拥有的一切,我能挽回她的心!你敢笑我?我杀了你,杀了你!一团黑云慢慢地移过来,掩住了那几颗寒星,乾隆笑了,他的脸上露出了胜利者的笑容。

听着一阵脚步声传来,乾隆淡淡问道:

"高云吗?"

"是奴才,万岁爷。"高云脸上热汗直往下淌,闻听忙打千儿道:

"奴才罪该万死,惊了万岁爷……"

"宝月楼修的怎么样了?"乾隆依旧没有转身,"这都有一个多月了吧!"

"回万岁爷,宝月楼明日便可竣工。"高云偷偷拭了把汗,说道:

"那边公爵额色尹、台吉玛木特、图尔都以及和田六伯克、霍集斯等人都已奉旨住进去了。"

"乐师、工匠呢?"

"从叶尔羌移来的乐师、工匠昨日到京,内务府立刻审查,今一早也住进去了。"

"好,办得不错。"乾隆说着转过身,瞅了眼高云,说道:

"礼拜寺也抓紧些,桌上放着朕写的《敕建回人礼拜碑记》,你拿去给纪晓岚瞧瞧。"乾隆忽想起什么,改口道:

"不,你让他到这来,顺便下去领一百两银子,你和玉儿一人五十两。"

"嗻!"

第二十一章
顾大义发配罗锅子
恋国色纠缠香郁妃

刘统勋额上汗流如雨，磕头道："回皇上，臣子刘墉系案犯之一，臣理当回避。"乾隆细碎的白牙咬得咯咯作响，从牙缝中吐出一句话："杀！统统杀掉！朕不相信这官官相护的恶习就真的整治不好！"

盏茶工夫，纪晓岚急匆匆奔了过来，望着乾隆正想开口，却见乾隆用手指了指案子，便打了个千儿上前径自取了，定眼细观，却见上面写道：

"……定回部各城，其伯克霍集斯、额色尹等并赐爵王公，赐居邸舍，而余众之不令回其故地者，咸居长安门之西，俾服官执役，受廛旅处，都人因号称回子营……爰命将作支内帑羡金，就所居适中之地，为建斯事，穹门垲殿，翊庑周阿，具中程度。经始以乾隆癸未清和吉月，浃岁落成。向众以时会聚其下，而轮年入觐之众伯克等无不欢欣瞻拜，诧西域未曾睹，问有叨近日之荣而兼擅土风之美如是举者乎？"

寺还未成，人亦已住进去，怎的便"无不欢欣瞻拜，诧西域未曾睹"？纪晓岚瞅着眉头不由得皱了皱。乾隆瞅着，问道：

"可是有什么地方不妥？"

"没有，皇上所题甚是。"纪晓岚怔了一怔，忙打了个千儿道。

"没有？"乾隆缓缓坐起身，端起参汤呷了口，说道：

"既没有你皱着眉头作甚？"

"臣……"纪晓岚支支吾吾不知如何是好，忽地开口道：

"臣以为额色尹之名应换为霍什克，不知皇上以为如何？"

"你这是……"乾隆沉思片刻，说道：

"好，就依你之意，改为霍什克便是了。"

"嗻!"纪晓岚躬身应了声,望了眼乾隆,说道:

"皇上可是身子不适,臣看皇上气色不好,可否唤太医来给皇上瞧瞧?"

"朕很好,不必了。"

"臣方进宫时,皇上精神饱满,意气风发。"纪晓岚眨了眨那双小眼睛,说道:

"然几月不见,皇上却如此憔悴,臣心里甚是难受。皇上忧国忧民,实乃臣之楷模,然皇上亦须保重龙体,如此方是臣等之福、苍生之福。"声音虽不高,但语气却很重,尤其那"忧国忧民、臣之楷模"更是千斤重锤落地,铮铮有声。

"你……"乾隆的脸不由泛起丝丝红晕,两眼直勾勾望着纪晓岚,冷冷道:

"你这才学朕几月不闻,也长进了不少啊!"

"臣天资愚钝,皇上过奖。"纪晓岚跪倒在地,面不变色道。

"不,你太谦虚了!"乾隆两眼散射着绿幽幽的光,下死眼地瞅着纪晓岚,忽地开口说了句:

"妙人儿倪氏少女!"

"这……"纪晓岚抬脸望着乾隆,不解地说道。

"你不才学横溢吗?对!对不上朕饶不了你!"

纪晓岚这方晓得是对对联,答应一声,不假思索开口便道:

"大言者诸葛一人。"

"朕'人儿'两字合成个'倪'字。"

"臣'言者'二字凑成个'诸'字。"

乾隆怔了一下,又道:

"朕那'妙'字拆写成个'少女'。"

"臣那'大'字分出个'一人'。"纪晓岚脱口而出。

高云站在一边,望着乾隆,瞧瞧纪晓岚,丈二和尚摸不着脑袋,兀自发呆间,却听乾隆冷笑一声,说道:

"色哀!"

"容易。"纪晓岚沉思片刻,道。

"哈哈哈……"乾隆禁不住仰天大笑,"容易,你对呀!朕倒要看看你纪晓岚有何能耐,能对得出此联!"

纪晓岚望着乾隆,不紧不慢道:

"回皇上,臣方才已对出,便是'容易'二字。"

"容易?"乾隆两眼直勾勾盯着纪晓岚,良久,方说道:

"好,不愧是河间出了名的才子,朕饶你这一次。"

"皇上,"纪晓岚磕了个头,说道:

"臣斗胆直言……"没等他话说完,外间进来个小太监。乾隆瞅着,冷冷道:

"什么事?"

"回万岁爷,来中堂、刘中堂在外求见。"

"不见。"乾隆不耐烦道:

"都什么时候了,就不能让朕安生会儿?告诉他们,明一早进来递牌子便是。"

纪晓岚见状,忙道:

"皇上,来、刘两位中堂若无急事,断不会在这时求见皇上,还请皇上三思。"

乾隆瞅了眼纪晓岚,冷道:

"这没你的事了,下去吧!"说着转脸吩咐那小太监,"去,宣他们进来。"

来保、刘统勋在外听见,不待那小太监出来,对视一眼,抬脚径自进去,瞅着乾隆脸色不对,忙磕头道:

"臣恭请圣安。"

"安?安得下吗!"乾隆脸上似挂了一层霜般冷峻,"说吧,可是段成功那案子结了?办的怎样?"

二人本想着先说缅甸兵事宜,不想乾隆一开口却提出段成功的案子。刘统勋顿时脸色苍白,心头突突乱跳,两手又湿又黏攥着冷汗,半晌回过神来,瞅瞅来保,却见来保兀自向自己使眼色,一时琢磨不透,不知该如何是好。

"怎的?"乾隆冷冷道:

"几个月了连这么个案子都审不清?那四达是做什么吃的,亏你们还说他能干!"

"回皇上,"刘统勋忙磕了个头道:

"四达今日返京,案子已全部审理清楚。"

"怎生说?"

"苏州同知段成功出票娈索苛派扰民,皆系其亲笔所发。段成功任职阳曲时亏空银一万两以上,上司知情弥补,俱属确实。"说着话,刘统勋从袖中取出四达的折子呈了上去。

乾隆接过折子,就着烛光看了起来。他的手渐渐地抖了起来,脸色也变得异常苍白。来保、刘统勋瞅着,心里顿时揣了个小兔一般,怦怦直跳。忽地,只听"啪"的一声响,案上的茶杯"砰"地摔在地上,摔得粉碎,小山般的奏折雪片般飞了下来。

"可恶!可恶!"乾隆脖子上青筋暴凸,腮边的肌肉急促抽动着,"段成功仅一县令,何至亏空如许之多?即云首邑用度较繁,亦不应妄费如此!而通省上司,何以互相容隐,竟无一人举发其事?和其衷甚至给银五百两代为凑补,是段成功平日必有交往逢迎之处!"说着,他呛了一口气,猛烈地咳嗽两声,接着说道:

"文绶系专管钱粮大员,明知属员亏空,纵容弥补,刘墉系亲临知府,并不揭报亏空,通同容隐;按察使蓝钦奎、前任冀宁道富勒浑知情不举!好,都是些好奴才!刘统勋,你说,该怎生处置这般奴才!"

刘统勋额上汗流如雨,兀自心惊胆战间,听得乾隆言语,磕头道:

"回皇上,臣子刘墉系案犯之一,臣理当回避。"

"好,朕处置!"乾隆细碎的白牙咬得咯咯作响,良久,方从牙缝中吐出一句话:

"杀!统统杀掉!朕不相信这官官相护的恶习就真的整治不好!"

听乾隆言语,刘统勋的心立时冻缩成一团。沉默,长久的

361

沉默。

不知过了多久,刘统勋抬起了头,望着乾隆说道:

"皇上,臣以为如此处置不妥,还请皇上三思。"

"臣亦有此意,恳请皇上三思。"来保亦忙道。

"不妥?"乾隆下死眼地盯着刘统勋,阴森森道:

"你不是说理当回避吗?是因为朕要杀了你那罗锅儿,心疼了?"

"臣绝无此意。皇上便将臣子刘墉凌迟处死,臣亦不敢有丝毫怨意。"刘统勋定神道:

"只求皇上将他犯依法处置。家有家规,国有国法,臣此心苍天可为证,绝未存半点私意。"

"主忧臣辱,主辱臣死,这是纲常所在!他们辜负朕恩,知法犯法,将朕置之何地?"乾隆冷冷道:

"你不也与朕说过,要以严为教吗?怎的,这么快便忘了!"

"臣说过此话,臣现在也是这个意思。"刘统勋抬起头,说道:

"不过,臣所言之'严',乃依法处置,犯什么错定什么罪,不手软、不徇私情。皇上方才所说之'严',乃置国法于不顾。臣职掌刑部,职责所关,冒犯皇上之处还请皇上恕罪。"

"来保,你说呢?"乾隆沉思片刻,道。

"回皇上,"来保闻听忙道:

"延清所言甚是。国有国法,一切当依法处置。这般奴才辜负皇恩,此不仅关系皇上圣名,亦会影响后世,还望皇上三思。"

"圣名?圣名?"乾隆喃喃自语两句,沉思片刻道:

"好吧,段成功处凌迟处死,江苏巡抚庄有恭、原山西巡抚和其衷处以斩监候;山西布政使文绶、太原知府刘墉、江苏按察使朱奎扬、山西按察使蓝钦奎、苏州知府孙传珂俱革职发往军台效力,两江总督高晋革职留任,以观后效。其他助那厮弥补亏空之奴才统统交刑部议处,一个也不许放过!"

"嗻!"

"好了。"乾隆淡淡说道:

"你们跪安吧,朕亦有些困了。"

养心殿终于恢复了平静。窗外不知什么时候起了风,天上黑沉沉一片,没有月亮没有星星,它们也许都被吓住了,被这真龙天子吓住了。风儿带着寒意吹进来,乾隆不由打了一个寒颤,高云如受惊的耗子一般,跪在地上小心地收拾着那散落在地上的折子,见状忙取了件天青纻长袍给乾隆披上,又轻步退回。

乾隆拖着沉重的步子走出殿门,静静地站在丹陛上,深深吸了一口气,好像要用这清冽的寒气驱散一下胸中的郁闷。仰望着神秘变化无常的天穹,他久久地一动不动,似乎在思索着什么,又似乎什么也没有想。良久,只听他喊道:

"高云!"

"奴才在!"高云兀自在里边收拾着,闻听答应一声,急步而出,上前打了个千儿小心翼翼道:

"万岁爷,不知唤奴才……"

"去你惇主子那里!"

"万岁爷。"高云犹豫了下,小心道:

"惇主子身子有了,听太医说也就在这阵儿。万岁爷若……若闷得慌,去香主子那吧。"

"走!"乾隆抬脚走了两步,忽地止住了脚,"不去了。"说着转身回了大殿。

批折子,看不进去;躺在炕上,却又睡不着,乾隆心里像塞了团破棉絮一般,揪不完理不清。偌大个养心殿空荡荡的,四周死一般的宁寂。

过了几天,高云来报说道:

"宝月楼修好了。"说着抬眼瞅了瞅乾隆,发现乾隆身子震了一下,忙接着说道:

"前几天皇太后不是下旨不让香主子在宫里住吗,万岁爷就让香主子搬过去得了。"

不让在宫里住，那言外之意便是其他地方都可以住的。乾隆沉思片刻，方开口道：

"小心去办，不得走漏了风声！"

"嗻！"高云答应一声，转身出了殿。

香妃，朕不是无情无义之人，但朕没有别的办法，只能如此了。乾隆沉思了片刻，起身亦出了殿，天上乌云堆得厚厚的，一副山雨欲来风满楼的景象。乾隆仰脸呆立片刻，长吁了一口气，径自奔坤宁宫而去。

坤宁宫西偏殿内，手鼓叮咚，弦管悠扬。香妃依旧穿着那身黑纱，热情奔放地旋舞着。身姿婀娜，步态轻盈，如微风中的垂柳，似涟漪里的绽荷。由于没有阳光，虽是白天，屋内仍点着蜡烛。烛光下，她那白皙的瓜子脸上似笑非笑，明艳迷人的双眸中闪烁着晶莹的泪光。是喜？是悲？抑或亦喜亦悲？没有人知道。

乾隆静静地站在窗外，欣赏着那迷人的舞姿。烛光下的她是那么妩媚，那么娇艳，乾隆禁不住叫了一声：

"好！"

手鼓依旧叮咚，弦管依旧悠扬，然而，香妃已停止了舞步。她没有转身，但她知道谁来了。

"奴婢给万岁爷请安！"祁玉瞅着乾隆进来，忙放下手鼓，蹲了个万福，道。

"好，跟着你主子出息多了。"乾隆笑了笑，兀自坐了，向着香妃道：

"怎的便不跳了？天这么冷了，让玉儿给你取件厚点的袍子吧。朕知道，你们那……"

"不必了，我穿着这身衣服觉着心里舒坦。"香妃敛了眼中的寒意，踱回凳子径自坐了，叹了口气，说道：

"红颜祸水，多少人君均为此亡了国、丧了身家性命，皇上可曾忘了？皇上对我香妃恩遇有加，我真的十分感动。但我不忍看着皇上为了我疏远了臣子、疏远了国事。我晓得皇上是个明君，难得的明君，就求您赐我死吧！"

"不，朕不会的！你既知道朕待你好，你为什么就不能答应朕？为什么就不给朕一个笑脸？古人千金尚买一笑，朕呢？香妃，朕真的是真心真意地爱你，难道你就一点也看不出来？"

"我能看出来，我也知道皇上是真心喜欢我。但我不能答应皇上，也不会答应皇上。我对皇上说过，我的心早已给了我的汗爷，我不会再爱任何人了，这也是真的。"

"不是真的……不是真的……"

"是真的！"香妃的语气复结了冰一般冷峻，说道：

"今天我之所以与皇上说这么多话，是因为我不忍心，我不忍心皇上将来有一天会因为我这个叛妇丢了江山！"

"假的！一切都是假的！"乾隆仰天大声喊了句，转脸吩咐祁玉道：

"你收拾东西，晚上和你主子娘娘一块搬到宝月楼。"

他走了，迈着灌了铅似的步子走了。她呆呆地望着他，她知道他对她是真心的，但她不会答应他，因为她的心死了，随着霍集占去了。皇上，你是个好人，原谅我这个叛妇吧！她在心里一遍遍喊着：真主，你赐我死吧！你降福给这个好人吧！

"娘娘，"祁玉眼中噙着泪水，低声道：

"皇上是好人，你为什么要这样待他？"

"你是说我做错了？"香妃木然地望着祁玉，喃喃自语道。

"奴婢不敢，奴婢只是觉着万岁爷太苦了。"祁玉低着头，两手揉搓着衣角，低声道：

"皇后娘娘先时和万岁爷处得挺好的，现在也犯了生分，偌大个紫禁城，万岁爷连个说贴心话的人都找不到。他是皇上，可奴婢觉着他还不如个……"许是怕，她没有说下去。

"罢了。"香妃叹了口气，说道：

"你还小，有许多事现在告诉你，你也不懂的。将来有一天，你便会明白的。"

"奴婢……"

"去吧，收拾东西。皇上不说今晚上要搬到宝月楼吗？"香妃望着祁玉那尚带稚气的面孔，笑了笑道：

"对了，那是什么地方？"

"回主子娘娘，那是万岁爷特地为主子娘娘建的。还有回子营、礼拜寺，一切都按主子娘娘那的样式建的。"

"他……"香妃说了一个字，便住了口，轻轻摆了摆手，挥退祁玉。她呆呆地望着窗外，泪水无声地淌了下来。窗外，一阵一阵的朔风，吹得干燥的枯树叶子哗哗作响，在墙角荡来荡去，绛褐色的云团滚动着，被风催动着，不情愿似的缓缓南移。

天阴得很重，然而乾隆的心情却阴得更重。出了屋，他便径自来到了御花园，这里亦已是花木凋谢，一派冬景，但这里很静。压抑，整个紫禁城到处都充满了压抑，唯独这里，能给人一丝慰藉，能使人放开思想中的重负。

乾隆木然坐在石凳子上，任朔风吹打兀自一动不动，两眼直直地望着远处。那儿盛开着几朵梅花，寒风吹得它压弯了腰，但它依旧不肯屈服，依旧顽强挣扎着。他的视线模糊了，他的脑海中又浮现出她，她难道就和它一样吗？她是人，有血有肉的人，可我为什么就不能打动她，就不能赢得她的心呢？乾隆，你是个胜者，你打败了霍集占，你将他的妻子掠到了自己身边，可你又是个败者，你无法占有她的心，虽然你是皇上，但你却不能！

四周一片静寂，朔风挟着雪粒子打在脸上生疼，乾隆下意识地摸了摸脸，冰一般凉，抬眼四处张望，点点红梅依旧在朔风中挣扎，忽地，只听"咔嚓"一声响，树枝断了。乾隆的眉头不由皱成了"三"字形，为什么？是她终于为朕的真诚所感动？还是那可敬又可怕的天地祖宗发怒了？

"万岁爷，"高云气喘吁吁地奔了过来，"这风凉嗖嗖的，您还是回殿里歇着吧。万一有个闪失，奴才……"

"这里清静，朕想再待一会儿。"

第二十二章
遭非议不禁吐心语
逢知己未免动情思

香妃深情地望着乾隆，说道："你是皇上，是这泱泱华夏的君主，你不该这么多情的……""不要说了，朕这话听得太多了。"乾隆松开了她的手，长吁了一口气道："朕也要做个普普通通的人！"

刘统勋、来保穿隆宗门迤逦上得丹陛，正欲开口，却见高云边摆手边快步上前，二人只好止住。高云打个千儿低声道：

"二位中堂大人，万岁爷昨宿没歇好，这会儿刚……"

"高云，是来保吗？让他进来吧！"高云话未说完，里边已传来乾隆的声音。二人对视一眼，迈步进殿，却见乾隆穿一件白天马湖绸夹袍，腰间束一条黄绉绸裙包，盘膝坐在炕上，正瞅着自己，忙快步上前躬身道：

"臣等扰了皇上……"

"罢了吧，朕可惹不起你们，坐着吧。"乾隆面色憔悴，眼圈微微带着黑晕，伸了伸胳膊，向着刘统勋道：

"延清，你那罗锅儿可有讯来？"

刘统勋怔了一下，忙道：

"回皇上，臣子刘墉月前寄来一封家信，一切都好。臣代他这里谢过皇上关怀。"说着起身便欲跪地谢恩。

"罢了吧，你今年多大？"

"回皇上，臣今年六十有五。"

"哦，老了，都老了。"乾隆叹了口气，"你待会儿去传朕旨意，刘墉即日释还，着在修书处行走。"

刘统勋老泪纵横，扑通一声跪倒在地，叩着响头道：

"臣谢皇上隆恩……谢皇上隆恩。"

"罢了,起来吧。你们年岁都不小了,朕为你们想想。"乾隆虚抬了一下手,说道:

"不过,你们做臣子的,也应该多替朕想想。朕想做一世名主,没有你们不成的。有什么话便说什么,不要有什么后虑。来保稳重,但遇事少主见,且缩手缩脚,他性子便那样,朕也不说他什么。你和昚涵以直出了名,不应该像他一样,朕岂是不听劝谏的昏君?"

"臣不敢。"刘统勋忙躬身道。

乾隆抿了口茶,接着说道:

"就拿方才来说,推荐个人你看你们,都支支吾吾的,这是关系江山社稷的大事,不是小孩玩游戏,马虎不得的。知道吗?"

"臣谨遵皇上教诲。"刘统勋只觉着背上冰冷,却已是汗透内衣,"臣食君俸禄,却有负皇上厚望,实是汗颜万分。"

"好了,记着些便是了。朕是在训斥你吗?"乾隆说着叹一口气,又问道:

"唉,老了,都老了。延清,你与朕说说,外边可是有什么议论?"

刘统勋心里一怔,答道:

"臣不知皇上问的何事?"

"关于朕的。"乾隆淡淡一笑,说道:

"外边都在议论朕?"

"这……"

"说吧,方说了这会儿就不记得了?"

"回皇上,臣不敢欺瞒皇上,外边是有些议论。"刘统勋干咳一声,舔舔嘴唇说道:

"有人议论皇上不……不孝,这阵子和皇太后……"他没有说完,缓了一口气,瞟了一眼不动声色的乾隆,说道:

"有人说皇上整日神魂恍惚,不理朝务的。"

乾隆的神色越来越严峻，目光久久凝视着殿角的楹柱，仿佛要穿透宫墙一样一眨也不眨。因见刘统勋住了口，乾隆忙收神说道：

"你说，说吧。"

"嗻！"刘统勋咽了一口唾沫，"有人说，皇上为了回妇香妃，大兴土木。另有一些人议论皇上夜召囚妇入宫。"

乾隆一直听得很仔细，但他的脸色却越来越难看，苍白的面孔紧紧地绷着，两排细碎的白牙咬着嘴唇，腮边的肌肉不时抽搐一下，他端起茶喝了一口，大约是觉有些凉了，嘴里似嚼着苦涩的柿子一样强皱着眉头咽了下去。将杯一举，似乎想摔碎那只杯子，但方举到空中，却又轻轻地放回案上，他蹬了黑冲服呢千层底布鞋下了炕，背着手来回踱着快步。大殿里顿时咳痰不闻，众人的目光都随着他的身影转来转去，心里犹如十五个吊桶打水一般，七上八下。

"你说，还有些什么议论？"突然，乾隆止了步，目光盯着刘统勋，问道。

"没有了。"

"你说，你怎样认为？"

"皇上，这些都是闲人们茶余饭后瞎说乱造的，皇上不要放在心上，身子骨要紧。"刘统勋低头躬身道。

"朕问的是你怎样认为？"乾隆冷冰冰道。他的语气很低，却很清晰。

刘统勋望了眼乾隆，躬身道：

"臣以为皇上近半年多时间确是憔悴了许多。至于处边的种种议论，臣……臣认为多系实事，还望皇上三思。臣斗胆直言，还请皇上恕罪。"说着，扑通跪倒在地。

"好，不错！这方是刘统勋本色！起来吧，朕不怪你便是。"乾隆深深吸了一口气，仿佛要倾尽胸中积郁似的又长长吐了出来。他的神色已经恢复了平静，对刘统勋苦笑一声，说道：

"无风不起浪。朕承认朕在有些方面是做错了,比如和妃,是朕害了她,也损了朝廷颜面,朕的圣名,但说朕大兴土木、疏于政事,却言过其实!"

"皇上……"

"你不要说,听朕说!"乾隆摆手止住刘统勋,说道:

"朕是修了几处,但那银子不是从户部挪的,是从内库里支的,这你们也晓得的。再说,修回子营、礼拜寺这些又有什么错?只有让那些老爷们过得舒坦,边疆才能宁静!你说这是不是?"乾隆不待刘统勋开口,已接着说道:

"说朕疏于政事,朕又何曾怠慢了哪件朝事?朕是爱那女子,这又有什么错?朕是真龙天子!在你们看来,朕是的。可在朕看来,朕更是个有血有肉有感情的人!"说着泪水已禁不住涌上眼眶。

"小人造言,什么话说不出来?众人心里一杆秤,朝野上下都晓得皇上仁德诚孝勤政爱民,皇上切勿为此伤着身子。"刘统勋低声道:

"不过,臣有一言,还请皇上三思。"

"什么?"

"皇上近来形容憔悴,臣等心里甚是忧虑。臣等思请皇上下旨赦那香妃返故里,也恳请皇上不要再为此事……"

"不要说了,朕是有感情的人,不是冰石一块。"乾隆摆手止住刘统勋,说道:

"朕虽拥有这后宫,但朕却不曾有过真正的快乐。自从见了她,朕仿佛……朕难道不能拥有真正的属于自己的快乐吗?"

"皇上……"

"你说她不顺着朕,是吗?天下有什么事容易做?更何况是要赢得一个人的心!做皇上的是人,也有儿女私情的。"乾隆说着长叹了一口气,不无感慨地道:

"你们做臣子的有想法可以向朕说,可朕呢?心中的苦处又向何人诉说？皇太后说得对，朕虽是皇上，但头上还有天地祖宗！朕……"他没有说下去，他的泪水又复涌了出来。

不知什么时候，外边传来一阵脚步声，乾隆掏出手巾拭了拭泪水，苦笑一声，说道：

"朕今天这是怎么了，唉，不说了，你们的心思朕懂得，但朕不能这样做，因为朕做不到，至于朝事吗，你们放心便是，朕一件也不会疏了，朕还想做一代名主、圣君呢。"话方说完，高云已领着明瑞走了进来。

明瑞进殿后，扑通跪倒在地，叩头请安道：

"臣明瑞叩见皇上。吾皇万岁！万岁！万万岁！"

"起来吧。"乾隆虚抬了一下手，淡淡道：

"知道朕宣你为何事吗？"

"臣蒙皇上厚恩，委以伊犁将军之职，却不能恪尽职事，臣罪该万死。"明瑞四方白净脸，平平的两道一字眉像是用毛笔画出来的，只是眉梢稍稍向上挑，透着冷峻和傲岸，听得乾隆言语，忙躬身道。

乾隆皱了皱眉头，满腹狐疑地望着明瑞。正欲开口询问，刘统勋已躬身说道：

"皇上龙体欠安，臣等本拟事妥之后再奏呈皇上，还请皇上恕罪。"

"什么事？"

"乌什城阿奇木伯克阿不都拉、办事大臣副都统素诚勒索回众，作威作福。小伯克赖和木图拉不堪忍受，率众反抗……"

"胡闹！"乾隆闻听，不待刘统勋说完，已微怒道：

"这等事怎可不奏朕？！情形怎样？"

"回皇上，"刘统勋怔了一下，忙道：

"副都统素诚被回众围困，自杀而死；伯克阿不都拉投降。驻阿克苏办事大臣、副都统卞塔海闻讯率兵驰援乌什，明瑞亦速调兵奔赴乌什，目下回众反抗已经平息。"

"明瑞,"乾隆听罢,一颗心方石头般落地放了下来,瞅了眼明瑞,说道:

"你怎生善后的?"

明瑞低着头,小心道:

"副都统卞塔海擅自下令开枪激变;纳世通平素殴打伯克、行困骚扰回众,臣已将其军前正法,安抚回部人心。其他事宜臣……臣此次进京……"

"回皇上,"刘统勋见状,开口道:

"此事臣等已议出个眉目,昚涵、叔子正在草拟,晚上便可奏陈皇上。只是明瑞建议取消现有大臣驻扎之制,臣等意见不一。"

"各城设办事大臣已成定制,一旦忽而改易,殊非国体。"乾隆沉思片刻,说道:

"话说回来,若将各城驻扎大臣裁撤,补授阿奇木伯克,谁为朕选保举?而阿奇木等或妄自尊大,不奉伊犁约束,又将如何处置?对回疆的管理只能加强,不能削弱,派驻大臣不法,只要严治其罪,后任自会小心。你现在便去,拟折子呈进来,以后这些事不可再瞒着朕!"

"嗻!"刘统勋答应一声,便欲退出,又被乾隆唤住:

"回疆事宜着阿桂、吐鲁番郡王额敏和卓悉心操持,不可再有此等事发生!"

"嗻!"

"明瑞,"乾隆瞅了眼明瑞,问道:

"春和这几日怎样?"

"回皇上,傅中堂这阵子身子似有点起色,但仍不大好。"

"嗯,他太累了,就让他好生歇着便是。"乾隆微微点了点头。

乾隆伸了个懒腰,复躺了下去。屋外依旧刮着风,惨淡的阳光透过窗玻璃射进来,洒在他的脸上。他的脸是那么苍白,是那么憔悴,他太累了。他想赢得她的心,他只想对得住这祖宗留下

373

来的江山社稷，他只能付出双倍的努力。

"万岁爷。"高云蹑手蹑脚走上前，瞅了瞅面色憔悴的乾隆，犹豫片刻，终于咬了咬牙，低声道。

乾隆脸上隐隐泛过一丝不悦的神色，说道：

"什么事？"

"回万岁爷，"高云小心翼翼道：

"皇太后那边传话，让万岁爷过去一趟，万岁爷您看要不要奴才……"

"不。"乾隆微微睁开了眼，从牙缝中蹦出一个字。是累了不想多说，还是不愿说，没有人知道。自从那次和钮祜禄氏吵嘴后，他便不想再去慈宁宫。

明黄软轿稳稳地落在慈宁宫外，乾隆仰脸长吁了一口气，慢吞吞哈腰出了轿。一切都还是先时的景致，但人的心情却已大异往昔。

"儿臣给母亲请安。"乾隆迈脚进屋，脸上挤出一丝笑容道，"不知母亲召唤儿臣，有何事吩咐？"

"怎的，没事便不能唤你来了？"钮祜禄氏笑道：

"坐着吧。皇后，你去给皇上端碗参汤，热着点。"

"不用了，儿臣刚用过膳。"

"这啥时候？喝碗参汤又与用不用膳有甚瓜葛？"钮祜禄氏眨眨那昏花的老眼，说道：

"我看你对我这母后犯生分了，是吧？！"

"儿臣不敢。"乾隆怔了一下，说道：

"母亲这说哪的话？母亲待儿臣恩爱有加，儿臣感激还来不及呢，怎么会有这种念头。再说儿臣……"

"好了，不用说那么多。你只要晓得我这全都是为了你好便是了。"钮祜禄氏长吁了口气：

"我都快见你皇阿玛的人了，还图个什么？不就想着你把这祖宗留下的基业管好，将来我好向你皇阿玛交代吗？你看看你现在这样子，让我怎生放心得下？"

乾隆心头一怔，说道：

"儿臣自母亲训教后从未敢怠慢朝事，还望母亲明察。"

"好，不说了。再说你又要说我这老婆子干政了。"钮祜禄氏笑着摆了摆手，旋即收敛了笑容，说道：

"你知道自己有错，这很好，但你应该想一想，为什么会这样？"

乾隆接过那拉氏递上的参汤，轻轻放在桌上，说道：

"母亲教训的是，儿臣遵旨便是。"

"为什么呢？"

"儿臣无知人之明，受了这些奴才的欺瞒。"

"不，不是这样。皇上天资聪颖，连圣祖爷都欣赏，又怎会犯这种错？我看你呀，是心思没放在这上面。"钮祜禄氏摇了摇头，"你整日都思量着怎生去讨那女人的欢心，能理好政事？"

"母亲，战事是失利了，儿也有错，但这并不是因为她的缘故。"乾隆起身跪倒在地，正色道：

"母亲为什么放不过她？为什么要把这原因、这罪责都强加在她的头上？儿臣喜欢她、爱她，儿臣希望她陪儿度此一生。但儿臣并没有因此而……"

"就算不是因为她，就算你没有因为她疏了朝事，可你把多少精力投到了她身上。"钮祜禄氏不待乾隆话说完，已开了口：

"你也五十的人了，有那么多精神？你看看你现在这般神色，长此下去能成吗？"

"为什么？母亲，为什么儿就不能追求一点真正的快乐？"乾隆说着，泪水走珠儿般滚落了下来。"儿没有做对不起列祖列宗的事，儿没有做对不起皇阿玛和您的事呀！"

"好了，别哭了。我不说成了吧。"钮祜禄氏径自起身，颤巍巍上前搀起乾隆，柔声道：

"唉，我真拿你没办法。园子那边完事了吧？这阵子天热了，搬过去住，那景致好，对你也有好处。"

"儿已派奴才问过了，约摸还得两个来月。"

"好吧，抓紧着些。高云，扶你主子回去好生歇着吧。"

"嗻！"

望着乾隆渐渐远去的背影，钮祜禄氏苦笑着摇了摇头，嘴里喃喃道：

"痴儿……痴儿……"

"皇太后，"那拉氏上前搀了钮祜禄氏，说道：

"歇着吧。皇上圣明，知道怎生做的，您别挂着了。"

"别挂着？能成吗？"钮祜禄氏盘膝坐了，瞅着那拉氏道：

"你是皇后，宫里的事令你做主，可你看看，你又怎生做的？皇上这样下去，行吗？"

"儿臣……儿臣没办法。"那拉氏说着泪水涌了出来，她和他一样，心里的苦处无人诉说，自从那夜后，他再没有踏进储秀宫，伴着她的，是那无尽的泪水。"儿臣劝过皇上，可皇上不听。儿臣也觉着……觉着皇上没有错。他心里够苦的，儿臣不忍……"

"不忍？你就忍心看着他这样憔悴下去？整日里多少事要他处置，再为那女人分心，他身子骨受得了吗？"钮祜禄氏说着叹了口气，接着说道：

"他爱她，我看得出来。他是动了真情。我也知道他没有错，可谁让他是皇上呢？他没有那么多的时间、精力去讨一个女人的欢心，他要对得起列祖列宗留下的这份基业！"

"儿臣知错。"那拉氏眼含泪水，跪地哽咽道：

"儿臣一定不……负母后……"

"起来吧，我知道你也有难处。皇上是什么性子，我能不晓得吗？我这心里也是让他堵得慌哪。"钮祜禄氏虚抬了一下手。忽地，她那昏花的眼中闪过一丝亮光，"这事我管吧，皇上要与我这老婆子犯生分，也没办法。我必须对得住他皇阿玛，对得住祖宗。"

那拉氏心里一惊，望着钮祜禄氏，喃喃道：

"母后要怎……怎样？"

"解脱。"钮祜禄氏叹了口气，"让他们两个得以解脱。只有如此了。"

"宝月楼者，介于瀛台南岸适中，北对迎熏亭。亭与台皆胜国遗址，岁时修葺增减，无大营造。顾液池南岸，逼近皇城，长以二百丈计，阔以四丈计，北既狭，前朝未置宫室。每临台有望，嫌其直长鲜屏蔽，则命奉宸，即景即相，约之枒枒。鸠工戊寅之春，落成是岁之秋。"

这是乾隆御题《宝月楼记》中的句子。真的是因此修建宝月楼的吗？说不清道不明。不过，此刻她确确实实住在这里。

阳光泼洒进来，屋里金灿灿一片。香妃静静地站在窗前，遥望着隔街的回子营。那里，有她的亲人，有她的兄弟姐妹、骨肉同胞。

"娘娘，"祁玉端着檀木托盘，轻步走了进来，面露微笑道：

"该进膳了。"

"哦。"香妃答应一声，缓缓转过身，"这个'膳'字用得不妥吧？你不怕你那皇上知道了怪罪于你？"

祁玉摆好碟子，转脸道：

"万岁爷才不会怪奴婢呢。娘娘，您瞧：有羊肚片、羊他他土、酒炖羊肉、奶酥油野鸭子……"

"好了，这些全都是我喜欢进的，对吗？"香妃轻轻摆了摆手，"你还没进吧？来，和我一块用吧。"

"奴婢不敢，万岁爷若晓得了，奴婢可吃罪不起的。"

"你不是说皇上待你好吗？过来坐着，他不会怪你的。"香妃笑着拉祁玉坐了，说道：

"他若怪你，我顶着。"说着兀自坐了，举箸夹了片羊肚片细细嚼着。

"娘娘今天心情特别好,是不是……"祁玉说着诡秘地一笑。

香妃淡淡一笑,说道:

"小丫头片子瞎猜什么?"

"猜什么呢?"随着一阵开朗的笑声,乾隆掀帘走了进来。祁玉见状,急忙起身,却被乾隆摆手止住:

"坐着,你主子高兴,你陪着她便是,不要那么拘束。"说着兀自坐了向着香妃笑道:

"你们主仆两个猜什么呢?说与朕听听,让朕也猜猜,好吗?"

"没什么。"香妃脸上露出一丝笑容,"玉儿这丫头瞎说的。"

"万岁爷,主子娘娘今特别开心。"祁玉开口说道。

"是吗?是不是想着朕要来了?"她第一次对他笑了,笑得是那么纯真、那么迷人,他的心里顿觉无比的舒畅,"你瞧,朕给你带什么东西来了?"说着话,乾隆神秘兮兮地摸出了个瓷瓶,递了过去。

那是一个转心瓶,一个精美绝伦的转心瓶。她接了过去,仔细地瞅着瓶夹层空隙间不断变幻出现的雪山、大漠、帐篷、驼队、羊群、牧场……那一幅幅逼真的画面,将她的思绪带回了那遥远的故乡:大漠落日、戈壁孤烟、雪山明月、牧场牛羊、帐篷前的歌舞……她的耳畔又回响起热瓦甫、冬不拉、手鼓奏出的悦耳的旋律……

她笑了,她哭了,笑得是那么纯真,哭得是那么动情。一切是那么熟悉,又是那么陌生。故乡,是美好的,可她已无缘再回!

"好了,别哭了,朕本想让你开心的,谁想却惹你……"

"不,我真的很喜欢它。"香妃轻轻拭了拭泪水,笑道:

"谢谢你,皇上。"

"只要你喜欢,那就好。"乾隆说着叹了口气,说道:

"朕知道你喜欢它,朕也知道你想家乡,你想那茫茫草原、皑皑雪山，只是朕……你不要伤心，将来朕一定让你再回去看看。朕也去，好吗？"

"不，不用了，没有这个必要了。"香妃若有所思地说了句，定神道：

"这么精致，肯定花了不少银子吧？"

"不多不多，"乾隆连连摇头道，"就几百两银子。"

香妃两眼望着乾隆，久久没有开口说话。良久，方说道：

"我一个叛妇，皇上却待我这般好，我……我真的很感激。只可惜我今生不能报答皇上这份感情了。若有来生，我香妃一定……一定……"

"不要说了。"乾隆的眼睛湿润了，他几个月的努力终于换回了一丝回报，他看到了希望。他手颤抖着伸了过去，拉住了她的手。她没有挣开他的手，任他握着。祁玉不知何时已悄悄退了出去。屋内一片寂静。两个人久久地凝视着。不知过了多久，乾隆开口说道：

"谢谢你让朕握你的手。朕这阵子从没这么开心过。"

香妃淡淡笑了笑，说道：

"皇上比我初次见到时憔悴多了，希望以后皇上以国事为重，多保重身子骨。为了我一个贱妇，不值得的。"

"嗯。"乾隆点了点头，不无激动地说道：

"朕晓得，只要是你说的话，朕都听都听。"忽然，想起了什么，乾隆忙道：

"不过，不能让朕赐你死，这朕做不到。"

"假如我让你做坏事呢？你听吗？"

"不，你不会的，朕知道你不会的。"乾隆紧紧握着她的手，仿佛害怕她挣脱似的，"朕知道你是个心地善良的人。"

香妃那明湖般的眸子深情地望着乾隆，说道：

"你是皇上，是这泱泱华夏的君主，你不该这么多情的。要知道，这会误了你的。你想做一世名主，就必须……"

"不要说了,朕这话听得太多了。"乾隆松开了她的手,起身踱至窗前,长吁了一口气,说道:

"朕既要做一代名主,也要做个有情有义的人,一个普普通通的人!"

"你……"香妃似乎想说什么,却又住了口,半晌,方说道:

"皇上,我求你件事,不知你可否答应?"

"说吧,只要不是那事,朕什么都答应你。"乾隆没有转身,答道。

香妃咬了咬嘴唇,说道:

"我求皇上,不管我以后是生是死,都不要难为我的亲人,不要难为我的兄弟姐妹!"

"朕不会的,但你必须活着,好好地活着。朕可以不碰你,朕只要能在这与你说会儿话便知足了,可以吗?"乾隆说着慢慢转过身,忽然,他发现她的眼中噙着晶莹的泪花,"怎么啦?有什么事?病了?祁玉!祁玉!"他拉住她的手,她的手虽依旧是那么光滑,但似冷了许多。

"万岁爷,您唤奴婢……"

乾隆两眼闪着寒光,盯着祁玉冷道:

"可是你惹你主子娘娘生气了?朕是怎生交代你的?嗯!"

"皇上,"香妃淡淡一笑,"玉儿很听话,是个好丫头。"

"万岁爷,"祁玉泪流满面,哽咽道:

"奴婢真的……真的没有惹娘娘生气。"

"没什么事?不,你骗朕。"乾隆松了香妃的手,踱步沉思片刻,说道:

"玉儿,这几日可是有谁来过?"

"没有。"

"皇太后、皇后呢?你可不能瞒朕!"

"奴婢不敢,真的没人来过。"

"你下去吧。"乾隆点了点头,像是想到了什么,但旋即又摇了摇头,"你告诉朕,到底发生了什么事?"

"皇上,真的没事的。"香妃摇了摇头,"你别瞎琢磨了,我能有什么事?"

乾隆凝视着香妃,品味琢磨着她的话,似虚又实,不可捉摸,恬淡得泉里刚打上来的水一般。良久,方开口道:

"没事便好。朕说过你不能死,你要好好活着。你能答应朕吗?"

香妃默默不语,只轻轻点了点头。

"万岁爷。"屋外传来祁玉的低语声。乾隆皱了皱眉头:

"什么事?"

"回万岁爷,"祁玉似乎有些气喘,语不成声道:

"赵公公说老……皇太后让您马……马上回宫。"

乾隆没有言语,他心中隐约生起一丝不安的感觉。他的眼睛久久凝视着她,仿佛要从她的眼神中看出点什么,但他没有,他什么也没有发现,她的眼神是那么恬静。

"皇上,"香妃笑了,真心地笑了,她轻轻走上前,拉住了乾隆的手,"发什么呆呀,还不快回去。"

"朕……"

"没事的。有玉儿陪着我,能有什么事?你放心去吧。"

"好生侍候你主子。明日朕来你主子若有什么事,朕轻饶不了你。"乾隆笑着说完,又望了望香妃,方依依不舍地离开了宝月楼。

香妃走到窗前,久久凝视着他的背影,直到消失得无影无踪。她是不幸的,被迫离开了家园,来到这万里之外的京城,然而她又是幸福的,因为她一生中,有两个男人真心地爱着她。她轻轻转过身,踱到桌前,拿起那个精致的转心瓶。她笑了,她仿佛又回到了天山脚下……

"娘娘。"祁玉不解地望着香妃,说道:

"万岁爷方才怎……怎的了?奴婢是不是……"

"没事的。你是个好丫头,皇上怎会生你的气?"香妃放下转心瓶,上前拉住祁玉的手,笑道:

"再说你又没做错什么,不是吗?"

祁玉仰脸望着香妃,她今天太开心了,开心的有些反常。犹豫了一下,她开了口:

"娘娘,你心里一定有事瞒着奴婢。求娘娘告诉奴婢吧,若……万岁爷会怪罪奴婢的。"

"我昨夜梦见真主安拉了,梦见我的汗爷了。"香妃踱回窗前,喃喃道:

"他们在召唤我,召唤我回到他们身边。"

"娘娘,"祁玉脸色窗户纸一般白,半晌缓过神来,忙连声道:

"不会的,不会的。那是梦,那是假的。"

"真主是不会……"香妃说着止了口,转身望着祁玉,笑道:

"你说得对。那是梦,不可信的。这个瓶子很精致,我很喜欢它,我希望它能永远伴着我……"

"这就是万岁爷送娘娘的,自然永远伴着娘娘了。"祁玉眨着眼,满腹狐疑地望着香妃,说道:

"万岁爷待娘娘可好着呢,娘娘就别想那么多了,歇会儿吧。"

"好了,听你的,你下去吧。"

她没有歇着,她歇不下。阳光下,她的脸是那么苍白。她渴望死,她渴望能够与她深爱着的汗爷待在一起;但她似乎又有一些惆怅,他待她太好了,她也知道他对她是真心的,她不忍他为了她悲伤。明天,明天会怎样呢?

第二十三章
美香妃忍丧三尺剑
病傅恒自请万丈缨

门打开一条缝儿，乾隆已箭一般冲了进来，他忘记了向钮祜禄氏行礼问安，径直奔楼上而去。他呆住了，碧血一汪中香妃侧身僵卧，手中还握着那把剑。他疑在梦境，便揉了揉眼。不是梦，她竟去了！

离开宝月楼，乾隆的心舒畅了许多，这是他与她待得最长的一次，也是最开心的一次。转心瓶，转心瓶。想着她那令人陶醉的吻，他的脚步轻快了许多。

"皇上，"钮祜禄氏瞅着乾隆进来，冷冰冰道：

"你去哪了？"

乾隆没有直接去慈宁宫，他想先探听一下风声，不想脚刚跨进养心殿，东暖阁已传来母亲冷冰冰的话语，忙急步进内，躬身请安道：

"儿臣给母亲请安。儿臣心里闷得慌，去园子走了走。"

"是吗？"钮祜禄氏脸上似抹了一层霜般冷峻，"去园子能用这么长时间？"

"儿臣听得母亲传唤，故去了慈宁宫。"乾隆低着头，答道：

"这一往返，便迟了些，还望母亲见谅。"

钮祜禄氏冷哼一声，说道：

"这便用了一个时辰？连皇上都说谎，难怪奴才们一个个都敢欺瞒你！说，是不是去了宝月楼？"

"儿……"

"我告诉你多少次了，你为什么就听不进去？"钮祜禄氏猛地一拍案，榆树皮般的脸抽动了一下，喝道：

"刘纶病故、泰陵出现渗漏、明瑞八百里加急递来折子,多少事等着你处置,可你呢?你口口声声不会误了朝事,不会对不起列祖列宗,便是这般做的?"

"皇太后息怒……"那拉氏、来保、刘统勋见状一齐跪地。

"闭嘴!没你们说话的份!"钮祜禄氏怒斥了句,似乎还想再说什么,却忍住了,瞅着乾隆吩咐道:

"明一早你去泰陵看看,该怎生修治,抓紧着点。"说着站起了身。

"儿臣明日……"

"祖宗陵寝,关乎社稷安危。要让乱民们听说祖坟出事,那还得了?天大的事都往后拖!"钮祜禄氏说完径自向殿外走去。那拉氏忙快步上前搀着。

春光旖旎,春花烂漫。一大早,煦暖的日头便从东际的天穹露出了笑脸,金灿灿的阳光泼洒在紫禁城那列成方阵的琉璃瓦片上,阴阳变幻,五光十色。巳牌时分,黄龙大旗滚滚飞飘着,导引着一列侍卫森严的仪仗队,簇拥着一顶黄色八抬大轿,迤逦出了午门,径奔东陵而去。乾隆头戴生丝缨冠,驼色单缎袍外套着件缂丝单金龙褂,闭目躺在轿内,阳光透过轿窗射在他的脸上,是那么宁静。他整整一夜没有睡好,他的脑海里满是她的影子,是她那令他心旷神怡的一吻。忽地,他的眉头皱了一下,他想起了……

"我求皇上,不管我以后是生是死,都不要难为我的亲人,不要难为我的兄弟姐妹。"

"祖宗陵寝,关乎社稷安危。要让乱民们听说祖坟出事,那还得了?天大的事都往后拖!"

他心中那股不安的感觉越来越浓,越来越重,压得他喘不过气来。他睁开了眼,连声喊道:

"高云!高云!"

"皇阿玛,"四阿哥永珹催马上前,躬身道:

"有什么事吗？"

"去唤高云过来！"

"嘛！"

"万岁爷，奴才来了，不知……"

"你快回去！"乾隆心中那股不安的感觉仿佛就要变成现实，"去你主子娘娘那里守着，若有什么事，立即快马报朕！"

"万岁爷，不知是哪个……"

"还有哪个？你香主子！"

"嘛！"

宝月楼上，香妃静静地坐在桌前。祁玉拿出一朵小红花轻轻地给她簪在乌黑如云的发际上：

"娘娘，您看看镜子，您就像天上的仙女一般，怪不得万岁爷这般……"

"玉儿，取下来。"香妃看了看镜子里的自己，她看到了那朵红花，淡淡一笑道：

"戴这些东西作甚。"

"万岁爷昨个不说了嘛，他今儿还要来的。万岁爷心里闷，看着娘娘他方开心些。娘娘您就戴着吧。"

香妃没有反对，却望着镜子里的自己，苦笑了一下。半响，方说道：

"皇上他不会来的，你歇着吧。"

"会的，万岁爷金口玉言，不会骗娘娘的。"

"你这丫头，皇上不知给了你什么好处，这般向着皇上。"香妃掠了下散乱下来的鬓发，"皇上方才出了宫，朝东北去了。"

"不会的，万岁爷……"祁玉话未说完，外边传来一阵敲门声，祁玉闻听，笑道：

"娘娘，您听，这是什么声音？"说着话已转身蹦蹦跳跳下了楼。

"吱呀"一声，沉重的门打开了。不是乾隆，而是太后钮祜禄

氏和皇后那拉氏。祁玉的脸顿时窗户纸一般白,懵懂片刻,忙跪地道:

"奴婢给皇太后、皇后娘娘请安。"

钮祜禄氏没有言声。径自进了楼,转脸吩咐身后跟着的太监道:

"把门关上,谁来也不许开!"

"皇上呢?"领头的太监怯生生道。

"也不许开!"

"嗻!"

瞅了眼跪在地上的祁玉,钮祜禄氏没有言声,在那拉氏的搀扶下上了楼。香妃兀自坐在桌前,头上的红花已摘了下来。听着那零乱的脚步声,她转过了脸,微微一怔,起身蹲了个万福,却没有言声,因为她不认识钮祜禄氏,也不认识那拉氏。

"娘娘,"祁玉快步奔了上来,说道:

"这是皇太后,这是皇后娘娘。"

香妃正待开口,钮祜禄氏已说道:

"你便是香妃?"看着她那摄人心魄的美,钮祜禄氏心里一动,旋即便定了下来。

"贱妇正是香妃。"

"你长得很美。"钮祜禄氏端起桌上的奶子呷了一口,望着香妃足有盏茶工夫,方说道:

"怪不得皇上这般痴情于你。"

香妃静静地站着,默默不语,只两眼瞅着钮祜禄氏。她的眼神是那么柔和,任谁看了也不禁心动。

"皇上待你很好,是吗?"

"嗯。"

"皇上待你既然好,你为什么不答应他?你难道就那么忍心看着他为你整日神不守舍、慢慢憔悴下去?"

"我不忍心。"香妃眼中闪烁着晶莹的泪花,哽咽道:

"但我不能答应他,我爱……我的汗爷,我不能做对不起他的事。"

"你穿这身黑衣,是在为他服丧?"

"嗯。"

"是的。'女子重前夫'。一个女子对她的丈夫总是记得很深的。"钮祜禄氏点了点头,说道:

"不过,皇上他却不这样认为。他是皇上,必须管好这江山社稷,我不能看着他这样下去。"钮祜禄氏叹了口气,接着说道:

"我看得出来,你是个好女子,我……我真心希望你……你能答应他。"

"我不能。"香妃的面色静如止水,咬了咬嘴唇,说道:

"皇上待我好,我真的很感激。他的这份情我这辈子是没法偿还了。"

钮祜禄氏吸了一口气,又徐徐吐了出来,说道:

"我说过,我不能看着皇上这样下去。既如此,我……"

"皇太后,"那拉氏听着,心头一紧,忙跪地磕头道:

"依儿臣之见,将她放回故乡吧,这样……"

"不,不行!"钮祜禄氏摇了摇头,用不容置疑的口吻说道:

"放了她,皇上还会将她再召回来。我心里也不忍,但没有办法,只能这样做。"

香妃笑了,她笑得是那么甜。但她的眼中,泪水却已走珠儿般滚落下来。她"扑通"一声跪在了地上,磕着头哽咽道:

"贱妇谢皇后恩情,谢皇太后赐尽之恩!"

"娘娘,不,不能。"祁玉眼中的泪水亦夺眶而出,跪行上前,摇着钮祜禄氏的脚,哭泣道:

"皇太后,奴婢求您……求您别让娘娘去……别让娘娘去……"

"闭嘴!"钮祜禄氏咬了咬嘴唇,狠下心向着香妃说道:

"孩子,我知道你是个好人,但为了皇上,我只能这样。你好生去吧。"说着挥了挥手。一个苏拉太监双手捧着段白绫走到了香妃面前。

"谢太后。"香妃复磕了个头,说道:

"请……请太后下楼可好?贱妇一定会……"

"不要说了。我答应你。"钮祜禄氏摆摆手,起身在那拉氏的搀扶下走下了楼。她是人,也是一个有感情的人,泪水浸湿了她的眼眶,顺着面颊慢慢地淌了下来。

"娘娘,"祁玉泪如雨注,抱着香妃的腿,呜咽道:

"你不能……你不能死……万岁爷他舍不得你……"

"傻丫头,哭什么?我就要去天国,去见我的汗爷了,应该高兴才对呀。"香妃淡淡一笑,仰天长吁一口气,说道:

"皇上待我好,我就更不能留在这个世上。来生吧,来生我香妃一定侍奉他。"

"娘娘,不……不要……"

"起来吧。"香妃说着轻轻搀起祁玉,用手拭了拭她脸颊上的泪水,说道:

"这样对我、对他都是好的,你现在还不懂,但将来你一定会懂的。我给皇上写几句话,他不会难为你的,你放心吧。"

"玉儿不怕死……玉儿只觉得对不住万岁爷……娘娘……"

"这是命,这是天意,不可违的……"香妃说着慢慢踱至案前,提起了笔,她的脸色是那么镇静,镇静得让人不可思议。

"万岁爷,奴婢没照顾好娘娘……奴婢对不起你……娘娘,奴婢先去了!"

"玉儿,不要!不要!"当香妃转身时,一切都来不及了。祁玉已箭一般撞在了墙上,殷红的鲜血顺着墙慢慢地淌着,"玉儿,你为什么要这样!皇上也不会难为你的呀……"

"嗒嗒……"楼外街上传来一阵急促的马蹄声,将她从梦境中惊醒,她知道是他来了,是他救自己来了。但她没有笑,她站起身,慢慢走到桌前,抱起了那个精致的转心瓶,抱得是那么紧。

389

"请娘娘升天吧!"马蹄声惊醒了她,也惊醒了楼下的钮祜禄氏。一个苏拉太监在楼梯上催道。

她伸手掏出了那把柳叶小剑,笑着看了看,对准自己的心窝狠狠扎了进去。像一株刚刚吹倒的小树,她的身子颤颤地抖动了几下,她的眼前又浮现出了那茫茫的草原、皑皑的雪山……

楼外响起了墙倒般的敲门声。乾隆汗如雨注,两手狠狠地砸着门:

"快开门!快开门!玉儿快开门呀!"

钮祜禄氏静静地站在门边,没有说话,也没有动,直到一个苏拉太监从楼上下来,向她点了点头,她方喃喃道:

"把门打开吧。"

"吱溜"一声,门打开一条缝儿。乾隆已箭一般冲了进来,他忘记了向钮祜禄氏行礼问安,他忘记了一切,径直奔楼上而去。他呆住了,似庙中泥胎般一动不动;碧血一汪中香妃侧身僵卧,手中兀自握着那把柳叶小剑。他呆呆地望着她,犹恐是梦,揉了揉眼。不是梦,她去了!

"香妃!"

乾隆使劲晃着香妃那绵软尚有体温的身躯,连声叫道:

"你醒一醒,你这是怎的了,啊?你给朕醒一醒吧……朕带你去天山,去你的家乡,你为什么不说话,为什么不说话……嗬嗬……你走了,你走了……"他抱起香妃,梦游似的呼叫着香妃的名字:

"你醒醒,啊……昨日你好像有话,为什么不告诉朕?朕真混……朕真混,朕为什么不仔细问呀,为什么不仔细问问呀……嗬嗬……"

"皇上,"那拉氏面带泪水,轻步上楼,低声哽咽道:

"她已经去了……您就节哀吧……身子骨要……要紧……"

乾隆醒了,从梦境中醒了,他轻轻地把香妃的尸体放在床上。转过身,两只眼发出刀子一般刺人的寒光,死盯着那拉氏,腮边的肌肉急促地抽动着。忽地，他像疯子一般扑到那拉氏的面前，劈胸提起，嘶哑着嗓子尖声地狂吼道：

"是你！是你害死了她！你为什么要这样做？为什么这么狠心？说！不然朕掐死你！朕要你给她偿命！你说朕办到办不到？你说朕办到办不到？"

那拉氏被乾隆箍得透不过气来，见他一脸凶神恶煞相，五官都拧歪了，血红的眼睛发出鬼火一般的光死死盯着自己，她吓呆了，半晌方期期艾艾地说道：

"皇上……不是臣妾……不是臣妾……"

"嗯？！"

"臣妾……"

"放开她！"钮祜禄氏颤巍巍地上了楼，面如止水，喝道：

"不是她的错，是我，是我赐她死的！"

"母亲，"乾隆放开了那拉氏，两眼一动不动地盯着钮祜禄氏，说道：

"你为什么一定要这样做？为什么要赐她死？她是无辜的人！她是……"

"为了你！"钮祜禄氏不等乾隆话音落地，已开口说道：

"因为你是皇上，为了向列祖列宗交代，我只能这么做！"

"可她已经转心了，她已经对儿有好感了呀！"

"那是你自己心里想的。"钮祜禄氏叹了口气，压低了语气道：

"我看得出她是个好女子，虽然她是叛贼霍集占的妃子。我也不想这么做，但她……你便认了吧。要知道我这也是为你好，为了这……"

"为了这祖宗留下的江山社稷好，是吗？"乾隆不无激动地说道：

"可儿又做错了什么？错在儿是皇上、是真龙天子？可儿也是人，一个有血有肉有感情的人！母亲口口声声为儿好，可儿心里的苦处，心里的想法您又知道多少？"

"够了!"钮祜禄氏厉声斥了句,但旋即又将语气缓了下来:

"是对是错,已经如此了。你怎样想、你心里的苦处我或许真的不知道,但额娘心里确确实实是为了你好!"说着转脸吩咐道:

"抬下去,好生收殓!"

"嗻!"

"不许动她!"乾隆仿佛遇见鬼一般,倒退两步,喊道:

"你们谁也不许碰她,你们都走,统统都走!"

钮祜禄氏皱了皱眉头,说道:

"皇上……"

"皇太后,"那拉氏脸上依旧泛着红晕,忙道:

"走吧,让皇上静会儿,他这会儿心里难受,您再……儿臣怕有个闪失。"

钮祜禄氏长长叹了口气,瞅了瞅乾隆,吩咐道:

"高云,小心侍奉你主子,要有闪失,我唯你是问!"说完复颤巍巍下楼而去。

"哈哈哈……我是皇上,是真龙天子……可为什么我连一个柔弱的女子也庇护不了呀……为什么……"

乾隆似哭似笑,踉跄着踱回床前,他的脚步灌了铅般的沉重,他久久地凝视着她,她睡着了,睡得那么甜,那么沉。可惜,她永远也不会醒了。

一阵微风吹过,桌上那墨迹未干的纸雪片般飞了下来,轻飘飘落在他的脚下。乾隆轻轻地捡起它,仿佛怕惊醒梦中的她,那上面只写了两个字:来生……

她没有写完,但他知道她想说什么,他复抬起头,凝视着她。良久,嘴里喃喃念道:

"浩浩愁,茫茫劫,短歌终,明月缺,郁郁佳城,中有碧血。碧亦有时尽,血亦有时灭,一缕香魂无断绝!是耶非耶?化为蝴蝶。"说着,泪水顺着他的面颊无声地落下,然而,人死,是不能复活的,无论是帝王的泪,还是庶民的泪,都只能是一种发泄,一种寄托,或一种思念。

她去了,去了天国,去见她心爱的汗爷;他依旧是他,大清朝的皇上,真龙天子,这便是钮祜禄氏所要的解脱。然而,他没有解脱,他依旧每日悉心地处理着朝事,只是却日渐憔悴下去。

阳光煦暖,微风吹过,昆明湖水碧波荡漾,令人心旷神怡。玉带桥上,乾隆一身天青纻夹衫袍,腰间也没有系带子,庙中泥胎般站着一动不动,两眼怅然地望着那碧汪汪的湖水。转眼间香妃离去已两个月了,六十个日日夜夜是那么短暂,又是那么漫长。他鬓边的白发多了,眉头的皱纹深了,心也老了,他的脑海中始终萦绕着她的影子,她那甜甜的笑脸,她那沁人心肺的馥香,那一切离他是那么近,却又是那么遥远。

这时,湖中一条船箭一般划过来,眨眼工夫,小船已靠了岸,不待高云搀扶,刘统勋、于敏中已径自上岸。

"臣叩见皇上,吾皇万岁!万……"

"罢了,又是这一套。朕能万岁吗?"乾隆虚抬了一下手,止住于敏中,向着刘统勋问道:

"延清,什么事?"

"回皇上,"刘统勋额上的汗水雨注般直往下淌,躬身答道:

"乾清门侍卫、多罗额驸福灵安八百里急折子……"

"怎么说?"乾隆一怔,忙道。

"明瑞孤军深入,遭缅军重兵围困,我军死伤惨重……"

"快传谕额尔登额、舒赫德、鄂宁,不惜一切……"

"皇上,晚了,已经晚了。"刘统勋望着乾隆,似有不忍开口说道:

"将军明瑞、领队大臣观音保、扎拉丰阿等将皆已阵亡。"

仿佛晴天霹雳,乾隆浑身电击般颤一下,翕动了一下嘴唇,却什么也没有说出来,他的眼前忽地漆黑一团,身子慢慢地倒了下来……

"皇上……皇上……"

刘统勋、于敏中脸色煞白，急步上前挽住乾隆，转身喊道："还愣什么？快去传太医！"

"哎哎……"高云仿佛从梦境中惊醒，连声应着转身便欲离去。

"回来，不用了。"乾隆慢慢地睁开了眼，说道：

"朕没事了。"

"皇上……"

"不要说了，朕心里有数，还没到去的时候呢。扶朕到亭子里去。"

朝阳门傅府西花园，榴花甫落月季盛开，浓绿丛中猩红黛白灿花纷呈。傅恒闭目仰躺在竹丝凉椅上。阳光透过绿茵茵的藤蔓照在他的脸上，苍白中微微带有丝潮红。他知道自己患的什么病，他感激乾隆，是他给了他荣华富贵，给他用最好的药，最好的郎中使他的生命得以延续。但也是他，给他带来了巨大的精神痛苦。他知道，她和他的关系非同寻常；他也知道，外面的闲言碎语都说些什么。他痛苦，他受着感情的痛苦折磨，但他没有办法，因为他是皇上，而他是臣子。

"阿玛。"福康安大热天仍穿得一丝不苟：酱色湖绸袍外套青缎小褂，额头上汗珠闪闪发亮，转步上前躬身道。

"哦。"傅恒微微睁开眼，看着这个自己最疼爱的儿子，苦笑了一声，说道：

"下学了。"

"嗯。"

"你额娘呢，她在不在？"

"额娘一早去园子了，儿方才去请安，没见额娘，想必皇太后留额娘乐呢。"

"知道了。"傅恒慢慢点了点头，说道：

"你下去吧。将学的功课做两遍。"说着复闭上了眼。

"阿玛,儿……"福康安支支吾吾道。

"还有什么事吗?"

"大……大哥来信了。"

"说什么?"傅恒猛地睁开了眼,催道:

"他说些什么?他还好吗?"

"大哥很好,让阿玛和额娘不要挂着他,多注意身子骨。"福康安咬了咬嘴唇,说道:

"只是……只是表哥他……他去了。"

"什么?"傅恒听罢,忽地坐直了身子,"不,不会的。他不会死的……"

"春和。"身着便服的乾隆忽地从傅恒身后走了出来。

傅恒听得声音,懵了一阵,忙起身跪倒在地:

"奴才不知皇上驾到,有……"

"好了好了,快起来吧。"乾隆双手虚抬了一下,径自坐了,瞅了眼福康安,真个目如点漆面如冠玉,剃得黢青的头,后边一条油光光的辫子直垂腰间,不由得皱了皱眉头。

傅恒瞅着,心里一酸,忙向着福康安道:

"傻愣什么?还不快给皇上请安。"

"福康安恭请圣安,吾皇万岁!万岁!万万岁!"福康安这时方清醒过来,忙跪倒在地,叩头道。

"好,好,长这么高了。起来回话吧。"

"嗻!"

"春和,"乾隆掏出手帕,擦了擦额头上的汗水,说道:

"近来觉着怎么样?朕赐的药用着可好?"

傅恒方欠着身子坐了,听罢忙躬身道:

"奴才这段觉着好多了,奴才这贱身子,劳皇上如此费心,奴才真是不知该……"

"好了,怎又说这些了。"乾隆轻轻摇着湘妃竹扇,止住傅

395

恒道：

"延清他们几个呢？还没来？"

"这是……"

"哟，朕今个在你这临朝听政。怎的，不乐意？"

"奴才不敢，奴才高兴还来不及呢。"傅恒一怔，忙道：

"康儿，快去搬些凳子过来，再让人送些茶点，快些！"

"哎。"福康安答应一声，转身离去。

"皇上，"傅恒瞅了眼乾隆，犹豫了一下，问道：

"方才听康安说，明瑞他……他去了，不知是真是假？"

"嗯。"乾隆敛了笑容，点点头道：

"朕便是为这事来的。明瑞孤军深入，被缅军重兵围困，额尔登额未能及时取道会兵同进，结果……"乾隆说着叹了口气，"唉，这事朕亦有错。若在额尔景额病故时，即派阿里衮等将前往统率，即使不能进取阿瓦，生擒那懵驳，也必能应援明瑞，而木邦已得之城，又何至复为缅军觊觎？朕对不住你们富察氏一家呀……"

"奴才等食朝廷俸禄，理应为皇上分忧，怎敢开口求赏。奴才是想问皇上，是进兵还是撤兵？"

"现在怕是欲罢不能了。"乾隆道。

"皇上若信得过奴才，奴才愿……"

"不要说了。"乾隆摆了摆手，止住傅恒，说道：

"就你现在这样子，怎可领兵？你好好静养便是，朕会与他二人交代的。"

"皇上，奴才不敢说他二人便敢因怨疏公，但这些不能不慎重考虑。一个弹丸之邦，我朝三次受挫，这……"傅恒忽觉不妥，转口道：

"奴才这身子，迟早都是那么回事。皇上便让奴才……"

"不行！"

"皇上，奴才求皇上恩准奴才领兵进缅！"说着，傅恒扑通一声跪倒在地上。

"福康安，快扶你阿玛起来。"乾隆见状，忙道：

"春和，你的心情朕理解，只是朕……你这身子骨，若有个闪失，让朕如何向你姐交代呢？"

"奴才蒙皇上厚恩，却不能报之一二，奴才实是羞愧万分。求皇上恩准奴才，让奴才能最后……"

"罢了，朕准了。"乾隆长吁了口气，说道：

"你平日都用着哪些药好，写个单子让人到库里取，多带些。为朕分忧可不能就不顾着身子，朕还需你为朕多担着些呢。"

"奴才晓得，奴才谢皇上关怀。"

"高云，你去太医院，让他们派两个奴才随着春和，若有个三长两短，朕饶不了他们！"

"皇上，这……"

"不要说了，朕放你出去，心里已是觉着对不住……"乾隆没有说下去，但傅恒知道他要说什么，"来保，你拟旨，着大学士、一等忠勇公傅恒为经略，协办大学士、一等果毅公阿里衮，兵部尚书、伊犁将军阿桂为副将，筹办征缅事宜。另外，从丰台大营调禁军一千，护卫春和。其他事情你下去悉心筹划，兵马、粮草一丝一毫也不能少了！"

"嗻！"

"皇上，"福康安一旁瞅着，上前跪地磕头道：

"奴才恳请皇上恩准奴才随阿玛出征报国。"

"哦，志气还不小呀。"乾隆听罢，哈哈笑了两声，说道：

"你今年多大了？朕记得你才十三岁吧。"

"是，奴才今年十三岁了。可奴才已经开得一百五十石的弓了，皇上便准奴才去吧。"

"好了，福康安。等你再长大些，朕一定委你为将军，领兵杀敌。现在，最要紧的是学好本领，好吗？"

"嗻！"福康安噘着小嘴应了声。

"真是有其父必有其子。"乾隆莞尔一笑,向着来保问道:

"说吧,方才你说有什么折子?"

来保定了定神,说道:

"其他折子奴才都处过了,就江苏巡抚彰宝与两淮盐政尤拔世的折子奴才不知怎生是好?"

"说吧,什么事?真是越来越啰唆。"乾隆嗔怒道。

"彰宝、尤拔世具折弹劾历任两淮盐政藉端侵肥。"

"怎么说?"

"历任两淮盐政借……借迎圣驾南巡和为皇太后贺岁,每张盐引加收银三两。"

两淮盐政从户部领取的盐引每年多则四十万,少则二十万,即便按每年二十万计,一年多收的银两即高达六十万!乾隆听罢,脸顿时阴了下来,腮边的肌肉抽搐了一下,阴森森说道:

"好,又来了一批!将这般奴才统统革职严办、查封家产!"

"嗻!"来保答应了一声,犹豫片刻,瞅着乾隆道:

"皇上,只是此事牵连到吏部侍郎高恒,不知……"

"高恒?"乾隆一怔,道。

"嗯。"

高恒乃大学士高斌之子,慧贤皇贵妃高佳氏之弟,与傅恒一样,同是乾隆的妻舅,为椒房髧亲。乾隆听罢,久久没有说话。盏茶工夫,方咬着细碎的白牙,说道:

"查!便是朕的亲兄弟,也要查!他既不顾及朕的颜面、朝廷的颜面,朕还有什么好说的?你传旨与尹继善、彰宝,放胆查。高恒暂革去侍郎职,回南京受讯。让他明日便离京!"

"嗻!"

乾隆抿了口茶,定了定神,接着说道:

"早时皇太后提起南巡之事,叔子,你下去和养仲议一下,排场不要大,也不要惊扰地方衙门,需用多少银子从内库支。"

"嗻!"于敏中答应了声,说道:

"回皇上,园子事了,养仲即还乡,因皇上先时已有旨意,奴才便准了。"

"什么时候走的?"

"上月二十日。"

"养仲曾为朕的老师,朕当日曾说过,亲送他回乡,你们都忘了?没有记档吗?"

来保这方想起,忙道:

"皇上不说,奴才已经忘了这档子事,当时没有记档,又是细事,圣上如此谨念,实在令人感佩。"

"这件事圣德攸关,不记档是失职。"乾隆瞅了眼来保,说道:"即便朝政缺失,该记的仍旧要记,为后世子孙立戒。"

"嗻!"

"纪昀。"乾隆道了声,瞅着纪昀傻呆呆站在那发愣,提高了声音复道:

"纪昀,你在想什么呢?"

"哦哦。"纪晓岚仿佛梦中惊醒一般,含含糊糊应了声,忙跪地道:"臣一时想着南巡的事,还请皇上恕罪。"

"怎的,不妥?"

"不不,臣不是这个意思。"纪晓岚忙叩头答道:

"臣……臣……"

"纪大烟锅子,莫不是烟瘾又犯了?"乾隆瞅着纪晓岚,忍不住扑哧一笑,说道:

"好了,朕待得也够长的了。你下去马上办,将朕的《御制诗集》赐养仲一套,另外赐银二千两,以示体恤。"

说着已站起了身,边走边问:

"春和,你准备何时离京?"

"回皇上,"傅恒紧赶两步,上前道,"臣想明日便离京。"

"明日?太急了些。后日吧,后日朕亲自送你出征。"

"嗻!"

第二十四章

剐国舅治贪下猛药
流才臣倡廉动真章

"传旨，翰林院侍读学士纪晓岚瞻顾亲情，擅自通信与卢见曾，着……"乾隆顿了一下，接着说道："着革去顶戴，发往乌鲁木齐充军！纪晓岚啊纪晓岚，你做下这等事，朕便想宽了你，奈何尚有法理！"

尹继善的两江总督衙门设在金陵明故宫废址西北。总督衙门轩敞宽大的三间倒厦正门紧闭，朱漆铜钉门上两个碗大的衔环兽首，狞恶地注目着空阔的广场，两尊汉白玉大狮子旁，数百名戈什哈钉子似站着一动不动，宛若庙中凶神恶煞的罗汉一般，大照壁前的大铁旗杆上挂着尹继善的帅旗，迎着风猎猎作响。

这时，戒备森严的总督府前来了三个人。一个粗壮，一个温文，中间那个则是一副龙行虎步的模样。这三个人方待上前，石狮子那边一个戈什哈已厉声喊着：

"干什么的？滚开！"

"你这……"那粗壮汉子闻听大怒，正待开口喝骂，却已被龙行虎步那人使眼色止住。他淡淡一笑，说道：

"去通禀你们尹军门，就说长春居士在外求见。"

"不见！今个军门大人什么人都不见，有什么事明天再来。"

"你去通禀一声便是。见不见与你无干。"

"不见便不见，上头交代的。别在这啰唆！"

"你这狗娘养的！"粗壮汉子说着捋起了袖子，"皇上……"

乾隆喝住丰讷亨，向着那戈什哈道：

"你领朕进去！"

"嚯！"那戈什哈仿佛大白天遇着了鬼，倒退两步，半天方缓过神来，忙打千儿应了声，径自前边带路。

穿过仪门，绕了议事厅迤逦向西折北，便是尹继善居处。众人只听里边已传来一阵说笑声：

"高老弟操哪门子心呀，皇上能不给你留情面？再说他们加银，也是为了迎接圣驾嘛。来来来，喝酒。"

"军门，说是这么说，可我这心里总不踏实。皇上来这南京城，算来已有三四天工夫了，还不见……"

"皇上此次意在散心，哪管你这门子事？不做亏心事，不怕鬼敲门，你就放宽心吧。圣旨下来，我替你说……"

"你替他说什么？"乾隆冷哼一声，迈脚进去。尹继善正自端着酒往嘴送，忙丢了酒杯起身跪倒在地，叩头道：

"臣两江总督尹继善叩见皇上，吾皇万岁！万岁！万万岁！"

乾隆兀自坐了，两眼直勾勾盯着高恒，冷哼一声，说道：

"你盼着朕早些走，是吗？"

高恒四十上下，两眉平直，方脸广额，穿一件天青纻长袍，跪在地上兀自浑身颤抖不已，听得乾隆言语，"咚咚咚"磕了三个响头，吞吞吐吐道：

"奴才不敢……奴才……"

"你不敢？你还有什么不敢的！你打着朕的旗号做了些什么你不知道？"乾隆厉声说了几句，转脸向着不知所措的尹继善喝道：

"你替他说什么？你这总督位子是不是坐得太稳了？嗯！"

尹继善汗如雨下，头伏地道：

"奴才是说……"

"说什么？说你两个月了连这个案子也查不清！"不待尹继善话音落地，乾隆已高声斥道：

"书读的不少，事却越办越差，亏你还有脸在这喝酒！高恒到这来是做什么的？是陪你喝酒的不成？"

"奴才错了，求皇上……"

"闭上你那嘴！丰讷亨！"

"奴才在!"

乾隆指着高恒,"把这奴才送到牢里去,好生反省!"

"嗻!"

"皇上息怒,"纪晓岚咬了咬嘴唇,瞅瞅地上颤抖不已的尹继善,小心道:

"身子骨要紧。尹军门许……许有苦衷,皇上便……"

"有苦衷?"乾隆睨了眼尹继善,冷哼一声,说道:

"尹继善,说吧,你有什么苦衷?让朕听听,看朕是不是冤枉了你?!"

"奴才……"尹继善张着嘴,却又不知该说些什么。

"没说的吧,嗯?做了几十年的封疆,你是越做越历练了,历练得没棱没角了!朕旨意里怎生说的?你又是怎生做的?"乾隆说着端起桌上的茶咕咚咕咚喝了两口,情绪似乎好了些,"起来回话。高恒、普福、卢见曾几个怎生说?还是说为了迎朕吗?"

"嗯。"尹继善颤抖着站起身,拱手应了声。

"好,很好,一个个都是不见棺材不落泪!"乾隆冷哼了声,说道:

"你待会儿便与朕升堂,朕看他们都有什么说的!"乾隆顿了一下,接着说道:

"韩月儿状告普福毒杀其夫宋忠,你可曾审过?"

"回皇上,"尹继善此时方回过点神,忙答道:

"奴才审过的。那韩月儿状告盐政使普福,无物证、几个人证亦不在现场,故而奴才……"

"故而便以证据不足了事,是吗?人命关天,你却视同儿戏!朕与你说过多少遍,你就记不住?"乾隆吁了口气,接着说道:

"朕方才已让人带那韩月儿去唤证人了。你和彰宝议议,从此案入手,不查个水落石出,你们两个都给朕卷铺盖回家去!"

未牌时分,两江总督衙门挂出了放告牌,立时便招引了不计其数的人来看热闹。熙熙攘攘的人挤在衙门照壁前,喊喊喳喳议论着。

"这都啥光景了,尹军门怎的还升堂,是什么案子?"

"听说中丞大人参劾皇上的小舅子,皇上让尹军门审理。"

"不会吧?这怎么可能?"

"怎的不会?你没看皇上的龙舟泊在江边,这么长光景都没走,就是要审清此案呢!"

"审什么呀,皇上的小舅子,便是有罪又能怎样?"

"不是这回事,方才我侄儿说是那宋忠一案,韩月儿告御状,皇上这才命军门大人升堂的。"

"唉,那韩月儿也真可怜,一个女人家死了丈夫又失去了孩子,怎么过活呀?"

忽然,嗡嗡嘤嘤议论的人们一阵起哄,原来是韩月儿带到了。人们急忙让出一条路来。此时虽说未正时牌,阳光依旧炽得烤人,但人们似乎并不为之所动,拥着挤着争看这个告状的女人。韩月儿低着头,在众目睽睽下怯生生进了衙门口。

衙役李头儿瞅着,忙三步并作两步上前,打了个千儿道:

"大胆放开,使劲地敲,直至放炮升堂,你再上去,记住啦?"

"嗯。"韩月儿低头应了声,接过李头儿递过来的鼓槌,便狠命地敲了起来。

"咚、咚、咚、咚……"

几声干涩沉闷的鼓声直插云霄,久久回响着。片刻,但听三声炮响,平日锁钥封锢的总督衙门正门吱呀而开,三班衙役齐步跨了出来,各按各位站定。吼道:

"噢……"

所有嘈杂的人声立刻停了下来,静得一根针落地都听得见。大堂上,几十名亲兵戈什哈悬刀伫立四周堂角,把架上的刑具碰得叮当作响,气氛立时变得紧张肃杀。韩月儿早已跪在堂口,听

得"尹大人升堂喽"一声高唱,手执状纸深深伏地叩头,口中喃喃说道:

"尹青天为民妇做主。"

尹继善身着簇新的仙鹤补服,珊瑚帽后拖着一枝翠森林的孔雀花翎,正襟危坐"明镜高悬"匾额之下,旁边一人,头戴起花珊瑚顶子,九蟒五爪袍子外罩锦鸡补服,国字脸连鬓胡,身躯高大,显得十分壮实,却正是江苏巡抚彰宝。二人对视一眼,点了点头,便听尹继善吩咐道:

"将那高恒、普福、卢见曾带上来——把韩月儿的状子呈上!"

"嗻!"

一个亲兵戈什哈答应一声,径至韩月儿跟前取过状纸双手呈给尹继善。尹继善一边低头细看状子,一边对刚带上来的高恒三人道:

"三位恕本军门失礼了。"一直到细细看完了那状纸,尹继善伸手递与彰宝,轻咳一声,叫道:

"韩月儿!"

"民妇在。"

"民告官。罪加一等,你可晓得?"

"民妇晓得。"

"你抬起头来!"

韩月儿不安地瑟缩了一下,抬头看了正襟危坐的尹继善一眼,忙又低下了头。大约她禁受不了总督衙门阎罗殿一般的威严仪仗,双手一软,几乎跌伏在地上。

"韩月儿,你不要怕。本官问你什么,你如实作答,若真的冤枉,本官自会与你做主。"彰宝瞅了眼尹继善,向着韩月儿道:

"你状告前任两淮盐政使普福普大人前年八月十五夜毒杀你夫,可有证据?"

"回老爷话。"韩月儿定了定神,抬脸道:

405

"民妇丈夫宋忠本盐政使普福账房师爷,前年八月十五,普福设宴赏月。先夫赴宴回来,不到一个时辰,便……便口吐白沫、七窍出血而亡。先夫死前,曾告诉民妇,普福发放什么引,每张加银四两,他与之争辩,普福非但不听,反肆意侮辱,故他便放言要去京师刑部衙门告状。民妇所说句句属实,还请大人明察。"

"本官问你可有人证、物证?"

"民妇没有物证。"韩月儿怯生生道:

"但先夫去时,这几人皆在场,先夫所言,他们皆亲耳听见。"

"程森、李仆,韩月儿所说属实否?"

"属实。"

"属实。"

"普大人,"彰宝两眼射出鬼火一般的寒光,盯着普福冷冷道:

"你有何说的?"

"中丞大人,此民妇所言纯属肆意诬陷。其所言之人证,皆其乡里。如此人证,本官亦可捡来十个二十个。"普福听得韩月儿所言,冷哼一声,说道:

"本官八月十五日亦未曾设宴赏月,当夜本官在卢大人府吃酒,此事卢大人可与本官作证。"

卢见曾听罢,直气得牙齿咯咯作响,下死眼地瞥了下普福,又瞅瞅韩月儿,却见她兀自盯着自己,忙低下了头。

"韩月儿,"尹继善皱了皱眉头,"啪"地一拍惊堂木,喝道:

"你怎生说?"

"八月十五夜先夫确是去普福府赴宴!"

"卢大人,你可与普大人作证?"尹继善瞅瞅卢见曾,道。

"本官……"卢见曾沉思片刻,咬了咬嘴唇,抬头道:

"本官可与普大人作证。普大人前年八月十五夜确在我府。"

彰宝两眼闪着绿幽幽的光,正待开口说话,那韩月儿已起身扑向卢见曾:

"你……你为什么这样?我……我与你拼了……"

"放肆!"尹继善断喝一声,说道:

"公堂之上,岂是你撒野的地方?还不快快跪下!"

"民妇冤枉……民妇真的冤枉……"韩月儿跪在地上,"咚咚"磕着响头,连声道。

"卢大人,公堂之上无儿戏,你再好生想想?普大人当时可曾在你府中?"尹继善瞟一眼卢见曾,道。

"在!"

尹继善转过脸,问道:

"韩月儿,你方才说你怎样?嗯?!"

韩月儿脸唰地一下红了,低着头只是抠砖缝儿,张了几次口方嗫嚅道:

"我……我……"她偷看了一眼衙门口拥挤的人群,到底没有说出口。

"究竟怎样?"尹继善将案一拍,喝道:

"今日对簿公堂,你何以吞吞吐吐语言恍惚?你存的什么心?来呀,夹棍侍候!"

"嗻!"

"慢,军门且勿用刑。"彰宝兀自皱眉沉思着,听得尹继善言语,忙道:

"来呀,把证人带下去具结画押,门外围观之人统统后退三丈!"

"嗻!"戈什哈们答应着便将程森等人带了下去。只门口聚观的群众瞅着好戏就要上台,不肯后退。还是那李头儿有办法,端来一碗墨汁,站在堂口用毛笔蘸了便向外甩,前边几个脸上身上着了墨的立刻便往后退,后边伸脖子睁眼睛瞅热闹的顿时挤倒了一片,外边一时吵声骂声嘈杂不堪,好半天方平静下来。

彰宝瞅了眼韩月儿,轻咳一声,说道:

"这是公堂,有什么便说什么,不可遮遮掩掩的,你要为你夫伸冤,就不要心有顾忌。"

"嗯。"韩月儿低头咬了咬嘴唇,说道:

"民妇先夫含恨而死。民妇击鼓鸣冤,无奈军门大人以民妇证据不足将民妇赶了出去。恰那时卢见曾接任两淮盐政使,民妇便求他为民妇做主,他答应民妇,但要民妇陪他……民妇为替死去的先夫伸冤,便……"

"你放屁!"卢见曾听罢,脸色唰地窗户纸一般白,没有半点血色,但旋即便缓过神来,吼道:

"你这臭婊子,竟敢如此诬蔑本官!军门、中丞大人,本官请二位大人为本官做主,讨回这个公道。"

尹继善听罢亦不由得一惊,问道:

"韩月儿,你有凭证吗?"

"民妇……"韩月儿掩着脸哭泣了一阵,猛地抬起头,两眼射出刀子般刺人的寒光,盯着卢见曾道:

"大人可验一验,他肚脐左边有一块铜钱般大的黑痣。他若没有,民妇便撞死在他面前。"

韩月儿话音落地,卢见曾已是面如死灰,浑身哆嗦不已。大堂上所有的人都目瞪口呆,瞠目望着尹继善。尹继善瞅了瞅彰宝,点了点头道:

"卢见曾,你怎生说?本官不想为难你,但你必须从实招来!"说着话,抓起惊堂木"啪"的一声重重拍在案上。

"下官……"

"卢见曾。"彰宝冷哼一声,说道:

"本官再提醒你一句,此案是皇上御批了的,你掂量掂量,免得受皮肉之苦!"

"下官……下官色迷心窍。"卢见曾头昏目眩,形同白痴,双眼直直扑通跪倒在地,喃喃道:

"你两位大人……"

"闭嘴!"尹继善断喝一声,说道:

"本官问你,普福前年八月十五日可在你处吃酒?"

"没……没有。"

他这句话一出口,尹继善、彰宝并所有衙役都把所有的目光射向了普福,一个个脸色苍白,如庙中泥胎般,顿时大堂上一片死寂,普福仿佛被打了一闷棍,浑身激起一个寒颤,他有点张皇似的环顾一下四周,又看了看卢见曾,咬了咬牙强自镇定地说道:

"时间太久,下官一时记错了。"

"记错了?很好。"尹继善冷冷笑了声,说道:

"那么本官便让你清醒清醒!来呀,好生侍候普大人!"

"嗻!"

"军门,此事……"彰宝说着起身在尹继善耳边低语了几句,尹继善听着,微微点了点头,说道:

"来呀,将卢见曾押至后堂,听候审讯!"

几个戈什哈答应声,上前架起卢见曾便向后堂走去,彰宝瞅了眼普福,冷哼一声,亦走了进去。

"普福,"尹继善使眼色止住正欲动刑的戈什哈说道:

"有什么话现在说还来得及,本官可以向皇上与你求个情,你若执迷不悟,待卢见曾招了,便只有死路一条!"

"下官……"普福偷眼望了下高恒,支支吾吾道,"下官并未与那宋忠发生争执,也并未下毒于他。"

"你不要把后路都堵死了。本官大刑之下,你什么也别想瞒过去!也不要看高恒,他帮不了你,皇上此刻便在后院!说,宋忠前年八月十五日可在你府?"

"在……在。"普福泄了气的皮球般,瘫在了地上。

"可曾下毒于他?说!"

"那宋忠百般辱骂下官,下官一时气愤,便……"

"闭嘴!身为朝廷命官,草菅人命,你好大的胆子!"

正在这时,彰宝从后堂走出来,向尹继善会意地点了点头。尹继善闭目吁了口气,盯着普福冷冰冰道:

"你招呢,还是要本官……"

409

"我招……我全招。"普福面无人色,稀泥一样软瘫在地,"那宋忠是下官下毒毒死的。不过这……"说着普福复瞅了瞅高恒,说道:

"这都是高……高大人让下官做的,下官实在是没有办法。"

"放屁!"高恒仿佛电击般颤抖了下,张口骂道:

"你这狗娘养的,本官何时让你毒杀宋忠的?嗯?!"

"高大人息怒,一切自会水落石出的。"彰宝冷笑了声,说道:

"普福,你说是高大人指使,有何证据呢?"

"药……药是高大人给的。"普福咬了咬牙,索性全部抖了出来,"高大人赴京前来下官府,命下官将宋忠杀了。包药的手巾现在还在下官府中,上绣有'恒'字,中丞差人取来便可晓得。"普福顿了一下,忙又道:

"那手巾下官放在书房北面书架夹缝里。"

"来人,去取来!"彰宝吩咐了句,复开口问道:

"高大人何以让你毒杀那宋忠呢?!"

"这……"

"说!"尹继善抓起惊堂木便欲砸下,手到半空复收了回来,重重拍在案上,喝道。

"下官接任盐政使时,库银亏空三十余万两,高大人吩咐下官想办法补上。下官便……便每张盐引加收银四两。"普福浑身瑟缩着,语音似秋风中的树叶般颤抖着,"宋忠不满,扬言要进京告状,下官无奈,只得找高大人商议怎生是好,高大人便命下官杀了宋忠。"

高恒听罢,顿时傻了眼,呆呆地站着,一句话也说不出来。尹继善瞅了眼,嘴唇翕动了一下,却又忍住,向着普福道:

"亏空三十余万两,你何以加收银四两?你任职三年有余,每年以发二十万盐引算,三年下来便是二百四十万两,你算过没有?"

"下官……"

"你怎样？你为了迎接圣驾，为了给皇太后祝寿，是吗？"彰宝说着转眼望着高恒，说道：

"高大人，本官没有记错的话，你是二十二年至二十九年在任吧？七年，少说也有四百余万两银子。你呢，也是和普福一样，为了迎驾祝寿吗？"

"是！"

"是什么？"未等彰宝开口，乾隆忽地从侧门闪了进来，众人见状，忙黑压压跪倒在地，尹继善、彰宝离座位欲下跪行礼，却已被乾隆止住，"都起来。高恒，说吧，把你方才的话再说一遍让朕听听！"

"奴才……"高恒额头上冷汗直流，跪在地上，浑身瑟缩着道。

"不说了？那好，你不说朕问你答！"乾隆手里摇着把湘妃扇，两眼直勾勾盯着高恒，冷冷道：

"每张盐引加收四两银子，为了什么？！"

"为了……为了迎接圣……"

"撒谎！"乾隆脸上青一阵紫一阵，腮边肌肉急促抽搐两下，喝道：

"在朕面前你还敢撒谎？朕每次南巡，费用皆从户部调拨，何曾动用你一分一厘！二十二年至今，朕三次南巡，你迎驾用了多少银子，拿出单子来与朕瞧瞧！"说着话，乾隆手重重拍在了案上，"为皇太后祝寿，皆有礼单可查，你是不是要朕拿来与你看？！"

"……"

"说呀，怎的不说了？！"

"奴才……奴才罪该万死，求皇上恕……恕罪。"

"罪该万死，朕还恕得了你吗？"乾隆下死眼地盯着，细碎的白牙咬得咯咯作响，阴森森说道：

"你贪赃枉法、草菅人命，便九死也不能赎之一二！尹继善!"

"奴才在!"

"高恒、普福着即籍没家产,凌迟处死!卢见曾着籍没家产,处斩监候,秋后处决!"

"嗻!"

外面千万人听着,一齐欢声鼓舞,韩月儿满面泪痕,嘶声高呼:

"皇上明断!尹青天明断!民妇替我那冤死的丈夫磕头了……"

"退堂!"

夕阳西沉,镀了一层光圈的云块遮住了西面半边碧空。有几颗星星,已捷足先登,在东面天际上占了空间,闪闪烁烁地放出白色的光亮。乾隆离了两江总督衙门,方踏上安福舻,高云、于敏中已匆匆迎了过来。

"万岁爷,"高云躬身打了个千儿,说道:

"您可回来了。皇太后急得团团转,让您回来马上过去一趟。"

"知道了。"乾隆伸了个懒腰,向着于敏中道:

"你先在这候着,朕到皇太后那问个安便过来。"说着,抬脚便奔翔凤艇而去。

方至舱前,便听里面传来钮祜禄氏严厉斥责声:

"皇上那么大岁数了,你们就不多劝着点?有个闪失怎生是好?这些事难道要我这老婆子……"

"母亲息怒,儿臣这不回来了吗?"乾隆听着,忙掀帘进去,却见皇后那拉氏、惇妃汪氏垂手低头侧立一边,钮祜禄氏在漪秀搀扶下满脸阴沉踱着步,遂道:

"尹继善办个案子,两个月没个结果,儿臣去看了看,那么多奴才跟着,儿臣能有什么事?母亲快坐着,身子骨要紧。"说着,与漪秀搀了钮祜禄氏坐着。

"一出去便大半天工夫，能不急吗？"钮祜禄氏呷了口参汤，气色好转了些，瞅着乾隆道：

"方才说什么案子？可就是恒儿那事？"

"是。"乾隆应了声，端起桌子上的参汤咕咚咕咚一饮而尽。

"慢点慢点，在元长那连口茶也没用？这奴才，越来越不懂礼数了，看我下次见了面怎生处置他。"钮祜禄氏嗔怒了句，说道：

"案子办得怎么样了？我听城里乱哄哄的，还以为你有什么事呢。"

"哟，案子结了。"乾隆摸了摸剃得黢青的脑门，说道：

"这般奴才，越来越不像话了。打着迎儿南巡、为母亲祝寿的旗子，每张盐引行加收三四两银子，还弄出条人命来。"

"你……你怎生处置的？"钮祜禄氏眨了眨昏花的老眼，瞅着乾隆问道。

"斩！统统处斩！不杀……"

"你怎的连恒儿也……"钮祜禄氏听着一惊，不待乾隆话说完，已开了口：

"高佳氏去得早，就这一个弟弟，你就不能念着她的情面，轻点发落？"

"儿臣想轻点发落，可他做那事太给儿臣丢脸，太给朝廷丢脸了。他做了七年多盐运使，下来便是几百万两银子，更何况还有条人命，你让儿臣怎的从轻发落？"

"银子让他都交出来。"钮祜禄氏沉思下，说道：

"人死了再怎样也活不过来，给人家点银子不就得了。"

"母亲，咱是人，难道人家的性命便不值钱？便可想打便打，想杀便杀？"乾隆望着钮祜禄氏，摇了摇头，说道：

"你不常告诉儿嘛，颜面比什么都重要。他这般作为，皇家的颜面还往哪放？"

"你……你杀了他岂不更损了咱皇家的颜面？俗话说道：家丑不可外扬。给他点处分不就得了，搞这么大能成？"

413

"母亲,这样做于咱皇家颜面不但没有损害,还增了不少呢。你不听着方才外边乱哄哄嘛,那是百姓们在欢呼呢。"乾隆淡淡笑了笑,耐着性子道:

"目下虽说天下一派盛世景象,可也最容易生出这些蛀虫,若不严惩,这社稷迟早要坏在他们手上,儿将来怎的向天地祖宗交代?母亲说是吗?"

"嗯,你说得有道理。"钮祜禄氏微微点了点头,说道:

"只是我这心里总觉着……"

"母亲不要费脑子了。高恒这奴才是罪有应得,便是他姐姐知道了,也不会怪儿的。"乾隆挪了下身子,接着说道:

"对了,方才于敏中告诉儿,春和在前边打了个大胜仗。母亲……"

"皇上……"漪秀听着,不待乾隆话音落地,急忙开了口,却又赶紧收住了嘴。

"怎的不说了?"乾隆瞅了瞅漪秀,笑道:

"情形朕还不大晓得,你就耐着性子等会儿。母亲,儿臣……"

"去吧去吧。"钮祜禄氏笑着摆了摆手,"正事要紧,你那身子也要紧。跑了大半天,事完了早生歇着。"

"儿臣晓得。儿臣告退。"乾隆起身打了个千,复瞅了眼漪秀,退了出去。

回到安福舻,乾隆方觉着有些困了,闭目躺了盏茶工夫,方睁眼道:

"晓岚,摆一盘棋,与朕消遣消遣。"

"皇上,您……"

"朕这会儿不困。"乾隆兴奋中似有丝惆怅,说道:

"皇太后不会怪你的,朕此次出来为的便是散散心嘛。"

"嗻!"纪晓岚答应一声,忙取了云子儿围棋盒子,布了棋盘,自执黑棋,小心翼翼地应对乾隆。纪晓岚琴棋书画无所不精,乾隆尽管最爱下围棋，却是一手臭棋。乾隆见他架势，便知要下和棋，便道：

"晓岚，下棋是娱乐，别专讨朕欢心，每次都下和棋，你也不嫌费心！尽管放胆攻，赢得朕，朕有赏！"说着捏了枚子放在左下角，顺手拣了几个黑子，笑道：

"你若赢不了朕，小心朕罚你。"

"嗻。皇上既如此说，奴才便放肆了。"说着话，夹了枚黑子占了个大官子。

二人你来我往杀得起劲，高云轻步走了进来：

"万岁爷。"

"唔？"乾隆食指中指夹着一枚白子正要落盘，略一顿，说道：

"什么事？"

"万岁爷，"高云伸手撮了撮鼻子，犹豫一下，说道：

"尹军门递来折子，高恒、普福二人酉牌时分已遵旨处斩……"

"嗯。给朕抄了多少银子？"乾隆两眼兀自盯着棋盘，道。

"……"

"愣什么？"乾隆瞅了眼高云，目光复又回到了棋盘上，"快说！"

"嗻！"高云轻咳了声，低声道：

"卢见曾家抄得白银三万一千二百两；普福家……"

"多少？"乾隆正待落子，听罢一怔，抬眼瞅着高云道。

"三万一千二百两。"

"念！"

"普福家抄得白银一万九千五百四十两。高恒此处有银三万二千五百两。"

"胡说！尹继善还说些什么？"

"回……回万岁爷，"高云仿佛电击般颤抖了下，定神小心道：

"尹军门疑……疑有人露了风声。"

"狗东西！"乾隆拍案大怒，满盘棋子飞起老高，"让朕查出是谁走了风声，看朕怎生处置他？！纪晓岚！"

"嗯？"纪晓岚仿佛梦中惊醒一般，忙应道：

"奴才在！"

乾隆两眼绿幽幽闪着光直视纪晓岚，眉头的皱纹深深陷了下去，冷冰冰道：

"你在想什么来着？"他的语气很低，仿佛从幽冥世界传来一般。

纪晓岚颤抖了下，说道：

"奴才是……是在想方才的棋路。"说着低下了头。

"是吗？"乾隆沉思片刻，仿佛想起了什么，厉声道：

"抬起头来，看着朕！"

"嗻！"纪晓岚颤声应了句，慢慢抬起头，眼神中充满了惶恐，望了乾隆一眼，复低下了头。

"为什么不敢看着朕？"乾隆细碎的白牙咬得咯咯作响，死盯着纪晓岚，喝道：

"心虚，是吗？说，可是你走漏了风声，让这般奴才都做了手脚？"

纪晓岚脸色窗户纸一般白，颤抖了下，扑通一声跪倒在地，磕头道：

"奴才罪该万死，是奴才……走了风声。"

"哼，看你这阵子神情恍惚，还说没事？"乾隆冷哼了声，说道：

"说，你都向谁报了信？想清楚，一个也别落下！"

"奴才向……向卢见曾说过。"纪晓岚低头颤声道：

"奴才小女芙儿嫁与他……他孙儿卢荫文。奴才故……"

"故而便让他早点转移财产，是吗？你好大……"

"奴才不敢……奴才不敢。"纪晓岚额头上冷汗雨注般直往下

淌,连忙道:

"奴才去信让他赶快将银子都交了。"

"哼。不用再说了,不管怎样结果是一样!"乾隆咬了咬嘴唇,说道:

"说吧,普福、高恒是怎生知道的消息?"

"奴才不知,奴才真的没说与他二人。"纪晓岚咚咚磕着响头,说道:

"想……想必是卢见曾向他二人说……说了。"

"朕没想到连你也敢背着朕做出这等事来!"乾隆说着长吁了口气,瞅瞅纪晓岚,说道:

"你说朕该怎生处置你呢?"

"……"

"高云,你让于敏中拟个旨,翰林院侍读学士纪晓岚瞻顾亲情,擅自通信与卢见曾,着……"乾隆顿了一下,接着说道:

"着革去顶戴,发往乌鲁木齐充军!另外,你让他传旨尹继善,银子必须追回来,若一个月他没追回来,朕革了他的顶戴花翎!"

"嗻!"

"纪晓岚,你可还有话说?"

"奴才谢皇上隆恩。"纪晓岚这会儿方定下了神,忙磕头道。

"你一身的才气,朕委实不想让你离开朕,但你做下这等事,朕便想宽了你,奈何尚有法理。"乾隆说着向外走去,"你下去吧,收拾东西明日下船。"

"嗻!"

第二十五章

乾隆帝一怒废皇后
渥巴锡万里归故国

黄龙旗飘扬在龙船上，乾隆静静地站在船栏边，俯首凝视着水中的倒影，久久一动不动。忽地，水中的倒影模糊了。一艘民船慢慢划来，昨日的皇后那拉氏跪在船头，一头青丝早已无影无踪……

无际的苍空明星点点，一钩新月斜挂在东北天际。皎洁的月光泼洒下来，宛若白昼一般。那拉氏呆呆地站在船栏边，两眼凝视着弯弯的月亮。自从香妃死后，皇上几个月了没跟自己说过一句话，甚至连正眼都没看她一眼。

她心里很苦。但是她知道作为母仪天下的皇后，这种苦是决不能在臣民面前流露出来的。她不能让臣民们知道皇帝宫闱失和。

正是出于这种考虑，今天晚上，她独自一人来到乾隆的座船，想跟他好好解释解释，香妃并不是自己害死的。

但是乾隆似乎永远不肯相信那拉氏在这件事上是清白的，反信口说她是"黉夜进舱、图谋不轨"。

那拉氏听着头嗡地一下大了。图谋不轨，这个罪名她怎担得起？忙扑通一声跪倒在地，叩头道：

"臣妾只是……"

"只是什么？"乾隆抓起桌上已凉了的参汤，咕咚咕咚一饮而尽，方定下了神，怒喝道：

"你这贱人，还敢狡辩？！"说着话，手中碗砸向那拉氏。

"啊……"那拉氏痛叫一声，抬起了头望着乾隆。殷红的鲜血顺着她的额头慢慢地流了下来，烛光下，是那么刺眼。乾隆盯着那拉氏，冷哼一声道：

"后悔吧？是不是很疼？嗯？"

"是很疼。"那拉氏手捂着额头，咬了咬嘴唇，说道：

"但臣妾不后悔。臣妾既敢进来，便……"

"你这贱人，还敢嘴硬？！"不待那拉氏话音落地，乾隆已疯子般扑了上去，抓住那拉氏的头发，仰起她的脸，劈头盖脸一阵痛打，"你害死了一个，还不满足？还要把朕也气死不成？"

那拉氏没有反抗，她不敢，也不想。但她的眼神却是那么镇静，没有丝毫的惶恐。望着疯子般的乾隆，说道：

"她不是臣妾害死的！臣妾也不想来！只是臣妾身为皇后，不能不替皇上……"

"皇后皇后，朕立你做皇后，真倒了八辈子霉了！"许是打得手疼，乾隆住了手，向着那拉氏吐了口水，说道：

"朕明日便下旨，废了你这皇后！"

"臣妾谢皇上隆恩。"那拉氏眼中涌出了晶莹的泪花，她不怕他打，但她怕（与其说是怕，不如说是不能容忍）他吐口水，这对她来说，是莫大的羞辱！

"免了！"

"吵什么？"钮祜禄氏在惇妃汪氏和漪秀的搀扶下颤巍巍走了进来，"传扬出去好听是吗？"

"儿臣给母亲请安。"乾隆躬身道：

"儿臣已歇着，不想这贱人却擅自闯了进来，欲图谋不轨。"

"什么？"钮祜禄氏眨眨眼睛，移眼瞅瞅那拉氏，却见她血流满面，脸肿得桃儿一般，忙道：

"你……你怎可这般乱来呢？惇妃，快扶皇后起来，高云，快唤太医来！"

"不准去！她脑子太热了，这样能清醒些！"

"皇上，你……"钮祜禄氏开了口，却又不知说什么好。

"她想谋杀儿臣，母亲还要儿怎的？"乾隆恶狠狠瞅了那拉氏一眼，说道：

"似她这种贱人,杀了也不足惜!"

"皇上赐臣妾死,臣妾绝无半句怨言。"那拉氏没有起来,依旧跪在地上,磕头道:

"但臣妾却不敢当这罪名。列祖列宗在天之灵,可鉴臣妾之心。"

"好了。惇妃,你扶皇后去我那,我还有些话要说。"钮祜禄氏瞅着那拉氏颤抖着走了出去。方叹了口气,向着乾隆说道:

"她也够苦的了,你就不能好生说?她性子是直了些,可心肠是好的,你这般羞辱她,让她这皇后以后还怎生做?还怎样管宫里的事?"

乾隆咬了咬嘴唇,抬脸望着钮祜禄氏道:

"她擅闯儿臣寝处,复妄言抗儿,儿臣……儿臣欲废了她皇后名号。"

仿佛晴天一个霹雳,直惊得漪秀浑身一个激灵,嘴唇翕动了下,却又忍住,转眼瞅钮祜禄氏,却听钮祜禄氏已开了口:

"不行。你们几十年了,她是怎样的人,你还不晓得?"钮祜禄氏顿了一下,接着说道:

"我知道自从那香妃去了后,你便疏远她、怨恨她。我告诉你,是我逼死那香妃的,与她一点瓜葛也没有,你要怨、要恨都冲我这老婆子来!"

"母亲息怒,儿臣不敢。"

"你好好想想,看你做的对不对?"钮祜禄氏说罢,长叹一口气,在漪秀搀扶下颤巍巍走了出去。

月亮不知什么时候被一团乌云掩住了,漆黑的天空上,几点寒星深情地眨着眼,凝视着静立船栏边的那拉氏。

江风略带寒意吹来,吹乱了她的发,吹起了她的衣,但她却一动不动,只眼中泪水无声地淌着。泪水,能够洗去她那满腹的辛酸吗?

屋内，两支胳膊般粗的红烛默默地淌着泪，那拉氏进屋后摆手挥退侍候的宫女，呆呆地坐在窗前，凝视着镜子中的自己。这便是大清朝的皇后，额头斑斑血迹，脸上青一块紫一块！那拉氏苦笑了声，伸手摸了摸额头上的伤口，忽地，她的手像被蛇咬了一般缩了回来。

"你摸什么？你让皇上吐了口水，你还有脸摸吗？！"镜子里的人冷笑一声，道。

"你是谁，你怎么知道？"

"我是谁，我是你的影子！亏你还是个皇后，连我都替你感到羞耻！"

"我不想做皇后，我真的不想做皇后。你告诉我，我该怎么办？我到底该怎么办？我厌倦了这一切，真的。求求你，告诉我好吗？"

"你真的厌倦了？"

"真的，真的。你快告诉我呀！"

"唉，你回头看看墙上挂着什么，它能帮你摆脱烦恼、摆脱痛苦。"

那拉氏回头一看，墙上挂着的那串佛珠烛光下熠熠生光，仿佛向她启示着什么。忙转过身，说道：

"你是说……"

"佛门大开，唯人自走。你好自为之，不要再让我跟着你蒙受耻辱了。阿弥陀佛！"

带着寒意的江风透过窗户吹进来，那拉氏不由打了个寒颤。她慢慢起身，凝视着那串熠熠发光的佛珠。过了半晌，她的脸上浮出了一层凄凉的笑意。

"佛门大开，唯人自走。"那拉氏机械地重复了几句，心里顿觉轻松了许多，缓缓走到床前，伸出手抓过明光闪亮的剪刀，紧操在手，"咔嚓咔嚓"只几下，满头的青丝，雪片般飞飞扬扬飘了下来，千丝万丝，数也数不清。

东方天际,由鱼肚白渐渐地变幻成胭脂红,挂在天边的残星一颗一颗地隐去了。屋角的金自鸣钟"当当"连响了六下,乾隆方自沉梦中清醒过来。

"皇上,奴才有事禀奏。"

"进来!"

于敏中低头进来,躬身请了安,说道:

"皇上,方才刘中堂递来折子,说来中堂十二日辰时病故。"

"什么?"乾隆听了一怔。忙道:

"来保去……去了?"

"嗯。"

乾隆长吁了口气,摇了摇头道:

"唉,眘涵去了,他也去了,春和又……你传朕旨意,着礼部赐银五千两。另外,让十一阿哥永瑆、十五阿哥永琰代朕祭奠。延清一人忙不过来,让赵翼、王昶他们多担着些。"

"嗻!"于敏中答应一声,躬身便欲退出。却又被乾隆唤住,说道:

"延清今年有七十了吧?"

"回皇上,延清来年五月满七十。"

"都老了。你告诉延清,大事管一管。小事让下面多担着,朕明日去海宁看看海塘,完了便回京。对了,延清就那一个罗锅儿,才学还不错,着加恩授江宁府知府。下去吧。"

"嗻!"

于敏中刚出去,高云脸色煞白、气喘吁吁奔了进来,扑通跪倒在地,说道:

"万……万岁爷,不……不好了……"

乾隆眉头皱了下,忙道:

"什么事?"

"回万岁爷,皇……皇后娘娘她……她剪发了。"

满洲习俗,逢至亲大丧,男子截辫,女子剪发,而平素无事,

423

猝然自行剪发，乃是最忌讳的乖张之举。乾隆听罢，脸上顿时青一阵白一阵，细碎的白牙咬得咯咯作响，怒骂了声：

"不识好歹的贱人！"抬脚便走了出去。

平日里一大早那拉氏便过来给太后请安，可今个却迟迟不见动静，钮祜禄氏心里顿时塞了团破棉絮一般，忙吩咐惇妃汪氏过去看看，待那拉氏进来，顿时目瞪口呆，好半天方缓过神来。

"你……你怎的剪发了？"钮祜禄氏两眼呆呆望着那拉氏，颤声道：

"你难道忘了咱最忌讳这个不成？"

"儿臣没忘。"

"那你还要这般作为？"钮祜禄氏皱了皱眉头，说道：

"昨个晚上我不都与你说了嘛，有我老婆子在，你便还是皇后！你这样做，传扬出去，皇家颜面往何处放？"

"儿臣罪该万死。"那拉氏磕头道：

"只是这……这皇后儿臣不……不愿再做。"

"皇后……"惇妃汪氏、漪秀听罢，齐声惊道。

"为什么？"钮祜禄氏脸阴了下来，"你还要怎样？难道还要皇上亲自与你赔罪不成？"

"儿臣不敢。"那拉氏咬了咬嘴唇，说道：

"只是这皇后位子本……本就不该儿臣坐。自……"

"皇后，你……"惇妃汪氏急道。

"闭嘴！没你说话的份！"钮祜禄氏怒斥了句，向着那拉氏道：

"你说！"

"自从富察姐姐去后，皇上便无意再立皇后。他忘不了富察姐姐，在他心里，这个位子永远是富察姐姐的。由于皇太后一再催促，皇上方勉强将儿臣晋为皇后。打儿臣做了皇后，皇上待儿臣便似换了个人一般，这么多年了，皇上总共到儿臣宫里去了八次！儿臣知道皇上心里苦，尽力地抚平他的创伤，可……可儿臣却每落得责斥。自香妃去后,皇上对儿臣更是怨恨交加。儿臣自问这十多年没做过对不起皇上、对不起列祖列宗的事。可为什么儿臣却落得这般下场?"

"说吧,还有什么要说的?"钮祜禄氏瞅着那拉氏一动不动,慢吞吞道。

那拉氏抬起头,眼中充满了晶莹的泪花,说道:

"皇太后说儿臣性子直,儿臣以前确实性子直了些。可自从儿臣做了皇后,儿臣便再没直过,也不敢直。儿臣小心侍奉皇上、太后,不敢稍有差池。可儿臣又……又换了些什么?皇上怨儿臣、恨儿臣;太后怪儿臣不能多替皇上想,儿臣……儿臣心里的苦又向谁说?"

"你为什么不向我说呢?"钮祜禄氏摇了摇头,道。

"儿臣不愿说,也不敢说。"

"你呀,皇上打你几下,骂你几句……"

"皇上打儿臣、骂儿臣,儿臣不敢有半句怨言。可儿臣受不了皇上那般羞辱。"

"他……他怎样?"

"……"

"说呀,他到底对你怎样了?"

"皇上将……将口水吐在儿臣……脸上。儿臣自觉已无颜再做这皇后,求太后将儿臣的册宝收回。"

"他……他竟敢这样?!真真……"钮祜禄氏话未说完,身子晃了两下,漪秀、惇妃汪氏瞅着,忙奔上前扶住:

"太后!太后!"

"我……我没事。"钮祜禄氏伸手揉了揉太阳穴,闭目片刻,说道:

"孩子,苦……苦了你了。唉,你怎生打算?"

"儿臣想出家为尼。求太后恩准。"

"好吧。"钮祜禄氏长叹了口气,说道:

425

"也只能这样了。你是打算待在京里还是……"

"回太后,儿臣想远离京城。儿臣祖籍是在杭州,若太后恩准儿臣留在杭州,儿臣……"

"留在杭州?你做梦!你做梦!"那拉氏话未说完,乾隆怒气冲冲走了进来,也不向钮祜禄氏行礼,便喝道:

"朕的颜面都让你丢尽了!"

"皇上,你还懂不懂规矩?"钮祜禄氏脸阴了下来,道。

"母亲,儿臣一时气急失礼,请恕罪。"乾隆怔了一下,躬身道:

"儿臣给母亲请安。"

"你安得下来,我可安不下!"钮祜禄氏冷哼一声,说道:

"皇后循礼守规,可有半点越礼之处?你那般羞辱她!你是皇上,是吗?别忘了,还有天地祖宗在督着你!"

"儿臣……"乾隆支吾了声,说道:

"这贱人……"

"皇后!她现在还是皇后!是告过天地祖宗的皇后!"

"她自行剪发,已不能母仪天下,又怎可做皇后?"乾隆咬了咬嘴唇,道。

"她自行剪发,是不对。"钮祜禄氏说着转了口,"可你也该想想她为什么要剪发?是我、是你逼得她这样做的!她现在就这点请求,你还要拒绝她?!"

"母亲息怒,"乾隆张口顶道,"她这般作为已丢尽了皇家颜面,若再允她待在江南,这一传十,十传百……"

"朝廷颜面重要,皇上颜面重要,这我晓得。"钮祜禄氏叹了口气,说道:

"但她这皇后是我催促你立的,我这老婆子就要对她有个交代。她心里够苦的了,你就答应她这点要求吧。"

"母亲,儿臣不……不能答应。她要出家,在京城找个地方便是。"

"皇上，"钮祜禄氏两眼直直望着乾隆，"她究竟做错了什么事，你这般怨她恨她？你御极以来，以仁为政，为什么就不能对她也仁一些？！"

"母亲时常告诫儿臣，事事要以朝廷颜面为要，她……"

"够了！"钮祜禄氏断喝一声，止住乾隆，长吁了口气，说道：

"你下去吧，此事我会妥善置好的。"

"是！"乾隆瞅了眼那拉氏，答应声退了出去。

"皇后，"钮祜禄氏摇了摇头，说道：

"你还有什么要求，都说出来吧。"

"儿臣谢太后隆恩。"那拉氏泪流满面，咚咚磕了三个响头，说道：

"儿臣再没什么要求了。"

"闲言碎语不能不顾及，你收拾一下东西，待会儿便下船去吧。"钮祜禄氏说着眼中亦涌出了泪水，"惇妃，你陪皇后去吧，对了不……不必再过来了，让隆安护送皇后，不得有半点闪失。知道吗？"

"儿臣遵旨。"

"她去了……就这样去了。"望着那拉氏渐渐消失的背影。钮祜禄氏拭了拭泪水，叹声道：

"唉，都是我这老婆子对不住她呀。"

"太后，您别说这些了。皇后娘娘虽去了，可对她来说，这何尝不是件喜……喜事。您说是吗？"漪秀低声慰道。

"喜事？唉，不说了，不说了。皇上要上岸，随他去吧。我太累了，想好好歇歇。"

侍候钮祜禄氏歇着，漪秀轻步退了出来。此时，太阳已完全升出了地平线，红彤彤的阳光照在江水上，闪闪发亮。不远处，乾隆独自一人伫立船头，凝视着岸上素有"天堂"之称的苏州城。漪秀犹豫了一下，轻步走了过去。

427

"皇上!"

"嗯?"乾隆怔了一下,转脸望了漪秀一眼,似笑非笑道:

"你怎么来了?太后她……"

"太后她太累了,歇着了。"漪秀叹了口气,说道:

"让我说声,皇上想上岸,便去吧。"

"叹什么气?"乾隆仰脸吁了口气,"朕让皇太后责了出来,你们不高兴?"

"皇上,你……"望着那忽然间陌生了许多的面孔,漪秀不知该说些什么。

"朕怎样?朕错了?朕对不住她?"乾隆忽地转过身,盯着漪秀道:

"做个皇后,便不知道天高地厚!落发?她这是给朕脸色看!"

"皇上,你心里苦,我知道。"漪秀咬了咬嘴唇,开口道:

"可她心里也有她的苦呀。茫茫人海,谁没有苦?谁没有泪?皇上心肠仁慈,就原谅了她吧。她现在已经这样了,就……就别想那么多了。"

"你是想说就别再难为她了,对吗?"乾隆淡淡一笑,"在你们眼里,朕总是错的。"

"皇上……"

"好了,秀,不要再说了。是对是错,让后人说去吧。"乾隆叹了一口气,"苏州风景不错,你也上去看看?"

"皇上去吧,我还得侍候皇太后。记着当心身子骨。"漪秀说罢,蹲了个万福走开了。

黄龙旗飘扬在龙船上,旗与船停在码头,水中映出水面的一切,使原本就庞大煌赫的船队与仪仗,愈加宏伟辉煌了。乾隆静静地站在船栏边,俯首凝视着水中的倒影,久久一动不动。忽地,水中的倒影模糊了。他慢慢抬起了头,却见一艘民船慢慢地划了过来。她——昨日的皇后那拉氏跪在船头,一头青丝早已无影无踪，眼含泪水凝视着他。是痛苦？是高兴？他不知道。望着渐渐远去的她，他仰天长长吁了一口气。

"万岁爷，您看……"

"不上岸了。吩咐开船！"

丝丝缕缕的秋云布满夜空，散散乱乱的星星，忽隐忽现，运河上，零碎的星斗沉入水底，微弱的残光隐映出黑沉沉如岸如山的船队，郁郁闷闷。

安福舻船头，乾隆庙中泥塑佛胎般静静地伫立着。月光下，他那深邃的目光中带着茫然，仰脸望着那神秘而变幻莫测的天空。自打离了苏州，他的心便似从万丈悬崖上跌落了下来，沉到了极点。那拉氏那深情而又带有丝丝怨意的眼神久久在他脑海中萦绕着，他的心犹如塞了团破棉絮般，抓不开理不清。

"万岁爷，"高云蹑手蹑脚走了过来，拎着件酱色天青纻长袍轻轻披在乾隆肩上，"夜里风凉，回去歇着吧。"

"退下！"

"于中堂有急事禀奏万岁爷。"高云犹豫了一下，小心翼翼道。

"什么事？"

"奴才不晓得。"

"你去唤明常在过来侍朕。"乾隆吩咐了句，转身踱了回去。未至屋前，于敏中已快步走了上来，躬身请安道。

"皇上，延清奏称：乌什办事大臣舒赫德转呈土尔扈特汗渥巴锡书信，请求重返故园。"

"土尔扈特？"乾隆低吟了句，说道：

"就是原先迁至沙俄境内的那支蒙古部落？"

"正是。"

土尔扈特是一个古老的部族，他们驱赶牛、羊、马、驼，以畜牧为业，史称其"饥食其肉，渴饮其酪，寒衣其皮，驰驱骋资，其用无一事不取给于牲畜"。其先祖为克列特部着领主罕。后来克

429

列特部被蒙古成吉思汗征服,曾充任成吉思汗的护卫,在土尔扈特方言中,"护卫军"亦称为土尔扈特,因此,克列特部就被称为土尔扈特部。

十五世纪初叶,土尔扈特部离开原来的牧地雅尔地区,向西迁徙,寻找新牧地,他们经过哈萨克草原,越过乌拉尔河,在1630年左右,来到了当时俄国还没有控制的人烟稀少的伏尔加河下游各支流沿岸,因水草肥沃,便在那里居住了下来。

土尔扈特虽说迁到了伏尔加河,但一直没有中断与故土的联系。

清军入关建立大一统王朝后,土尔扈特亦和清廷保持密切联系。

乾隆御极后不久,土尔扈特汗敦罗布喇什亦遣使吹扎布,借道俄罗斯回国。向乾隆表示,土尔扈特因为力量弱,被俄政府控制,但并未臣服俄罗斯:

"附之,非降之也。非大皇帝有命,安肯为人臣仆?"适逢平准获胜之际,而吹扎布却率使团回国,乾隆当然十分高兴,并赋诗一首:

乌孙别种限罗刹,
假道崎岖岁月赊。
天阙不辞钦献赆,
雪山何碍许熬茶。
覆帱谁可殊圆盖,
中外由来本一家。
彼以诚输此诚惠,
无心蜀望更勤遐。

土尔扈特之所以选择伏尔加河下游建立游牧汗国,一来是因为这里草原辽阔，牧场丰满，适宜游牧；二来从乌拉尔到伏尔加，从阿斯特拉罕到萨穆尔的广大地带，是诺盖人迁徙后遗留下来的弃地，沙皇俄国势力还未能完全控制这一带。

然而，土尔扈特人安居伏尔加河下游的愿望正与沙皇俄国扩张政策相对立。沙俄在征服喀山和阿斯特拉罕国之后，便加紧了向伏尔加河和顿河流域的扩张，处心积虑地想控制这些新来的游牧民族。沙俄以武力威胁土尔扈特人，1639年，土尔扈特与沙俄当局发生了第一次大的冲突；1644年，汗王和鄂尔勒克在与沙俄作战时，阵亡于阿斯特拉罕城下。

其后，土尔扈特汗国与沙俄政府进行了频繁的接触和交涉。最终，土尔扈特"宣誓"臣服沙俄，沙俄保证土尔扈特汗国在伏尔加河下游的游牧区域及其独立性。

土尔扈特杰出的汗王阿玉奇死后，后继者们相互争夺汗位的继承权，多年图谋削弱、控制汗国的沙俄政府乘机扩张统治势力，取得了选择与任命土尔扈特汗王的权力，并要求土尔扈特汗王宣誓：

"一，为皇帝忠实效劳；二，不与皇帝的敌人友好往来；三，执行公正的审判，根除偷窃行为；四，在自己的兀鲁恩内不收留库班鞑靼人。"并将汗王敦罗布喇什的儿子萨赖拘为人质，并押于阿斯特拉罕。后萨赖惨死在阿斯特拉罕拘所。

1761年，敦罗布喇什去世，渥巴锡承袭汗位。此时，土尔扈特汗国已面临着深重的民族危机，摆在他们面前的道路只有两条：要么接受沙皇俄国的统治，逆来顺受，屈辱求存；要么奋起反抗奴役压迫，捍卫自己的尊严。"胸怀坦荡，为人正直"的渥巴锡选择了后者，并萌生了发动武装起义，彻底摆脱沙皇俄国统治，重返故土的念头。

乾隆三十二年，汗王渥巴锡开始和策伯克多尔济、舍楞等王公贵族共同商议涉过伏尔加河、返回故土的计划。经过几年的酝酿和准备，时机终于成熟。

乾隆三十五年，渥巴锡召集策伯克多尔济、舍楞、达什敦杜克、巴木巴尔和大喇嘛罗卜藏丹增等亲信王公在伏尔加河东岸维特梁卡召开秘密会议，正式通过了离开沙俄、东返故土的计划。

旋即，渥巴锡集结全体臣民宣布起义东返的计划，他言辞慷慨，声泪俱下，痛诉了沙皇俄国统治下的种种苦难，号召人民：

"为了遵守本族法规和保护卡尔梅克（即土尔扈特）民族，除了摆脱此间的庇护出走外，别无他法！"

早已不堪忍受沙俄剥削压迫的土尔扈特人民一致拥护汗王渥巴锡的号召，他们激昂地怒吼着，他们不愿做沙俄女皇的奴隶，发誓要带全部牲畜和家族逃离伏尔加河，逃离这块使他们受苦受难的土地。他们高呼着：

"我们的子孙永远不当奴隶，让我们到太阳升起的地方去。"

离别了祖国一百四十年的土尔扈特人民终于在汗王渥巴锡的带领下，举行武装起义，向沙皇俄国挑战，向命运挑战，选择自由，迈上了返回故土的艰难历程。

却说乾隆听罢，沉思良久，方开口道：

"渥巴锡已抵何处？"

"回皇上，"于敏中躬身答道：

"渥巴锡书信上说已抵塔拉斯河流域。"

"这么说已抵我疆界了。"乾隆听罢，低吟了句，皱眉道：

"沙俄方面可有动静？"

"此事……此事舒赫德未奏呈。不过渥巴锡书称沙俄女皇叶卡捷琳娜屡派军队围追堵截，历尽艰难险阻。"

"延清对此事怎生看？"

"刘中堂意以为土尔扈特部本属我华夏子民，今历尽艰辛重返故园，理当接纳，并妥为安置。"于敏中顿了一下，咬了咬嘴唇，说道：

"臣以为此事还是……还是婉言拒之为好。"

"怎生说？"

"皇上，土尔扈特虽原系我子民，然已入沙俄境一百四十余年，久受其统治。我朝予以接纳，臣恐……臣恐与沙俄发生争端。"

"土尔扈特虽离故土一百余年，然屡派使团回国朝拜，其受制于沙俄，亦是形势逼迫所致，岂可以此为由？更何况他们并未真心臣服沙俄。"乾隆摇了摇头，说道：

"再说，土尔扈特此次并非因我以武力相迫，乃是他沙俄所逼方有此举，又何畏其挑衅？当年舍楞以诡计诱杀副都统唐喀禄，携其弟劳章扎布投往土尔扈特，我朝屡次派人与其交涉，他沙俄又是怎生做的？你所言差矣。"

舍楞，是土尔扈特部和鄂尔勒克叔父卫衮察布察齐后裔，当和鄂尔勒克1628年西迁伏尔加河之时，这一支并未同行，仍留伊犁境，隶属于准噶尔。当年阿睦尔撒纳叛乱，舍楞随之，后败退居博尔塔拉，适其弟劳章扎布为清军副部统唐喀禄擒获，舍楞为救弟，使诈降计诱唐喀禄出营，以伏兵攻杀之，救出劳章扎布率部越喀喇玛岭，投往土尔扈特。乾隆虽屡派人与其交涉，要求交还舍楞等人，然始终没有结果。

"皇上。"于敏中望着乾隆，犹豫了一下，说道：

"据渥巴锡书信所言，此次回归故土，那舍楞与弟劳章扎布皆随行。如此，那渥巴锡率二十余万众回归之意图便很难说了。"

"嗯。"乾隆微微点了点头，背着手踱了几步，复摇了摇头，说道：

"古云受降如受敌，朕亦不能不为之少惑，而略为备焉。不过，以舍楞一人，岂能怂动渥巴锡全部？且沙俄亦系大国，彼既背弃而来，又扰我大国边境，进退无据，彼将焉往？是则归顺之事十之九，诡计之伏十之一耳。不能因此二人便置那二十余万生灵于不顾。你传朕旨意，着舒赫德接任伊犁将军，负责接待事宜，对舍楞二人，略加注意便罢，不可怠慢。"

"皇上，此事……"

"不必说了,朕自有主张。"乾隆止住于敏中,沉思片刻,复道:

"土尔扈特等,自俄罗斯率领妻儿老小颠簸前来,心窘迫已极,若不加意抚恤,令伊等或至饿毙,朕心实有不忍,着舒赫德必须专派贤能大臣,亲往哈密等处妥办,于孳生贩卖牲畜,尽数购办,陆贯送至厄鲁特游牧之处,均匀分给。另外,节经传谕文绶,前往巴里坤、哈密、辟展、吐鲁番一带,购办牛车等项并筹制御寒衣服,照数作速运往,待其至日,及时拨给。"

"嗻!"于敏中答应一声便欲退出。

"回来,"乾隆唤住于敏中,说道:

"你下去拟个旨,着舒赫德转交渥巴锡。意思嘛,就四条。一,闻土尔扈特汗渥巴锡率众回归,朕心甚悦,必妥为安置;二,对于舍楞、劳章扎布,以前虽然叛逃俄罗斯,但现在既肯乞降来归,朕决不追究其以前罪行,与渥巴锡等同样施恩;三,着渥巴锡等土尔扈特王公稍事休息后,立即进京面朕;四,准许土尔扈特人赴西藏熬茶礼佛。记着了?"

"臣谨记在心。"

"好,拟好后马上传出去,都用八百里加急。"

"嗻!"

第二十六章

登甓楼骇然遇怨女
辞隅园哀哉别老臣

"哈哈……你就是弘历？爱新觉罗·弘历？"那女子仰脸笑了两声，眼中噙着泪花道："是你，是你害苦了我！"说着话，那女子扑了过来，乾隆想躲但没有躲，任她抱着自己的肩头使劲地摇着。

日升日落。这日申牌时分，地处海宁城南的驿站内，浙江巡抚永德猴烧了屁股般烦躁地踱着快步，时不时地用刀子般的寒光恶狠狠地瞅瞅垂手侧立一旁的海宁县令张逸。他怕，他怕乾隆在他的辖境内有个闪失，他来了。结果，怕处有鬼，老盐仓柴塘数处濒临塌崩，装载筑堤物料的薪车环列城东，却不见人将之运至塘堤。窗外，天阴沉沉的，一阵一阵的朔风，吹得满院干燥的枯树叶子哗哗作响，在墙角荡来荡去，绛褐色的云团滚动着，被风催动着，不情愿似的缓缓南移。

"你说！你他妈的哑巴了！"永德望了望天，心似被千斤重担压着，三角眼中漆黑的瞳仁凶狠中带着些许惶恐，怒骂道：

"为什么会这样？你不知道圣驾便在陈府？！"

张逸仿佛被抽干了血的僵尸，脸色苍白，颤抖着吞吞吐吐道：

"卑职不……不知圣驾来……来此，卑职……"

"不知道？你眼睛让屎粘住了！"永德忽地转过身，恶狠狠道：

"你想怎样？你想让皇上在我这辖境内出点闪失，是吗？"

"卑职不敢。"张逸吓得扑通一声跪在了地上，"卑职真的不知道，卑职该死……卑职该死……"

"老爷。"一个戈什哈急匆匆奔了进来，边打千儿边道：

"奴才打听了。是因为民工未奉送张大人孝敬银子,故而……"

"我……我操你奶奶!"永德额上的青筋暴凸,脸上青一阵白一阵,怒喝道:

"你这狗娘养的,胆子竟如此之大?!来呀,给我推出去杀了!"

"老爷,您……您息怒……"那戈什哈浑身一抖,颤道:

"张大人也是朝……朝廷命官,老爷您……您杀不得的……"

"我……"永德急促呼吸着,细碎的白牙咬得咯咯作响,说道:

"你马上给我滚回去,连夜加固柴塘,若出半点差错,老子请出王命金牌要你的命!"

"嗻!卑职这就去办……这就去办。"张逸颤抖着应了句,忙连滚带爬了下去。

"阿德,你派个人过去盯着点。"永德踱了两步,吩咐道:

"今夜必须完工!"

"嗻!"

望着窗外阴沉沉的天穹,永德的心里揣了个小兔般怦怦直跳,烦躁地抓起桌上的酒壶,咕咚咕咚一饮而尽……

一阵沉闷的雷声像一盘空磨在远处颤抖着传了进来,惊醒了酣睡中的永德。仿佛被电击了般,永德忽地站起了身子,睡眼惺忪间一道明闪,将屋内外照得一片惨白,突然间,仿佛就在头顶,一声令人胆寒的炸雷,震得屋子簌簌发抖。永德身子激灵一颤,疾步出了屋子,一股劲风挟着雨点扑面而来,袭走了他的睡意。

"老爷,外边……"一个戈什哈见永德出来,忙上前躬身道。

"快去!给我备油衣、备马!"永德狠命摇了摇头,喝道:

"去堤上!"

"老爷……"

"快去!"此刻呼天啸地的倾盆大雨已经笼罩了黑沉沉的

驿站。

那戈什哈忙不迭答应声，传呼备马，径取了油衣过来。永德急忙换过衣服，起身便走，几个戈什哈拉过马来，掌几盏玻璃灯，随永德翻身上马，一阵狂奔，直出城北。

虽穿着油衣，却也禁不住这么大的风雨，待至堤上，永德脖子上的汗水和着雨水，已湿透了重衣。边奔向设在堤上的毡棚边高声喊道：

"阿德！张逸！"

"奴才在！"阿德听着声音，答应一声忙奔了过来，"老爷……一切都还好，几处险地正……正加紧……"

"张逸呢？"永德抹了把脸上的雨水，问道。

"张大人在毡棚里。"

"他奶奶的，他倒躲在毡棚里了。"永德边骂边揭帘，"张逸，你这狗娘养的，还不给老子滚……"话未说完，却已是目瞪口呆。

乾隆穿着驼色江绸夹袍，外头也没套褂子，一身寻常缙绅打扮。他看一眼惊得目瞪口呆的永德，慢吞吞道：

"怎么，不认识朕了吗？"

"奴才……"永德这方清醒过来，忙扑通一声跪倒在地，叩头道：

"奴才永德叩见皇上，吾皇万岁！万岁！万万岁！"

"你来的倒挺及时的。"乾隆冷哼一声，说道：

"说吧，那数千辆薪车陈于城东，何以不早早运来加固堤防，偏偏要等到潮水暴涨、大雨倾盆之时才着了急？"

"奴才……"

"你怎样？如若朕不来此，你还不动，是吗？"

"奴才不敢，奴才不敢。"永德说着偷扫了眼跪在一边的张逸，心里的怒火不由一拱一拱地往上蹿，"奴才早已传令沿江各府、州、县悉心防备，不想这狗……不想县令张逸勒索不成，拒收薪车。奴才亦是刚晓得此事，还请皇上明鉴！"

"是吗?"乾隆皱了皱眉头,眼光移到了张逸身上,冷冰冰道:

"张逸,抬起头来!你刚才是怎生说的?是民工嫌给价低不愿卖吗?"

张逸颤抖着抬起头,额头上的泥水糊了眼睛,也不敢动一动手,喃喃道:

"加固塘堤需三……三十万银子,奴才因库银不……不足,故而……"

"放屁!"永德听罢,怒骂了句,向着乾隆道:

"皇上,奴才上月方调拨四十万两银子与他。怎会库银不足?这厮纯系一派胡言。"

"张逸,你还有何话说?"乾隆望着张逸,眼睛一动不动道。

"奴才……奴才……"

"说!"

"奴才罪该万死,求皇上……"

"你既没什么话好说,那么,该朕说了!"乾隆冷冷笑了声,喝道:

"老格,将这厮拉出去杀了!"

"嗻!"

"皇上饶命……皇上饶命……"

听着那鬼嚎般的哭叫声,永德浑身直起鸡皮疙瘩,低着头一动也不敢动。乾隆扫了永德一眼,轻咳一声,说道:

"海塘乃越中第一保障,实关海宁、钱塘诸邑利害,朕与你交代过多少次,不得稍有疏忽,可你呢?给下边拨点银子,说几句便了事,这差事你是越办越……"

"奴才疏于职事,请皇上革去奴才……"

"革去你顶戴花翎?革去你巡抚之职?你做梦!差事办不好这就算了?"乾隆冷哼了声,说道:

"这巡抚位子还是你的,今朕将这差事全部委与你。怎样做在你,是奖是惩在朕。你若再像这般样子,朕不会只革了你的官职,知道吗?"

"奴才谨记在心。若再有半点差池,奴才以死谢罪。"

"起来吧。"乾隆淡淡说了句。瞅着丰讷亨背着陈世倌进来,开口道:

"哟,世倌,情形怎样?"

陈世倌着了地,忙躬身道:

"回皇上,奴才方才仔细查了一遍,只一处堤塘被冲毁。奴才已令人加紧抢修。"

"嗯。"乾隆点了点头,长吁口气,说道:

"永德,被潮水冲毁之房舍、田地,作价赔偿,今夜抢修堤塘之民工,每人赐银五两。"

"嗻!"

"皇上,"陈世倌欠着身子坐了,说道:

"塘下坦水,尤所以捍卫堤塘者,然向来只建两层,唯在最险要处建有三层,今潮势似觉顶冲,外沙渐有汕刷,奴才意以为二层之外,应须预筹保护。"

"世倌,上次朕来时尔等议修筑石塘之机尚不成熟。"乾隆皱了皱眉头,说道:

"目下你看情形怎样?朕看这柴塘终非长久之计,不如待潮退之时重修石塘,可好?"

"皇上所言柴塘非长久之计,奴才以为甚是。只目下涨沙渐远地基尚不结实,修筑石塘之机还不成熟。奴才意以为再过几年比较妥些,不知皇上以为如何?"

"朕于此不大了解,你和钟山议议,将情形细细写个折子呈进来。"乾隆沉思片刻,说道:

"永德,所有堤塘,着一律普筑三层坦水。其二层旧坦内,有桩残石缺者,查明补换。需多少银子,你写个折子交与叔子。"

"嗻!"

"朕离京日子久了，明日便准备回京。"乾隆说着取出怀表看看，已是酉正时牌，听着外头雨声似乎小了些，遂起身舒展了一下身子，对永德道：

"但朕心里还真放不下这海塘。自古致治以养民为本，而养民之道，必使兴利防患，水旱无虞，方能盖藏充裕，缓急可资，来不得半点马虎的。你必须与朕将这堤塘搞好，世倌年纪大了，但无论学问、经验都非你所能望其项背，遇事多与他商议着。"说着便徐步出来，守在外头的高云一干太监连忙备雨具，却是丰讷亨伏身背了乾隆、老格背了陈世倌，一大群众簇拥着冒雨下了堤塘。

一行人抵得陈府，已交酉末时牌，秋风虽依旧刮着，雨却已止住，月亮亦偷偷爬出云梢，露出了笑脸。给钮祜禄氏请了安回到隅园，乾隆丝毫没有倦意，久久伫立窗前，一动不动。想着明天就要离开这里，重返京城了，他的心里忽地泛起一股依依不舍的情怀。这里的一草一木一山一水，他都觉得格外的亲切，尤其是陈夫人那和蔼慈祥的面孔，更令他难以忘却。

不知过了多久，乾隆长吁了口气，径回桌前，铺纸拿笔，拧眉沉思片刻，写道：

"隅园旧有名，岩壑幻而清。城市山林趣，春风花鸟情。溪堂擅东海，古树识前明。世守犹陈氏，休因拟奉诚。

"别业百年古，乔松径路寻。梅香闻不厌，竹静望偏深。瑞鹤舞清影，时禽歌好音。最嘉泉石处，抚帖玩悬针。"乾隆连题两首五律，意犹未尽，手托下巴皱眉思索片刻，复写道：

"名园陈氏业，题额曰安澜。至止缘观海，居停暂解鞍。金堤筑筹固，沙渚涨命宽。总廑万民戚，非寻一己欢。"

乾隆写完，忽然听见女子哭声随着秋风透过窗户缝隙传了进来，喑喑哑哑，甚是悲戚。

乾隆起身出屋，循着声音走去。约盏茶工夫，眼前出现一座小楼，借着月光望去，泥金匾额上书着"蹙楼"二字。乾隆沉思片刻，抬脚便欲上楼。

"什么人？站住！"陈福远外瞅着，低喝一声忙奔了过来，懵懂了阵，忙跪地道：

"小的不知皇上到此，求皇上恕罪。"

"起来，朕不怪你便是。"

"谢皇上。"陈福磕了个头站起身，打个千儿道：

"皇上，时候不早了，您早点歇着吧。若有……"

"知道。"乾隆摆了摆手，止住陈福，说道：

"这是什么地方？"

"蹩楼。"陈福心里十五个吊桶打水一般，七上八下，瞅了瞅乾隆，低声应道。

"废话！朕不知道这是'蹩楼'？这里边住着什么人？为什么深夜哭泣？"

"这……"

乾隆扫了陈福一眼，抬脚径自上楼。陈福见状，紧赶两步上前，跪拦住乾隆道：

"皇上，请……请止步。"

"你说什么？敢拦朕不成？"乾隆心中的疑云愈积愈重，两眼直勾勾望着陈福，冷道。

"小的不敢……小的不敢。"望着乾隆那瘆人的目光，陈福身子不由得颤抖了一下，忙答道：

"小的实在是怕惊了圣驾。那样，小的担待不起，就……就连老爷也要……"

"这楼上有鬼不成？"

"没……没有。"

"那么，是有刺客了？嗯！？"

"没有，没有，老爷忠心日月可鉴，怎敢做此灭门之事？"

"这也不是那也不是，又怕的什么？"乾隆语气结了冰般冷峻，"陈家三代老臣，一片忠耿，朕所深知。他有什么事见不得人,要如此瞒着?"

"皇上,老爷他有难处,求皇上不要……不要上去。小的这里给皇上磕头了。"陈福说着跪在地上撞墙般连连磕着响头。

"你起来,唤你家老爷来见朕,朕有话问他!"

"嗻!"陈福颤抖着答应了声,起身飞奔了去。乾隆静静地站在当地,凝视着泥金黑匾上的"蹙楼"二字,咬了咬嘴唇,抬脚上了楼。

推门进去,细眼打量,却见红烛高燃,床、被、桌、椅一切摆设皆不亚于宫廷妃嫔居处,乾隆眉头不由得皱成了"三"字形,几个丫头瞅着,满脸狐疑,良久,一个胆子大点的丫头,蹲了个万福道:

"你是谁?怎的深更半夜跑到我家小姐寝处?快出去!"

"小姐?"乾隆喃喃自语了句,脑海中顿时又涌现出陈世倌的话语:

"那女婴尚在襁褓中便已死去。"乾隆吁了口气,说道:

"朕是当今皇上,有话与你家小姐说,你们都下去。"

几个丫头听到顿时目瞪口呆,懵懂了阵。忙跪地磕头道:

"皇上恕罪,老爷他不让……"

"朕知道,他不让任何人进这个楼,但朕已经进来了!"乾隆冷冷道:

"你们全都下楼去,你家老爷他不敢怪罪你们,快下去!"说着话,乾隆抬脚便欲进内室,微怔一下,止步道:

"朕可以进来吗?"

"进来!"

那语气很低,缥缥缈缈似从幽冥世界中传来。乾隆犹豫了一下,抬脚进去,却见一五十上下的女子呆坐桌前,静静凝视着镜中的自己。她背着身,乾隆看不清她的脸,却见她的鬓发全白了,宛若洁白的雪花披在肩上。乾隆轻咳了一声,问道:

"你是世倌的女儿吗?你叫什么名字?"

"你是当今皇上吗？"那女子没有转身，冷冰冰反问道：

"您叫什么名字？"

"你……"整日整夜浸泡在汪洋大海般歌功颂德声中的乾隆哪曾受过这般诘问，脸不由得沉了下来。

"我怎样？"那女子惨然一笑，慢慢地转过了身。她确实很美，虽已五十多岁，却保养得很好，瓜子脸，柳叶眉，高挺如雕塑出来的鼻子，红而小的樱桃口，含着微露的玉一般洁白整齐的牙齿，只是眼角的鱼尾纹告诉人们，她已不再年轻了。

这时，只见她那原本很美的眼睛里闪射出两道残星一般的寒光，落在乾隆的脸上，冷道：

"你能问我，我便不能问你吗？"

乾隆惊讶地端详着她，他简直不敢相信自己的眼睛，久久地一语不发。

"怎么？因为你是皇上，是吗？"那女子惨笑了声，道。

乾隆摇了摇头，说道：

"不，不，朕不是这般想的。朕叫弘历，爱新觉罗·弘历。"

那女子仰脸笑了两声，眼中噙着泪花道：

"哈哈……弘历？爱新觉罗·弘历？是你，是你害苦了我！"说着话，那女子扑了过来，乾隆想躲，但最终并没有躲，任她抱着自己的肩头使劲地摇着。

"你……你可以告诉朕你的名字吗？"待那女子稍稍冷静了些，乾隆轻声道。

那女子垂下了手，重踱回窗前，喃喃道：

"我不知道我本应该叫什么名字，现在我叫陈红梅。"

乾隆径自坐在她身边，问道：

"你说朕害苦了你，可朕从未曾见过你呀？"

陈红梅抬眼望着乾隆，不无激动地说道：

"你是没有见过我，可这不等于说你没有害苦我。你不是问起那个与你同年同月同日生的女婴嘛，她没有死，她便是我。"

"你……真的是你。"虽然乾隆心里有丝准备,但听得陈红梅此言,依然目瞪口呆,良久,方说道:

"不……不可能,世倌告诉朕他那孩子已经死了的,他不会骗朕的,他不会的。"

"不会的?那是因为不愿、不敢说我还活着。"陈红梅说着泪水涌了出来,"知道吗?我不该在这里,你也不该是……"

"梅儿!"

不待陈红梅话音落地,陈世倌急匆匆奔了进来,扑通一声跪倒在地,磕头道:

"小女疯言疯语,皇上切勿挂在心上,请皇上……"

"起来坐着,朕……"

乾隆话未说完,陈夫人亦奔了进来,额头上密密的细汗灯光下闪闪发亮,忙不迭赔罪道:

"小女惊了圣驾,命妇……"

"好了,都坐着。"

乾隆摆了摆手,瞅着陈世倌夫妇都坐了,方说道:

"你们夫妇不要说话,她所言是真是假,朕自有理会。"

说着复转脸望着陈红梅道:

"你方才可是想说朕不该是皇上,对吗?"

"正是,你……"

"梅儿!"

乾隆止住陈世倌,说道:

"世倌,朕怎生说的你没听清吗?朕说,你只说是与不是便是了。"

乾隆吁了口气,起身踱至窗前,两眼凝视着窗外漆黑的天穹,说道:

"你说朕不该……不该姓爱新觉罗氏,应该姓陈,而你才应该姓爱新觉罗氏,对吗?"

"是。"

乾隆身子微微颤抖了下，说道：

"你说朕害苦了你，此话从何说起？"

"我不想要什么荣华富贵，我只想像一个普通人一样，过正常的生活，这点要求过分吗？你说，过分吗？"

"不，一点也不。"

陈红梅泪如雨注，哽咽道：

"可我却得不到，得不到呀！我……我长得并不丑，凭着我的颜色，凭着太子太傅、大学士千金的身份，我应该能找……能找个夫婿吧？可当人家听说我是先帝爷的骨血，是跟你掉了包出京的，人家马上就裹足不前了。四十多年了，四十多年我便待在这个楼里，连下楼走走的权利也没有！都说我疯了，待在这死气沉沉的楼里，我便不疯也要被闷疯的呀，这些你知道吗？"

乾隆双手紧紧抓着窗户格子，声音略带着嘶哑道：

"朕……朕不知道。朕也无法知道。上次朕来你为什么不找朕，不喊朕？那样，你也许可以少受一些痛苦。"

"我不知道你来了，当我知道的时候，你已经走了。"

"你有什么要朕为你做的吗？"

"我要你做什么？哈……"陈红梅说着冷笑了两声，旋即猛然仰起头，声音冷冷地说道：

"我不会求你的，我只要你记着，我并没有沾过你的光！这个生辰的好运道让你一个人全占了，倒把坏运道留给了我！"

乾隆沉默了一阵，声音低缓地说道：

"你心里的苦朕能够理解。但这是命，不是朕要占全了的，当时朕和你一样，都是在襁褓之中。"乾隆顿了一下，接着说道：

"朕现在虽贵为天子，但朕既不能让岁月倒流，也不能让你和朕从各自的身份中走出来。要是能够，朕情愿跟你倒换了过来。"

"皇上，"听着这番滚烫炽人的话语，陈红梅扑通一声跪倒在地，膝行而前，以顶礼抱住了乾隆的膝头，带着一种令人震颤的泪腔说道：

"我求你……求你……"

"说吧,朕尽量地满足你。"

"我求皇上不要再让那些郎中来了,不要再灌我药了,我没病,我也没疯。我怕他们来,不要让他们来了……"

"朕答应你。世倌,你明儿在楼下立个御旨碑,言明除天子与双亲外,非奉特旨,任何人不许入内。"

"嗻!"

"你还有什么要求,都说出来。"

"我还想求皇上恩准我能下楼走走,这楼里太闷了。我不会乱走,更不会乱说什么,真的。"

"好,朕答应你,以后你若还有什么要求,告诉父母,让他们转奏朕,朕一定尽力满足你。"

"皇上,这……"陈世倌犹豫了一下,道。

"不要说了,照朕的意思办便是。你和夫人随朕来。"乾隆说着,望着陈红梅点了点头,抬脚下了楼。

回到隅园,乾隆久久没有说话,只呆呆地望着陈世倌夫妇,他的眼中不知何时已涌满了泪花。四下里一片寂静,屋内的空气仿佛凝固了一般,压得陈世倌夫妇透不过气来。"当……当……当……"屋内的金自鸣钟连响了十下,已是亥牌时分了。陈世倌低头轻咳了几声,终于忍不住开口道:

"皇上,小女幼患疯癫症,行动言辞皆无常……"

"她很清醒,没有病,更没有疯。"乾隆忍住眼中的泪水没有流下来,吁口气道:

"世倌,你不要瞒朕,当初你进先皇府抱的究系男婴还是女婴?抱出来的究竟是男是女?"

"回……回皇上。"陈世倌躬了下身,颤声道:

"臣当年,进府出府抱的皆系女婴。"

"是吗?"乾隆望着陈世倌,眼睛一眨也不眨,问道:

"可便是陈红梅?"

447

"是。"

"那么朕上次问你那女婴现在何处,你为何说她死了?"

"小女患疯症,臣恐惊了圣驾,故而隐瞒,还请皇上见谅。"

"你……"乾隆叹口气,接着说道:

"朕只想知道真情。她虽这般说,但朕总想听你和夫人说说此事。你心里不要有什么顾忌,这于朕、于你都不会有什么的。"

"臣晓得。"陈世倌咬咬嘴唇,横下心道:

"臣所抱确系女婴,皇上亦确是先皇龙子。"

"陈夫人,你说!"瞅着陈夫人兀自出神,乾隆忽道。

"男……不不不,是女婴。"陈夫人一怔,答道。说罢,头已低了下去。

"知道了……知道了……"乾隆闭目喃喃道:

"朕知道了……"

"皇上,臣妇……"

"不要再说了。你们年纪都大了,平日多……多注意身子骨。"乾隆说着眼中的泪水禁不住涌了出来,忙转身踱至窗前,良久,方接着说道:

"需要什么,尽管给……给朕说。朕也不知以后还能不能再来这里,再见你们……"

"皇上,您……"

"你们自己多珍重些。"乾隆没有转身,轻轻摆了摆手,止住陈世倌,说道:

"朕知道你们心里苦,但朕只能如此了。红梅也是个苦命人,不要为了朕难为她了,她想怎样,你们尽量满足她。不早了,你们道安吧。"

"嗻!"陈世倌夫妇答应一声,颤巍巍走了出去。

乾隆再也忍不住,哭出声来……

虽说时已入秋,可天气丝毫没有见凉的意思,依旧炎炎骄阳高挂天空。大驿道上的浮土马蹄车轮碾过发出簌簌的响声,似乎一晃火折子就能燃烧起来,直灼得人心里发紧。

京郊潞河驿,钦差回京最后一站。这日一大早,漪秀便率着福隆安、福康安、福长安来到了这里,静候着傅恒的归来,眼见已是巳牌时分,展平的黄土驿道上却依旧一片死寂。

"额娘,"福康安手遮凉棚望了望,顺势揩了揩额上的汗水,躬身道:

"天气这么热,您还是进屋里候着阿玛吧。"

福长安仰着晒得通红的小脸,向着漪秀笑道:

"额娘额娘,三哥他怕热,就让他进去,长安和二哥陪额娘候阿玛。"

"谁说我怕热了?小家伙,看我不打你。"福康安说着作势举起了手。福长安忙扑到漪秀怀里,嗔道:

"额娘,三哥打我,您……"

"好了,别闹了。康安,你带弟弟进去歇会儿。"漪秀心里隐隐泛起一丝不安,伸手拍拍福长安,说道:

"让驿丞出来一下!"

"额娘,孩儿……"

"三弟,快去。"福隆安二十出头,一身月白色实地纱褂,上套紫色灯芯绒巴图鲁套和背心。听得福康安还待说话,忙使眼色止住,说道:

"顺便给额娘端杯冰水来。"

"隆安,怎的现在还不见回来?"漪秀眉头轻轻皱了皱,说道:

"你说你阿玛他们会不会有什么事?"

"额娘,您别担心了,阿玛不会有事的。"

"你阿玛身子骨不大好,我真怕……"漪秀说着,瞅着潞河驿丞出来,忙道:

"昨个滚单上究竟写的经略何时抵京,你有没有搞错?"

"卑职不敢,此等大事,卑职怎敢马虎大意。"那驿丞递过冰水,打千儿道:

"经略大人滚单上写的确是辰时抵达。夫人别担心,这么热的天,经略大人许是路上歇了会儿,故而误了时辰,夫人还是进里边歇着吧。"

"不必了,你去吧。"漪秀说着抿了口冰水,复呆呆地望着静寂的黄土驿道,汗水和着泪水顺着脸颊无声地淌落地上,兀自一动不动。她高兴,从此她便可以全身心地关心他、爱他。可她怕,怕他会……

不知过了多久,静寂的黄土驿道上传来了沉重却又整齐的马蹄声。漪秀听见了,但她没有抬眼,她盼望这声音早些传来,可当它传来时,她却不敢看,她怕……福隆安面带笑容,喊道:

"额娘,阿玛回来了!阿玛回来了!"

"看见你阿玛了吗?"

"没有。不过马队后有乘轿子,阿玛肯定在轿子里!"福隆安说着,喊道:

"三弟、四弟,快出来,阿玛回来了。"

漪秀慢慢抬起了头,当看到那面"钦命经略傅"字大旗时,她的心方一块石头落了地。瞅着那八抬大轿迤逦前来,漪秀忙率了几个儿子跪倒在地。

柞木轿稳稳地落了下来,傅恒没有穿官服,身着一袭天青纻长袍,外头套着滚绣珠金线镶边玄色宁绸巴图鲁背心,在两个侍卫搀扶下慢慢踱了出来。阳光下,他的脸是那么惨白。瞅着漪秀领着儿子跪在当地,淡淡说道:

"罢了罢了。哪有这个规矩,皇上知道了要说'国舅回京倾巢相迎'了!不好——都回去!左右见了皇上,我……"话未说完,咳呛几声,忙用手帕子捂住嘴,口中又腥又甜,知道是血,忙接了将手帕塞到了袖中。

漪秀听着不对,抬眼瞅时,不觉一怔,忙起身上前搀着,哽咽道：

"老爷，你……你这是怎……"

"没事没事。"傅恒皱眉摆了摆手，脸上挤出一丝笑容，说道：

"我这不好好回来了嘛。好了，带着孩子回去吧。"

"是皇上恩准了的，阿玛。"福隆安瞅着父亲这般神色，眼眶亦禁不住闪着泪花，忙上前搀着，边向内走边道：

"皇上原想亲自迎接阿玛的，因着款待土尔扈特汗渥巴锡，没得来。"

"就我这般样子，怎敢劳皇上亲迎？"傅恒坐了，端起桌上的参汤抿了口，苦笑一声，说道：

"四万大军，只剩得一万余众，我傅春和愧对皇上哪。"

漪秀挽了块热毛巾递过去，轻声慰道：

"老爷，您怎么这么说呢？您这次出兵，短短几月便重挫缅军，迫使其向皇上称臣纳贡，皇上心里甭提多高兴呢。对了，老爷，昨个滚单不说辰时便抵京吗，是不是路上……"

"经略今晨在通县身子不适，耽误了些时辰。"太医李保恰走了进来，答道：

"经略，该吃药了。另外，下官想……"

"知道了，放这吧。"傅恒轻轻摆了摆手，对身旁一员副将说道：

"你下去传令，众官兵径回丰台大营。秀，你带孩子们，先将灵安护送回去，我进宫见了皇上便回去。"

"老爷，皇上有旨意，您不必进宫见驾了。"漪秀瞅了眼李保，向着傅恒道：

"您先歇会儿，后响咱一块回府，灵安他怎么了？是……是不是受伤了？"

"他走了，回不来了。"傅恒眼中闪着泪花声音略带点嘶哑道：

"再也回不来了……"

"老爷，灵安他……他……"漪秀两眼呆呆望着傅恒，喃喃说

451

了句,猛地扑倒在傅恒膝上,泪如雨下,说道:

"不,这不是真的……这不是真的……"

"别哭了。"傅恒轻轻抚摸着漪秀的秀发,仰脸吁了口气,说道:

"该去的总归要去的,谁也挡不住。"

"不……不……"

"大哥……"

整个潞河驿,顿时被催人泪下的哭声所笼罩。太阳亦似乎被感动,悄悄地隐了下去……

第二十七章
忠勇公将终犹抱憾
乾隆爷临吊自感伤

一行人到得朝阳门傅府，明黄软轿方一着地，乾隆已哈腰走了出来，四望时，却见白汪汪的灵幡在晨风中抖动，照壁前业已停着数十乘绿呢官轿，里头正在接待吊丧客人，唢呐笙簧吹得惨厉，隐隐传出阵阵哭声。

养心殿前院里，几丛秋花在炎阳打击下，蔫奄奄地垂头丧气，一副哭丧的样儿。高树枝头的黄叶，无声无息地飘落下来，不知不觉之间便铺满了大地。

乾隆面带微笑，悠闲地踱着步子。枯黄的落叶在黑冲服呢千层底布靴的踩压下，发出欢快的沙沙声响，缅甸王懵驳称臣纳贡、土尔扈特汗渥巴锡入觐抚绥，这一切使得他的心情格外舒畅。

"万岁爷。"高云轻手轻脚上前，打了个千儿。

乾隆应道：

"嗯，有什么事？"

"回万岁爷，"高云轻咳了声，说道：

"方才皇太后那边传话，后响要万岁爷一块儿去雍和宫礼佛。奴才想万岁爷打五更天起来还没有歇，便……"

"混账，这种事你也做得了主？去告诉皇太后，朕去。"乾隆摇着湘妃竹扇，说道：

"顺便传延清、叔子来……不用了，你去吧。朕自己去便是了。"

"万岁爷……"

"还有什么事？"

"万岁爷，奴才方听说傅中堂回府了。奴才想傅中堂未进宫见驾，便……"

"朕的旨意，他不必进宫。怎的，你觉着不妥？"乾隆止住瞅了眼高云，冷道：

"以后再敢胡言乱语，朕要了你的狗命！快去！"说着，径自抬脚奔军机处而来。

出月洞门，穿隆宗门迤逦前行，不大工夫，便来到军机处门外。乾隆方待进去，却听里边传来争吵声，遂止步侧耳静听。

"叔子。"刘统勋盘膝坐在炕上，望着于敏中道：

"如此议恤，实为不妥。渥巴锡不远万里，率众重归故土，归顺我朝，精神实为可嘉。若只议封其为贝勒，怎生说得过去？且尚有策伯克多尔吉、舍楞诸人，又怎生议封？此事传扬出去，外邦又如何看待我煌煌天朝？"

"刘中堂所言差矣，那渥巴锡岂是归顺我朝？他是归降！"于敏中抿了口茶，咕咚咽了，轻咳两声道：

"给他个贝勒，已是过高。难道要议封他个郡王、亲王不成？想那舍楞，皇上不杀之已是给尽了他情面，还……"

"朕不都说过了嘛，舍楞以往罪行概不追究，怎的还以此事为由？"说着话，乾隆掀帘走了进来，二人瞅着便欲起身行礼，却被乾隆摆手止住，说道：

"叔子，你这样不让外人笑朕言而无信吗？"

"奴才不敢，奴才不敢。"

"好了，渥巴锡一行都已安顿好了吗？"

"由理藩院负责款待，奴才方从那里过来，都已安排妥当。"于敏中躬了下身，道。

"嗯。王昶，你去告诉那些奴才，与朕悉心款待，若有半点怠慢之处，朕饶不了他们。"乾隆吩咐了句，向着刘统勋、于敏中二人说道：

"方才你们所说朕在外边都听到了，归顺、归降虽只一字之差，然其意相去甚远。始逆命而终来服，谓之归降；弗加征而自

455

臣属,谓之归顺。若今之土尔扈特汗渥巴锡,携全部,舍异域,投诚向北,跋涉万里而来,是归顺而非归降也。"乾隆顿了一下,接着说道:

"归降、归顺之不同既明,则归顺、归降之甲乙可定。降而来归,不如顺而来归之为尽善也。然则归顺者较归降者之宜优恤,不亦宜乎?"

"皇上所言甚是,臣实感……"于敏中脸上微微泛起些许红晕,低头道。

"罢了,你历练的还少,以后多向延清请教些便是。人无完人,不可能什么事都做得尽善尽美,这便要有不耻下问之精神。"

"臣谨遵圣训。"

"嗯。"乾隆点了点头,抿了口茶道:

"说说情形怎样?"

"嗻!"于敏中答应一声,朗声说道:

"渥巴锡部众原为二万余户,十一万余口,今已到伊犁的计有八千二百五十一户,三万五千九百零九口;策伯克多尔吉,其部众原为四千余户,二万一千余口,今已到伊犁的计有二千一百五十一户,九千五百六十五口;舍楞,其部众原为五百余户,三千一百余口,今已到伊犁的计有一百三十九户,五百九十五口,另巴木巴尔、根敦诺尔布、旺丹诸人率众二万余口。"

"原先奏称不是有十六万余口吗,怎就这么点?"乾隆眉头皱了皱,问道。

"沿途死伤众多,另有一批部众尚在路途中。"

"嗯。"乾隆吁了口气,沉思片刻道:

"传朕旨意,渥巴锡着封为乌讷恩素珠克图的土尔扈特部落卓里克图汗;策伯克多尔吉着封为乌讷恩素珠克图的土尔扈特部落布延图亲王;舍楞着封为青色特勒启图新土尔扈特部落毕弼克图郡王。巴木巴尔、根敦诺尔布诸人皆依此准从优议恤。"

"皇上,"于敏中犹豫了一下,说道:

"如此奴才想似乎太……"

"太高了些?不,不高。"乾隆接过于敏中的话,说道:

"其历尽千辛万苦,如此封赏朕还觉低了些呢。况只有如此,土尔扈特人众才能像喀尔喀人一样安居乐业,遵循法度,勤于畜牧,发展生产。这是关系后世子孙的大事,不能因小失大。舒赫德呢?安置情形如何?"

"回皇上,舒赫德已遵旨妥为安置,牛、羊、帐篷、衣物皆已发放至土尔扈特部众手中。"刘统勋挪了一下身子,说道:

"牧场划分,分南、北、东、西四路,分置四盟,各设盟长。南路在喀喇沙尔,置四旗,渥巴锡为盟长;北路在和布克赛里,置三旗,策伯克多尔吉为盟长;西路在精河,置一旗,默什图为盟长;东路在库尔喀喇乌苏,置三旗,巴木巴尔为旗长;舍楞所率部众放牧于科布多、阿尔泰地区,置二旗,舍楞为盟长;和硕特恭格放牧于博斯腾湖,置四旗,恭格为盟长。"

"好,这差事还办得不错。"乾隆满意地点了点头,说道:

"告诉舒赫德,后续部众亦需接待好。边疆驻军亦要警觉着些,俄罗斯若派兵追击,其不侵我境,我兵不动,若敢挑衅,必迎头击之,不得有畏怯之心。"

"嗻!"

"中堂……中堂……"

随着话音,赵翼急匆匆奔了进来,瞅着乾隆在座,忙跪倒在地,磕头道:

"奴才不知皇上……"

"起来吧。"乾隆淡淡一笑,说道:

"是不是天要塌下来了?瞧你咋咋呼呼那样子,忘了这是什么地方啦?"

"奴才该死,奴才该死。"赵翼起身侧立一旁,打千儿请安道:

"回皇上,方才理藩院接着俄罗斯枢密院的咨文……"

"说些什么?"乾隆皱了皱眉头,道。

"俄罗斯女皇叶卡捷琳娜要求我朝交回渥巴锡部众。"

"交还？她做梦！朕当年与她索要舍楞兄弟时，她怎般作为？"乾隆冷哼一声，说道：

"你让理藩院告诉那叶卡……娜，此厄鲁特、乌梁海等，亦为我之臣仆，前次尔等出奔，俄罗斯应遣还，反而接纳安置，实为不近情理耶，今尔等向朕求恩归顺，并非以我之武力征服者，亦非从俄罗斯设计骗取者，只因伊等居于俄罗斯忍受不得，希冀承蒙朕恩，愿做村俗，精诚寻来者也。既是如此恭顺归附，岂有归与俄罗斯治罪之理乎？此决不可行之事。"

"嗻！"赵翼躬身应了声，偷偷瞅了眼乾隆，接着说道：

"皇上，方才傅中堂递来我兵阵亡将弁单子，不知……"

"怎样？"

"据傅中堂奏，此次我兵阵亡将弁，计侍卫古宁保等二十二员，参领绰哈岱等七员，委署章京哈丰阿一员，前锋永全保等二百二十八员，副将五十轴等八员，马步兵丁马朝元等一万四千八百二十八名。另附染瘴病故名单，计副将军阿里衮一员，护军统领伍三泰等三员，散秩大臣噶布舒等一十八员，侍卫福灵安等二十一员，马步兵丁一万二千七百六十九名。"

"你……"乾隆怔了一下，说道：

"你方才说阿里衮、福灵安皆染瘴而故？"

"是。"

乾隆敛收脸上的笑容，起身踱至窗前，久久一语不发。太阳不知什么时候已悄悄隐到了云彩后面。盏茶工夫，方听乾隆长吁一口气，开口说道：

"副将以上将领皆着入祀昭忠祠。名单送到礼部，从优议恤。"

"嗻！"

"春和他怎么样？"

"回皇上，"赵翼小心答道：

"随行太医李保现在外候着……"

"你宣他进来。"

"嘛!"

李保心里揣了个小兔一般,怦怦直跳,低头进来,跪地道:

"奴才李保叩见皇上,吾皇万岁……"

"罢了。"乾隆轻轻摆了摆手,说道:

"春和身子怎么样?"

"回皇上。"李保身子颤抖了下,小心翼翼道:

"傅中堂情形不……不大好。傅中堂身子本就不甚好,此次出师,不想又……又身染瘴病,奴才……"

"朕怎样交代的?"乾隆听罢,憷懂了阵,猛地转身喝道:

"遇到瘴气地方,须觅高地,设法躲避,不可勉强行之,这话朕说过多少遍,为什么不听?为什么不听?"

"回……回皇上,奴才……奴才当时劝过中堂大人,但……但中堂说军情紧急,奴才也……也没有办法……"

"朕当日是怎生将春和交与你的?你可还记得?"

"奴才说……记得……"

"好。来呀!将这奴才拉出去斩了!"

"皇上息怒。"刘统勋兀自出神,闻听忙上前道:

"皇上,春和身子有恙,奴才等亦是心伤万分。但李保他业已尽力,有些事他是做不得主的。还请皇上收回成命。"说着扑通一声跪倒在地。

"起来,快起来。"乾隆双手虚抬了下,说道:

"朕……朕只是心里……唉,朕这江山靠着你们方有今日这般光景,可来保、訚涵一个个都去了,朕不能没有你们呀!"说着摆手挥退侍卫,向着李保道:

"你起来回话吧,春和他目下究竟怎样?"

"奴才谢皇上隆恩。"李保说着颤抖着爬起身,定了定神,说道:

"奴才不敢欺瞒皇上,傅中堂他……他可能就这几天……"

459

"你……你说什么？"乾隆喃喃说了句，身子不由晃了两下，刘统勋、于敏中忙上前左右搀着：

"皇上！皇上！"

"朕……朕没事。"乾隆轻轻摇了摇头，说道：

"李保，你下去让刘宏带几个人，再去与春和好生瞧瞧，酉牌时分递牌子。

"嗻！"

"延清。"乾隆吁了口气，说道：

"朕过会儿要陪皇太后去雍和宫，不定甚时回来。你将这差事理理，让赵翼他们先办着，你先代朕去春和那瞧瞧。告诉他好好歇着，朕明日辰时去看他。"

"嗻！"

"叔子，你马上将方才那些差事都办了，再去见见渥巴锡他们，让他们不必为俄罗斯来信担忧。"乾隆说着，转身径自出了军机处。刘统勋见状，忙吩咐王杰跟着。

静寂的黑夜，没有一丝风。将圆的月亮透过满天莲花云，将清幽朦胧的纱幕幽幽撒落下去。朝阳门傅府书房内，傅恒呆呆地伫立窗前，一动不动。银色的清辉透过亮窗泼洒进去，沐浴着他的身子。

沉闷的，带着颤音的午炮透过深不可测的夜色隐隐传来，惊醒了兀立痴望的傅恒。他转过身，幽灵一样轻轻踱至窗前。桌上放着一副盔甲、一把湘妃竹扇，那是他出征时，乾隆赐与他的。望着这一切，傅恒的视线模糊了。泪水顺着他的面颊无声地淌了下来。良久，方颤抖着手，拿起那把竹扇，轻轻地打开——"世上谁知我，天边别故人。勖斯风到处，扬武并扬仁……"

"怎的不让把灯点着？"房门"吱呀"一声响，漪秀轻轻走了进来，她的脸色纸一般白，却强颜笑道：

"夜深了，早点歇着吧。"

"嗯。"傅恒轻轻合上扇子，淡淡道：

"都布置妥帖了。"

"唉。"漪秀背着铺着床，身子颤抖着应了声。

傅恒转身望着漪秀，良久方说道：

"好了，你也去歇着吧，明天不定还什么光景呢。"说着复转身踱到了窗前。他不敢看她，因为他的眼中噙满了泪花。

漪秀没有动，静静地凝视着傅恒，她看不到他的脸，但她知道他哭了，因为他的身子在颤抖。傅恒轻吁了口气，复道：

"去吧，早些歇着吧。"

"为什么……为什么你这样？你说过，你不怪我的，是吗？！是吗？！"漪秀说着，扑上前跪倒在地，抱着傅恒的脚，失声痛哭了起来。

"是的，我没有怪你呀。"傅恒定了定神，说道：

"你今这怎的了？好了，起来吧。四十多的人了，还像个小孩子。"

"不……你不肯原谅我的，是吗？打回府后，你便……"

"灵安去了，我这心里……"

"不，不是的，我看得出来。"漪秀摇着傅恒的脚，哽咽道：

"春和，不要怪我……不要怪我，我已经向皇上说了，从今后我便完完全全是你的人了……"

"你……你说什么了？"傅恒一怔，忙道。

"我向皇上说我对不起你，我求皇上……求皇上忘了我……"

"为什么？为什么你要这样呢？"傅恒猛地转过身，望着漪秀道：

"我没有怪你呀，灵安去了，你就不能让隆安、长安……"

"春和，我不是那种女人……不是那种女人。皇上答应我了，他也觉着对不起你，真的，隆安、长安不会有事的。若他兄弟有什么，秀便撞死在你面前，你相信我，好吗？"漪秀仰脸望着傅恒，声泪俱下道。

461

"我相信你……我相信你。"傅恒闭目良久,说道:

"好了,去吧。"

"秀说过从今后便完完全全是你的人了,你为什么还要……"

"不是,我……"傅恒话未说完,喉头一热,嘴里又腥又甜,忙取手帕捂住。

"你……你怎么了?"漪秀一怔,忙站起身,月光下,傅恒的脸色苍白中带着绯红,眉头紧紧皱成了"三"字形。

"没事……我没事。"傅恒转脸拭了拭嘴,方待扔手帕时,却已被漪秀抢了过去。血!漪秀身子一颤,懵懂了阵,忙喊道:

"太医!太医!快……"

"秀,别喊了。"

"你……"

"不管用的。"傅恒说着泪水涌了出来,"便是大罗神仙也不管用的。只是我……我真舍不得你和孩子。"

"不……不会的。"漪秀扑到傅恒怀里,紧紧地抱住他,仿佛他马上便要从自己的身边飞走一般,"春和,你说……你说呀!"

"这一天迟早都要来的。"傅恒仰脸吁了口气,苦笑一声,说道:

"只是它早不来晚不来,偏偏在这个时候,在你回到我身边的时候,我真是……唉,不说了,这就是命。傅春和生来就没这个福分。别哭了,笑一笑,好吗?"

漪秀泪眼涟涟,仰脸苦笑一下,头又深深地埋在了傅恒怀里:

"为什么……为什么不让我死呢,老天为什么要这般惩罚我呢……"

傅恒没有说什么,任漪秀搀着上了床。她依旧是那么美,那么迷人,望着那熟悉却又陌生的面庞,他笑了,笑得是那样甜。只眼中依旧闪烁着晶莹的泪花。

漪秀像一只温顺的小猫紧紧地偎依在傅恒的怀里。她的手轻轻抚摸着他的背、他的脸,忽地,她的手停住了:

"你……你哭了……"

"嗯。不过,我是高兴,真的,打心底里高兴。我真希望……"

"别说了,好吗?"漪秀身子颤了一下,拉住傅恒的手放在自己身上,颤声道:

"都是我不好,我要是当初……"

"都不说了,都不说了。"傅恒轻轻吁了口气,喃喃道:

"明天……明天,"他将她紧紧地搂在怀里,紧紧地……

月光如洗,透过亮窗泼洒在屋子里。一切是那么恬淡、那么美好。只可惜,这一切太短暂了。

四更天,刘统勋就被值夜的长班叫起来了,由人服侍着穿了朝服,挂了朝珠,略用了两口点心便打轿直趋西华门,下轿看时,尚自满天星斗。刘统勋递了牌子,没有急着进去,伸欠着呼吸一口清冽的空气,心里清爽了许多,方抬脚进来,却见八盏明黄宫灯导引着一队人由月华门进来,迤逦往养心殿,刘统勋加快脚步,赶到丹陛前跪下。

"延清,"乾隆下了八人乘舆,望了望启明星,舒展了一下身子,笑谓刘统勋道:

"朕昨夜没睡好,今儿索性早起了些,想不到你还赶在前头了。年纪大了,要多注意身子。往后你天明了再来,朕不怪罪你——起来吧,屋里说话去。"

刘统勋忙磕头起身道:

"是。这是皇上体恤奴才,做奴才的更该勤勉谨慎。天天都这样的,奴才也惯了。倒是皇上身子骨儿要紧。"

乾隆点了点头,进了东暖阁,盘膝坐在炕上,不无感慨地说道:

"圣祖爷英明一世,尚自昼夜勤政。朕天资愚钝,焉敢息忽政务?也只好以勤补拙罢了。只是累了你了。眼下叔子还不够老成,脊涵他们又都去了。唉，过阵子将纪晓岚召回来罢。对了，昨个你去春和那，瞅见着究竟怎样？"

"回皇上，"刘统勋欠着身子坐了，说道：

"太医所言确是实情。奴才待了个把时辰，春和便咳了四五次血，奴才心里真有些……"

"昨个朝鲜国进贡了些上好的药材，朕让他们包了些，待会儿你和朕过去看看，说不准管用的。"乾隆说着叹了口气，端起参汤微微呷了一口，定了定神，说道：

"好了，说说都有什么事。"

刘统勋道：

"四川总督阿尔泰奏称小金川土司围攻沃克什，请临以兵威，以挫其气。"

大金川土司郎卡"设誓吁恩"，遭乾隆拒绝，九土司联军当即乘势追击，无奈已是强弩之末。郎卡借悔罪之机元气恢复，以重兵向党坝发起进攻，攻占额碉，并用炮轰击党坝土司官寨。同时，围攻巴旺卡卡角。九土司联军连战数次，进展不大，锐气大减，联合阵线逐渐瓦解，有的与郎卡联姻，有的为其通风报信，使得金川形势日趋复杂。

乾隆三十五年春，沃克什土司色达王拉因信用喇嘛，将小金川泽旦、僧格桑父子姓名写在咒经上，埋在官寨外，诅咒泽旦父子，小金川借口起兵讨伐沃克什。沃克什官寨"被小金川土司围困日久，粮食已尽。寨落已残……番民所种之麦，已被踩躏，现在乏食"。

小金川攻掠沃克什，气焰更加嚣张，联合大金川复一起进攻革布什咱、明正等土司，使得金川局势变化，乾隆"以番治番"策略化为梦想。

却说乾隆听罢，沉思片刻，说道：

"你意以为如何？"

"此事奴才现下亦……亦不知做何处置。"刘统勋皱了皱眉头，说道：

"不出兵，坐视大小金川土司日益强大，吞并众小土司，于我甚是不利；出兵……"

"万岁爷……万岁爷……"

刘统勋话未说完，高云已急匆匆奔了进来，边打千儿边道：

"不好了，方……刚才傅中堂府来……来人传信，说……"

"怎的了？快说！"乾隆身子一颤，一边催问道，一边已蹬鞋下了炕。

"说傅中堂卯牌时分去……去了。"

听得高云言语，身子不由得晃了两晃，忙伸手撑住炕沿，闭目片刻，方喃喃道：

"去了……去了……"

"皇上……"

"快备轿！去春和府！"说着话，乾隆已抬脚向外走去。

天色尚早，大街上空荡荡的，半个多时辰，一行人来得朝阳门傅府，明黄软轿方一着地，乾隆已哈腰走了出来，四望时，却见白汪汪的灵幡在晨风中抖动，照壁前业已停着数十乘绿呢官轿，里头正在接待吊丧客人，唢呐笙簧吹得惨厉，隐隐传出阵阵哭声。

乾隆不觉心里一阵酸楚，眼眶中涌满了晶莹的泪花，方要举步进去，漪秀一身重孝带着三个儿子一齐迎了出来，伏在门前稽首道：

"先夫微末之人，何以敢当皇上亲临？务请皇上回銮，臣一门泣血感恩……"

"快，都快起来，春和不能当，还有谁能当？"乾隆双手虚抬了一下，声音略带着嘶哑道：

"你和孩子们要多注意身子。"

"嗯。"漪秀哭肿的双眼桃儿一般，点头应了声。他去了，是在她的身边去的。想着昨夜的情景，泪水复止不住泉涌般夺眶而出。

465

"春和他说什么了？"乾隆边走边问道。

"他……他说他辜负了皇上的厚恩，既……既没有扬武……也没有扬仁，他还……"

"还说什么？"

"他……他求皇上念在他这……这几十年侍奉皇上的份上，顾着他那几个孩子。"漪秀将那个"他"字说得很重，别人许听不懂，但乾隆知道。他默默点了点头，抬脚进了灵堂。

灵堂设在傅府的正堂，这是栋面阔五间的大厦。屋内到处布满了白花花的幔帐纸幡，晨风吹过，金箔银箔瑟瑟抖动着作响，似为离人作泣。素幔白奂正中木棺前，供着傅恒的灵位，上写：太子太保一等忠勇公保和殿大学士兼军机处领班大臣傅恒之位。棺前案上摆放着乾隆赏赐的金盔金甲、湘妃竹扇。

望着这一切，乾隆的视线模糊了。似乎不相信眼前的现实，他试探着向前走了两步，两腿一软竟几乎栽倒在地！刘统勋、高云二人急忙趋前一步，一边一个架住了乾隆。刘统勋带着哭音说道：

"皇上，万万节……节哀，身子骨要紧。"

"春和……你去得好……快啊……"乾隆干涩地呼了一声，两行热泪扑簌簌顺颊而下，却咬着牙镇定住了自己，径自上前，哽咽道：

"春和，朕对不住你，朕不该让你去的。"说着亲自拈香轻轻插在香炉里，退后一步，酹酒一躬，开口低声吟道：

"瘴缴之欣舆病回，侵寻辰尾顿增衰。鞠躬尽瘁诚已矣，临第写悲有是哉！千载不磨入南恨，半途乃夺济川材。平生忠勇家声继，汝子吾儿定教培！"

乾隆三十六年七月八日，晴，骄阳似火，整个北京城都在烈日的炙烤下快要燃烧起来，蒸腾而起的热雾笼罩着那金碧辉煌的紫禁城，护城河边的一棵棵杨柳都无力地低垂着脑袋，来回巡看的士兵们懒洋洋地提着长枪，追逐着不断变幻的树荫，街上几乎没有什么行人——在这样炎热的天气里，又是正午，所有的人都不得不蛰伏在家里午休去了。

然而在紫禁城里那巍巍雄踞的乾清宫侧房里，却有一位年过花甲的老人在不安地来回踱着步子。他那高大的身躯因为机械地移动而显得伛偻、僵直，雪白的绸衫因为出汗而不均匀地贴裹在身上，镂金的凉帽下，花白的头发显得有些散乱……不用说，这就是当今天子——乾隆帝爱新觉罗·弘历，此刻，显然是有什么难题正在困扰着他。

每当他踱到南边的书桌前，就不由得停下脚步，盯着桌上的案卷，两道浓眉紧紧地拧在一起，看着那上面的一行字"……小金川土司围攻沃克什，请临以兵，以挫其气……"半晌，才又离开桌子，漫无目的地踱着，思忖着下不下这出兵的决心。

自傅恒招抚金川以来，安宁与平静仅是短暂的。如今，金川地区土司日渐桀骜难制，内部之间构衅争斗，对外骚扰清兵，已到不能不管的程度了，望着桌子上阿尔泰的那份急报，沉浸在无限回忆中的乾隆不由得长叹一声。

是啊，他在位的这三十多年，承袭祖上基业，励精图治，从无懈怠，辛辛苦苦总算使今日之天下呈现出从未有过的太平盛世，国泰民安，是他乾隆最为自负的政绩，如今这个小小的金川，岂能容它肆意妄为！几十年来，他乾隆早已习惯于指点江山，只知胜利，未知失败，对于那些打击、挫折，他从来都是遇难而上、知险而进，非把事情干到底不可。想到此处，他愈发不能咽下金川这口气了，双眼中沉静的眼神开始变得熠熠发光，他不由得"嚯"的一声从椅子上站起来，右拳重重地擂在了桌子上，厉声喝道：

"来人。"

这一声喝斥只吓得门外的值班太监浑身直哆嗦，认为出了什么事，赶忙弯腰走了进去，跪伏在地，颤抖着问：

"万岁爷有何吩咐?"

"传旨!"

"嚓。"值班太监赶快起身取来纸墨,跪在地上执笔听候旨意。

"谕军机大臣。"乾隆一边慢慢踱着步,一边用手抚着唇上的短须。

"阿尔泰所见甚是。矣夷自相仇杀,虽属常情,不值烦我兵力。但小金川去岁与沃克什构衅,占据其地,经阿尔泰亲征饬谕,业已遵奉退还。乃为日无几,复敢称兵侵扰。所以怙恶不悛,非复可以理喻。竟当统兵直捣其巢穴,或计以诱敌,或竟以力取,将叛贼首领解省城候旨,另择驯谨奉法之人,立为土司,安抚其地,方为妥协。钦此。"

乾隆一口气说完这些意思,回身待太监写完,取过来略看了几眼,又提笔改了几个字,写上日期,拿过桌上玉玺盖了上去,再反复看了看,才递与值班太监。

"连夜传旨于军机处。"

"嚓。"值班太监双手捧旨,弯着腰一步步倒退出去,随着太监的脚步声渐渐地远去,乾隆终于长出一口气:这个决心终于下了,他要让世人明白,他这个皇帝远远不老,他的帝国仍是丝毫不能被侵犯的,为了皇帝的尊严,他也要再振武威,出师金川!

此时的金川,正笼罩在战火的硝烟中。

川西的大金川土司郎卡和小金川土司僧格桑坐在宽敞的碉房里,正听着哨探通报着来自前线的消息。

"老爷,听说乾隆要派兵攻打金川。"跪在地上的哨探小心翼翼地说。

"什么?"正斜靠在虎皮椅子上的郎卡一听这话,不由站起了身子,一脸的紧张与惊惶。

坐在一旁的僧格桑看他这个样子,不由得笑了,他压根瞧不起这个比自己小二十多岁的大金川土司,昔日老土司莎罗奔在世的时候,郎卡不过是一寨头目而已,乾隆二十五年,莎罗奔病死,郎卡才以亲侄子的身份承袭了大金川土司,对于指挥大型的战争,他显然还嫩了点。

"坐下坐下,郎卡贤弟。"僧格桑满面含笑地说,然后扭头又问哨探。

"可曾知道有多少官兵,谁为主帅?"

"回老爷,官兵大约五千,由四川总督阿尔泰统领。"

"嗯,你下去吧!"僧格桑慢条斯理地说道,一边用手端起桌上的酒杯呷了一口。

不待哨探出门,郎卡便焦急地问:

"大哥,这么多官兵前来,该如何是好?"

"嗯,不用急,我有一计,可稳清兵。"

"什么计,大哥快讲。"

郎卡毕竟年轻,不免有些火躁的脾气。

"贤弟附耳过来。"

僧格桑神神秘秘地拉过郎卡,低声如此这般地说了一通。

第二十八章

鲁将军恃勇遭暗算
黠酋长用计握胜筹

海兰察止住哭声，从袖中取出奏折双手呈上，哑着嗓子说道："我军四月初七夜遭敌偷袭惨败，左将军温福战死，现军队撤出大金川，处于休整。"乾隆一屁股跌坐在椅子上，两眼直愣愣地盯着海兰察……

却说四川总督阿尔泰领得圣旨，同意开战之后，便上书要求调兵遣将，补足银饷。不几日，乾隆降旨，调提督董天弼再领五千绿营兵自打箭炉驰赴西路，支付三十万两白银以做前期军饷。

这一日，阿尔泰率领七千官兵浩浩荡荡来到了斑斓山，安营扎寨，准备定下妙计，图谋进攻，谁知尚未解鞍下马，便有探子来报，说大小金川派使求见。

这一招，真个使阿尔泰丈二和尚——摸不着头脑，只好仓促升帐，宣进来使。

随着中军的呼喝声，只见一高一矮两位藏装打扮的青年军人阔步走了进来，到得堂前，双膝一跪，高声喊道：

"大小金川使者绰尔木、阿尔什维叩拜总督大人。"说罢，果然一拜到地。

"嗯。"阿尔泰坐在堂上，细细打量着两位使者，发现高个子手里拿着一卷公文，矮个子手中捧着一个木漆盒子。

"尔等前来，可是下战书？"

"回大人话，小人奉我土司老爷之命前来乞降。"高个子绰尔木沉声回答。

"什么？"

阿尔泰几乎不相信自己的耳朵了，他实在搞不懂，两军开仗，还未交手，一方就来乞降了，他一时不知该如何是好，只是让来使再重复一遍。

跪在地上的绰尔木见此，赶忙用膝前移两步将手中文书一递说道：

"我家土司老爷向服圣天神威，不敢触怒天子圣颜，今闻天子动怒，特写降书及我大小金川军事地形图献上，乞求大人代为上书，请宽免我偏远蛮人万死之罪，今后世世代代甘愿俯首为臣，年年进贡不息。"

帐前中军走上去拿过绰尔木手中文书递与阿尔泰，阿尔泰打开一看，果然是一份降表和一张地图，上面密密麻麻注满着碉群的方位、名称和驻军。

阿尔泰注视着手中文书，正自沉吟不知该如何开口之时，堂下的绰尔木又开口了：

"总督老爷，这是我家老爷孝敬你的一点薄礼，望乞笑纳。"说着将矮个子手中的木匣子取过来，双手捧过头顶。

阿尔泰取过来打开，一股清香便扑鼻而来，定睛一看，原来里边是一枝千年雪莲，旁边各放着一颗鹅蛋大的珠子，熠熠发光。阿尔泰深知这是千金难买的宝贝，心里不由得一喜，合上盖子，手便再未从盒子上拿开。

"赏你二人碎银二两，下去吃饭，听候本督细议后回话。"

"谢老爷。"两位使者再施一礼，谦谦而下。

再说阿尔泰下堂回到自己帐里，兀自把玩珠子不已，一边思量着这件事是信还是不信，该如何办才好。

其实这场战争，阿尔泰本人是不情愿打的，只是当初大小金川攻城略地，越闹越大，他怕自己不上书朝廷，有朝一日，纸包不住火，皇上怪责下来吃不消，所以才上书乾隆，主动请战，原来想拖拖再说，谁知乾隆竟风风火火，要立即开战，正思量着该如何打这场没把握的仗，不想，金川藏人却先投降了，岂不是好？想来想去，阿尔泰认为，这的的确确是金川土人慑于清廷的强大，诈降怕不可能，要不怎会连军事地图也送来，想到这里，阿尔泰决心再上书乾隆，奏请采用招抚的办法解决金川问题。他认为这样兵不血刃解决了问题，乾隆定会龙颜大悦，重赏自己。

然而，阿尔泰的如意算盘打错了，他太不了解乾隆这位争强好胜的皇帝了，他的上书一到乾隆手里，乾隆便勃然大怒，将奏章撕个粉碎，信手在纸上写下了这样一句话：

"阿尔泰总不中机宜，不见奋勇，如何！如何！"

当晚，乾隆便降旨撤去阿尔泰四川总督一职，改派贵州总督温福补四川总督之缺，同时，亲自召见了左将军温福。

"温福，可知深夜召你为了何事？"

乾隆捺住心头的怒火与焦虑，尽量用温和的语气问道。

实际上，左将军温福刚从南方回来述职，对金川用兵一事亦有耳闻，只是不太了解，听皇帝这么一问，他倒猜了个八九不离十，只是仍得答道：

"微臣不知。"

"朕金川用兵一事，你可知晓？"

"微臣略知一二。"

"那么撤阿尔泰一事，你可知晓？"

"刚刚听说。"

"嗯。"提到阿尔泰，乾隆就气不打一处来，当初上书请求用兵的是他，自己好不容易决心要打，他却不放一枪又要撤兵，真是岂有此理，想到这里，乾隆不由提高了声音说道：

"金川一事，阿尔泰等，唯思姑息了事，意见游移，虽云当临以兵威，不过虚张声势，无论其不足以慑凶渠之胆，即使其暂时求息，勉强而从，而我兵甫回，贼众复集，致令封疆大吏仆仆靡宁，成何事体。且小金川以内地土司敢作不靖，暴侮邻疆，弁髦国法，此而不声罪致讨，朝廷威令安在，况抚驭番蛮，怀畏自当并用，若于梗化之人，不大加惩判，则懦弱几无以自存，而行悍者必效尤滋甚，渐至徼内土酋跳梁化外，何以绥靖边围。至于住兵之戒，朕所深知，岂肯稍存好大喜功之见。"

乾隆帝越说越气，声音也越提越高，把站立一旁的温福骇得出了一身冷汗。

"哼，若朕果欲究其过失，则就小金川一事，已足加罪，又何故他求乎？"

乾隆从龙椅上直起身来，又没头没脑地加了一句，温福听出来这是在说阿尔泰，不由自主掏出手绢擦擦额头上的汗，静听乾隆的下文。

"爱卿，朕拟封你为大将军，统领我满洲劲旅，驰赴川西军营，会合云南兵马，再打金川！"乾隆终于说出了自己召见温福的目的。

"陛下，微臣怕辜负圣恩。"

对于这样一件吃力不讨好的苦差，温福是实在不愿意干的，因为他明白，金川十分难打，吃苦无所谓，若打胜了，自然是好，若打败了，只怕性命难保，因此他有些推托。

乾隆早已听出话中的含意，将脸登时一拉，愠怒地问：

"你不愿意？"

"不敢，不敢！"温福早已吓得跪倒在地，战战兢兢地说道：

"臣这就回去准备启程。"

"你明日即启程，我已为你准备好一切了，调拨各省兵丁三万八千余名，再加川省兵丁三万余，皆归你统领，另配备火药十万零九千余斤，枪子五百二十八万余颗，火绳六万盘，此外再拨靖远炮、劈山炮各十二门，你看还缺什么。"

温福万万没有想到乾隆早已把一切都准备好了，情急之下，脑子一片空白，只得磕头谢恩，唯唯而退了。

第二天一早，温福便带着几位亲信急奔西南而来，一路晓行夜宿，未曾有半点耽误，半月不到，便到达了川西兵营。一到后，便一边布置军务，察看敌情，一边等候各路兵马及物资装备。

再说金川那边，设计退了阿尔泰之后，便加紧防务，碉群一直修到了出小金川一百四十多里的巴郎拉镇，以逸待劳，静等局势变化。

十二月，清兵各路兵马及所需物资均已到齐，乾隆另派大臣桂林前往协助，派阿桂从川东起兵，以作呼应。十二月十二日，温福便搞了个突然袭击，出兵五万，兵分三路，满洲官兵在前，绿营官兵在后，奇袭巴郎拉。

十五日，巴郎拉守将弃镇逃跑，清兵旗开得胜，共破六座大碉、两座小碉。

乾隆三十七年正月二十五日，温福、任岱与东路的阿桂会合，大军一齐推进，又先后攻克了资哩与阿格木雅两镇，消息传到京城，乾隆掩饰不住内心的喜悦，赋诗一首曰：

    雪山前日望山尖，
    山楼知在云烟里。
    快晴今日畅跻攀，
    犹有积素庭中委。
    地回由来雪益大，
    曦光到此应逊矣。
    下视蓟野全无雪，
    阴岭惟余块索耳。
    一为慰固众黔黎，
    一为念廑诸军士。
    僧格桑尚未就擒，
    执戈方将攻玉垒。

清兵出师之初，节节获胜，士气不由大振，然而再往南打，地形便越来越复杂，碉群也越来越多了，攻克阿格木雅之后，清兵直逼美美卡，可惜遭金川兵死力抵抗，为避免损失，温福决定稳一步，对美美卡围而不攻，这样一拖便拖到了年底。

在这半年里，温福紧闭寨门，整日操练士兵，并招集铁匠能手，铸了三门分别重四千斤、三千斤和一千斤的火炮。然而围而不打时间太久，士卒不免松懈，加上接近年底，天气寒冷，而满洲兵又多从北方来，对南边气候极不适应，怨言自然开始多了起来。

这一日，温福巡视众营，到得桂林部队营前，斜刺里突然跳出一员参将拦住了他的去路，温福定睛一看，原来是桂林手下一员猛将姓薛名宗，山东人氏，攻打阿格木雅时，此人曾赤裸上身，手执大刀，率先爬上了城门，腿部和背部各中一刀，但仍然勇猛无比，人送绰号"拼命煞星"。

"帅爷，何日可再开仗？"温福正思量间，瓮宗却已双手一拱，瓮声瓮气地开了口。

"噢，不急，不急。"

"你再不下令，我们可都快疯了。"

这薛宗虽然作战勇敢，但勇而无谋，做事、说话一向直来直去，不打折扣，温福只得好言相劝："现今天气寒冷，再待一阵儿不妨。"

"哼，现在自然寒冷，可帅爷却从春暖花开一直待到现在，岂不是希望打雪仗？"薛宗不客气地顶了一句。

这一句话直噎得温福气不打一处来，本来他这几日就正为攻城无策而苦闷，听薛宗这一说，不由得怒从心来，喝道：

"放肆，军机要事，你岂了解。"

"帅爷，身为参将，不上战场，生不如死，今日我薛宗就是前来请命，愿为先锋，攻打美美卡。"

"不行，无我命令，乱动者斩。"温福怒喝道。

"帅爷，"薛宗听到喝斥，居然不退，反而大跨一步，单腿跪地说道：

"我听藏民说，从此处西行三十里，有一条墨龙沟，直达美美卡后腰，我愿率本部兵马，夜突墨龙沟，建立奇功。"

"嗯?"温福听到这里,倒不生气了,觉得这或许是一个好主意,便随薛宗进入他帐里,听他详细道来。

原来这墨龙沟确实是美美卡的后防扼要,只是地形极为险要,沟里深浅不一,最深处遥不见底,那僧格桑虽仗其险要不派重兵,但只须五百精兵,任何来兵,便也休想过去,此处白日攻打,尚且不易,何况夜间。

偏偏这温福也是苦于无策,居然决心冒险一试,同意了薛宗的提议,让他自带本部三千人马,第二日饱食一顿,傍晚携带足够火绳,直扑墨龙沟。为了不影响大局,又不惊动敌人,温福居然不再派后续人马以做呼应、支援。

却说这薛宗带着三千兵卒,一路疾行,不到一个时辰便来到了墨龙沟前,但见四面群山静寂,了无动静,只有沟对面的兵寨灯火清晰可见。薛宗便放下心来,把兵马分为三节,谨慎前进。

先头士兵来到沟前,捡一石子掷下去,但听半天才有回音,如此左右试了好一阵子,才找到一处自觉较浅的地方,放下蜈蚣梯,依次衔刀在口,悄然而下。

约有个把时辰,三千人马已尽行下到沟底,薛宗点燃火绳,看了看地形,发现沟底只有这一处地势平整,左右都是深渊,夜风吹来,呜咽有声,他不由得打了个寒噤,吹了火绳,扭头传命部队,开始爬坡。三千人马呈扇形顺着沟间石头缝隙爬了上去。

待到半腰,忽听一声炮响,四面顿时灯火通明,薛宗抬头一看,只见沟崖上站满了金川士兵,个个左手执火把,右手拿弓箭、投枪,正中一人长身威武,正是小金川土司僧格桑。

但见僧格桑哈哈大笑,将手一挥,羽箭、投枪、石头便像雨点一样落了下来。这一下子,清兵大乱,山沟间本无路走,何况尚在半山腰,众人只有挨打的份,根本没有遮掩的能力,立时间,沟中响起了一片哭喊声和惨叫声。

那薛宗正在众人间,见无路可逃,不由得钢牙一挫,猱身迎着枪雨继续往上爬去,没爬几步,一支羽箭正中他的左肩,他正要用右手拔箭，早有一块滚石击中了他的头部，这一下，他再也站立不稳，直向深崖处落去……

众清兵见主帅一死，更是成了没头苍蝇，纷纷择路而逃，被箭、枪击中者不计其数，坠落悬崖的更是数不胜数，三千兵马，转眼间，几乎全军覆没，只有个别的侥幸逃出，却也伤痕累累，不成人形了。

逃兵奔回清营，那温福早已得到消息，急派援军，却为时已晚，只有暗自垂泪，嗟叹不已。

墨龙沟失利，清军官兵的士气受到了严重影响，温福为挽回这些损失，遂令七万清兵，兵分两路，强攻美美卡。

这一仗，清兵抱着复仇的心理，人人奋勇，个个争先，如此死打硬拼四天三夜后，清兵在付出死伤五千余人的代价下，终于拿下了美美卡，僧格桑携带余兵仓皇出逃，进驻大金川，继续抵抗清军。

美美卡既破，小金川实际上也就拿下了，然而清军却还未算得上"扫穴擒渠"，取得全胜。耗费巨额钱财，动用千军万马，所得战果却不太大，乾隆帝心里觉得很不甘心。待小金川的清军休整半年，乾隆便重调兵马，指令直捣大金川，"勿贻后患"！并下令不许接受金川首领投降，"凡酋党杀无赦"。

圣旨传到前线，温福、阿桂等将领都略觉为难，因为此时的大金川，雨雪连绵，层冰冻滑，人连立脚都困难，更别说打仗了，而且大金川的地形比小金川更为险峻，敌寨筑在群山之中，只有一条陡峭的山路可上，小路两旁山峰上，遍地都有大金川设下的碉群，要想打进去，实在是不太容易。再加上，僧格桑已然病死，后继大土司索诺木几次请降，均被拒绝，这样断绝了他们的求生之路，藏人唯有以死相拼，仗就更加难打了。

鉴于此情，温福上书乾隆，请求再加考虑，不料乾隆即刻还书，痛加斥责：

"……察温福之意，僧格桑死，军务即可告藏，而于进剿金川之事，畏难犹豫，甚属非是……朕非必欲穷兵黩武，但既已用兵，不得不为长久之计。"

接此圣旨，温福不敢再有怠慢，立时升帐议事，定于乾隆三十八年正月进剿大金川。

乾隆三十八年初，温福一路进入大小金川交界处的功噶尔拉山下，率先揭开了进剿大金川的帷幕。安下营寨，温福不待休息，便带了几位随从前往查看地形。

站在功噶尔拉山的半山腰，他们放眼望去，不由得心底一片冰凉：但见自山顶到山脚，一望皆雪，一条羊肠小道蜿蜒向上伸去，那便是攻打功噶尔拉石碉山寨的唯一之路。再看小道旁碉卡据险排立，此情此状，温福不由暗叹道：

"拼上老命，恐怕也难攻下这金川险道。"

正月初一夜间，温福下令攻寨，成千上万的清兵身穿厚甲，头戴镔铁帽。一手拿一盾牌，以遮枪矢，一手执刀，弯着腰，密密麻麻地顺着小道向山上爬去。入小道之中，金川兵的碉卡便开始开火，一时间枪石如雨，前进的清兵中矢者十之六七，难以有显著进取，见此，温福只好鸣金收兵，待来日再战。

然而第二天亦如此，如此强攻八日，清兵死伤甚多，才占据半山。温福无奈，思虑再三，决定绕道木果木，拟从昔岭进攻噶尔拉依。

再说另几路清兵，遭遇大略与温福相同。阿桂所领一路清军从纳围、纳扎木、功噶尔拉进攻噶尔拉依，纳围、纳扎木距噶尔拉依仅二十八里，但清兵处处得从山下往山上攻，极为困难。功噶尔拉山梁绵亘二十余里，金川兵设立无数的石碉、石墙阻挡清军。他们在石碉外筑石寺，石寺外立木栅，木栅外掘深沟，沟中松签密布，泼水凝冰，难以逾越。官兵自下而上仰攻，逼近壕沟，山崖陡峭，路滑雪深，难以逾越。清军以炮轰石碉，又因山势高峻，云雾迷漫，雨雪纷纷，不知方向，效果十分差。偶然遇上一个晴天，官兵好不容易冲到石碉下强攻，金川兵或投放石块，或放枪射击，顽强抵抗。阿桂一路自正月攻到三月下旬，才克敌四碉，其他十碉设在山峦峰巅，官兵望山而叹，无法再攻。

丰升额一路自正月开始攻打达尔图山梁大碉，金川兵同样以壕沟石碉设防，阻清军于山梁外。

温福一路花了一个月时间，才将军队从功噶尔拉山的正面迂回到后面一个叫木果木的地方，准备从功噶尔拉山的一个背面峰——昔岭攻上去。

然而金川兵早有防备，昔岭上自东而西排列十座大碉，碉座之下又筑石碉卡数座，碉坚墙厚，金川兵不畏死，官兵仰攻无效，伤亡极重。自三月始，金川兵反攻，加强对清军的骚扰，他们藏匿于深山密林中，窥探清军动静，入夜则四处劫营、偷袭或摧毁炮台。官兵不熟悉地形、不适应当地气候，对金川兵的骚扰，防不胜防。

这一日，温福的几座营寨又遭金川兵的偷袭，温福十分恼火，自觉兵营驻扎太为分散，给金川兵造成可乘之机，于是他动了迁兵营的念头。刚巧，这木果木是群山环绕下的一块森林地带，特别是在它的东部，丛林茂密，地势平坦，而且面对昔岭，可以随时观察敌兵动静，温福便下令迁营，把昔岭山脚下的兵营全迁至木果木的密林深处，成环形扎寨，共分三层，最外层为绿营兵，中一层为满洲兵，最内为中军，三层相隔不过百米，这样，如果一旦有金川兵来偷袭，则寨内一呼百应，首尾相顾极为便利。而众清兵呢，也正在为金川那剧烈的昼夜温差，为越来越炎热的天气头痛，这一下移营于丛林之中，自然阴凉多了，众人当下欢呼、呐喊，整个兵营一扫久攻不下带来的丧气，似乎又平添了许多生气。

如此过了两个月，金川兵与清军相安无事，几次小规模的冲突，也只是顷刻即散，双方都取胜无门。

四月初六这天，一直挺好的天，忽然狂风大作，飞雪顷刻遍地，清军因为一直无战事，便紧闭寨门，留下四角吊楼上的哨兵，其余各自入帐，三五一群，或豪饮，或聚赌，闹得不可开交。再说那大金川新土司索诺木年轻精明，从小聪慧异常，跟着汉人学会汉语，深为汉文化所陶醉，自此常找汉书来读，《孙子兵法》便是他最喜欢的一本汉书，并且试着活学活用，用于战事。这一日，他又按惯例出营帐看清军营寨情况，忽见清军帐中大旗随风摇摆，而旗面却不是随东北风方向展开，而是紧紧裹在旗杆上，这是怎么回事？

原来金川地区因为海拔高，地形复杂，所以气候往往迥异于内地，像这四月飞雪，也是常见的事了，春天刮东北风也属别于他地的现象，但因为木果木四面环山，这风起于东北，待刮到木果木这一凹地中，遇上四面高山，因风力太大，便形成了一个回旋，恰好将风向给倒了过来。

那索诺木看到此处，不禁大为高兴，计上心来，转身回帐，即升帐议事，调兵遣将，让众人依计而行。

第二天，风势不仅未减，反而愈刮愈烈了。到了子夜，清军营中早已鼾声如雷，都已熟睡了。这时，只见一队队金川兵从山顶抛下绳索，一个个攀援而下，悄悄地摸到了清军营前，而清军哨兵竟一个未见。

金川兵来到营前，兵分三部：第一部手持火器燃物，显然是来放火的；第二部将清军寨子团团围住，只留西南一个口，因为也只有这一条路是可以走人的；第三部人马便伏在这段路口上。

索诺木一身戎装，手持长枪，亲自带队，随着他的一声令下，金川兵便趁着风势放起火来，接着便拔刀而入，直扑向清军的各个帐篷。

火势越来越大，清军从睡梦中惊醒，不及穿衣，四面喊杀声起，就辨不清东南西北了，再加上群龙无首，只好冲出帐外，瞎打瞎撞，夺路而走。

这一下可热闹了，士兵们的哭喊声、喊杀声、叫骂声、枪声、火烧树木的噼啪声交织在一起，响成一片，清军自相践踏者无数，被火烧死者十之一二,另有十之一二被杀,其余的便直奔西南路而来。那温福也是从睡梦中惊起,见此情景,深知大势已去,再做抵抗,已是无济于事,仓皇间,只好斜披铠甲,提把朴刀,也随着士兵投西南而去。

刚逃至半道,一片杀声又起,索诺木带一千余众在此候个正着,金川兵本就英勇善战,这次又借着优势,真个是如狼似虎扑将过来,而那清兵,首先已是败军,慌不择路,无心恋战,又一见这阵势,先自吓破了胆,因此清军在此死伤十分惨重,温福身在乱军之中,兀自提刀拼命厮杀,不料一杆飞枪过来,不偏不倚,正中温福左胸,枪杆穿胸而过,温福都没来得及叫一声,便倒地身亡。

这一场恶仗,直打到天蒙蒙亮,方才停下来,只见在木果木的丛林中,遍地尸体,真是堆积如山,血流成河,清军彻底大败,金川兵则大获全胜,共获清军米粮一万七千余石、银五万余两、火药七万余斤、大炮五尊、九节炮七尊。

木果木惨败,温福军营官兵将近两万名,当场死有五千余名,半路被杀又有三千余名,守备哈文虎、都司交仁、总兵效力参将惠世溥等二十五员及千总杨海、把总趣兴基、外委孙洪诸等一百五十员俱已阵亡。兵败之惨,恐怕是雍正以来,未曾遇过几次的。

因为这次惨败,想尽快荡平大金川的梦想彻底破灭了,清军各路人马只好汇集一起,撤出山外,慢慢休整,以便恢复元气。

木果木惨败的消息传到京城时,乾隆帝正赐宴乾清宫。

这一天,乾隆皇帝兴高采烈地在这里接见了土尔扈特族的特使——洛桑吉,面对着这位不远万里跋山涉水来到这里仅仅是为答谢两年前他对他们土尔扈特族的收留及款待的鞑靼人,乾隆皇帝有着一种说不出的满足感,这种感觉里包含着对皇帝尊严的满意以及那种对自己大智大勇、智超群纶的自负。

如今,洛桑吉便是奉可汗之命来朝见天子的,乾隆在乾清宫里亲切地召见了他，详细地询问了他们生活的各个方面，当得知他们部族团结，生活正逐步富庶时，乾隆满意地笑了，他相信，渥巴锡所领导的土尔扈特人犹如一道屏障，挡住了来自西北邻国那头北极熊的威胁，这远远比燕山山脉上绵延的长城管用得多，在相当长一段时间里，看来不会再为西北事务操心太多了。

为显厚恩，乾隆在乾清宫专门为洛桑吉一行赏赐午宴，这是一桌丰盛的清真席，其菜名怕是洛桑吉从未听过的。

面对着这小山般堆上来的菜肴，洛桑吉一行眼都看花了，哪顾得上动筷，看着大小太监上上下下，一劲儿端来端去，真是如坐针毡，不知如何是好。

乾隆看到洛桑吉这个样子，不禁笑了，他端起自己桌子上的酒杯，亮声说道：

"朕自继位以来，渥巴锡归顺可谓第一大喜事，今知你们族人团结，生活安好，朕心底欢喜不尽，当自饮一杯！"说罢一饮而尽。

下面坐着的洛桑吉一行赶紧离席，跪伏于地，山呼万岁，磕了一个响头，方才入席动筷。

就在君臣欢宴之际，南方前线的战报来了，乾隆帝闻讯，当即离席，直奔乾清宫西边的懋勤殿。

此刻懋勤殿里，从云南兼程赶来的参赞大臣都统海兰察在殿里来回地挪着步子，心里七上八下不知待会儿见了皇上该如何开口才好，正在胡思乱想之际，只听得门外太监高喊着：

"皇上驾到！"

海兰察赶紧跪伏在地，由于紧张，额头上早沁出了些许汗珠。

乾隆大踏步地走进殿内，不及坐下，便径直问道：

"前方有何消息，讲。"

海兰察膝行两步，张口欲说，却连惊带吓，不能成语，反而一憋之下，竟哭了起来。

乾隆听得这一哭声，刚刚坐下的屁股不由得又抬了起来，心

483

便一下子沉了下去，急急地说道：

"你哭什么，究竟何事，速讲与朕听。"

经这一呵斥，海兰察方才止住哭声，从袖中取出奏折双手呈上，哑着嗓子说道：

"启禀皇上，我军四月初七夜遭敌偷袭惨败，左将军温福战死，现军队撤出大金川，处于休整。"

这一句话不亚于一声惊雷，在乾隆头上炸开，他一屁股跌坐在椅子上，两眼直愣愣地盯着海兰察。

这可把海兰察吓坏了，一个劲地磕着头说道：

"臣等罪该万死，万望陛下保重龙体。"

随着贴身太监的声声呼唤，乾隆好半天才回过劲来，嘴里喃喃道：

"国家百余年用兵多矣，从无此事。何以贼番一至，手足无措，溃散竟至于此。"

回过神来看海兰察依旧在那里唏嘘不已，乾隆不由得转气为怒，厉声呵斥海兰察：

"尔等怎么带的兵，朕养兵千日，为何会遭此败绩？"

海兰察满腹委屈，只好一五一十向乾隆作了详细汇报，为了减轻自己的责任，就添油加醋地把温福如何刚愎自用，如何草率行事、粗心大意说了一番。

乾隆越听越气，不由得怒火中烧，想起当初用兵时，自己多次单独召见温福，千叮万嘱，谁知今日竟遭这样结局，本想大骂温福几句，但转念又一想，自己此时责骂温福已是无用，再说把失败的责任全推到温福身上，但数万清军惨败的奇耻大辱作为全国的最高统治者是难以摆脱掉的，起码是自己用人失察，因此这样来回想想，只有先咽下这口气，降低声音对海兰察说道：

"你且回府中休息，一切待朕从长计议。"

海兰察听到乾隆这句话，真是如释重负，再三谢恩，起身，低头而去。

乾隆待海兰察退下后，坐下来看阿桂等人写的奏折，是越看越生气，烦躁之极，刚好高云前来询问，赐宴的洛桑吉等人怎么安置，他便没好气地说道：

"传令送其回驿馆，听候朕的吩咐。"

然后他又把周围的人一一呵下，只留下高云一人随身伺候，又静下心来看奏章，仍是难捺愧愤。于是更下决心要誓灭金川，报仇雪恨。这种激动的心情在他心里来回撞击，他不由提笔写道：

"追悔何嗟及，聚铜大错铸。贼计诚益诡，贼罪越难恕。禁旅发精勇，雪仇无返顾。天自鉴曲直，我岂为穷黩。勤劳遑敢辞，国威要扬布。"

接着，他又亲自草拟了一份诏令，准备将京中的健锐、火器二营调往云南，同时再抽调吉林、黑龙江等各省兵力以补充云南前线。任命阿桂为定边将军，色布腾巴勒珠尔为参赞大臣，继续兵分三路，进攻大金川。

办妥了这一切，天色已近黄昏，夕阳的余晖透过那屋檐的缝隙照进殿来，将宽大的殿厅抹上些许温柔的米黄色光芒，乾隆疲倦地靠在小床一样大小的龙椅上，闭上双眼休息，不知不觉竟恍惚起来。

恍惚中，只见一位青年向自己慢步走来，那青年走路款款，宛若女子，近前一看，只见那青年貌美异常，眉宇之间透出一股忧郁而又温情的神气。乾隆不觉大惊，环顾四周，自己原来已到了一座花园里，亭台楼榭，奇花异草，有小桥弯弯，水流潺潺……这分明是自己的后花园，正在他愣神之际，忽听那青年开口道：

"皇上，不记得奴家了？"

声音清越娇弱，宛若莺啼，这分明是女子的声音。

乾隆不觉惊问道：

"你是谁？"

"妾是皇上数十年前约的人啊！"

那青年以手掩面，说话间已带哭声。

"皇上难道忘了数十年前，你在妾的脖上留的指痕？"

一句话，猛地把乾隆惊呆，他喃声说道：

"婉嫔，真的是你？"

"是我，皇上。"

"来，让我摸摸你，是不是在梦里。"乾隆一边说着，一边伸出了手。

忽然，乾隆眼前的人不见了，代替她的竟是先皇雍正，正怒容满面地盯着他，一手高举欲打他，乾隆这一惊非同小可，转身便走，慌不择路，一脚踏空，从桥上直掉了下去……他不觉喊了起来……

"皇上，皇上，您老怎么了？"

乾隆从恐惧中睁开眼来，发现自己正伏在龙椅背上，高云正俯身低唤着自己，刚才，原来是南柯一梦。

然而这场梦，却触动了乾隆难忘的一段往事，想起这件事，他便烦躁得什么也干不下去了，他从龙椅上站起身来，对高云说道：

"传旨，明日朕要出城狩猎！"

第二十九章

问国仪惊看和侍卫
乱宫规怒斩高宦官

乾隆气得将奏折撕了个粉碎，这还不解气，又跺着脚破口大骂："这帮无用的饭桶，竟然出了如此大乱！"回头指着跪着的高云说道："国家大事，就是被尔等之人毁坏的，来人，给我拖出去碎剐了！"

乾隆三十九年八月九日，风和日丽，秋高气爽，于敏中布置好一切，请驾前往河北承德木兰狩猎，随行官员达一百多人。按清制，皇帝巡幸内城外城，銮驾卤簿是不一样的，因为这次乾隆是去狩猎，所以使用的自然是骑驾卤簿。这天在端门外，但见一列一里多长，依次放着御仗、吾仗、立瓜、卧瓜、星、钺各六个；五色金龙小旗九面，五色龙纛十面，单龙黄扇、双龙赤扇各六把；五色花伞十把；豹尾枪十杆，弓矢十张，仪九十把；九龙曲柄黄华盖一个，下面是皇帝乘坐的轻步辇。于敏中、舒赫德带领一班文臣武将都立在驾前，等待乾隆出来。

随着高云的一声怪模怪样的长喝：

"皇上驾到！"于敏中等人纷纷跪俯在地，但见乾隆一行从端门健步走了出来，乾隆今天身穿石青色的四开裙箭袖长服，外罩一件明黄色马褂，腰系明黄色饰有红香牛皮的行服带；头顶黑羊皮做的行服冠，顶前缀着鸡蛋大小一颗珍珠；脚蹬鹿皮薄靴，显得年轻俊朗，英武非常。

乾隆径步走到辇前，扫了一眼跪俯在前的诸臣子，朝跟在身边的高云嗯了一声，高云便展开圣旨，怪模怪样地读了起来：

"承天受命，奉母后懿旨，朕亲率尔等前往木兰狩猎，以肆武习劳，绥怀蒙古，着军机大臣舒赫德、刑部尚书袁守桐等率有关各部臣吏随朕前往；军机大臣于敏中则督责百官，坐守京城，处理日常事务，钦此。"

听完圣旨，于敏中、舒赫德膝行前数步磕头谢恩，各自领旨，乾隆办完这事，正要信步登辇，猛一抬头，发现辇前左首似乎少了一面五色金龙旗，他走过去一看，果然如此，内心不由大怒，转脸喝道：

"于敏中安在？汝可知罪！"

于敏中一直跪在那里，心中思量着待乾隆走后，如何与京城官吏取得进一步联系，猛听这一喝，不啻如雷轰顶，不知是怎么回事，赶忙叩头回答：

"臣实该万死，不知何罪。"

"这五色金龙旗乃我大清之国威所在，为何少了一面？"

于敏中这才抬头一看，不由得叫苦不迭，心想这一定是下属办事不周，才惹此大祸，惶急之间，不知该如何应对才好，跪在那里，汗水淋淋而下，口中讷讷不能成句，只好叩头请罪：

"臣办事疏漏，实该万死！"

乾隆原本心绪不佳，今日一出门便遇此事心中更是不快，不由地沉声说道：

"乱国仪如此，谁之过欤！"

于敏中见乾隆依然追究，心内更是惶恐，正手足无措之际，只听辇前传来一声温和的声音：

"回皇上，'典守者不得辞其责'。"

这一句回话，文雅平和，语出《论语》，且中乾隆问意，非常巧妙。然而，乾隆及诸大臣回头一看，说此话的人竟然是辇前一青年侍卫，年不过二十出头，身材中等匀称，长得面如满月、目如星辰，让人一看，有一种玉树临风之感。

乾隆这么一看此人，心内不由一动，脑中觉得此人面相极其熟悉，不由得有些愣住了，而百官正自惊慌，想在这样威严隆重的场合下，一个小小侍卫居然胡言乱语，皇上怕要开杀戒了，不承想，却见乾隆盯住那位年轻侍卫，不仅不怒，铁青的脸色反而慢慢缓和了下来。

乾隆仅此一愣，便觉自己失态了，遂对那位侍卫温声说道：

"言之有理。"回过头来又对跪俯在地、兀自发抖的于敏中说道：

"汝一生机敏，何至犯如此错误，回去好自思之。"

说完径自上辇，传令起驾。

于敏中惶恐谢恩不提，再说那乾隆走在路上，对刚才的一幕惊疑不定，遂传高云让刚才侍卫侍行辇旁，乾隆想尽快问个明白。

不一会儿，乾隆便听辇外有人低声拜见，心知是他来了，便轻声问道：

"你叫甚名字？"

"回皇上，臣姓和名珅，字致斋。"声音温和动听。

"嗯，什么出身？"乾隆又问。

"回皇上，生员。"

"汝下过场乎？"

"庚寅年曾赴举，未中。"

乾隆听到此处，连声音也觉得很像一个人了，于是又问：

"何题？"

和珅见皇上不停地询问，终于放下心来，刚才一举，对他来说，不过一时冲动，心中兀自后悔不迭，今见乾隆如此温和，便老实回答道：

"孟公绰一节。"

"能把文章背下来吗？"

和珅心中虽然对乾隆的询问有些奇怪。但又不敢再问，只好静心背起文章来，好在他记性极好，科举又不过二年，一篇文章竟被他完完整整地背了下来，显得从容迅捷。

乾隆听到和珅的背诵，觉得此人实在是一难得人才，不由轻笑了一声说道：

"凭你的文章也可高中啊！你且退下，待我诏令。"

和珅知道自己运气来了，不由得心花怒放，好不得意。

不须几日，圣驾便到了热河行宫——避暑山庄，乾隆就歇在行宫后寝宫的正殿"烟波致爽"处，而随行的一班官员则歇息在宫殿午门外的外朝房和内朝房。安排好住处以后，乾隆斥退左右，独自又陷入了沉思之中，越想越觉得几天前所见的和珅与自己在京城梦见的人一模一样，如此思前想后，也不顾天色已晚，便传召高云让他秘密将和珅召到这里来见他。

和珅得到诏令，心里是又喜又慌，喜的是皇上夜间召见自己，眼见白天对自己的态度，这回召见肯定是没有恶意，如此说来，从小立下的飞黄腾达的美梦岂不是快要变成现实了；慌的是，这次见皇上毕竟关系重大，皇上能夜间召见自己，定是有非常之理由，如何前去应对，心里实在没底，就这样胡思乱想着，一边换上自己三等轻车都尉的官服，跟着高云直往"烟波致爽"而来。

要说这和珅，其实也算是大家出身，不过中途败落至此罢了。和珅姓钮祜禄氏，属于满洲正红旗二甲喇人，其直系先祖叫噶哈察鸾，是赖卢浑都督的亲伯父，以军功授一等云骑尉，到了他的高祖尼雅哈纳又因征山东有功，给他挣了一个三等轻车都尉的世职，只是世代做低微武官，家庭收入实在有限，因此和珅家日渐贫寒，所以在尼雅哈纳去世前，再三叮嘱家人，希望能培养出一个后辈来，弃武从文，做极品大官，好重振家室门庭，无奈和珅父亲常保一生碌碌，倒是生了个和珅，从小聪明伶俐，温文尔雅，于是家人便着意培养他，从小就给他和他的弟弟和琳请了私塾先生来对他们进行启蒙教育；到了少年时期，又千方百计送他们两人一起入咸安宫官学读书。这咸安宫官学位于皇宫西华门内，建于雍正六年十一月，主要是为了培养内务府人员的优秀子弟而设立的。因为这学校里尽是王公贵族的八旗子弟，所以鱼目混杂，什么样的人都有，只是这和珅兄弟，因为家境普通，再加上父母从小教育，一心只是想发奋读书，日后能做得高官，好荣光耀祖。

因此，他们两人在学校里勤奋刻苦，在那帮八旗子弟中犹如鹤立鸡群，再加上这和珅天资聪颖，记忆力强，过目不忘，所以成绩优秀，不仅四书五经背得滚瓜烂熟，而且他的满、汉文字水平也提高极快，此外，还掌握了蒙古文和藏文，当时他的老师吴省兰、李璜等人非常喜爱他，常常给予照顾、提拔，就连当时著名的学者袁枚也闻听他们兄弟二人的才气，表彰他们"少小闻诗通礼"，其誉不可谓不高。

和珅从咸安宫官学毕业后，被当时协办大学士英廉看上了。因为这英廉最初曾做过笔帖式，靠本人努力而身居显位，他最疼爱的一个孙女将要出阁，老学士一心想找一个既人品端正，又年轻美貌，才气出众，将来有所作为的才貌双全的后生。这么挑来挑去，又经袁枚推荐，这才选中了和珅。完婚后，英廉帮助和珅在二十岁那年承袭了三等轻车都尉的世职。乾隆三十五年又送他去参加科举考试，未中，二十三岁时，又帮他做上了三等侍卫，挑补粘竿处，由于这和珅聪明机灵，不久，他就被调任銮仪卫侍卫。这才开始有机会接触皇上，所以才有了今天这样的事情发生。

再说，这和珅跟着高云到了乾隆的寝宫，三跪九叩之后，乾隆竟让高云也回避，准备单独和和珅谈话，这愈发使和珅丈二和尚摸不着头脑，一人跪在这阴森的大殿里，伴着当今天子，这心里不由得怦怦直跳，有些害怕起来。

乾隆看和珅有些害怕，便放缓语气，轻声地说道：

"和珅，朕今日找你不过随便聊聊，你不必惊慌。"

"是，谢皇上。"和珅伏在地上，头也不敢抬。

"你抬起头来，让朕看看。"

"是。"

听到乾隆的要求，和珅只好抬起头来。在通明的宫灯照耀下，只见和珅长得是面如满月，眉清目秀，白中透红的双颊犹如二八之女，一双忽灵灵的大眼竟然水波涟涟，真个是潘安再世，王濛重生。

乾隆这一看，不由得惊呆了，数十年前的如烟往事如流洪下泻，不可遏制地冲入脑海，在心中掀起了阵阵波澜……

和珅见皇上盯着自己的脸，恍若痴呆，不由得连惊带羞，脸腾地一下变得通红，可头又不能低下，只是轻声叫道：

"皇上有何吩咐？"

连喊了两声，这才把乾隆从遐想中找了回来，他不由得觉得有些失态，不连贯地说道：

"啊、啊，和珅，你，你什么时候出生？"

和珅将生辰八字报出。

"噢？！"乾隆一听，心里默算一下，这与在乾清宫梦见的事情似乎颇为符合，心下愈加猜疑，于是站起身来，走下龙椅，直走到和珅面前：

"和珅，你站起身来。"

"臣不敢。"

"恕你无罪，平身。"

和珅只好站起身来，犹自勾着头。

"你歪过头来，让朕看看你脖子上的红痣。"

和珅这一听，更是吃惊不已，不由失声说道：

"圣上怎知臣的脖上有红痣？"

乾隆一听，不由讷讷道：

"果然有痣？！"

和珅见皇上不理自己，自言自语，言语之间好像又似乎并不清楚自己是否有痣，这种神神秘秘的情状，和珅早吓傻了，看着巨大阴森的宫殿中，烛光摇曳，万籁俱寂，和珅不由发起抖来……

"你让朕看看你的痣。"乾隆急急地说，嗓音听起来有些嘶哑怪异。

"是，是。"

和珅抖抖衣服，哆哆嗦嗦地歪过脖子，乾隆凑前一看。

493

灯光下，在和珅的左脖颈根处，果然有一颗红痣，不过这红痣并不圆，中间有些凹陷，远看上去，宛若指痕，这一下，乾隆再无怀疑，抬头望天，口中讷讷道：

"婉嫔，果然是你，朕对不住你啊！"

婉嫔本是雍正的妃子，当年雍正患病，乾隆在寝殿侍疾，曾与那婉嫔调笑，被雍正撞破，亲手掐死了婉嫔，尸体上便留下这一弯指痕。多少年来，乾隆一直心中怀有愧疚，故此睹和珅而思婉嫔。和珅哪里晓得这中间的缘故？见皇上如此，吓得魂不附体了，"扑通"一声跪在地上，颤声说道：

"皇上，皇上，还有什么吩咐？还有什么吩咐……"

如此喊了五六声，才把乾隆从一种痴迷状态中叫了回来，他扭转身来，看了看和珅，轻叹一声说道：

"和珅，你且退下，以后要用心读书，关心时政，好自为之。"

"谢皇上，臣告退。"

"嗯。"乾隆慢慢踱回龙椅，坐了下来。

和珅又叩了三个头，这才如释重负地爬起来，低头直退到门口，才慢慢转身，擦了擦头上的冷汗，这才发觉，汗水早已透背，只是紧紧腰带，匆匆去了。

乾隆直盯着和珅远去的背影，思绪不由回到了几十年前……

蓦地，窗外夜风拂枝，惊醒了兀自追忆婉嫔的乾隆，他把自己从回忆中拉回，喃喃自语道：

"莫非，和珅就是婉嫔的化身？这世上真有来生……"乾隆胡思乱想着，始终理不出个头绪来，就这样昏昏沉沉的，渐渐竟睡了过去。

乾隆帝率众去木兰秋狝已经十来天了，每天他都身披金甲，一身戎装，兴致盎然地骑马往来驰骋于这一望无际的大草原上，随驾的诸皇子、王公大臣，还有八旗禁旅、蒙古骑兵等都远远地跟在他的后边。乾隆虽已六十出头了，但仍不服老。他骑到一个山岗上，勒马四顾，只见茫茫无边的丘陵草原上，天高云淡，风吹草动，前方有隐隐的山林密布，近处有金黄的杂草如茵，再回头看，身后满山遍野的是自己的亲随铁骑，乾隆在这大自然面前不禁深深陶醉了，他那种君临天下的豪迈气概从心底油然而生，他似乎不再认为自己是早已年过花甲的老人，仿佛又回到了那风流飘逸的从前，自己又成了那个文武兼备的四皇子弘历；他想起自己当年在这里亲手射死猛虎的情景，不由得热血沸腾，禁不住长啸一声，从背后拔出一支金箭弓拉满月，向北方的天空直射上去，看着它穿云而上，自己猛夹马肚，纵身从丘陵上冲了下去，任凭那风声在耳边呼啸而过，感受着纵横天下的快意……

到了晚上，骑马一天的乾隆仍然兴奋不已，毫无倦意，他让高云执着灯笼，自己信步走到普陀泉乘云庙看看，这庙建于他六十寿辰时，原是为他六十岁生日和皇太后八十寿辰，向各部蒙古和维吾尔族上层炫耀升平兴建的。当年工程告成时，还逢土尔扈特部首领渥巴锡等来到热河，于是又为庆祝活动增添了一项新的内容。为此，乾隆专门写了《土尔扈特全部归顺记》和《优恤土尔扈特部众纪》二碑文，用满汉蒙藏四种文字镌刻，竖在庙内以资纪念。乾隆想起这些，感到自己确有些老了，如今便开始爱回忆陈年旧事，毕竟岁月不饶人，时光无情。

正在乾隆沉浸在无限遐想的时候，有一名值班太监匆匆赶来说道：

"启禀皇上，云南来特急使者。"

乾隆一听，知道是大小金川的事，心一下子因紧张而怦怦地跳了起来，他赶快说道：

"快把使者引到我的书房去，我要亲自召见他。"说完，便让高云带路，匆匆赶去。

乾隆的书房名叫"四知书屋"，就在他的寝宫"烟波致爽"后边，中间有一排十九间殿作为屏档，宫中人习惯称它为"万岁照应"。乾隆匆匆赶到那里，早见一个黑影跪在台阶下面，他对那人说道：

"你可是从金川来的？"

"回皇上，正是。"

"那好，你随朕进来吧！"乾隆一脚跨进门槛，头也不回，径奔书桌前走，一边说道：

"高云，将奏折递上来。"

"嗻！"高云应道，赶紧从使者手中取过奏折，低头双手呈了上去。

乾隆这时已经坐在了书桌前的椅子上，急不可待地一把抓过奏折一看，只见他眉宇间越来越显出高兴的样子，终于见他按捺不住兴奋的心情，拍案而起，大声说道：

"好，太好了，阿桂真是朕的良臣，没想到他书生出身，打仗却是智勇兼备。"

这一声喊，把待在一旁的高云吓了一跳，但他知道南边准是打胜仗了，这下皇上怕又要写诗了。果然，那乾隆眉飞色舞地转了两圈，弯身坐下，开始提笔疾书，转眼一首七言诗便写了出来：

将军阿桂奏报收复小金川全境，诗以志事：
事之将难上峻山，
事之将易下顺水。
旬日全定小金川，
幅员五百有余里。
迥思久月偾事时，
猖獗贼亦还若此。
一朝失亦一朝得，
天道好还原定理。
整兵直进讨征漫，
雪岭险滑仍如彼。
拟欲持以久困之，
复虑师老致委靡。

贾勇及锋而用壮，
一月三捷心焉企。
我非黩武愿佳兵，
挞伐由来不得已。

乾隆写完诗后，反复看了看，签上自己的年号、名字，扭头对信使说道：

"就把朕的这首诗送与阿桂，告诫他乘胜追击，戒骄戒躁，班师之时，朕再给予重赏，你今晚且下去歇息，明日一早便可赶回去。"

信使双手接过诗稿，小心折叠放入怀中，然后磕头谢恩去了。这边乾隆仍自兴奋不已，正在这时，高云跑进来跪下说道：

"启禀皇上，舒赫德求见。"

那舒赫德之所以这个时候来见驾，也是不得已，想他早在乾隆初年便已中举，三十几岁便已是号称"铁汉"的监察御史和军机章京，又是乾隆的老师、三朝老臣徐元梦的孙子，但是乾隆虽然重用他，却始终把他放在刘统勋的后边，待刘统勋死后，又上来了一个于敏中，他这个人为人严肃，不苟言笑，不善交谈，从此后便屡屡受于敏中戏弄，心里一直十分窝火。这两年，于敏中内勾结高云探听消息，外联络地方官，贪污受贿，他是早已掌握了许多材料，无奈见乾隆对于敏中宠爱有加，自然也不敢乱讲，此次离京围猎，他见乾隆当众对于敏中发火，心想也许是时候了，又得以有机会独自陪乾隆出来，所以想把他所知道的一切都禀报乾隆，只是话到嘴边总是因为没胆而又咽了回来。眼见这二十天围猎就要结束了，他便着急起来，今日又听说打了胜仗，心想皇上心情一定不错，所以这才乘机前来禀报。

"舒赫德，你有什么事不能明天再说，干吗要那么着急呢？"

"回皇上，此事压老臣心底多时，不得不报……"说罢他看看乾隆身后的高云，"只是，只是……"

于是乾隆把高云撵了出去。

舒赫德这才一五一十地把自己所知的一切都向乾隆做了详细禀报,乾隆这是不听则已,一听便越来越生气,打断舒赫德说道:

"你所讲这一切,可都属实?"

"我敢以我脑袋担保,皇上,这些都是事实。"

"好吧,朕知道了,你且跪安吧,回去后把这些话详细写份奏折,明天给我呈上来。"

"嗻,多谢皇上。"舒赫德磕头请安后,便轻轻地退了下去。

待舒赫德走后,乾隆这个气啊,他知道舒赫德向来与于敏中不和,难免会有相互告状,但他深知舒赫德与于敏中相比的确算得上老实之人,这样的人说出来的话肯定有大部分是真实的,再想想离京前于敏中魂不守舍的样子,乾隆不觉有些感到这些都是事实,可是他多么不愿有事来牵连这位聪明精干的大臣啊!想想自傅恒、尹继善、刘统勋、刘纶等一批练达有为的老臣先后过世后,乾隆身边实在缺少左膀右臂之材,于敏中以其超卓的才干恰好填补了乾隆身边一时乏人的空当,正准备再给这位才学优长的宠臣加官晋爵,如当初的大学士张廷玉之例,给以世职,他却闹出这种事来,想到这儿,他不由得把怒火发泄到高云的身上:

"高云,你给朕滚进来。"乾隆怒喝道。

那高云正自伺候在殿外,见舒赫德出去了,正抖擞精神准备听召,忽见乾隆生这么大气,不知为何,赶紧推门进去,跪倒在地:

"奴才在。"

乾隆坐在椅子上,怒面含威,声音阴冷地问:

"高云,朕问你,宫中规矩可都清清楚楚的知道?"

"回皇上,奴才都很熟悉。"

"那好,我问你,先帝顺治爷当年规定的严禁太监干政铁牌上写的是什么?"

乾隆这么一喝问,高云才知道自己的事败露了,心想这肯定是舒赫德这老王八蛋干的,心里咒骂,可这会儿已是被乾隆吓傻了,喃喃地口中不知所云。

"快背!"乾隆拍了一下桌子,厉声喝道。

"嗻!"高云浑身发软伏在地上,声音发颤地背道:

"帝敕谕中宫之设,虽自古不废,然任使失宜,遂贻祸乱,近如明朝王振王直曹吉祥刘瑾魏忠贤等专擅威权,干预朝政,开厂缉事,枉杀无辜,出镇典兵流毒边境……"

"够了!"乾隆见高云就这么一直背下来,不耐烦了,又拍了下桌子,"给朕背后边怎么处理的。"

"但有犯法干政,穷权纳贿,嘱托内外衙门交结满汉官员,越分擅奏外事上言官吏,行凌迟处死,定不姑贷,特立……"背到后边,高云的声音几乎是哭的,他背完后磕头如捣蒜,连声喊道:

"万岁爷饶命,万岁爷饶命,奴才再也不敢了。"

"哼,你这大胆狗才,竟然敢违背祖宗法规,与外臣官员勾结,泄露宫中消息,谁能救得了你?"

乾隆怒气冲冲地斥责道。正在这时,只听得外边又有值班太监胡禀文进来报道:

"启奏皇上,山东急奏。"

"嗯。"乾隆一听,心想:今晚的事怎么这么多,不知是好事坏事,伸手接过一看,不由惊得手脚冰凉。原来这是山东巡抚国泰的一份急折,说是山东清水教教主王伦聚众数万起事,现已连克数县,直往北京攻来了。

乾隆这个气啊,不由得破口大骂:

"这帮无用的饭桶,竟然出了如此大乱。"气怒之下,又回头指着跪着的高云说道:

"国家大事,就是被尔等之人毁坏的,来人,给我拖出去碎剐了!"

听到这话,高云一下子瘫倒在地,想再求饶几句,可是怎么着嘴巴也不听使唤了,这时早进来两个侍卫,像拖死狗一样把高云拖了出去。

夜深了,四知书屋的灯光依然摇曳不定,照着乾隆那已略显老态的脸庞,他那满脸的怒气还没有消去,在青色的灯光下显得有些狰狞,他就不明白,这山东怎么会突然出了个清水教呢?为什么以前从未听奏过,今日却突然聚众造反了,而且有数万之众,这是怎么回事!他感到了来自这些不为他所知的秘密社会的威胁。

王伦军队声势如此浩大,就如从天而落的狂飙。乾隆在接到报告的第二天,猎也不打了,便率领众人匆匆忙忙地赶回了京城。

到了京城,乾隆立即召了于敏中、舒赫德等众臣,商议破敌大计,而就在此时,一份又一份的加急情报如雪片般放在了乾隆面前,乾隆焦急地询问诸大臣:

"这次举事,为首之人,实在情形如何?守城文武官员能否回击抵御?教众有无烧掠杀伤?百姓有无惊惶逃窜?仓库监狱有无遭劫?城池是否占据?究竟因何而起?"

面对乾隆的这一大串问题,诸大臣一时不知从何回答起,不禁个个茫然相顾,只有那于敏中这时站了出来:

"回皇上,据臣所知,这次山东民变,系清水教所为,为首之人姓王名伦,听说勇谋兼备,另有一和尚,法号了因,为其左右臂,据消息说他原为我绿营中一个兵,在云南临阵脱逃。如今这股贼匪已聚数万,先后攻占了山东西部阳谷、寿张、堂邑、临清等地,据称欲往京城而来。听说这群匪徒占城之后除开仓赈济,收买民心外,倒也不骚扰百姓,至于事变起因,臣则正在进一步调查。"

原来,这于敏中和全国各地官吏都有秘密的书信往来,平日百官奏报也给于敏中一份,所以,乾隆皇帝得知王伦这一消息时,他也早已知道,而且比乾隆知道得详细多了,所以今日有备而来,侃侃而谈,无一句废话。

乾隆听了于敏中这段话,不由微微颔首,他就是欣赏于敏中这种博闻强记,有条不紊的聪明劲,所以才对其用之不疑。

"嗯。诸位大臣看有什么对策吗？"乾隆焦躁的心稍稍稳定了下来。

这时，舒赫德也站了出来：

"回皇上，听说漕运已被匪徒截断，眼下当务之急是夺回漕运，断其后路。"

乾隆略微沉思一会儿，便说道：

"胡胜，传旨。"

"嗻。"

"着谕直、豫二省，出兵堵截擒拿山东叛匪，以免逸入邻境，蔓延为害。令两江总督高晋驰赴山东连界之徐属丰沛等处，密行调兵，督率防剿；令直隶布政使畅景率在临清城对岸驻兵防守，以御贼众外窜。"

乾隆一口气说这么多，犹如临阵布兵一般，对地理之熟，不由不令大臣们心生敬畏。

"舒赫德，"乾隆顿了一顿，又扬声道：

"朕命你自带漕运总督嘉谟、总河姚立德，前往山东，会同山东巡抚国泰，原巡抚徐绩，速将闸口贼众剿清，肃清河路，限尔克日攻破临清，擒获王伦。"

"臣遵旨！"舒赫德躬身欲退。

"慢，"乾隆想了一下，又叫道，"舒赫德，破城之后，一定要见王伦尸首，另外要查点各贼眷口，王伦亲属，不分男女大小，尽数处斩。"

乾隆一字一句地说道，言语阴森，用心歹毒，不由得让各位大臣出了一身冷汗。

布置完事情，诸大臣便纷纷跪安，于敏中和舒赫德正带领诸大臣出殿，却听胡胜在后面嚷道：

"于敏中听宣，即刻去乾清宫偏殿见驾。"

这一喝，把于敏中吓了一跳，他刚才一上殿，不见高云，心里就犯嘀咕：这传旨太监什么时候换人了，那高云哪里去了，心

501

里便隐隐感到不安,如今又见乾隆单独召见,心里便更加惴惴不安了。

于敏中急急忙忙赶到偏殿,就跪下山呼万岁,那乾隆也不喊平身,用手一指他说道:

"于敏中,你知罪吗?"声调虽不高,但语中带威,令人胆寒。

"臣不知……何罪。"于敏中一听这话脑袋立即便"嗡"的一声胀得老大,只是不明白乾隆肚子里是什么意思,于是只好硬着头皮再问一次。

"你为什么不问问高云哪里去了?嗯?"

"这,这。"于敏中这下明白是高云出事了,当下磕头如捣蒜,颤声说道:

"臣知罪,臣知罪了,臣不该答应高云的求情,帮助他去刑部官所。"

"恐怕不止这些吧!"乾隆不阴不阳地说,"我已把高云凌迟处死了,这狗奴才居然敢违祖宗例制。"

听到这个消息,那于敏中是彻底吓呆了,他只有讷讷地说道:

"臣确实只是帮高云求了求情,别的什么都没干。"

乾隆见他吓成这个样子,心底下不由得显出一些怜悯,再说,他也确实欣赏于敏中的才干,如今朝中,理顺政务,治理百官,除了他,一时还真没有可以替代了的,乾隆也不想就此废了他,想到这里,他决定给于敏中提个醒:

"于敏中,我知你不想得罪高云,但祖宗例法:内廷诸臣内监与差使,交涉事所必有,若一言及私情,即当据实奏闻。朕方嘉其持正,重治若辈之罪,又岂肯以语涉宦寺,轻咎奏参者耶?你侍朕左右有年,岂尚不知朕之办事,而思为此隐忍耶?"

乾隆这段话软中带硬,于敏中自然听得明白,他知道乾隆可能还知道了一些什么:

"臣罪该万死,罪该万死。"

至此，乾隆语气又转而温和地说道：

"于爱卿，朕虽责怪你，但仍十分看重卿，万望今后不要再辜负朕的期望，下去吧。"

听到这话，于敏中如释重负，忙谢罪谢恩，躬身走了出去，到得殿外，凉风一吹，这才感觉到衣服背部已湿透至中衣了。

见完于敏中，乾隆信步来到惇妃的宫前。还未走近，便听里面琴声袅袅，惇妃唱道：

"何事肠俱断，倾城色尚夸，春人两行泪，秋雨一丛花，恨绕江郎笔，愁生苏小家，虫声漫呜咽，心绪正如麻。"

歌声凄哀宛转，断人心肺。

乾隆一把推门进去，朗声说道：

"爱妃今日是怎么了，为何如此忧伤！"

惇妃见乾隆来了，忙放下琴，起身施礼：

"臣妾见过皇上。"

"啊哈，免礼。"乾隆走上前去，扶起惇妃：

"告诉朕，为何这么不开心？"

惇妃娇声说道：

"还不是好几天没看见皇上了。"

"唉，"乾隆说道：

"平日朕翻你的牌子比任何人都多，你还嫌不够啊！"

一句话说得惇妃脸红了起来，她赶紧换了一个话题说道：

"皇上，胡胜可否顺手！"

原来，乾隆杀了高云，身边少了个贴身太监，这胡胜原是侍候惇妃的，惇妃知道这事便让胡胜顶了高云。

"还不错，"乾隆若有所思地说，提起这件事，他就想起了于敏中，他对惇妃说道：

"你说怪不怪，于敏中以大学士在军机处行走，日蒙召对，朕何所不言，何至于使他转向内监打探消息耶？"

"不过是害怕失宠罢了，皇上。"惇妃说。

503

"我也这么想,料于敏中也不会别有所图。"乾隆一边说着,一边搂着惇妃坐了。

"皇上,妾有事告知。"

"什么事?"

"妾已有三月身孕了。"惇妃羞怯地说。

"什么?"乾隆初听大愕,继而哈哈大笑起来,"不想我弘历六十多岁还能得子,真是快事。"高兴之下,又和惇妃温存了半日,这才离去。

乾隆告别惇妃,走到乾清门外,他一眼便看见正在值班的和珅,自从承德回来,乾隆便升迁他至御前侍卫、值乾清门,并兼任正蓝旗副都统,不知怎么搞的,只要一见和珅,乾隆便感觉心情愉悦似的,不禁上前笑眯眯地问:

"和珅,这几天干得怎么样?"

和珅一看见乾隆,便跪倒在地,柔声回答:

"奴才多谢皇上栽培。"

"嗯,好好干,朕自有封赏。"

"多谢皇上。"和珅看见乾隆一脸喜色,便壮胆又问一句:

"奴才见皇上一脸喜庆,不知是什么大喜之事。"

一个小小的殿前侍卫竟然敢这么问皇上,乾隆不以为逆,反而很高兴地说道:

"朕又要得子了。"

那和珅赶紧连连磕头,山呼万岁,并且说道:

"皇上真是龙脉兴旺,奴才也要沾沾皇上的喜庆,听内子说,她也有身孕了。"

听和珅这么说,乾隆愈发觉得他与和珅之间有着某种说不出的神秘联系,便脱口说道:

"朕若与你生下龙凤胎,则可赐婚与你。"

那和珅听了,真是高兴得摸不清东南西北了,他实在是没想到乾隆会对他这么好,他想不出也不愿想这是为什么,只是觉得只要他能讨这位天子的欢心,将来必定会博个高官厚禄,前程无量。想至此,又连忙谢恩,因为兴奋,连说话的声音都变了。

再说那阿桂领命在云南仍然攻打大金川,这时,福康安从京城回来,带给了阿桂乾隆给他的赏赐:赐他晋协办大学士、吏部尚书、军机处行走。

接到这样荣升的圣旨,阿桂自是精神百倍,全忘了这些年来在这崇山峻岭、雪山绵亘的地方所受的一切苦处,于是下令全军,加紧攻打大金川。

这个时候,小金川因为早已平定,所以清兵后继有人,外援充足,大金川实际上只剩下了一个孤城勒乌围,清兵十几万军队已形成了对勒乌围的包围。在这种形势下,索诺木已知道自己不行了,于是便派手下头人具禀乞降,送回所俘清兵,又将僧格桑的尸匣刨出来,献于清营,如此三次,阿桂因为没有接到乾隆的圣旨旨意,再加上眼见已大功告成了,所以怎么着也不受降,索诺木无奈,只是督率大金川番民继续死守抗争。

那勒乌围倒是一个异常险要之地,索诺木在这儿的碉寨高大坚实,墙垣巩固,它的南面有一座转经楼,亘于悬崖之上,上面派有重兵把守,此处唯一的通道是一座叫甲尔日桑的吊桥,通往科布民小道,与山中各大官寨相枒比,但遇有变,则可联络接应。北面,是雪山绵亘根本没有通路的。在东面,有澜沧江穿过,江水在此湍急成瀑,很难通过。而西面,索诺木则用巨石砌了无数的卡栅碉座,外边光滑如砥,使人无从攀援,再加上重兵把守,整个勒乌围真个是固若金汤。

在这样的形势下,阿桂督责清兵连连进攻,但都屡遭败绩,损失惨重,阿桂心里不免有些焦躁。

这一晚,阿桂犹自在灯下苦思良策,却见福康安掀帘进来了。福康安长得高大魁梧,相貌堂堂,与阿桂相比,只让人觉得他倒是很有大帅风范,而作风平实的阿桂倒有些显得书生气足了一些。

505

"阿大人，末将有一计，不知行否？"

"福大人，不必客气，坐下再讲。"

阿桂和福康安平日的私交一般，只是两个人倒都十分耿直，所以一直相安无事，如今两人官职相近，所以相互见面更加客气了。

福康安答谢之后，在凳子上坐下，滔滔讲道：

"我看勒乌围地形，三面都不可攻，只有南面转经楼，虽然险绝，但有吊桥是弱点，若要破城，我认为只有从这里入手。"

"福大人言之有理。"阿桂连连点头，又说道：

"但若索诺木察觉我方意图，拆了这桥，怎么办？"

"这？"福康安原本没想到这一层，一时语塞。

阿桂又沉思半晌说道：

"所以，我认为，打转经楼没错，但必须采用奇袭。"

"奇袭？怎么去奇袭，那里居高临下，一览无余，怕不行吧？"

"无妨。"阿桂叫过福康安，指着桌上放的自绘的形势图说道：

"你看，如若我们一连几天先从南面攻起，然后，再转向北面攻击，几天后，再移兵东面，那么索诺木一定认为，我们实际上是声东击西，意图是要攻打西面碉群了……"

福康安听到此处，不禁拍手叫绝：

"大帅果然熟读兵法，这叫兵不厌诈，实际上我们又转头攻打南面，索诺木一定防范松懈，我们就可乘虚而入了。"

说到此处，两人不由得相视大笑，阿桂又道：

"不过这西面还是要打的，一方面牵扯敌军兵力，一方面这儿如若能有进展，也可以形成掎角之势，这南面一事恐怕就要有劳将军了。"

福康安连连推辞：

"大帅，这怎么能行，南面还是你去，我攻西面吧。"

"将军不用争了，我意已决，咱们明日便动手吧。"阿桂决然地说。

福康安见阿桂果然是下了决心，也便不再说什么，又坐了一会儿，便告辞去了。

第二天，阿桂升帐，清兵副将以上皆都在帐下听令。

阿桂正襟危坐在虎皮太师椅上，一身戎装，满脸庄重，不怒自威。

"兵部尚书、征边将军福康安听令。"

"末将在！"福康安从左边第一个站了出来。

"你可带本部人马，自今日起，养精蓄锐，五日以后，但听西面炮响，可率众抢攻转经楼，不得有误。"

"末将领命。"福康安施了一礼，又退回列中。

接下来，阿桂又命护军都统明亮率众攻打勒乌围东面，三日之后即回，明亮自领兵去了，然后，阿桂又命海兰察率众三万，三日后攻打勒乌围北面，二日之后撤回。

接着，阿桂又命护军统领奎林率众二万，五日后潜伏勒乌围东面，拿木栅截水，专防从水路逃走金川之兵。

最后，阿桂令骁将额森特、善尔普等人随着自己率五万人马，五日之后从北面攻打勒乌围。

一切布置就绪，阿桂宣布退帐，自叫了福康安回帐中小饮去了。

这五日之内，便听见勒乌围四面皆有炮声，喊杀声不绝于耳，那索诺木以为清兵要大举攻城，便严令四面守军严阵以待，不得有误。但一连几天，清兵一面接一面地攻打，南边没打两天，又转西而向东，不过三天，又兀自不打了。索诺木不由得暗暗疑心，认为这是清兵疑兵之计，改日必打西面，因为他知道这西面若用炮轰，很有可能被打开缺口，因此，便命令从三面再调精兵，严防清兵从这里攻入。

四日之后，阿桂突然命善尔普率士兵用牛皮口袋装盛沙土，一人一袋，沙要装满，不得有误，又命额森特率自己部下伐木为柴，一人一捆，随带在身。

到了第五日，天刚蒙蒙亮，阿桂便率众前去攻打西面石碉群，他先自率五千众到达碉下，高声喊骂，待碉上枪炮齐发时，自又退下，下令清兵集二十门大炮，猛轰碉群，这一阵猛轰，直轰得金川守兵都是伏着头，不敢还击。趁此机会，阿桂命额森特率众一人一捆柴背负至碉下，放下便走，不到半个时辰，碉下便堆满了柴垛，接着阿桂又命善尔普的士兵们都将装满沙土的牛皮袋顶于头上，以挡枪炮，发一声喊，便往碉下攻，待到了碉下，将口袋一律放于柴垛之上，然后以此为据攀援而上。

这一招果然厉害，清兵不一会儿便爬到了石碉之上，攻开碉门，与金川兵短兵相接，厮杀起来。

再说福康安率劲卒五万，到了南面转经楼，一听西面炮响，便自督众抢夺甲尔日桑桥。这南面本来守卫甚严，如今一部分被调到西边去了，另一部分也以前几天为例，认为今天这边肯定没事，所以觉得可有个机会歇息，也自三五成群地嬉戏取乐，守备松懈，不承想，突然之间，清兵铺天盖地而来，迎战不及，早已被清兵纷纷拿下，清兵在这里几乎没有什么伤亡，便夺下了甲尔日桑桥，福康安不费吹灰之力便攻入了城中，他一边让三万人速去西面支援阿桂，一面自率二万人往城里进击，欲想活捉索诺木。

再说那阿桂正自督兵在西面血战，福康安的三万士卒已经赶到，这下子，两面夹击，金川土兵哪里抵挡得住，当下死的死，逃的逃，已经溃不成军了。阿桂攻下西面，也赶快率兵往土司府去，到了门口，却正碰上福康安押着一群女眷从府中出来，相告说道：

"大帅，索诺木跑了。"

"放心吧，跑不了，咱们回营寨静等好消息吧。"阿桂开心大笑，便和福康安折回去了。

刚回营寨不到一个时辰，奎林便自押着索诺木回寨来了。原来，索诺木见大势已去，顾不上携妻带女，便自率兄弟几人投东而去，想顺江而下，得逃一命，刚刚坐上船，便听岸边丛林中一声炮响，闪出无数清兵来，正待开船，却见前面已有木栅堵住，索诺木知道全都完了，于是便也不加抵抗，束手就擒。

　　阿桂见清兵已经大获全胜，一面让福康安快速写上奏捷报；一面在营中设宴，大宴清兵众将士。

第三十章

封功臣紫光阁画像
教皇储上书房延师

福康安押了战俘下去，乾隆朗声宣谕："朕自攻打金川以来，凤夜难寐，思虑甚极，赖诸大臣文治武功，得以今日平定大小金川，为彰表臣子之忠勇，朕特命吏部选出前、后功臣共一百人，画像紫光阁！"

再说那乾隆在京城之中，这几日正为一事而气恼：原来惇妃生了小公主之后，自恃有乾隆宠幸，变得飞扬跋扈起来。前几天，宫中有一侍女叫莺儿的，是专门来侍候惇妃洗脚的。有一天倒水，不小心放热水多了一点儿，惇妃的脚给烫了一下，惇妃非常恼怒，责令贴身太监掌了莺儿二十个嘴巴。

谁知这莺儿是个倔脾气，连羞带怒，第二天倒水时，也不知是有意还是无意，竟将水倒得比上次还热。惇妃哪里知道，毫不考虑地将纤纤玉脚伸进盆里，立时杀猪一样地号叫起来，仔细一看，三寸金莲早被烫起了一串串水泡，惇妃一怒之下，便喊道："快将这贱人拖下去，给我乱棒打死。"

众人一阵乱棒，可怜莺儿，不过十几岁，就惨死在棒下。

消息传到乾隆耳朵里，乾隆不由得怒火满腔，他一生文儒风雅，最是怜香惜玉，虽然处理朝政从不手软，但对于儿女之情，那也是天下第一情种，想想惇妃竟为这一点小事，就拿一个如花似玉的姑娘的生命作儿戏，真是太过于残酷，便不顾惇妃刚出月子，让胡胜将惇妃叫来。

听到皇帝召见，惇妃才知道事情闹大了，期期艾艾地来到乾隆面前，跪下一声不吭，乾隆怒气未消，一见她指鼻大骂：

"你算什么东西，二十年前，你也不过是一小家碧玉，有什么出息！你也不想想自己也是女儿之身，竟下得了这样的毒手！朕要你何用！"声音因为气恼，微微有些发颤。

惇妃怎么也没有想到，为了一个婢女，乾隆竟生这么大的气，当下大气不敢出，只是磕头不已。

乾隆大骂了一通，尚不解气，叫来胡胜说道：

"传朕旨意，将莺儿按嫔礼厚葬。"又看了一眼惇妃说道：

"你犯这么大错，朕念你刚刚满月，就把你降为惇嫔，皮肉之苦就免了。"

惇妃一听这话，犹如五雷轰顶，当下痛哭失声，连声乞饶：

"皇上，奴婢知错了，还望皇上看旧日情分，饶了奴婢这一次吧。"

谁知这乾隆有心要狠狠惩治一下惇妃，竟是铁了心肠，丝毫不为所动，惇妃哀求了半日，见乾隆铁青着脸，一声不吭，知道无望，只好抹抹眼泪，告退下去了。

为了这事，乾隆一连几天憋闷，好在有了和珅，不时进宫见驾。给他讲笑话，做鬼脸，又是学驴叫，又是学猫跳，真是花样出尽，倒能博他一笑。特别是昨日，他扮杨贵妃来讨乾隆开心，乾隆见他羽衣霓裳，花枝招展，又见他腮泛桃红，微微发胖的脸上，双眸顾盼有神，活脱脱一个杨贵妃再世，不由得笑出了声，几日的烦心事都暂且搁了一边，只是与和珅在这御花园中饮酒作诗，十分逍遥。

今天，乾隆正在与和珅雅兴高论，胡胜匆匆进来，递上一份文书说道：

"启禀皇上，云南快马急奏。"

乾隆接过奏本，迫不及待地打开一看，一目十行，越看越眉飞色舞，一会儿竟以左手拍膝，唱了出来：

"十万大军出玉门，锦旗猎猎奏凯歌……"

和珅一见便知金川那边打了大胜仗，当即跪倒在地，叩头称赞说道：

"皇上英明，威震四海，周边威服，实在是可喜可贺啊！"

乾隆这时再也忍不住了，起身仰天大笑道：

"朕费四年光阴，耗资千万，终有今日之胜，实在难得，胡胜，传旨，速让阿桂携带全部战俘进京见驾。"

"嚎！"胡胜躬身而退。

过了七天，阿桂他们押着索诺木及其母阿仓，其姑阿青，兄弟莎罗奔同达克、索诺木彭楚克、甲尔瓦话杂尔、山塔尔萨木坦及其他头人、喇嘛共二千多人回到京师。京城万人空巷，夹道欢迎。

乾隆听说此景，倒下决心，要择定吉日，搞一个大型的受俘礼，以宣扬自己的文治武功，好威慑远方，感服百姓。

经过礼部的详细筹划，受俘礼定在午门前举行。这一日清早，文武百官便领旨身穿上朝官服，按文、武两排站好，静等乾隆出来，而阿桂、福康安一行则押着俘虏候在午门外，等候乾隆御旨。

钟敲五更，午门前那几扇大门吱吱呀呀地同时打开了，一时之间铙鼓齐奏，大臣、百姓们都知道这是皇帝要出来了。

午门城楼上，御座早已设好，金椅摆定，乾隆龙袍衮服，健步从辇中走了出来，立时，四面跪倒了成千上万的人，"万岁"之声响彻云霄、震耳欲聋，看着这一切，乾隆露出了满意的微笑，沉声说道：

"带战俘。"

那胡胜赶紧拖长了声音喊道：

"带战俘。"

这边阿桂、福康安听见，便亲自押着索诺木等兄弟五人上前，北面而跪，行三跪九叩之礼，阿桂行完礼后，便从怀中掏出一份奏折，简略向乾隆奏平定金川始末。

乾隆听完后，微微点头，和声说道：

"朕听此奏，心甚宽慰，且带俘虏。"

阿桂听后，又磕了一个头，这才示意福康安押着索诺木膝行一步，便听乾隆说道：

"索诺木，你可知罪？朕自继先帝位以来一直以德服天下人，四海归顺，天下太平，百姓安居乐业，然汝等南野荒蛮之人，不思朕之恩德，犹勾结土著，煽动族人，劫我大清兵饷，独霸一方，然则朕并没因此而戮尔等，只想施恩教育，感化尔等，何承想，尔等不思悔改，竟然聚众闹事，兵向天朝，是可忍，孰不可忍！至到我天兵降临，犹自负隅顽抗，杀我大清民众，烧我大清良园，真可谓罪大恶极，罪不可恕！直至今日下场，你可知罪吗？"

乾隆看着跪在脚下的索诺木，慷慨激昂地说着，越说越来劲，越说越气愤，而那索诺木不会说汉语，被俘后，阿桂知道乾隆定要亲自审问，因此早已叫人教了他几句汉语，如今他见此场面，早已吓得魂不附体，只知用生硬的汉语说道：

"我有罪，恳请皇上饶命。"

"你还敢说饶命？"乾隆冷笑一声说道：

"传旨，即刻将索诺木等押送刑部，会审后处以极刑，并悬首级于市。"

福康安自押索诺木等人下去，乾隆便开始大赏功臣了：

"朕自攻打金川以来，夙夜难寐，思虑甚极，赖诸大臣文治武功，得以今日平定大小金川，为表臣子之忠勇，朕特命吏部选出前、后功臣共一百人，画像紫光阁上，以资嘉勉。"

乾隆说完，将手一挥，胡胜便赶紧上前一步，取出早已拟好的圣旨，拖长声音读道：

"奉天承运，皇帝诏曰

"封：内阁大学士、军机大臣于敏中一等轻车都尉，赐穿翎帽黄褂，画像紫光阁。

"封：军机大臣和珅兼任镶黄旗副都统、赐紫禁城骑马、画像紫光阁。

"……

"封：定边将军阿桂为协办大学士、吏部尚书、军机处行走，赐御用鞍马、紫缰、四开裰袍，画像紫光阁。

"封：福康安任兵部尚书，满嘉勇男，白金五百，缎十二端，御用鞍马一匹，画像紫光阁。

"……"

胡胜这么一路念下来，所封功臣刚好一百人，共分为前五十功臣与后五十功臣。

盛大的受俘礼和分封功臣仪式终于在鼓乐声中结束了，乾隆离开金椅，在惊天动地的"万岁"声中坐到了御辇中，他那一颗不甘寂寞、总想轰轰烈烈的心得到了极大的满足，他不禁在心里说道：朕的文治武功和康熙爷比，只怕也已不相上下了吧……

举行了盛大的受俘礼后，乾隆的兴奋仍然无法遏制，考虑再三，他决定第三次东巡，去盛京拜谒祖陵，一方面是祭告此次平定边疆之胜利，另一方面是想问问自己心里的一块掩藏很久的心病：这便是如何立皇储的问题。

提起这件事，乾隆便十分头痛，乾隆生儿子并不少，前后一共有十七个皇子，但这十七个皇子中，却难觅一个帝王之才。

这十七个皇子中，长子永璜乃庶妃富察氏所生，资质平平，且一直不被乾隆喜爱；皇二子永琏乃嫡妃富察氏所生，自小就聪明贵重，气宇不凡，乾隆本已立他为皇储，却可惜永琏生来命薄，九岁上就死了，乾隆只得从"正大光明"匾后撤出立皇储谕诏；自此以后，皇三子永璋、皇四子永珹、皇五子永琪及皇六子永瑢都不堪重用，而且皇四子永珹和皇六子永瑢又分别过继给了履亲王允祹和慎郡王允禧为孙，所以乾隆也就暂不做立储的打算了。

到了孝贤皇后又生出了皇七子永琮，乾隆异常高兴，认为无论从年龄，还是出身，永琮都是合适的王储之选，不料，此子更是命比纸薄，不到两岁就因出痘而殇。而接下来的九阿哥、十阿哥和十六阿哥未及命名便相继而亡；中间的十三阿哥永璟、十四阿哥永璐也是未及成年便过早去世了。

这一连串的打击使乾隆几乎濒于绝望，那么多的皇子，到晚年时,他真正能决定与爱新觉罗氏家族,与大清帝国命运攸关的预立皇储这件头等大事,就只能在八阿哥、十一阿哥、十五阿哥、十七阿哥四个人中抉择了。

八阿哥永璇如今是自己身边最年长的阿哥了,自幼也是十分聪慧,只可惜聪明劲从不往治国理财上使,倒是专攻书画,书法学赵孟頫,妩媚可爱,平日里又极爱玩耍,常常是带着亲随侍从偷偷出城去玩,加上他八岁那年又摔了一跤,脚变跛了,乾隆对他没什么指望了。

十一阿哥永瑆,是八阿哥的同母弟。与八阿哥如出一辙,他身上充分体现的是文学艺术天分,自小诗文到口成诵,尤其擅长书法,早年学欧阳询、赵孟頫书,后来十几岁便自创出一种只以前三指握笔、悬腕写字的"拨镫法",名噪一时,他的画也不错。永瑆恃才放旷,自号少庵,又号镜泉,别号治晋斋主人。说心里话,乾隆本是比较喜欢他的,因为觉得风流倜傥这几个字,和自己有些像,只是治国理天下,光有这是不行的,乾隆害怕他沉溺于诗酒翰墨之中,丢掉了满洲勇武的祖风,因此对他管教甚严。一次乾隆看见十五阿哥手中的折扇,扇上有题画诗名,文理,字画都非常好,又见落款为"兄镜泉",知是十一子所为,不但不夸奖,反而重重加以斥责。自此后这位皇子便变得不问世事,脾气越来越怪,乾隆也只好把他丢弃一边了。

至于十七阿哥永璘,恐怕是乾隆这么多儿子中最不成器的一个。他从小就不喜欢读书,性情也轻佻浮躁,长大成人后,稍得空闲,便一身便服去外城狭路曲巷中寻花问柳去了。

如此说来,便只剩下了一个十五阿哥永琰,好在这个永琰虽不是旷世奇才,倒也是为人稳重,处事精明,今刚十八岁,学问虽不甚深,却诸经熟读;才华虽不外溢,却会韬光养晦。因此,乾隆早在三十八年时,便已秘密立他为皇储了。

然而,乾隆对这个十五阿哥其实是不满意的,觉得此子太过忠厚,极少变才,实在太不像自己了,把他定为皇储实在是迫不得已，想想皇太祖努尔哈赤时根本谈不上什么皇子教育，而四大王、四小王几乎个个是帝王之材；圣祖康熙皇帝虽然立储颇费周折，但皇长子、二子、三子、四子、八子、九子、十四子也都个个可登九五之尊，唯独自己一世英明，子可也不少，但为什么可供选择的帝位继承人如此有限呢！他不禁想去祖陵前问一问了。

然而不管怎么说，既已定了十五阿哥为皇储，要教育好，调教好，是至关重要的，乾隆这几天一直在琢磨：永琰的前师朱轼告老还乡，却被他拒绝了，但最近确实觉得他年纪大了，脑子也糊涂了，再留下他未必有用，想来想去，他想起了朱珪，于是找了一个空闲的日子，便在御书房召见朱珪。

这朱珪，字石君，是顺天府大兴人。其父是一个小小的知县，从小便资质过人，后来又从学于朱轼，少年时与其兄长朱筠参加乡试，高中头榜，因此名重于世。后来在乾隆十三年中了进士，年仅十八，以后历任编修当闲职，乾隆听朱轼推荐，重其才学，所以这多年来，累进至侍读学士，后来又外放为湖北按察使，为官清廉，可谓人品、才学俱佳，前些时，因得罪同僚黄检，被弹劾回京，至今闲散在家。这一天，他正独自在家中抄写碑帖，忽见乾隆传呼，便跟着钦差进了紫禁城。

到了御书房，乾隆早已等候多时了，行过三跪九叩之礼，乾隆开口道：

"平身，赐座。朱爱卿，朕今日有事相托于你。"

那朱珪本已站了起来，听皇上这么一说，知道事情重大，便又跪了下来，乾隆见此，不由得安慰他道：

"朱爱卿，你且平身坐下，无甚大事，朕只是有私事相托而已。"

那朱珪这才起身，在一旁侧身而坐，心里怎么也想不通，乾隆怎么会说私事托付自己。

"朱爱卿，朕自继位以来，一晃四十多年了，这些天来，朕自觉年事已高，却有一事尚不放心。"乾隆说到此处，顿了一下，话语中透露出的果真已不再像过去的那个风流潇洒、英气逼人的君主了。

"朕的几个儿子中,好学的不多,这些年来,汝师朱轼一直在为朕培育皇子,如今他要告老,朕也不能不加体恤,朱轼临去时,推荐了爱卿你,不知可否愿意来教吾儿?"

朱珪一听,一颗心才放了下来,赶忙起身跪倒说道:

"启禀皇上,这有关国家社稷,臣一向才陋学浅,为人欠缺,怎可敢做皇子之师?臣实不敢领命。"

"唉,起来,起来。"乾隆平和地说。

"卿的人品才学,朕是清楚的,你难道不肯答应朕吗?"

朱珪见乾隆言语诚恳,只好磕头谢恩,领了这份差事,乾隆见此,又说道:

"朕今封卿为侍读学士,入上书房,只教十五阿哥一人,卿可殚心教导之,倘不奉教,卿等不妨过于严厉。从来设教之道,严有益而宽多损,将来皇子长成自知之,卿可放心去教。"

乾隆这番话,说的是动情入理,使朱珪不由得感激涕零,再三谢恩,领命而去。

安排了这件大事之后,乾隆始觉稍放了一些心,便自带了胡胜、和珅和仪卫、护军一行几百人,出京前往盛京拜谒祖陵,开始了他的第三次东巡。

不知是出于什么考虑,连乾隆自己也说不清楚,他这次在走之前便下了三道旨意:一是出山海关后直赴盛京,不再绕道;二是不再去蒙古狩猎;三是让朝鲜不必再派使臣接驾了。这或许是年纪大了的缘故,他已不再想像前两次那样,那么张扬,那么热闹,只想快去快回,顺便散散心而已。

在盛京祭祀完毕,乾隆又大宴群臣两天,可是无论怎样热闹,他也总有些心绪不宁,又过了两天,他在盛京便再也住不下去了,下令转驾回京,毕竟,京城才是他的根据地啊!

归途中,一路无话。这一天,乾隆一行到了锦县,此时正值中午，御道两旁无一人烟，正行走间，忽然从道边草丛中，斜刺里冲出了一个人来，跪在御道中间，乾隆身边的侍卫早冲了上去，举刀欲砍，却听那人口中喊道：

"万岁爷，小民有要事求见。"

乾隆一听这话不由脱口喊了一声"慢"，止住了侍卫的刀，他是英明帝君，昔日下江南时，这种事遇得多了，有时也确有一些巨大的收获，不过，三次东巡，这种现象倒是第一次遇上，他想听听，这个人是奔什么而来的。

这样想着，乾隆让侍卫将那人叫到御辇前，乾隆透过轿帘细看：只见来人四十上下年纪，面色蜡黄，瘦削无须。

"你拦朕驾，所为何事啊？"乾隆问。

"启禀皇上，小人乃锦县生员，名叫金从善，听圣驾过此，小人将自己一生所思之事写成条陈，特冒死罪在此惊驾，请皇上纳谏。"金从善一面说着，一面从怀中掏出叠得四四方方的一份奏折递了上去。

乾隆听此人说话前言不搭后语，半日不知所云，又听他说"纳谏"，不觉心里暗笑：你又不是朝中大臣，何来让朕纳谏，心里这样想，但亦让胡胜将条陈递进轿来。

乾隆将这方方正正的纸打开一看，不看则已，是越看越怒，原来，这纸上一共写了四条，主要是说乾隆贪恋皇位，岁至高龄仍不言建储事，置国家社稷安危于不顾；其次是对皇后不好，致使二位皇后都含冤死去，如今又不设皇后，使天下有父无母；最后要求乾隆从谏如流，答应这几件事从快办理，然后向天下颁布罪己诏，以成英君完名。

乾隆怒气冲天，大声喝斥道：

"金从善，你明持古礼以博正人之名，实挟隐私以图一己之利，名为国是，实为谋身，出口犯上，荒诞惊驾，该当何罪？来人，给我就地斩首。"

金从善正自得意，一听此言，不觉吓傻了，这边侍卫拖他，他才开始明白过来,连声叫骂乾隆是无道昏君,至死方休。

经此闹剧,乾隆再也没心思看沿途风景了,只是催促众人快走,想尽快地赶回京去。

九月底,乾隆赶回了京城,中午到了宫中,稍事休息,用过晚膳,乾隆便踱到御书房,同时命令军机处将这几个月一些积压的各地奏折抱过来让他看看。

乾隆坐下次序读来,突然安徽学政朱筠的一份奏折引起了他的注意。这是一份关于搜集校录书籍的四条建议的奏折,上面这样写道:

搜校书籍,要务有四:第一,旧本抄本,尤当急搜,现今汉唐两朝遗书虽然稀少,但宋、辽、金、元时期所著的抄本所在多有,官府应当首先购取这类书籍,缮录副本贮存,以使"著述有所原本"。第二,中秘书籍,当标举现有者,以补其余也。第三,著录校雠,当并重也。每收入一书,均予以考订,校其得失,撮举大旨,叙于本书首卷,以便了解该书内容。第四,全面之刻,图谱之旁,在所必录,除书籍外,要留心全面碑刻上的文字以及图谱一类著述,以补文献资料之不足。

这份奏折内容详尽,不由激起了乾隆皇帝要纂修群书的万丈豪气,他自幼便听其师梁诗正讲——从古至今,大凡有所作为的皇帝,必造太平盛世,而太平盛世的一大表现便是要留巨著于后世。自宋代以来,著有一千卷之巨的《太平御览》《册府元龟》《文苑英华》;还有五百卷的《太平广记》;明代的《永乐大典》更是达二万二千九百三十七卷;其祖康熙时修成《全唐诗》九百卷,雍正时又修《古今图书集成》一万卷。而今自己已在位四十多年,天下太平久矣,自己又常以文儒风雅自诩,怎能在修书上比他们差呢!所以早在三十八年时,他便想遍搜天下典籍,按经、史、子、集四部分类来纂修出一部前无古人、后无来者的大型百科全书，当时他定名为《四库全书》，后来，又下了搜寻典籍的诏令，可惜，当时因为没有更详细的搜索范围与办法，所以各地大臣也一直不以为然，又加上金川之战，迫使乾隆不得不把这个想法暂且搁置了下来，如今朱筠这么一提，乾隆真是觉得正中下怀，真想找朱筠来好好谈谈，却苦于太远，正寻思间，忽然想起，朱筠乃朱珪之兄，朱筠与朱珪当时是并重于世的才子，朱筠不在，找朱珪聊聊也行，再说，又可询问一下十五阿哥的学习情况，于是便决定明天去上书房看看。

第二天一早，乾隆正要起驾去上书房，和珅却早早地来了，他此次这么早就独自见驾主要是想汇报一下他主持的顺天府会考情况，顺便好给吴省兰兄弟荐个官做做。

谁知乾隆一门心思不在这上面，和珅刚说几句，乾隆便说道：

"和珅，这些事且放一边，你来得正好，随朕一起去上书房看看吧！"

和珅起个清早却讨个没趣，只好乖乖地跟着乾隆而去。

到了上书房，在其正房的左侧有一个小小的院落，从拱形门进去，里边地方很小，随便种着几丛竹子、腊梅，掩映之下的是五间瓦房，虽有碧瓦朱梁、飞檐斗拱，却没有一处有彩绘，与宫中那么多的房子相比，这儿真可以算得上"简陋"了。这，便是清朝历代皇子学习的地方，之所以陈设简单，就是想让皇子在这里专心读书，修心养性。

乾隆下了御辇，从拱门里踱进去。此时正是清晨，北京的秋天，天高云淡，凉风习习，许多不知名的鸟儿在树丝中自得其乐地鸣叫着，乾隆直往前走，这时，一阵琅琅的读书声便传入他的耳中：

"子曰：与其奢也宁俭者何哉？原乎礼制之始，有朴素之质……"

听着这声音，乾隆脸上露出了满意的笑容。见乾隆推门而入，十五阿哥永琰赶忙跪下磕头请罪：

"孩儿不知父皇前来,有失远迎,请父皇恕罪。"

"嗯,起来吧,"乾隆抬抬手,又问:

"你的师父呢?"

"臣朱珪在,不知圣上驾到,万望恕臣失礼之罪。"朱珪原在隔壁看书,听见这边有动静,推门出来看时,才发现是乾隆来了,赶紧整好服装,刚踏进门,就听见乾隆问话,于是就跪在门边应答。

"爱卿平身。"乾隆说道,这边胡胜早把椅子搬了过来,乾隆坐下,问道:

"爱卿,朕出巡之日,皇子学业如何?"

"回圣上,"朱珪躬了躬身说道:

"十五阿哥生知睿圣,好学敏求,诵读则过目不忘,最近还写出一本诗集,题目均为臣出。"

"嗯,朱爱卿不可娇纵了他。"乾隆一边说,一边接过永琰递过的书本,翻看了几页,又问:

"朱爱卿对其涂鸦之作作何看?"

"臣认为这几十首诗,和体成备,义必正大,声中黄宫,不为雕篆迁掣之音,洞烛于中而发之以诚,可谓佳作矣。"

"你真夸奖他了,朕以为此诗不过刚入音律之门,处处泥于规迹,缺少灵性,还望朱爱卿多多教他才是。"

朱珪见乾隆将永琰的毛病说了个透彻,也自心惊,连连称是。

乾隆过问了一遍永琰的学业,便将话锋一转,切入了正题。

"朱爱卿,朕此次前来,是有事要问,你可知汝兄朱筠所奏关于收搜书籍以编巨著之事?"

朱珪初一听,不知乾隆用意何在,片刻之间又不容细想,因此便说道:

"臣略知一二。"

"唔,"乾隆没有太注意朱珪的反应,兀自说道:

"此奏甚好,甚合朕意,朕三十八年曾宣告天下欲编修《四库全书》，此奏正可用于遍寻天下遗籍，爱卿意下如何？"

朱珪一听这话，方才放下心来，见乾隆果然是真心要去纂修书籍，也暗自地高兴，因此赶紧答道：

"皇上圣明，修书乃不朽之功业，今若将《四库全书》修成，真可堪世间奇迹，也乃翰墨佳话，至于搜罗书籍，朱筠确已说之尽矣，当前，关键在于实施。"

乾隆认真听着，不停点头称是，又问：

"只是朕担心搜罗书籍，天下人肯予吗？"

"皇上寻书，以举国之时力来辑录惠存，实是对书的莫大爱惜，只要皇上能动之以情，肯定会有效果的。"朱珪认认真真地说道。

和珅在一旁听着，此时突然灵机一动，插话道：

"皇上一方面可诏告天下，说是借书，用后仍旧还旧主，有何不可？若但有顽固不可者，不妨杀一儆百；此外，趁此修书之事，皇上您也可着力查出违禁书籍，予以没收，销毁，岂不是一举两得？"

朱珪心里暗自骂道：古籍典章，哪有借之道理！真是巧舌如簧，再说若趁此又来查什么禁书，这岂不是将好事变坏事，又重蹈过去"文字狱"之覆辙吗？岂不又要弄得人家破身亡，不知所措吗？这和珅真是个王八蛋。心里骂着，嘴上可不能这么说，只能缓缓讲道：

"和大人前法尚可，后法不足为取，校点古籍，目的只为纂修巨书，何苦又去平添枝叶，查什么违禁之书？这样一来，不怕堵塞了献书之路吗？"

和珅听后，冷冷一笑，说道：

"朱大人真书生气，查抄违禁反乱之书，何必明来，借献书时，暗自查查，待日后处之有何不可？"

朱珪一听这话，不由得身上起了一层鸡皮疙瘩，不再吭声了。

其实，两个人的争论，乾隆根本就没放在心里，倒是和珅的头一句话,切中了乾隆的心理。要说查禁书,乾隆是一百个支持的,因为他清楚,清朝建立即使一百多年了,但在深厚的汉学文化影响下的汉族文人士族却根深蒂固地把满人作为异族,只是惊惧于清朝政府的高压统治,所以才没发作。上次颁布谕令征书之说迟迟不见下面有动静,其实乾隆心里明白,有一个重要原因,恐怕就是民间藏书多抗清、反清言论,藏书家和地方官害怕牵连自己,所以才使他们畏首畏尾,观望不前;然而也正是这样,乾隆才更加担心,自己继位这几十年来,不知有多少知识分子或隐居著述,或招徒讲学,把反清思想都寄托于书本之中,此患不除,必有大灾,乾隆也正想趁此机会来对全国书籍做个彻底大清查,如此一举两得的事,何乐而不为呢?

乾隆这样思索着,觉得和珅这主意的确非常好,但是在朱珪面前,此时,他还不想露出此意,于是说道:

"唉,和珅,朕此次就是想广搜书籍,不会去于书中寻摘瑕疵,罪及藏书之人,汝法实不可行。"

乾隆又说道:

"胡胜,这就记朕御旨,交予军机处抄录发往各地巡抚、学政:从古右文之治,务访遗编。目今内府藏书,已称大备,但近世以来,著述丰繁,如元、明诸贤,以及国朝儒学,研究六经,阐明性理,潜心正学,醇粹无疵者,当不乏人,虽业在名山,而未登天府。着直省督抚、学政,留心采访,不拘刻本、抄本,随时进呈,以广石渠天禄之储。"

胡胜刚要收笔,乾隆又说道:

"慢,将朕刚才所说的不于书中寻摘瑕疵,罪及藏书之人写进去。"

说完,乾隆笑着扭头问朱珪:

"朱爱卿,你看这样写如何?"

朱珪赶紧跪下说道:

"圣上英明,此举实乃大清莫大幸事矣。"

乾隆又示意朱珪起来，说道：

"朕当初曾任刘统勋、于敏中及三位皇子为《四库全书》总编修，可惜刘统勋已做古人，于敏中如今又卧病在床，朕只有另觅高贤了，朱爱卿，你能推荐给朕几个人选吗？"

"朱筠即可。"朱珪不加思索地说。

"朱筠不是你家兄弟吗？"乾隆诧异地问。

"圣人讲举贤不必避亲。"朱珪应声对道。

乾隆不觉笑道：

"说得好，说得好。"

朱珪见乾隆并没有生气的意思，又说道：

"此外，河北人纪昀、陕西人陆锡熊以及陆费墀均可。"

"嗯，"乾隆频频点头，兴奋地说道：

"卿与朕的想法真是不谋而合，那纪晓岚刚从新疆回来不久，朕正想起用他，编修此书，真是非他莫属了。"

回到书房，乾隆斥退众人，对和珅说道：

"汝刚才所讲，朕实觉有理，朕过几天专任命你去做《四库全书》总编，以便查禁禁书，督促众臣。"

和珅听罢，顿时又志得意满，再三向乾隆谢恩，方才去了。

第三十一章

刘罗锅借机免田赋
纪烟袋信口释谑言

乾隆本来是高高兴兴来的，却不料还未开口，便听见纪晓岚当众称自己为"老头子"，不由得火冒三丈，厉声说道："纪昀，你好大胆子，竟敢冒犯于朕，朕问你，这'老头子'怎讲，若说不出，哼哼……"

时光飞转，眨眼间便到年底了，今年因为是平定金川之后第一个春节，天下升平，乾隆便准备趁这个机会好好庆祝一番。

然而，准备得再充分，最累还是莫过于乾隆本人。从腊月初一开始，他便开始了一系列的庆祝活动，首先是要到阐福寺去举行"开笔书福"典礼。

腊月初一这一天，红日尚未出升，摸黑，乾隆便整整齐齐地穿着明黄色绣金龙朝服，乘坐礼舆，驾至阐福寺。进寺后先向大佛行了三跪九叩的大礼，这被叫作"祈福"，然后乾隆由胡胜搀着来到后殿，那里早摆好一张香案，香案正中铺着一张二尺见方的红云龙笺，这时，另一名太监双手高举一个托盆，上面放着一杆镶金楠木做的狼毫大笔，这笔名叫"赐福苍生大毛笔"，乾隆重新洗过手后，这才一手提笔，一手抚笺，心中默默祈祷一番，然后挥笔写上了一个巨大的"福"字，这在宫中叫作"书福"。"福"字写好后，不待墨干，太监们便把它送至大殿，存在神像之前的香笼里，称之为"留福"。

第二天，乾隆便又早早地起来了，他要驾临乾清宫的西暖阁，把他写的"福"字一个一个地赏赐给王公大臣。看着跪伏遍地的他们，乾隆莫名其妙沉重的心情方才好了一些，赏完字，乾隆命将余下的字封贮起来，这在典礼中叫作"余福"。

好不容易忙乎到了初五，乾隆又如腊月初一时一样，依样去了一趟阐福寺，又把腊月初一写的"福"字迎了回来，悬挂在建福宫，这称之为"迎福"，如此，这"开笔书福"典礼方才完了，经过"祈福、书福、留福、赐福、余福、迎福"六个步骤仪礼折腾，乾隆实在是有些劳累与厌烦，然而，这过节的繁忙不过仅仅是个开始罢了。

第二日，乾隆又在重华宫设了茶宴，宴请廷臣，赐之清茶与果品，君臣之间吟诗联句，倒也逍遥清闲。又过了一天，乾隆又传召设宴款待宗亲，下令将辅国将军以上，和硕亲王以下，其中包括皇子、王、贝勒、贝子、公以及三四品顶戴宗室等都邀请进宫。

转眼到了正月十五，宫中处处挂上了各式各样的灯笼，而钮祜禄氏又以乾隆答应过她为借口，要去圆明园赏灯看戏，欢度元宵。

去圆明园过灯节，这对清朝历代皇帝来说实在已是一种惯例，特别是乾隆继位之后，为了让母亲能痛痛快快地过好十五，就在圆明园西南门内，修了一座上九下九的楼，楼盖得高大宽敞，登上楼去，昆明湖的景色一览无余，楼前地面十分开阔，这是专门用来让帝后欣赏节目的，这里不但可以放灯，而且还可以燃放烟火、供帝后欣赏，楼盖好，乾隆亲自题名，叫"山高水长"，听起来十分雅致贴切。

乾隆见母后今年游兴特别高，便对母亲说道：

"母后，既然您游兴甚浓，我便先让内务府去布置烟火、杂耍、灯谜等东西，咱们呢，今天下午去北海的五龙亭看'冰嬉'，如何？"

"皇上孝顺，我还有什么说的。"钮祜禄氏十分高兴，连声说"好"，便即让太监去备凤辇去了。

不一会儿的工夫，乾隆和太后以及婉妃、惇嫔等几个便坐上御辇、凤辇，径直往北海去了。

北海五龙亭的名字还是康熙当年亲手题的，三个字写得是遒劲有力，让人一看，便觉有一股龙气在动。北海早已结了厚厚的一层冰，午后的阳光斜照过来，使冰层抹上金黄色的光芒，十分耀眼、好看，就在五龙亭前的冰面上，扎起了二层楼那么高的旌门，上面高悬各色彩灯、彩球，在旌门之下，放着一项巨大的轿，说它是轿，其实不是轿，其底部是船形，船底固以铁条，以便于在冰上滑行，上部则以黄色绸缎做顶，里面铺有用衬毛做的毯子，毯子上放着两把貂皮宝座，这是让乾隆和钮祜禄氏坐的。在轿子周围，分别站立着十名豹尾枪手和六名挎刀护卫，他们是保卫帝后安全的。

看到一切都早已布置好了，乾隆便请钮祜禄氏下了轿，在宫女、太监们的搀扶下，小心翼翼到冰床里面坐好，跟随的众妃嫔侧立侍候在冰床左侧，王公大臣则侍候在冰床的右侧。

坐好之后，只听得外边"咚""咚""咚"三声礼炮响过，只见从冰床对面大约有一千名士兵身穿红、黄两色背心，背上插着彩旗，脚穿冰鞋，就像脱膛的炮弹一样向这面激射过来，这是他们在表演速滑。眨眼之间，他们便都冲到了冰床前，愕得钮祜禄氏和众妃嫔们都尖叫不已。

看到母后高兴，乾隆笑着对胡胜说道：

"他们如此之快，朕都分不清谁是第一，谁是第二来了，传旨赏他们每人五两碎银。"

接下来是花样滑冰和冰上杂技表演。

但见在如镜的冰面上，从四面八方过来了十几位打扮成孙悟空、哪吒、张飞等样子的人，他们先是一齐站好，然后喊了一、二、三，十几人一用劲，都在冰上凌空翻了个跟头，然后稳稳落在冰面上，跪下向冰床磕头说道：

"恭祝皇太后、皇上，万岁！万岁！万万岁！"

又看了一会儿射箭的节目，天便渐渐开始黑下来了，这时天气突然转冷，太阳早早便缩到了云彩的后面，满天彤云密布，大家都知道,这是要下雪了。

看到这样的天气,乾隆怕钮祜禄氏累着,便说道:

"母后,孩儿见今日天气不好,咱们不如回宫歇息,明日再去圆明园吧。"

钮祜禄氏一听不高兴了:

"皇上,这是什么话,今儿十五不去赏月、看烟火,明天去还有什么意思?"

无奈,乾隆只好又陪着母亲上轿,移驾圆明园。一路上,这雪便越下越大起来,俗话说"八月十五云遮月,正月十五雪打灯",这场大雪却也来得正是时候,为这佳节良宵更添了一分自然的热闹与情趣。

走了两个时辰,蜿蜒而行的皇家队伍才来到了圆明园,踏雪而行,听着新雪在脚下"吱吱"作响,大家都沉浸在一片节日的气氛中。

到了山高水长楼,乾隆请母亲坐在楼上中间的御座上,自己坐在一旁,其他随行而来的还有早已等候在这里的宗室、王公、外藩及一品文武大臣、军机大臣以及外国使臣等,分坐两侧。乾隆吩咐支帐篷以遮雪,又令赐茶,众臣对乾隆的关心十分感激,纷纷离座谢恩,然后坐进帐篷里,这时,乾隆正要命令开始节目表演,却突然发现楼下一位大臣既不谢恩,也不坐进帐篷里,独自跪在雪地中,乾隆不由大奇,就问:

"下面跪的是何人,为何还不谢恩就座?"

下面的那位大臣一听皇上问话,这才磕了一个头说道:

"臣户部侍郎刘墉,有事不知当讲不当讲。"

"噢,原来是刘罗锅啊,有事改日再说罢,且退下去看戏。"乾隆笑道。

谁知刘墉居然好像没听见似的,还跪在那里不动,也不吭声了,乾隆正要发火,钮祜禄氏问:

"皇上,刘墉可是刘统勋的儿子?"

"正是，母后。"

"刘统勋可是个大忠臣，他的儿子想必也不坏吧？"

"倒算得上是个良臣。"乾隆说。

"良臣在这个时候出列，定是有要事相报，皇上何妨听听？"

乾隆见母亲如此深明大义，不觉感到十分欣慰，就说道：

"刘墉，你就讲吧。"

"启禀皇上，臣讲之前，还要先请皇上宽臣无罪。"

乾隆一听，心说，这个罗锅真是麻烦，因为不想扫母后的兴，便说道：

"好吧，朕答应你，你就快讲吧！"

"启禀皇上，臣昔日做江苏学政时，曾在冬季返京，沿途见安徽、山东诸省许多地方百姓在大雪之夜无家可归，无处可宿，甚为凄惨，今日又恰逢大雪，臣不由想起了当年之事，因此恳请皇上普免天下钱粮，则天下幸甚，百姓幸甚。"

刘墉不疾不徐，在众多官员一片担心之中声音清晰地说完这些，然后一磕到底，静等乾隆回话。

乾隆万万没想到刘墉会在这种场合下说这样的事，脑子一下子还未完全转过来，首先反应的倒是生气，心说道：你刘墉这是什么意思，这个时候说出来好像朕不体恤民情、生活奢华了，这岂不是沽名钓誉吗？

想到这儿，正待发火，早又被钮祜禄氏拦住了，她虽然八十六了，但耳朵并不聋，听完刘墉话后，见乾隆沉吟不语，心知这皇帝又想多了，妇道人家心软，一听刘墉这话，便自着急，因此说道：

"皇上，我看刘墉说的在理，体恤民情那可是明主的做法，依老身之见，普免天下一年钱粮十分可行，也好在这良辰美景时取个吉祥。"

钮祜禄氏这么一说，乾隆便不好再发火了，他不想去惹母亲不高兴，因此便说道：

"好，刘墉，难得你身为朝廷命官，居庙堂之上，还思黎民百姓之疾苦，朕这就准奏，免除天下各省地丁银，如何？"

此语一出，不说刘墉这边叩头谢恩，在座所有大臣、王公，也都又纷纷起来，出来向乾隆和太后再施大礼，山呼万岁。

待一切平静下来之后，乾隆这才命令节目表演开始。

节目演着演着，天色已完全暗了下来，只有这山高水长楼的周围灯光如柱，照得如同白昼，四面风静无声，只有洁白的雪花依然无声无息地飞舞着。

这时，最高潮的节目来了，由三千人组成的大型灯舞表演开始了，他们都手执彩灯，口唱《太平歌》，由场外循环进止，翩翩起舞，不断组成各种造型：首先组成的是一朵荷花，顷刻间灯光乱舞，荷花聚而复散，立时又组成了一个"童子拜观音"的图面；过了一会儿，队伍纷走，图案又变成了一个乾清宫的形状。

坐楼上的乾隆和皇太后看见这些，显得十分高兴，尤其是钮祜禄氏，一会儿前仰，一会儿后合，和旁边的妃嫔们交换意见，完全不像是个八十多岁的老人的样子，显得精力充沛。

在这灯舞表演的高潮中，乾隆下令施放烟火，立时，一群侍卫便身着貂蟒，去点燃了放在柴堆上的各色烟花爆竹，顿时，整个山高水长楼便陷入了一片金光灿烂的花海之中，只听烟花大发，声如雷霆，经久不息，各色花样，犹如金蛇出洞，玉龙下海，蹿出几十丈外的天空中，迸射出五颜六色的光芒来，将整个夜空照得雪亮。而内务府又早已在福海沿岸设了篱笆，上面也堆入了各色烟花，如今一股脑儿地点了起来，真是星光乍现，万响齐发，将圆明园的夜空笼罩在"紫雾苍烟"之中。

就这样，一直闹到夜半时分，钮祜禄氏感觉累了，才说道：

"我看皇上也累了，我也累了，今天就到此罢。"

乾隆这才遣散众人，自送母后返圆明园内长春仙宫休息。

因为太兴奋了，乾隆躺在床上怎么也睡不着，朦朦胧胧之间，忽然见一凶神恶煞过来说道：

"你母亲寿算已满,我们已将她带走了,你休要哭泣。"

乾隆一听,放声大哭,上前便要抓那人,谁知一扑竟扑了个空,睁开双眼,这才发觉是做了一个梦,心里兀自跳个不停,当下正惊疑间,便听帐外胡胜呼唤:

"皇上,太后有恙,请圣驾前去探视。"

乾隆一听,赫然大惊,一下子跳起来,胡乱蹬上鞋子,也不披衣,便匆匆往外走,那胡胜赶忙取来外套一边走一边帮乾隆穿上。

到了太后寝宫,只见婉妃、惇嫔早已侍候在旁,哭得像个泪人似的,乾隆心里一沉,赶忙过去,但见太后躺在床上,脸色苍白如纸,已是出气多呼气少了,乾隆大叫:

"快叫御医来!"

胡胜应声而去,但太后听见了,却艰难地扭过头来,轻轻摇了摇,又向乾隆伸出手去。

乾隆赶紧上前,握住母亲的手,只见太后一手指指他,一手又指指天,他知道,这是母亲叮嘱他要勤于政务,好生爱护社稷,就点了点头,太后见此,欣慰一笑,又爱怜地看着自己这位儿子,好一阵子,才闭上双眼,竟自撒手而去了。

这一下子,节日的气氛立即没有了。第二天一早,乾隆便将太后的尸体运回宫中,诏令全国大丧,然后隆重出殡,谥号"孝圣宪"皇后。

处理完母亲的丧事,乾隆因伤感过度,一时不想处理任何政务。这一日,又独自坐在御书房里读《史记》,当读到司马迁自述说等待巨著完成,当"藏之名山,传之其人,通邑大都"时,不由得联想起《四库全书》的事来了,他想,这《四库全书》编成时必将浩瀚繁多,如何藏好这些书籍,以留传后人,也是至关重要的事,要是能造一个像传说中的"琅嬛福地"该是多么美的事啊!

这"琅嬛福地",其实是来自一个远古的传说:据说,晋代的大文学家张华,从小就聪慧异常,读书过目不忘,其博学多闻,在当时被推为第一。有一天,他闲来无事,漫游洞宫,途中遇见一人。这人虽然与他素不相识,却非常热情,邀请他同到一个地方观览。张华便随着他,来到一块巨石前,巨石上面有门,那人不知说了句什么,门便洞开,里面宫室嵯峨,楼阁栉比,真可称得上别有洞天。张华跟随着这人,进入一室,只见陈书满架,都是历代史书;再进入一室,又是盈箱累柜,都是万国志书;还有一室大门紧闭,两旁有两条巨犬把门,说是其内藏有各种秘籍。张华翻阅室内所藏书籍,发现其中多记载汉代以前的史事,而且有许多是自己见所未见、闻所未闻的。张华觉得奇怪,这究竟是什么地方?怎么会藏有如此之多的秘籍呢?一问才知道,这就是"琅嬛福地"。张华很想再住些日子,以阅读这些史书,可是,领他来的人却怎么也不答应,只得告辞。他刚一出去,石门就关上了。从此之后,再也没有人进去过。

这个美丽的传说,寄托着一代又一代人对长期保存好书籍的向往,乾隆想,既然我不能找出传说中的"琅嬛福地",难道我就不能自己造一个"琅嬛福地"吗?这样想着,他决定去翰林院的四库书房,去找纪昀他们聊聊。

到了翰林院,只见和珅、朱筠、陆锡熊、陆费墀他们都在座,正自聊天,唯独没有纪晓岚在座,乾隆心里暗暗纳闷,也不让人通报,就自己走了进去。

他们正聊得高兴,猛一抬头,发现乾隆来了,于是赶快起身下跪,以迎圣驾,连声请失礼之罪。

乾隆连声说道:

"好了,好了,你们都是有大学问的人,不必这么拘礼,起来吧,都坐下。"自己就进去坐在了最里面。

看见皇帝坐下,大家便也纷纷将半个屁股放在凳子上,静听乾隆发话,就在这时,纪晓岚倒提着他那大烟袋锅一晃一晃进来了,人未到话先到:

"听说老头子要……"

话说一半,他猛抬眼看到乾隆在座,登时吓晕了,赶紧跪倒在地,改口说道:

"臣不知圣驾来临,有失远迎,望请恕罪。"

原来,他刚才正自在后边抽烟,忽听小厮说皇帝来了,他还认为是开玩笑,因为若真是乾隆来,必定会有人大声通报的,谁知却赶上个正巧,惶急之下,他脑子飞快地思索着对策。

乾隆本来是高高兴兴来的,却不料还未开口,便听见纪晓岚当众称自己为"老头子",不由得火冒三丈,厉声说道:

"纪昀,你好大胆子,竟敢冒犯于朕,朕问你,这'老头子'怎讲,若说不出,哼哼……"

下面的话虽未说出,但大家都知道那意味着什么,心里都为纪昀捏了一把汗。

纪晓岚倒是不慌不忙的,只见他摘下帽子,叩了一个头说道:

"启禀皇上,这万寿无疆之为老,顶天立地之为头,父天母地之为子。"

乾隆一听,当下忍不住哈哈大笑,众人也都松了口气,只听乾隆说道:

"真有你的,纪晓岚,起来吧,恕你无罪,但得罚你站着。"

纪晓岚赶紧磕头谢恩,起身站立一旁。这时,只听乾隆说道:

"这些日来,各地献书可多?"

和珅一听问话,赶紧奏道:

"回圣上,据粗略统计,所献古书,已逾万册,其中江浙一带所占最多,那江苏扬州的马裕一个人就献了七百七十六种。"

"唔,"乾隆听完满意地点点头说道:

"那江南一带,自魏晋以来,便藏书之风甚盛,出了许多藏书家,像昆山徐氏有传是楼,常熟钱氏有述古堂,嘉兴项氏有天籁阁、朱氏的曝书亭,杭州赵氏的小山堂,宁波范氏的天一阁,等等,他们献书不多才怪呢。"

听着乾隆如数家珍一样地背着那些藏书名家,大家都不由得佩服乾隆身为皇帝自身学识的渊博和那惊人的记忆力。

乾隆接着又问:

"《四库全书》若要编成需要多长时间?"

朱筠刚想开口,和珅抢过话头道:

"大约要五六年足够。"

"好,"乾隆夸道,"这已是够快的了。"稍停又问:

"那你们认为,这套书一共会有多少册呢?"

这个问题,和珅却回答不出了,因为他受命来只是管管而已,真正编修,他根本就没有参加,这时,站立一旁的纪昀回答道:

"回圣上,臣想十万册怕是有的。"

"嗯,"乾隆沉思着,像是问大家,又像是自问地说,"这么多书,可怎么储藏呢?"

纪昀见状,又回答道:

"臣以为,可建藏书楼,将《四库全书》妥善存放。"

朱筠这时插话道:

"这样藏固然好,但不要藏于一处,最好能按四部分于四处储藏,以防不测,致使书籍全部受损。"

"好!"乾隆听到这话,不由得高兴地一拍椅子扶手,说道:

"卿等想法,正合朕意,这几日来,朕一直在想这些事,该怎样藏才好,照这么说来,朕在四处分建四楼,以藏巨著,岂不是好?"

少顷,乾隆又说道:

"朕已将这四楼名字都想好了,你们听好,这四楼名字分别叫作:文源阁、文津阁、文溯阁、文渊阁。"

一直无话的陆费墀不觉问道:

"圣上为何都命以'文'字呢?"

乾隆得意地笑了,他捋捋胡须说道:

"朕以为这文之时义大矣,以经世,以载道,以立言,以牖民，自开辟以至于今，所谓天之未丧斯文也。以水喻之：则经者文之源也，史者文之流也，子者文之支也，集者文之派也。派也、支也、流也，皆自源而分；集也、子也、史也，皆自经而出。故吾贮四库之书，首重者经。而以水喻文，愿溯其源，且数典天之阁，这岂不是很恰切吗？"

这一番大道理，乾隆娓娓讲来，在座的几位学问家不觉听得呆了，那乾隆却意犹未尽又继续说道：

"朕也决定了，这四阁，当文华殿后一座，圆明园一座，避暑山庄一座，关外盛京一座。"

陆锡熊不禁问道：

"圣上这么安排，莫非也有讲究？"

乾隆看了看这位书呆子，笑着说道：

"那是自然，这头一座位于文华殿后，只因每年仲春经筵毕讲之后，朕都要在此赐茶看书；京郊圆明园乃是朕经常游憩观览之所；承德避暑山庄，朕每年几乎在那儿住上一半的光阴，怎能不贮书呢？"

乾隆不厌其烦，细细说来，只把众人说得心服口服，都感到这位天子真是文曲星下凡，全国那么多的事情，他还能照顾到这些学问之体，真不愧为一代明君。而乾隆呢，一辈子以风流儒雅自居，和这些当代大家促膝相谈，本已是十分快乐的事，何况还能把他们都震住呢！

谈到这里，乾隆把话题一转，又说出了自己心里的另一个忧虑：

"朕虽设计好了藏书楼，但在楼内怎样放书，才能不致腐烂，不被虫蛀，仍是不得而知啊，听说那浙江宁波范氏的藏书楼建于明代嘉靖年间，至今已逾二百年，尚仍雄踞浙东，定然有上好藏书之法，不知怎样才能知道。"

朱筠在旁一听此话，不由笑了，说道：

"启禀圣上，范氏天一阁臣十分熟悉，它的构造与藏书之法，

537

臣也略有所知。"

乾隆一听非常高兴,连连说道:

"快快讲来,快快讲来。"

不知不觉,君臣交谈已近两个时辰了,乾隆今天觉得从未有过的轻松通遍自己的全身,和这些大学问家们高谈阔论,纵横古今,真乃人生一大幸事,何日自己才能如他们一样抛开那么多的杂事、烦事,而一心一意去读书、著书呢?乾隆那疲倦的心灵在想:做个闲云野鹤一定是件非常惬意的事。

乾隆说了一大通,也觉得有些累了,便说道:

"朕今日与卿等长谈,心情十分快意,待来日可再继续。"

说着话,就站起身来,一旁侍候的胡胜赶忙给乾隆披上貂皮大衣,乾隆便举步出来。

这时候天色近晚,晚霞初上,在这初春的日子里,天气干燥晴朗,虽然有冷峭的春风吹来,但万木竞发新芽,毕竟挡不住春天的脚步了。乾隆刚走几步,偶一抬头,看见有一只白鹤正自东而西,飘飞而过,心内忽一机灵,就扭过头招呼在后边跪送的和珅他们:

"纪晓岚,你来,你来,朕素知你才思敏捷,尤擅作对联,今日就考考你,以此鹤为题,快快赋句。"

那纪晓岚抬头看了看,不待乾隆语落,便脱口说道:

"万里长空一鹤飞,朱砂为顶雪为衣。"

"好!"乾隆夸道,说话间,白鹤远去,渐渐变成了一点黑影,乾隆突然又说道:

"纪昀你好大胆,那明明是只黑鹤嘛。"

纪晓岚一见,知道是乾隆在刁难自己,便又立即吟道:

"只因觅食回来晚,误入羲之蓄墨池。"

乾隆听了哈哈大笑,连声说道:

"好,好,纪晓岚,真有你的。"

一边说着一边往前走,后边的几位大臣便紧紧跟随着。

出了院子，迎面是一片池塘，此时四周无草，花木尚枯，水却已经解冻，清风吹来，水波微漾。乾隆一见，又心生一计，对纪昀说道：

"纪晓岚，我问你，这君叫臣死，那臣呢？"

"回皇上，臣不得不死。"纪晓岚不知乾隆葫芦里又卖什么药，只好硬着头皮答道。

"那好！"乾隆笑眯眯地对纪昀说道：

"如此，朕现在就命你在此投水自尽。"

众人一听，不禁都惊呆了，心想这乾隆是成心要整死纪昀啊，这回可是没救了，那朱筠刚想上前求情，却听纪晓岚说道：

"臣遵旨！"然后一撩朝服，便径往水塘走去。

那乾隆其实也不过是开个玩笑，见纪昀真走过去了，也不知该如何收场才好，就在这时，只见纪昀走到池塘边站住了，少顷，又弯下腰对着池塘说了些什么，然后转身回来了。

乾隆及诸大臣一见，不觉奇怪地问：

"纪昀，你回来作甚？"

"回皇上，"纪晓岚双膝跪下，说道：

"臣领旨刚要跳下，便见屈原屈大夫从水中出来对臣说道：'回去！回去！你这个巧取名目的不忠之臣。'臣惊问其故，他说道：'你无故奉命跳水自尽，难道不是想博取一个天下大忠臣的美名吗？你这么做，难道不是陷你家君主于不仁不义、昏庸无道之臭骂吗？'臣一听此言，豁然开朗，臣宁做不忠之臣，也不能诬君之贤，毁君英名，所以就又回来了。"

乾隆和诸大臣一听，无不拊掌大笑，暗暗佩服纪昀的机智灵活，反应敏捷，才思出众。

就在这个时候，一骑快马匆匆过来，一位侍卫翻身下马，跪下磕头说道：

"启禀皇上，章嘉国师回京。"

"章嘉回来了？"乾隆一听，不由得又惊又喜，于是连忙辞了

539

众人，起驾还宫。这位章嘉国师就是章嘉呼图克图，俗名乳必多吉，又名益希丹白钟美。生于康熙五十六年，他早在幼年时，便被雍正接进宫里，因为他是外蒙古的三世活佛，所以雍正便让他与乾隆一起上学，接受皇室教育，这样章嘉呼图克图就成了乾隆的同窗好友。

乾隆小章嘉六岁，两人一起在宫中学习汉、蒙、满文字，这个小活佛非常聪明机灵，悟性极高，因此乾隆和他相处十分融洽，两人结下深厚的情谊，就连雍正也不断赐他金银珠宝，还规定，他可以使用"黄车""黄毡""九龙褥"等皇帝才能用的东西，十八岁时，雍正便封他为"灌顶普善广慈大国师"。

待到乾隆继位后，章嘉始终留在宫中，两人关系密切，乾隆令章嘉呼图克图掌管京城寺庙喇嘛，并赐"礼萨克大喇嘛印"一颗。乾隆十六年，又赐他"振兴黄教大国师印"。

前几年，乾隆帝又让章嘉呼图克图担任了雍和宫第一任主持，并尊重蒙古族僧俗的意愿，由他主持译经，这活佛便殚精竭虑，仅一年时间，就将《甘珠尔》全部译成蒙文。后来乾隆帝为表彰他的功劳，便主动提出了为满族僧人建一座专门居住的寺院。待寺院建成后，又让章嘉呼图克图主持了盛大的开光仪式，并担任了这些初出家的满族僧人的堪布，给他们传授居士戒和沙弥戒。

而最重要的是，两人由于自幼交好，便无话不谈，乾隆也便委派给他许多重任，其最大的任务便是代表自己，往来于西藏、蒙古、北京之间，成为政府与当世其他三大活佛：达赖喇嘛、班禅额尔德尼、哲布尊丹巴呼图克图的联系纽带。这一次，他便是又从北京往蒙古再往西藏活动，走了已经三年多了，如今他回来，乾隆怎能不高兴呢！

回到宫中，只见章嘉呼图克图的法车早就等候在乾清宫前了。这是乾隆给予章嘉的殊荣，只有他的黄幰车才可以破例进入皇宫。

听到"皇上驾到"的呼喝声，黄幰车的门帘一掀，走下来一位慈眉善目的大师来，只见他身材魁梧，披着一件木棉袈裟，步伐稳健,神态安详,让人一见便知道他是一位得道高僧。

下了车子,章嘉呼图克图对着乾隆深施一礼,乾隆却早已急步走上去,以手抚着章嘉呼图克图的背说道:

"大师,一路辛苦了。"

两人挽着手,一块儿步行到了御书房,章嘉便要对乾隆再行大礼,乾隆却拦住了他说道:

"今日就你我,久别重逢,不再讲究这些。"

当下两人坐定,章嘉呼图克图便把他这三年来周游的详细情况向乾隆作了汇报,同时向乾隆转达了西藏六世班禅想来京朝觐的愿望,并从怀中掏出了六世班禅给乾隆的金牒奏折呈了上去。

乾隆接过来打开一看,只见上面写道:

"……小僧自幼御承文殊菩萨大皇帝豢养之恩,不胜尽数,非他人所能相比。小僧虽每日祝祷文殊菩萨大皇帝金莲座位万年牢固,并让众喇嘛等唪经祈祷,但仍时时企望觐见文殊菩萨大皇帝。"

章嘉在一旁见乾隆看着看着,脸上便露出高兴的表情,便奏道:

"班禅得知大皇帝要举行七十大寿庆典,特求小僧转奏,企盼前来朝觐祝寿。"

乾隆一听,放下奏折,十分兴奋地说道:

"好啊,好啊,朕本欲见班禅额尔德尼,因道路遥远,或身子尚生,不便令其远涉。今既出于本愿,实属吉祥之事,朕当然答应。是年朕万寿月,即驰赴热河,外藩必定会集,班禅额尔德尼若于彼时到热河,最为便益。"

乾隆一边说着,一边示意侍立一旁的胡胜将这些话都记了下来,然后对他说:

"你即刻去中书省,将朕之语晓谕诸臣,让他们速拟诏书,转交理藩院,使其驰快马前往西藏,交与驻藏大臣,然后转交班禅额尔德尼。"

章嘉见乾隆兴奋异常,又说道:

"小僧这些年出外云游,时时想及大皇帝之音容笑貌,所以特作法诗一首,不知大皇帝可否要听听?"

"大师请讲。"乾隆一听这话,自然也是十分高兴,便自凝神,聆听章嘉背诵:

> 以十万佛法善业的马车,
> 将国劫时各种珍奇宝贝,
> 从远处全部运到此处来。
> 天命人世之主宰名乾隆,
> 从前世所积福德宝之中,
> 放射出金轮千辐的光辉,
> 将边远之地收集为一统,
> 以权势之轮定统治各方。
> 其光焰闪耀如一百太阳燃烧,
> 其财富无穷如财神降下铁雹,
> 其治下臣民无数如大洋沙粒,
> 其他君主以臣下礼将他敬奉,
> 他是诸王拥戴的君王的君王。
> 他王国政财富如叶肥芭蕉树,
> 皇帝还是法果成果的如意树,
> 他的头上有三圣宝做的顶盖,
> 他的手如宝树枝满足众生愿,
> 他的法律如金轭压制众强横,
> 他的各种奇异世上谁能说清?

如此超乎神奇的赞扬,简直把乾隆说成了神灵一般,而且这话又出自一个活佛的口中,乾隆听了犹如喝了无数的蜂蜜,心里甜滋滋的,连声夸好。

第三十二章

阅弱兵江南罢巡抚
任罪臣塞北察总督

这帮亲兵几年来只知道养尊处优，何曾训练过？如今一上场子，个个直打哆嗦，有一个亲兵不知怎么搞的，竟然把弓掉在了地上！观礼台上众大臣不禁大哗，乾隆怫然而起，怒喝道："王亶望，这是怎么回事？"

晃晃悠悠又是一年。岁月不停顿，眼看乾隆就要到七十岁了。这几年来，每每是吃了早饭忘午饭，看了奏折又要看，精力明显是大不如前了。然而，乾隆自觉自己的心不老，他那万丈的豪气就像一辆马车在多少年的一往直前的惯性驱动下，依然勃勃地发出生的气息来。

这几天，刚过了上元节，乾隆便不想在京城那喧闹的气氛中待下去，他忽然想起了以往南巡的许多往事来。如今这北京天寒地冻、万木萧条，然而那江南呢？则一定是早春报晓，鲜花争荣，将湿润润的空气与这北京的干燥相比，乾隆动了下江南的心念。

这次南巡是乾隆第五次下江南了，过去他总爱采用一些微服私访的形式，但现在毕竟年纪大了，那样去长途跋涉，显然不行，于是他决定坐船沿运河而下，同时他也选好了随从他的一些王公大臣，主要是和珅与纪昀；又带了几位蒙古王公台吉、直隶官员、回部郡王台吉，并向天下公布，此次南巡的目的是为了"省方观天，勤求治理"。

乾隆南巡要经过直隶、山东、江苏、浙江四省，而直隶作为他的第一站，是要坐马车来经过的。正月二十七这一天，乾隆帝带着他的大队浩浩荡荡往东南出发了。

一路上，登泰山、谒孔庙、勘河工、问盐政、下扬州、览金山,这也不去细表了。

下一站便是浙江,听说皇上要到了,浙江巡抚王亶望带着大小官僚乡绅、盐商两天前便已在浙江的余杭码头候驾了。一个个都搭帐篷,就在码头边的沙滩上,以防耽误。

这一会儿正值中午,王亶望正在自己的帐篷里喝茶养神,忽听门外小厮连声喊道:

"来了来了,皇上来了。"

不一会儿,一个戈什哈便进来通报:

"巡抚大人,皇上御舟马上就要靠岸了。"

"知道了。"王亶望不慌不忙地放下茶杯,吩咐道:

"迅速通知各位准备,即刻到'迎圣楼'候驾。"

这"迎圣楼"是王亶望专门为迎接乾隆而建造的,就在余杭码头对面一里之遥,楼高六丈多,共分三层,全部是砖木结构,飞檐斗拱,十分富丽堂皇。王亶望让众人都在这楼前跪下候驾,自己一直到码头边迎接去了。

来到码头边,乾隆的船队已经浩浩荡荡地来到了,他甚至已看见乾隆正站在船头上,往这里张望。王亶望连忙跪了下来。

不待须臾,船靠了岸,皇上的各种仪卫,密密麻麻站在了码头两边,过了一会儿,乾隆才在胡胜与和珅的搀扶下踏上了岸。

"臣浙江巡抚王亶望迎驾,吾皇万岁!万岁!万万岁!"

"平身。"乾隆站稳之后,慢条斯理地说。

王亶望谢恩之后,站了起来,对乾隆说道:

"皇上,请到前边楼里稍作休息再起驾不迟。"

乾隆这才看见对面的"迎圣楼",前面还跪了黑压压的一群人,乾隆不觉皱眉道:

"这楼何时建起?建有何用?"

"回皇上,这楼刚刚建好,是专门为迎接皇上而建的。"王亶望一脸媚笑。

"共花了多少银子?"

545

"不多，共用去白银十一万两。"

"胡闹。"乾隆一听便火了，说道：

"这等奢侈，不过是为讨朕一时之欢心，此种楼阁，转眼便已无用，王亶望，你太不像话了，朕这次念你忠心迎驾，就饶过你，下次再不许了。"

王亶望万万没有想到乾隆一到便给他来了个下马威，再也不敢吭声，乖乖地跟着乾隆往前走。

到了楼前，久等的众人便纷纷叩头，山呼万岁，这时几个盐商便把他们送给乾隆的礼品摆了上来，有玉器、古玩、书画、土产，满满几大筐，乾隆这次反而笑纳了，并对领头的盐商说道：

"好，好，果然对朕忠心，朕今日就赏你等每人四品顶戴。"

此言一出，欢呼声四起，乾隆这才在大家的簇拥下进楼歇息。

也许是旅途太疲劳的缘故，乾隆在这里足足睡了两个时辰，这才起床，一起来便吩咐备轿，原来，他要现在就去看海宁塘务。

对于浙江海塘，乾隆一向是十分重视的。尤其是海宁塘务，现在海宁老盐仓四千二百多丈的柴塘还是他第三次南巡时亲自决定修建的。

如今，他又故地重游，也不嫌天凉风寒，径自在水塘边细细察看，发现由于年代已久，再加上潮汐冲刷，不少段底桩已经微朽，出现了裂缝和塌陷，于是他立即命令嵇璜和王亶望一道，去找来一位老河工，他要与老河工面谈修塘事宜。

晚上回到海宁行宫，用过晚膳，嵇璜便把一名老河工带来了。这位老河工今年已是六十多岁了，早在乾隆初建海宁河塘时便已在这里干，如今一晃三十多年，见了乾隆不禁老泪纵横起来。

乾隆见状也十分感动，温和地对老河工说道：

"老人家，你平身吧，胡胜，给这位河工看座。"

老河工怎么也没有想到乾隆会如此地对待自己，不由被感动得泣不成声，再三叩头谢恩，才在椅子一角坐了下来。

乾隆于是问道：

"老人家,你修海塘是有经验的了,朕这次请你来,便是想问问如何再修这海宁海塘,方能使它坚固?"

老河工认真思索了一会儿说道:

"皇上,现今这海塘恐怕是支撑不了多少年了,主要毛病就在于它的段底桩太过单薄,不如在其外围重新修筑成石塘。"

"那地方多沙少土,建石塘恐怕不行吧。"乾隆反问道。

"无妨,"河工想了一下说道:

"可以先用大竹探试,俟扦定沙窝,再下木桩,中间用泥土灌之,填入石头,加以夯筑,这样构筑起来,必定坚固异常。"

乾隆一听,大喜过望,连连对侍立一旁的嵇璜和王亶望说道:

"快记下来,立即按这方法修建,费用再多无妨。来人,重赏老河工!"

处理完海宁塘务之后,乾隆在王亶望的陪同下来到省会杭州。

杭州的名胜古迹不胜枚举。单单西湖,就有十景,这十景的名称全是康熙当年南巡时所亲自题写的,乾隆如今以古稀之龄,又再来此,不禁睹物思人,想起祖父对自己的种种疼爱来,想及此,他便决定不再去游玩这些地方了,而是要看看驻扎浙江的八旗子弟都怎么样了,因为他知道,当年祖父南巡,最重视的便是杭州阅兵了。

王亶望怎么也没有想到,乾隆这次来浙江,不是修塘务,便是要阅兵,但他事前根本就没有做什么准备,只好临时抱佛脚,让自己的亲兵卫队前去杭州校练场训练,等待乾隆的阅示。

然而乾隆似乎早已知道王亶望没有准备似的,第二天一早,也不和王亶望打招呼,便起驾校练场,要看看八旗子弟是如何练兵的。

到了校练场,乾隆在观礼台上坐定,便示意王亶望开始。王亶望只得宣布开始。

第一项是骑马射箭,只见在百步之外设着十个箭垛,十名亲兵骑好马,背对着观礼台,指挥游击一声令下,十骑便一齐向前冲去，按规定，骑马骑到五十米处，便要纷纷搭弓射箭，箭正中前方垛心，这才为上乘。

然而这帮亲兵在王亶望手下，何曾训练过？别看平日里只知横行霸道，如今一上这场子，便个个都直哆嗦，第一、第二匹马还算凑合，两个都上了箭垛，到了第三匹马，马上亲兵不知是太激动，还是怎么搞的，一下子竟然把弓掉在了地上，这一下，观礼台上众大臣不禁大哗，台下的这位亲兵也不知该如何是好，愣在当场动也不敢动了。

乾隆怫然而起，怒喝道：

"王亶望，这是怎么回事？"

王亶望这时早已吓得面如土色，跪在地上直打哆嗦，半响才结结巴巴地说道：

"可能，可能是他们知道皇上要来检阅，昨晚上练得太累的缘故。"

"胡说八道。"乾隆怒喝道：

"怎么累也不可能会连十来斤重的弓都拿不住，来人，将这名士兵拖下去痛打一百军棍，以示警戒。"

那名亲兵被拖了下去，检阅继续进行，第二项是马上追逐，因为刚才的事，台下演练的亲兵心里更是怕得不得了，这一怕，本来不熟的动作便更加变形了，还未追两圈，又一名亲兵因为慌张，一不小心，竟从马上掉了下来。

这一下，乾隆实在是忍无可忍了，他万万没有想到，现在的八旗兵和昔日的八旗兵简直相差太远，哪里还有往日那种纵横驰骋、骁勇善战的影子？如果军队都成了这样，大清帝国灭亡的日子便指日可待了。

乾隆皇帝越想越气，当场下令免去王亶望巡抚之职，责令他前往海宁海塘督工，将功赎罪，同时提升杭州知府介锡周为新的浙江巡抚。

乾隆处理完了这一切，回到自己在杭州的行宫，不禁想起了当年祖父康熙告诉自己的话来：凡事要寻根究底，尤其是吏治，一定要查个清楚。于是乾隆便决心在杭州多住几天，看看这浙江的吏治到底还有多少漏洞。

乾隆在杭州住了下来，原来是想观察浙江吏治的，然而，京城却先送来了一件大案。

这天晚上，乾隆照例是审批从京城转送来的各类奏章，刚打开火漆封的卷宗，第一份便是王杰注明加急的原贵州按察使海宁的一份奏章。乾隆便打开细看，原来是弹劾文渊阁大学士、云贵总督李侍尧的。奏章中详细叙述了自己掌握的所有关于李侍尧贪污无度、索贿受贿的情况，并说自己在离任时，为怕李侍尧的刁难，也送了黄金二百两作为寿礼等等。

乾隆是越看越气，"啪"的一声把奏折摔得老远，恰巧此时和珅推门进来，将脚下的奏折拾起，放回了桌子上，跪下道：

"奴才给皇上请安了，不知皇上为何发怒？"

"你自己看看这份奏折吧！"乾隆怒气未消地说。

和珅便重新拿起奏章，打开一目十行地看了下去，心中不由暗喜，面上却一脸气愤地说道：

"真没想到李大人竟能干出这样的事来。"

"是啊，朕何尝能想到，"乾隆背抄着手，长叹一声道：

"这么多年来，朕一直十分喜爱李侍尧，觉其机敏、强干，是个少有的奇才，尝以其为股肱之臣，不料他竟然在地方上如此贪污胡为，蒙蔽朕达几十年之久，实在可恨。"

和珅静静地听着，知道乾隆是动了真气的，便假惺惺地说道：

"皇上，不过单凭这一纸奏折，还不能就这样肯定李大人的确如此，尚需进一步调查，核实才是。"

"嗯。"乾隆满意地点点头，觉得和珅言之有理，低头思索了一会儿说道：

"朕想在杭州多住几日，爱卿，你可否替朕走这一趟，查处此案？"

和珅一听,求之不得,于是连忙说道:

"奴才但能替皇上分忧,万死不辞,不过……"和珅咽下了嘴里的后半句话。

"不过什么?有什么要求,但讲无妨。"乾隆见和珅似有忌惮,便说道。

"奴才想,此去乃是调查一位封疆大吏之事,请皇上另派一位大臣与奴才同去,此外还想请皇上的尚方宝剑一用才可。"

"好!"乾隆一听,便断然决定道:

"朕就派你和刑部侍郎喀凝阿携带朕的尚方宝剑一往,若何?"

"多谢皇上,如此,奴才定不辱使命。"和珅辞退而出,自行准备去了。

为什么和珅会对这个案子如此热心呢?原来,几年前,李侍尧在京时,压根就瞧不起和珅,认为他没有什么本事,不过是皇上面前一个弄臣,因此屡屡言语冒犯,十分不尊,常常在大臣面前使和珅下不了台,和珅在那时起,便对李侍尧怀恨在心,发誓一定要报此仇。

这个愿望不久便有了一个机会,原贵州按察使海宁因为被新任命为沈阳奉天府尹,因此来京述职,和珅便把他邀请至家,殷勤款待,希望能探听出李侍尧的一些动静出来。

这海宁是一个刚愎自用、缺乏头脑的人,他在贵州任职时,一向糊里糊涂,贪杯误事,云贵总督李侍尧屡屡对他加之训斥、责骂,海宁便也早对李侍尧怀恨在心,这回调走,海宁便认为是李侍尧从中搞的鬼。因此,他见和珅询问,知道和珅一定是要想扳掉李侍尧,于是便把他所知的李侍尧的情况以及一些谣传添油加醋地讲给和珅听,希望他能助己一臂之力。

和珅这一听,那可真是喜出望外,便唆使海宁向乾隆上奏折弹劾李侍尧。不料,不久他便随同乾隆一起下江南了,原来想这事可能是海宁给忘了,今日却出人意料地盼到了,而且自己有尚

方宝剑在手,亲自去查办此案,他心里不禁暗暗说道:

"李侍尧啊李侍尧,你这一次撞在我手里,有你的好看。"

和珅官报私仇心切,这次办案便使出了吃奶的力气,又加他本来便冰雪聪明,办一个小小的李侍尧哪在话下?没过多久,李侍尧的罪证便尽数搜集到手,连李侍尧也乖乖地成了和大人的阶下囚。

望着一下子好像又苍老了许多的李侍尧,和珅得意地笑道:

"李大人,当初你嘲笑于我,对我百般侮辱,你可曾想到过你也有今天?"

李侍尧此时心里完全是一种失败的感觉,然而,他毕竟不是等闲之辈,面对和珅的嘲笑,冷冷说道:

"和大人,你、我之路还长,保不定谁先完蛋呢,你这个粉面贼。"

和珅见李侍尧到了这步田地还敢嘲笑自己,便立即下令将他打入囚车,自己则和同去办案的刑部侍郎喀凝阿赶写了一份奏章,详细向乾隆汇报了整个过程,请示乾隆怎么发落。

未等几日,乾隆的批文便到了,上面写道:

"侍尧身为大学士,历任总督,负恩婪索,朕梦想不到,可即夺其官,逮诣京师,交大学士、九卿会审,尔后定罪。"

当下,和珅与喀凝阿奉命而行,押着李侍尧缓缓北上,在和珅的心里,扳倒李侍尧终于使他报了一箭之仇,出了一口恶气。同时,他也相信,经过这一回事,自己的能力肯定也会得到乾隆进一步认识与赏识,回京之后,自己的前景必定会更加灿烂辉煌。

当和珅、喀凝阿押着李侍尧返回京城时,乾隆早已回来半个月了。当初他本想住在杭州,以观吏治,然而一连十天没有一个人来反映情况的,乾隆后来想,可能住这儿反而不好,多数官员也在担心,负担太重,加上又担心京城之事,所以在接到李侍尧被逮的消息后,便返回了京城。

这一日,听说和珅回来了,乾隆非常高兴,便在乾清宫召见了他们四人。

"你们辛苦了。"乾隆高兴地说。

"理所应当,还是皇上英明果断,才致今日抓住李侍尧。"和珅从来都不放过任何一个拍马的机会。

"好,朕今日就封和珅为议政大臣、御前大臣、领侍卫内大臣;封喀凝阿为议政大臣、一等忠勇伯;封布萨尔与刘全各戴四品顶戴。"

"多谢皇上隆恩。"四个人都异常兴奋,叩谢不止,和珅便又问:

"皇上,李侍尧怎么处置?"

"通知大学士、九卿立即对他进行会审。"

当时的大学士、九卿,除了阿桂在河南,其余都在京城,他们分别是和珅、王杰、嵇璜,九卿:纪昀、陶正靖、喀凝阿、福康安。

这么多人一起审案,热闹劲自然可想而知,头一天会审,各位大人便对李侍尧一案的所有细节都产生怀疑,进而对其性质又发生了众多的分歧,大家都是公说公有理、婆说婆有理,谁也说服不了谁。

和珅见此,便决定去做几个人的思想工作,使他们能站在自己一边。这天,刚好军机处只剩下了王杰和和珅自己,和珅便以为机会来了,就上前说道:

"王大人,你看这李侍尧案子还是赶快结了的好,拖拖拖也不是个办法。"

王杰本就厌恶和珅,觉得和珅与李侍尧比起来是有过之而无不及。所以处处与和珅作对,如今听和珅这么一说,便冷冷道:

"急什么,皇上不急我们急什么。"这言下之意便是说和珅是别有用心。

和珅一听,这王八蛋怎么专跟老子作对,一下子,也不能说个什么出来,便想开个玩笑嘲弄一下王杰,于是他上前抓起王杰的手说道：

"王兄的手细腻柔软，真个是纤纤玉指，肤如凝脂啊。"

王杰一听，这和珅是拐弯抹角地骂自己，便冷冷地说道：

"王杰手虽好，但不能要钱耳。"

一记闷棍，打得和珅哭笑不得，气得他拂袖而去。

第二天，大家又一齐到刑部大堂里会审，只见大厅上左中右放着三张桌子，桌子上挤着七名大员，因为这里边和珅官职最大，兼任也最多，所以他就坐在正中央，等大家都准备好了，便将惊堂木一拍，说道：

"带钦犯。"

不一会儿，众差役便将李侍尧给带了上来，经过这么多天的长途跋涉与监狱的折磨，李侍尧明显得比以前苍老而又憔悴了，长长的胡子花白花白，头发也披散了下来，只有陷入中间的一双眼睛依然炯炯有神。

"李侍尧，你还有什么话要说？"和珅问道。

"罪臣深负皇恩，死有余辜。"

"那么说，你是认罪了？"和珅阴阴地说道。

"是，我认罪。"李侍尧冷笑一声说，"可有些人比我贪得更厉害，却能堂而皇之地坐在高堂之上审问我。"

这话一出，大家都把目光投向了和珅，和珅不觉浑身燥热，不舒服起来，便把惊堂木狠狠一拍说道：

"大胆，还敢在公堂上诋毁命官，来人，将他给我带下，打入死牢。"

待李侍尧被带下之后，七名大员便开始商量如何定罪，报与皇上。但是争争吵吵的，怎么也定不了，于是便决定一起去面见乾隆。

乾隆在乾清宫中召见了他们，开口便道：

"为什么给李侍尧定不了罪呢？"

喀凝阿一听，便急急回答道：

"这其实不是什么难事,定个斩立决,不就完了。"

"不行,"福康安说道:

"皇上,那李侍尧再怎么说也是开国元勋李元亮的后代,再说他的祖母又是皇太后一支的,不能这么草率。"

"是,皇上,我也是这么个意思。"纪昀此时也上前一步说道:

"李侍尧为人精明强干,做封疆大吏时所到之地吏治还是比较严明的,可算是当朝一大能臣,如此毁去,臣认为甚是可惜。"

乾隆听了,微微点头,露出同意的神色。

和珅何等聪明,明白乾隆是不忍心杀李侍尧,心中想,既如此,自己也别违乾隆意了,于是顺水推舟地说道:

"皇上,我看不如用议勤议能之例,宽侍尧一线,定为斩监候如何?"

"嗯。"乾隆哼了一声,沉吟不语,绕着桌子转了几圈,然后说道:

"众爱卿都言之有理,李侍尧虽然罪大恶极,但是念其平日为本朝亦是尽心尽力,其祖又有功于先皇,朕就定他个斩监候,夺其爵以授其弟奉尧。"

处置了李侍尧,乾隆心中却久久不能平静。几个月后的一天,他终于按捺不住,命胡胜传旨,召见和珅。

乾隆对和珅说道:

"朕托付你一件事,明日起,速去浙江与浙江陈辉祖一起,查办王亶望。"

和珅一听,惊愕不已,连声问皇上这是怎么回事,乾隆却对他说道:

"毋须多问,你先赴浙江,一旦有什么需要,我会随时通知你的。"

和珅告辞退去,乾隆思考半天,召见押在狱里的李侍尧。

圣旨传到狱中的时候,李侍尧做梦也没有想到自己还会有这一天,能被乾隆召见,凭他多年与乾隆相处的经验,他知道,这恐怕是又要启用他了。

于是他一扫垂头丧气的样子，连忙出狱沐浴更衣，剃头刮须，然后换上一身青布袍衣，在胡胜的带领下往乾清宫赶去。

到了乾清宫，一见乾隆，李侍尧便"扑通"一声跪在地上，以头撞地，痛哭失声道：

"皇上，罪臣李侍尧实在对不起您，对不起您的大恩大德。"

乾隆见他这副样子，原来瘦小的身体因为狱中生活而更显委琐了，于是便叹口气说道：

"钦斋，人非圣贤，孰能无过？你若能记住这次教训，也就不枉朕爱惜你一番。"

听到乾隆说出这样有情义的话来，李侍尧不知该说什么好了，他此刻心里除了感激还能说什么呢？自打自己成名以后，这位皇帝便一直在提拔、重用着自己，然而自己却偏偏不争气，犯了这样的灭族大罪，如今这位老皇上不仅免了自己的死罪，而且如此召见自己，怎能不令他感动呢，他觉得自己肝脑涂地，也不足报答乾隆的恩情。

乾隆见李侍尧依旧痛哭不已，便又说道：

"钦斋，过去的就让它过去，朕今日召你来，是要委你另一重任，希望你这次能不辜负朕对你的期望。"

李侍尧一听，果然是又要启用自己了，便磕头道：

"请皇上示下，臣万死不辞。"

"好。"乾隆从椅子上站起身来，踱了两步说道：

"四年前，王亶望任陕甘总督时，曾连续好几年向朕报告甘肃连年大旱，然后冒赈贮仓、收取'监粮'，朕一直以为是，后虽稍有疑心，但派刑部尚书袁守桐与刑部左侍郎阿扬阿前往查赈，居然所见与王亶望所报相符，今陕甘苏四十三叛乱，阿桂前往镇压，发现甘肃一直是年年降雨，根本无从谈及旱灾，朕现在就任你为陕甘总督，拿下原督抚勒尔谨，与阿桂一起严查此案，再将详细情况及时上报，你明白吗？"

李侍尧认真听着，越听心越惊，知道这可是一宗了不得的贪污大案，王亶望居然敢如此大胆，冒领皇粮，然而凭自己多年为官经验，他隐隐觉得，像这么大的案子，一定有后台、有眼线、有同谋，看来这案子可不是那么容易办的。

　　乾隆见他沉默不语，好像在琢磨什么似的，便又问了一句：

　　"钦斋，你听明白了吗？"

　　李侍尧这才从沉思中回过味来，小心翼翼地说道：

　　"皇上，刚才为臣一听此事，便略略觉得像此种案子定是里面藏有大文章，将来所涉之人一定为数不少，你看……"

　　听李侍尧这么一说，乾隆连连点头说道：

　　"朕也这么想，恐怕在朕身边还有这样的人，因此，朕才召你来，如此重视这件事，你去了甘肃之后，与阿桂讲，只管放手大胆查案，不管牵扯到谁，朕赐予你们尚方宝剑，一定要查他个水落石出。"

　　"是，臣一定协助阿大人办好此事。"

　　"好，"乾隆点点头，转身从墙上取下自己的佩剑递与李侍尧，又叮咛道：

　　"你明日即可启程，去了之后，一切要见机行事，切记不要打草惊蛇。"

　　"臣记下了。"李侍尧双手捧过宝剑，又是三跪九叩，然后才退了出去。

　　目送李侍尧走后，乾隆还在思索这件案子，越想越生气，自己所亲信的封疆大吏居然敢联合起来蒙蔽自己，侵吞皇粮，这实在是亘古未曾有过的事。然而不管这件案子牵扯到谁，王亶望是主犯已是肯定的了，为了给他们个措手不及，以防王亶望等人隐匿赃物，互相伪证，乾隆又叫来胡胜，让他立即传诏，快马追上和珅，告诉他秘密去浙江逮捕王亶望，查抄其家，以获其赃。

　　在位四十多年了，乾隆细细想想，总觉得是今不如昔，当年自己刚刚登基的时候，父亲雍正苛刑暴政吓得满朝文武都不敢大声说话，哪里敢有什么贪污的事情。后来自己体恤民情，觉得应用宽和之政，以求四海升平，稳定自己的位置，此举果然收到奇效，登基十几年时，清王朝的国势那是蒸蒸日上，自己又东征西伐，安定边境，然后又几次下江南，来关心百姓疾苦，可是从三十年后开始，乾隆便隐隐觉得吏治在社会繁荣的同时变得越来越涣散，越来越败坏了。

尤其让他气愤的是，以前屡屡出事的往往是他所宠信的大臣、像三十七年处理的钱度案，他就是不明白，钱度这样的人为什么装模作样几十年，保节不易，为什么会在任上为区区十几万两银子就变得不顾身家性命。

他不由得想起了二十年前，钱度与他在军机处围炉夜话，钱度曾向他献过吏治十策，其中对于贪官，他就强调要严惩，要杀一儆百，然而不过十年，他自己便首先成了这一政策的牺牲品，真是让人觉得啼笑皆非。还有李侍尧，自己这么多年对于他是多么重用与信任，然而他却瞒着自己去索贿、受贿，而且当自己派人查案时，他竟然还敢屡设诡计，千方百计地逃脱……这可真是"世风日下"，"人心不古"啊。

乾隆琢磨着这些事，十分矛盾与困惑，然而不管如何，他下决心要严惩、根除这件事，他知道自己年纪大了，不一定哪一天就会驾崩也不可知，而这些官员却还要留给自己的儿子用，他不能听任这些人鱼目混珠、泥沙俱下，他要尽自己所能来替儿子们一块块地捡出这些渣滓，剔出这些腐肉，以免大清帝国在今后仍深受其害。

李侍尧奉了乾隆的御旨，捧着尚方宝剑一刻不停地便上路了。到得兰州，先拘捕了原陕甘总督勒尔谨，然后到河州大营去见阿桂。

早有哨兵来报，阿桂便亲自带着十几名偏将，总兵立于帐外迎候，又让营中鸣炮三声以示欢迎。李侍尧远远地下轿，一见阿桂，便要屈膝行下大礼，早被阿桂一把扶住了，两人若论年龄，当然是李侍尧为长，若论官职，现在的李侍尧却没阿桂的大，这次恢复官职，乾隆并没复他的太子太保衔，因此见了阿桂这位首席军机大臣，自然是应该施大礼了。

两人寒暄着进入营帐中，李侍尧见阿桂作为一品高官，又是胜军之帅，兀自不住民房，而甘愿仍旧搭篷宿营；又见四面军营遮天蔽日，旗帜鲜明，错落有致，不见有任何喧哗之声，不由得暗自佩服阿桂的治军严明、带兵有方了。

两人在帐中坐定，众将领一一上前引见，待都进行完毕，阿桂斥退左右，李侍尧这才取出圣旨，阿桂跪接过来，看后恭恭敬敬地放在香案之上，然后说道：

"这件事，皇上早些时已给我提过了，此事以李大人为主，我一定在旁鼎力相助。"

李侍尧见阿桂客气，也连忙说道：

"阿将军你职位在我之上，当然得由你主持，再说我初到甘肃地方，还望阿将军多多指教才是。"

阿桂连连欠身，说道：

"不敢，不敢，咱们就一起慢慢来吧。"

接着，阿桂便将自己这两个月内在甘肃剿匪的所见所闻告诉给李侍尧听，末了说道：

"这甘肃吏治已是坏到几乎不可救药的地步，李大人新任伊始，恐怕得花点气力才行。"

李侍尧答道：

"我对甘肃也是有耳闻的，这次离京，皇上又交代了我许多事，心里确确实实没有多大的谱。"接着也把自己这一路的所见所闻讲给阿桂听了听，末了又对阿桂说道：

"这勒尔谨我已经带来了，你看要不要现在就审一审。"

阿桂见李侍尧处理事务倒挺像个军人似的，喜欢干脆利落，一扫那些昏庸官员的不良习气，便说道：

"当然好。"当下拍了拍手,从帐外进来一名中军,阿桂吩咐道:

"将勒尔谨给我押上来。"

顷刻间,勒尔谨被押了上来,此时,他的昔日威风已荡然无存,心里因为恐惧而哆哆嗦嗦,身子缩成一团,更显得丧魂失魄,像个乡下老农。他一进来,便跪在地上,只管胡乱地叩着头,嘴里一边说道:

"皇上饶命,大人饶命啊。"

阿桂不由鄙夷地看了他一眼,说道:

"勒尔谨,你可知罪吗?"

"臣知罪。"勒尔谨有气无力地说道:

"臣留驻甘肃多年以来,未曾及早除患,致使新教猖獗,以致酿成今日大祸,臣实罪该万死。"

李侍尧见他闭口不提贪污一事,便一拍桌子说道:

"勒尔谨,你贪污的事,王亶望已都招了,你还胆敢隐瞒?"

他这一诈,果然有效,勒尔谨本来就已快要精神崩溃了,又听说王亶望什么都说了,便也不作他想,一五一十地将他与王亶望还有兰州知府陈宝迪合谋贪污之事全部讲了出来。

原来,王亶望在乾隆三十九年调任甘肃省布政使之后,便起心贪污库银,他起初上书要求每年收"监粮",结果被乾隆拒绝,他便伙同勒尔谨买通于敏中,请求皇上让其在兰州各州县皆得收捐,借口是内地仓储太空。由于当时于敏中的巧言花语,乾隆便同意了,然而监粮没收两年,王亶望便又给勒尔谨出主意,让他将"监粮"改为折仓银,然后又让他每年向乾隆虚报旱灾,妄言以粟治赈,而贪污了这笔折仓银,甘肃大小官吏都被拉了进去,自总督以下,按官职大小均分。后来乾隆见到王亶望奏报,说半年内甘肃省收捐一万九千石,得豆麦八十二万石,起了疑心,就给勒尔谨传旨,提出了"四不可解":

"甘肃民贫地瘠,安得有二万捐监!又安得有如许余粮!今半年已得八十二万石，年复一年，经久陈红，又将安用！即云每岁借给民间！何如留于闾阎，听其自为流传？"

面对乾隆的质问，勒尔谨谎称旱灾常造成各地灾情不均，给支吾过去，王亶望又贿赂于敏中，在乾隆面前帮腔、说话，这才得以糊弄过去。然而这几个人，仍不思悔悟，仍旧贪污如旧，直到今日。

听了勒尔谨的供述，李侍尧和阿桂面面相觑，简直不敢相信自己的耳朵，阿桂于是又问：

"依你这般讲来，参与此事共有多少人？谁得的赃银最多？可速写来。"

于是叫人拿来纸笔，勒尔谨足足写了个把时辰才写完，李侍尧拿上来一看，不由得目瞪口呆！原来，从一品大员于敏中开始，到县丞一级七品小官共有五十多名地方官都参与了这件事，众人从几十万两到几十两不等，都有赃银，而高居榜首的便是于敏中、王亶望和勒尔谨，三人各得一百万两之巨。

当下，李侍尧与阿桂再不敢犹豫，让人将勒尔谨打入死牢，同时，二人当夜便写了一份详详细细的奏折，连同勒尔谨的供词一起，让人快马加鞭送往京城，请乾隆定夺。

乾隆三日后便接到奏折，盛怒之下，立即下令将勒尔谨在狱中赐死，其家产全部充公，家属入官府为奴；同时又命将于敏中撤出贤良祠，革去于敏中之孙于德裕所承袭的轻车都尉世职；同时又令李侍尧与阿桂将勒尔谨所列的五十余名官员全部擒获，一律斩首，又命人快马前往浙江传谕和珅：查抄王亶望之家，没收其家产，王亶望本人就地问斩。

处理完这些事，乾隆仍然余怒未消，勒尔谨、王亶望之流的大胆、无忌实在是让他不知说什么才好，尤其是于敏中，当年自己那么倚重于他，他却做出这等事来！这是继钱度之后，最让他痛心疾首的一个案子了，他觉得对这些文官武将看来都不能太过深信了，谁能知道这些平日道貌岸然、循规蹈矩的大臣们，心里到底包藏着怎样的祸心？他不由得感叹道：

"治世难，治人心则尤难也！"

乾隆旨意下去之后，李侍尧和阿桂在甘肃按圣旨执行，一连杀了几天，才将几十名贪官处理干净。

和珅到了浙江，就住在浙江巡抚陈辉祖的家中，静等乾隆命令。

陈辉祖乃是过去雍正朝时两江总督陈大受的儿子，今年也不过才四十出头，他当初以荫生授户部员外郎，后迁郎中，不久就被擢为河南陈州知府，接着又提成闽浙总督，这浙江巡抚一职不过是临时兼任而已。此人也是生性贪财，善于溜须拍马，和珅到浙江这十几日以来，陈辉祖那是好茶好酒伺候着，每日三餐都要陪着和珅进食。这一天，二人刚吃过午饭，正坐在客厅吃茶、闲聊，便听门子来报，有钦差来了。待二人进书房整完衣帽，钦差已到了堂屋。

"和珅、陈辉祖接旨。"钦差念道：

"奉天承运，皇帝诏曰，今令你二人速去缉拿王亶望，将其就地斩首，家产全部没收充公，着和珅即日办完，速速回京。钦此。"

二人磕头谢恩，接了圣旨，送走钦差，便一起商议如何去拿王亶望为好。如今，王亶望正在海宁监修塘工，如若派兵前往，一怕兴师动众地惊动了王亶望，致使情况有变；二怕这样大动作会扰乱地方治安，想来想去，和珅倒有了一个主意……

二天后，在海宁塘工上，王亶望正在自己的凉篷里喝闷酒，忽听小厮说有杭州家人求见，王亶望赶忙让家人进来，发现是秦二，这秦二是王亶望家中的一个书童，后来王亶望见他聪明伶俐，便让他跟了自己的姨太太做了跟班，他这么老远来，会有什么事呢？

正自思量，秦二却趴在地上哭了起来，王亶望一听哭声更加着急，问道：

"出了什么事，有话好好说，你哭什么？"

"回老爷，少奶奶前三天开始发烧，持续不下，每日都茶饭不进，胡言乱语，她天天喊着老爷的名字，你若不回去看看她，她怕是不行了……"说完又哭。

王亶望听了不觉心里急了起来，这少奶奶是他的爱妾，名叫吴作怜，是一个小家碧玉，长得那是国色天香，楚楚动人，平日王亶望最疼她，但是王亶望的老婆却天生是个醋坛子。今日听秦二这么一讲，王亶望便想可能又是老婆欺负了吴作怜，不给她治病才弄成这个样子，不由得气不打一处来，暗想回去了，非好好治治那黄脸婆不行。那跪在下面的秦二见他脸色由急转怒，便又说道：

"老爷，你就可怜可怜少奶奶，回去看她一趟吧。"

王亶望听了，心说道：我何尝不想回去，只是身在任上，又怎能做得了主。

那秦二好像看出了他在想什么，便又劝道：

"老爷，您将手下的活先托付一个体己人照顾一下，您回去两天再来，神不知、鬼不觉的怕什么呢。"

秦二这话正中王亶望下怀，王亶望心想：自己今年流年不利，看来升官无望，不如去他妈的回去享清福呢，今日就是回去两天，又怕他怎的，想到这里，便对秦二说道：

"也罢，你先回后屋里替我收拾收拾行李，咱们今天晚上便动身。"

王亶望这么一决定，便自己去塘工上找来几个把总，每人塞了一锭银子，让他们先帮自己招呼一下，然后便连夜和秦二坐船回杭州来了。

第二天傍晚，他们主仆二人便赶到家，远远地，王亶望见自己家门除了外边挂着几盏灯笼以外，屋里一片漆黑，心里暗自纳闷，这是怎么回事？刚吃过晚饭，便都歇息了？就这么想着，急急地赶过去,那秦二抢先一步去敲门,"啪啪"两响之后,院子里突然灯火通明起来,便听"吱呀"一声,大门洞开,只见院子里齐刷刷地站着几十名荷刀提剑的兵勇,正中火把下站着两名大员,王亶望一见此种情景,一下子全晕了,再找身边的秦二已经不见了,这才明白,肯定是出什么事了,这秦二是骗自己回来的。

还未等他全醒过劲来,便听年轻一点的那名大员喝道:

"快快把他给我拿下。"王亶望想跑,却怎么也挪不了脚步,只好任他们将自己捆了起来,推到了院子里。

到了灯光下,王亶望定睛一看,才发现是和珅与陈辉祖,不觉怒问道:

"我犯了什么法,你们胆敢抓我?"

和珅冷冷一笑,从怀中掏出几张纸来,掷于他的眼前,王亶望凑上去一看,原来是勒尔谨的供词和乾隆的朱批,他一眼扫过去,只见朱批上写着"就地斩首",不觉心头一凉,晕了过去。

和珅让人将他用水浇醒,问他道:

"你服罪吗?"一边让人递过去早写好的供词让他画押,王亶望看看那纸笔,似乎想说什么却什么也说不出来,但也不拿笔去画押。

和珅不觉怒道:

"王亶望,你到了这步田地,还想抵赖吗?"便让两个兵勇上前捉了他的手强行在状纸上画了押,然后宣布:

"今接圣旨,缉拿王亶望,因其贪婪成性,欺君罔上,责令即就地斩首,家属、财产一律全部充公。"

说罢一努嘴,那王亶望还未来得及辩解一句,便被几个戈什哈拖了出去,就在自家门口被砍了脑袋。

和珅设计斩了王亶望,令人将其首级割下,涂上石灰,装入一个木匣子里以便带入京城复命。然后令一名游击带着一百多名士兵将王家团团围住,等待来日抄家。布置完这一切,和珅便叫陈辉祖一起回住处去,留下来守夜的游击叫蒋锡荣,陈辉祖把他叫到一边嘀咕了几句,这才与和珅一起上轿而去。

回到陈辉祖的家中,和珅见陈辉祖唉声叹气地,不觉十分纳闷,便问道:

"钧仁,何故闷闷不乐啊。"

陈辉祖一副欲言又止的样子,叹息一阵,最终对和珅说道:

"和大人,算了,还是不说的好。"说完,执意要亲自将和珅送到住处,和珅见拗不过他,两人便一起穿过后院,到他的花园西头,那里有间大房,如今便成了和珅的住处。

刚穿过花园,借着皎洁的月光,和珅突然发现在自己的住房门口竟停着一乘黑顶软轿,和珅不觉奇道:

"钧仁,这是怎么回事?"

第三十三章

和大人敛财真有道
班活佛升天岂无期

乾隆转念一想，不采用这种方法，又怎么能多弄到钱呢？便微微颔首说道："亏你想得出来，你将之定个什么名目？""议罪银。"和珅笑道："罪重、位高、禄多、缺肥的，多多地罚，反正他们要命就不能要钱！"

陈辉祖看了看他，突然神秘地一笑说道：
"我也不大清楚，咱们过去看看。"
两人走到轿前，但见四周并无一人，和珅的几名亲随竟然待在屋里也不出来，和珅便扯着嗓子喊了声：
"刘全，来来，给我看看这是怎么回事。"
然而喊过之后，半天却没有动静，和珅更奇怪，待要再喊，却被陈辉祖拦住，他笑嘻嘻地说道：
"和大人，待我替你掀开轿帘看看，"说罢，上前用左手轻轻掀开轿帘，和珅定睛一看，竟然呆住了：原来端坐在轿子里的是一位百娇千媚的美人儿，只见她一身素装，瓜子脸，柳眉杏目，樱桃小口，皮肤白皙细嫩，真是多一分嫌肥，减一分太瘦，初看上去，犹如皎月高空，令人眼前生辉，细看上去，又似荷花初绽，柔美动人……

和珅正呆呆地看着，犹如云雾之中，那女子却走出轿子，望着和珅深深一福，说道：
"罪妾吴作怜叩见和大人。"
原来这就是王亶望的爱妾吴作怜，刚才陈辉祖与蒋锡棨嘀嘀咕咕的，敢情便是这事。原来只听说吴作怜国色天香，今日一见，果然名不虚传，怪不得王亶望这样精明的人，也会上这样的大当。

和珅呆愣愣地站着胡想，那吴作怜却大大方方地走上前去，扯着和珅的袖子说道：

"奴妾服侍和大人早些歇息吧。"

和珅回头一看，却见陈辉祖已经走了，当下也就半推半就地随着吴作怜进了屋里。

第二天，和珅用过早饭，陈辉祖便来了，和珅面色不由一红，轻声说道：

"多谢钧仁美意，深情厚意我定不敢忘。"

陈辉祖连声说道：

"和大人太客气了，这是一点举手之劳而已，再说好马配好鞍，美人伴英雄，天经地义之事，我可真是羡慕大人哟，唉。"话到末尾，又长叹了一声。

和珅陡然想起了昨晚，陈辉祖的神色，知道他一定是有事要求自己，便说道：

"钧仁有什么话就直说吧，只要是和某人能帮上忙的，一定尽力而为。"

陈辉祖一听此话，纳头便拜，说道：

"只要和大人能答应帮我的忙，我就有救了。"说罢，眼泪竟扑嗒地流了下来。

和珅赶忙扶起陈辉祖，惊问其故，陈辉祖这才说道：

"我有一个胞弟叫陈严祖，是甘肃省渭西县县令，这次听说定在皇上朱批斩首的五十名官员之列，他死倒也罢了，那是罪有应得，倘使若依法株连起来，小弟我定然也没了性命。"

和珅这才明白，陈辉祖原来是担心这个，便拍拍胸脯说道：

"钧仁不必担忧，这事我一定替你说话，再说皇上乃是英明之君，依兄弟这样良臣，皇上肯定还要有所倚重，哪里会不分青红皂白去株连呢。"

听了这一席话，陈辉祖这才转忧为喜，便叫家人递上来一份礼单，和珅接过一看，上面密密麻麻列着尽是珠宝古玩，和珅心

里甚喜,面上却说道:

"钧仁,你这可真是客气了,弄这个做什么。"

陈辉祖却低眉顺目地说道:

"和大人初到我这里,照顾本已不周,区区薄礼,略表寸心,还望笑纳。"

和珅又装模作样地推辞了几回,这才收入怀中。

下午,和珅便收拾行李,回京复命去了。来时,和珅不过是十几名随从,寥寥几人,如今回去时,却带着美女、宝物,一行十几辆车浩浩荡荡地向北迤逦而行。

和珅回到京城的时候,乾隆已经动身去了承德避暑山庄,再过三个月就是他的七十大寿了,而且按原来的安排,西域活佛还要前来祝寿,为了办好这件事,乾隆今年早早去了承德。

临行时,乾隆留话给和珅,让他回来后结算一下库银,然后再去承德见驾。因此,和珅便先在家中住了下来,准备清点一下国库节余。此时的和珅除了是军机大臣、议政大臣、领侍卫内大臣以及《四库全书》正总裁之外,他还兼任了户部尚书与崇文门税监,可谓是集军、政、财于一身。乾隆对他最为欣赏的除了与他处处相处融洽,如鱼得水之外,便是他有着出色的"理财"能力。

或许是少小出身没落,和珅对钱财一直十分吝啬。有时到了让人几乎无法容忍的地步,他对什么都可以通融,唯独对于钱,则十分有原则,纪晓岚经常嘲笑他敛财如虎,当时朝中也常传着他的几件吝啬之事:有一次和珅舅父明保来向他借库银一万五千两,所借银被他按每月一分起利,因此待明保欲还他时,他要连本带利共变成了两万一千四百五十两,明保气愤不过,从此见人便讲,此事传到乾隆耳朵里,乾隆竟哈哈大笑说道:

"爱卿真是朕之敛财能手。"

虽然这么说,和珅查账却是十分在行的,像乾隆交给他的这事,他总是用不了五六天也就干完了,他吩咐几个户部侍郎将内库、外库的细账都一一做好，便带着一摞账本前往承德去了。

和珅赶到承德的时候，不巧下了几场暴雨，和珅的腿病便发作起来，不能行走，动则剧疼，他没有办法，只好让老岳父英廉代为告假，乾隆听了十分关心，联想起这一段和珅也是东奔西跑，没有闲的时候，不觉怜意顿生，便下诏说道：

"卿为国事操心，竟致腿疾，朕特许乘椅轿入大内，骑马入山庄、圆明园。"

这项恩赐，乾隆一般都是用来赏给那些年老多病的大臣们的，如今却破例赏给了年轻力壮的他，和珅更是感激涕零，也不顾大雨，径坐一乘小轿进避暑山庄去了。

乾隆见到和珅，忽然从心底有一种说不出的高兴，他模模糊糊地觉得自己竟对这个人有一种说不出的倚恋，他需要他时刻地陪伴着自己，没有他在的时候，乾隆尽管有满朝文武，尽管有六宫粉黛，却都不及他一半。因此，当和珅谦卑地在向他行礼时，他竟关心地问：

"爱卿，你平身吧，胡胜，赐座，你的腿怎么样了？"

听到老皇帝的关心，和珅真是感激涕零，不知道说什么才好，他略带哽咽地说道：

"启禀皇上，奴才已按你的吩咐都办好，王亶望的人头已经带来，查抄其家的事交给了陈辉祖与盛柱去办，不日即将清单送来；至于国库节余之事，奴才也已办妥，精细账目全在此处，请皇上过目。"

和珅一边汇报，一边将几大本账本交给胡胜，让乾隆亲自过目。

乾隆满意地听着和珅的汇报，一边接过账本，细细地翻看起来，看着看着，不由得紧锁起眉头来。

"爱卿，这是怎么回事？刚过了上半年，这国库节余就只剩下了一亿二千七百八十二万两了？"

和珅见皇上有些生气，便心平气和地说道：

"皇上,的确如此,去年皇上下江南时,预支了一千七百多万两,这个上半年才得以补上,另外出兵兰州、河南塘工,共用去约近三千万两,因此,也就只剩这些了。"

乾隆自己其实对国库收入也就只是个大概了解,如今见和珅这么一说,他也不是特别明白,但自认为不错,便叹了一口气说道:

"没想到升平盛世,花钱居然如此之巨。"

和珅见乾隆有些闷闷不乐,自然深知是嫌钱少,其实他心里很明白,今年是乾隆七十大寿,又加上活佛远道而来,乾隆必是想大办一次,热热闹闹的,摆个排场,如今这国库节银,未免使他有捉襟见肘之感。他于是说道:

"皇上,国库节余虽然不多,但还有许多账目没有加上,皇上寿辰之时,四面外番、诸侯定有所表示,再说王亶望一案,查抄财产,臣估计约有几千万之巨,这两笔数目一加,也足抵国库半年收入了。"

乾隆哼了一声,轻声说道:

"朕并不是怕这几年不够用,只是担心,长此以往,这后边的皇帝说不定就要吃苦了。"

和珅见乾隆思虑极深,也就不再吭声了。忽然他想起了以前吴省兰曾给过他的一个建议,他觉得不妨在此时向乾隆提一提,于是他又奏道:

"皇上,奴才看现在吏治紊乱,各地大小官吏均有贪赃枉法之象,何不设立一种'议罪罚银'的制度,一方面让有过失的官吏通过交罚金来有所警戒;一方面也可填充一下内库之积余,岂不是一举两得!"

乾隆听了,愣了一下说道:

"罚银岂不是刑律上就有吗?这是自春秋时即有之成例,何足为奇?"

和珅见乾隆还未完全明白,便又奏道:

"皇上，不是那个意思，这可与罚俸制区别开来，议罪罚银数额不限，由吏部决定，然后再由户部追要、封闭，只填内库，秘而不宣。"

和珅这么一讲，乾隆终于明白了，原来就是说通过这种方式从一些大官吏、王公贵族手里巧取豪夺而已，乾隆心说，自己是堂堂的一国之主，何至于采用这样见不得人的方式，但转念一想，不采用这种方法，又怎么能多弄到钱呢？那些长期外放的封疆大吏肯定不知搜刮有多少金银，夺他们的钱也有助于削弱他们的势力。想到这里，乾隆微微颔首，说道：

"亏你想得出来，你将之定个什么名目？"

"就叫它'议罪银'。"和珅笑道：

"可大致以罪错轻重、职位高低和俸禄的多少、官职的肥缺而定银数。"

乾隆见和珅对这事已有研究，便笑着说道：

"你原来早就设计好了，好吧，这事就由你来布置管理吧，每半年向我汇报一次就行了。"

和珅听了，眉开眼笑，连连磕头而去，连陈辉祖的事也忘了讲了，一心只想着这种制度一实行，自己便可日进斗金了。

再说陈辉祖待和珅走后，自觉朝里有靠山，便放下心来，当天，便和布政使盛柱去王府查抄财产。

在王府管家的指引下，王亶望一个个的秘密储藏处都纷纷地被打开了，尽管陈辉祖和盛柱也都是一方要员，家里也是储有万金，然而在王亶望的财富面前，他们被惊呆了，犹如到了一个神话般的世界：在王亶望的两个夹壁里，一个是用来藏珠宝的，只见里面各色珍珠、古玩，应有尽有，光鸡蛋大小的珠子，他竟有二三十颗之多，还有许多早已失传的古代宝物，甚至还有一把"龙泉"宝剑；除此以外，王亶望在兰州还收受了一批俄罗斯人送的洋玩意，自鸣钟大大小小就有五六个，陈辉祖走在这里面，真是眼花缭乱，不知该看什么才好。

除了这间夹壁,另一间是专门藏贮金、银的,从官银到碎银,王亶望一坛坛地码好贮藏着,他们一数,有三十二坛之多,再一称,更是目瞪口呆,金银总数加起来足有三十万两之多。

见到这些,陈辉祖和盛柱都不免有所心动,他们俩为了防止人多手杂,财物丢失,便让众兵勇在门外把守,两个人在屋里慢慢清点。

写着写着,眼看都快登记完了,陈辉祖便试探性地问:

"盛大人,你说这么多的奇珍异宝,若是你我能得其十分之一,便足以告老还乡了。"

"那是自然。"盛柱心里跟明镜一样,知道这陈辉祖醉翁之意。

"皇上看那清单,就那么仔细?"陈辉祖又问。

盛柱毕竟是管地方财政的,一听陈辉祖这话便说道:

"皇上高兴了看看,不高兴根本不看,这些东西主要是由户部来清点的,十分详细。"

"噢。"陈辉祖慢应着,但心底已有数,和珅不就是户部尚书吗?自己只要给他送点东西,打点好了,这账目清单上做做手脚谁能知道呢?想到这里,他便神秘兮兮地对盛柱说道:

"盛大人,和中堂与你我关系都不错,咱不如……"一边把自己的想法一五一十地告诉了盛柱。

盛柱眉开眼笑地听完陈辉祖的话,一口答应,当下两人便重新登记,将最好的一些东西留了下来,分作三份,做好这些,两人便将东西偷偷地留在原处,而让兵勇们把其他物品全部装运,准备运往京城。

待到晚上,陈辉祖见夜深人静,便急不可耐地让亲兵将自己的那一份搬了回来,几十件物品,他件件喜爱,把玩不已……

就在陈辉祖财迷心窍、得意洋洋的时候,他万万没想到自己会遭人算计。算计他的不是别人,就是盛柱。

说起这盛柱来,也不是个等闲之辈,其父乃是雍正朝的宫廷侍卫,然而盛柱却天生精明强干,十八岁补了个差缺,从此便在京城里一级级地混，二十七岁时，他便成了侍卫长，戴三品顶戴，后来适逢皇太后八十大寿时，乾隆与太后高兴，便放了一部分侍卫外任，他就是其中一个，升成了二品的浙江布政使。上任已经三年了，盛柱早暗暗地将浙江的各种情况摸了个滚瓜烂熟，心中早就瞄着巡抚的位置了，可惜就是没机会。去年，王亶望一走，他便认为时机来了，却没想到从湖南来了个陈辉祖，又压在了他的头上，他从那时候起便决心干掉这个阻碍自己的人，如今见陈辉祖如此贪财，正中了盛柱的下怀。因此，昨日他明里与陈辉祖同流合污，装模作样，其实他早记住了留下的东西的名字，晚上回到家里，他便赶紧将陈辉祖搬走的东西一一重新登记，做了一份详详细细的清单，同时又写了一份密折，状告陈辉祖如何贪赃枉法，自己又是如何与他周旋的，派亲信连夜去京城告御状去了。

那亲信受了盛柱的重赏，日夜兼程，没半月便赶到了京城，却扑了一个空，不过他脑子倒转得快，将这份奏折递交给了留守京城的军机大臣王杰。

王杰见这份折子牵涉和珅，丝毫没有怠慢，派专人按当日急奏送到了避暑山庄，当天晚上，这份奏折便躺在了乾隆的桌子上。

乾隆是不看则已，一看万分震怒，立即把和珅叫了来，将奏折扔与他看，和珅粗粗一看，不由直骂陈辉祖这个笨蛋，当下决定，决不替陈辉祖说半句好话，洗刷自己要紧：

"皇上，奴才以为，这陈辉祖的确是罪不可恕，奴才当时从浙江返回时，曾千叮咛万嘱咐，不料却是这等样人，幸亏当时奴才又让盛柱协同他查抄，要不然……"

和珅的话意十分明显，不但表白自己是清白的，而且还说了自己考虑问题的周密，好像他早知道陈辉祖要出事，才叫盛柱与他一同抄家似的，乾隆对此当然坚信，他不待和珅说完，便怒气冲冲地说道：

"其弟在兰州贪污，他在浙江贪赃，真是一对畜生，传我旨意，立即派钦差前往浙江，查实陈辉祖罪证，就地处置，着令升盛柱署理巡抚事务。"

就这样，陈辉祖机关算尽，做梦也想不到，最后自己这么快就被砍了脑袋，让他的布政使盛柱白白拣了一个便宜。

然而，这件事却没有到此结束，乾隆见因王亶望一个人就扯出这么多人、这么多事来，不由联想到自己上次南巡时觉察出的浙江省的一些问题，他决心趁热打铁，借这件事好好地整顿一下浙江省吏治，但是派谁去呢？和珅刚刚从浙江回来，最近又想让他好好筹划筹划议罪银的事，想来想去，乾隆决定让刚从兰州回来的阿桂去，他知道自己的这位股肱之臣善于领兵打仗，但从长远考虑，他也想看看他在治理百官、料理财政方面又有些什么样的能力。

阿桂领命去后，乾隆这才稍稍放下心来，又让和珅抓紧时间回京城去，进一步整理好内库财务，言之意便是让他想办法多弄出一点钱来，好使自己的七十大寿不至于捉襟见肘。

光阴似箭，转眼到了六月份，离乾隆帝的寿辰越来越近，乾隆在避暑山庄四处查看为办寿庆所做的准备工作。这一日，转到了须弥福寿之庙，这是刚刚落成的，现在正在进行粉刷，它是专门为迎接六世班禅而修建的，占地面积三万七千九百平方米。为了使六世班禅这位第一次要前来京城的西藏活佛宾至如归，乾隆特命此须弥之庙一定仿日喀则扎什伦布的特征而建。

整个建筑，修于山麓之上，大红台位于全寺正中，将寺分割成前中后三个组成部分，前部碑亭格局与后部琉璃万寿塔的布置，形成山体的前导和后续，庙的前部建筑由五孔石桥、石狮子、山门、碑亭、琉璃牌坊组成，周围绕墙，墙上砌雉堞，至转角处建白台隅阁，左右设东西掖门，门下砌墩台，上有城楼式建筑，远看具有宫城的效果。

乾隆满意地看着这座高大宏伟的建筑，对跟随一旁的热河总管永和说道：

"朕题的'永持佛境'制好挂上去了吗？"

"挂上了，效果甚好。"永和轻声回答。

"嗯，那让你们备的陈设之物可曾运到？"

"到了一部分。"永和回答，见乾隆似乎还有想听的意思，便如数家珍一样地背了起来。

"好。"乾隆赞许地夸奖了永和，又扭头对皇六子永瑢说道：

"班禅活佛从西藏启程已近一年了，想必也快该到了，你明日带领着侍卫内大臣前往蒙古迎上一迎。"

"是！"永瑢垂睑答道，自行回去收拾去了。

这个时候，班禅一行也确实到了蒙古一带，由于西藏山高路远，气候复杂，所以班禅一行两千多人从去年六月份便自日喀则出发了，而至今还尚未到达。

关于这次进京朝见，双方都是十分认真、诚恳的，特别是班禅，非常想来与乾隆见一见面，因此在去年的这个时候不管藏人诸多的劝阻，毅然决然地千里迢迢往京城朝见。乾隆也特别派驻藏大臣索琳到后藏会见六世班禅，转交御赐金鼻烟壶，并告诉他说道：

"我主正在学习唐古特语，欲与班禅额尔德尼相见时彼此叙谈。"

班禅听后，十分感动，便与西藏僧俗各界联系，提前到六月份便出发了。

说来也是怪事，班禅动身的那一天按藏历推算是金曜日，日月星辰均处在黄道吉日之时，这一日，日喀则各寺悬挂缎制佛像，张吉祥彩幔，众多佛伽手持法器列队送行，护送班禅东行的人员有二千多，走在最前面的是歌舞组成的开路仪仗队，其次是经幡等仪仗，再接着是洛桑登曾密宗善友法师五十一人，侍卫二人，传法、通司、传药、侍膳、传令四人，侍寝、大侍膳康金堪布洛桑开觉等开道，中间为怙主、遍晓、三界众生怙主，身着仙幡法衣，款款而行。忽然，无风无云的，天空竟下起了柔和的小雪，朵朵雪花犹如朵朵白云，轻飘飘地旋转而下，十分壮丽。雪花飞落地上，当即便融化了，土地滋润，以致大队人马过去，尘土不扬，在场的各界人士都惊呆了，他们认为这一定是上天也对这次东行支持有加，所以才平增祥瑞的。

　　班禅每行到一处，均有清廷官员前接后送，代转乾隆所赐，令其感激。就这样，班禅在乾隆的一路关照、赏赐之下，终于顺利地经阿拉善蒙古到达宁夏，然后从宁夏渡过黄河到鄂尔多斯；五月份，再渡黄河后，到达呼和浩特。乾隆又一次派人送来金顶黄幔御轿、坐垫、靠垫、黄色御辇、黄红伞各一，绘金龙扇黄纪各一，五色幡幢、绣莲幡幢等礼物，共四十多件。

　　如今，皇六子永瑢承乾隆之命，自热河径抵蒙古岱汉寺，与章嘉呼图克图会面，带领侍卫内大臣等百余人西去迎接，只走了一天便接到了六世班禅浩大的队伍。

　　在章嘉呼图克图的介绍下，六世班禅与永瑢相见，皇子千里来接不免更使班禅受宠若惊，因此当永瑢宣读乾隆的上谕时，班禅便和清朝官员一样跪下接旨，只听永瑢念道：

　　"久运，奉天承命，统御万邦，抚接天下大皇帝敕旨班禅额尔德尼。朕抚临寒宇苍生，唯期各方众生共享太平，宏敷教化。尔喇嘛仰体朕之恢宏释教，蒙福众生，孜孜不倦繁衍黄教，勤阐经典，深堪嘉尚。班禅额尔德尼亲来为朕七十万寿诵经视觐，自扎什伦布寺抵达塔尔寺，朕意甚惬。闻寒冬至彼，今春前来之情，朕更欣悦。朕欲速见喇嘛，曷胜伫切。今着六阿哥、章嘉呼图克图一并前往岱汉寺迎接，'不日将于避暑山庄相会畅言'。"

　　班禅磕头谢恩，永瑢赶忙上前搀扶起他，从怀中掏出一柄折扇，说道：

　　"班禅活佛，这是父皇亲题的御笔折扇一把，特与活佛把玩。"

　　班禅又施一礼，这才接过，只见扇柄全用檀香木做成，十分精致漂亮，打开一看，黄绫绸扇面上，乾隆题着一首诗：

身本不曾染风尘，
　　寂静奉献净颐安。
　　脱得红粉存妙音，
　　修得资福结善缘。
　　爽风智明飘香酒，
　　汗珠不粒壮欢颜。
　　若问此辞赐何人，
　　无著世亲诸师翁。

　　班禅认认真真地请章嘉呼图克图将诗文翻译了一遍，连连称好，众人这才又一路南行而来。
　　从这里开始往南，便都是一马平川的草原了，此时正值草原初夏，但见满山遍野，百花盛开，绿草如茵，班禅一行一扫长途跋涉之劳累，一路上欣赏景致，谈笑风生，十分惬意、快乐。
　　七月二十一日，六世班禅一行行程万余里，历时一年零一月余，终于平安抵达了热河。这一天，上苍也着意作美，晴空万里，阳光灿烂，滦河、武烈河犹如两条玉带，绕着避暑山庄蜿蜒流过，苍莽雄劲的山峰之下，是错落有致的亭台楼阁，周围满眼都是青草如茵，百花争艳，景色十分优美、雅致。
　　离热河数十里外，衣着各色朝服的清廷官员们开始按官职大小轮番策马前来迎接班禅。蒙古的各部王公贵族、新疆回部首领、章嘉呼图克图、敏珠尔诺门汗及各寺院堪布、扎萨克喇嘛、大喇嘛、苏拉喇嘛、领经喇嘛等千余僧俗云集于大道两旁，静待班禅到来。
　　当班禅一行徐徐靠近欢迎的人群时，顿时锣鼓喧天，掌声雷动。人们欢呼雀跃，涌向前来。六世班禅此时此刻也十分兴奋，他干脆离轿步行，不停地向众人招手致意。不一会儿，和珅带着百官迎上前来，和珅向班禅献上一条哈达，代表乾隆向班禅大师表示问候和欢迎，并敕谕说道：

"朕与班禅额尔德尼会见在即,喜百常矣!今将朕之銮仪旗牌、伞扇、幡幢、御轿赐予班禅额尔德尼乘用。钦此。"

举行了简单的欢迎仪式之后,和珅带着班禅入早在大佛寺前搭好的幄帐内休息,然后乘御轿入宫,拜见乾隆皇帝。

为与这位西藏的活佛会面,乾隆可谓煞费苦心,国家也不知花了多少钱财。但是,如今国家昌盛,四海升平,南巡、北狩该做的都做过了,现在能与活佛会面,也了却了乾隆的一大心愿。因此,乾隆早就盼望着这一天。七十岁的老人了,居然像个孩子似的睡不着,清晨早早地便起来了,在离宫等候班禅的到来。

此时的离宫门前,有来自大小金川、昌都、扎雅、巴塘、里塘等康区十八部人士和蒙古、卫拉特等外藩的数百人列队奉迎,大路两侧,汉、蒙、藏数万余人稽首致敬。专门掌管皇帝仪仗的銮仪卫早已把骑驾卤簿整齐地陈设在离宫门外。黄龙大纛、五色龙旗随风飘动,银钺、弓矢仪刀在阳光下闪闪发光。

班禅乘坐的御轿刚一露面,鼓钹箫笙,琴鼓法号,万乐齐鸣。至宫门时,随行人员纷纷下马步行,班禅乘轿直至皇帝寝宫门前。

乾隆站在依清旷殿前等候,满脸是掩饰不住的高兴,王公大臣数百人在两廊下站班侍候。班禅下轿手捧哈达上前,认认真真地行三跪九叩之礼,恭请圣安,乾隆连忙上前几步,挽住班禅大师的手,用藏语说道:

"喇嘛,夏彼柱巴英南(喇嘛,免跪)。"

班禅见乾隆如此,一时竟激动得说不出话来,只是双手将要献的礼物高举起来,那上面是一尊紫铜的"主玛佛"像和一串珍珠念珠,乾隆也学着藏礼还了班禅一条"朗作"哈达。

乾隆依然满面笑容地询问班禅:

"喇嘛,古康旦保,埃均(喇嘛,贵体可否安康)?"

班禅听了操着生硬的汉语说道:

"多谢皇上,皇上万岁,托文殊菩萨大皇帝垂慈,一路逢寒化暖,遇暑转凉,没有受什么凄苦。"

乾隆说道：

"伊合白依尔，伊合白依尔（蒙语，意即大喜大贺）。"

随即，乾隆挽着班禅的手臂，入殿内同坐宝座上，乾隆皇帝又召呼章嘉呼图克图、敏珠尔呼图克图、堪布桑斋鄂特咱尔、扎克巴丹达尔、扎萨克喇嘛阿旺班珠尔、格勒克纳木，以及跟随班禅的仲巴呼图克图等七人坐在两侧。

这时，章嘉呼图克图向乾隆和班禅各献一条哈达，班禅的侍从堪布喇嘛也依次向乾隆献了哈达。内大臣向乾隆和班禅献上香茶，乾隆边请班禅用茶，边问：

"喇嘛贵庚几何？是什么属相？"

班禅伸出四个手指，简单地说道：

"四十二岁了。"但对于"是什么属相"这个问题却只摇头，表示不懂，乾隆见状不由哈哈大笑，又说道：

"朕今年已七十，古稀之年，喇嘛欣然而来，甚慰朕怀。从此中土佛法弘扬可期，四海升平，国泰民安。"

乾隆又询问了达赖喇嘛的情况，班禅一一做了回答，章嘉呼图克图见乾隆十分兴奋，便上前说道：

"今日乃大吉祥也，皇上何不作诗一首以示庆贺？"

乾隆此时心绪极好，欣然允诺，提笔一挥而就：

"祝厘远至罾宗风，三接欣于避暑宫。敬一人而千万悦，垂名册亦乃之同。雪山青海胥增忭，色蔚精金许献衷。初见宛然旧相识，本来如是匪神通。"

众人齐声叫好，欢声雷动，接下来，乾隆起身领着班禅大师和章嘉呼图克图等人行至"宝筏喻""烟波致爽""云山胜地"各佛堂拈香拜佛作"开光善位"的宗教仪式。佛教认为这种仪式极其灵验，它可使佛像更加灵异。举行完这一系列仪式之后，班禅乘坐着乾隆皇帝赏赐的"御用黄盖肩舆"，由章嘉呼图克图及内务府大臣们乘马陪护，到如意洲，用茶果，然后出流杯亭门，回须弥福寿之庙休息。

从第二天开始，乾隆便为班禅举行了多次宴会，光在避暑山庄的万树园就举行了四次野宴。当时，乾隆与班禅总是同坐同起，盘、碗、碟等餐具都是黄金所铸，菜肴有百种之多，每次吃过晚饭后，都要观看燃放烟花火戏，最后还有蒙、满民族特色的相扑、杂技、赛马、什榜等，其中准噶尔少年和金川少年的角斗场面激烈，深受班禅的盛赞。

这样过了一个星期，乾隆开始了他祝寿活动的第一个高潮：由六世班禅主持须弥福寿之庙的开光仪式。开光，是佛教的一种宗教仪式，佛像塑成后，吉日致礼、供奉，称为"开光"或"开眼"。乾隆请班禅主持这次开光仪式，表示了他对班禅的敬重。

这一天大清早，乾隆皇帝就率皇室成员、众大臣以及来承德的蒙古王公、贝勒、额驸、台吉等来到须弥福寿之庙参加开光念经仪式。班禅六世主持诵经，章嘉呼图克图、堪布诺们罕罗藏扎木巴尔、堪布桑斋鄂特咱尔等二百名大小喇嘛参加念经。弥须福寿之庙金碧辉煌，香烟缭绕，鼓铃等法器齐鸣。

乾隆首先率众大臣进"妙高庄严殿"，向殊胜释迦佛稽首，为众生、佛法祈祷。接着，在"吉祥法喜殿"，众僧为乾隆和班禅大师祈福诵经，由章嘉呼图克图领诵，众活佛齐声诵偈曰：

"恩赐无量寿与明，三宝护法谙空行；真实不诬加持力，喇嘛长寿佛法兴。"

这日乾隆皇帝心情更是高兴，他悄悄对坐在一旁的班禅说道：

"昔日第五世达赖来朝，我祖特建黄寺以馆之。朕今特建热河扎什伦布寺，以备喇嘛驻锡，切欲对话，故学藏语，可惜只能讲普通用语。"

班禅听了感慨万分地说道：

"皇上厚爱，小僧愧感无已。"

章嘉呼图克图这时插言道：

"是啊，我在皇上身边多年，从未见到他如此高兴过。圣上对您专程来祝寿，是十分满意的。他对你的信仰和喜爱超乎寻常。"

接下来是另一项佛事活动：熬茶。班禅首先进入大殿正中端坐，章嘉呼图克图、敏珠尔呼图克图、济咙呼图克图率众僧坐在两侧，然后才是乾隆皇帝入席，众僧开始诵经，诵赞释迦牟尼经和怛喇额克颂经后，向众喇嘛分发酥油茶，乾隆命诸皇子向六世班禅献哈达。然后由两名扎萨克喇嘛引导诸皇子熏香，再赏诸大臣、喇嘛哈达。众僧念过乌哈勒经及设供经、宗喀巴颂经后，六阿哥向六世班禅呈献为熬茶制造的五十两重银曼达及哈达等。尔后，班禅开始摩顶，众喇嘛诵吉祥诗经。最后，六世班禅亲自向乾隆献哈达，仪式在一片颂经声中结束了。

经过一天的劳累，班禅活佛晚上回到住处已是疲惫不堪了，他感到浑身像散了架似的，连鼻子也不通气了，他觉得可能是太劳累了的缘故，想到皇帝对自己的关照与厚爱，他顿觉一片温暖，决心无论如何也要做好皇帝的生日祝礼。

八月十三日，是乾隆皇帝的七旬寿辰日，在澹泊敬诚殿为"寿星"举行了隆重的万寿庆典仪式。庆典开始，班禅六世与乾隆皇帝携手同登宝座，乾隆接受了班禅六世恭献的恭庆万寿丹书克和班禅代表八世达赖献给皇帝的祝寿礼，这是班禅此次入觐中最重要的一次献礼活动。

看着班禅献给自己的一系列礼物，乾隆心里真是乐开了花，他虽然大这位西藏活佛近三十岁，然而这位活佛知识的渊博早已拉近了他们之间的距离，他虔诚地要聆听班禅大师讲经。于是班禅大师先唪长寿经，再致吉祥辞，最后是他专门为这次祝寿做的祈愿词。词曰：

"当今大皇帝乃诸佛之冠至尊文殊菩萨，统御四大部洲，转轮王之化身，乃皇天之下，后土之上，众生之神圣元君。阐扬释教，尤致力于俾释迦第二至宗喀巴之宗风宏展于率土之上，此德堪称大哉！今以仁慈为怀，抚育汉藏胡三方之众属民庞炳大业，盖绝古今，无与伦比。就西藏雪域而言，上自持金刚达赖喇嘛，下至各僧伽诸寺及僧俗百姓，所希所靠者唯大皇帝一身，别无他哉，是故，恳祈大皇帝予佛法，众生能一如既往施以隆恩。我喇嘛为祈祷大皇帝七十万寿吉祥！万岁！万万岁！

"诸佛之首、至尊文殊菩萨、四大部洲神与众生之元君大皇帝，莲足金刚金石、身临狮顶金宝座，万岁、万万岁，如恒河之沙其数无疆。为诸佛法，就中致力俾释迦第二宗喀巴之宗风净法活力极大弘扬。以无敌之旅，神威之势，灭净诸魔，王朝大业之荫披于各方，俾大地之佛法众生享以福乐圆满，尤予西藏雪域各大寺、神民百姓、僧俗众生广垂慈恩，绵绵不断，隆恩抚治，至祈圣鉴。"

班禅大师虔诚地念完了祈愿词，表达了西藏僧俗及信奉喇嘛教的蒙古族人士的共同心愿。乾隆皇帝听了之后，既深受感动，又洋洋得意。他不禁从宝座上站了起来，朗声对众大臣及所有的人说道：

"班禅额尔德尼乃佛陀，今日所言至为重要。朕于朝政将贤仁抚御，于宫中供诸佛外，再广建新庙，斋济供养僧众，使佛法更加宏兴。广施仁怀予属民百姓，消灭背道逆民，俾其皈依佛门，再祈福佛护佑，将以班禅额尔德尼是言为之。"

祝寿活动在地动山摇的"万岁"欢呼声中结束了。乾隆决定再次去东陵和西陵祭祖，命皇六子永瑢等人陪同六世班禅一行离开承德，前往北京，进驻北京西黄寺。

班禅大师初次入京，对一切都赞叹不已，他在诸大臣的陪同下，游览圆明园，从东门入园，泛舟乘轿，遍游全园，好不惬意。在北京休息了足足十八天，不知是水土不服，还是别的原因，班禅越来越感到身体不舒适，他的背上开始出现密密的红疹，然而，为了不败乾隆的兴，也少给这位已入老年的大皇帝添麻烦，班禅决定秘而不宣。

过了半个月，乾隆挂念着在北京闲居的活佛，匆匆地赶了回来。第二天，他便邀请班禅前往香山静宜园昭庙，主持那里的开光仪式。

香山昭庙全称为"宗镜大昭之庙"，位于香山静宜园西北角，北傍富有江南情趣的庭院见心斋，南面坡下有清代的行宫勤政殿和始建于金代的香山寺，这是乾隆帝专门为接待六世班禅而在北京修建的大型藏式庭院。

六世班禅陪同着乾隆由西直门和德胜门之间的海子乘船，沿尚良河西行，途中瞻拜了五塔寺、万寿寺，又换乘三层楼船前往万寿山，瞻礼后山寺院，然后到达香山。两人决定在九月十八日这一天在觉卧拉康举行依业大威德开光仪式。

十八日这一天，乾隆和班禅就在旃檀觉卧像前主持了开光仪式。仪式之初，首先是洒花雨和跳金刚舞。之后，双方开始互献礼品，乾隆向班禅献了黄金制成的如意、羊脂玉香灯、带盖子和底座的宝瓶，以及用羊脂玉制成、刻有七世佛像的宝钵、金间铁的宝瓶两对。

班禅答谢了乾隆的盛意之后，也向皇上献了自己的礼品，当班禅手捧袈裟恭恭敬敬地献给乾隆时，天空突然出现了异象：本来晴空万里，无一丝云彩，霎时天降微雨，仿佛是天空雨花。

这一奇景立时把所有人都惊呆了，众僧人纷纷跪在地上开始向天祈愿，班禅也欣喜异常，认为是菩萨显灵，兀自念经不已，乾隆此时由惊转喜，不由得龙颜大悦，众人也纷纷祝贺，开光仪式更显得庄重、热闹，一直到下午，仪式结束了，雨仿佛知人意似的立时也收住了。

从香山回到黄寺，六世班禅感到自己的身体再也支撑不住了，看着摆了满桌子的稀世佳肴，他一点食欲都没有，相反则倍感昏昏沉沉，没有一点精神，无奈，他只好叫来了自己的随行医生。

藏医吃惊地发现，在活佛的手心、脚心已出现了密密麻麻的红疹，他当下不敢怠慢，赶忙将情况汇报给了乾隆皇帝。

此时，乾隆皇帝正在用晚膳，听说此事，立时放下碗筷，驱驾黄寺，亲自前来探望，看着虚脱地躺在病床上的班禅，乾隆不禁泪流满面，内疚地说道：

"是朕太劳累活佛了。"

眼见乾隆这样诚挚地对待自己,班禅心里感动得不知说什么才好,他强打精神说道:

"请皇上放心,小僧病情无妨,稍事休息就好了。"

乾隆当面嘱咐章嘉呼图克图与永瑢好好照顾班禅,要尽力医治,又命和珅率两名御医日夜守候在这里,这才离去。

然而,病情没有像乾隆皇帝和所有人预料的那样好转,班禅开始一点饭都吃不下去了,他开始发烧、头痛,日夜都不能入眠,这不由得使乾隆更加心焦,于是拨了两千零三十四两白银给北京各寺,广为布施,祈福禳灾。

又过了四天,班禅的病情进一步恶化了,他开始进入半昏迷状态,众医生对此却束手无策。十月初二日,这一天天色阴沉,日月无光,众人的心情都因班禅的病而沉甸甸的。黄昏时分,班禅大师,这位远道从雪域而来为乾隆祝寿的活佛,在经历了无上的殊荣与快乐之后,竟然在北京奄然圆寂了。

消息传到宫中,乾隆立即赶到了班禅的床前,一见大师遗容,泪流满面,痛心疾首地叫道:"朕之喇嘛啊!"当即昏厥了过去。

然而人死不能复生,乾隆帝心里尽管充满了悲哀与伤心,却也无可奈何,他只有尽心地给班禅再增添一些哀荣了。

他命在西黄寺内建起灵堂,自己亲率王公大臣谒灵,由章嘉活佛撰写祈祷文,在寺内以赤金制班禅肖像一座,又以赤金七千两造金塔一座、上嵌珍珠,将班禅的肉身迎入塔中,自己再亲自致祭,并令遗骨在黄寺大殿内存放百日,诵经祈祷,然后才命理藩院尚书博清格亲自转送,各大寺堪布扶灵回藏。

第三十四章
王县令借银充国库
窦学政仗义闹督衙

和珅、刘墉、国泰面面相觑，只听永琰咳了两声，忽然大喊一声："来人，给我将王令保拿下。"满座大惊，王令保更是扑通一声跪在地上，连声叫冤。"你叫什么冤，银库里的银子都哪里去了？快从实招来！"

六世班禅的突然去世使乾隆伤心不已，他一连月余都无心思去处理公文，眼看各地文书堆积如山，实在是不看不行了，这才让胡胜将这些奏折都搬到寝宫去，他好躺在床上看。岁月不饶人，乾隆的的确确感到自己老了，过去可以看奏折一看一个通宵，如今却连几个时辰都坐不住了，动不动就腰酸背痛。

就这样躺在床上慢慢看，突然一份监察御史钱沣的奏折引起了乾隆的注意：这是一份弹劾山东巡抚国泰的折子，参劾他贪得无厌，侵吞公款，闹得各府州县仓库全都亏空，全省吏治松弛。这使乾隆想起了王伦之乱时，审讯王伦的部将，都讲是官逼民反，又联想到王亶望的事，他决心要对这件事认认真真地查它个水落石出。

第二天，他亲自召见了钱沣，问道：

"你讲的都是实情？可有证据？"

"回皇上，这都是臣在山东时微服私访所了解到的，句句是实，至于证据却没有拿到。"

"那好，朕就委派你前往山东调查此案，另派大学士兼吏部尚书和珅及左都御史刘墉与你一同前往。和珅与刘墉皆为能臣，之前查李侍尧案，和珅尤有经验，你在办案时若有疑难，尽可请示他们。"

"多谢皇上。"钱沣磕头谢恩,刚想离去,正巧此时和珅前来求见,乾隆便让钱沣慢行一步,宣和珅进来。

和珅来是为了十五阿哥的事。乾隆这一段时间因为一直忙于外出,对十五阿哥的事极少过问,前一段听朱珪前来汇报说道:十五阿哥平日不问世事,一心读书写诗,乾隆听了又不觉忧虑起来:若他日后当上皇帝也整天只沉醉于吟诗作画之中,国家大事可怎么办?乾隆决心看看他的诗文再说,恰巧当时和珅在场,和珅就推荐了吴省兰前去协助十五阿哥整理诗稿。和珅这么做是有目的的,因为以他的精明,早已隐隐觉得这十五阿哥有可能在将来继承皇位,现在让吴省兰去他身边便是为了摸摸他的底,以便给自己的将来留条后路。

和珅进得殿内,向乾隆行过礼后,便双手递上两个薄薄的册子,说道:

"启禀皇上,十五阿哥的诗稿已整理好了,全都在这里了。"

乾隆接过来,并未打开看,"唔"了一声,说道:

"和爱卿,有人告国泰贪赃枉法,你办此类事情已有经验,可与钱沣前往山东一趟,追查此案,如何?"

和珅一听,不由吃了一惊,他稍作寻思说道:

"皇上,这件事情事关重大,依臣之见,不若先召回布政使于易简问问情况,然后再去查办,这样既可多了解一些情况,也显得比较慎重。"

听了和珅一席话,乾隆频频点头,认为想得周到,于是就开口说道:

"也好,那就先召回于易简,严加核实再说吧。"

不说钱沣听了十分泄气,那乾隆哪里知道这和珅此举的真实目的,原来这国泰、于易简与和珅关系早就十分密切了,只是没有公开罢了。如今听了这消息,和珅匆匆往府里赶,想早点通知国泰这个严重情况。

和珅的家门前有一条狭长的胡同隔开了和府与北海,随着和

587

珅的官职越来越高，权力越来越重，这条胡同也出了名，因为他每日入署，士大夫中善于拍马溜须的，都立在两边等他，被时人称为"补子胡同"。

和珅的轿刚到家门口，便见一人长跪在门前，和珅十分惊讶，一边掀开轿帘下来，一边问迎上前的刘全：

"这是什么人？"

"噢，老爷，这是山东晏城县的一位县令，想来见您一面，苦于没有门路，便跪在这里等您，撵也撵不走他。"

"嗯。"和珅淡淡地点了点头，心说，我才不理呢，七品芝麻官见我作甚？忽然国泰的事闪现在他的脑子里，他停下了要走的步子对刘全说道：

"叫他进来，在客厅等我。"

和珅进了屋，先去书房换了件衣服，然后坐下来给国泰写了封信，大致将这件事讲了讲，提醒他注意，然后也不落款，封了信函，这才出去见那位县令。

这位县令姓金名夏铭，是一个三十多岁举人出身的书呆子，这次是进京拜访亲友，临走时，问亲戚京城谁的权最大，有人告诉他说，除了皇帝，便是和珅了，这金夏铭便来造访，却屡屡被门卫轰了出来，偏偏这县令也挺有倔劲，非要见和珅一面，后来听别人告诉他这个方法，他也不顾好坏，不管是否丢自己的身份，就这么被人耍了。因此当刘全上前告诉他说"相爷有请"时，他简直有些怀疑自己的耳朵了。

他战战兢兢地随刘全进了和府，左穿右拐，好半天才到了客厅，只见和珅已坐在那里了，赶忙上前大礼叩见。

"不用多礼，看座。"和珅慢条斯理地说。

金夏铭受宠若惊，连连施礼感谢，斜着屁股坐了下来。

"金大人找我何事？"

"就，就是来，来看看大人。"金夏铭结结巴巴地说，"久仰大人盛名……"

和珅见他紧张不安的样子，便说道：

"多谢了，金大人，你今日来得正好，本官正有一事相求呢！"

"不敢、不敢！"金夏铭连连摇头。

和珅轻轻笑了笑说道：

"请金大人麻烦一趟在近期将这封信亲手交给国泰大人，如何呀？"说着从怀里掏出了信。

"没问题。"金夏铭双手接过信函揣进了怀里。

"拜托了。"和珅又叮嘱了几句，便端茶送客了。

再说乾隆降旨宣于易简火速进京，于易简哪敢松懈，也来不及揣测乾隆的心思，便匆匆地赶到了京城，先偷偷地到了和珅的家里。

一见于易简，和珅连忙将自己所知道的一切情况都告诉了他，于易简顿时惊慌起来，连忙询问对策，和珅告诉他：

"出这样的事恐怕谁都救不了你们了。"

于易简见和珅说话不疼不痒的，自然知道他的意思，便从怀里扯出一叠银票来，说道：

"相爷，这是二十万两银票，是这次来特地看望你老人家的。"

看到银票，和珅眼睛亮了起来，他继续对于易简说道：

"这次事出突然，我也不知道钱沣说的是真是假，若果去查，你们能过关吗？"

"相爷，这贪赃枉法的事，我们是绝对不干的，至于说挪用库银，致使国库空虚，更是没有的事。"

"那就好，若有什么不妥，要尽快给予补救，明日，我与你一同见驾，看看能不能化解这件事。"

第二天，和珅与于易简还有钱沣都到乾清宫来听宣，于易简试探地问钱沣：

"钱大人，别来无恙？"

钱沣是个直脾气的人，眼见于易简这个时候还在耍贫嘴，便

589

不屑一顾地哼了一声,也不回话,那于易简却又接着问:

"钱大人,你上次山东之行,可有收获吗?"

"当然有。"听到这句话,钱沣冷笑一声说道:

"于大人挪用公款、侵占库银,就不怕电闪雷劈吗?"

于易简一听,脸一红说道:

"钱大人,你这玩笑怎么开这么大啊!这可是要犯杀头罪的。"

钱沣刚想再驳斥他几句,只听得胡胜在殿口嚷道:

"宣和珅、钱沣、于易简入殿见驾。"

三人于是赶紧整理官服,进入殿内,三跪九叩,侍立一旁,只听乾隆说道:

"于易简,你可知罪吗?"

于易简被劈头盖脑地这么一问,相反却冷静下来了,他轻声说道:

"臣不知。"

乾隆气愤地哼了一声,让钱沣将状纸上的事一一讲给他听,然后又问道:

"你和国泰共事多年,他可否是这样一个贪赃枉法之人?"

"启禀皇上,据臣所了解国泰为官平实勤勉,应该不是他。"

"那么为什么会有这么多百姓、下属告他?"

于易简见皇上追问,便想了想说道:

"皇上有所不知,国泰大人性格刚直,常常对下属官员要求苛刻,所以为此得罪不少人,不知这里面可否有公报私仇的成分?"

乾隆听了觉得有理,便连连点头,旁边一直侍立的钱沣有些急了,便奏道:

"皇上,既如此,那我们还是去详细查查吧。"

乾隆还未有去想,和珅又接着说道:

"皇上,我看不必再去查了,国泰这人性子暴躁我也知道,可能的确是因为管理不善才引发的这种事情,依奴才看,不如调国泰来京供于闲职,岂不是没事了吗?"

钱沣在一旁听了，知道和珅这是在千方百计阻碍他们去山东，便又说道：

"山东吏治混乱，财政亏空，如不赶紧检查补救，小心以后再有王伦出现。"

见提到了王伦起义，又引发了乾隆潜意识中的不安，他略加思索，决心依钱沣之意，派他们几个去山东，看一看到底是怎么回事。于是乾隆说道：

"好了，众爱卿不用再争了，朕意已决，派和珅、刘墉与钱沣前往山东详查此事，另让十五阿哥随同你们前去，也好让他有所锻炼，于易简暂且在京住下，不必回去了。"

此言一出，可谓是一家欢乐一家忧，尤其是于易简明白是被暂且革了职了，但也无可奈何，只好垂头丧气走了出来。

当天晚上，钱沣左思右想，总觉得和珅的态度暧昧，他一心想将此事查个水落石出，真相大白。于是便又去找刘墉，想与他商量商量如何对付和珅等人，如何才能顺利查案。

刘墉此时也并未安歇，见钱沣为此事专程来访，十分高兴，两人分主宾坐下之后，钱沣便开口问道：

"刘大人，你看和珅对此事的态度可有问题？"

刘墉点了点头，像他和钱沣这样的人，自然都是极其讨厌和珅的，但又不能不顾忌他的权势与在乾隆面前的分量，要想在查案时摆脱和珅肯定是不可能的事，于是刘墉对钱沣说道：

"钱大人，不管他态度如何，咱们只要找到证据，谅他即使有心护着国泰，也是没办法的事，更何况还有十五阿哥呢。"

"十五阿哥为人怎样？"钱沣问道，因为乾隆的这几个儿子都不十分突出，平时乾隆也很少分给他们什么任务，所以朝中大臣对他们都是不大了解的。

"听朱珪讲，十五阿哥为人仁爱宽厚，心地清明。"

朱珪和刘墉早就认识，所以刘墉对十五阿哥还是了解一些皮毛。刘墉一边说着话，一边从椅子上站起来，来回地在屋里踱步，他本有些驼背,坐久了便不舒服,所以习惯在踱步中思考问题。

"你说和珅如果和国泰他们是一伙的,会不会先跟他们通风报信?"刘墉突然问钱沣。

钱沣听了,猛一惊醒:"这很有可能,我看,当下之计,不如让我先行一步,到山东看看有什么变化没有,刘大人意下如何?"

刘墉听了连连点头说道:

"也好,你明日便可先走,我待你走后再给他们说。"

钱沣喝了口茶,想了想又说道:

"我到山东,先不与国泰见面,据我所知,历城县亏空最重,我就直扑那里,看看能不能有所发现,待你们到后,也到那里会合。"

刘墉点头同意,二人商议停当,钱沣这才告辞而去,第二日便微服出京,前往山东去了。

因为急着赶时间,所以钱沣也是每天到了很晚时,才停下打尖住店,这样紧赶慢赶,走了七八天,到了山东境内,钱沣这才松了口气,主仆一行三人找个店住了下来,准备歇歇再走。

晚上吃过晚饭,钱沣觉着天热,便出来在院子里散散步,没过一会儿,便听见前院一阵马蹄声响过,接着一个粗粗的声音说道:

"店家,快给我找一间清净房间,备好热水饭菜送过去,我明日一早还有急事赶路。"

店家连连答应,不一会儿,钱沣便看见店家领着一位公差模样的人走进后院,将他安排在了钱沣的隔壁。

钱沣做了多年的监察御史,天生有一种对一些可疑事情的敏感,他忽然觉得这个差人有些古怪,于是待店家安排好后,便去敲了敲门,里面那位公差还认为是送饭菜的来了,心下奇怪怎么会这么快,一边说道:

"进来。"待钱沣一脚踏进去,那位公差一抬头,见是个陌生人,又两手空空,便问道:

"你是谁？来干什么？"

钱沣微微一笑，亮了亮自己的腰牌，说道：

"我是京城来的监察御史，想问问你是干什么的。"

那公差对这位四十多岁的瘦弱书生又看了两眼，半信半疑地说道：

"谁知你是真是假？"

钱沣于是冲着隔壁大喊了两声，他的两个随从便跟了过来，钱沣让他们从包袱里取出自己的官印来，递与那公差看，那公差这才信了，连忙跪下请罪。

钱沣和颜悦色地让他起来坐下，问道：

"你在何处当差，这么匆匆忙忙地赶跑，为的是何事啊？"

那公差一五一十地答道：

"我是山东巡抚国泰老大人府中的，他差我送一封急信给和珅和大人。"

"噢？"钱沣一听又吃惊又兴奋，便说道：

"信在哪里？我可以看看吗？"

那公差一听，连连摇头，却见钱沣沉下脸来，他身后的两个随从更是凶神恶煞似的，一手按剑一边用眼狠狠地盯着他，不由得心里一凉，不情愿地取出信件递与钱沣。

钱沣用刀拆开火漆，一读信件，不由得大吃一惊，原来这是一封国泰给和珅的私函，里边写着：

"已接来函，并已借银充库备查"等事，钱沣看完信件，觉得事情重大，决定暂在此住下不走了，等十五阿哥他们来了再说，一边把信揣到了怀里，那公差一见就急了，说道：

"钱大人，还我信。"

钱沣扭头对他说道：

"我奉皇上之命来查国泰贪污之事，这封信是公堂证据怎可还你！而且老兄，你也得受点委屈了，哪儿也甭想去了，老老实实和我们待在一起，待查完案再说。"说完叮嘱随从看着他，自己回房间写奏折去了,他要趁这件事告和珅御状。

在这家店里一住便是七天,十五阿哥一行才赶到了这里,当下几人便将这家店给包了下来,晚上,钱沣便带着这封信,与刘墉一起去见十五阿哥。

十五阿哥永琰这次能够出来,独自查案,他心里明白,这是父皇在考验、考察自己。虽然他在宫中只知写诗读书,不问世事,实际上这都是他韬光养晦的做法。祖辈、父辈关于皇位的继承问题而钩心斗角、自相残杀他实在听得太多了。他是个极聪明的人,知道与其锋芒毕露,引祸上身,不如欲进先退,这一招果然有效。这次之事,十五阿哥便把它当成了自己从此之后开始涉入国事的一个开端,因此便想要把它做得漂漂亮亮的。

看过了国泰的信,十五阿哥不仅大为吃惊,他以前总听朱珪讲一些和珅的坏话,但因亲见父皇十分宠信他,自思和珅不过是个弄臣而已,哪承想,这和珅居然还与地方官如此勾结,置国家利益于不顾,致使山东吏治败坏到这种地步,这真是他以前未曾认识到的,他将信收了起来,问刘墉道:

"刘大人,你看这事怎么办?"

刘墉略一沉吟说道:

"这事,我看不宜打草惊蛇,阿哥可装作不知,去仔细查国泰的账,找出证据,告倒国泰再说别的不迟。"

十五阿哥频频点头,说道:

"我要一个银库、一个银库地查看。"

三人正在商议,和珅赶了进来,一进门便说道:

"嗬,说什么好事呢,不让我也听听。"

十五阿哥连忙换副笑脸说道:

"我说这山东可比北京热得多,晚上得好好洗一洗才是。"

当下四人什么也不说了,闲扯一通,正在此时,店外一片喧哗,夹杂着有锣鼓之声,众人正自诧异,一位太监进来禀报:

"山东巡抚国泰前来求见。"

十五阿哥微微一笑说道：

"亏得他消息灵通，让他进来吧。"

小太监答应着去了，不一会儿，国泰便衣衫整齐地踱着方步走了进来，他见有和珅在座，心便放下一半来，对着十五阿哥便跪下去，口中说道：

"臣国泰叩见十五阿哥。"

"大人快快免礼，赐座。"十五阿哥和颜悦色地说。

国泰称谢落座，客客气气地说道：

"十五阿哥，各位大人，此次到山东来，也无通报，微臣有失远迎，请十五阿哥与诸位大人多多见谅。"

"这不关你的事。"十五阿哥笑嘻嘻地说，"我想看看这沿途风光，所以就微服出来了。"

"那今晚一定要听微臣的安排如何？"国泰企盼地问，"阿哥与诸位大人的轿，我都已准备好了。"

众人听了此话，都抬头看十五阿哥，但见他依旧笑眯眯地说道：

"好，既然到了大人的门前，一切都客随主便吧。"

当下一行人便坐了国泰准备好的轿子，连夜赶往临清城里国泰的临时府邸，国泰早已为他们准备好了一桌丰盛的晚饭和舒适的住处。

走了这么多天的路，大家疲饿交加，在十五阿哥的带头下，几个人毫不客气，大吃了一顿，吃过之后，众人坐在客厅里品茶，十五阿哥慢慢悠悠地开了腔：

"老大人，有人弹劾你侵吞库银，可有此事？"

国泰根本没有想到十五阿哥刚吃过饭，就这么单刀直入地问，一时之间只有连连说道：

"这全是诬陷，全是诬陷，请阿哥做主。"

十五阿哥笑了笑说道：

"老大人放心，是非曲直，自有公论，我心里也是有数的。"

595

刘墉和钱沣见永琰虽然年纪轻轻,但处事阴柔老练,不由暗暗佩服,和珅在一旁见了,也暗自心惊。

"老大人,明日我们先去历城县看看银库,你意下如何?"钱沣忍不住问道。

"没问题、没问题。"国泰一脸坦然地说,丝毫不见惊慌。

大家于是也就不再说什么了,十五阿哥见状,将话锋一转说道:

"老大人,于易简为官如何?"

国泰此时已觉出十五阿哥的厉害来了,当下不敢再有小看,小心回答道:

"于易简为官尚算清廉。"

"噢。"十五阿哥仍是一副漫不经心、随便聊天的样子,"大人可知这库银都是什么规格吗?"

"这个,好像是五十两,我不大懂。"

"钱大人知道吗?"永琰扭脸问钱沣。

"没错,库银均为五十两一锭,这是康熙年间定下的规矩。"

"看来这里面学问不少呢。"十五阿哥笑嘻嘻地说道:

"好了,今晚就到此吧。"

众人这才纷纷散了,国泰心有余悸地掏出手帕擦额头上出的汗,仅仅几句话,他已晓得这位年轻的十五阿哥的厉害了,心里不禁产生了一种强烈的不安的感觉。

第二天一早,众人便按原计划一起前往历城县。历城县在济南的北边,是济南府下属的一个小县城,众人走了两天,方才赶到。国泰建议大家将行馆设在济南府,说那里条件好,十五阿哥什么异议也没表示就答应了下来。

折回到济南府休息了一夜,第二天,众人一行不疾不徐地赶到了历城县,县令王令保早带着一帮衙役前来迎接,十五阿哥却说什么也不去县衙,径要王令保带他前去查看银库。

银库在县城的东南边,是一座三进三出的小院子,要不是院墙外那三步一岗的哨兵，谁都以为这是一个喜欢清净的安适之家。

银库挨着兵营，院墙足有两三丈高，院门是镶着铁皮，包着铜钉的大木门。十五阿哥一行到了这里，王令保便亲自从身上取出一串钥匙，然后上前开门，锁是"将军不下马"的那种，样子跟普通的锁没什么区别，只是个头足有普通锁的十倍。

打开院门，一行人穿过短短的一条甬道，前面又是一样的一扇大门，再打开它，里面是一个小院，种有花草树木，树木之中掩映着三间房大小的屋子，建筑结构十分普通，唯一与普通房屋不一样的是，这房间没有窗户，凡是有缝隙的地方都包上了铁皮。

众人走到屋门前，王令保取出另一串钥匙打开了房门，推门一看，只见里面堆满了白花花的银子，像书籍一样被整整齐齐地码放着。十五阿哥说道：

"钱大人，你懂这个，就劳驾你进去看一下如何？"

"遵命。"钱沣躬了躬身，便一撩官袍走了进去。

只见钱沣进去，东拿块看看，西拿块看看，好一会儿出不来，想着他大概是在核算数目。这时，王令保已命人搬来椅子，大家就在这门外坐了，静静等候。

十五阿哥永琰坐在那里，认真地看了看房门，又扭头看门前的草地，只见已被人践踏得不成样子了，显然是有很多人匆匆忙忙地来过。永琰正寻思间，钱沣已经出来了，他拍了拍手，问王令保：

"库银一共多少？"

"四万九千八百二十五两。"

众人这时都把目光盯在钱沣身上，此时，钱沣微微点了点头，说道：

"数目是对的，不过，我想先封了这银库再说。"

众人一听都是一愣，和珅便说道：

"既然数目正确，那就回济南查别处去吧，何必再封呢？"

钱沣说道：

"这库银虽然数目不差,但规格、成色却十分混乱,这与库银全部为官制五十两一锭的定制不符。"

国泰在一边一听,便急急说道:

"这是收的急,还未来得及重铸呢。"

十五阿哥此时微微一笑说道:

"你们不要争了,封就封一天吧,现在回府休息。"

听到这句话,大家如释重负,纷纷走了出去,十五阿哥一拉钱沣的衣袖,两人走到最前面,十五阿哥对他嘀咕了几句,钱沣连连答应,自己先走了。

出了院子,十五阿哥说道:

"中午我们去县衙吃顿便饭,如何?"

和珅一听,赶紧说道:

"不必了吧,阿哥,既然历城县银库无事,我看还是速速回去,到别的地方再检查吧。"

"噢,不着急,我还要等人呢。"

众人一听,心想这永琰是想干什么?莫名其妙,国泰的心里更是不安起来。

当众人回到县衙,王令保让人去端了饭菜上来,草草吃完,永琰命王令保升堂议事,众人不解其意,只有一一照办。

十五阿哥升堂就座,和珅、刘墉、国泰依次就座,大家面面相觑,不知他要干什么,只听永琰咳了两声,忽然大喊一声:

"来人,给我将王令保拿下。"

满座大惊,王令保更是扑通一声跪在地上,连声叫冤。

"你叫什么冤,银库里的银子都哪里去了?快从实招来?"

"不是都好好地在库里放着了吗?"和珅故显惊奇地问。

正在这时,外面一阵吵闹声传来,不一会儿,钱沣带着两个乡绅模样的人走了进来。

"启禀十五阿哥,外面有一大群人前来索要银两,这两位是他们的代表。"钱沣报道。

十五阿哥微微一笑,问那两个人:
"是怎么回事?讲来听听。"
那两个乡绅模样的人跪下,说道:
"前几天,接县太爷令,让我们每户出银五千两,共有十二户出了,当时讲是借来用以应急,十日之后便还,但是,刚才小的们在街上看见一纸告示,说是让我们今天下午速来县衙领银,不然则一概充公,所以我们就全来要银子来了。"
国泰一听,脸色大变,王令保更是瘫倒在地,十五阿哥哈哈大笑,说道:
"王令保,你还不招吗?"
此时王令保已彻底被摧垮了,他连连磕头求饶,一五一十地讲了起来:
"这都是国泰老大人让我干的,目的就是应付皇上的检查。"
"那你县库银除去借的,余留多少,亏空多少?"
"余留只有二十四两,亏空四万九千多两。"
"那这笔钱都到哪儿去了?"
"我,我将大部分都交给国泰老大人了,自己留下少许。"
这时,国泰再也忍不住了,跳起来怒声骂道:
"王令保,你怎敢血口喷人,诬陷朝廷命官。"
王令保扭头看看国泰,哭丧着脸说道:
"老大人,我这时候也顾不了那么多了。"
这个时候,十五阿哥一拍惊堂木,怒声喝道:
"来人,与我将国泰撤座,褫其官服、官帽。"
几个差役如狼似虎地上来,国泰情急之下,竟失了理智,欲夺门而出,早被一把拦住,堂堂一方大员,顷刻间便成了阶下囚。
十五阿哥此时哈哈大笑,扭头对和珅、刘墉、钱沣说道:
"审案诸位大人在行,如今真相已基本明朗,就请各位来审吧,我还是听听的好。"
说完自己径自离席,坐到了一边,顺手从怀中掏出国泰的那封信来，悄悄地塞给了和珅，和珅接过一看，脸色霎时变得惨白。他知道，这十五阿哥什么都知道了，这是做戏给自己看，照顾自己与乾隆的关系，当下他稍稍定定心，对十五阿哥是又惊又服，再也不敢小看，也再也不敢袒护国泰了。

一旦失去了和珅这座靠山，国泰就像泄了气的皮球一样，怎么也打不起精神来了，他有心想咬和珅一口吧，又怕和珅树大根深，反而加重了对自己的惩罚，思来想去，于是也只好自认倒霉，对自己的贪赃枉法之事一一供认不讳。

审讯完毕，十五阿哥便带着众人押着国泰几个人进京复旨，乾隆一看，离王亶望一案还没两年时间，就又出了这么大的一个贪污案，竟然使国库银两亏空，真是气不打一处来，立即下令将软禁在京的于易简也抓了起来，让九卿即日审结，斩于午门之外，曝尸三天，以儆戒百官。

对于十五阿哥这次的一番表现，乾隆十分满意，他感到自己的这个儿子确实已慢慢成长起来了，看来大清帝国还是后继有人的。十五阿哥虽然没有见到父皇有什么奖赏给自己，但心里明白，他一定是在心底夸许自己。说实话，这次办案他确实煞费苦心，特别是对和珅，既在这次办案中压得他抬不起头，又给他留了条后路，避免跟他闹得太僵，因为在宫中几十年他早看出了乾隆对和珅那种微妙的感情，父皇是那种极端自负的人，他对和珅的所作所为必定是有所了解，然而为了感情的需要，依然是揣着明白装糊涂，对和珅的信任只是有增无减，可见父皇晚年已是离不开和珅了，如果这时候去强要告他，只会给自己添麻烦。但是，在十五阿哥的心中却已埋下了这样一种想法：如果自己有一日果能登基，则必杀和珅，以巩固江山。

由于乾隆的屡屡督促，再加上纪晓岚、朱筠等人的努力，《四库全书》的前两卷与《四库全书辑要》一同出版了，乾隆皇帝十分高兴，这与他渴盼的时间起码缩短了三分之一，高兴之余，他大赏有关的功臣，特别是对于纪晓岚，他是十分喜欢其才学性格的，又见他屡受官场挫折，便决意封他个实差做做，出于这种考虑，他便命升纪晓岚为大学士、左都御史。

然而这一回，乾隆确实是用错人了，那纪晓岚虽然满腹经纶，但在审案、查案上，却全然外行了。上任之初，便犯了个天大的错误，而且还拖上了阿桂……

事情是这样的：纪晓岚的小舅子海昇，现任军机章京员外郎，是阿桂手下的一名得力助手。此人乃行伍出身，平日里脾气暴躁，头脑简单，开春的一天，这海昇出去喝酒，直到烂醉才被人送回家里，一回家便做了一件天大的荒唐事：原来海昇的妻子性善妒忌，不许海昇有任何越轨之举，然而凡事都得有个限度，可这婆娘就是整天凶巴巴地对海昇查来查去，要说这海昇家里也没个三妻四妾已是很不错的了，他虽然脾气暴躁，但一回家见她就如同老鼠见猫一样，前几天因为海昇和几名同僚去了妓院玩乐被她知道了，她竟然当着下人的面扇了海昇一记耳光。海昇对此是苦闷不已，今天晚上喝得烂醉如泥地回来，本想躺下睡个好觉，偏偏这婆娘又上来唠唠叨叨，连推带骂的，海昇毕竟是武官出身，平素是怕她怕惯了，今日借着酒劲，便一把揪住这婆娘骂道：

"妈那个巴子，你这臭婆娘，看老子不揍你。"

说着挥起斗大的拳头没头没脑地就打了下去。那婆娘也根本没想到海昇居然敢这样，当时就犯傻了，不知躲闪，而那海昇又是何等的气力，当下一阵乱打，可怜那婆娘居然连惊带怕，又遭痛击，居然就此一命呜呼了。

海昇痛痛快快地出了一口气，打罢了，把那婆娘一丢，说道："看你还敢欺负老子，快起来给老子打水去。"谁知连踢两脚，却没有了一点动静，这时海昇一激灵，一股凉意直透胸背，酒已是醒了大半，急忙翻转身去看，只见那婆娘已是口鼻流血气绝多时了。

这一下子，海昇可慌了手脚，闷了半天，才想出一招，拿绳子在妻子脖子上勒了一道血印,然后等到天亮,便去纪昀那里自首,说是与婆娘生气,那婆娘一赌气便上吊自尽了。纪晓岚本来在任上就只知喝酒吟诗,又加自首的是自己的小舅子,所以根本就不把它当作一回事,提笔写了一气,就算了事。谁知他的这荒唐,却激怒了另一位小舅子,这就是海昇的小舅子贵宁,他去参加姐姐的葬礼,意外地发现姐姐鼻青脸肿的,心下诧异,便到纪昀那里击鼓喊冤,纪晓岚不晓得利害,嬉皮笑脸地把贵宁打发回去了。

贵宁气愤不过,他认识几个宫中太监,便私托人情,一张状子竟递到了乾隆那里,不仅告了海昇,顺便把纪昀也给告了。偏偏这乾隆这几日也是无事可做,就把这件事当成了一件大事,立即下令让纪昀开棺验尸。

纪晓岚无奈,但心里是老大的不愿意,文人做事,总是马马虎虎,纪晓岚又是那种对任何事都满不在乎的人,于是草草验了验伤,仍以自杀报了上去,同时又将阿桂的一封保荐信也递了上去,意思是让乾隆信他们二位大学士的,又何必去听一位普通小民的话呢。

然而,他却忘了乾隆是个十分自负的人,他这么一做,乾隆便更怀疑纪昀捣鬼,便又派了侍郎曹文埴前去复审,这一审才把真相给弄了个水落石出,乾隆气恼异常,当时下令将海昇斩首,将纪晓岚革职留任,同时又下旨给远在浙江的阿桂,以他妄护属下之罪罚了他三年俸禄,同时催促他尽快将浙江省的调查结果报上来。

乾隆的旨意抵达浙江时,阿桂正在为浙江省财务清理问题同浙江学政窦光鼐争吵不已。这窦光鼐,字元调,山东诸城人,乾隆七年进士,也是一名老臣,累官至内阁学士。乾隆二十年又授左副都御史,督浙江学政。窦光鼐虽说仕途早贵,却由于秉性迂拘固执,被人视为拙钝之人,为官屡黜屡起。乾隆说他,虽"拘钝无能,无大过",所以始终见用。

这一日，窦光鼐又来拜见阿桂要反映浙江省一些官员的贪污情况，因为以前在这方面和阿桂有过争吵，所以窦光鼐这次也决心压住自己的火气，好好说一说。

偏偏那阿桂刚刚接到乾隆斥责自己的圣旨，心情正自烦闷，戈什哈通报进来，阿桂连想也不想地就说道：

"不见，不见，就说我身体不适，让他隔天再来。"

戈什哈传话出去，窦光鼐一听"腾"地一下又升起火来，在门口大声叫道：

"做个大学士就了不起啦？身居高位，手拿高俸，却不礼遇下属，竭力办公，算什么忠臣良谋！算什么朝廷能臣？"

他这在门口一吵，门卫也不敢把他怎么样，只好任由这个倔老头子在门口逡巡叫骂，阿桂本是一个心境清静的人，对于窦光鼐此举并不太在意，可是今天莫名其妙挨了乾隆一顿骂，也是有火没地发去，于是忍不住，就冲出去对窦光鼐喊道：

"你胆敢咆哮钦差大臣府邸，看我把你拘捕起来。"

谁知窦光鼐哪里肯吃他这一套，当时冷笑一声说道：

"堂堂大学士、钦差大臣，抓一个半大老头子算什么本事，辜负皇上重托，不尽心尽力查案，你有何面目来教训我？"

窦光鼐说话虽然锋利，却是句句有理，阿桂的脸被刺得通红，慢慢静了下神，也觉得无论从哪方面都说不过去，于是改口说道：

"好，好，窦大人，就算你有理，那就进屋讲罢。"

窦光鼐这才从鼻孔里"哼"了一声，大摇大摆地走了进去。要说这窦光鼐确实是忠心耿耿，如今本已迁吏部侍郎之职，但因仍在学政之任上，所以就一直操心整顿浙江吏治，清理浙江财务的事；因为他在这里耳闻目睹多了，大致对浙江的几位要员都十分了解，今天他来找阿桂就是要反映巡抚盛柱与总督富勒浑的事。

然而，阿桂自从到了浙江之后，一直被盛柱与富勒浑所接待，凡事都必经他们手才执行，因此富勒浑与盛柱便处处都做了手脚，阿桂待了近一个月，却是一无所获。

两人进了客厅,重分宾主坐下,阿桂便问道:

"窦大人,究竟有何紧要之事?"

"陈辉祖、王亶望虽贪墨败露,但是总督富勒浑却未严察,我听说嘉兴、海盐、平阳诸县亏数皆逾十万,当察覆分别定拟。"

"可有什么证据?"

"目前还未有,但请阿大人准我去查办此案。"

阿桂平时就比较讨厌这个倔老头的脾气,总觉得他有点没事找事的劲头,于是就说道:

"窦大人已经高升,何必又去管这些小事呢?"

"小事?哼,大人知不知道整个浙江省钱粮亏空额已达一百三四十万两了?"

"哈哈哈。"阿桂听了忽然大笑起来,说道:

"窦大人,你真会开玩笑,亏空这么多,难道我阿桂在此待了这么长时间居然一无所闻?"

一见阿桂那满不在乎的样子,窦光鼐就气不打一处来,他立即站起来拱手说道:

"好,既然阿中堂不以为然,那在下便直接面君好啦。"说完施了一礼竟自扬长而去了。

窦光鼐回去之后,耿直的脾气使他连一夜也等不及,便给乾隆上了一道奏折,历数浙江吏治、财政混乱状况,请求皇上让他查案。

乾隆接到这道奏折之后,是将信将疑,因为他素重阿桂,但也深知窦光鼐的性格,也决不会是哗众取宠的,思虑再三,他决定再派户部尚书曹文埴、刑部侍郎姜晟、工部侍郎伊龄阿前去浙江,与阿桂、窦光鼐一起专门详查浙江银库、粮库。

没过几天,曹文埴、姜晟、伊龄阿便都到了浙江,三个人首先去拜会了阿桂,阿桂见此,虽然心里觉得乾隆不像往日那样相信自己了,隐隐有些不高兴,但又转念一想,也可趁此少些责任,于是便也高高兴兴地与三人共商大事,决定分几路去同时清仓查库,而派窦光鼐专门去查海盐、平阳两县。

当下分头行事,说好半月后聚议,几位钦差大人每人分了几个州县,便一路查了下去,然而乾隆这么大的举动,浙江各地官员早已闻风而动了,无不加紧匿赃活动,借银借粮以充仓库,等几位大人下去,哪里还能查出些什么呢?

半个月之后,四个人在阿桂那里聚齐,阿桂一个个问下来,都讲无甚大事,只有极个别的略有欠缺,并不是大事,待问到窦光鼐时,他说道:

"卑职此行虽未查出实证,但听当地老百姓讲,下边贪污之风日炽,希望各位大人能再思良策,重新再查一次。"

这话一出,不待阿桂发言,其他几个便不高兴了,平日里这些大员在京城享清福享惯了,如今奉圣命下来追查已是不易,要想让他们在这春寒料峭的天气里再来个第二遍,谁也不高兴干了,伊龄阿便说道:

"窦大人,我看就算了吧,大家伙都认认真真地查过一遍了,再去查又能查出什么呢?再说,皇上也急欲知道结果,何必再白费一番工夫呢?"

伊龄阿的话引来众人的随声附和,窦光鼐一听,倔劲便又上来了,说道:

"伊大人此言差矣,你我等人皆对浙江地方各种关系不熟,所以查案定然如隔靴搔痒,往往在第一次是不得其法的,既不得其法,则第一次往往极不准确,既不准确则说明浙江各地必有问题,有问题不查能得出什么结果,没有结果,我们又如何向皇上交差?"

窦光鼐一席话娓娓道来,说得有理有据,伊龄阿被说得哑口无言,不知如何应对,众人便把目光都盯着阿桂。阿桂不知为什么,他就是不喜欢窦光鼐,明知他说得有道理,但还是说道:

"此案查到此处,我看已经够了,姜大人,由你执笔写份奏章,然后签上我们的名字,报与圣上结案便了。"

众人皆称是，窦光鼐又不干了，他怒气冲冲地站起来亢声说道：

"阿大人，你为何不采纳我的意见？"

"窦大人，我认为到此已够了。"

"阿大人，你这是不负责任，不尽职守，我拒不签字。"

窦光鼐这么当众硬顶，阿桂自觉下不了台，便信口说道：

"随你便吧，又能怎样？"

当即窦光鼐血往上涌，大声说道：

"阿大人，你这是倚权欺人，我要向圣上弹劾你。"说完竟又一次扬长而去了。

没过几天，阿桂和窦光鼐的奏折都放在了乾隆桌上，乾隆权衡再三，自然是相信以阿桂带头的四位大员的奏述，当即下诏斥责窦光鼐举情不实，咆哮上级，当受罚俸之惩。

然而这个决议做出之后，乾隆又有些后悔了，对于窦光鼐，他想来想去，也觉得这个人不可能会如此三番五次地出来闹事，地方形势情况复杂，谁又能个个拿得准呢？这么一想，乾隆决定自己正好趁这个机会再下江南一次，亲自视察一下这个省的情况。

于是，乾隆第六次下江南便这样匆匆成行了，一路无话，乾隆虽然年事已高，但依然像过去一样，乘船南下，照例拜了孔庙、孟庙，沿运河直线南下。

第三十五章
恋天伦惜嫁小公主
申纲纪痛罚福康安

老乾隆见所有人均主张对福康安改罚俸银，也顺口道："各位爱卿既然均为福康安求情，那朕就从你们所请吧！免革福康安红宝石顶戴、四爪团龙补褂、黄带紫缰，改罚福康安总督养廉银三年，公俸十年，着带职留任！"

再说那窦光鼐强项直谏，竟遭到了乾隆的斥责与惩罚，心里更是忿忿不平，然而他这个人的性格就是天生倔强，愈是这样，愈是发誓要将此案查它个水落石出。

总结上次查案的教训，他觉得走明察这条路是行不通的，于是他便带了两个家人，将自己装扮成一个老员外的模样，悄悄地去平阳调查去了。

从杭州出发，骑上毛驴，一天的时间便赶到了平阳县，到那里时，天色已是昏暗，窦光鼐便找了一户中等模样的人家去借宿，这家主人姓钱，乃是一家开染房的，日子过得好像还不错，主人叫钱利盈，也约有六十出头了，因见窦光鼐年纪也不小了，又没带什么行李，便热心地邀他们进屋，给他们安排房间，并给他们做了许多吃的。

吃过饭，窦光鼐闲来无事，便想去找主人聊聊天，了解了解情况，刚穿过走廊，便听见西厢房里钱利盈夫妻的对话：

"老爷，明日你可别忘了带这票子去兑银子回来。"

"知道了。"钱利盈不耐烦地答道。只听他妻子又说道：

"那县太爷要是不认账怎么办？"

窦光鼐正欲上前敲门，一听此话就又缩回了手，附在门侧细听。

"县太爷不认账,那又有什么办法?不过像咱们这样的,全县多了去了,他难道不怕引发众怒吗?"

"唉,老爷,你说这县太爷没事借老百姓银子干吗用?"

"不太清楚,哼,反正不会干好事。"钱利盈不满意地说道。

听到这里,窦光鼐已经听出了个差不多,当下举手敲门,只听钱利盈问:

"谁呀?"

"是我,是刚到的房客。"

"噢,等一会儿。"钱利盈答应着,摸索了一会儿才打开门说道:

"有什么事吗?"

"我有点急事,能否请钱员外客厅里说两句?"

钱利盈不知何事,但还是带着窦光鼐到了客厅里,窦光鼐这才对他亮出了自己的真实身份,可把钱利盈吓坏了,连忙磕头道:

"大人饶命,小的从来都未干过坏事。"

窦光鼐笑着扶起钱利盈说道:

"老人家不必惊慌,我不是找你事来的,是想查一件案子,刚才无意中听见了你说的话,可能对我这件案子十分有用,希望你能助我。"当下把自己查案的一些大致目的告诉了钱利盈。钱老员外这才放下心来,从怀中掏出一叠纸票说道:

"你看看,这是两月前县太爷强行向我借的三千两银子,说是用两月即还。"

窦光鼐一看,只见一张巴掌大小的纸票上只写着钱数,最后盖有县令黄梅的私印。窦光鼐如获至宝,又问道:

"像你这样的可多?"

"当然多,听说几乎每家人都被多少不等地借走了。"

"那上次有钦差来查案,你们怎么不告发?"

"告发?老爷,别开玩笑了,我们平头小百姓,上哪去告县太爷?谁不知道官官相护,再说了,县太爷明令不让任何人知道此事,否则银子就再也领不回来了。老爷,你可不会害我吧?"

窦光鼐这才明白为什么上次会查不出来,他一边安慰钱老员外,一边暗自庆幸采用了这种方法,当下他让家人掏出一张五千两的银票给老人,叮嘱他不要外说,自己揣着这一叠票子,第二天一早便打道回府了。

窦光鼐赶回杭州府,乾隆也已经到达了,他二话不说,便换上官服,去行宫求见乾隆。

乾隆这会子因为长途跋涉,已是很疲劳了,听说是窦光鼐求见,便说道:

"让他隔日吧。"

不一会儿,胡胜回来说道:

"皇上,那窦光鼐跪在门前不走,说今天一定要见到您。"

乾隆一听,不由乐了,说道:

"人都说'老来倔',这个窦光鼐却倔了一辈子,好吧,让他进来吧。"

窦光鼐进去便把自己掌握的所有情况向乾隆做了详细汇报,乾隆脸色是越听越阴沉,越听越生气,等窦光鼐讲完,乾隆便立即令胡胜召集四品以上大臣议事。

突然接到通知的官员都大吃一惊,心想什么时候也没有听说要下午议事的,但谁也不敢怠慢,都纷纷赶了来。

在杭州行宫里,乾隆端坐在那里,虽然背已微微有些驼了,但依然显得高大、威严,他环视着诸位臣子,一字一顿地说道:

"不要认为朕老了,不中用了,就想愚弄朕,告诉你们,朕还行,脑袋瓜子还管用,阿桂、伊龄阿、姜晟、曹文植,你们竟敢玩忽职守,蒙蔽于我,该当何罪?"

正在下边立着的四位大员一听,赶忙出列跪下,只听乾隆又说道:

"派尔等来浙江清查仓库,尔等可曾用心?你们可否真正认真听过窦光鼐的意见?如今事实已经出来了,你们还有什么话说?"

阿桂等人这才明白，感情是窦光鼐查出了什么，然后给捅了上去，当下阿桂低头奏道：

"启禀皇上，此事责任在我，是臣遇事糊涂，有负皇上厚爱。"

"哼，好，你们既都已知罪，自今日便均革职留任，待回京后交吏部议处。"乾隆厉声说道。

众大臣站在下边，见乾隆对阿桂他们尚且如此严厉，半点情面也不留，不由得暗暗心惊，害怕这位深不可测的皇帝说不定什么时候会找到自己头上来。

接着乾隆又重重地赏了窦光鼐，当众夸他是"强项老臣，忠心不二"，又升他为署理光禄寺卿。

乾隆在浙江待了半个多月，将这儿的官吏从头到尾换了一遍，然后又去视察了海塘事务，这才决定返京。

京城。

已经有很多天没有下雨了，天天均是艳阳高照，热气腾腾。久了，也就无所谓了。

老乾隆幽居深宫，有时出去转一转，玩一玩，发发诗兴，画张画，在宫里游玩时，总忘不了带上小公主。出去玩，他可以不带众皇子，但小公主却是不能不带的。因为老乾隆感到有小公主在身边，他的感情世界就充满阳光。

这天清晨，老乾隆刚起来，小公主便给老乾隆请安来了。"皇阿玛早安！"小公主一进得养心殿就叩首道。

"小公主哇？你起来这么早干吗！父皇我要处理国政才起来这么早的，你又不处理事务，也跟着我起来这么早有什么用？"老乾隆慈祥地说。

"皇阿玛，只允许你起来这么早，就不允许我起来这么早来给你请安了，这不明明是欺负我吗？皇阿玛！"小公主开始撒起娇来。

这一下可把老乾隆逗乐了，他过来牵起小公主的手说道：

"小公主,父皇是疼你啊!怕你将来出嫁了再也睡不成懒觉了。"

"我不要皇阿玛疼我,皇阿玛,如果你真疼我的话,就别让我出嫁了,让我在宫中陪着你开心吧!"小公主还是撒娇地说。

"傻丫头,你怎么能陪我一辈子呢?"老乾隆笑着抚摸小公主的头道:

"何况你已经许给丰绅殷德了,今年就要结婚了。"

"我不要出嫁,我不要出嫁,我要陪着皇阿玛。"小公主真还慢慢地哭了起来,边哭边摇老乾隆的腿。

"我的小公主,是不是觉得父皇没有给你准备好嫁妆,"老乾隆边说边扶起小公主,"我的小公主,告诉你吧!我现在正在命人给你四处添置东西呢。"

"皇阿玛,你真的忍心将女儿给赶出宫去。"

"你嫁出去后也可以经常来陪父皇嘛!"老乾隆笑着说道:

"何况,你的夫家就在京城,距宫里又不远,随时可以回到宫中来住一住,父皇会喜欢你来的。"

"是吗?"小公主仰起脸来故作天真地说道:

"皇阿玛,我以后还回来经常给你做菜,做你喜欢吃的那些菜,怎么样?"

老乾隆有点伤感。说句实话,现在小公主是他唯一的寄托。想一想自己这几十年来,前二十多年有两情相悦的皇后相陪,而且高贵妃也尚可解闷。那时候日子很幸福,自从皇后死后,自己的感情世界便陷入了混乱,再也找不着一个可倾诉衷肠的人了。只有到小公主出世后,自己游荡不安的精神才算有了寄托,烦闷时可以抱着小公主玩一玩,高兴时抱着小公主逗一逗,总之,只要老乾隆一看到小公主,他就会兴奋,就会高兴,及至小公主长得大了,又善解人意,经常安慰他,他更是舍不得小公主。可是如今,自己又非得将小公主给嫁出去,一方面是舍不得,一方面是不得不如此,老乾隆真是难受哇!

"那好哇,父皇以后就等着你回来给我做菜。"老乾隆说完惨然笑了笑。

"好,一言为定。"小公主边说边伸出手指头要与老乾隆拉钩。老乾隆也小孩似的伸出手来与小公主拉钩。

老乾隆看着永远长不大的小公主说道:

"我的小公主,你出嫁时,我给你准备很多很多东西,你喜欢吗?"

"当然喜欢,只要是皇阿玛准备的我一概喜欢。"小公主笑着说。

"我要将你的婚礼办成天下最隆重最隆重的婚礼,你说可不可以。"

"那不是太浪……"小公主说到这儿,立时地住了口,因为她觉得也许自己不该说。

"哈!哈!"老乾隆爽朗地笑了两声:

"我的小公主,你放心,父皇富甲天下,这一点都付不起,这岂不是天大的笑话。"

小公主还想说话,这时除永琰以外的其他四个皇子均过来给老乾隆请安。小公主看了一下自己的哥哥们,然后说道:

"奇怪,今天十五哥怎么没来见皇阿玛,他是不是睡懒觉了。"

"我们的小公主,告诉你吧!皇阿玛知道永琰哥哥去哪儿了,你不信问皇阿玛。"永璘在一旁插嘴道。

小公主听完永璘的话,又转过头来问老乾隆:

"皇阿玛,你派十五哥上哪儿去了?"

"你猜呢?我的小公主。"

"我才猜不着呢?要是猜着了,我就不问你了。"小公主故意噘着嘴道。说实话,能在老乾隆面前噘嘴的,除了小公主,还真没有第二个人了。

"好,看你那个样子,猴急了是不是?告诉你吧!是陪着你的夫君到苏州采购东西去了。"老乾隆一说完,引来了众皇子的一阵

窃笑。小公主一见,气得直跺脚,哼哼地说道:

"皇阿玛,你又在取笑女儿了。"

"没有哇!"老乾隆神色稍微严肃地说,但脸上还是布满笑意,"你不信你可以问你的四个兄长嘛!"

小公主听完乾隆这句话,脸直羞得飞红,她抱着老乾隆的腿道:

"皇阿玛,你真会说笑。"

哈!哈!哈!老乾隆听完小公主的话,兴奋地笑了。笑过之后又有点不舒服,再过三四个月,自己想这么愉快都是不行了,唉……

古城苏州,经过一天的繁忙后也安静了下来,在一个当地最大的酒店里,一行商人打扮的人正在当地知府的陪同下慢慢饮酒。席上,有一个三十来岁的年轻人意气风发,颇有王者之气。不错,正是老乾隆派下来购买东西的十五皇子永琰,坐在他身边的人,年纪轻轻,可能就十五六岁,相貌英俊潇洒,正是和珅之子丰绅殷德,他是奉命陪十五王爷前来为自己的婚礼购置东西的。

"十五王爷,卑职这个地方各地东西均有,你就放心地选购吧!等你选好了,卑职前来付账就是了。"

"贺鸣一,你不用紧张,我这儿自有付账的人。"永琰笑着说,然后望了望坐在一旁的丰绅殷德,"此次婚礼是他们和家操办,我只是来为父皇买一点东西。"

丰绅殷德从小生在和府,官场一套自是相当熟悉,他一听永琰这么说,赶紧接过来道:

"贺大人,婚礼是我的事儿,就由我来办,你不用操心。"

"是。"那个叫贺鸣一的府台低首敛眉道。

"贺鸣一,这一点钱,不就几十万两嘛!我们和中堂不会吝啬的,对和中堂只是举手之劳。"永琰还是那副调笑的口吻。

丰绅殷德心里不明白,不过那个贺知府心里却相当明白,因为他自己就深受其害，每年他得向和珅交纳银三万两。他这个小小的知府尚且交纳三万，不知其他官员该交纳多少，而且全国有很多官员，贺鸣一相信永琰那句话。

丰绅殷德也听出了其中味道。但没全听明白，在和府多年的经验使他明白现在最好的办法是沉默，于是他端起酒盅自己饮起来。

永琰一路上过来总是想挑机会好好嘲讽一下和珅，但事事均是那么紧张，使他根本抽不出时间来，既然这会儿闲了下来，他决定好好讥讽一下和珅。

"丰绅殷德，据说你府上全是金银财宝。就连地板上装的，墙上糊的也全是银票，只是我无缘到你府上去看看而已，真是遗憾哪！"永琰边说还边叹息。

"十五王爷，你承夸了，我府上并不是金光灿烂，一派辉煌，仅仅是破壁断垣而已。"丰绅殷德对于永琰的讥讽冷冷地还了一句。

"贺鸣一，你去过和中堂家吗？我想要真是破壁断垣，只恐是没人往和中堂家里跑了喔！我听人说和中堂家里就是穷，一拿只能拿出几十万两白银来，而且每年过年还会引来大批官员到和中堂府上施舍，是不是这么回事，丰绅殷德。"永琰边说还边笑。

面对永琰如此的讥讽，丰绅殷德感到无能为力，他不知道该怎么回答，他只是闷闷地端起酒盅，自己一个人饮起酒来。

"我听说和中堂家简直就是个大杂烩，从南到北，从东到西，几乎全国所有的东西他那儿都有，而且还有不少洋玩意，而这些有的是官员施舍的，有的是父皇赏赐的，听说还有的是捡来的。哎！早知道和中堂家这么穷，我就该劝父皇早改主意了。但是，父皇又一直将和家看作殷实人家，只恐怕这次父皇又看错了喔！"永琰说完自己端起酒盅喝了一口。

"十五王爷，卑职相信皇上不会看错的。"贺鸣一见这个难堪场面，只得自己出来相劝。

"但愿吧！"永琰做出一副无可奈何的神情来。

老乾隆在宫中，每天总要抽出大部分时间来让小公主陪着自己玩，替自己解闷。

他有一种很强的感觉：小公主长大了，能自己飞了。

"我的小公主，再有四个月你就要出宫了，到和爱卿家里去了，唉……"老乾隆望着满天的星星居然叹起气来。

"皇阿玛，你为什么老是叹气呢？你不是以前宽慰我说和府距皇宫也比较近，我可以随时回来孝敬你吗？皇阿玛，只要我经常回来孝敬你，你是不是就不会唉声叹气了。其实我有时想来真舍不得离开皇阿玛。"小公主嘟囔道。

"你这是为什么呢？"老乾隆倒表现得惊奇了。

"皇阿玛，我舍不得你为我离了宫就整天唉声叹气啊！"小公主一本正经地说。

"我的小公主，父皇是一时提起而已。其实你要出嫁了，我高兴还来不及，哪儿会忧伤呢？"老乾隆一改郁闷面孔，换上笑脸道。

"皇阿玛，十五哥去苏州很久了，他应该回来了吧！"

"快了！等嫁妆等不及了是不是？"老乾隆笑着道：

"永琰说不准什么都没给你买呢！"

"不会的，父皇，十五哥对我最好，他绝对会给我买的。"

"永琰比我还对你好吗？"

"当然皇阿玛对我最好，十五哥其次了。"小公主露出狡黠的目光道。

"哈！哈！"老乾隆听着小公主这句话发出了爽朗的笑声。

再说丰绅殷德陪着永琰在苏州转了一圈，买够了东西，这才心满意足地往回走。行到直隶一个小县时，永琰在车上听到一个老者的声音：

自从出世债缠身，
　　旧欠才偿又转新。
　　恰喜心曹犹胜我，
　　堪称欠债老乡绅。

　　永琰在车上听了这老者的诗，很是感叹，他慢慢地跳下车来，看见一个老者穿得破破烂烂，但浑身傲气并未被掩没。那老人正拄着拐杖，牵着一个十来岁的小男孩边走边念，"自从出世债缠身……"
　　"老人家，你为什么念这些呢？"永琰上前施礼问道。
　　那个老者停止吟诗，看了看彬彬有礼的永琰，又望了望路旁的车，冷然道：
　　"你管得着吗？"
　　这一句话令永琰很是难受，他想发怒但并未发出来，还是相当有礼貌地说道：
　　"老人家，也许我能替你还清债务，如果你相信我的话。"
　　"年轻人，"老者这才认真地看了永琰一眼，"我看你不是普通的人，你一定是个大人物吧！"
　　"老人家过奖了，我仅仅是个商人而已，如果你欠债的话，不妨给我说一说，说不准我还能替你还呢。"
　　"唉，年轻人，说来话长啊！"老者叹了口气，又望了望永琰道：
　　"你还是走吧！别蹚这股浑水了。"
　　永琰感到有些蹊跷，他拉住老人的手说道：
　　"你放心吧！只要你给我讲出来就行。"
　　那老年人见永琰很和善，于是也不再推辞，全盘托了出来。原来老者庄上有一富豪，是和珅家的仆从，他从和府中捞得钱后便回家放高利贷。其利息很高，由于他以和珅为后台，所以一般人还不起他便没收家产，虽然有不少人为此事告到官府，但官府谁敢管这事儿,于是便逼得很多人背井离乡,而那个富豪却成了附近闻名的一个大地主,经常放田给别的人种,自己收取田赋,这老者便是众多的被迫背井离乡的人中的一个。

永琰听完,愤怒充满了心房。他强作平静地对那个老人说道:

"老人家,你拿着这张纸片到你们当地官府去吧!说不准还能要回你的土地。"永琰说完写了一张便条,上面落上他的大名,然后骑上马便头也不回地走了。

骑在马上,永琰心潮起伏不定,和珅不但厉害,而且他的仆人亦仗着他的威名四处干着抢劫的勾当。永琰感到,和珅是太不像话了。他又联想到自己在京城里听人说的和珅经常外放高利贷的事,但他从没想到和珅的仆从也会如他一样放高利贷。永琰在心里默默地说道:不诛和珅,天地不容。

这天和珅来到养心殿。当时老乾隆正在召刘墉、王杰二人商量顺天府乡试的事情。

"皇上,奴才和珅有事相奏。"和珅没想到老皇上正在召见刘墉与王杰,等到他见二人在里面,想退已是不成了,只得跪下来给老乾隆请安奏事。

"和爱卿,你有什么事儿尽管说吧!朕听着。"老乾隆撇开刘墉、王杰二人,转而望着和珅道。

"启禀皇上,这儿有一份湖北道御史和琳的折子。请皇上过目。"和珅说着递上了折子。

不避嫌地送自己弟弟的折子,刘墉和王杰对和珅这种行为感到不理解,也看不惯。

"启禀皇上,因军机处无人,阿中堂又不在,所以只得奴才亲自送来。"和珅等老乾隆接过折子后开口道,这分明是欲盖弥彰,刘墉和王杰听得出来,两人冷冷看了看一本正经说话的和珅,心里大不舒服。

"和爱卿,朕并没有怪你亲自送你手足兄弟的折子。"老乾隆边抖开折子边说。

"谢皇上。"

老乾隆展开折子一看火就往上冒。漕船私运木料,而且还涉及福康安。老乾隆一看完就将奏折扔在了桌子上。

"这福康安也太不像话了。"

这一句话使王杰和刘墉丈二和尚摸不着头脑,他们不明白发生了什么事。而且老乾隆一声怒吼,还使门外一个也弄得大吃一惊,他正是前来复命的十五王子永琰。他在门口一听老皇上的话,便缓缓地退了出去,径自回到自己宫中。

"老师,真出事儿了。"永琰回到宫中,一见到朱珪就说。

"出什么事儿了,给我说哇!"朱珪也是迫不及待地问。

"老师,福康安让和琳给弹劾了。"

"哦!"听了永琰的话,朱珪没有吭声,只是轻轻哼了一声。

"我刚走到门口想进去给父皇请安,就听到父皇在里面发脾气,似乎还有王杰与刘墉在里面。"

"你的意思是只有和珅在皇上面前,阿桂不在?"

"我没看见阿桂啊!"

"唉……"朱珪叹了口气,"不过有刘墉和王杰在皇上面前也好。"

永琰明白朱珪的意思是说有人在皇上面前以便为福康安请免罪或免罚。如果阿桂在那儿,他说话的分量就自然更为重大。虽然刘墉和王杰老乾隆也比较喜欢,但显然还是不如对阿桂这个老臣信任。

养心殿里老乾隆正在发怒:"漕船本来是运漕粮的,却不想福康安为一己之私,竟然指使李天培用漕船运木材。福康安身为国家重臣,朕的股肱,却也做出令朕如此失望的事情,还不如和琳亢直、公允。"

"皇上,臣以为此事先不宜断定,还是派人查一查为要。如若真是福康安以漕船转运木材,他自是应受处罚。但如若不是,也免得冤枉福康安。"王杰在一旁道。

"王杰，你是说朕武断？"老乾隆又将怒火转在王杰身上。

王杰一听吓得赶紧叩头道：

"皇上息怒，皇上息怒，奴才并不是那个意思。"

"那你是说和琳妄弹朕之股肱大臣？"老乾隆还是紧逼王杰问。

"皇上息怒，奴才也并不是那个意思。"

刘墉见老皇上忽然间将怒气转到王杰身上，知道老皇上是被福康安气成这样的，他在朝多年，明白皇上最不能容忍的便是自己的股肱大臣不遵圣令，擅违国法。因而他赶紧道：

"皇上息怒，臣刘墉有话要奏。"

老乾隆看看刘墉，怒气稍稍平了一下道：

"刘爱卿，你说吧！"

"谢皇上，"刘墉先谢过恩，然后才慢吞吞地说道：

"皇上雄才大略，千古所未有，虽圣祖在时亦不能及。"刘墉说到这儿又磕了两个头。

"刘爱卿，你这话怎讲。"老乾隆再平息了一下怒气道。

"皇上，你怀服远人，此圣祖未有之事。土尔扈特部回归，是仰思皇上圣恩。安南之变降服，亦是仰仗皇帝陛下圣恩，缅甸遣使前来纳贡亦是皇上威信所致。"刘墉还是慢声慢气地说。

老乾隆的怒气被刘墉这段话降了下来。同时他的自大心理也得到了大大的满足。他抚摸了一下下巴上的几绺花白的胡子，微微笑了笑。

刘墉抬头看见老乾隆这个神情，知道老皇上怒气已去，于是再磕头三个道：

"臣于皇上手下做事多年，最佩服的便是皇上明察秋毫。每一事件皇上均能查个水落石出，不武断判案更是令臣仰慕的，是以……"刘墉说到这儿就不说了。

"刘爱卿，为什么不说啦！"老乾隆也被刘墉的这些话给逗乐了。刘墉既要婉转地替王杰求情,又指出皇上刚才那样太不对,应该派人调查才是。现在老乾隆的怒气平了下来,刘墉的话他自然能听进去了。

"皇上,臣不知道怎么说了。"刘墉这回一本正经地说。

"嗯!刘罗锅,你说得很好。好,朕决定委你与王杰、阿桂、和珅共同审理此案。"老乾隆这时平静地说。

和珅本来刚才在一旁见老皇上发火很是高兴,这正是他想达到的效果,却不想先被王杰,后又被刘墉给搅乱了。和珅心内暗暗怀恨,但又没有办法。其实,他也知皇上一定不会轻易凭和琳一张折子就对福康安、李天培进行处罚,皇上发过火后也会令人审理,但如果让他在老皇上发怒时将此事提出来不是比刘墉提出来更好吗?既能体现他和珅秉公执法,另外又能体现他并不是对福康安挟私报复,而是事实确实如此。这样的好事被刘墉给破坏了,你说他心里能高兴吗?显然不高兴。

"是,皇上。"堂上三人一齐叩首道。

阿桂、和珅、王杰、刘墉受命审理此案后,他们命人截住了正在北来的漕船,一翻果然翻出木料来。这下人证物证俱在,阿桂、王杰、刘墉想替福康安、李天培讲情也不行了。而且想从轻发落也是不可能的了,因为他们四人中夹着和珅,这就足够了,有和珅他们就不能徇私枉法。所以他们只得如实将情况上报给老乾隆。

老乾隆这一下是真气了:"不想福康安真的是违背朕意,不顾漕船的职责,为一己之私,令李天培于漕船上装运木材。此事事关重大,朕不得不对福康安予以重罚,虽然福康安是朕之股肱大臣,朕亦不能轻饶他。"

老皇上这样说,堂上众臣自然没有人敢向老乾隆求情。老乾隆停了一会儿,继续道:

"革去福康安两广总督职务,令其戴罪留任。革去所赏之红宝石顶戴、四团龙补褂、黄带紫缰。"

"皇上，福康安虽有此罪，但其降安南有功，又多有功于社稷。他之所以有今日之罪，也只是一时疏忽而已。而且阮光平亦即将来朝拜谒，如若见此突变，岂不有失本朝威仪，不如改罚总督俸银。"阿桂在一旁道。刘墉、王杰等众臣也跟着附和。

和珅一见众人如此，于是也来个顺水推舟道：

"皇上，奴才以为阿桂说得是，阮光平即将前来觐见，如若见此变化，亦会妄加揣测的，不如从阿桂所议，改罚福康安俸银。"

老乾隆一见堂上所有人均主张对福康安改罚俸银，连和珅亦是如此，于是老乾隆也顺口道：

"各位爱卿既然均为福康安求情，那朕就从你们所请吧！免革福康安红宝石顶戴、四团龙补褂、黄带紫缰，改罚福康安总督养廉银三年，公俸十年，着带职留任。"

"是，皇上。"阿桂赶紧接过话道。

"朕临御五十余年，纲纪严明，于满汉大臣从无偏向。福康安虽是朕股肱大臣亦不例外。朕之大公至正，也可以对天下臣民而无愧了。"老乾隆下了台还交代了两句。

"李天培等人咋办，请皇上谕示。"阿桂于队前奏道。

"李天培无一定之准则，阿谀福康安，但其为政尚勤，下交吏部议处吧！"

"是，皇上。"阿桂答道。移交吏部，也就是如李天培自己所料的那样，顶多是降级或革职而已。若移交刑部，此事恐怕就不那么简单了，说不准李天培还得下狱，看来真是老乾隆心慈手软呢！

福康安知道和珅以利诱福长安，合伙儿想把自己搞下去，但不想老乾隆下来的谕旨却是革职留任、罚俸银。这下福康安才好好想一想，很快便明白是阿桂、王杰等人从中照应之故，他从心底里感谢阿桂、王杰于危难之时拉了他一把。

一到十一月，老乾隆的心情就激动起来。想起小公主马上就要出嫁，而且自己明年也马上就要庆八旬大寿，但皇子们一个个还没有封衔，老乾隆想起这个未免有不妥，于是决定在小公主出嫁前给自己的皇子封爵。为此，他特命内务府议例。

内务府谙于此道，他们很快就将拟定结果禀报了老乾隆。老乾隆正在高兴之时，所以他爽快地同意了内务府呈奏：封皇六子永瑢为质亲王，皇十一子永瑆为成亲王，皇十五子永琰为嘉亲王，皇十七子永璘为贝勒。

受封的皇子们自然十分欢喜，他们排成一排跪在老乾隆御桌前谢老乾隆赏赐之恩：

"儿臣谢皇上赏赐之恩。"

老乾隆坐在御座上，心安理得地受着四个皇子的朝拜和叩恩，看着四个年龄已是不小的皇子成一排地跪在自己面前谢恩。老乾隆觉得自己现在还并没有老，至少这些皇子对自己还是如此恭敬，这就足以证明自己现在还相当有威信。老乾隆望着御座下拜恩的几个皇子道：

"你们都起来吧！以后好好遵守律例就行了，也不辜负朕对你们的一片封赏之意。"

"是，皇上。"这几个皇子在私下里可以叫皇阿玛，但当着群臣的面也不能搞特殊化，必得亦如群臣所叫，叫皇上。

一到十一月，军机处可就忙了，天天有大批折子上来，这全是地方官员上的。它们也不是报军情政务的，而是向老乾隆表示祝贺。这些官员也深知老乾隆对小公主极为宠爱，所以他们在上折的同时，还遣人或送银两、或送东西到京城来，面呈皇上或内务府。而这些地方官员中，居然两广总督福康安也混迹其间。

福康安上次受了老乾隆的处罚，但他没有丝毫怨言，他觉得老皇上已是够给他情面了。他在京中待的时间也不短，对老乾隆也是极为了解。在朦朦胧胧中，他总觉得他与老乾隆有一种剪不断、理还乱、说不清、道不明的关系，尤其是有些时候他独自承旨时，更是能感到老乾隆对他有如慈父对儿子的那种感情，而自己也有时不自觉地将老乾隆看作慈父。这是为什么，福康安自己也闹不明白，弄不清楚，反正冥冥之中就有那么一种感觉。

基于福康安对老乾隆那种复杂的感情，因而福康安对于小公主也是充满感情。而小公主他曾在宫中见过，是那样优雅可爱，以至于从他见到的第一眼起便开始喜欢上了小公主。当他后来得知小公主已经许配给和珅儿子丰绅殷德时，曾有一段时间对小公主产生厌恶、憎恨，但他后来明白小公主是无辜的，也是可怜的，他便转而更加深爱这位在他眼中是个可怜虫而不是辉煌的公主的小姑娘。如今小姑娘长大成人，即将出嫁了，虽然夫家正是福康安极为痛恨的和珅，但理智与感情告诉他，他不能以小公主夫家是他所不喜欢的人就不给小公主送东西或不具折向老皇上道贺。因此，他在十一月到来之前，给小公主买了不少东西，并于十月底命人将这批东西送往京城他的府上，一俟良辰吉日一到，便令人将这批东西送往京城内务府或小公主手上。

福康安在给老乾隆的折子上正是写明了他将要送给小公主的东西：自鸣钟二十个，金项链一条，金戒指五个，木梳八十个……老乾隆一看，便知福康安给小公主的礼物大多是西洋东西，是洋玩意。每一任两广总督均能捞不少洋玩意，这是老乾隆的认识，这福康安也不例外，他任两广总督不到一年便捞到了如此多的洋玩意。其实，福康安所送的东西，除了小部分是别人赠送的外，其他大部分是自己出钱买的，只是价格比市场上低一点而已。

老乾隆看了福康安的折子，也是相当高兴，他高兴地将福康安的折子谕示给军机大臣们道：

"福康安虽身在两广，心却仍向宫中。朕嫁和孝公主之际亦不忘派人具送礼品前来祝贺，朕心里很是感动。忆昔福康安在宫中时，朝夕承旨，见公主面总不忘热情，现在福康安去京城远了，对公主还是一如往日，朕心实安哪！"

公主要出嫁了，和珅要娶儿媳了。地方官员们，尤其是以和珅为后台的地方官员更是早已探得情况，是以这段时日以来前往和府去送礼的人也是络绎不绝、车水马龙，和府俨然一个闹市。

为迎接公主，和珅于十一月初就开始命人装点府上。该刷的地方一概刷上彩漆，该挂垂帘的地方也挂上垂帘，该挂上老乾隆赏给他的字幅、匾额的地方也开始挂上。为显得隆重，和珅还请当时比较著名的书法家给他写条幅，写对联，当然经和珅请的这些人写的对联均很好，那字看上去或苍劲有力，或飘逸如仙，或柔中带刚，或刚柔相济。往那门帘上一挂，给人一种别有风味的感觉。为布置新房，和珅还命人购置了不少古董、名画、锦缎。古董摆在新房两侧，名画挂在中央，锦缎则用来做帘子。经此一布置，因而那新房既显得古味，又富丽堂皇。

十一月二十七日到了，终于到来了。这一天，老乾隆起得特别早，梳洗完毕。便穿上他的龙袍衮服，用过早膳，平静平静他激动的心情，然后在小太监的陪同下来到保和殿。老乾隆要在保和殿宴请固伦额驸丰绅殷德和王公大臣。

当老乾隆来到保和殿时，丰绅殷德、几位亲王以及众大臣已然聚在保和殿了。他们一见老乾隆过来，全都离席给老乾隆请安。老乾隆受过礼，在小太监的扶持下来到永琰及其他皇子坐在一边的那一桌，老乾隆自己挑了个上方位置坐定，文武群臣这才敢稍稍回到原座。

就在保和殿欢庆之时，宫中的和孝公主也在精心打扮自己。她穿上金黄色绣花朝褂，头戴上饰有十粒大东珠的貂皮朝冠，又仔细梳了梳头，抹了抹脸，然后站起身来在梳妆镜前转了一圈，便又坐下来由各位福晋相陪着说话解闷。

和孝公主又想起丰绅殷德来，不知道他现在在干什么，是不是正在保和殿由父皇赐宴，公主想起自己还是几年前见过丰绅殷德的了，小脸是那样英俊可爱，以至于小公主一见便喜欢上了。但到今天，自己与丰绅殷德也有几年没见了，不知他长得怎么样了，是不是还是如以前那样英俊。

625

和孝公主姗姗来到保和殿，看着殿门口准备的彩舆，是那样的漂亮、雍容华贵，公主知道那是为自己准备的。在彩舆的旁边有几十乘一般的舆车，公主明白那是为福晋以及命妇们准备的。在宫门外，公主还隐隐看到有内务府官员在那儿牵马。公主看完这些，知道一切都准备好了，只等着时辰一到，便好启程。

老乾隆望着盛装的和孝公主，也是百感交集，感触满怀。但他尽力抑制住胸中的那种不安与激动、辛酸，慈祥地笑着说道：

"公主，你在宫中承养十五年，朕亦知道你未免有些骄气，你到得夫家之后，当勿恃尊贵，应尽孝道。"

"是，女儿谨记父皇教诲于心。"公主看着老乾隆慈祥的笑，也不由自主地露出了笑容。但笑得是那样惨淡，那样酸楚，老乾隆看了之后就不由一阵辛酸。

"公主彩舆启驾！"值事太监的喊声通过各宫门太监的传送，一直传到紫禁城外。守在金水桥边的黎民百姓也知道公主的彩舆这时已从保和殿启驾了，一会儿就该出来了，于是众人一个个伸长鹅脖子，准备一睹公主风采。

老乾隆坐在御座上，听着那震耳发聩的鞭炮声和断人心肠的高呼启驾声，老乾隆的心里便有一种说不出的难受。老乾隆不明白这是一种怎样的感受，而这种感受只有四十年前孝贤皇后死去时才有过，而今是第二次，恐怕也是最后一次。老乾隆望着公主彩舆，他想笑，却笑不出声来，他想前去拉住公主不让公主走，却挪不动脚步，他想……他却……

公主就要走了，自己可以寄托情思的人走了。只怕自己以后还得如公主未出世时那样整日愁眉苦脸，满腹忧伤，唉……

第三十六章

犯龙颜老迈臣遭罪
捋虎须弹丸国兴兵

阿桂语气平和地问道:"皇上向来御下宽厚,今对尹壮图为何如此严惩?""因为他冒犯了朕,冒犯了朕的股肱。"老乾隆以一种蛮不讲理的口吻说道:"阿桂,如若你冒犯了朕,朕同样会对你如此处置!"

喜庆的气氛刚从紫禁城上空消失不多久,愤怒的情绪便又回到了老乾隆身上。原来内阁大学士尹壮图一份折子惹怒了他。

原来乾隆当政初为整顿吏治,对贪污腐化抓得相当重,只要是查实有贪污者一概交刑部议罪,或立斩,或发往边关效力,是以乾隆初年吏治很好,而且乾隆对自己的这番作为也是很引以为荣。但是到得后来,由于频繁进行战争,内库吃紧,有时候是入不敷出,左支右绌。在这种情况下,于四十五年和珅任户部尚书时提出了议罪银制度而且得到了老乾隆的赞同和欣赏。但这种制度只运用于各地督抚大员、布政使、盐政织造、税关监督,以及富商等人。这种制度实行以后,确实一下子使乾隆的内库充实起来,户部也有了银两。但是吏治却渐渐坏了下来。

尹壮图弹劾的也正是这个事儿,只是他撞在了老乾隆的刀口上。话说当年和珅提出议罪银制度后,确实很有成效,于是老乾隆便对和珅大为欣赏,而且他认为这也是整肃吏治的一个好办法。所以老乾隆还是一直认为在自己治理下整个国家社稷吏治清明、赏罚也很是分明。而尹壮图这次弹劾的,却是说现在吏治越来越不行,官员贪污的人越来越多,这当然令一向孤傲得有些刚愎自用的老皇上受不了。他对着身边的军机重臣大发脾气。

"尹壮图此折,令朕十分伤心失望。朕登基以来,向以黎民之事为重。朕清楚要达到那一点，必得先行整顿吏治，是以朕当政之时严处贪污之官员。而尹壮图所议之督抚坐拥厚廉自蹈愆术，这不明明是说朕在怂恿官员进行贪污受贿吗？照尹壮图说来，朕实行议罪银便是在纵容官员贪污。"老乾隆越说越气，最后将声音提高到最大道：

"哼！这尹壮图也是太为放肆了，居然大放厥词对朕表示不恭。"

给尹壮图扣上这么一顶大不敬的帽子，可有尹壮图受的了。老阿桂一见形势不好，如若真如老皇上所言，只恐尹壮图身家性命难保。所以他决定替尹壮图求情，但怎么求呢？说吏治并不腐败？说实在的，目前的吏治太腐败了。阿桂心里最清楚，因为他自己曾查过几次贪污大案，他知道如今吏治真的很腐败，所有官员均想着要贪污，而不是想着替黎民谋小康生活。但他每次回来均不敢如实上奏老乾隆，他清楚老乾隆向来孤芳自赏，很少能听反对意见。却不想尹壮图却站出来说了实话。阿桂又一想，如果说吏治不腐败，那又太违心了。但是要替尹壮图求情，不这样说又怎么说呢？阿桂正在想时，王杰已在一旁开口了。

"皇上息怒，皇上息怒，尹壮图既然有所陈奏，臣想着他可能也有所了解，是以臣以为皇上不如下旨垂询一下尹壮图，看其如何作答。如若所言有理有据，那另当别论。如若其不能具折回奏，皇上到时再向尹壮图问罪也不迟，不知皇上以为如何。"

对啊？怎么没想到这一点，听王杰这么一说，老阿桂才佩服起王杰这段话来。王杰这样一说，既为尹壮图求了情又不露马脚。老阿桂暗地里夸王杰反应机敏。

和珅在一旁听着可不依了。因为议罪银制度是自己开创的，尹壮图这一折也未免有弹劾自己之意。

"皇上，请治奴才的罪吧！"和珅忽然间可怜巴巴地跪在老乾隆面前道。

"和爱卿，你怎么向朕求起罪来啦！"老乾隆很惊奇地望着跪在地上的和珅。

"皇上，奴才请用议罪银，本是为国家社稷好，却并没有想到会带来如尹壮图所奏的那种结果。如今既然发生了这种事儿，当然就该请皇上治奴才顾虑不周之罪。"和珅装出一副被人冤枉的神情道。

"和爱卿，事实是不是如尹壮图所奏，朕都不明白。朕御极五十多年来，事必躬亲，事事明察秋毫，不致有误，而尹壮图如今所奏之事连朕都不清楚，朕亦不明白他是由何处知道的。和爱卿，你先起来，你跟随朕多年了，朕对你是百般相信，朕也知道你事事均是为朕和国家社稷着想，并无一己之私。而尹壮图今日所奏，或系妄奏也有可能。"

"谢皇上信任之恩，只是奴才实在是想不通为何偏于此时有人非议议罪银一事。奴才当初提出此议时，他尹壮图为什么不讲，而到了现在才站出来讲，奴才实在是不明白尹壮图这是何意。"和珅有老乾隆给他撑腰，说话的口气也硬了起来，不是刚才可怜兮兮的样子了。

很显然，和珅这句话是说尹壮图现在这样做是另有所图，是想陷害他和珅。老乾隆当然也听出了和珅的这个意思，他并没有批评和珅在妄自揣测，反而安慰和珅道：

"你是朕之股肱重臣，又正当年富力强之时，有人对你表示忌恨也是有的。如果此次尹壮图弹劾议罪银系有人指使或仅仅是出于对你的怨恨，朕自会严厉处罚的。不过在这之前，朕望你不要顾虑太多，一切事情自有朕替你查清。"

"奴才谢皇上如此厚恩，令奴才念念不忘。"

阿桂与王杰在一旁听着和珅那一席邀买皇上心的话，早想着打断和珅的话，但一直找不着机会，因为老乾隆和和珅谈得正投机，所以等皇上与和珅一谈完，阿桂便开口道：

"尹壮图于内阁多年，又多蒙皇恩，自是不会挟私对和珅进行报复。"

"那你的意思是说尹壮图所说的全是真的了，吏治是因为朕的议罪银给搞坏了。"老乾隆不等阿桂说完，便望着眼前这个比自己小不了几岁的首揆老人严厉地说道。

"奴才也并不是那个意思。"阿桂赶紧叩首道。

"那你是什么意思？"老乾隆还是一副得理不饶人的口吻。

"奴才只是认为尹壮图系率直之士，若其果有不对，也仅是一时为人蒙蔽所致，或轻听人言，或于事情未予查清便妄加奏议。"阿桂反倒不慌不忙地说。

"臣以为阿中堂所言极是，尹壮图可能是一时受人蒙蔽所致。"王杰在一旁附和道，"是以臣以为皇上不妨降旨垂询，让尹壮图自己回明如何会有此议的。"

"嗯！那就依你们所奏，拟一谕旨垂询尹壮图，令其指出究系何人勒索属员。"

"是，皇上。"老阿桂一见老乾隆的口气平和了下来，赶紧叩首接话道。

其实，刚才和珅是怀疑尹壮图可能受福康安指使弹劾自己的。因为他从别人那儿得到消息说福康安怀疑和琳弹劾李天培一事是自己所指使，所以他便很容易地就联想到了是福康安在背后指使尹壮图参он。更何况，尹壮图平日与福康安也是甚为交好，和珅这样想也就无可厚非了。但是他这个无可厚非错了，因为尹壮图弹劾他并未受福康安指使。

尹壮图向与刘墉、王杰、朱珪等人交好。当他听说福康安受和琳弹劾时，便马上想到了可能是和珅指使。而当他从刘墉、朱珪口中了解到和珅于事发前曾让和琳到京城来过一次，于是更证实了他的想法。尹壮图本对和珅看法不好，现在又暗暗替福康安抱不平，于是在一怒之下，便弹奏了和珅一折。其实这一折并非弹劾和珅的，而只是叙的是时政，但如若皇上一旦真的接受折中所言，则势必会追议罪银制度之来历，那样也就免不了要牵涉和珅。只是尹壮图想得深，却不想和珅想得更深，他居然一下子就识破了尹壮图的阴谋,而且于老乾隆面前当众抖了出来。也就是说,在这个回合中,尹壮图的机关已被和珅识尽,那尹壮图也就只有等着和珅暗算他了。

阿桂和王杰拟好谕旨垂询尹壮图,本望他能谦恭一点,尽量向老皇上陈清是自己不小心才有那样的言论的。只可惜尹壮图是个介直之士,又不善揣摩旨意,他一见皇上下旨垂询,便如实奏报:

"各督抚声名狼藉,吏治废弛,臣所往直隶、山东、河南、湖广、江浙、广西、贵州、云南等省,体察官吏贤否,商民多皆蹙额兴叹。各省风气,大抵皆然。若问勒派逢迎之人,被上司属员授受时,外人岂能得见?"

阿桂与王杰一见到尹壮图这个折子,便知道尹壮图要遭殃了。果然,老乾隆一见到尹壮图的折子,便气得青筋暴跳,他将折子一甩便气冲冲地说道:

"如果真的如尹壮图折内所称他经过直隶、山东、河南、湖广、江浙、广西、贵州、云南等省,商民多皆蹙额兴叹的话,那当今之世必是民不堪居了!朕御极五十五年来,以黎民生计为重,普施皇恩,曾普免天下钱粮四次,普免各省漕粮二次,这些粮赋加起来何止百万。偶遇水旱偏灾,朕亦不惜千万帑金补助抚恤,赈济兼施,使黎民得以共浴皇恩。而凡是身受恩赏者,没有不家喻户晓的,小民等感戴朕之皇恩还来不及,哪有蹙额兴叹的。尹壮图此奏,纯系受人所骗,妄加陈奏。"

"皇上,尹壮图他只是……"阿桂想替尹壮图说情,却不料被老乾隆武断地打断了他的话。

"阿桂,你不要谈了,世事分明,朕心里自然清楚,不用你在此大饶口舌。朕历观史册,自胜国以朔汉初,仅有汉文帝赐农民田租之半,吏臣已多为夸赞。很难见像我朝普免天下钱粮再三再四的。朕今年虽逾八旬,时时不忘政事,亦不忘黎民。虽朕未能将黎民引向小康,但朕自以为也还未到小民均蹙额兴叹的地步。

如果果真如尹壮图所奏,则朝中大小臣工均在以虚词蒙蔽朕,颂谀朕。则朕登基五十五年来,也一直为群臣所蒙蔽,而于外间一切情形,全然不知,也毫无觉察了。"老乾隆越说越是气愤,以至于到后来干脆用手指敲击身前的御桌。

这又是一个大不敬之罪!由此可见老皇上对尹壮图这番言论已是极为气愤了。因为照老乾隆的话来说,依尹壮图所奏便是在骂自己是个糊涂皇帝,于外间事情一概不知,反而对自己还屡屡夸赞。不管尹壮图是不是这个意思,但老乾隆现在这样理解了,尹壮图的话也就自然而然地成了这个意思。这令老乾隆绝对受不了,他决定要对尹壮图好好惩治惩治,让他明白自己并不是一个糊涂皇帝,同时也让他明白天下吏治并不是如他所想象的那样已是烂得不行。

"皇上,奴才以为尹壮图既然怀疑各级省府贪污成风,又互相庇护,不妨让他到各处去查一查仓库,以使其明白自己纯系妄言。"和珅在一旁很是见机地奏道。

这不失为一个好办法。也只有和珅想得出来。老乾隆在心里对和珅不禁暗夸了一句。"嗯,尹壮图既然怀疑地方仓库空虚,不如让他到下面去看一看。不过,显然不能让他一个人前往。"老乾隆点了点头道。

和珅一见老乾隆同意,便得意地望了望站在一旁的阿桂与王杰,见这二人正愁眉苦脸、一肚子苦水,心下便不由大喜。和珅又回过头来望着御座上的老乾隆,以一种商量的口吻道:

"皇上,奴才以为不妨派庆成与尹壮图一同前往。"

"就是户部侍郎庆成?"

"正是他,皇上。"

"庆成于户部多年,对于全国库银颇有了解,让他陪尹壮图去看一看是再好不过的。嗯!就依你奏,令庆成陪着尹壮图一起到山西、直隶、江南去走一走。"

"皇上,尹壮图已是老迈之躯,平日又多勤于政事,就看他平日的份上,饶了他这一回吧!"王杰在一旁替尹壮图求情道。

"尹壮图身为大学士,便想倚老卖老,对于天下情形未加查实便妄行参奏,而且对朕百般辱骂。朕也是念着他平日供事尚勤,才对其如此从宽处罚,而今你又想求朕赦免他,难道就让他骂朕不成。"老乾隆说到后来,本已平静的语气忽然之间转为愤怒,"朕这次派尹壮图出去,这是他自得其果。既是自求,其供奉一律自给,朕只供其驿马,而庆成乃朕派出随行之员,其供奉一律按品级给予。"

"皇上,奴才以为尹壮图虽是自作自受,但其毕竟是老迈之躯,又有功于社稷,其供奉还应照给。"阿桂一见老乾隆对尹壮图如此处理,心里咯噔一下,觉得沉重异常。

"阿桂,你是说朕不体谅尹壮图是吗?"老乾隆忽然转而目光炯炯地对阿桂道。

"不是,奴才决不是此意。只是皇上以往向来仁慈,对臣下宽厚,今对尹壮图如此严惩,奴才有些不明白,请皇上谕示。"阿桂虽见老乾隆发怒,但语气还是那么平和。

"不为什么,就因为他冒犯了朕及朕之股肱。"老乾隆以一种蛮不讲理的口吻道:

"阿桂,不要以为你是朕之重臣,如若你冒犯了朕,朕同样会对你如此处置。"

"奴才决不敢。"这句话可够威严了,老阿桂没想到老乾隆如此蛮横,只得赶紧叩头谢罪。

"哼!"老乾隆哼了一声,"传朕谕旨,着庆成偕尹壮图到山西、山东、直隶、江南各地盘验仓库,令其自己看看是否各地仓库均极为空虚。"

"是,皇上。"三人一听,只得承接谕旨。和珅心里自是十分满意,他的杀一儆百的目的终于达到了。阿桂、王杰可就难受了,两人为尹壮图求情,到头来却反遭老乾隆一顿骂。

老乾隆在处理尹壮图的时候,廓尔喀国王却又在蠢蠢欲动,因为他们原与西藏葛隆议好，西藏葛隆每年给廓尔喀三百锭金，但这两年来西藏均没能给清，因而他们决定再次入侵西藏向西藏葛隆索债。

再说尹壮图在庆成的陪同下，名为陪同，实际上是监督，由山西到山东再到直隶、江南，一路上可谓是风风雨雨，马不停蹄。以尹壮图那老迈之躯何以能够忍受，所以频频上奏老乾隆要求回京，并上奏称各地仓库均充实并未有一处空虚者，而且承认自己妄自参奏。这是为什么呢？实际上地方上仓库空虚者多的是，只是庆成每到一地之前，总是令当地官员补齐，是以尹壮图看到的全是仓库充实的假象。老乾隆看着尹壮图在自己的威慑下，已低下了头，这才命尹壮图与庆成回京。

尹壮图回到京城后，已是来年二月。老乾隆还是不忘对尹壮图惩处：免治尹壮图罪，以内阁侍读用，仍革职留用，八年无过，方准开发。老乾隆对尹壮图的处分，和珅心里可是高兴坏了，但朝中与尹壮图交好者却有一种无可奈何花落去之感，他们只有叹息……

乾隆五十六年三月，后藏日喀则到边境聂拉木的路上，正行着几十号人。走在前边的两个僧侣打扮，中间有几个兵弁打扮的人，后面接着再是僧侣打扮的藏人。

如今正是三月，西藏的雪开始融化了，这段时间本极易发生雪崩，说不准走到哪儿雪山塌下来，将你埋在里面。照理说，应该再等一个月再出来才是最好的，但他们这一行人为什么却是如此匆匆地往聂拉木赶呢？

原来这一行人是前往聂拉木欲与廓尔喀谈判的，走在前面的那两个僧人正是丹津班珠尔和扎什敦珠尔，跟在他们后面的是汉兵王刚、第巴塘迈等兵弁，他们是跟着丹津班珠尔到聂拉木等边兵驻地去训练藏兵的，再后面的便是达赖喇嘛派着随行的人，他们是奉达赖之命随丹津班珠尔到聂拉木地方修理寺庙的。这一行人各揣心思，但都是向同一个地方行去：边界之城聂拉木。

丹津班珠尔与王刚他们是想着到聂拉木一带谈判、训练藏兵的。却不想走到那儿，廓尔喀兵已陈边境，丹津班珠尔与其谈判时廓尔喀自是百般加压，却不想丹津班珠尔并不屈服，于是廓尔喀人在一怒之下，将丹津班珠尔与王刚等几十号人赶回阳布去。而且廓尔喀还干脆派兵入侵聂拉木一地。

聂拉木藏兵本是极少，又缺乏战斗力，哪抵得过凶狠野蛮的廓尔喀兵，只得权且后退。说起这次进兵，又不得不提到藏教喇嘛沙玛尔巴，上回廓尔喀进攻西藏是他挑拨，这一次自然又离不了他，他向廓尔喀国王喇特纳巴都尔以及其叔父巴都尔萨野进言扎什伦布寺里面金银成堆，只要能抢劫一个扎什伦布寺，则就足够十多年不要西藏地方给钱了。巴都尔萨野哪经得住这个诱惑，又加之谈判时丹津班珠尔拒绝以后再给金锭，于是一怒之下，巴都尔萨野便统兵进攻了聂拉木，接着又占领了哜咙等地，逼近扎什伦布。

驻藏大臣保泰及雅满泰从廓尔喀兵入侵聂拉木的那一刻起便知道了消息，后来见廓兵进展奇快，很快占领了哜咙，距扎什伦布已是不远，这才命人将七世班禅由扎什伦布移往前藏，同时具折将此事上奏老乾隆。

保泰的折子本是八月初奏呈的，以八百里加急送到京城已是八月二十二日。老乾隆接到保泰的折子后，立即谕令找来军机大臣速议此事当如何解决。其实，保泰在折子里也没写明白怎么回事儿，因为巴中议和一事他到藏后根本未予问明，他只知道廓尔喀兵是前来索债的，至于索什么债，他却是不明白的。

"各位爱卿，保泰今日奏称廓尔喀巴都尔萨野又领兵入藏了。"

这话一出，堂上几个人倒显得有些惊慌失措起来。

"皇上，保泰奏明是怎么回事儿了吗？"还是阿桂久历战争，于此已是谙熟，遇乱不惊。

"你们都看看这个折子吧！"老乾隆说着将折子递给了阿桂，

阿桂接过来看了看,又递给和珅等依次看过。

"保泰此折称廓尔喀进兵纯系为的是要债。朕想廓尔喀偏远小地,前年已纳贡称臣,断不敢与我天朝为敌,只是因西藏葛隆不归还债务才派兵攻聂拉木等地的,前年巴忠未能查明清还,又交给葛隆办理,而葛隆又不会办理,是以生变。不知众爱卿以为如何?"

"皇上所言极是,只是此事以前系巴忠办理,不妨召巴忠前来问询。"阿桂在一旁奏道。

"传朕谕旨,令巴忠即刻进殿。"老乾隆对着身边的小太监道。

巴忠本是御前侍卫,只是此时不是他执事所以不在此处;既然有谕令传下去召见巴忠,自然一会儿巴忠就跟着小太监上来了。

"奴才巴忠叩见皇上万岁!万岁!万万岁!"

"巴忠,前年你办理藏务时,是不是未将西藏欠廓尔喀之债查清楚,以至于今日廓尔喀重入西藏讨还债钱。"

巴忠一听,明白东窗事发了,廓尔喀兵入侵西藏了,心内不由一阵虚。但他反应尚算敏捷,在心里打鼓的同时已奏道:

"廓尔喀再度入藏,是奴才办事不周,请皇上降奴才职,不,革奴才职吧!令奴才再于西藏效力赎罪。"

"巴忠,此事尚须细细筹算,也未必全是你之过,也可能是葛隆办事不周所致,既已禀明原委,那你先下去吧!"

等巴忠走后,王杰奏道:

"前协同办理藏务的是鄂辉、成德,今既廓尔喀逆贼再入西藏,臣以为不妨让鄂辉带兵前往后藏安抚。"

"廓尔喀逆贼不记皇上皇恩。前年分封其国王,众臣为亲王、公不等,不想今日就欲尽忘前恩,反目为仇,公然派逆匪入我边境,其虽也是气葛隆不还他们银两,但如若真是感恩皇上,应先呈明保泰等人,今廓尔喀逆贼非但不呈明保泰等人,而且还派兵围攻聂拉木,实在是岂有此理。臣以为廓尔喀蛮荒之地,很难内附,不如派兵剿之,以靖西疆边陲。"王杰这番话,显然是主张对廓尔喀用兵。

一旦用兵,以廓尔喀那偏远之地,势必要启用福康安,这便是王杰的目的。但和珅是何人?他早已听出王杰话中之意,所以等王杰一说完,他赶紧奏道:

"皇上,奴才以为用兵一事当从长计议,如若鄂辉入藏能调停此事,那是最好不过,如若不能调停,到时候再用兵也不为迟,何况廓尔喀到底为何进兵西藏,保泰亦未以奏明。"

阿桂也听出了王杰的意思,但他对王杰之意也是不敢苟同,因为他自己久历战争,知道征廓尔喀并非易事,首先粮草运输将极为困难。而且廓尔喀一地地势险要、山高水深,也是个蛮夷之地,所以老阿桂决定奏请如和珅所奏暂缓用兵。

"皇上,奴才以为廓尔喀虽大逆不道,但据保泰所奏,也是由于其与西藏葛隆债务未曾纠清所致,此事情有可原。而且,廓尔喀荒远之地,要之无用,不如仍如前例,让其纳贡称臣,如此既可免却兵灾之苦,又能抚绥远人,不知皇上意下如何?"

三位军机的话,各持一端。不过老乾隆倒倾向阿桂与和珅所奏暂不用兵。先视鄂辉带兵入后藏效果而论。如若鄂辉到得后藏,此事仍不能了,再行用兵也不为迟,如若廓尔喀能自行退出,那是再好不过,亦可免兵灾之苦、黎民之难。

"嗯,此事谕令鄂辉带五十名兵弁前往后藏。鄂辉是总督大员,他领兵前往,廓尔喀必心生畏服,然后再让鄂辉宣恩于廓尔喀,视其反应,如若置之不理,则对廓尔喀再行用兵,如若廓尔喀能自知其罪,并主动撤兵,那就善处此事,弄清廓尔喀与西藏之矛盾,然后予以调和处理!"

"是,皇上。"阿桂应声道。

"至于保泰所奏将班禅移往前藏一事,朕以为不妥。班禅、达赖系藏民地方两位佛教领袖,藏民只惧二人。如若班禅留住扎什伦布寺,则后藏会人心大定,齐心拒廓尔喀逆兵。如若班禅一旦搬走移地他住,则后藏必人心大乱,给廓尔喀兵以可乘之机。保泰作为驻藏大臣，自也应相机行事，如若真正是廓尔喀不听劝阻，继续入藏，则可撤走之，否则，令班禅暂住扎什伦布寺。"

"是，皇上！"阿桂对于老乾隆这一道口谕也是谨记于心。

巴忠自从得知廓尔喀又派兵入藏的消息后，心里便惴惴不安，而且自己提出的亲到西藏效力赎罪的建议也被老乾隆给否定了，巴忠便以为老乾隆可能已察觉出他以前的阴谋来，心里更是忐忑不安。他心里清楚，如若真的是皇上发现了自己的罪行，定会将自己革职甚至处斩，与其受刀兵之苦，不如自行裁决。即使现在老皇上未发现，将来还是会发现的，反正难免一死，还不如现在就死。巴忠打定主意后，便于当日夜晚穿着朝服，悄悄出宫来，到得西海，投湖而死。

第二日恰逢巴忠值班，但老乾隆总等不着巴忠来，于是训令领内务府大臣以及领侍卫内大臣何以巴忠还不前来，此事本是领侍卫内大臣之事，内务府大臣不过搭着挨训罢了。领侍卫内大臣一见不好，即刻派人往巴忠府上要人。不大一会儿，差使回来报称巴忠并不在府上，恰在此时，管西海之人派员前来禀报：于西海发现巴忠尸体。

老乾隆一听这话，立刻警觉起来。从巴忠的死上看，他是投水而死，非他人所杀。那也就是说巴忠可能干过见不得人的事。那是什么事呢？老乾隆想起昨日曾将廓尔喀入藏一事谕示巴忠，难道巴忠在任驻藏大臣时以自己御前侍卫、钦差大臣的身份干过什么事不成？老乾隆虽然不清楚具体巴忠于西藏干过何事，但至少此事已引起老乾隆的重视。不过重视归重视，老乾隆对廓尔喀为何会继续派兵进藏一事还未予特别重视，还是只主张对廓尔喀怀柔而不是用兵。

老乾隆在给保泰、雅满泰谕令的同时，还谕示两广总督福康安，令其阅看此谕后据实回奏他对此次廓尔喀入藏的看法与主张，以便老乾隆再拿主意，对廓尔喀是抚是剿。

老乾隆在令鄂辉入藏的同时，派协办大学士、吏部尚书孙士毅前往四川署理四川总督。鄂辉本对老乾隆让他前往西藏就心存疑虑，更何况现在皇上又派孙士毅前来署理总督职，鄂辉更是心下不安。他叫着成都将军成德，一起商讨此事该如何解决。

"成将军，我听说巴忠于朝中投水而死了。"鄂辉说。

"是吗？"成德显然尚不知道，他对鄂辉的话表示怀疑。

"是真的，我今天来找你，也是要与你相商，我们二人到底该怎么办？如若皇上追查巴忠之死，必会大明真相。而你我二人曾附和巴忠，只恐将来也难逃一罚，为如今计，成将军，你以为我们当如何？"

"鄂大人，巴忠虽死，但我想皇上还未曾发觉。我以为鄂大人不妨如皇上所谕，即刻带兵前往藏地。"成德镇定地说。

"可是，成大人，你也清楚，廓尔喀六月进藏，距今已是两月有余，而我等还未曾进兵西藏。倘若此时进兵，又于事何补呢？何况，前年廓尔喀退兵，也全靠金银相助，我今若带兵前往，必不会如皇上所言，廓尔喀兵对我心存畏惧，说不准我去了还会让廓尔喀给扣押起来呢？"鄂辉忧心忡忡地说。

"是啊！"成德对鄂辉的这一番话也表示赞同，"但皇上谕令又不得不遵，这样吧！鄂大人，让我先行领兵进入西藏，你暂且于成都不动，如若我进藏无益，保泰等必会上奏皇上，皇上又会让你领兵入藏，如此一来，只要我们手中有兵，我们就能对廓尔喀动以兵武，而再不受其挟制，如若皇上不欲动兵，我们与廓尔喀谈判也心有所倚，后有所靠，不知鄂大人以为如何？"

"嗯！这是个好办法。成将军，既然此次事已败露，则荣与辱我们二人将同样担得啊！"鄂辉边说边拍了一下成德的肩膀，"成将军，就依你说吧！你先统三百绿营入藏，我随后奏皇上谕旨再来。"

"看来也只有这么办了。"成德点了点头，束了束腰带，望了望窗外的夜色道，"鄂大人，你以为皇上发现此事后会怎样处置我等？"

"我不知道。"鄂辉只是摇了摇头。

老乾隆不主张对廓尔喀用兵,福康安对此事相当谨慎,他先奏请皇上向他明谕廓尔喀入侵聂拉木、哜咙等地的原委。如若廓尔喀确系擅自入侵,不顾天朝的皇恩、眷顾,则不妨用兵以威服远人,如若仅是因债而起,不如从中调和,另谋出路。老乾隆对于福康安上的这道折子很是满意,因为福康安提出了两个办法,而这两个办法正与京中其他几位军机商议所得一致。乾隆将此理解为福康安甚得上意之故,而这正是他满意的地方。老乾隆觉得福康安所奏极是,于是下谕垂询保泰查清廓尔喀进兵西藏究系为何事。

廓尔喀兵似乎并无还意。他们在攻占了哜咙以后,又接着向扎什伦布寺进攻。不过,这次却并没有这么轻松,他们沿路遭到了几百名绿营兵的抵抗,只是绿营兵数目实在太少,寡不敌众,最后不得不后撤。于是廓尔喀兵经过拼搏后终于到得扎什伦布寺。终于看到了那镶有松石、珊瑚的宝塔,远远地发出金光,令人眼馋。

七世班禅原住此地,只因保泰怕班禅给人掠去,前不久将七世班禅移到了前藏拉萨。七世班禅一走,人心大动。当廓尔喀兵到得扎什伦布寺时,寺庙里那么多的珍宝、金银、珊瑚照亮了廓尔喀兵的眼睛,他们在寺庙里大肆抢劫,摘走了塔上镶嵌的绿松石、珊瑚,搬走了金佛像、银佛像、金塔顶、金册页。总之,寺庙里凡是能抢的他们均抢,不能抢的也砸了,就差没有一把火将扎什伦布寺给烧掉。

保泰在前藏得知扎什伦布寺被抢的消息,即刻上达乾隆,由于成德兵入藏太晚,保泰与雅满泰不见清兵进藏来,又见廓尔喀兵势如此之猛,便提议将班禅和达赖迁往青海,但遭达赖谢绝,不过此事还是让老乾隆给知道了。老乾隆知道此事后,简直都快给气疯了。

"保泰与雅满泰,朕用他们为驻藏大臣,协理达赖喇嘛、班禅额尔德尼署理政务，他们不思前往后藏击退逆贼，却只是一味躲避，出逃，朕要这样的大臣何用。此次若非达赖喇嘛相拒，只怕保泰与雅满泰二人该奉着达赖喇嘛、班禅额尔德尼前往青海了。简直是丢天朝威仪与脸面，哼！阿桂，传朕谕旨，即刻令福康安由两广任上赴京。看来朕不想对廓尔喀用兵都不行了。朕素以仁义怀普天下，希望廓尔喀能知我恩德，知错认罪，不想其却欺我慈仁软弱，居然大举入侵，朕何以能够忍让？天朝脸面又往哪儿搁？廓尔喀蛮荒之地，居然也想与我朝一比高低，那朕就满足他们的愿望吧，等福康安一到京，就即刻前往西藏办理军务。"

"是，皇上。"阿桂是承旨之人，所以他在一旁答应。

"皇上，驻藏大臣既效力军前，自得抽人补缺啊！"王杰奏道。

"这是自然，王杰，传朕谕令，令福建水师提督奎林及舒濂前往藏地代任保泰、雅满泰驻藏大臣之职。"

"是，皇上。"王杰答道。

"皇上，奴才听人说，鄂辉与成德狼狈为奸，不积极入兵西藏，而是缓缓观望，致有今日之局势。"和珅的声音又传入老乾隆的耳中。

"和爱卿，你所言是否确实。"老乾隆悠然望着和珅以一种超乎寻常的平静口吻道。

这种超乎寻常和珅觉了出来，他感觉到这其中有一分厌恶，因而他赶紧道：

"奴才只是听说而已，迄今还未见有奏折上来。"

"听说就能行吗！"老乾隆正想对和珅进行批评，这时候董浩进来了，手里拿着一份奏折。

"皇上，如今西藏战事吃紧，弄得人心惶惶。而成德、鄂辉却不肯全力赴前，以至于有今日扎什伦布之劫。臣请皇上治成德、鄂辉二人之罪。"董浩边说边举起手中的奏折递给老乾隆道，"这是孙士毅军前来折。请皇上过目。"

老乾隆一听吃了一惊,自己刚刚想责骂和珅,董浩就过来陈清事实了,真是奇怪。他也不管这么多了,放下心中的惊奇,拆开折子一看,果如和珅所言,成德、鄂辉现才迟迟赴藏,而廓尔喀兵早已将扎什伦布寺洗劫一空了。老乾隆一看完,火气又冒了上来。

"成德、鄂辉不顾谕令,迟迟不肯前往,扎什伦布寺被劫一个月后他们才缓缓启程,朕实不知他们二人眼中可有朕否?心中可有朕否?"

这是欺君之罪!要是治起来,成德、鄂辉有十个脑袋也不够哇!阿桂一听情形不好,绝对不能现在就将鄂辉、成德就给杀死啊!要是将来真用兵廓尔喀,谁来替福康安参赞军务!鄂辉、成德虽不是帅才,但也是难得的一个将才,岂可轻易于要用之时给斩了呢?所以他赶紧求情道:

"皇上息怒!皇上息怒,鄂辉、成德等虽多有不敬,但奴才以为值此用兵之时,不如暂饶他们一命,令其效力军前,他们前年曾统兵入藏,而且到过聂拉木,于地形地势必定相当熟悉,奴才以为不如暂饶他们一命,令其赞襄军务,戴罪立功。"

"而且,奴才以为前年一事,如由巴忠所致,鄂辉、成德不通藏语,他们仅仅是随声附和而已。如若皇上能明降谕旨安他们的心,他们就必会更加踏实地效力军前,而不是战战兢兢的。"王杰也在一旁替鄂辉、成德二人求情,目的只有一个,无非是想将来福康安到军前时能有一两个熟悉地形、军务的参赞大臣。

董浩一听也觉得阿桂、王杰所言极是,所以也赶紧道:

"臣以为阿中堂与王中堂所言极是,如今正是用兵之日,不如令鄂辉、成德二人于军前戴罪立功!"

和珅现在成了孤家寡人,一听大家均这样说,自己也就不再持己见,但他也不想替鄂辉、成德求情。因为他明白老乾隆刚才说那些话也仅仅是发发怒气而已,并不是真心想杀鄂辉、成德,更何况现在有三个大臣相求呢!和珅跟随老乾隆也是多年了,知

643

道他的脾性,如若他真的想杀谁,即便所有的人求情也是无济于事;如果他不想杀谁,你纵有百张嘴也不能稍改其心。所以和珅凭他的经验判断,老乾隆马上口气就会软下来。

果然,经这三位大臣一求,老乾隆顺势给自己找了一个台阶下:"既然各位爱卿如此相求,那朕就暂饶鄂辉、成德一命,但也不能轻饶他们二人,将鄂辉降为副都统,成德也降为副都统于军前效力吧!至于鄂辉总督缺由孙士毅实任,成德成都将军缺就由奎林担任,奎林的驻藏大臣一职由和琳担任,同时帮办孙士毅督办粮草、参赞军务。"

福康安接到谕旨后,即刻前来京城觐见老乾隆。当上一次老乾隆向他征询意见时,他心里已经有底了,知道此次战事难免,因为皇上似乎对廓尔喀受封还如此无礼表示很气愤。虽然老乾隆没有明白地说出来,但字里行间的那种对廓尔喀的不满还是让福康安给捕捉到了。所以从收到上封谕旨后,福康安便开始准备随时前往京城或前往西藏办理军务,今老乾隆给他谕旨,他自然没有丝毫惊奇,而是略感慰藉。他从军多年,大大小小战事已参加过几次,多次的参战使他习惯了戎马生涯,而对于安稳下来做官却稍感不适,所以对于又要出征他非但不感到辛苦,反而觉得畅快。

福康安回到京城时,立即前往宫中拜见。阿桂正在值房,他一听说福康安已经回来,于是也赶快赶到了养心殿去。到那儿一看,福康安果然正在觐见皇上。看那架势,老皇上正在给福康安面授机宜,而福康安可能听得心领神会正频频点头。阿桂见皇上与福康安如此,便又悄悄退了出来,刚想要返身回军机处,一个小太监走了出来。

"阿中堂,皇上叫你进去。"那个太监说道。

"哦,知道了。"阿桂一听,又转身进了养心殿的院子,来到老乾隆御座前,"奴才阿桂叩见皇上。"

"起来吧!"老乾隆面带微笑,显然是他刚才与福康安的那席

644

话令他很高兴，要不怎么脸上还留着微笑呢？

"谢皇上！"阿桂谢过恩后站起来在福康安上首坐下，同时对福康安笑了笑。

"阿桂，你久办军务，自知军中一切事宜。今朕欲委福康安为大将军，前往西藏平定廓尔喀之乱，但独木难撑大厦，朕总不能让福康安唱独角戏嘛！是以找你来是要你替朕想一员战将作为副将，陪同福康安一起前往廓尔喀。"

哦！是这么回事，这对于老阿桂来说还不是轻松之极的事。老乾隆还没说完，他就酝酿好了一个人，等老乾隆话一落音，他就扑通再跪下道：

"奴才向皇上举荐一人，保皇上满意。"

"哦！阿桂也会说这种话了。"老乾隆从未听到阿桂说过这种孩子气十足的话，这初次听到，自然就难免不笑一笑，乐一乐，所以老乾隆望着阿桂直笑。

老阿桂也不管老乾隆高兴不高兴，他只管说他的："皇上，你看海兰察如何？"

"海兰察？好了好了好了，就让他做福康安的副将吧！"老乾隆显然也是说不出的兴奋。这海兰察可是一员猛将，曾多次参加战事，老乾隆对他也是颇为欣赏。上次征台湾，海兰察还随行了，而且功成后被封二等超勇公。

"是，奴才即刻令他前来京城会同福康安前往西藏。"

"嗯！令他越快越好。"

阿桂与福康安一齐从养心殿出来。阿桂邀福康安晚上到他府上一叙，福康安答应下来。

夜幕刚刚降临的时刻，福康安就如约来到了阿桂府上，并带来一些海鲜和珍珠等东西送给阿桂，阿桂高兴地接了，然后两人寒暄一阵，阿桂这才邀福康安入里面客厅坐定。福康安谦让一番，然后随阿桂进了里屋，进去一看，嗬！好家伙！里面还坐着两个人：王杰、刘墉。福康安赶紧施过礼，这才入席坐下。

"福康安,今日我听说阿中堂要摆酒宴,我罗锅正愁着没有酒喝,便让王杰带着我来了,不想在这儿碰上你了,我原本以为阿中堂宴请的是我呢,原来却不是,哎,好不扫兴。"刘墉还是那么诙谐地说。

几个人逗趣儿几句,喝下三杯酒后,王杰一正脸色道:

"福康安,你是聪明人,应该清楚为什么皇上会降谕旨垂询你,那就是因为我在皇上面前主战,而和珅主和,于是皇上拿不定主意这才垂询你的。你应该清楚,和珅总是恐你军功太大将他给顶下去,所以总想千方百计压制你,前番安南作战,就是他力主停战皇上才停战的,今番他想阻止开战未成,只恐会用其他方法对你进行牵制,比如说断你军粮哇?不给你配齐战备啊?这些不是没可能的,更何况现在和琳任驻藏大臣,所以如果你在廓尔喀待的时间越久,那你受的牵制和压力就越大。反之,如果你能立即攻下廓尔喀,则和珅就会来不及掣肘你。我与阿中堂,还有董大人、刘大人虽会极力替你担待,但防不胜防啊!福康安,我说这么多话,目的也只是一点,好好对待海兰察,利用这员猛将尽快攻下廓尔喀。"

"王中堂放心,我一定会好好对待海兰察的,至于朝中各事,那就只得麻烦二位中堂与刘大人多多担待了。"

"放心吧!你到得军前就尽力督办军务吧!其他一切粮饷我自会督促人员办理,同时我也会小心和珅在其中搞手脚的。"阿桂望着福康安很是欣慰地笑了笑。

正当阿桂、福康安一干人在一起喝酒谋划时,和珅与福长安也在他们府上会谋,以便算计福康安。

"和中堂,你看孙士毅任总督、和大人又任驻藏大臣,这对于我们来说不是很有利吗?我们虽然不能指望廓尔喀打败福康安,但是我们也不希望福康安就能取胜,你说是吧!和中堂。"

"当然是啦!"和珅边饮酒边漫不经心地说道。

"所以我们只能从卡军粮这一环入手,使福康安不敢深入敌境,这样他即使能取得胜利,也不过小胜而已,于和中堂无多大利害关系。而卡军粮一事,福康安虽知也是无可奈何,他只得干着急,然后退兵回来。"

"无粮草当然就不能行军了。好办法!好办法!那就这么办,咱们卡福康安军粮,使其欲打不能,欲罢不敢。"和珅笑着端起杯对福长安道,"来,这一杯我敬你,为你想了这么一条好办法而敬你。"

"承和中堂夸奖,只要和中堂高兴,我也就高兴。"福长安一副奴才嘴脸道。

为准备对廓尔额用兵,老乾隆又下令调索伦、达呼尔兵一千名,川兵及各土司兵八千名随同福康安入藏,这样入藏的清兵就达到了一万五千名。为解决这一万五千名兵弁及将领的粮饷,老乾隆令孙士毅准备了粮七万多石,同时西藏各僧俗道领还捐赠了一万八千余只牛羊,因而这些足够一万五千名兵弁一年多食用了。至于粮饷,乾隆除令将四川藩库贮的军需银一百零五万两全拿出来外,还从贵州、云南、甘肃等地拨银二百万两,户部拨银三百万两,从两淮盐商中得捐银四百万两,长芦、山东盐商中得捐银五十万两、浙江盐商中得捐银五十万两,是以总共准备了粮饷一千一百万两,这足够这一万多人花费两年了。

第三十七章

卫疆域送王师西去
议条约遣洋使东来

过了几日,沿海各省总督巡抚都接到了大清乾隆皇帝的上谕。英国使臣马戛尔尼在每地港口停泊时,必须派总兵以上大员率大队官兵列营排队,以表示热烈欢迎。"旗帜务必鲜明,甲仗务必精粹"。

乾隆五十七年正月,福康安偕海兰察抵藏。但西藏一地更是寒冷。没有办法,最后福康安和海兰察相商决定暂缓两月向廓尔喀进攻,等到三月再出兵进攻。在这两个月期间,福康安又得到早噶尔(印度)等王出兵相助,以行牵制。

二月很快过去,三月来临,西藏大地开始暖和起来,雪也开始融化,福康安正式进军擦木,向廓尔喀展开进攻。

擦木是第一处险要之地,此地两山夹峙。中间是一道山梁,只有一条小路可以通行,地势甚为险要。廓尔喀巴都尔萨野派了三百名兵弁把守此地,以为第一关。此地山高路险,真有一夫当关,万夫莫开之难,要想攻下此处谈何容易?而这也正是巴都尔萨野得意的地方,所以他只派了三百多兵弁把守。

福康安与海兰察率着六千精兵,由奎林为参赞大臣来到了擦木关前。福康安和海兰察带着亲兵便来阵前查看地形。这地方真是险要,两边山直入云霄,中间那条路也是仅能供两匹马同时驰行,还有两边的堡,挟制着那条本来就不宽的小路。因此要想攻破此地,必得先拿下碉堡方能攻下此关。

"海将军,不知你以为当如何?"福康安谨记阿桂教诲,客气地问。而且阿桂于出京前也曾对海兰察予以交代,所以海兰察对福康安也是很为客气。

"福将军,我想白日进攻恐不能成,必欲趁晚上其不防备或防备松懈下来,我军一鼓作气拿下此碉,不知福将军以为如何?"语气虽然客气,但傲气还是很浓。

"将军此法极是,那我军先行驻下来等着我军对此地极为熟悉后,再行夜战。"福康安对身后的亲军道:

"传我的将令,就地宿营。"

六千名清军于是就在擦木关前驻扎下来,日派军队前往熟悉地形,以俟时机一到即刻进攻。这日,天阴沉沉的,一会儿下起了雨,海兰察坐在帐中突然跳了起来:"福将军,破敌就在今夜,令兵弁们准备晚上攻碉堡吧!"

"海将军,这样的夜如何进攻哇!"福康安虽表示惊奇,其实心里却完全明白今日是好时机,只是他为尊重海兰察故意这样而已。

"福将军,不用多说,传谕兵弁今夜取碉就行。"海兰察显得有些不高兴地说。

"好,我传令今夜进攻石碉。"福康安这句话既是对海兰察说也是对身边的亲兵说的。

廓尔喀兵果然未加防备,因为清军驻此地多日未曾行动,他们很自然地放松了戒备,更何况今夜是雨夜,所以他们更是掉以轻心。而正是这种掉以轻心使得他们丢了擦木。等到半夜他们惊醒时,清军早已在雨声的掩护中夺得了擦木,他们只能在睡梦中做了刀下鬼,由此第一关擦木被攻下。

福康安攻下擦木后,依功对海兰察行赏,对海兰察大加推崇同时具折上报老乾隆。当老乾隆日盼夜盼终于盼来了第一份捷报后,他高兴坏了,他抚着福康安的折子叹了大半天气,最后道:

"福康安果不负朕望啊!"

过了擦木,福康安又统军来到玛噶尔辖尔甲山梁。这是一个山脊,路就在山脊上。本来廓尔喀军在山梁底部也设有石碉的,但底部由于地势开阔易于进攻,所以等清军一来,他们便全部撤到山顶上去，加强对山顶的防守。

"海将军，我想只得将逆贼给引下山来于半道袭击方能取胜，攻下此山梁，不知海将军意下如何？"福康安领着海兰察出来查看地形时对海兰察道。

"嗯，这不失为一个好办法。但怎么才能引得出来呢。"

"那只得麻烦海将军先在此埋伏了，我呢，则带着兵弁后撤，如此则贼兵必会缓缓下山来到下面的石碉以便守御。你在此等着逆贼走到半山腰时，即率兵冲出，逆贼必会大乱，然后你乘机取下此山梁，不知海将军以为如何？至于军功，我自会给你记大功的。"福康安笑着对海兰察道。

"福将军此主意甚妙，至于军功，我海兰察从不计较，只要能攻下此山梁就行。"

"那好，我们就依计行之。"福康安也极为高兴地说。

然后，福康安果然领兵倒退，海兰察则埋伏于树林中，而且福康安后退时故意做出一副很匆忙的样子，连有些帐篷也来不及收。山梁上的廓尔喀兵一见福康安如此慌张撤走，虽也想到这可能有诈，但他们并未深想，等着福康安启程半日后便纷纷由山顶下来来到半山腰或山脚的石碉里。当廓尔喀兵刚到山腰，海兰察瞅准时机一声令下，带头从林子中冲了出来，廓尔喀兵不明所以，果如福康安所言，廓尔喀兵慌作一团，于是海兰察趁势攻下了玛噶尔辖尔甲山梁。

福康安自是十分高兴，他具折如实上报了海兰察之功。老乾隆在京城收到福康安这份折子后，又是高兴得几夜没有睡好觉，并下谕旨对福康安调度有方进行嘉奖、对海兰察的英勇也予以赞赏。

攻破了擦木、玛噶尔辖尔甲山梁后，又一鼓作气攻下了咔咙，清军除死了一员参将外，没多大伤亡，却斩获廓尔喀兵一千多人。

老乾隆接到福康安的奏折时，心里相当激动，叹道：

"福康安真乃朕之佐才啊！"

和珅心里可是大为不高兴。他与福长安一相商,便秘密给和琳写了一封信要其断绝福康安的军粮。前本欲用孙士毅与和琳共同挟制福康安的,却不想为刘墉一奏,孙士毅为惠龄顶替,和珅的如意算盘落空,只得盼望着和琳能够挟制、掣肘福康安。

再说福康安攻下咛咙后又会合聂拉木的成德,至此廓尔喀兵完全被击退出西藏境内。再往前走便到得廓尔喀境内,如今已是六月,天气正暖和之时,福康安根据老乾隆谕令,又统兵出了聂拉木,进入了廓尔喀境内。出得聂拉木后,福康安怕廓尔喀兵绕袭后方,于是将全军分成三路,左右路分别由成德、鄂辉等带领,福康安自为中路,中路又分为前、后军,海兰察为前军,福康安为后军。

进入廓尔喀境内第一关便是铁索桥,此地有一条河流隔断两山,山涧深不可测,中间只有一座铁索桥连接起来,横在两座山之间,平时是通道,现在桥上的木板早为廓尔喀兵撤去,只剩下几根粗粗的铁索,而在桥的那头,又有廓尔喀兵的石碉,是以此处地势相当险要,廓尔喀派了一千余人在此设防。

福康安和海兰察查看了一下后,派人试着攻了一下,但均不成功,反倒死了不少兵弁。这使得福康安愁眉苦脸,无计可施。这时海兰察走了过来道:

"福康安将军,给我八百兵弁,五日后你们再攻此地,如再有人前来阻止放枪,唯我是问,不过五日内你不得管我在何处。"

福康安一见海兰察那自信的神色,也就同意了。海兰察高兴地挑了八百名兵弁,备上干粮和绳索便于当夜离开了福康安,福康安虽不知海兰察葫芦里卖的是什么药,不过,他也没有办法,他只得等五天后再进攻铁索桥。

五天很快过去了,福康安如海兰察所说,照样带兵进攻并欲搭桥过河,对面山上的廓尔喀兵纷纷下来阻击。恰在此时,忽然廓尔喀军营大乱,福康安知必是海兰察已深入敌营。抬头一看,果见海兰察正坐在山上望着这边笑呢。于是福康安赶紧挥师搭桥板过河,和海兰察所统八百兵弁一夹攻,廓尔喀兵弁大多被杀死,唯存一小部分逃得活命。

"海将军真是奇人,你何以得到此山上来的?"福康安一见海兰察便高兴地问。

"福将军,我也只不过顺着此河到上游砍木造筏得以渡河潜行至此而已。"海兰察不以为然地说,显然他并不骄傲,也不自豪。

"海将军大功我一定上达皇上。"福康安兴奋地对这位功臣道。福康安一面具折上报战功,一面统兵继续前进。

福康安统兵深入廓尔喀境内后,所遇困难越来越大,所经之途全是山路,不能找到宿营的平地,而且由于路难走,很多兵弁的马靴给穿坏了,露出脚趾头,有的经蚂蟥一叮便开始肿烂。但这一切并未使福康安和海兰察退却,他们反而越战越勇,一路过关斩将,虽自己也有牺牲,但总算于乾隆五十七年七月到了廓尔喀首都阳布。

福康安进军如此之快,使和琳意想不到,他原本欲在福康安进军途中断他们的粮草,逼福康安回来或暂缓进兵。但他没想到福康安已进展到了阳布。于此情况下,他没有办法,不敢扣押钱粮,还是只得令人源源不断地将军粮送至阳布,但和琳总觉此事太不称他心,于是又从每次军粮中扣出那么一部分来不发往军前,以便发泄发泄他心中的怨恨,同时迫使福康安早日由阳布返回。

这阳布正是今尼泊尔首都加德满都。兵临城下,廓尔喀国王这才心慌起来。望着城外驻扎的几万清军,廓尔喀国王喇特纳巴都尔后悔当初不该入侵西藏,致有今日之困境,但后悔没有办法,也不是办法,喇特纳巴都尔及其叔父巴都尔萨野一商量只得向福康安投降。

对于喇特纳巴都尔的投降,福康安一边具折上奏老乾隆,一边对喇特纳巴都尔提出议和条件:喇特纳巴都尔亲到军前叩头认罪,验证沙玛尔巴尸体,交出其眷属徒弟;全部清还于扎什伦布寺抢去的所有财物,交出以前所订立的赔款合同并予以烧毁。

老乾隆本不欲撤军的,他想趁机攻下阳布,以永远消除后患。当他收到福康安的折子后,立即召军机重臣商议。

"各位爱卿,福康安今日来折称廓尔喀国王求降。朕今日找你们来,是要你们谈一谈是否该对喇特纳巴都尔纳降。不过,朕以为廓尔喀未开化之地,向不遵行王法,如若此次不将其剿除,其日后必会再次入侵西藏的。"

皇上不主张受降,还想将战争给打下去。这可不行,阿桂在心里道。"皇上,奴才以为当受降。"

"如何?"

"廓尔喀地处高原,天气极为寒冷,唯有六月至八月天气稍稍暖和一点,到九月便开始大雪封山。我军远征廓尔喀,军粮运输本已极为困难,如若一旦大雪封山,则我军将会前无去路,后无退路。而且喇特纳巴都尔于国内尚有势力,不如接受廓尔喀投降,允其纳贡称臣。"

"皇上,奴才以为当继续征剿,一鼓作气将喇特纳巴都尔除掉,以永绝后患。"和珅在一旁怂恿道,显然是想置福康安于死地。

王杰在心里暗骂和珅一声,然后道:

"皇上,臣以为当如阿中堂所请,接受廓尔喀国王投降,令福康安迅速回藏。要不九月大山一封,只恐福康安要回来就更加困难了,更何况现在前方兵弁多有患病者。"

"皇上,臣刘墉以为当撤兵以怀柔廓尔喀。皇上征战廓尔喀,正是扬我朝威仪,如若再欲进兵,只恐过犹不及,更何况今岁节气更早,八月份西藏就可能会大雪封山,对于这一点,臣请皇上三思。"

经如此几位大臣一劝,老乾隆也一下清醒了下来,他明白大雪封山后不但军粮运输困难,而且兵弁于异地待着更是困难,更何况还有一员爱将福康安呢?老乾隆不再固执己见,而是下令阿桂草拟谕旨令福康安于军前允许廓尔喀国王投降。

"阿桂,传朕御旨,令福康安允喇特纳巴都尔请降,同时令福康安尽快返藏，争取于九月中旬前返回藏地。"

"是，奴才立即草拟。"阿桂在一旁奏道。

福康安在军前焦急地等待乾隆谕旨。因为现在军前形势实在不容乐观。兵弁患病的逐渐多起来，而和琳送来的粮饷亦时多时少，军粮不济。虽福康安清楚这是和琳在掣肘自己，但他却毫无办法，所以他也早巴望着与廓尔喀国王议和。现在乾隆谕旨一下，他自是如久旱忽逢甘露，欣喜万分，当即允许了喇特纳巴都尔的请降，当然喇特纳巴都尔并未到军前来叩罪，不过其他条件全部照办，而且还承诺派使者前往京城纳贡，同时到扎什伦布寺向七世班禅请罪。

福康安处置完毕此事，一面上奏乾隆，一面班师回藏。老乾隆接到福康安喇特纳巴都尔受降的奏折后，心情极为高兴，一面下旨惩处挑起此次事端的人，一面又下旨对福康安等有功人员进行嘉奖，同时谕令福康安于西藏处理善后事宜，以杜绝此事再犯。

乾隆五十七年十月，两广总督郭世勋上了奏折，派六百里加急飞报紫禁城。当时乾隆还在热河行宫避暑山庄未回，所以，奏折又被迅速送往承德。正在游狩兴头之上的乾隆，打开折子，仔细一瞧，不禁令他龙颜大悦。郭世勋奏折上的内容是这样：

我国王兼管三处领土，很久以前就有商人在天国广州进行贸易，素蒙皇恩。今听说天国大皇帝八旬万寿，未能够遣使进京叩祝，我国王心中惶恐不安。今我国王命亲信大臣公选妥干贡使马戛尔尼前来，带有贵重贡物进呈大皇帝，以表慕顺之心。愿大皇帝恩施远方，准其永远通好……因贡物极大，恐由广东进京，水陆路途遥远，致有损坏，为此具禀，求大人代奏大皇帝，恳祈由天津海口或附近地方进此贡物。

向来以聪颖心细、明断秋毫令人心惊胆寒的乾隆帝，这时高兴之极，也变得大意了。如果这篇奏折仅仅是按英国使臣的呈辞原样翻译，其中有些字句决不会让人感觉到是清朝官员的口吻说出，而如果看成是郭世勋的禀奏，又不能冠以英人的第一人称。其中原委，自然难以知晓，而漏洞如此明显，乾隆竟一时鬼迷心窍，未能细察。不料，正是因为这一丝大意，才招来以后的坎坷和灾难。

郭世勋以天朝大国的一员封疆大吏，对外国人不免心存小觑。哪知道命人翻译马戛尔尼递上的信件之后，发觉言辞傲慢，毫无臣服之心，反如索债一般，不由得心中生气。可是这么大的事情不向皇帝奏报，万一上头知道，不但乌纱帽保不住，恐怕连戴帽子的脑袋都得搬家。可是如此呈上，乾隆一定会震怒，他清楚这个刚刚自诩为"十全皇帝"的心理，如果惹他不高兴，也不会得到好果子吃。思来想去，他想到官场上惯用的"偷梁换柱"的手法，在文字上下功夫，轻而易举，因为言语不同，乾隆也不会发现其中端倪。如果皇帝高兴，他自己能得好处，即便是砸了锅，责任也不会落到他头上。于是他召集了手下一班文人墨客，对马戛尔尼信件的言辞修饰、润色。这样，递到乾隆面前的奏折，已经完全走了样，这位"十全皇帝"对此竟浑然不觉。他一阵狂喜，登时站起身来，在书房里轻松地踱着步子。放眼窗外，秋风萧瑟，树木披上金装，重峦叠影，晴空如镜。他尝到了丰收的果实，其甘如饴糖，其美如丽人。几十年来，他"十全皇帝"的盛名得来不易，千千万万将士官兵洒血边陲，殒命疆场，被征服者的首级，一个个接连不断送到京师，还滴着殷殷鲜血。是这些血，染红了他皇冠上的红缨和光彩夺目的宝珠，滋润他随年龄渐老、身体日衰而慢慢枯萎的心脏，使它重新充满朝气，焕发青春。再有二年多时间，或者他已不在人世，或者为了实践自己的诺言，他要传位于自己的儿子永琰。在最后的岁月里，他更需要胜利的刺激。

过了一会儿，他像想起什么事似的，急急走回书桌旁，伏案疾书……

过了几日，沿海各省总督巡抚都接到了皇帝的上谕。英国使臣马戛尔尼在每地港口停泊时，必须派总兵以上大员率大队官兵列营排队，以表示热烈欢迎。"旗帜务必鲜明，甲仗务必精粹"。

此后的时间里，乾隆心里又着急又高兴。着急的是，接见马戛尔尼的盛典还不快一些到来。他已经决定，允许他们这一行人参加明年秋天在行宫避暑山庄举行的八十三岁万寿大典，以示隆重。他之所以对英吉利使臣之行如此看重，命各地官员悉心办理，一则因为其远道而来，说明皇恩浩荡，远土率服，他要以这种亲切的态度来向其他国家的人显示天国大皇帝的威严和仁慈；二则近年来洋盗频频，夷人屡犯，他要借此机会，给英国人一个下马威，让他们见识一下大清朝的威势。

五月仲夏，京师炎热，乾隆又同往年一样，从圆明园启銮，到热河山庄避暑狩猎，一班文武大臣也随同前往，留下一部分人在京料理政务。国泰民安，天下无事。乾隆既无后顾之忧玩得也兴致勃勃。经北巡御道的行宫到达承德，按例在万树园、大政殿、澹泊敬诚殿宴请蒙古诸王公，终日欢娱，无虑无忧。各省奏报不断传来，但不过是些祝贺套语，虽没有新意，但入乾隆耳朵里，不仅没有厌烦之感，反而更加令他心情舒畅。他惦念不已的，还是马戛尔尼进贡一事。

六月十八日，英国使节马戛尔尼到了天津大沽口，弃船登岸，受到了令他受宠若惊的隆重接待。

征瑞作为钦差大臣，与马戛尔尼接洽觐见事宜。

八月初十，乾隆皇帝的八十三岁万寿大典在热河行宫隆重开始。

朝阳像一轮巨大的金盘悬挂在东方的天空之上，在它的光芒之中，行宫错落别致的宫殿更显得雄伟壮丽。

澹泊敬诚殿，是一进"避暑山庄"的正门之后的主体大殿。这里已经排满了两列朝服朝冠的大臣，站在殿外的通道两旁，个个神情严肃，目不斜视。马戛尔尼由和珅带领，与副使斯当东一起来到这里,排在队伍的最后,马戛尔尼身穿绣花天鹅绒官服,上面缀饰着骑士钻石宝星和十字徽章,外面穿着一件骑士外衣。他被这种气氛感染了。英国议会中的唇枪舌剑,即使是首相也不免受人辱骂攻击,国王面前,也不至于如此严肃。他与斯当东站在后面,连呼吸声都十分小心。

一会儿,从远处传来鼓乐声和吆喝声,一个橙黄色的华盖缓缓走来,乾隆坐在一个十六个人抬着的肩舆之中。身后,一大群手持旌旗、兵器的人护卫着,还有一些人吹吹打打,鼓乐声越来越响。走进大殿,一群轿夫俯下身,有两个太监马上跑过来,将乾隆扶出。这个大清国皇帝站稳之后,迈着稳健的步子,顺通道向大殿内的宝座走去。

守候多时的大臣们见皇上驾到,登时都趴下身子,跪在地上,以头碰地,高呼:"吾皇万岁!万岁!万万岁!"

"众卿平身。"

"谢万岁。"众人齐声谢恩之后,匆匆爬起站好。

"和珅。"乾隆叫道。

"奴才在。"和珅连忙出班,跑到阶前跪倒。

"英吉利使臣是否已经等候在此?"

"回皇上,英吉利国特使马戛尔尼、副使斯当东奉其国王维多利亚之命,前来觐见,现在正在候旨。"

"宣进来。"

太监拉长了声调吆喝着,一个接一个传下来。和珅亦步亦趋走到后头,对马戛尔尼说明圣意。马戛尔尼知道乾隆要他觐见,便带着翻译,由礼部尚书在前引导,双手捧着一个镶有珠宝的盒子向前走。在宝座之下,他停了下来,单膝跪倒,双手将盒子举过头顶,说道:

"我奉我大英帝国维多利亚女王之命,前来大清帝国觐见大皇帝,祝大清皇帝万寿无疆,国泰民安,也愿两国能修使通好,友谊长存。"

有翻译将话翻给乾隆，乾隆听了，并不动声色。太监已跑下台阶，将盒子从马戛尔尼手上取走，送到乾隆面前，乾隆并不打开，甚至没有仔细看，就放在一旁，对马戛尔尼说道：

"贵国君主派遣使臣携带书信和贵重礼物来本朝致敬祝寿，朕心中万分高兴，朕也愿意向贵国君主表示同样的心意，愿两国臣民永远友好。"

觐见仪式就如此草草了事，对于这一切的轻松，马戛尔尼也未料到，他向清廷呈上了自行拟好的条款。

乾隆虽然已经想到英吉利使臣此行必有其他目的，但还不了解到底为何事不辞劳顿。条款递上来，他一看就火了。

一、请中国准许英国商人在舟山、宁波和天津三处进行贸易。

二、准许英国商人在北京设立一个货栈，以便买物卖货。

三、请于舟山附近指定一个未经设防的小岛，给英国商人使用，以便英国商船到了此处可以停泊，存放货物，并且准许英国商人在这里居住。

四、请于广州附近也准许英国商人有上述的同样权利，及其他稍小的权利。

五、在澳门的英国货物运往广州，请特别优待，免予纳税，或从宽减税。

六、请中国海关公布税则，以便英国商人依照中国所定的税率切实纳税。

七、英国和中国互派使节，各自在对方的首都中开设使馆，以互通往来。

由于乾隆极端的虚荣心和自尊心作怪，也根本想不了许多，他只觉得这些话都是无稽之谈，通商贸易不说，还要减免关税，还要给数处地皮供其居住，这不是敲诈、勒索吗？堂堂大清国皇帝，"十全武功"每战必克，四方宾服，万民仰慕，岂能容此蛮夷撒野！乾隆比较生硬的姿态和不甚友好的举动，自也是令英吉利使者悻悻而归。

北京紫禁城皇宫，乾隆帝并未在卧榻安睡，自马戛尔尼走后，他心里日益不安，好像有一种不祥之兆出现在他的感觉之中。虽然，他在位的这些年中，西洋人没有明目张胆地在华夏土地上为非作歹，也没有在沿海各港口挑衅生非，他没有领教过西洋火炮的威力。不过，他见识过，他不仅用"红夷大炮"镇压过农民起义，平定过边疆动乱，也为骇人听闻的杀伤力而震惊。现在，他就在这些炮口面前。他的内心恐惧与日俱增，夷人第一次成了他最担心的威胁。

九月初一，马戛尔尼刚刚离开北京，乾隆帝为防患于未然，传谕沿海各省总督和巡抚等封疆大吏，命其加紧防范。

乾隆不愧为一代明君，雄才大略，远见卓识，绝非平庸之辈能望其项背，虽然生性自负，但在关键时刻仍能自持，洞察秋毫。不过，他因此而紧闭国门，以求自身安全，可保无虞。他觉得，威胁只能来自洋人，而不是内地的人民，因此，虽然心里不踏实，还能安卧榻上。没想到，一场急风骤雨，就要在神州大地上掀起……

马戛尔尼一事虽然给乾隆皇帝不小的刺激，可这毕竟已经过去了，而且英吉利国距中土有数万里之遥，干系不大，所以，渐渐地心情好转，平安无事。另外一个让他揪心的事情，就是六十年皇帝的任期将满，再有一年多，他就得脱袍让位给自己的儿子，从此便不再是一国之君、天下之父。说实在的，他确实不想退下宝座。纵观古往今来，有几个皇帝像他这样正如日中天之时就悄然隐退的。绝大多数人，都是死在帝位之上，让儿子在丧礼中登基继位。这六十年来，他可谓呕心沥血，为经营这个国家，终日操劳，不敢有丝毫懈怠，才使四方绥静，天下升平。但是，才过了几天平稳日子，就要交出玉玺，隐身深宫，不问政事，那将是何等寂寞，何等凄凉。每想至此，他都心下恻然，不是滋味。交，还是不交。不交，自然最合他意，可是五十八年前继位之时，他已经发下六十年皇帝位之誓，出尔反尔，岂一言九鼎之天子所能为？交，自此之后，手中无权，寂寞难耐不说，谁要害他，也容易多了。所以，时间越是向前，离移位之日就越近，他就越着急，主意，总是拿不定。

和珅，不知是什么原因，心里也越来越不安。以前，他也想到过，万一乾隆驾崩，他将如何自处。对于他自己的情况，他心中明白得像从镜子里看一样。之所以平步青云，位极人臣，不过是有皇帝的眷爱，群臣忌妒者有之，愤恨者有之，欲除之而后快者有之，之所以隐忍不发，仅因为皇帝尚在，不得不罢了。那些老奸巨猾的大臣，如纪晓岚、刘墉、王杰、阿桂、福康安等，都对他深有芥蒂。皇帝已经八十三岁高寿，年逾古稀，驾崩，只是迟早。已经在琢磨以后将采取什么办法稳定权力，确保荣华富贵。对那些趋炎附势的官员，上至大学士、亲王，下至知府、县令，和珅并没有多大信任，如果要保全自己，必须有死党才成。继位的新君他知道就是十五皇子永琰，这个人平日沉默少语，看起来老实，实则不然，有几次他见到和珅，冷眼相待，不卑不亢，令和珅十分心寒，如果他当上皇帝，对和珅有百害而无一益，更何况，还曾得罪过他。

第二天，他去见乾隆，进去后，乾隆便道："你可否听到外面有什么风声？"

和珅转了转眼珠，仔细揣摩乾隆的意思，心想，目前皇上最为关心的莫过于禅位一事，便随口道："如今天下太平，百姓安居乐业，因此并无风声。只是……"

"只是什么？"

"有些人认为皇上春秋已高，应该早定储后之计。"

乾隆面色一沉，冷冷地问："到底是何人这样说？"

"奴才也只是道听途说而已,并没有真凭实据,也许是外头谣言。"

"你但说无妨,即使错了,朕也不会怪罪于你。"

"朱珪在朝下曾几次提起禅位之事,说如果皇上不早定大计,臣民难安。"

"朱珪?"乾隆脸色更加难看,不自觉地重复了一声。

"是不是他,奴才也不敢说,只是听说而已。"

和珅见乾隆怒容满面,自以为得计。朱珪是既定的皇太子永琰的老师,为人正直厚道,对和珅向来没有好感,和珅并不怕他,但是,万一乾隆不久于人世,有朱珪为永琰出谋划策,他和珅的好日子就要到尽头了。虽然,他已经派吴省兰到永琰身边,观察动静,还是不能放心,只有将永琰的有力人手一一排挤,使之势单力弱,这样,即使乾隆退位,他仍然能够左右朝政,说一不二。因此,他才胡诌了这样一件莫须有的事情栽到朱珪头上,惹乾隆发怒。

乾隆并非那种容易惑于小人的昏君,即使对和珅的话,他也不是言听计从,而是再三考虑,再行定夺。他沉吟了一会儿,觉得朱珪为永琰之师,纵使并不知道永琰已立为皇太子,以他之阅历,从以前的一些动作中也有所觉察,他督促自己禅位,并非毫无根由,看来,和珅并非撒谎。他沉静下来,轻声一叹,说道:"朕年岁已高,的确应该履行五十八年前的诺言,举行禅让大典了。"

"皇上功过千秋,万世明主,而今龙体康泰,为社稷着想,也不能就此谢位。况且诸位皇子或年龄还小,阅世不深,或者身体多病,不能亲政,皇上不能如此。"

"依你看朕当如何?"

"谕令天下,禁止诸臣议论禅位一事,朱珪,应调离京师,免再生口舌。"和珅见乾隆心动,胆子也大起来。

"好了,朕自有主张,你可还有别的事?"

"奴才只祝圣上龙体平安，这是万民之福，天下之福。"和珅一面说，一面叩头不已。

"朕早知你的忠心，有什么事，就直说吧。"

"四川总督任缺，而今廓尔喀刚平，如果没有能臣把守，恐生不测。"

"这个，朕已经知道了。和琳办事有分寸，不失为将佐之才，就让他去吧。"

"奴才谢恩。吾皇万岁！万岁！万万岁！"

和珅得计，高高兴兴地出了养心殿，回到军机处。和琳几年之间，由一个御史升为封疆大吏，实在令人闻所未闻。他还有另外一个想法，那就是挟制福康安。他知道，福康安自恃功高，不把他放在眼里，而且此人多次领兵出征，著名将帅，都曾在他麾下效命，因此势力非同小可，是他以后争权的第一硬敌，如果不把他限制住，恐怕后患无穷，而且，福康安与乾隆有一层不足为外人道的关系。朱珪，被乾隆一纸调到广东巡抚任上，与永琰分隔数千里，也不足为虑。朝中大臣，能与他和珅抗颜的，恐怕还没有，而且个个年老力衰，不久人间，也无须顾忌。更重要的是网罗死士，抓住兵权，得到这个，就不用怕了。和珅的算盘，乾隆没有看出来，他觉得，和珅虽有贪污受贿之名，但人为财死，亦是人之常情，他的忠心，却不能埋没。也就听之任之。

和珅的飞扬跋扈，尤其是他的贪赃不法、任人唯亲的行为，朝野诸人无不清楚，无不切齿，但明哲保身，不仅不能告发，更多的时候，还得卑躬屈膝，备厚礼，托之办事，这就更令他有恃无恐。可是，有一个人却不知天高地厚，非要拿鸡蛋碰石头，这人，就是管世铭。

管世铭出生于江苏阳湖，是乾隆四十三年进士，先后任郎中、军机章京。他文采绝妙，精通律令，遇事明断，深得首席军机大臣阿桂赏识，凡是军机处起草的有关律令刑狱方面的文书，大都由他执笔。由于同在军机处，管世铭对和珅欺上瞒下、贪赃枉法的行为嫉之如仇,早就想拼一死以辨曲直,怎奈身为军机章京,不能上书言事,只得隐忍以待。乾隆对他并不熟悉,不过阿桂倒经常在乾隆面前提起,所以,乾隆便有了一点印象。这一年,他由阿桂推荐,升为御史。得知这一消息之后,管世铭欣喜万分,他不是为了自己升了官而是因为有了弹劾和珅的机会而高兴。于是连夜写好奏章,准备弹劾。为慎重起见,他写完之后,并未马上递给皇帝,而是到了阿桂的府邸,征求他的意见,他十分信任这个老上司,也知道,他对和珅不满,他认为,阿桂一定会支持他的,哪知道阿桂连他的折子都没看,就扔在地上,声色俱厉地训斥道:"你以为有了一张纸就能告倒和珅吗?你是在引火烧身!"

起初,管世铭被弄得莫名其妙,过了一会儿,才回过味来,他并未想到阿桂是怕他事情败露,连累他这个军机大臣受苦,只以为上司是为他好。可是,他生就一块硬骨头,坚持己见!

"卑职蒙受皇恩,更蒙大人垂怜,正愁无力相报,愿以一死辨明世间是非,使朝廷清明,即使重蹈曹鸿书、尹楚珍之覆辙,也毫无怨言。"

"你明知是死路一条,还要一意孤行,这又何苦呢?"阿桂苦苦相劝。

"卑职深知大人心意,但此意已决,千刀万剐,在所不辞。"管世铭的话已经说绝了,俯身拾起奏折,就告辞出去了。

阿桂见管世铭顽固不化,又气又急。这事非同小可,万一告了上去,和珅肯定不会倒台,而会抓住这个把柄大做文章,处罚管世铭不说,一定要揪所谓的"后台",那样一来,无疑是给了他排挤阿桂的绝好机会,想到这里,他不敢怠慢,整了整衣服,就叫人抬起肩舆,直奔皇宫而来。他未进军机处,直接到了养心殿,向乾隆禀明,他十分需要管世铭这个助手,恳请让他继续留在军机处。乾隆不明白这老头何以出尔反尔,不过没有细想,就随口答应了。

阿桂仅仅比管世铭快了几步,就救了这个耿直之士一条性命,也避免了又一次腥风血雨的震动!

管世铭被谕知继续留任后,一腔沸腾的热血立即冷下来,万念俱灰,整日闷闷不乐。有一日,阿桂命他起草一封文书,他不像往日那样说干就干,挥毫洒墨,即刻完成,而是慢慢腾腾,好像浑身一点力气都没有似的。阿桂看出了他的心事,拍了拍他的肩膀,明知故问地说道:"有什么事吗?"

管世铭叹了口气,摇了摇头,说道:"身为御史,而令奸人逍遥法外,枉为言官,上负皇恩,下惭百姓。"

阿桂苦笑了一下,安慰道:"报仇有日,何必急以言自见!"

意思是说,现在时候还不到,你瞎忙什么,有朝一日,时机到来,再弹劾他也不迟。阿桂二十余年来,以朝廷中第一宰相尚且不敢贸然行事,何况你这个小小的御史!阿桂心里一直坚信,他会等到那一天,将和珅绳之以法,那一天,就是新皇帝继位的那一天,而这一天,已经为期不远了。

西南边陲,与缅甸、安南等地接壤处,自古为苗家聚居生息之所,山川险峻,恶石丛生,毒蛇出没,瘴气缭绕。人称"西南瘴疫之地",汉人来此,不习水土,又无力抵抗瘴气,往往不知所以地染病身亡,因此被视为畏途。但清朝立国之后,对苗人看管甚严,尤其雍正皇帝"改土归流"诏令颁下之后,移兵屯驻,在川东、黔西设立州、厅,派员治理,压榨苗民。苗人生性强悍,多次反抗不成,官府逼迫日甚,积怨心中,待日而发。乾隆皇帝坐在皇宫,做梦也想不到人数不足五十万的苗人,竟有通天本事,让他的半壁江山岌岌可危。

乾隆五十九年十二月二十六日,在苗疆崇山峻岭之中,夜色沉沉,星光迷离。只有一处山上,一串火把时隐时现,像鬼火一般晃动不已。

这里是贵州省松桃厅强虎哨天王庙,这是一个破烂不堪的山神庙,院墙倒塌,石壁斑驳,只因为有了一株株高大的桑树,才隐藏住了这一片废墟。谁也不会想到,有人在这里,站着的,坐着的。映着被风吹得跳跃不定的火光,可以看清楚,有五六十人,只有几个人坐在地上,其余人分成群站在这几个人后边,有的人手里举着火把。

"兄弟们,满人和汉人步步逼迫我等,这样下去,只有死路一条。苗疆自古以来就是我们苗人的领土,却为汉人日益侵夺,丧失殆尽,如果我们仍然坐视不问,忍辱偷生,将来身处黄泉,将如何在列祖列宗面前交代,又怎么忍心看着儿子、孙子们仍旧受他人摆布!"坐在一棵桑树下的年轻人,有三十多岁,被火光映红了脸,开口说道。他的声音有些沙哑,低沉忧郁,却透出一股刚正之气。觉得激动,他带着哭腔,分明可以看出,两滴泪水顺着又黑又红的脸颊淌下,说着,他站了起来,继续道:

"七年前,我父亲石满宜,为了给咱们苗人伸张正义,没想到惨遭官兵杀害,勾补苗寨,被纵火烧毁,老少男女,几乎没有一个能够逃出。这些官兵,作恶多端,天理难容,掠我家财,奸淫妻女,此仇不报,不共戴天,现在时机已到,正是这些人遭天谴之时,我们就是要替天行道!"说着,他将手臂举起,低低地吼了一声。四周的树木在瑟瑟作响。

"对,三保弟说得对,我们就是拼出性命,也要为死去的兄弟姐妹们报仇。"一个年纪稍大、身体魁伟的苗民说道。

"事不宜迟,我们要联合起来,越快越好。"

"对,我们听三保的!"

人们七嘴八舌地吵着,不过,声音都不高。

"既然诸位弟兄与我想的一样,我们不妨进行一番部署,约定时间,共同起事,让官兵手足无措,打他个落花流水!"那个被称为三保的人又说道。他转身向那个身材高大的人说:

"八月兄,你把拟定的文告给大家说一遍,如果没有人反对,就这样定下来。"

八月让一个随从的苗人把火把举到跟前,从衣服里拿出一张纸，看了看，抬头说道：

"如今咱们苗人的田地都被客民占了去，要想活下去，只有杀客民，复故地这一条路。我们起事，就是要将这些客民和为非作歹的官兵赶走，苗人事，由苗人自己来管，从此之后，与他们互不干涉。为此，我们必须摧毁边墙、碉堡，把边墙内外的苗人联通起来，结成一气，同心合力，共复苗疆！"

"好！"众人齐声喝彩。

乾隆六十年正月十六日早晨，刚刚过了元宵节，本来是一个和平安宁的日子，但是苗家的大寨营外，却围着三百多名全副武装的清兵，个个头戴红缨帽，在山风中飘动着。一个军官模样的人从队伍里走出来，向紧闭着的寨门内喊道：

"石柳邓，赶快出来投降，放下兵器，可免你等一死，否则，本都督可要杀进寨去，片甲不留。"

得到的，是死一般的寂寞，只有山风吹着寨头上的红旗，呼啦啦作响。

军官又喊了一遍，见无人答应，便一声令下，士兵们端起枪向寨里冲去。待快到寨门底下，忽然从寨墙上落下无数石头，砸在奔在前头的士兵头上，当场，有十一二个人倒地气绝。清兵不得不停住。

"开枪！"军官一摆手，一阵白烟过后，火药爆炸声在山寨中回荡着。寨头上有二十余人栽了下来，清兵又冲了上去。

经过一番厮杀，寨门被打开，清兵涌了进去，逢人便砍。苗人眼圈都红了，他们不顾一切地拼死拦阻，一具具清兵和苗人的尸体倒在地上。苗人人少，渐渐不敌。

"乜妹，我们不行了，赶快撤，留得青山在，不怕没柴烧，我们先走，过几天，会打回来的！"

"好，柳邓哥，你前边开路，我断后！"说话的女子挥刀砍了两个扑过来的士兵，向其他撤退的苗人靠拢。

石柳邓抡开大刀,舞成银光一片,清兵不敢阻拦,连连后撤。这时,一个军官从后面赶了上来,砍下一个士兵的首级,喊道:

"再敢后撤,有如此人!"

士兵畏惧,只得拼死向前。石柳邓等人又被拦住,清兵越打反而越多,看来想逃走也不容易。正着急时,清军后翼忽然大乱,原来从苗人队里飞出两支镖,正打在督战的两个军官头上,致使清兵无主,人心慌乱。石柳邓一见机会来了,率领众人奋力拼杀,终于冲出了一条血路,向山下跑去。跑了好久,查点人数,还剩了十几个人,个个沾满鲜血,狼狈不堪。不一会儿,石乜妹也带着两个人追了上来,气喘吁吁。

大营寨上,燃起了熊熊大火。千年古垒,付之一炬。石柳邓见状,双膝跪地,泪流满面。口里喃喃道:

"诸位兄弟姐妹,是我连累了你们,有朝一日,我一定杀回来,为你们报仇雪恨!"

"柳邓哥,快走吧。人死不能复生,再不走,官兵就追来了。"石乜妹也含着泪,劝说道。于是,一行人都跪下磕了几个头,落荒而去。

且说石柳邓一行人逃到了黄瓜寨,一见到石三保,就泣不成声地哭诉道:

"三保叔,我们寨的人全被清兵杀了,就剩下我们几个人。"说着,向后指了指。

三保大吃了一惊,问道:

"发生了什么事?"

"我们被出卖了。那天开完会后,我就买了一些红布,让乜妹做成五面旗子,准备起事。哪知道有人走漏了风声。松桃厅的都督带了三四百人,攻到大寨营,我们得知消息时,已经来不及了,只好慌乱组织了一下,结果寡不敌众,被清兵占了寨子,全寨人都被杀了,他们还放火把寨子烧光,只剩下我们几个。现在官兵已经知道,事不宜迟,赶快起事吧,不然,就晚了。"

三保听罢，脸色骤变，他低头想了一会儿，说道：

"也只能这样，你从我这里带几十个人，打回去，把弟兄们聚起来，我派人通知吴陇登、吴天半、吴八月他们，大家提前行动。你们休息一下，立即动身吧。"

一纸纸文书向四处飞去，清兵的告急文书也一封封送到贵州巡抚冯光熊、凤凰厅总兵明安图的案上。所有人都大惊失色。这太不可能了，怎么会这么快？

"石柳邓杀回来了！"正月十八日，在苗寨里传着这样的消息。石柳邓果然回来了，一路上，粉碎了小股清兵和乡勇的围追，打到了大寨营。寨子已经不见踪影，只剩下一片灰烬，但是，一面大旗却仍在山头飘扬着，上面绣着"统兵元帅"四个大字，迎风招展。黔西、川东的苗民，争相依附，不久，各色旗帜已经布满了山坡。

总兵明安图闻听，立即亲率一千名清兵火速赶往大寨营，协助剿办，哪知道刚走到半路，又听到石三保在黄瓜寨举起义旗，号称苗王。又掉转队伍，挥师扑进，与永绥厅副将伊萨纳合剿。石三保于正月十八日起事后，立即按原定计划率军攻向永绥厅城，这时，已经抵达雅酉。清兵闻知，前来围截。

凤凰厅鸭保寨，吴八月、吴陇登、吴天半等人见总兵明安图率兵出城，也乘机起义，一举攻占了附近的上百个清军据点。

正月二十一日，各地义军齐聚雅酉，火光连绵，数百里不断，喘息之声，震动山岳。伊萨纳与明安图从来没有见过这等阵势，他们手下，只有一千六百余人。第二天，义军发动进攻，将清兵团团围在山间。清兵经过几日战斗，火药和铅弹已用光，粮食也早吃尽，士兵身体无力，根本抵不住怀着深仇大恨的苗人，一排排倒下。

杀了一天，清兵只剩下二三百人。明安图与伊萨纳商量，只能冒死突围，到附近的永绥厅城求援。于是，明安图断后，伊萨纳开路，趁着夜幕降下，且战且退。令他奇怪的是，没有遇到有

669

力的阻截。疯狂奔出有十多里,来到山脚下一块平坦之地。见没有动静,便令士兵在此休息一会儿。几天征战,士兵一躺下,就难以起来,连明安图也困乏难耐。等他们再想出发时,天色已经蒙蒙亮了。明安图暗叫不好,命令整队待发。士兵一个个怨声载道,拖着身子不肯起来。就在这时,传来一阵震天锣响,漫山遍野,好像从地底下钻出来似的,出现了无数苗兵。有的清兵吓得哭了起来,明安图也失魂落魄。慌乱之中,命令快速冲杀。

说什么都晚了,清兵四散奔逃,被一个个收拾掉了。明安图走投无路,只好心一横,挥起大刀,向苗兵阵中杀去。他是一员名将,武功超群,一般苗兵不是他的对手,更何况他铁了心,生死不顾,不一会儿,就有七八个苗兵丧生刀下,苗阵中出现了一个缺口。

"休要张狂!"随着一声断喝,一个矫健的身影从一匹马上飞下,拦在明安图面前。明安图抬头一看,是一个二十多岁的小伙子,细皮嫩肉,他根本没放在心上,挥刀向他砍来。那人一闪,刀一招走空,顺手从腰间抽出一柄长剑,架住了明安图的第二刀,两个人打在了一起。打了几个回合之后,明安图才发现自己看走眼了,这个毛头小伙的武功决不在自己之下。他不禁心慌意乱,再看四周,尽是苗兵,原来他带来的人已经死光了。他心中一紧张,招式顿乱,一不小心,被对方一剑削来,正中右臂,幸好刀还未扔,他不敢再战,拔腿就走。想逃脱,不太可能了,才走了几步,他眼前一黑,胸口一热,几个苗兵的矛头已戳在他的胸口上,他还未看清对方的脸面,就扑地死去。

雅酉大战,苗人义军几乎全歼明安图、伊萨纳所率的永绥、凤凰两厅清兵,声威大震。在此同时,吴八月在乾州,率领一部分人马围住了州城。他派儿子吴庭礼去援助石三保,自己率次子吴庭义、侄子吴庭举打乾州,势成掎角,令清兵顾此失彼,大乱方寸。

第三十八章
最可恼贪官遍大地
实难堪烽烟满九天

伍拉纳、浦霖被押往刑场时,还幻想着和珅会救他们,当鬼头刀在眼前闪过时,最后一丝希望和怨恨一起,被鲜血淹没了。这一个案子令朝野震惊,对于乾隆来说,则是他最后一次作为皇帝诛杀大臣。

苗疆发生了天大的乱子,乾隆皇帝一时还蒙在鼓里,直到过了四五天之后,才接到了湖南总督刘君辅的奏折。不看则已,读罢,八十五岁的乾隆皇帝眼前发黑,只觉得胸口发闷,过了半天,才好转过来。这个消息太意外了,怎么以前就没有一点蛛丝马迹?苗民为什么一呼百应,一人举旗,万人影从?太不可思议了。

"难道就注定我最后一年皇帝也当得不得安宁,难道非得逼迫我大开杀戒?传和珅!"

过了不久,和珅就小跑着赶来,跪在地上。

"和珅,外边发生了什么事?你可知道?"

"皇上恩泽万代,天下升平——"

"好你个天下升平!"乾隆声色俱厉,打断了和珅的话,扔过一叠纸,说道,"你自己看一看,到底是怎么样一个天下太平!"

和珅战战兢兢,拾起奏折,只看了两眼,就磕起头来:

"奴才罪该万死,没有让后方清静,请皇上开恩,办奴才死罪。"

"得了,得了,朕杀了你又有什么用!说说到底是怎么回事?"

"这个,奴才确实不知,所有外事,都由首席军机大臣阿桂掌管,奴才所知甚少。"

"那你这个军机大臣是干什么的?"

"奴才该死。"

"朕并没有怪你,只是要你以后小心谨慎一些,身为军机大臣,经管每日奏折,却连这么大的事情都不知道,你叫朕如何放心得下。你下去吧,朕要一个人清静一会儿。"

"宣阿桂来。"待和珅走远,乾隆又命令太监去传旨。不到一刻,阿桂也风风火火地赶来了。

乾隆面沉如冰:"阿桂,你可知罪?"

"奴才罪该万死。苗民起事,南疆不安,名将殒命,惊动圣驾,是奴才之罪。"

"你知道就好。作如何打算?"乾隆火气消了不少,用和缓的语气问。

"奴才今日早晨才接到奏折,昨夜是和珅值班。奴才看到之后,不敢隐瞒,才命人呈送圣上。奴才还拟了一份用兵筹划计策,正要呈给皇上。"阿桂说着,从兜里摸出了一叠纸,举在头上。乾隆一探身,拿了起来,仔细地看了一遍,说道:

"你不愧为元老重臣,也不枉称为朕'十全武功'的第一功臣。七省会剿,此计甚妙。以福康安为帅,正合朕意。你就立刻起草诏令,谕示四川、云贵、陕甘、湖广七省督抚,火速派兵剿杀,福康安为大帅,总统其事,四川总督和琳为副,协助办理。"

"奴才遵旨。"阿桂领旨走了。

乾隆还不放心,在刘君辅的奏折上,又亲自写了很长的谕批,要他竭尽全力,调兵镇压,不能有误。

且不说这边遣将派兵,忙得不亦乐乎。乾州城内,一片欣欣景象。吴八月不费力气,占据州城,生擒同知、学政、奸商恶霸,一个个俯首就戮,附近苗民,欢呼雀跃,争相依附。起义军队伍更加壮大。吴八月见机不可失,趁清军慌乱之际,大队人马直逼凤凰厅城。这是清政府在苗疆最大的军事重镇,为湖南省分巡兼辰州、沅州、永顺、靖州三府一州兵备和提督衙门、厅台衙门三级军政官署所在之地,素有"苗疆咽喉"之称。吴八月一鼓作气,围住了这座固若金汤的堡垒,如果攻下,恢复苗地的起义使命应完成了一少半。

乾隆得知苗军锐不可当,等不得合七省官兵会剿,便急令福康安匆匆赴苗。福康安到得苗疆后,除了要与苗疆开战,尚要抵御苗疆瘴疠的侵袭,同时还要提防和珅的掣肘。但清军数量逾万,加之主将福康安颇得策略,数月之间,失地大部夺回,九月又击败了吴天半。苗军军心大懈,福康安总算没负乾隆之托,苗疆总算平静了些许。

在京城的乾隆,虽得知战报告捷,但喜悦之情并无多少,他仍在为即将举行的传位于子之事焦灼不安。

九月初三日,黄道吉日,乾隆在圆明园勤政殿举行大典,皇子、皇孙、王公大臣,云集在此。他们也预感到,皇上要做出重大举措,也许,就是册立太子。

皇上心情气色都不太好,但十分安详,高坐御座之上,双目低垂,俯视臣下,还是那副凌人盛气,但是,他的目光有些呆滞。

和珅和阿桂二人把一黑色盒子递到乾隆面前。众人心中忐忑,尤其是那些皇子。这就是那个神秘地藏了近二十年的盒子,里面装的就是册立皇太子的密诏,它藏在"正大光明"匾之后。上面隐隐有一层尘土。太监从和珅手中接过,捧到乾隆前面。乾隆揭开封条,将它打开,从里面拿出了一叠杏黄色的布条,交给了太监。太监又传给了和珅。和珅跪拜后,站起身,对着群臣念道:

"圣上有旨,立十五皇子永琰为皇太子。钦此。"

这次大典并不隆重,因为这只是宣布册立皇太子,而不是禅位。有些不知底细的大臣也许会感到新奇,但有一些重臣,如和珅、阿桂等人,都早已知晓,另外一些老于世故的大臣,也能从以前的举动中猜出一二。

永琰,已经知道了这个消息,原来,是他老师朱珪的推测,不久前,和珅亲手捧着玉如意到他的嘉亲王府祝贺,永琰更加确信,他被立为皇太子,所以,听到这个消息,并不感到意外。当然,心中一阵狂喜,这告诉他,用不了几天,他就可以成为一代帝王,君临天下了。

永琰的年号,以乾隆六十一年为元年,称嘉庆元年,也是乾隆所定。他觉得自己的大业已成,子孙只要守成既可,无须创新。为了表示庆贺,于是定为"嘉庆","嘉庆"者,"喜庆"之意。

大计已定,乾隆松了一口气,从圆明园返回了皇宫。皇宫,似乎恢复了平静,一切如常。

十月,刚刚举行完公布皇太子大典的乾隆皇帝,心情略有好转,又被一件令他恼怒不堪的事件搅乱了。福建一个道员的奏折,按理,道员的折子乾隆是很少能见到的,但是,这个是意外。读罢,令他火冒三丈,拍案而起。这么大的火,他很少发过,就是听到苗民起义的事,也没有动这么大的肝火。他令太监马上把军机大臣阿桂叫来。

阿桂慌忙到养心殿来觐见。

"阿桂,这个折子你可见过?"乾隆压住火气,坐到御椅上,指着手中的奏折问道。

"回禀皇上,这个折子是奴才看过的,认为非同小可,闽浙总督伍拉纳与福建巡抚浦霖,收受下属贿赂,克扣厘金盐税,致使该省钱粮亏空累累,民不聊生,罪责难逃,因此,奴才做主,将这个折子呈给皇上过目定夺。"

"简直太令朕气愤了,朕本以为近几年来各级官吏都能克己守法,使万民生息,皆有所仰,因此才下诏不复兴大狱,哪知道这些奸官竟然无视朕的一片苦心,置云南布政使钱度、云贵总督恒文发、山西布政使蒋洲等覆辙于不顾,贪心不足,目无王法,天理难容!"乾隆气极,跺起脚来。

"奴才该死,都是奴才料理不周,才致使官吏怀私,如果以前严加纠查,一定不会发生今日这样的大案。"

"这都是朕的不是,近两年法度稍宽,提防不够,才使奸人有可乘之机。可是，这些人就不想一想，这样做能脱逃王法？朕以为再有两个月就禅位了，一定不会有事，哪承想西南苗乱未平，东南贪污案起，难道，就注定不让朕有一天安静日子吗？"乾隆怒气冲冲地叫喊着，像是对阿桂，又不像是对阿桂，尽情地咆哮着，发泄着。阿桂趴在地上一动也不敢动，乾隆过于激动，以至于从御椅上站起来，发觉自己有些失态，才返身坐下，停止了痛斥，缓和了一下语气，说道：

"这件案子，就由你去办理，一定要查个水落石出，不然，就不要回来见朕！"

"奴才遵旨。"阿桂连忙答应。

"你现在就去办吧。"

阿桂领命，火速派人将伍拉纳、浦霖押解到京。然后会集了刑部、都察院、大理寺三部首脑，商议对策。晚上，军机处又是阿桂负责值班，管世铭也留在外边，见只有他们二人在，便不顾规矩，走进屋里。阿桂并没有阻止他。

"大人，伍拉纳的案子，您打算怎么办？"

阿桂摇了摇头，表示无可奈何。

"大人，恕卑职直言，这封奏折，是大人特意报上去的，如果是和珅值班，他一定压住不报，因为伍拉纳是他的人，这说明，大人不是没有主见。"

阿桂静静地听着，没有打断他。管世铭接着说道：

"大人想借此机会，打击和珅，如果和珅一味袒护，您就可以趁机揭发他，那样，他就会在皇上面前失势。但是，您又怕万一不成，和珅会更恨您，甚至会不择手段地报复。所以，您现在犹豫不决：不严办，皇上有令，不得违抗；严办，得罪和珅，后果难料。"

阿桂听管世铭讲完，微微一笑，说道：

"知我者，世铭也。"

管世铭也一改严肃面孔，现出笑意："大人到底想怎么办？"

"也只能豁出去了。我现在已近古稀，还能有几年活头？趁着还占着这个位子，为国铲除奸人，万一哪天撒手而去，再想办法已经来不及了。只是和珅为人奸诈无比，察情度势，非老夫所能比，尤其圆嘴滑舌，在皇上面前搬弄是非，混淆视听，更非一般人能望其项背。要除此人，只怕难以成功。如果老夫猜得不错，他一见大事不好，定然会不管伍拉纳等人，反而到皇上面前邀功请赏，如果他想袒护，倒好了。"阿桂说着，面露喜色，但马上又转严肃，接着道：

"他不会的。万岁的心情，他最清楚。皇上不愿禅位，现在迫不得已，但他不能容忍在最后两个月内有人让他扫兴，现在苗乱未靖，已经扰得他心神不宁，一腔怒火无处可发，必然发泄在这两个贪官头上。和珅不会不知道的，虽然伍拉纳一去，他又少了一支势力，但他不会因小失大。不过，事已至此，老夫也只有一搏了。即便不成，将死之人，又能奈我何！"

闽浙总督伍拉纳、福建巡抚浦霖被押到京城，三堂会审。和珅知道这个消息，不亚于五雷击顶。太突然了，他一点准备都没有，皇上没有告诉他，大臣们也没有告诉他，为什么几天后他才得知消息？难道是皇上对自己产生了怀疑？不会的，不会的。那一定是阿桂这个老狐狸捣的鬼。否则，奏折被压下来，皇上不会知道这些事的，他在府中急得团团打转，还是想不出主意来。他命人快速把吴省兰叫来。

吴省兰也是刚知道这事不久，一见和珅立即叫道：

"大人，有何吩咐？"

和珅想了一会儿，对他说道：

"你给我找一个心腹之人，当然，不能让你去，装作去探监，告诉伍拉纳，在会审时不要把我供出来，我只吃了他几十万两银子，那样，我可以保证在皇上面前为他求情，如果他非要供出来不可，大家一块儿完蛋，谁也别想活命。这事，越快越好，对了，东边有什么动静没有？"

"没有什么异常动静,太子每天只是读书画画,逗小孩子玩玩,连大臣都很少见。不过,昨天他从养心殿回来时,脸上十分高兴,见了我,才又板起面孔来。"

"你知道发生了什么事?"

"小的不知。"

"朱珪这个老家伙从广东调到福建,当闽浙总督去了。这分明是太子搞的鬼。"

"看来他并不老实。"

"他又不是小孩子,那么容易欺负。不过,只有朱珪一个人,用不着担心。我给太子送去玉如意时,他满脸堆笑,前两次见面,还感谢我呢,看来,他显然认为是我帮了他的忙。即使他当上皇帝,也不会把我怎么样,而且,皇上位可以禅,权是不会放的,你没有听到九月初三的大典上,他说'归政后凡遇军国大事及用人行政诸大端岂能置之不问?仍当指教,解皇帝朝夕敬聆训谕'这句话吗?只要皇上在,就用不着怕。伍拉纳的事,就交给你了。皇上这边,我自有主意。"

吴省兰告辞之后,和珅就奔皇宫养心殿而来。乾隆正在那里处理呈上来的奏折,一听和珅求见,忙命太监宣进来。

"和珅,你来得正好,朕这会儿心情好多了。福康安、和琳二人来奏,苗民的大头目吴八月被捉拿以后,各地苗人纷纷倒戈,苗疆大部已重归大清版图,用不了多久,二帅就可班师回京。朕也就平安无事了。"乾隆喜形于色,这倒令和珅有些莫名其妙,他以为皇上一定暴怒不已,一见到他,就会破口大骂,他顾不得多想,赶紧磕头:

"皇上仁德之主,四方之民,承恩既久,绝无思逆之心,只是贼人蛊惑,被迫跟从,现在首逆既戮,自然倒戈。"

和珅见乾隆和颜悦色,揣摩这老头可能把伍拉纳一事不放在心上了,何不趁机开脱一下,便开口说道:

"奴才有一事恳求皇上恩典。"

"什么事？"乾隆感到意外。

"伍拉纳——"和珅的话刚开头，就被乾隆一声怒喝打断，和珅心里暗叫，"大事不好。"他不敢抬头，但能听见乾隆粗重的喘息声，说明他气愤至极。

"伍拉纳等人目无王法，贪赃受贿，有负圣恩，应当从严处置，以儆效尤。"

乾隆的火气似乎消了下来。他知道伍拉纳与和珅有亲戚关系，以为他会替伍拉纳求情，这才发怒，现在一听和珅竟是要他从严处置，这层戒心，也就放松了，说道：

"近年以来，刑政未免稍宽，致使各省督抚中，洁身自爱者已不过十之二三而已，如不严加惩戒，后患无穷。朕已命阿桂主持其事，你就不用管了。你忠心可嘉，朕大小事情，还得依靠你来办。"

"奴才万死不辞。"

从养心殿里出来，和珅心里很不是滋味。看来皇上没有找他办理伍拉纳一案，是有意这样做的，也就是说，对他并不是完完全全的信任。但是，经过这一次，乾隆对他一定会倍加信赖。和珅丢车保帅，得大失小，并没有吃亏。

在乾隆的一再督促下，伍拉纳、浦霖两位封疆大吏都在菜市口身首异处。直到他们被押往刑场时，还幻想着和珅会救他们，当鬼头刀在眼前闪过时，最后一丝希望和怨恨一起，被鲜血淹没了。这一个案子令朝野震惊，这是几年没有发生的大案。对于乾隆来说，这是最后一个机会，作为皇帝诛杀大臣。

乾隆六十一年，也就是嘉庆元年，正月初一。这一天，北京城像冻僵了似的，寒风刺骨，吹着紧闭着的门窗，呜呜作响。天空上布满了星星，一闪一闪的，皇宫太和殿外，一片灯笼像成群的萤火虫，有规律地排列在广场上。映着灯光，可以看见在御道的两旁，整整齐齐地站着两班人，头戴翎冠，身着朝服。他们像一个个木桩立在那里,静静地等待着。

太阳就在这黑暗中升起,温柔的阳光像少女的四肢和秀发,慢慢舒展开来,广场之上,渐渐有了一些活气。

养心殿内,乾隆早已到了那里。他拿起了那个宝盒子,小心翼翼地打开,露出杏黄色的绸缎,绸缎揭开,就是那块浑身白里透青的传国之宝。它代表着至上的尊严、至上的权力,代表着广漠的领土、丰饶的财富、美丽的女人,只要有了它,就什么都能得到,只有有了它,才能什么都能享受,它,一直陪了乾隆六十年。乾隆坐在宝座上,将它抱在怀里。六十年来,就因为有了它,他才位居苍生之上,一言既出,天下为之或者动荡不安,引起一场血雨腥风,或者祥和平静,万民欢呼喜庆。所到之处,仪仗绵延数十里。食天下之珍,聚天下之财,世间的一切,包括每个人的生命,每个女子的贞操,都是他的,归他所有。正因为有了这块东西,他才能兴兵四方,成其"十全功业",正因为有了这块东西,他才能让民安宁,使得天下康乐。

现在,这些都将离他远去了,他不甘心。想到六十年的挣扎、辛酸苦辣,他不禁老泪纵横。

"陛下,吉时快到了。"一个声音从门外传来,乾隆回头一看,原来在殿外跪着两个人,军机大臣阿桂和王杰。他知道,他们是来催他的。他不想让他们看见他流泪,便冷漠地应了一声:

"朕知道了,你们先退出去吧。"

他把眼泪擦干,把玉玺包好,重新放进盒子里,慢慢走出来,等候在那里的太监马上跑过来扶住他。

乾隆在鼓乐声和歌声中缓缓走来。他穿着黄色龙袍衮服,外罩紫貂端罩,身后,是皇太子永琰,和珅跟在一旁。越是离御座近,乾隆的步子越是沉重,身子也有些摇晃。和珅跑到旁边,要扶住他,他目不斜视,轻轻一摆手,振作起来,沿着台阶登了上去。皇太子随后跟到殿里,向西站立。鼓乐声戛然而止。

"鸣鞭!"一声清喝,广场的地上,响起三声干脆的鞭声。乐声又起。

"御宇六旬，九有浃深仁。勋华一家禔福臻，岁万又万颂大椿。牙圣神，帝夏皇春。"

《庆平之章》在广场上回荡。广场上人群三起三落，上至太子，下至群臣，行完了三跪九叩首大礼。

大礼完毕，大学士阿桂和和珅引导着皇太子永琰走到皇帝的御座面前，太子跪下，阿桂从御座左边的香几上捧起"皇帝之宝"，跪在乾隆面前，那个宝盒子高高举在头顶。乾隆从阿桂手中接过，端详了一番，探起身子，递给了在他脚下的皇太子。就在与儿子的手相碰的那一刹那，他像触了电一样，浑身战栗，玉玺差一点儿从手上滑掉。这个动作，和珅和阿桂都看在了眼里。

就这样，归政大典结束了，清朝，进入了第七个皇帝统治时期。从失去玉玺的那一刻起，乾隆就不再是皇帝，而是太上皇了。真正的皇帝，变成了他的儿子嘉庆。

按照封建时代的规矩，当上皇帝之后，永琰的名字就需要避讳了。一般来讲，避皇上讳的方法之一就是大家不再用这两个字，比如雍正的兄弟们就把各自名字中的"胤"字改为"允"字。但永琰的情况特殊些，这个"永"字太常用了，不大容易避得开。还是太上皇有办法，他让永琰改名字，用生僻的"颙"字代替了"永"字。

就像日月交替一样，在黑暗与光明的清晨，清朝的历史翻开了新的一页。虽然这是一次巨大的变化，但在皇宫里，却像在水面投下一粒沙石一样，马上恢复了平静。与此同时，湖北襄阳安静的街市上，投下的却不是一粒小小的沙石，而是几颗血淋淋的人头。

正月初七，湖北枝江、宜都等地，爆发了白莲教教众的起义。义军直捣襄阳城下，因为事情发生得太突然，清兵迷迷糊糊，还站在城墙上观望。知府常丹葵吓得惊慌失措，连忙派兵紧闭城门，任凭义军如何咒骂，也不出城对阵。义军用石头撞门，怎奈城门坚固，城上又有清兵不时投石射箭，因此，用了半天时间，城门仍未攻破。清兵倒是越聚越多。

城中的内应义军，不知为什么还没有动静。城外的教众们心急，有的人竟大声叫喊起来：

"齐都督开门，齐都督开门！"

这话让常丹葵听到了，他眼珠一转："齐都督是哪一位？"士兵们告诉他，可能是原来的衙役齐林儿，不久前，他辞去差役不干，据说是到外地经商去了。在衙役之中，已经没有姓齐的人。常丹葵命令一班士兵，赶快搜捕齐林儿，只要见着此人，格杀勿论。

齐林儿正在组织一伙教众密谋起事，但是人还没有到齐，他的妻子王聪儿骑马到附近召集去了，可是不知是什么原因，还没有回来。攻城的叫喊声早已传到他的耳中，教众们都心中焦急，恨不得立即拔刀出战，但是他们仅凑了十几个人，如果这会儿冲出去，无疑是自寻死路，因此只能隐忍待发。齐林儿似热锅上的蚂蚁一样，焦灼不安，在屋子里走来走去，其他人都手握刀枪，目不转睛地看着他。

"报告总教师。"一个教众慌里慌张地跑进屋里来。

"发生了什么事？快说！"齐林儿说道。

"王夫人的人已经带齐了，但是，他们在城西让官兵发现，现在正打得不可开交。好像天王刘之协也在里面。"

"有这等事？"齐林儿脸色大变，随手抄起一把短刀，对手下人说道：

"弟兄们，看来咱们只有豁出去一拼了。我齐林儿决不能做贪生怕死之徒，天王在此，如果不拼命救出来，咱们有何颜面对天下诸位弟兄。咱们冲出去！"

说着，短刀一挥，当先闯了出去。但为时已晚，他刚到了院子里，就见大门口已经站满了清兵，有的清兵爬上墙头，手持弓箭，对准屋子里的人。

"豁出去了，弟兄们，冲啊！"齐林儿见四面被围，怒目圆睁，大吼一声，飞身蹿向墙头。

他刚踮脚起身的那一当儿，清兵队伍里也响起了一声号令，只听"嗖嗖"声如风乍起，一片箭雨已将院子罩住。齐林儿身在半空之中，欲躲不能，欲下不可。几支箭向他飞来。他摇动短刀，打飞了两支，但另外两支他却无法躲过，胸口中箭，跌落尘埃。

听得院内惨叫声、怒骂声响成一片，不到一刻的工夫，再看院子里，尸横一地。白莲教教众个个像刺猬一般，东倒西歪，死在血污之中。教首齐林儿，在离官兵最近的地方，他头冲下栽倒地上，脸上已经被血和土盖住，看不清楚了，身上，也插了十多支竹箭。清兵见院里没了动静，便蹑手蹑脚地走过来。领头的把总一声令下，令人将众教众的头颅砍下，又查看屋子里是否还藏有别人，然后扬长而去。

襄阳城衙门的柱子上，又挂着十多个血淋淋的人头。常丹葵听说齐林儿被杀，其妻齐王氏也被官兵围困在城西，不禁兴高采烈。让兵丁将齐林儿等的人头挂在城门口。城外聂杰人等一见是齐林儿之首，个个面如冷灰。看来事情已经败露，恐怕难以成功。教众们也心自离散，无意苦战。首领们商量了一下，决定先行撤退。义军后队变前队，拖着旗子，向山中退去。

常丹葵大喜过望，见义军走远，才派了一支人马追出来。明为追敌，暗为探看义军动向。他手里的兵不多，不敢深入山区，只能派小队打探动静，再另行计议。他正高兴之间，有兵丁来报：

"报告大人，齐王氏手下教众四十余人已被巡检大人打败，大部被杀，但齐王氏却不知下落。"

"饭桶，擒贼先擒王，头领不死，杀了这些教众又有何用。快些传令，各路人马在城中仔细搜查，不能让一个人走脱！"

传令兵领命而去。常丹葵又叫过几个把总吩咐了一番，自己也带着人马走下城墙，往城里而来。

王聪儿到底没有找到，这令常丹葵百思不得其解。他的城池固若金汤，难道这个小丫头是插翅飞走的不成？但一路路回来的人马都是一个报告："禀大人，齐王氏无影无踪。"

"再找不到，拿你的项上人头来见！"常丹葵也是这句话就又把他们打发走了，但是，王聪儿仍然没有踪影，活不见人，死不见尸，连一丝音讯也没有。常丹葵万分恼火，因为他早就听说过齐林儿讨了个美若天仙的小老婆，年龄才十几岁，他早就想见一见，可是听说这个小丫头武艺不错，原来是卖艺女子，被齐林儿看中，知府不知出于何种考虑，总觉得非见这个女子一面不可。城里找不到，就到城外找。他命令兵丁，方圆三十里内的村庄，要逐家逐户搜个遍，遇见可疑人物，格杀勿论，杀一个有赏，放一个领罪，他派出了几支小股人马，装出追赶起义白莲教的教众，一面给巡抚、提督写信，报功邀赏，请求援兵。

这个消息，巡抚、提督听到后都大吃一惊。因为一年前，他们还奉旨在全省之内抓捕教徒，杀了不下千人，以为肯定绝迹，不会有后顾之忧了。湖广总督福宁这时正在苗疆剿匪，忙得不可开交，一听此讯，焦头烂额，但他不敢隐瞒，只好如实上报。

一纸紧急文书递到和珅面前，白莲教再次起事？和珅也是一愣，没想到这个邪教如此厉害，屡禁不止，屡杀不灭。但是他并不着急，这个折子就压下了。作为军机大臣，处理上传下达的奏折谕旨，这就是他的权力，他可以以任何理由压住奏折，不让皇帝知道，同时，他还有胆量在皇上的谕旨中做手脚，这些，他试过，没有一次让人看出破绽，因此胆子也就越来越大。

皇上不知道，还蒙在鼓里，而下边的巡抚和总督，却像无头苍蝇一样，不知所措，没有皇帝的命令，不敢轻举妄动，福宁也不能抽身回来。巡抚毕沅，是一个生性懦弱的文人，对兵事一窍不通，因为刘之协在湖北逃脱一事，他和两江总督苏凌阿一样，被乾隆降职以示惩罚，于是，他就由湖广总督降为巡抚。这次又出现了白莲教，他不敢再怠慢，即使皇上无旨，也不能坐视不管。于是从各地抽调了一支人马，奔襄阳而来。

二月，襄阳城的清兵们又受了一场虚惊，大约两千人的白莲教义军将城团团围住，攻打了十余日，口口声声为死去的弟兄报仇。知府常丹葵还未见过这种阵势，吓得屁滚尿流，只好命人守住城门，坚守不出。十天之中，他已经给上边写了不下二十封急报，请求援军。但湖北不止这一个地方告急，荆州城外，也打起了义军旗号，上次进攻襄阳的张正漠、聂杰人跑到那里去了，岁阳、竹山、保康、汉阳、孝感、宜昌、长阳，几乎所有州县，一夜之间，遍举义旗。清兵大部被派到湖南、四川与苗军作战，只剩了少数人留守，对来势凶猛的白莲义军，无不胆战心惊。许多城已经被义军攻克。襄阳城，因为自古为兵家必争之地，城高河深，固若金汤，易守难攻，因此王聪儿的人马围了十多日仍然没有攻下，常丹葵的坚守不出策略，真的起了作用。王聪儿与姚之富商量，暂且撤离，转战各地，先壮大队伍，再攻不迟，于是两千多白莲教徒如潮退去。这里安静了，周围的城州县却一再传来清兵的惨叫和哀求之声。

这件事，再也瞒不住了，和珅不敢再压，便将奏折呈给乾隆。本来，这些折子应由皇上嘉庆来处理，但是乾隆吩咐，"大事还须我办"，所以，凡是涉及兵事和任用大臣之事，都由太上皇决定，嘉庆，还只是一个随从。所以，和珅把折子递给了乾隆。退位之后的乾隆，本可以高枕无忧，安享清福，但他的心却无法平静，平苗一事，拖了一年，还没有完结。除此之外，他还觉得有什么事要发生一样。因此，每次召见和珅，他都要问，宫外的动静如何，每次，和珅都是说太平无事。

这次，不是太平无事了。

养心殿里，和珅叩头如捣蒜，御座之上，太上皇满面怒色。

"和珅！"

"奴才在！"

"天下大乱，你竟说平安无事，你这不是欺骗朕吗？"

"奴才罪该万死，可是奴才确实没有说谎。"和珅磕头求饶，已经带了哭腔。

"你以前为何不报？"

"奴才见不过是一些无名盗匪滋事，心想用不了几日，就会让地方官吏扫荡净尽，以这样的小事来惊动圣驾，奴才以为太不值得了。"

"这是小事？不是盗匪，是白莲教！"乾隆气得拍起龙案，上面放的奏折被弹了起来。

"奴才该死，奴才愿以性命担保，决不敢欺瞒圣上。"

"你看该怎么办？"乾隆见和珅磕得头上起了一个大包，口气也软了下来。

"奴才愿意亲自领兵出讨，不平教匪，誓不回京！"

"你走了，朝中之事由谁办？皇上有些事还不懂，有些事，还得靠你和阿桂、王杰来办。"乾隆低头想了一会儿，问道：

"福宁为人慵懦，围剿苗军一事十分不得朕心，依朕来看，湖广总督，要换个人才好。你看是谁合适？"

"现任巡抚毕沅，忠心可鉴，能委以此任。"

"毕秋帆？那个放走刘之协的人？不成，不成！"乾隆摇头不允。

"圣上，毕秋帆虽然有失，但自从圣上斥责之后，日夜勤勉，不敢丝毫大意。如今福宁在湘西剿苗，湖北教民起事，多赖他设法围截，才保住了众多县城，直至今日，虽然教民众多，却只是虚张声势，并没有占得要害之地。"

"毕秋帆果然有些悔悟？"

"有圣上鞭策，他不敢不以死效命。"

"那好，就让他接任湖广总督，主持其事。"

和珅心中暗喜，扣压紧急军报不仅没有受到太上皇的惩罚，还提升了一个心腹大臣。这正合他的心意。毕沅因为在湖广总督任上没有提住刘之协而被斥责革职，后来花了好多银两到和珅府上疏通，和珅在乾隆面前替他说过好话，这才改任为巡抚，这次，又官复原职。乾隆并不晓得和珅搞的把戏，但这件事情瞒不过嘉庆皇帝。虽然他名为天子，实则似一个木偶，大小事务，无不由太上皇点头才能办，其实，他连奏折都很少见到，更不用说染指军国大事。他心里明白，他还年轻，没有自己的势力，在朝在野的官员，都唯太上皇之命是听，特别是当中有一个和珅，把持朝政，说一不二，根本没有把他这个皇帝放在眼里。他回顾自己的身旁，几乎没有一个可以衷心托付之人，老臣如阿桂、王杰、纪昀等，或者年老力衰，毫无锐气，在和珅面前隐忍已久，不敢发作，新人又多是和珅提拔，听之驱使，他这个皇帝，却真正地成了孤家寡人。

嘉庆元年三月二十五日，被捕四个月的"吴王"吴八月，被押解京师，凌迟处死，菜市口上空，又飘满了血腥之气。乾隆帝亲自谕示，将吴八月的首级悬挂在百尺高竿之上，让城中百姓看一看，背叛他会有什么样的下场。他从血腥之中，得到了满足，那是对他因强烈无比的虚荣心和自尊心而引起的恐惧的满足。这一天，他带着新皇帝嘉庆在圆明园游玩，他要显示出，对他产生过莫大震撼的苗民首领的死，视之无物，毫不放在心上。

苗人对首领的死，也没有放在心上，因为他已经被捕了四个多月，四个多月中，产生了关于他的各种各样的精彩传闻，也有更多的人，苗人、清兵死去，新的"吴王"也在此时产生，这个"吴王"就是他的亲生儿子吴庭礼。

乾隆六十年十一月，吴陇登出卖了吴八月，投降了清兵。苗民起义军中，受到了空前沉重的打击，首领被擒，出现了群龙无首的局面，人心涣散，马上就会土崩瓦解。吴陇登投降时，拉过去了一支人马，虽然不多，但他一走，他手下的大部分人逃走，削弱了义军的力量，苗军面临着生死存亡的选择。

石三保最先被奉为苗人之王，成为起义开始时的最高指挥者，但是由于他和石柳邓在永绥被福康安击败，主力被歼，而且无立身之地,所以,吴八月想当然地成了首领,但几个月之后,吴八月身死,他又萌发了当苗王的念头,开始纠集原来所剩不多的手下进行商议。他以为石柳邓会尊重他,奉他为王,但没有想到,恰恰是石柳邓反对他。石三保十分气愤,打发走了众将之后,他把石柳邓留下,气冲冲地质问道:

"柳邓,你到底是什么意思?"

"三保叔,你可以说是侄子的不对,但是,你也要为咱们苗家的所有弟兄们想一想呀。"石柳邓端坐在椅子上,手按在膝盖上,语重心长地说。

"我当苗王,难道就不是为了苗家吗?再说,最先当苗王的是我,而不是吴八月!"石三保激烈地争辩道。

"三保叔,谁先谁后并不重要。扪心而问,您的功劳有吴八月大吗?咱们夺的地盘丢了,咱们的兵死光了。就是您当苗王,有谁会一心一意服从您。我石柳邓可以辅佐您,别的人呢?"

石三保沉默不语,石柳邓接着说道:

"现在苗家已经到了生死关头,争什么苗王是微不足道的小事,即使当上了,能当几天还难说。咱们只剩下了几万人,而清兵却有十多万人,用不了一个月,就会逼到这里来。没有苗王不行,因为没有苗王,军心不稳,就会瓦解,但是,推苗王,要使所有人都能佩服才对。现在吴八月虽然死了,但是他的两个儿子却还在,苗军的大部分人马,都是他们兄弟的手下,您当苗王,他们不会同意。依我的意思,先奉吴庭礼为苗王,使大家团结在一起,才能够打退清兵,转危为安。"

石柳邓的一席话,说得石三保口服心服,他脸色通红,走到石柳邓身边,拍着他的肩膀说道:

"柳邓,你深明大义,我这个当叔叔的自愧不如,大敌当前还斤斤计较,不是男人所为。就依你的意见,推吴庭礼为苗王,为吴八月报仇,恢复苗疆,驱逐清兵!"

吴庭礼在众人的簇拥之下登上了虎皮椅,在石三保、石柳邓、石乜妹等人的扶持之下，整顿军队，杀俘祭旗。第一仗，杀奔鸭保寨，为吴八月报仇。吴陇登在投降之后，心里害怕，他知道苗人决不会放过他，有朝一日会找他算账，所以请求福康安派重兵防守鸭保寨。当然，他不会直接说是为了保护他自己，他说吴庭礼、吴庭义兄弟一定会想法为他们的父亲报仇，攻打鸭保寨，如果在这里置重兵防守，设下埋伏，一定可以一网打尽。福康安对他的心计自是知晓，却并不说破，他确实也是这样想的，于是便亲自领兵坐镇，和吴陇登的降军一起，在鸭保寨下布置了重兵埋伏。

　　吴庭礼率领大队苗军浩浩荡荡杀奔吴陇登的老巢。这些人不像是来打仗的，而像是来送葬的。从"吴王"到士兵，个个身穿缟素，手持法刀，在牛角和锣鼓声中越过九龙沟，翻上八仙坳，长驱直入。经过的寨子，未费一兵一卒就拿下了，苗人见"吴王"到来，都扔下刀剑，加入进攻的队伍，反戈回去。队伍来到了鸭保寨下。吴陇登在寨墙上看得清清楚楚，苗军已进至山下，他忙令山上埋伏的降苗掩杀阻拦，但是那些苗人非但没有进攻，反而扔下兵器，跪在山路旁叩头不已。福康安见状不妙，慌忙令清兵拉开阵势，前去阻挡。只见吴庭礼大刀一指，苗军阵中号角齐鸣，千军万马如潮水一般，嘶喊着涌上山来，吴氏兄弟报仇心切，手舞大刀，冲锋在前，手起刀落，直杀得清兵人仰马翻，鬼哭狼嚎。距离太近，双方的火枪都派不上用场，进行的是一场刀光剑影的大厮杀。急红了眼的苗人奋不顾身，舞着刀剑扑向清兵，像一头头饿狼。清兵人虽不少，但是在肉搏方面却不及苗人凶悍，因此打起仗来缩手缩脚，施展不开，一个个丧身苗人刀剑之下。福康安见苗人已经冲上山寨，自知此计失算，率着部分清兵先行逃下山去，吴陇登也尾随其后，逃走了。吴氏兄弟占领了鸭保寨，翻遍了所有的房子，也未见吴陇登的影子，一怒之下，把吴陇登的房子一把火烧光，率军南下，追杀清兵。

　　鸭保寨一仗，赶走福康安，使苗人士气大增。吴庭礼又领兵东征西讨，巩固了乾州城这座大本营，还扩大了一些地盘。石柳邓与吴氏兄弟同住在一起，在一起吃饭，深得吴氏兄弟信赖。石三保心中不乐，便自请率兵分住在龙牙、半冲一带，阻止清兵南下。经过一番整顿，吴庭礼决定进行第三次东征，再次占领沅水以西的大片土地，义军的势力迅速恢复壮大。这时，已经到了嘉庆元年。乾隆虽然退位，但是对苗疆一事仍然十分关心，听说苗军又重整旗鼓，便增派了两广、四川、云南清兵六万余人，协助福康安会剿。大敌压境，刚刚恢复元气的苗军又面临着生死存亡的威胁。正在这时，"吴王"吴庭礼因猝然患病，逝于军中。

为了避免引起全军的骚乱，不利于抵抗敌人的进攻，由石柳邓做主，密不发丧，只有石三保、石乜妹和一些大将知道。石三保再次动心，想继位当苗王，但石柳邓再次劝阻，使他颇为不快。作为起义以来最重要的首领之一，又是原来的苗王，在一个小伙子的指挥下作战，他忍受不了。但大敌当前，他不能因一己之私，置大计于不顾，便忍气吞声，同意由吴庭义继任"吴王"。父兄之死，对吴庭义的刺激很大，他从石柳邓的手中接过令旗时，含着热泪说道：

"官兵打到哪里，我们就抵抗到哪里，实在抵挡不住他们，大家死也要死在一块儿！"

有了六万清兵的加强，福康安的勇气也大了起来，他与和琳分兵行动，向连台山一带发动大规模的进攻，为了表示一战定苗疆的雄心，他把大营扎在了与苗军根据地平陇相对的山头上。他认为这一下一定会将苗军尽数剿灭。但是，从三月一直打到五月，两个月过去了，清军进展十分缓慢，死伤甚重。乾隆皇帝大为生气，在谕令中把他大骂了一顿。这种情况很少有，乾隆如此不顾情分地骂他无能，似乎还没有过，这令福康安受了很大刺激。清兵中形成了这样一个传统，为了清点人数，每次开餐时，吃饭的士兵每人向桶里面丢一枚小钱，根据小钱的多少，来判断伤亡情况。三月份大军出发时，每餐有四大桶小钱，以后日益减少，到了五月初，只剩下了不足两桶，也就是说，清军伤亡过半，可见战况之惨烈。福康安恼羞成怒，一怕征苗失利，以前的战功都因此一败而被埋没，受到皇上惩罚；二又怕有和琳掣肘，即使成功，也要分他一半功劳。于是他决定亲自带队，发动攻势，一鼓作气，拿下乾州城。

他率领大队人马顺山路向前推进，身边有额勒登保、德楞泰等大将保护。正行走之间，军队走到了一座山峰之前，这座山与众不同，是几座山连在一起，绵延数里，与天相接。山上郁郁葱葱，山间溪水潺潺。两面山峰陡峭，相隔不过几十尺，山路狭窄，仅仅能通过两队人马。前边的队伍已经插入山林之中，看不见头，后面的士兵拖着两腿，磨磨蹭蹭地挤着前行，个个昏昏欲睡。队伍走得十分缓慢。福康安浑身一紧，大叫：

"后队变前队，迅速后退！"

众军士不知发生什么事，慌忙依令转身，向外跑去，就连额勒登保也不明所以，竟怔在那里。福康安也掉转马头，正要向外驰去，只听两面山头几声炮响，清兵阵中，立即有几十个人倒下，后面的士兵不管不顾地踩着前面死人的尸体就没命地逃跑，顿时人喊马嘶，清兵乱成一团，后面的人拥前面的人，许多清兵被挤下悬崖，命丧深谷，在步兵队伍中，战马无法行走，福康安和额勒登保众人无论怎样斥骂，拍打马匹，都无法行走。这时，他们才知道发生了什么事。

两面山坡上、山顶上，旌旗招展，号角齐鸣。枪炮声、喊杀声响成一片，清兵后队大多逃离了山谷，但入谷的士兵，却插翅难逃。福康安挥刀让清兵让路，但是哪有人理他？正在焦急之间，一阵排枪射来，他浑身抽搐了一下，一口血从嘴喷出，随后从马上栽下来。额勒登保见状，大吼一声，翻身下马，跑至他的身边，抄手接住，只见福康安面色苍白，两眼圆睁，再一探鼻息，只剩下一口游丝。额勒登保一手抄起大刀，喝令士兵闪开，开始清兵没有理会，他就刀挥脚踢，七八个人被推下山谷，清兵畏惧，只好尽力躲闪，他便发足狂奔，总算逃出了伏击圈。而被围的清兵，几乎没有人能够漏网。

一代名将福康安命丧九龙沟贝子岩前。

这一天夜里，紫禁城皇宫内，乾隆正在养心殿内批阅奏章，只见窗外天空划过一颗巨大的流星，光芒直透过窗户，射至他的书案，转瞬即逝。乾隆心中一惊，凝视夜空，只见一片黑暗。这是不寻常的一夜，这一夜，乾隆在卧榻之上辗转反侧不能入睡，还要发生什么事情？多事之秋，这几个月来，苗乱再起，白莲教驰骋于湖北、四川山水之间，雪片一样的奏折一封封堆在他的书案上，他生的气太多了，已经接近麻木了，即使是再大的失败，他也只是当时发一通牢骚而已，因为他觉得，无论怎样催逼，无论自己的心情多么急切，都无法使那些将官按他的要求，取得他想得到的结果，一拖再拖，他的耐心也随之增强，但是心中的积郁也越来越多。天下，已经乱了，尽管他不相信这是真的，但是确实如此，而且，越来越乱，不过，他坚信，他一定能够使它平定下来，六十年来，他与叛乱者打过成千上万次仗，结果都是他取得了最后的胜利，其中惊心动魄的事多得很，相比之下，这一点倒不算什么。他郁闷的是，他已经快九十岁了，他需要看到一个承平的天下，但是他失望了，也许他的一生注定要在打打杀杀中度过。经过这些日子的折磨，他感到自己确实老了，耳聋、眼花、腿痛，不时要找他的麻烦，但是他被一股强大的力量支持着，他不会倒下去。

这流星又在说什么……

几日之后，一份六百里加急奏折递到他的案子前。拿起这份奏折时，不知为什么，他感到自己的手在发抖。他拆开一看，只看了一半，就大叫一声，昏了过去。门外的太监慌了手脚，立即吆喝起来，顷刻之间，御医、军机大臣都赶到了养心殿，在门外跪候。和珅带着太医，走到乾隆案子前，低声呼唤。良久，乾隆才苏醒过来。他泪流满面，浑身颤抖，嘴里嘟哝着，却一句话也说不出来。和珅和太监一起，把他扶到了卧室之中。太医要与他

按脉诊治。乾隆从床上一坐而起,口中大叫:

"朕没有病!你们来干什么,滚出去!"

太医和太监都吓呆了,不知是退好,还是进好。

"滚出去!"乾隆又大叫了一声。

和珅给他们使了个眼色,太医赶紧跑了出去。不想乾隆指着和珅,又说道:

"你也出去!"

"圣上,奴才……"

"出去!"乾隆咆哮着,和珅跪拜之后,也不得不退出来。

卧榻之上,乾隆仰卧着,两眼呆呆望着天花板。屋子里只剩下他一个人。他的心中一片空白,竟想不起刚才发生了什么事,他只觉得有一股清凉凉的液体顺着脸颊淌下来,他不用看也知道这是泪。作为六十年的皇帝,现在的太上皇,他流泪了。他心里的感觉像触角一样伸出,敲击着身上每一个地方。

三年前,大约也是这个时候,福康安闻听其母病故,几次上奏请求乾隆恩准他回京奔丧。但是乾隆却一再加以拒绝,因为当时云南、廓尔喀的叛乱刚刚平定,他更不愿意看到因为私情而使他的社稷、使他的雄心受到任何威胁。所以他拒绝了。

乾隆支撑着坐了起来,他摸到了笔和纸,在上面吃力地写着:

> 到处称名将,
> 功成勇有谋。
> 近期黄阁返,
> 惊报大星流。
> 自叹贤臣失,
> 难禁悲泪收。
> 深思纵加赠,
> 忠笃哪能酬?

诗,可以发泄心中的积郁,却无法填补情感的空白。几年来,福康安亲临安南绝域,使阮氏纳降,又再跃马喜马拉雅群山,平定廓尔喀,"用兵之难从来所未有"。

乾隆谕令和琳继任大帅,统兵剿办。对福康安,封郡王爵衔,谥"文襄",同时追赠其父傅恒也为郡王。即使如此,乾隆心中仍然有一种愧疚之情。

和珅对福康安之死大喜过望,因为他少了一个最棘手的对头。他虽然将福康安之四弟福长安拉拢了过来,但与福康安的矛盾却越来越深。他怕的是万一太上皇死去,他的遮护大树也就没有了,那时手握重兵的福康安想与他为难,就易如反掌,现在他死了,真是老天保佑。他的亲弟弟和琳成了继任的大帅,手下指挥着十多万精兵,如果这些人能为他所用,何事不成?

福康安一死,他就给弟弟和琳写信。告诉他,苗乱事情了结,朝廷就会派他到湖北镇压白莲教,要保存实力,不如在苗疆拖延时日,与残匪作战,比以其势还炽的白莲教要容易得多。如果匪患一平,各省的官兵就会回到驻所,不会听他使唤,他的拥兵计划,也将因此而告破产。和琳自然唯其兄之命是从,带领大军,与乾州、平陇一带的义军形成逼迎对峙之势。

这时的白莲教攻州夺县,声势浩大,波及了山东、河北、陕西、四川等省份,队伍壮大到十万余人,转战江河之间,官兵疲于奔命,却收效甚微。

乾隆虽然说是办理大小军国事务,但他终归是年老体弱,最重要的是和珅当权,混淆视听,当报不报,当断不断。和珅是唯恐天下不乱,越乱,他越能得利,军饷之中,他可以大批截留,中饱私囊,而且还可利用这个机会,拉拢各省督抚。但是嘉庆皇帝怕乱,因为这是他的天下,无论如何,太上皇是要死的,把祸患留给自己来处理,只有傻瓜才会这样做。但是,他又不能惹太上皇不高兴,所以就把自己的意见提出来,乾隆见他和约委婉,便答应了。四月,由嘉庆皇帝拟定的分片围剿计划颁下,谕令陕西总督宜绵等剿办郧阳、郧西一带，永保、恒瑞剿办竹溪至保康一带，毕沅、成德、阿克东阿、富志子剿办枝江、宜都一带，鄂辉、彭之年办理襄阳、谷城、均州、光化一带，四川总督孙士毅办理来凤一带。规定：

"办一处必须肃清一处，不得因贼匪逃散潜匿，即为完事，以致兵过之后，遗孽复萌，又复潜出滋扰。"

从起义开始到现在，不足三个月，三省督抚大员尽行出动，嘉庆的力气花的并不少。乾隆更是如此，奏折几乎都是他办理。和前几个月不同的是，自从福康安身死，乾隆的性格变得十分怪僻，喜怒无常。嘉庆知道父亲年老，不免昏聩，办理得更加细致，但是，他又不让乾隆察觉他在其中出了很大的力，也不会让和珅觉得对他有威胁。借助谕旨之处，他多次亲笔给督抚写信，劝导他们为朝廷尽心尽力。有时还以情感人，写下发自肺腑之言。奇怪的是，白莲教不但没有镇压下去，反而更加厉害。嘉庆为了尽快除去心头之患，自五月起，三次给和琳下过密令，催促他撤兵转征白莲教。但是和琳却没有把这个新皇帝放在眼里，三次都以"不能顾此失彼"而拒绝。这使嘉庆皇帝脸上无光，对和氏兄弟更加痛恨。

不久，和琳因一意孤行，在苗疆战死。

为征苗疆，费时已达一年半有余，两位主帅先后殒命，消息传至京城，乾隆简直不敢相信。和琳之死并不足道，却使他回忆起福康安，不由得暗自伤心。同时，无论什么原因，为区区苗疆，使清廷失去两位主帅，这对乾隆不能不说是又一个沉重打击。和珅闻听此讯，哭得死去活来，毕竟，和琳是他的弟弟，而且也是他一个得力的助手。和琳一死，把他的计划全部打乱了。乾隆看到和珅这个样子，便婉言相劝：

"你们和氏兄弟，为了朕可谓鞠躬尽瘁、死而后已，朕心里是明白的。"

"奴才为了太上皇，性命都不顾及，只要太上皇你高兴，奴才就是碎尸万段，也心甘情愿。和琳为国捐躯，是我和家的大幸，能为太上皇做事，虽死犹荣。可是，他的确死得太惨了。"和珅趴在地上，哭诉着。

"是呀，西南瘴疠地，自古为谪人所去之处，千辛万艰，征苗实属不易。和琳功高，朕决定追赐他一等忠勇公，配享太庙，入祀昭忠祠、贤良祠，还可以自建立祠，以彰其忠勇之心。"

"太上皇隆恩浩荡，奴才怕太上皇如此厚爱，其他人说闲话，还请太上皇收回成命。"

"谁敢说朕的闲话？朕意已决。和珅，朕念你扶侍之功，任你为九门提督兼镶黄旗满洲都统。"

"奴才谢主隆恩！"和珅心花怒放，高兴之际，已把弟弟惨死的悲痛抛到九霄云外了。这是他谋求已久的职位。九门提督，掌握京城禁卫人马，控制皇宫，当上这个官，就等于握住了朝廷的心脏。

和琳之死，嘉庆喜出望外，他对和琳早就十分忌恨，三次密谕，仍然按兵不动，最后逼紧了，才从苗疆军队中撤出三万人，调到荆州。这一下他死在军中，天遂人愿。乾隆把奏折的处理事务交给了嘉庆，但名义上是"见习"而已，由嘉庆看折，提出策略，然后拿到乾隆面前，乾隆最后敲定。这对嘉庆来说，权力有所增强，不像开始的几个月，他对这些事务只能不闻不问。乾隆毕竟老了，而白莲教、苗人的起义惊动大半个中国，以致将领下至参将、副将，上至提镇制台，每天都有一大堆奏折递上，就是一个年轻人，也承受不了，更何况是年迈的太上皇乾隆。再者，嘉庆无论如何会当上皇帝，以后的事情，只能由他办理，所以，乾隆给了嘉庆这样的机会，但是，他总是不放心，所以规定，嘉庆的决定只有经过他同意才能颁下。这仅仅是半个多月的事。嘉庆对和琳之事的善后处理只提了以额勒登保为第三任大帅，姜晟为副帅，继续主持镇压事宜。毕沅等速调兵回楚，围剿白莲教，于和琳的赏赐问题，并未做安排。乾隆对前面的意见都同意，又在后面加上对和琳的追赐，嘉庆嘴上不说，心里极不高兴，尤其听说和珅当九门提督，不免一惊。这件事非同小可，他需要找个人从长计议。朱珪远在福建，显然不解近渴。还有谁呢？他眼睛一亮，想到了新任大学士董浩，董浩在乾隆眼里是一个重要人物，这次被任命为东阁大学士，嘉庆在当中说了不少好话，才使乾隆在刘墉、纪昀、彭元瑞四个人中定下来。董浩对嘉庆十分尊敬，为人正直，做事果断，不像刘墉那样遇事也嗔也嘉，诙谐不肃，纪昀那样呆里呆气。嘉庆所以荐董浩，就看中了这一点，他身边需要这样的老臣，而且，董浩受乾隆器重，这就更为方便了。

嘉庆宣董浩觐见，这不会引起人的怀疑，因为身为皇帝，他每天都要接受群臣的朝拜，与他们商量国计，是很正常的。董浩已经觐见过几次，但是都没有涉及十分隐讳的问题，这次，却明显不同。

嘉庆先是绕圈子，问了朝中诸臣状况，最后才将话题转到和珅的身上：

"和琳身死苗疆，爱卿可曾知道？"

"臣略有耳闻。"

"和珅兼领九门提督，这种事情，在前朝可曾有过？"

"臣斗胆回禀皇上，闻所未闻。和珅身兼数职，致使政务不能及时处理，贻误军机，为害匪浅。"

"依爱卿之见，又当如何？"

"和珅专权狂妄，贪赃枉法，又有太上皇宠爱，致使怨声载道，却无人敢挺出揭发，前有曹锡宝、尹壮图覆辙之鉴不远，是以众人都敢怒而不敢言。"

"果真如此？"嘉庆明知故问。

"臣有半句谎言，请皇上赐死。"

"此人终究为朝廷之害，依爱卿之见，该当如何？"

"太上皇名为归政，实则仍旧操持大权，稍有不慎，皇上就会处境艰难，朝中诸臣，也只能察言观色行事。和珅宠幸日加，如果现在就对他采取行动，不但不能成功，反而于皇上有害，所以皇上行事，千万加以小心才是。"

嘉庆皇帝听罢，点头称是。有了这席话，他心情更加沉重，作为孝子，他不能逆父皇的意志，但为国家社稷，他又不能不违背乾隆的旨意。眼下，他也只能小心提防，待时机成熟，太上皇千秋之后，再行处置。

这时已经是六月，乾隆帝听说襄阳义军聚众数万，屡屡进攻州县，而毕沅等人的奏折中却每称无不大胜，杀敌若干，不免疑心大起，又想起毕沅在两年前追捕刘之协一案上玩忽职守之事，更不放心。嘉庆皇帝提出，要委派一员大将，统领各省剿办事宜，避免出现互相推诿、坐视观望的情况。乾隆觉得有理，便下诏说用永保。

永保久经军旅，资历颇深，被任命为大帅，统领剿办一事，并且确定以襄阳为主攻方向，数万清兵分数路向灌脑湾和双沟寨而来。

第三十九章
军机处瞒忧不瞒喜
太上皇让位难让权

"和珅！身为军机大臣领班，白莲教占据汉阳，这样的大事，你为何不报朕知晓？你的眼里还有我这个太上皇吗？""奴才是怕万岁爷过于劳累，才这样做的。万岁爷要怪罪奴才，就让奴才死在您面前吧！"

永保拿下了十几座义军的山寨，烧杀抢掠，所过之处，寸草不留。不到半个月时间，就进至灌脑湾山下，张正漠据险而守，但是清兵人多，而且全用火器，义军有一万多人，可是大多数是老人、妇女和孩子，真正能打仗的青壮年不足五千，几次接仗，死伤又有不少，眼看清兵把这些山寨围得水泄不通，却无法可想。

情急之下，张正漠想到了诈降。他一挥手，一个教徒跑过来，张正漠对他耳语了一阵子，教徒点头跑出了大寨……

第二天，永保的大寨门口出现了二百多名狼狈不堪的白莲教教徒，口口声声要见大帅，永保闻报心中诧异，命令手下人前往，仔细察看。不一会儿，回报说有一百五十人整，都是青壮男丁，没有老人、妇女，永保心下生疑，对一旁的惠龄说道：

"以前逃出的教匪，都是三五成群，而且携带有老少妇女，这次人数既多，又没有眷属，殊属可疑，莫非其中有诈？"

"大人所言甚是，卑职也这样想，我们来个将计就计，岂不更妙？"惠龄把身子向前凑了凑，附和道。

永保随即命人将为首的白莲教教徒带入，来人一进大寨就跪倒在地，口称是附近山民，被张正漠擒掠上山，早欲逃出，今见布告，抛弃家小率一班弟兄前来自首，愿为官兵效命。永保听他说完，安慰一番，令人带下，随即派了一队清兵，暗地里严加看管。

六月二十四日晚一更刚过,清军大营起火,张正谟见永保中计,率领人马冲下山向清营扑来,刚到半路,就见四面山沟中杀出四支人马,将义军团团围住。顿时火光四起,硝烟迷漫,杀声震天。张正谟冲出重围,狂奔到山上,再一看山下,义军在清兵中四散奔逃,一个个倒在火光之中,号叫之声,撕心扯肺一般。张正谟不敢再看,领着逃回来的几个残兵到各寨布置防守去了。

清兵歼灭了下山劫营的两千多义军,随即停手。张正谟如惊弓之鸟,命义军死守不出,自己在大寨中唉声叹气。

"军师,事到如今,也只有向王总教师求救了,我们白莲教都是一家人,她不会见死不救的。"首领中坐在最前边的一个中年汉子站起身来,向张正谟拱手劝道。

"不行,我宁死也不会向她低头!"张正谟一摆手,断然拒绝。

"军师,山下清兵有二三万人,我们还剩了几千人,粮草弹药都快用光了,这样死了,白白送命不说,死去弟兄们的仇让谁来报呢?军师您就软一次吧,好男不和女斗,用不着拿性命来赌气。"那个首领眼睛已经湿润了,越说越动情,两腿一软,竟跪了下来。其他首领见状,也都俯身跪下,哀求不止。

"好了,你们都起来吧,我同意就是,不管怎么说,入了教就是一家人,我虽然恨王聪儿,她沾她爷们儿的光,又有姚之富做帮手,把襄阳人马全拉到她的旗下,要不然,这些人只能听我的,我也不会落到今天这个份上,既然如此,谁愿去送信?"他拿眼睛环视众人,众人面面相觑,谁也不愿先开口。

"我愿意去!"又是最前头的那个汉子。

"好!"张正谟看着他,随手抽出一支令箭,说道:

"快去快回!"

"是!"那个人转身离开大寨。张正谟看着他的背影,松了一口气,他以为王聪儿一定会来,可是他没料到,等来的却是清兵。

三日之后，山下清兵大寨中一阵骚乱，喊声四起。张正谟领人登上寨墙观看，见一彪人马从清军中杀出，白衣白帽，直向山下而来。张正谟大喜，对身旁的首领们说道：

"王聪儿果然派人来救，我等命不该绝！来，咱们下山迎接，把清兵杀一个落花流水！"

众人领命，打开寨门，杀下山来。当要接近那伙白衣人时，却发现情况不对，那些人停在前方，并不前行，张正谟一愣之间，四面山间和山腰都拥出了无数清兵，就连下山的道路，也被清兵切断。他大叫一声"不好"，领人往回冲杀，已经来不及了。清兵枪炮齐鸣，炮弹落在义军人丛中，一片片的义军被射中倒下，张正谟的身上也着了两弹，长剑落地。炮声过后，清兵挥刀舞剑杀过来，张正谟强自支撑，拾起剑拼杀，幸赖身边有人保护，才不致丧命乱刀之下。一个时辰不到，义军死伤殆尽，张正谟以及其他的未死首领，都落入永保手中，直到这个时候，张正谟还不知发生了什么事。

那位首领并没有把求救的消息送到双沟寨，刚一下山，他就让清兵拿住了，这才演出上述的一幕。而双沟寨，此时也面临一场类似的灾难。

毕沅与恒瑞诸人领大军进剿双沟寨，声势浩大，王聪儿与姚之富得知讯息之后，为了分散敌人兵力，派樊人杰进攻枣阳县。但是枣阳城池坚固，准备充分，樊人杰把附近乡村都占据了，对县城却无可奈何，只得驻兵城下，等城中粮尽弹绝，再发动攻势。毕沅怕万一有失，受嘉庆和乾隆再次怪罪，令谷庆成与河南巡抚景安领兵增援，冒雨行军，六月初，进至王家冈一带。樊人杰见清兵来势凶猛，不敢以硬碰硬，派少数人拦截断后，领主力渡流通河南下。毕沅乘势追击，义军丢失了河南的大片土地和许多营寨，退回湖北，在双沟寨集结。正在这时，从灌脑湾传来了张正谟被围的消息，王聪儿立即召集众位首领计议。但义军头领内讧，迫使王聪儿挥军北走，到了鄂豫两省交界处养军休整。而毕沅和永保,则以击溃了襄阳义军主力,攻下灌脑湾、双沟寨,大获全胜奏明乾隆。

乾隆得知此讯时,精神为之一振,当即召来军机大臣阿桂。阿桂见太上皇那副得意的样子,不由得心情沉重起来,他知道太上皇越是如此,越是容易被人蒙惑,作为首席军机大臣,他的责任没有尽到就已经是严重的失职,他不忍心看到皇上再这样下去,见到胜利的消息就难以自禁。

"阿桂,你是朕'十全武功'中功劳最高的一个大臣,你可知道,朕的第十一大武功就要告成了吗?"乾隆扬着手中的奏折,满脸笑容地说道。

"奴才愚昧,委实不知。"阿桂低着头回答。

"这怎么可能?"乾隆脸上有些不高兴,"白莲教匪徒在襄阳大部被歼,只有少数人漏网,这你都不知道?"

"奴才不知,奴才只知道四川达州和东乡,在九月十五日和二十三日,又有两股教匪起事,转眼之间,已至万余人。奴才有半句假话,愿引颈就戮。"

"那朕为何不知?"

"奴才不知……想必那份奏折还压在军机处。"阿桂一急,嘴上有些结巴。

乾隆"啪"地把那份折子扔到阿桂面前,厉声问道:

"你这个军机大臣怎么当的?这么大的事情,居然让朕蒙在鼓里,你是何居心。以后你要倍加小心,这次看你年迈,不治你罪,下一次,绝对不放过。你赶快出去吧!"

阿桂几次想解释,都插不上嘴,只好含着一肚子冤气退出来。他本来是要解释给太上皇听,和珅压住了许多折子不上报,致使乾隆和嘉庆对许多事情都不了解,而和珅则指使永保、毕沅等人谎报战功,从国库里拿奖赏。户部尚书是福长安,与和珅朋比为奸,拿出的银子,有很大一部分就落入了他们二人的口袋。如果战事立即传来,和珅扣留军饷的事就无从说起,更重要的,他希望天下乱，但又不至于乱到无法收拾的地步，他就可以趁机捞取好处，即使太上皇死了，嘉庆仍然要听他摆布，因为这些督抚，都落入他的指掌之中。阿桂告他不成，自己倒背了黑锅，又气又急，再加上身体虚弱，一病不起。这样，军机处的事全归了和珅掌管，他的胆子越来越大。

王聪儿一支义军在湖北、湖南纵横驰骋，官兵几次围剿，都没有成功，但是威胁要少多了，因为他们人数虽然有所增加，但大多是老弱妇幼，作战不得力，既要逃避清兵锋锐，还要保护义军将士的家眷，因此不免被动，只能躲避清兵，不敢与之硬拼。相对来说，这一段时间还算平静，但是四川却在这个时候燃起了起义烽火。王三槐与徐天德领导的白莲教起义，从达州与东乡蔓延开来。

王三槐原来是东乡的一个巫师，曾经入过白莲教，他见战乱有机可乘，便打着白莲教三阳教教主刘之协的幌子，招兵买马，不到半个月，就已经凑了几千人，其中有好多是湖北义军被赶到四川的残部。陕甘总督闻讯，派人入川追剿。乾隆从阿桂口中得知此事后，又将军机处的折子要来仔细看了一遍，对阿桂更为恼火，如果不是见他生病，一定要进行处罚。他立即谕下，陕甘总督宜绵迅速入川，总统四川军务，剿办教匪。

好在乾隆今日接到了平苗成功的消息，得知消息当天，他就大宴群臣，表示祝贺。高兴之余，他冒着初冬的寒风，移驾圆明园。他觉得自己像是年轻了好多岁，脚步也变得十分稳健，他坚持不坐轿辇，似乎踏着脚下的土地，才显得他与皇天后土的息息相关。虽然园内百花凋谢，败叶零落，饱含着一种凄凉之情，时而有阵阵冷风迎面而来，乾隆却浑然不觉。一面走，一面与随从的大臣说笑。和珅躬着腰，贴在他身边，几次伸手扶他，乾隆都用手挡开，嘴里嗔道：

"和珅，不要以为朕老了，朕耳不聋，眼不花，走起路来也不逊当年，你还担心什么。"

"万岁爷福贵如天,永远也不会老的,奴才每天烧香许愿,万岁爷长寿不老,乃万民洪福。您看上去不像是八十多岁,倒像是五十多岁。"和珅跟在乾隆身边,笑着附和道。

"你不要取笑朕了,朕多大年纪,自己心里还不清楚?不过,说朕老,现在还有些早,不信,朕就给你们试一试。"他转过身,向和珅说道,"给朕拿弓箭来。"

嘉庆和其他大臣都莫名其妙,心想皇帝在园中能射什么,正狐疑间,和珅已经跑回来,双手捧了一张很小的弓递到乾隆眼前。

"和珅,你欺负朕老了是不是?这张弓分明是小孩子用的嘛!"

"奴才不敢,这张弓非同一般,看起来虽小,却需要很大力气才能拉开,万岁爷天生神力,一定能够拉开。"和珅拿的这张弓的确是初习弓箭的人所用,他深知乾隆年老,大的弓拉不开,在群臣面前拉不开,丢面子,便想了这番话来诓他。乾隆信以为真,接过弓试着拉了一拉,把箭搭在弦上,却不知向哪里射才好。和珅看出乾隆的意思,当即向天空一指,乾隆顺他指的方向望去,什么也没看见,不解地问道:

"和珅,你又在捉弄朕?"

"奴才罪该万死,西北天上,有天狼,万岁爷定能射中。"

乾隆听罢恍然大悟,哈哈大笑,当即将弓拉开,瞄准了西方,口中朗声念道:

"会挽雕弓如满月,西北望,射天狼。"

话音还没有落下来,箭离弦疾驰而去,消失在远处的天空中。群臣相继跪下,高呼万岁。嘉庆也不得不在人群前头跪倒双膝,他抬头瞧了瞧得意忘形的和珅,一股怒火迎头而上。和珅只顾高兴,嘉庆的神情也就浑然不觉。

首席军机大臣、大学士阿桂的府里,被一种悲哀的气氛笼罩着。阿桂卧在床榻上,身边守候着眼泪汪汪的家人。

"世铭来了没有?"阿桂微微睁开眼睛,用极低的声音问道。

"来了,就来了,老爷。"夫人掩住面孔,泪珠流了下来。

门被打开了,一个中年男人走了进来。

"大人叫你。"一个仆人领着他走到床头,家人们闪在一旁。

"老爷,世铭来了。"老夫人趴在阿桂身边,轻声唤道。

"好……你们先出去一会儿,我和……世铭有话要说。"阿桂吃力地抬起手摆了一摆。夫人领着人默默地走出去。

"大人,您有何吩咐,尽管说吧。"管世铭跪在床前,把头俯在阿桂的身边。

"我以为,能活到太上皇驾崩的时候,我有许多话,要对皇上说。二十多年来,我一直忍气吞声,我不敢得罪和珅。和珅恶贯满盈,别人却无可奈何。我已经察觉到,他和许多官员来往密切,我忌他心有二志,太上皇驾崩,他会造反。你一定要记住我的话,见到皇上,把这事告诉他,我就放心了。"

"大人,卑职记下了,就是您不说,我也知道的。现在连皇上都怕和珅三分,他太嚣张了,我会照您说的去做的。"管世铭说着,眼泪已忍不住流了出来。他最忘记不了的,是阿桂几年前救他的那件事,如果不是他,管世铭也许早已遭到和珅的报复,不是人死,就是家破。

"好了,你先走吧。"阿桂又费力地抬手,被管世铭按住。他轻轻站起身,低声说道:

"大人,您保重。"然后离开房间。

第二天,阿桂死了,死的时候,眼睛对着皇宫的方向,微微睁着。乾隆对阿桂的死很是伤心。和珅报告给他这个消息,他黯然伤神,竟不自觉地站起身来。

"这些老臣一个个都先我而去,参加'十大武功'的功臣,越来越少了。"他踱到窗户跟前,幽幽地感叹道。

"万岁,奴才心里也非常难过,可是您千万要保重身体呀。"和珅说着,假惺惺地用袖子擦了擦眼睛。

"阿桂一死,朕就只能依仗你处理军机处的大事了,朕任你为首席军机大臣,你可要体会朕意,万不能贻误军国大事。"乾隆回过头,对趴在地上的和珅说道。

"奴才谢万岁!奴才肝脑涂地为万岁爷效犬马之劳,如有不尽力之处,情愿被赐死而无怨。"

"朕相信你就是了。"

阿桂一死,和珅成为首席军机大臣。如果说以前和珅匿军情不报时阿桂在当中碍手碍脚,现在他成了首席大臣,就可以为所欲为了。刚上任不久,他就在军机处颁布了一项重要的措施,规定凡是地方巡抚上报的奏折,都由军机章京抄录一份"副封"给他,由他一个人决定报还是不报。以前军机处议事,都是各大臣聚在一起商量处理办法,有时是利用入值之机单独处理,现在和珅把军机处的一切权力都纳入他一个人的掌握之中,嘉庆皇帝心中不愿,但这是太上皇的旨意,他又有什么办法?只好听之任之,而心里,除掉和珅的意志更加坚定。由于和珅在其中做了许多手脚,白莲教的许多消息都没有报到嘉庆和乾隆的耳朵中,对于千里之外的事情,也就更加迷惑。乾隆不放心,几乎每天都召见和珅,问他围剿近况,和珅除了一再说歼敌众多、贼仓皇逃窜之类的话来搪塞一些败绩,就是说白莲教主力已被歼灭。乾隆将信将疑,但是还觉得并非意外,因为他已经调集了十几万人马,拨了二千多万两白银镇压,至少也要有一点成效了。

这个春天,乾隆过得还是十分惬意的,但是襄阳义军会师陕西兴安镇的消息又使他陷入了苦恼的泥潭之中。

当义军入川,大军直逼陕、川都会之时,和珅虽然能压折不报,但是他还不敢一律压住不报,这种重大的事情如果他瞒下来,万一乾隆知道,那他就吃不了兜着走了,所以,他只能把一些不大不小的事情压住,这对他最为有利。乾隆十分气愤,他还不糊涂,出了这么大的事,如果没有以前隐瞒的情况,不会突然出现的。他知道,和珅可能有什么事瞒过他了。他指着和珅问道:

"和珅，襄阳教匪是怎么占了汉阳的，你知不知道？"

"启禀万岁，奴才不知。"和珅趴在地上，预感到大祸临头。

"身为军机大臣领班，居然不知，你以何面目见朕？"

"奴才罪该万死，奴才知罪，但奴才确实不知，这恐怕都是各地督抚贪恋功名赏赐，一再虚张，没报实情之故。"

"此话当真？"乾隆向前一倾身子，大声问道。

"奴才若有半句假话，请万岁赐奴才死罪。"和珅边说边以头碰地，"当当"作响。

"那你是否压了一些奏折没有上报？"乾隆继续问道。

"奴才见每日奏折太多，怕万岁爷过于劳累，所以把一些不得要领的折子暂且放下，奴才知道不该，但的确是为了万岁爷呀，如果万岁爷要制裁，就让奴才死在您面前好了。"和珅说着，头碰得更响了。

"和珅，朕明白你的一片衷心，但你这样做，不是为朕好，而是害朕呀。自从阿桂死后，你就成了领班军机大臣，国家的安危，与你息息相关，你如果粗心大意，贻误军机，后患无穷。这一次，肯定是惠龄等人隐瞒军机，朕一定要严加惩罚。和珅，朕并不怪罪你，你忠心可嘉，但是也不能以公废私，记住没有？"

"奴才铭记在心，谢万岁爷不杀之恩。"和珅哭着又在地上叩了几个头。

这一幕，令其他军机大臣胆战心惊，以和珅之宠犹受责备，更何况是他们了，一个个言不敢出，伏地不动。但是和珅却不这样以为，这一次乾隆没有追究，说明对他更为信任，以后，他的手脚就更能放开。

京城的七月，天气炎热非常，街上来来往往的男人裸着上身，摇着芭蕉扇晃来晃去。人流中，一个道士时隐时现。和别的人不同的是，他显得十分慌忙，甚至连擦一擦脸上的汗都顾不上。这是一个小巷子，越往里面，路越暗，不一会儿，他就消失在黑幽幽的拐角处。

在客厅里，吴省兰望着这个道士模样的人，他满心狐疑，欲言又止。道士却浑然不觉，慢慢地品着凉茶，嘴里还道：

"好，好茶。"

吴省兰等得不耐烦，沉脸问道：

"道长有何见教，不妨明说。"

"贫道早就闻听京城吴氏兄弟求贤若渴，礼贤下士，因此自不量力，才不远千里，来此见一见吴大人的尊颜。"道长放下茶杯，拉长声音说道。

"道长如此抬举，本人不胜感激。请问道长可有事见教？"

"和相爷为太上皇最宠信的人，是人都怕他，贫道此来，正是有要事与和相爷商量，不知吴大人可否帮忙？"道人说着，把身子向前伸了一伸。

"这个……和相身为国家重臣，日理万机，见一面恐怕不易。"

道士干笑了两声，反问道：

"和相爷是关心国家大事，还是关心自己的身家性命？"

吴省兰听罢，不由得脸色大变，一拍案子站了起来，喝道：

"你到底是什么人，来此胡言乱语？"

"吴大人不要着急，听贫道慢慢讲来。"道士又端起茶，呷了一口，接着说，"和相爷权倾朝野，人人畏惧，太上皇还在，上至嘉庆皇上，下至官员，都只能奉迎，不敢说一个'不'字，但是太上皇万一万年呢，和相爷还会如日中天、长盛不衰吗？本朝有康熙皇帝对鳌拜，雍正皇帝对年羹尧，前车之鉴，不可不防呀。"

吴省兰听得惊住了，但他还是争辩道：

"鳌拜欺君，年羹尧犯上，死有余辜，和相爷岂能与他们相提并论？"

道士没有在意，旁若无人地接着说道：

"鳌拜权势之大不下于和相，但最后还是被康熙爷杀了，和相爷劳苦功高，功高而震主，这就是致祸之根源。"

709

"你到底要说什么?"

"有些话,贫道要见了和相爷才能说。"道士摇着拂尘,一脸得意之色。

"这恐怕要让在下为难。"

"吴大人身为和相爷的老师,这件事不难做到吧?再说,和相爷的荣辱成败与大人息息相关,一荣俱荣,一辱俱辱,这个道理,吴大人不会不明白的。"

吴省兰脸色"唰"地变白,十分尴尬,只得结结巴巴地争辩道:

"道长把和相与在下看成什么人,和相为国为民,操劳不已,难道最后还会引来祸患不成?"

道人冷笑了两声,说道:

"果真如此?依贫道看决不尽然,和相爷之为人,天下皆知,贪赃聚敛,收取贿赂,结党营私,谁人不知,哪个不晓?只有当今太上皇,半耳、半眼之人,才佯做不知……"

"住口,你竟敢说出如此大逆不道的话,只这一条,足以定你死罪!"吴省兰腾地站起身来,厉声喝道。

"贫道一死不足惜,如今天下大乱,每天都不知要死多少人,贫道纵被凌迟处死,也不过一条蚁命而已,只是和相爷恐怕也不会再撑太久,可惜,可惜。"道士对吴省兰发怒无动于衷,摇头叹息道,"其实吴大人又何必如此大动肝火,如果喝令一声,让人把贫道捉起来,送官领赏,岂不简单,不过,如果官府问起我是在什么地方捉到的,可就不好回答了。"

"你,你到底要干什么?"

"吴大人,打开窗子说亮话,和相爷的处境,他自己心里最清楚不过,他做了什么事,他也一清二楚,做这些会惹来的大麻烦,他更容易想到,难道吴大人连这一点还不懂?吴大人是不信任贫道,但这并没有关系,贫道只求能见和相爷一面,有要事与他商议。"

"这个不妥,道长知道,现在耳目众多,嘉庆皇上也不是好惹的,道长见和相爷不要紧,但如果让人知道,岂不连累了他?相爷门前,车水马龙,什么人都有,在下带你出入,只怕瞒不过众人。"吴省兰的口气软了下来,

"如果万一不成,可以代贫道向和相爷问一个好,贫道有一封密信交给相爷,他读后自然知道是什么事情。"道士说着,从怀里掏出一个油布包,双手递给吴省兰。吴省兰小心翼翼地接下来,放在茶几上。

"贫道这就告辞了。"道士说完,站起身来,向吴省兰一鞠躬,转身就走。

"道长请留步。"吴省兰急急拦住他。

"吴大人有何指教?"

"请问道长高姓大名?"

"贫道乃一无名之辈,名与不名早已置于身外,和相爷看过信定然知晓。"道士一甩拂尘,出门而去。吴省兰送至门口,看着他被巷子中的人流淹没了。

几日后,和珅府里的密室之内,吴省兰把那个油布包打开,从里面翻出一封粘着油污的信件,递给和珅。和珅展开信纸,看了起来。吴省兰看到,和珅的汗水顺着圆溜溜的脑袋直往下淌,不禁暗地里捏了一把汗,见和珅读完,才问道:

"相爷,信上说的是什么?"

"这伙该死的白莲教,居然打起了老夫的主意,他们以为老夫就这么容易上当?"和珅说着,把信揉成一团,扔在吴省兰面前,命令道:

"把它烧掉,以免留下后患!"

吴省兰莫名其妙,只好打开火折子,把信纸和油布点着。屋子里顿时迷漫起了一股刺鼻的浓烟。和珅捂着鼻子,把门打开了一条缝,让烟雾从屋里跑出来。然后又关紧了门。

"和相,到底是什么事?"吴省兰凑到和珅耳边,低声问道。

"你所见的那个道人是四川白莲教匪首恶王三槐的军师,王三槐想借老夫的权势壮大他自己,他口口声声说与老夫合作,听老夫驱使,可是他不过是想利用老夫而已,老夫还没有那么傻,甘人他的掌握之中。原来,我只以为白莲教能够搅乱天下,让嘉庆手忙脚乱,分散精力,我既可以操纵朝事,还能利用首席军机大臣之便,与督抚大员搞好关系,使他们能为我所用,同时还能从军饷之中得到大量好处。现在看来,如果利用白莲教,他们人多势众,遍布全国,连京城里都有,不愁不能把嘉庆治得服服帖帖。王三槐想拉我上钩,我就将计就计,明里不答应,暗里却可以支持他们,使他们不会马上被官兵剿尽,但又不能让他们过于强大。这样,有朝一日他们自然能归我使唤。"和珅说着,得意地点起头来。吴省兰这才知道,那个道士原来是白莲教的头目,心里不禁暗暗吸了一口冷气,但听和珅这一席话,心又踏实下来。

"相爷高明,小人从心里佩服。不过,那道士的话,也不是没有道理。"

"正因为他说得有道理,老夫才会这样做。事到如今,要么鱼死,要么网破,嘉庆虽然看起来还算老实,但是谁知他掌权之后会变成什么样,更何况老夫本来就是他的眼中钉,已经由不得我们再细想了。原来,老夫还只想保住现在的权势,现在看来,倒不必这么慷慨了。"和珅目露凶光,吴省兰吓了一跳,连忙向后退了退身子。

"从今以后,你对嘉庆的一举一动都要严加监视,万一有什么不平常的举动,随时告诉老夫!"

"相爷放心,小人一定照您的话去做。小人的身家性命都托给您了,就是死也决不在乎。"

"好,事成之后,你的功劳最大,老夫决不会亏待你,你先回去吧。"

"谢相爷。"吴省兰一躬身,退出了房间,把门轻轻掩上。

和珅见吴省兰退出,在墙上一按,只见好端端的墙上竟开了一个门，里面黑乎乎的，和珅点着一支蜡，走了进去，门自动关好，墙上一点痕迹也看不出来。

和珅端着蜡，走过黑乎乎的暗道，进了一间暗室。房间里陈设豪华，无不是镶龙绣凤的御用之物。他从一个黑色的箱子中拿出了一套衣服，穿在身上，走到墙上悬挂着的一面大镜子跟前。镜子里，在黑暗的背景下，出现了他模糊的形象。他贴近镜面，仔细地看了又看，系好扣子和衣带。这是一套皇上用的衣帽，和珅穿在了自己身上，因为，他觉得自己离这一天也不会太远。以前，他只是怀着好奇的心情穿一穿，他羡慕乾隆皇帝的那种风度，那种盛气凌人的气概，他想有一天自己也能像乾隆一样。但是，他左看右看，总感觉到没有乾隆皇帝那么顺眼。油光光的圆脑袋扣上这顶大帽子，沉甸甸地压得头疼，额头被遮住，那双贼溜溜的眼睛在灰色的背景下如暗夜中猫头鹰一般，那一抹小胡子微微上翘，活活是一个小市棍的模样。他越端详越生气，最后一把扯下帽子，扔到地上，帽上的珠子砸着地板，发出清脆的响声。

"我就不信，我当不成皇帝！"他一边脱衣服，一边愤愤地道。

烛光沿着黑暗的廊道移动，最后又来到密室的墙边，墙开了，又合上，一切都像原来一样，什么也看不出……

第四十章

乾隆帝崩前嘱大计
嘉庆皇丧中缢权臣

和珅毛骨悚然，不自觉地摸了摸脖颈，只觉得那弯指痕样的红痣更深，更清楚。乾隆临死前就那样直呆呆地望着他，他还记得那句吞吞吐吐却又令他魂飞魄散的话："婉嫔，你也随我一起去吧，我们永远在一起……"

这年夏天，太上皇乾隆的心情出乎意料地好，五月初，得知王聪儿的起义军渡过汉江，与川地义军会合时，他大发雷霆，把自己最信赖的大臣和珅训斥了一通，事过之后，他仍旧像每年一样，到热河避暑山庄去度夏。

久居深宫，来到满地花红叶绿的野外，乾隆的心情格外舒畅。全程要用七天时间，乾隆坚持要骑马去，不坐肩舆。一旁侍候的嘉庆皇帝被父亲的态度感染，也一改往常的沉默不语，变得开朗起来。

嘉庆对父亲可谓至忠至孝，自从乾隆"归政"，侍候在他身边就成为嘉庆最重要的任务，无论做什么事，嘉庆都陪在身边，那些奏折，有的是乾隆自己指名要看的，其他的是嘉庆看过，再说给乾隆，乾隆最后决定处理意见，他才敢写下朱批。他对和珅的行为日益不满，因为许多奏折被他压下来不上报，对此，嘉庆也觉得过分，曾在乾隆面前提起过，却惹得他不高兴，以后，再也不敢提了。奏折上报，谕旨下发都要经过和珅，这的确很让这位新皇帝产生身为傀儡的感觉。他也试着用祖父雍正的手段，秘密写信给一些他信得过的督抚，督促围剿，这样，那些多一颗心眼的大吏们，对和珅也就不像以前那么百依百顺。这些，乾隆不知，和珅也不知。

乾隆对于自己的儿子很满意，因为他确实是一个好儿子，他从他的关怀中得到亲情的滋润。他有那么多的子女，可是他们大多数都先后离他而去，只剩下少数几个人，现在，能守在他身边的，只有嘉庆一个人，他只能从他的身上体味天伦之乐。尽管白莲教还没有平定，但是宜绵已经向他保证，把川、楚军聚歼在川东之地，他虽然怀疑，不过，消灭教匪，成全'十一大武功'的日子毕竟不远了，所以这一次出巡，他心情很好。

骑马走了一段路，身子不堪劳累，刘墉劝道：

"太上皇精力虽不减当年，到底还应注意龙体，道路坎坷，还是以遵养为宜。"

嘉庆和其他大臣也一致再劝，他行至清河，坚持不住，才改乘肩舆。他感到，自己的确老了。在路上，他吟了一首小诗，表示不能坚持骑马的遗憾和无奈：

> 未至清河先换舆，
> 众心遵养可听诸。
> 廿年前站日乘马，
> 老不如先实惚予。

九月十五，刚从热河行宫回来不久，北京的天气转凉，树木凋枯，冷风习习，乾隆以为冬天已到，早晨起床之后命人找来暖帽戴上接受群臣朝拜，群臣无不惊异，第二天以后满朝文武，上至嘉庆，下到侍卫，都换上了暖帽。不到十天，天气又转暖和，乾隆以为春天来到，又命人取回丝帽换上，到了大殿之上，却见群臣依旧戴暖帽，才恍然醒悟，回到养心殿，把帽子摘下扔到地上，踉踉跄跄地跌坐到御座上。正巧，和珅也戴着暖帽进来，乾隆指着他，嘶哑着叫道：

"和珅，连你也在欺骗我，你们为什么这么做？"

"奴才不敢，启禀万岁爷，奴才吓死也不敢欺骗万岁。只觉得天气转寒，才把暖帽换上。"

"不，你们都是为了应付我，讨我欢心才这么做，对不对？你们都以为我老了，不中用了，对不对？你们这么做到底是为了什么？难道我是一个万民痛恨的昏君吗？你们为什么不说实话？说！"乾隆暴跳如雷，拳头在案子上擂得"咚咚"作响。

"万岁爷息怒，奴才确实没有欺骗万岁的心思，奴才只想让万岁爷快活，只要看见万岁爷高兴，奴才就是死也心甘情愿。"和珅说着，已经泣不成声。

"和珅，朕知道你一片忠心，你和别的大臣不一样，朕相信你。你说句实话，朕是昏君吗？"

"不！万岁爷，您是古往今来最圣贤、最明智的皇帝，您在位六十年，开疆拓土几万余里，海内安定，百姓殷富，您是功盖万代的明君，岂是一般帝王能够相比的……"

"你说的是真话？"

"奴才要有一个字是假的，愿死在万岁爷面前！"

"朕是最圣贤的皇帝，功盖万代的明君，不错，六十多年来，朕兢兢业业，小心翼翼，为的就是稳固大清江山，使百姓康乐，国家富强。"乾隆出神地望着窗外，嘴里喃喃说道。

忽然，他又转过头来，两眼露出令人恐怖的光芒，向和珅问道：

"那为什么还会有人说朕是昏君而起来造反？前有苗乱，后有白莲教，这究竟是为什么？"

"启禀万岁，苗民乃化外野民，白莲教众受邪教蛊惑，奸人诱使，故此犯上作乱，这些不法之徒，只能严惩，不可宽容。不久之后，他们就会一个个俯首就擒，引颈就戮！"

"朕就是要看一看，到底是朕厉害，还是贼人厉害，我一定要等到白莲教平定的那一天，把他们斩尽杀绝！"乾隆眼睛像一个无底的深渊，他盯着窗外的天空，好像要把天空和白云也要吞下去似的。

嘉庆三年三月初八日,乾隆皇帝在圆明园斋宫中面壁念经,嘉庆皇帝奉他的命令到北郊地坛主持大祀去了,他一个人坐在佛龛面前,两眼微闭,双手合十,香烟在他的额前袅袅上升,迷漫在屋宇之中。乾隆口中念念有词:

"予荷眷佑之福,武功已经十全。前冬苗疆平定,现又杀白莲教匪四处窜匿。切愿天地助朕,将教匪渠首擒获正法,指日功成,于十全之外,冀希再增一全……"

他喃喃的声音也如香烟一般,在屋子里袅袅散开。忽然,太监打开门进来,呼唤乾隆道:

"和大人在宁寿宫候驾,说是有要事。"

"你起来吧,给朕准备肩舆。"

"奴才遵旨。"太监叩了几个头,爬起来跑了出去。

回到宁寿宫,和珅早已跪在地上迎候,还未等乾隆开口,他就一边磕头,一边说道:

"恭喜万岁爷,贺喜万岁爷。"

"朕何喜之有?"乾隆命人放下肩舆,冷冷地问道。

"奴才刚刚接到德楞泰等人的奏折,白莲教首领齐王氏和姚之富已经被我大军剿杀,齐王氏与姚之富跳崖丧命。"和珅简略地禀报道。

"这是真的?"乾隆惊喜地问道。

"奴才不敢说谎,千真万确。"

"哈哈哈……"乾隆仰天一阵大笑,笑得令人毛骨悚然,抬肩舆的太监和侍卫都莫名其妙,在他们耳中,太上皇的笑声从来没有这么难听,这么刺耳,笑声中加着一种凄凉的气氛,令人不寒而栗。这些人愣了一下,但这种礼节还是明白的,当即跪倒一大片,齐声道贺:

"恭喜太上皇,贺喜太上皇。"

乾隆笑了一阵,声音渐渐嘶哑,渐渐细弱终于停住。他两眼呆滞,像是望着什么地方出神,忽然,他低下头,对和珅说道:

"和珅，你说一说齐王氏是怎么死的？"

"是被万岁爷的天威镇压而死。"

"不，不是什么天威，是被朕咒死的。"乾隆像是一个天真的孩子，露出惊喜的目光，纠正道。

"万岁爷感动上天，上帝显灵。把齐王氏等贼人镇服致死，我大清皇业昌盛，必将万古长青。"和珅已猜到是乾隆在烧香许愿，因此便随口胡诌起来。

"那齐王氏的人头带到没有？"

"奴才接到奏折时并没有接到人头，想必是还没有送到。"

"齐王氏一死，那王三槐也用不了多久了，只等王三槐被杀，朕的十一大武功就可以告成了。"乾隆说着、笑着，走进了宁寿宫，他感到，自从去年回京之后，从来没有像今天这样开心过，仿佛年轻了二三十岁似的。

白莲教被剿灭，使太上皇乾隆得到一段时间的平静，他以为自己的"第十一大武功"克日必成，而他就可以在这种胜利的喜悦中度过最后的日子。而和珅，此时正在谋划他不可告人的秘密。

嘉庆皇帝看出乾隆将不久于人世，而军政大权仍被和珅以首席军机大臣的名义操纵着，作为皇帝，即将成为天下主宰的皇帝，他是不能忍受的。的确，他不敢违背父亲的意愿，但是，这并不说明他一定隐忍不发，任凭和珅胡作非为，有朝一日威胁到他这个皇帝的存在。嘉庆开始暗地里采取行动，和和珅不同的是，他是皇上，有权力，至少在名义上有权力做一切选择，这就是和珅远远比不上的。

和珅的府邸中，依然如往日那样繁华。但是，密室之中，却充满了一种不同寻常的气氛，烛光闪烁不定，人的高大背影在墙上来回晃动着。太师椅上，坐着胖墩墩的当朝第一权臣，有"二皇帝"之称的和珅。

"太上皇快不行了，找你们来商量一下，以后该怎么办。"和珅显得并不着急，慢声慢语，但言辞中却透出一股逼人的气势。

"相爷说怎么办，我们就怎么办，反正我们都是相爷提拔起来的，养兵千日，用兵一时，您就发话吧。"吴省兰首先沉不住气，抢着说道。

和珅有意识地看了看其他两位，那两个人立即说道：

"相爷放心，上刀山下火海我们跟定了。"

"福大人太看重老夫了，有了你这么一个老弟帮忙，老夫也就放心了。你我二人都身为宰相，官居大学士，军机大臣，福大人还兼领户部，我们要钱有钱，要权有权，要兵有兵，连嘉庆的命都交在老夫手中，他还敢对老夫怎样。但是话说回来，太上皇在，我们有靠山，太上皇一没，我们的权力随时都能被嘉庆夺走，因为他是皇帝，我们不是，所以，我们要先下手为强！"和珅说着，手擂在茶几上，杯子里面的茶水迸了出来，溅在和珅手上，烫得他立即把手缩了回来。

密室被一种呆滞的气氛凝固了似的，其余的三个人面面相觑，不知所云。其实，他们知道先下手为强的意思，那就是趁嘉庆还没有得到实权的机会，就把他废掉，或者杀掉。以后的事，皇帝的位子，自然非和珅莫属，至少，也要由他操纵。

"你们有没有这个胆量，反正事到如今，由不得我们多想。太上皇哪一天一口气上不来，我们就全玩完。"和珅挨个盯视了一遍。

吴省兰又首先说道：

"和相放心，反正都是拼命，不是他死，就是我们亡。我吴省兰唯相爷之命是听！"

"相爷，我们也是这样。"另外两位也相继附和道。

"说起来容易，做起来难。朝中能为我们卖命的没有几个人，全是他妈的见风使舵的真小人伪君子。原来老夫扶植了几个地方督抚，想利用他们手中的兵权和在地方的势力，与朝中互相呼应，没想到嘉庆这小子看出了门道，不声不响地把他们撤的撤、罚的罚，这样一来，计划就被打乱了。嘉庆这人心也够狠的，老夫错看了他一眼，结果反中了他的圈套。现在事不宜迟，越快越好。"

"那我们该怎么办？"福长安急切地问。

"老夫仔细考虑过，首先，利用九门提督的兵力控制京城……"

"但是京营劲旅还在嘉庆手中，九门提督人马太少，难以抵挡。"福长安打断了和珅的话，提出异议。

"老夫已经考虑到，如果教匪猖獗，合力围战河南、陕西、湖北省，官兵定会捉襟见肘，无能为力，因此老夫秘密指使两江总督苏凌阿，让他以剿灭教匪为由，请调京营兵马协助。"

"如果嘉庆不答应呢？"吴省兰又问道。

"那就采取第二个步骤。"和珅慢悠悠回答，似乎在卖关子。

"怎么办？"三个人把头几乎凑在了一起，齐声问。

"兵部盗印！"和珅斩钉截铁地回答。

"盗印？"众人几乎不相信自己的耳朵。

"对，你们也许觉得不可思议，实际上很简单，老夫手下养着一批死士，其中不乏绝顶的武林高手，他们在我的府中享受荣华富贵，以前只是护护院子，现在就真派上用场了。"和珅脸上现出微微的笑意。

"即使盗得兵部大印能做什么呢，兵部调兵，如果没有皇上的谕旨，是没有用的。"福长安又质疑道。

"福大人难道忘了老夫的一手绝活？老夫的手笔向来摹仿太上皇的笔迹，虽然不才，自忖以假乱真，必能瞒过凡夫俗子的眼睛。"和珅得意地道。福长安等人的脸上绷紧的肌肉也放松下来，都松了一口气。

"老夫还考虑到，万一这件事不顺利，只能用最后一招，那就是派人刺杀嘉庆。"

众人心头一懔，这要是不成，可有灭门之祸，株连九族。所以个个都面如土色。

"不要怕，老夫不会让嘉庆知道是我们干的。"看着他们惊奇的目光，和珅狡黠地笑了一下，接着说，"有一天老夫微服出行，在一个胡同里看见一位衣衫褴褛的男人啼哭不止,老夫动了恻隐之心上前询问后得知,他的妻子病死,留下两个孤儿,靠他在一个王府做工糊口,哪知不久又被赶出来,这人受了打击,有些疯疯癫癫。老夫给了他一些银两,他千恩万谢,真要以死相报,现在如果把这个事交给他,既不会引人注意,而且他也不知老夫是谁,只要用得着,派一个心腹人去告知他就行了。"停了一停,他又接着说,"这件事不容易成功,嘉庆身边高手如云,就是派老夫府内顶尖好手去,也未见得成功。此计不成,也只有动九门提督的人马,拼个你死我活了。"

众人点头,一桩密计就这样策划出来。

再说白莲教,在复仇欲望的指使下,犹如凶猛的野兽,在中州大地上咆哮着,直吓得清兵闻风丧胆,官吏束手无策。四年过去了,不仅没有剿灭王聪儿手下的余部,反而使之越聚越多,越来越强大。嘉庆皇帝也被这件事搅得日夜不安,但他更不安的,是身边的危险,和珅的阴影占据了他的脑海,使他日夜难安。如果不是董浩守丧期满,回到朝廷,他恐怕就更加着急了。董浩刚一到京,他就命人宣他觐见。毓庆宫中,君臣在低声交谈。

"董爱卿,你认为他会不会反?"嘉庆着急地问。

"回皇上,和珅无法无天,尽人皆知,就是他有妄志,也是痴心妄想。"董浩回答道。

"那是为何?"嘉庆有些不解。

"凡怀不轨之志者,必收人心。和珅则在满汉众臣之间,没有真心归附他的人,至多不过是畏惧权势,或有求于他,即使他心怀反志,又有谁会听他的呢。"董浩侃侃而谈,"不过,此人狡诈无比,不得不防,同时又不能让他看出来,免得铤而走险,来一个鱼死网破,玉石俱焚。"

"爱卿言之有理,朕就依你说的去做。"

嘉庆在宫中也进行了准备,不过,他没想到和珅来得这么快,这么明显，让他一眼就看出来了。九月底，湖北受白莲教义军的袭击，两江总督苏凌阿领兵从河南到湖北，以兵力短少为由，便给嘉庆上了一封奏折，请求从京营八旗之中调兵协助。嘉庆想到苏凌阿与和珅是亲戚，不免互相串通一气，他虽然也希望快一点儿把白莲教剿灭，也好稳坐江山，但是在这个问题上，他却不能放松，毫无疑问，他要严辞拒绝。

和珅见一计不成，心里也不免慌乱。从京营八旗调一二万人，并没有什么大不了的，可是嘉庆不发一兵一卒，足以看出他是有另外的打算。和珅很容易就猜到，自己的诡计被看穿，只不过嘉庆不动声色而已。嘉庆不动声色则可，和珅可不行，他不能坐以待毙，只能先发制人，否则，等待他的将是杀身大祸，死无葬身之所。他虽然不安，却没有表现出来。以致全和府仍然像往日那样繁华、安定。

但是，和孝公主似乎已经预感到不幸的降临。每次她进宫，看到父皇一个人面对佛龛，喃喃细语，看到他呆滞的目光，就忍不住要哭出来。她心目中的父皇不是这个样子，那是一个威武盖世、叱咤风云的男子汉，而不是眼前这个疯疯癫癫的老头子。

十月的京城意外寒冷，路上的行人少了，出乎意料的是，入冬不久，竟然下起雪来，在地面上有一寸多厚，鹅毛般的雪片纷纷扬扬，落在人的头上、衣服上、脸上，给人一种温暖的感觉。雪花挡住了寒风，冬天的气息反而显得少多了。远远望去，天地间一片洁白，如同少女出嫁的婚纱，又如一身巨大的教服。

和孝公主早上起来吃罢饭，命人抬起轿子往圆明园走去。

乾隆正盘腿坐在卧榻之上，闭目养神，又似在熟睡，听说和孝公主觐见，立刻睁开眼睛，惊奇地叫道：

"乖女儿，快过来。"

和孝公主迈着盈盈的步子来到父亲的床边跪下，正要请安，被乾隆一手拉住：

"让父皇好好看一看，一天不见女儿，父皇就好难受。"

"皇阿玛,您身体还好吗?"和孝公主说着,眼泪却止不住,顺着脸颊流了下来。

"父皇最疼爱的就是你一个人,别的人朕都不相信,他们都以为朕老了,不中用了,欺骗我。只有你,乖女儿,你不会骗父皇对不对?那你告诉父皇,父皇是不是最大的昏君、暴君?"乾隆干枯的手指像木柴一样,紧紧抓住了和孝公主纤细柔嫩的小手,急不可耐地说,"告诉父皇,是不是?"

"皇阿玛,"和孝公主再也忍不住,一头扑在乾隆的怀里痛哭起来,"皇阿玛,您是明君,除了高祖父康熙皇帝,您是最大的明君。"

"乖女儿,你不要骗父皇了,你怕父皇生气对不对?父皇绝对不会的,决不会生你的气,父皇只要你说句真心话,不要骗父皇。天下还有这么多人恨你的父皇,恨不得把你的父皇杀了才解恨,平了苗蛮,又起来了教匪,杀了吴八月,还有石柳邓,杀了齐王氏、王三槐,还有高均德、苟文明,为什么有这么多人恨父皇,女儿,你告诉父皇,为什么?"乾隆把和孝公主紧紧揽在怀里,声音苍老,透出一种浓浓的无奈和凄凉。

"皇阿玛,您是明君,女儿不会骗您,那些人都是坏人,女儿恨他们。我只要皇阿玛。"和孝公主越哭越伤心,身子抽搐着。

和孝公主泪流满面地走出了宁寿宫,她忍不住一次又一次地回头看,依依不舍。她回到和府时,好像进入了另一个世界,没有圆明园那种安静和谐,而是充满了喧闹,不时传来少年女子的"咯咯"笑声,走到府内,才看见,原来是一群年轻男女在打雪仗,里面有丫鬟、仆人,正围着一个浑身沾满雪的男人撕打。见公主进来,一个个吓得面如土色,跪倒在地请安,公主瞪了他们一眼,冷冷地道:

"都起来吧。"

只有一个人始终站在雪地里没有下跪,公主冷眼一看,不由得勃然大怒,指着他的鼻子说道:

"好哇，你，你还有这个闲心？"

这个男人还不服气，急急地争辩道：

"这有什么嘛，好不容易下一次雪，大家热闹热闹，整天没事干，闷死了。"

公主回头一看，丫鬟、仆人们都不知钻到哪里去了，接着说道：

"你年纪也不小了，怎么还像小孩子一般？"公主说着，禁不住又伤心地哭起来。

"反正我也活腻了，灯红酒绿，醉生梦死，这和府，就像一个死囚牢一样，早一点破，更好。"这个人正是公主的额驸，和珅之子丰绅殷德，他说了这席满不在乎的话后，背着手走了。

公主听着，呆立在雪中，一脸茫然。

不久之后，朝廷中又发生了一件怪事，不过，这事知道的人并不多。十月下旬的一天，兵部尚书纪昀慌里慌张地跑到毓庆宫，请求觐见嘉庆皇帝。嘉庆皇帝不知何故，宣他进宫，纪昀一进门，就趴在地上号啕不止，一个劲儿地磕头。

"纪爱卿，你有话请讲，何必如此伤心，哭坏身子可如何是好？"嘉庆柔声安慰道。

"臣叩请皇上，请皇上治臣死罪。"纪昀抹了一把鼻涕说道。

"何罪之有？"嘉庆被他的哭弄得莫名其妙，不解地问。

"臣受皇恩，身为兵部尚书，却连兵部大印都没有看住，让人盗去，此罪非同小可，恳请皇上赐老臣一死，以谢皇上。"纪昀说罢又连连磕头。

嘉庆没有听明白，也许是不敢相信，又问道：

"你再说一遍，到底发生了什么事？"

"兵部大印被盗。"

"大印被盗？"嘉庆简直不敢相信，"有这等事情？"

"老臣罪该万死，虽然死罪，却不敢欺瞒皇上，千真万确。"

嘉庆"腾"地从椅上站起身来，他的脸色霎时变得像白纸一般，急得在地上来回走着。过了一会儿，他冷静了下来，对纪昀道：

"你猜是何人所为？"

"老臣不知，但盗印之人必然武功出神入化，以致兵部大堂看守的侍卫竟然毫无察觉。"纪昀回答道。

"看来，一定是他，只有他才有这个胆量，才有这个必要。"嘉庆默默地说道。

"谁？"

"和珅。"

"爱卿，朕不怪你，这不是你的错，就是爱卿把印揣在怀里，只要他想偷，也一定能偷得到。事已至此，爱卿看该如何处理？"嘉庆镇定下来，又转回椅上坐下。

"老臣以为，大印无论是何人所盗，定然心怀不轨，因此必须想方设法，杜绝隐患。兵部大印，没有皇上谕旨，没有作用，如果皇上亲颁一旨，声明天下各地军队，没有皇上旨意，不得调动一兵一卒，贼再胆大，也不敢冒天下之大不韪，而且即使他敢，各地督抚县镇总兵等将领，也不会听信于他，可保无虞。"

嘉庆听纪昀说完，含笑点头，赞许道：

"老爱卿见多识广，干净果断，忠心可嘉，朕不但不怪你，事过之后，还要重重赏你。"

纪昀因祸得福，乐不可支。嘉庆在他走后，立即草拟了一份谕旨，依照纪昀的话，却不提失印之事，因为这关系到国家的尊严，兵部大印被盗，这还了得，如果张扬出去，不闹得人心惶惶才怪。这张谕旨并没有交给和珅，而是交给了嘉庆知根知底的董浩和王杰。和珅、福长安明知事败，也无法阻挡皇上颁旨，只好自认倒霉。这样一来，兵部大印费了九牛二虎之力偷来，不仅没用，反而还增添麻烦。和珅等又不敢张扬，万一让人知道，等于把自己出卖了，因此不仅不能用，还得想办法销赃，不然哪一天让朝廷查到，必然引来灭族大祸。

太上皇乾隆对此事一无所知，但是他的心病越来越重，脾气也越来越怪，他一直苦苦等待的那一天，白莲教义军被彻底镇压的那一天，离他好像越来越远。近日来，他身体急剧变化，渐而一病不起，夜里呻吟不止，白天也神志迷糊，经常说着别人听不懂的话，嘉庆大部分时间不得不守在父亲身边。他从心里佩服这位老乾隆，在他心目中，乾隆是一个无人匹敌的英雄，虽然，他在一生中犯了许多错误，而且有一些是致命的，作为儿子，对父亲的弱点他是一清二楚的，但是他无法征服父亲不可一世的自尊心和难以想象的狂傲。政策上的失误在乾隆晚年比比皆是，却无人敢提，有的人出于对大清的一片忠心，提出来了，结果不是被排挤，就是被罗织以死罪，含冤而去，于是，再也没有人说他的坏话，所有人只能称颂他，使他的自尊心满足。普通的官员如此，就是和珅也不例外。嘉庆虽贵为天子，对父亲的失策还是一直都不敢提，因为他必须保住他的坚信，才有可能改变这些失误。可是他没有料到，一桩不幸的事会发生在他身上。

嘉庆三年底，嘉庆皇帝带着一班文武从东陵谒陵回来。随行的大臣有王杰、刘墉，还有几个蒙古额驸，一百多名随从侍卫。嘉庆乘着车辇进入神武门，然后转入顺贞门，还没有进门，只听得背后"嗖"地传来一阵疾风，嘉庆不自觉地向前一伏身，再一回头，只见一个黑衣蒙面人舞着一把明晃晃的匕首，向他飞身刺来。嘉庆吓呆了，众侍卫们也呆住了，都不敢相信这是真的。刺客的刀直逼嘉庆胸口，这时刘墉和王杰，以及几个蒙古额驸拼命地跑上前，把刺客拦住。这刺客武功不是十分高强，不过几招就让几个蒙古大汉掀翻在地，侍卫们也一拥而上，三下五除二，把刺客捆了个结结实实。

嘉庆见刺客被抓住，竟然昏了过去，王杰等大臣一阵呼唤，他才醒转过来。这件事太令人费解了，防守森严的紫禁城里竟然会发生行刺皇上的事件。嘉庆惊魂未定，挣扎着坐直了身子，好半天才恢复平静。他命令几个侍卫把刺客押到刑部大牢，又对在

场的所有人命令道:

"这一件事,谁也不能对外谈,万一走漏一点儿风声,拿你们是问。"

这件事果真没有声张,嘉庆命刑部秘密审讯,结果刺客只供认行刺纯属个人行动,没有任何指使者。任凭用尽各种刑罚,都是这一个口供。嘉庆无可奈何,只好暂且押下。几日之后,却传来他的死讯,说是在大牢里撞壁而死,更令嘉庆生气。

这个消息没有传出去,因此皇城之内仍然一片平静。转眼间,就到了年底,再过两天,就是嘉庆四年的元旦。嘉庆一直忙于应付多得不胜其烦的大典,一日刚刚回到毓庆宫,准备休息一会儿,却听太监禀报说军机章京管世铭求见。嘉庆心里烦乱,本欲不见,转念一想,这个名不见经传的军机章京必定有要事,否则,以这么小的官,不会轻易请求觐见的。

管世铭风尘仆仆,进殿跪地请安。

"有什么事就直说罢。"嘉庆端坐在椅上轻描淡写地说道。

"臣管世铭冒昧觐见皇上。"

"出了什么事,你倒说出来朕听一听。"

"臣受原首席军机大臣、大学士阿桂临终之托,有事向皇上禀报。"管世铭说罢,又不紧不慢地叩了几个头。

"阿桂有什么话?你快说来。"嘉庆心里纳闷,有些急不可待。

"启禀皇上,阿桂大人临终之前,念念不忘要见皇上一面,可是一直没有机会。他身为军机大臣,对和珅所为知之甚多,本来早应揭发,但为存身计,不得不忍气吞声。和珅目无王法,贪赃受贿,胡作非为。自太上皇归政之后,又隐隐有不轨之心,阿桂大人嘱臣不惜蚁命,也要向皇上启明,他才能在九泉之下安心。"

"和珅有反意?"嘉庆微微沉吟,忽然眼睛一亮,问道:

"你既然早已知道,为什么到今天才启奏上来?"

"并非是臣贪生怕死。数年前,臣从军机处迁到都察院,有言事之权,本拟将和珅不轨行为奏上,阿桂大人为救臣性命,出言阻止,并且命臣留在军机处,臣只好隐忍至今,身为军机章京,无面君言事之权,今日冒死面圣,实不得已。"

"爱卿忠心可嘉,朕一定重重赏你。只是,你仍没有言事权,弹劾和珅又该如何?"

"启奏皇上,王念林、御史广兴等曾与臣谈论和珅种种不法之事,二人均气愤填膺,欲上奏弹劾,又怕重蹈曹锡宝、尹壮图覆辙,是以隐忍待发。如圣上有旨,二人定冒死上奏,则除掉和珅就有名目了。"

"此计不错,这件事就着你去与二人接洽,适时而动。"

"臣遵旨。"

嘉庆这边已经准备充分了,只待太上皇撒手西归,就立即行动。

太上皇乾隆过了八十九岁这一年新年,心情特别好。正月初二,天气转暖,乾隆精神为之一振,满面红光,口齿也变得流利清楚了,命嘉庆扶着他,非要到殿外去看一看。他不时伸手抚摸一下宫殿的红椅子、砖墙,还有花园中干枯的草木,走了一小会儿,身子累得走不动,只好让嘉庆搀着返回来,他倚在养心殿外,怎么也不肯进殿,两眼瞅着皇宫大门的方向。他在想什么?是那一颗由远而近的红点。

今天,八十九岁的乾隆面前是一片万木枯凋的凄凉景色,不是百花争艳的仲春,那面红旗,还迟迟没有送来。他呆呆望着,长叹一声,转回了殿里。在卧榻上,他提起发抖的手,在纸上写下了这首诗:

> 三年师旅开,
> 实数不应猜。
> 邪教轻由误,
> 官军剿复该。
> 领兵数观望,

残赤不胜灾。

执讯迅获丑，

都同逆首来。

书罢，笔丢在地上，墨溅在地上，乾隆仰面唏嘘，涕泪横流，仰卧在床上。他握住嘉庆的手，轻轻说道：

"父皇知道自己快不行了，有好多话要对你说，可是又不知该怎样说。朕知道你心里对父皇不满意，因为父皇犯了好多不能饶恕的错误，直到死，也没有能给你留下一个安定的江山社稷，一切只能靠你自己了。父皇的错，你都知道，朕就不说了，最大的一个失误，就是不该宠信和珅，和珅是个小人，父皇早就知道，也处处防他，朕也有说不出口的苦衷。朕死之后，你一定会除掉他的，父皇不会怪你，只是求你，看在你皇妹的面子上，赏他一个全尸，也不要诛他九族，你皇妹命苦，还要你照顾。和珅不甘心就戮，他握着九门提督的兵权，等朕死后，你让他守在朕身边不许出宫，他就不会动作起来。你能做到这些，父皇就放心了。"

嘉庆跪在床头，泣不成声。

第二天一早，皇宫中的哀乐冲破了混沌的天空，激荡起来，宫女、太监的哭声掩盖住了瑰丽堂皇的皇宫。一代巨人，当了六十年皇帝、三年太上皇的乾隆皇帝寿终正寝，如一颗巨星殒落在朝阳的光辉之中。

哀乐声还没有结束，嘉庆皇帝就下了一道突如其来的谕旨，首席军机大臣、大学士、九门提督、一等公和珅，大学士、军机大臣、兼户部尚书福长安奉命守镇殡殿，不得随意出入。随后，又任刘墉为大学士，调闽浙总督朱珪为吏部尚书。

正月初四，嘉庆以迅雷不及掩耳之势夺去和珅军机大臣、九门提督衔，夺掉福长安军机大臣、户部尚书衔。山雨欲来风满楼，挺立在这里四百多年的天子之城摇动了，巍峨的宫殿，森严的城墙，在凄厉的寒风中瑟瑟发抖。天空，蒙着一层乌云，如同躺在灵床上乾隆皇帝枯槁的脸色。乾隆眼睛半睁半闭，在缝隙之中，还能看见灰烬一样的眼球，他似乎还有什么不放心，也许是不甘心……

和珅两手抓着小窗子上的铁条，把脸贴在上面。灰暗的天空给他的光亮更是少得可怜，但就是这一点儿，也要马上离他去了。他说不清楚自己在想些什么，只有乾隆那双未阖的眼睛总是在他的大脑里来回游动，那是他临死前留下的目光，那束目光，直到现在仍然停在和珅的脖子上。和珅毛骨悚然，不自觉地摸了摸脖颈，只觉得那弯指痕样的红痣更深，更清楚。乾隆临死前就那样直呆呆地望着他，他还记得那句吞吞吐吐却又令他魂飞魄散的话：

"婉嫔，你也随我一起去吧，我们可以永远在一起……"

和珅不知道婉嫔是谁，但他确实看到，乾隆的眼睛在盯着他，因为除了嘉庆之外，在场的只有他一个人。现在，和珅才彻底明白，乾隆是让他与他一起死，至于其他的，他仍旧莫名其妙，但脖子上的红痣……乾隆临死那种凄凉而温和的笑容好像一团火，在心里升起来，这是最令他感到亲切的笑容，不知在什么时候，什么地方曾经看见过。他感到那笑容有一种难以抗拒的力量在召唤他、吸引他，的确，现在他正在向这笑容靠近。

"和大人，时候不早了，您该上路了。"

和珅被打断了回忆，心头泼上了一盆凉水似的，火一样的笑容不见了，诱人的召唤也消失了。他回头一看，黑暗之中，牢房的门口旁站着的大学士刘墉和另外几个人正满脸带笑地看着他，那分明是鬼魅的身影，在黑暗中飘动着。他没有料到这样的下场，更没有料到，文弱的嘉庆竟然有如此厉害。他后悔不迭，后悔错看了这个书呆子。仅一念之差，半日之时，就沦为阶下之囚，可恼可恨！假如嘉庆稍一迟疑，在太上皇驾崩不到三日之内，他和珅一定会在皇宫中掀起一番腥风血雨！他没想到，正当他要召集心腹密议的时候，被传到宫里，从此，他就再也没有出去过，被直接送到了这个阴暗的地方。那些心腹，他再也没有看见，只是

731

听说福长安被处以斩监候，吴氏兄弟及苏凌阿等人被贬，而他自己这二十余年搜刮的近十亿家财，也被查抄一空……

"为什么我不再早一点儿动手？为什么得罪嘉庆，为什么贪污那么多，为什么……"他捶着自己的胸口，心中暗暗地叫着、喊着，好像忘记了身后的人影。

"和大人，你是自己动手呢，还是我这个罗锅帮一把？"

和珅没有敢回头，他浑身无力地把手放了下来，慢慢走到房间当中。那里有一张凳子，他长叹一声，念道：

"五十年来梦幻真，今朝撒手谢红尘。他时水泛含龙日，认取青烟是后身。"

念罢，站到凳子上，把头探到梁上吊下的白绫里，两腿一蹬，凳子踢翻，他肥胖的身子就悬挂在屋宇上……

屋子里似乎霎时明亮了很多，从小窗子透过的光线照在和珅的身上，也照着每一个黑暗的角落……

呜咽的哀乐和深秋的悲风一起驱赶着南下的雁群。山风怒号，吹着一群人黑色的衣衫，呼啦啦地响。一代明君清高宗乾隆的梓宫在一片肃穆庄严的气氛中由千人仪仗护送，运往遵化圣水峪。身着丧衣的嘉庆皇帝怀着一种难以名状的心情，骑马守在梓宫旁，缓缓向东而去。

裕陵，紧挨着乾隆的祖父清圣祖康熙的景陵，这是乾隆皇帝自己选取的地方。现在，他终于回到了自小疼爱他的祖父身边，接受他的抚爱。他仿佛又变成了一个小孩子，奔跑着回到山川的怀抱之中。梓宫被徐徐放到地宫里，然后，一重一重的门被紧紧关闭。嘉庆皇帝看着最后一扇墓门在浑厚的撞击声中关闭，闭上了眼睛。

乾隆的眼睛被最后一扇墓门遮住，然而，他的眼仍然半睁半闭，似乎要透过重门，看到外面的世界，又好像在等待什么……

金黄色的树叶疏疏落下，被风一卷，沿地急滚，渐渐消失在崇山峻岭之间……